칼리엔테 장편 소설

화명삼홍기

1

동아

화영삼혼기 1권

초판 1쇄 인쇄일 | 2020년 10월 7일
초판 1쇄 발행일 | 2020년 10월 15일

지은이 | 칼리엔테
펴낸이 | 박성면
펴낸곳 | (주)동아

출판등록 | 제406 - 3960100251002007000071호
주소 | 경기도 파주시 문발로 115, 세종대학교출판부 206호
전화 | (031)8071 - 5201
팩스 | (031)8071 - 5204
E - mail | bear6370@hanmail.net

정가 | 12,800원

ISBN 979-11-6302-400-2 (04810)
      979-11-6302-399-9 (set)

화명삼흔기

칼리엔테 장편 소설

1

차 례

1. 봉황이 추락하니
용이 근심하고

세 번 혼인하지 않으면 스물한 해를 넘기지 못할 것이다.

천장이 흐렸다. 눈꺼풀을 힘겹게 밀어 올려 보았다. 그래도 나아지는 것은 없었다. 여전히 눈앞은 온통 흐리고 젖어 있었다. 몸을 삼켜 오는 오한 속에서도 화영은 눈을 깜빡이는 데에 모든 신경을 집중했다. 그러지 않으면 당장에 죽어 버릴지도 모른다는 기분이 들었다. 아직 스물한 번째 생일까진 이레나 남았지만, 이대로 의식을 잃으면 그대로 끝일 것만 같았다.

'아직 이레나 남았다, 반드시 고쳐주마.' 하고 오라버니는 몇 번이고 다짐했다. 하지만 화영은 바보가 아니었다. 예언은 분명 그녀가 스물한 번째 생일을 넘기지 못하리라는 것이었다. 그러면 꼭 생일 당일이나 전날 숨을 놓지 않아도, 지금 당장 까무러쳐도 얼추 맞는 것 아닌가?

"장공주(長公主)."

놀랍도록 차가운 손길이 금침을 움켜쥐고 있던 화영의 손등에 닿았다.

펄쩍 놀라고 싶었으나 그럴 기운도 없었다. 아니, 아니다. 이 손은 차가운 게 아니야. 내가 뜨거운 거야.

화영은 눈물을 흘리는 대신 다시 한번 눈을 크게 떠 보았다. 호화로운 천개 장식과 금으로 입혀진 천장이 절간의 밋밋한 서까래처럼 흐릿했다. 그리고 그녀를 내려다보는 아름다운 얼굴도, 지금만큼은 물안개 속 보름달만큼 아련하게만 보였다.

"염려 마세요, 반드시 방법을 찾아낼 거예요. 지금 금정 법사께서 황궁에 도착하셨답니다. 분명 장공주를 쾌유시킬 묘수가 있을 테지요. 폐하께서 직접 뛰어나가셨어요. 곧 이리로 함께 오실 겁니다. 조금만 기다려 보아요, 예?"

아, 이 목소리는, 새언니구나. 아니지, 이젠 새언니라고 하면 안 되지. 황후마마라고 해야 하는데. 입에 익어 버린 버릇은 쉬이 떨어지지 않았다. 은요의 음성은 언제나처럼 온화했지만 울음기를 떨치지 못한 모양이었다.

어려서부터 한데 어울려 놀고 자랐으니, 시누이라기보다 여동생에 가까울 화영이다. 그런 그녀가 반송장처럼 누워 손가락 하나 움직이지 못하고 있으니 은요라고 어찌 속이 편하겠는가.

화영은 은요를 향해 애써 웃어 보이려고 했다. 그러나 무거운 눈꺼풀을 제외하고는 어떠한 근육도 통제할 수가 없었다.

'이렇게 죽는 걸까?'

죽고 싶지는 않았다. 하지만 이제 어쩔 도리가 없었다. 매달린 태의만 해도 십수 명이요 그것도 모자라 황실에서 나서서 도성의 이름 높은 의원이라면 앞뒤 가리지 않고 모집하였다. 그럼에도 차도는커녕 병명도 나오지 않았다. 산골 암자에서 찬 서리와 여름비를 맞고 자랄 때에도 병치레 한번 없던 그녀였다.

황궁으로 온 지 얼마나 되었다고, 소위 세상 모든 부귀와 영화가 앞에 준비되자마자 이렇게 쓰러질 줄이야 누가 알았을까.

'죽기는 싫은데.'

이제는 숫제 몸과 아예 분리가 된 것 같았다. 육체가 느끼는 고통을 정신이 도저히 수용할 수 없는 정도인가 보다. 이렇게 된 이상 생일까지 버티는 것보다 지금 콱 죽어 버리는 게 편할지도 모르겠다. 화영의 긴 속눈썹이 경련하듯 떨렸다.

'오빠는 괜찮을까?'

그녀만 이렇게 허무하게 죽는다면 어쩔 수 없는 일이지만, 문제는 오라버니였다. 스물한 해를 넘기지 못하리라는 점괘가 참말 효력이 있는 것이라면, 같은 사람의 입에서 나온 예언 또한 신통하지 않겠는가?

용과 봉황은 함께 난다고 했는데. 한쪽이 추락하면 다른 쪽도 끌려 떨어진다고 했단 말이야. 나 때문에 오빠까지 죽게 되면 어떡하지?

이럴 줄 알았으면 진작 점괘대로 방비했어야 했을까. 하지만 이제 와서 돌아봐도 어불성설이다.

세 번 혼인하지 않으면 스물한 해를 넘기지 못할 것이다.

그것이 외숙 금정의 스승이자 용중사의 주지였던 방력 내사가 화영을 향해 남긴 유언이었다.

'말도 안 돼.'

할 수만 있으면 피식 웃고 싶었다. 어느새 시야가 밤처럼 까맣게 어두웠다.

"공주, 장공주!"

은요가 자신의 손을 움켜쥐고 흔들고 있음이 느껴졌다. 그 가녀린 체구에서 나왔다고는 믿기지 않을 악력이었다. 하지만 그뿐이었다. 꼭 남의 일을 보고 있는 것만 같았다.

눈꼬리로 흐르는 눈물이 화상을 남기는 것 같았다. 그렇게 화영은 의식을 잃었다.

* * *

"외숙, 어쩌면 좋겠습니까? 이제야 고생이 끝났는데, 누이를 이리 허무하게 보낼 수는 없습니다! 제발 방도를 찾아 주십시오. 외숙이라면 가능하지 않습니까?"

남려의 젊은 황제가 어린 소년처럼 엎드려 울며 애원했다. 누구든 그 모습을 본다면 고개를 돌리며 아파하리라. 고작해야 약관이 지난 청년이다. 쌍둥이 누이만큼이나 반듯하게 잘생긴 데다 오히려 더욱 여려 보이기까지 했다.

괴짜로 유명한 금정이라지만 주영과 화영을 아버지처럼 키운 외숙이기도 했다. 그러니 철철 흐르는 눈물로 엉망이 된 황제 주영을 보며 가슴이 아플 수밖에 없었다.

"스승님의 점괘는 틀린 적이 없다. 내가 이런저런 잡기술이야 다소 배웠다만 저승 나들이 가는 법은 모른다. 그러니 돌아가신 분께 무슨 수로 답을 달라 조르겠느냐?"

금정은 흰색이 섞인 눈썹을 한껏 이마 위로 치켜올리며 한숨을 쉬었다. 방력 대사는 범상한 인물이 아니었다. 그의 신통력은 남려를 넘어 강로 초원과 북려에서까지 유명한 것이었다. 그뿐이랴. 그야말로 개망나니였던 자신을 굳이 점찍어 제자로 들인 것만 봐도 그러했다. 하물며 배도 부르지 않은 여동생이 행궁에서 달아나 찾아왔을 때는 어땠던가? 그 애를 보자마자 무릎을 꿇고 절을 올리지 않았던가. 배 속에 황실의 자손이 있음을, 그것도 용과 봉이 될 귀한 운명들임을 꿰뚫어 보아서였다.

어찌 보면 금정 자신이 부족한 탓에 이 사달이 났는지도 모른다. 입 안이 씁쓸했다. 아무리 괴이한 점괘라지만 다름 아닌 용중사의 방력이 유언으로 남긴 것이었다. 외려 다른 이들이었다면, 고관대작이든 무지렁이든 묻지도 따지지도 않고 따랐을 터였다. 삼십 년 전 남려를 뒤덮은 대가뭄을 예언한 것도 방력이었다. 그가 발휘한 통찰력은 틀리는 법이 없었다. 헌데 지나치게 가까워 일의 무게를 판단하지 못한 것일까. 하나뿐인 제자인 저가 허투루 넘겨 버렸다.

'세 번 혼인하지 않으면 스물한 살을 넘기지 못하고 죽으리'라니? 하물며 대상이 주영도 아니고 화영이었다. 남녀가 유별함이 사회의 바탕이거늘, 어찌 계집아이가 세 번이나 혼인이 가당하단 말인가? 스승을 존경하는 금정이었지만 이만큼은 납득할 수가 없었다. 그 영감태기가 임종 전에 정신이 흐려지신 게지, 하고 짐짓 넘겨 버렸다.

금정은 이마를 문지르며 천천히 말했다.

"게다가, 화영을 살릴 방도는 이미 스승께서 주셨다."

"이미 주셨다고요……?"

"그래. 다짜고짜 화영이 스물한 살을 못 넘기리라 하신 건 아니란 말이지. 그랬다면야 그게 악담이지 어찌 유언이겠느냐. 노친네 나름대로는 방비하라 다짐하신 것이야."

금정은 옆에 있는 의자도 마다하고 철썩 바닥에 주저앉았다. 그리고 황제를 마주 보며 눈을 가늘게 떴다.

"기억하느냐? 스승님이 뭐라 하셨는지?"

외숙의 목소리가 심상치 않았다. 주영은 황급히 소매로 눈물을 닦고 허리를 곧게 폈다.

"화영이 스물한 해를 넘기지 못할 것이라 하셨습니다."

"그게 다가 아니잖느냐."

"그건…… 하지만, 외숙……!"

"이젠 다른 방법이 없다. 너희의 생일까지 이레 남았으니, 전국에서 명의를 수소문해 오기에도 촉박하다. 설령 타지에서 온 명의가 있더라도 해결책을 제시할 가능성은 드물어. 황궁 태의들조차 진작 두 손을 들었으니."

"……."

주영의 얼굴이 창백해졌다. 그래, 솔직히 말하자면 그 역시 아예 생각해 보지 않은 것은 아니다. 상황이 상황이니만큼 썩은 줄이라도 당겨 볼 수 있다면 마다할 수 없는 처지였다. 허나 차마 그러지는 못하리라 싶었던 방법이었다. 누이를 세 번 혼인시키라고?

애초에 납득 가능한 액막이였다면 천 번이고 만 번이고 진작 해냈을 터였다. 세상천지에 하나뿐인 남매, 쌍둥이 누이였다. 생사고락을 같이하리라는 예언이 꼭 아니더라도, 단 한 번도 떨어져 본 적 없던 친누이가 까닭 없이 죽어 가는 와중이다. 하지 못할 일이 무엇인가. 그럼에도 주영이 이리 망설이고 거리껴하는 까닭은 그 방도가 참으로 기이하기 때문이었다.

"누이의 의견을 듣지 못하는 것은 어쩔 수 없다고 하겠습니다. 의식이 있었다면 멋대로 시집을 보낸다며 오라비를 원망할지도 모르겠으나, 아이를 살리는 것이 우선이니까요. 하지만 화영의 혼인은 우리 가족만의 일이 아닙니다. 그 아이는 남려의 장공주입니다. 그리고 장공주의 혼례는 국가 대사입니다. 얼렁뚱땅 넘어가서야 화영의 명성에 커다란 오명을 남길 것입니다."

주영은 이를 악물고 말했다.

"이제 고작 이레가 남은 시점입니다. 이래서야 혼인의 첫 단계도 꿰지 못할 겁니다. 하물며 세 번이라니……! 의식이 없는 화영이야 그렇다 쳐도, 어느 장부가 부마가 되자마자 이혼당하는 수모에 동의하겠습니까? 그것도 줄줄이……! 또, 아무리 액막이 부마라도 부마 아닙니까. 격에 맞지 않는 사내에게 단자를 넣는 것도 아니 될 일. 결국 불가한 일입니다!"

"서방을 쫓아낼 여유도 없다. 게다가 부마를 내치는 게 보통 일이냐? 들이는 것보다 까다로울 것을."

"그러면 도대체 어찌해야 한다는 말씀이십니까?"

"주영."

"예."

"누이를 위해 뭐든지 할 수 있겠느냐?"

외숙의 목소리는 무거웠다. 하지만 망설일 수는 없었다.

"물론입니다."

"너희 모친은 어떤 수모를 겪더라도 살아남는 것이 현명하다고 주장했지."

"……."

"맞는 말이다. 화영은 물론이고, 너 역시도."

주영과 화영의 부친인 선황 경제는 고작 이 년을 제위에서 보냈다. 그의 평생은 십칠황자로서 손위 형제들의 경쟁에서 도망치고, 피하고, 두려움으로 숨어 살던 그림자로 얼룩져 있었다.

철이 들기도 전에 몸이 아프다는 핑계로 황궁을 떠났고, 지방 행궁을 돌아다니며 숨을 죽이던 와중에 한 하녀와 사랑에 빠졌다.

아무리 쥐새끼라도 황자는 황자. 그 피를 이어받은 씨들을 손위 형제들이 놔둘 리 없었다. 하물며 하녀의 출신이 비천하니, 배 속 아이들은 고사하고 모친의 명줄도 바람 앞의 등불이었다.

선선제는 자신은 쉰 명도 넘는 후궁을 두었으면서도 자식들의 방탕에는 무척 엄격했다. 특히 아랫것들을 함부로 건드는 일에 질색하여 크게 화를 내기가 일쑤였다. 당시 태자위에 가장 가까웠던 사황자가 술에 취해 수방 궁녀를 임신시킨 일로 불벼락을 맞은 것이 고작 넉 달도 지나지 않은 상황이었다.

그래서 십칠황자의 아이를 임신한 하녀는 일을 그만둔 채 도망쳤다. 사모하는 사내보다도 중한 것이 그녀 자신과 배 속의 아이들이었다. 살아남는 것이 우선이었다. 그녀는 행궁을 떠나 오라비가 머무는 용중사로 숨어들었다. 거기서 해산하고 몇 년 뒤 돌림병으로 세상을 떠났다.

그렇게 용중사에서 자라던 주영과 화영이 선제의 후예로 받아들여진 것은 그들에게 황가 특유의 모반(毛斑)이 선명했기 때문이었다. 선선제 적에는 황자만 스물둘, 공주와 군주는 셀 수도 없던 남려의 황족이 이제는 오로지 스무 살짜리 황제 주영과 장공주 화영만 남았다.

이런 위태로운 황실에서 장공주를 잃고, 방력의 예언대로 황제마저 추락한다면?

마지막 남은 송 씨 황실 자손이 주영과 화영 두 오누이뿐이었다. 그들과 남려는 한 배에 탄 운명이었다. 그들 없이는 삼백 년 넘게 이어온 남려의 명맥이 그대로 끊기고, 북려와 강로의 칼날 아래 처참하게 찢기고 복속당할 것이 분명했다. 주영에게 있어서 황제로서 떠맡은 책임과 누이에 대한 애정을 나누기 어려운 것이었다. 그런 각오가 있다면 어째서 지금 망설이는가. 누이가 이대로 죽게 된다면 순결한 명성이 어떤 가치가 있겠는가.

'비밀리에 진행하자. 혼인 시늉만 하는 것이다. 소꿉장난과 다르지 않아. 나라만큼이나 소중한 누이다. 세 번 혼인시키는 것이 부끄러워 잃을 수는 없어.'

도덕과 예법에 얽매어 화영을 잃고 그 결과로 남려까지 망가뜨리게 된다면, 남는 것이 무엇이겠는가?

주영은 무릎을 세게 움켜쥐었다.

* * *

결정은 내려졌으나 죽어 가는 장공주의 부마를 구하는 일은 쉽지 않았다. 주영과 금정은 밤낮을 잊고 부마 찾기에 몰두하였다. 주영은 미혼이고 성품이 반듯한 귀공자들의 명단을 읽고 또 읽으며 가늠해 보았다. 이들 가운데 가문의 영화보다 황실에 대한 충심이 깊은 자가 몇이겠는가? 명한다면 순종은 하겠으나 분명 제 집안 어른들에게 털어놓겠지. 그래서야 부정이 타고야 말 것이다.

하물며 한 명도 아니고 세 명의 사내와 한꺼번에 혼인시켜야 할 상황이었다. 아무리 장공주라지만 어찌 여인이 여러 남편을 들인단 말인가. 이 비밀이 밖으로 새어 나갔다가는 화영의 명예는 물론이고 황실의 체면이 크게 손상될 것이다. 액막이 삼혼(三婚)을 지킬 만한 사내를 고르기는 모래에서 사금을 찾듯 어려웠다. 과묵하고 신뢰할 수 있어야 하며 외양에 흠이 있어서도 아니 된다.

금정은 주영의 선택을 기다리지 못하고 급하게 용중사로 돌아갔다. 스쳤던 기연(奇緣) 가운데 강한 인상을 남겼던 자가 떠올랐던 것이다.

"첫눈에 알아봤다, 그래, 범상치 않은 인물이었어. 이것이야말로 인연이 아니면 무엇이겠느냐!"

금정은 흥분한 듯 보였다. 남겨진 주영은 홀로 골머리를 썩였다. 외숙 금정의 눈대로 그자가 부마감이 맞다 해도, 여전히 두 명의 자리가 비어 있었다.

'이럴 바에야 하늘에서 뚝 떨어졌으면 좋겠군. 조정에, 아니 이 남려에 아무런 인연이 없는 자로……'

잠깐. 문득 눈이 떠졌다. 참으로 그에 적합한 자가 한 명 있지 않던가? 남려 황제인 자신의 뜻을 결코 거스르지 않을 사내. 그자는 무리에서 홀로 살아남은 늑대 그 자체였다. 사납지만 영리하여 절대 어리석은 짓을 저지르지 않을 것이다.

주영은 급히 친서를 써내려 가기 시작했다. 그를 비밀리에 불러들여 두 번째 부마 자리를 권할 생각이었다.

'마지막 한 자리는…… 어렵구나. 황후와 상의라도 해 보아야 할까.'

얼마 지나지 않아 세 번째 부마는 제 발로 나타났다. 그는 바로 황후의 남동생이었다.

* * *

천장이 흐렸다.

두어 번 눈을 깜빡이자 시야가 느리게 돌아왔다. 침상을 둘러싼 얇은 천을 통해 햇빛이 모래처럼 반짝이며 쏟아졌다. 그 온기가 눈가에, 뺨에, 입술에 거리낌 없이 닿았다. 문득 정신이 들었다.

붉은색?

화영은 눈을 가늘게 떴다. 단순히 아픈 기운에 헛것을 보았나 했는데, 그게 아니었다. 붉은색이었다. 침상을 둘러싼 천개와 사방에서 내려오는 비단 너울 모두가 모란처럼 붉었다. 마지막으로 보았던 침전의 모습과는 생판 달랐다.

무슨 일이지? 내가 죽어 버렸나? 그래서 온 방을 뒤집어 놓은 건가? 아니, 하지만 장례를 치르는데 이런 흥겨운 적색이 가당키나 한가? 이래 봬도 어쨌든 황제의 하나뿐인 누이동생 아니냔 말이다. 장공주가 죽었는데 붉은색으로 주위를 장식할 것 같지는 않았다. 그럼 내가 죽은 건 아닌가 보지? 화영은 눈을 깜빡였다.

게다가 서서히 밝아지는 눈으로 보니, 단순히 붉게 물들이기만 한 물건들이 아니었다. 금실로 글자와 봉황 수를 놓고 진주와 월장석을 꿰어 차르르 빛나는 모양새였다. 실로 값비싼 귀물이었다. 대낮에도 이럴진대, 분명 어두운 밤이라면 촛불과 함께 이지러져 보는 눈들을 황홀하게 하겠지.

잠깐, 이 화려한 적색들과 금자 수는…….

어디서 본 것 같은데. 아직 머릿속이 맑지 않았다. 아주 오랜 잠에서 깨어난 것처럼 흐리멍덩할 뿐, 사리 분별이 똑똑하지 못했다. 화영은 더듬더듬 손을 들어 올렸다. 애꿎은 눈이라도 비비며 정신을 차려 볼까 해서였다.

"어?"

화영의 눈이 커졌다. 분명 지난밤에는 손가락도 움직이지도 못하던 저가 멀쩡히 양손을 들어 올렸음도 놀랍지만, 더욱 그녀를 당황하게 한 것은 자신의 옷소매였다. 침상을 둘러싼 비단 너울만큼 새빨간 비단옷이었다. 게다가 양 소매에 금실 은실로 봉황과 공작이 수놓여 있는 게 아닌가. 무겁다 싶을 만치 대단한 복식이었다.

누가 내 옷을 갈아입혔나? 아니, 그런데 왜 하필 이런 옷으로?

얼떨결에 황궁에 들어오게 되면서 눈부신 옷과 보화야 제법 보게 되었다지만, 이 색과 이 자수는 아니었다. 유월 모란처럼 붉은 비단에, 금실과 진주라니.

이건…… 이건 마치…….

'맞아, 혼례복! 오빠와 혼인할 때 은요 언니가 입었던 옷과 흡사해. 이게 더 값져 보이긴 하지만……!'

그야 그들은 주영이 등극하기 전 혼인을 했으니 그 규모가 썩 크지 않았다. 장녀의 출가라지만 그때까지는 주영과 화영이 황손으로 정식 입적되기 전이니, 은가에서도 체면치레만 가까스로 했다. 그래도 신랑과 신부가 선남 선녀였으므로 참으로 보기 좋았다.

하여간 용중사에서 자란 화영이 본 혼인 예식이라고는 그 하나뿐이었다. 그렇기에 지금 자신이 입고 있는 옷이며 침상을 장식한 모양새가 딱 혼례를 위한 것임을 알아채는 것이 다소 늦을 수밖에 없었다.

'내가 왜 혼례복을 입고 있지?'

화영은 얼떨떨한 기분에 고개를 흔들었다. 일단은 들어 올린 손으로 이마를 짚어도 보았지만, 열은 씻은 듯 내렸고 오히려 딱 좋게 선선했다. 결코 익숙해질 수 없던 고통도 꿈결처럼 사라진 지 오래였다. 용기를 내어 슬쩍 상체를 일으켜 보았다. 아무렇지도 않았다. 세상에나!

'도대체 무슨 일이지?'

덮고 있는 이불 역시도 초야를 위한 붉은 금침이었다. 정말 무슨 일이 나긴 난 모양이었다. 게다가 내내 곁을 지키던 오라버니나 새언니도 기척이 없었고, 시녀 소리조차 들리지 않았다. 일단은 나가 봐야 상황을 알 수 있을 터였다. 화영은 침상을 겹겹이 둘러싼 너울을 조심스레 손으로 젖혔다. 그리고 방 안을 훑어보았다.

"……."

처음 보는 곳이었다.

창가마다 붉은 천으로 만든 장신구가 걸려 있었고, 황금 촛대에는 다 녹은 화촉들이 흔적만 남아 있었지만 이 낯선 소품들을 제외해도 처음 보는 침실이었다. 넓고 우아하긴 했으나 화영이 의식을 잃었던 승라궁과는 영 딴판이었다.

값비싼 유리로 만든 화병이나, 금으로 상감된 공작 조각이나 청록으로 물들인 서까래도 없었다. 게다가 다소 지은 지 오래된 건물처럼 보였다.

물론 결코 낡거나 으스스한 것은 아니었다. 외려 고풍스럽다고 해야 할 것이다. 쓰인 목재나 놓인 가구들은 하나같이 좋은 향을 풍기는 상등품이었고, 세월을 입어 더욱 반질거리며 윤을 내고 있었으니까.

"내가 죽은 게 아니라면…… 미쳤나?"

화영은 저도 모르게 소리를 내어 말했다. 그만치 앞뒤가 가늠되지 않는 상황이었다. 일단 급하게 침상에서 내려왔다. 아무것도 신지 않은 맨 발이었지만, 지금 그게 중요한 것이 아니었다.

병명도 모르고 숨이 넘어갈 뻔한 게 마지막 기억인데, 이렇게 하룻밤 만에 말짱해지다니. 이상하다. 거기다 이 예복이며 장식은 다 무엇이고, 생판 처음 보는 낯선 집인 건 더더욱 뭐란 말인가? 불길한 상상마저 들었다.

혹시 혼이 바뀐 건 아니겠지? 어릴 적 외숙에게 들었던 으스스한 이야기까지 떠올라 심장이 쿵쿵 뛰었다.

화영은 급한 대로 자신의 얼굴을 손으로 더듬어 보았다. 동그란 이마며 오뚝한 코, 손가락에 거치적거리게 걸릴 정도로 긴 속눈썹. 커다란 눈이며 도톰한 입술까지, 으음, 확실히 송화영 그녀가 맞았다. 오랫동안 앓아서인지 피부가 좀 상한 기분이었고 입술도 거스러미가 일어나 있었지만 본판은 그대로가 확실했다.

사실 화영 그녀는 병을 이기지 못해 광증이 생겼고, 그래서 오라비도 어쩔 수 없이 외진 전각에 가둬 버린 게 아닐까? 금실로 수놓은 예복은 사실 검소한 면 옷인데 광증이 눈에 씌어 화영 그녀에게만 화려한 붉은색으로 보이는 걸지도 모른다.

가까스로 깨어난 머릿속에 도저히 납득 못 할 의문만 생기니 마음이 조급했다. 일단 침소 밖을 나가야 할 것 같았다. 너무 긴 나머지 두 자는 족히 끌리는 혼례복 치맛단을 움켜쥐고 뛰다시피 닫힌 문으로 향하던 순간이었다.

화영이 몸을 부딪치기 바로 직전, 벌컥 문이 열렸다.

"어머나!"

난생처음 보는 시녀가 눈을 크게 뜨고 서 있었다. 옆구리에 작은 대바구니를 낀 채, 문을 밀어 연 그 상태로 그녀는 깜짝 놀라 화영을 쳐다보았다.

눈꺼풀이 유난히 두툼하고 눈매가 처져서 짐짓 나른해 보이는 인상이었다. 하지만 눈동자에는 총기가 있고 미소 지은 입가에 담대함이 엿보였다. 아둔한 사람은 아닌 것 같았다. 복장은 검소한 감색 면 옷이었고, 흔한 노리개나 옥대 하나 없이 두꺼운 갈색 천으로 허리를 둘러맸다. 좀처럼 나이를 짐작할 수 없는 느낌이었다.

화영의 또래일까? 아니면 그보다 연상?

"깨셨군요! 정말 깨셨네!"

어딘지 독특한 억양이었다.

화영이 어린 시절을 보냈던 용중사에는 갖은 계층의 사람들이 방문은 물론이고 온 지역에서 사연 많은 자들 또한 자주 흘러들어와 머물다 떠나곤 했다. 그 덕에 낯선 시녀의 말투에 묻은 억양이 낯설나는 것쯤은 짚을 수 있었다.

분명 그녀는 도성이 아닌, 멀리 떨어진 남쪽 출신일 터였다. 예전에 용중사에 몇 번 찾아왔던 외숙의 친구가 바로 이런 억양으로 말하곤 했었다.

"뭣 좀 드시겠어요? 미음이라도 내올까요? 천지신명이시여, 열흘 만에 깨나셨다니! 이렇게 멀쩡히 서 계신 것도 놀라울 노자네요!"

"뭐라고?"

화영이 끼어들자 시녀가 그녀를 빤히 쳐다보았다.

"내가 며칠이나…… 의식이 없었다고요?"

"열흘이지요."

그러고는 기분 좋게 대답했다. 도저히 믿을 수 없는 일이었다.

"그럴 리가 없어. 난 분명……."

애써 기억을 되짚어 보았다. 애타게 그녀를 부르며 손을 움켜쥐던 새언니 은요의 목소리가 마지막이었다. 그때가…… 그러니까……. 그래, 자신의 생일이 이레나 남았다고 생각했던 것도 같다.

"그렇다면 내 생일이 사흘이나 지났단 말인가요?"

화영이 눈을 커다랗게 뜨고 물었다. 시녀가 화영을 쳐다보더니 고개를 갸웃거렸다.

"그것까진 모르겠어요. 저는 사실 어제 도착했거든요."

점점 혼란만 커졌다. 하나뿐인 여동생을 무엇보다 아끼는 오라버니 주영이다. 하물며 이제는 엄연한 남려의 황제이시다. 그런데 어제야 도성에 갓 도착한 뜨내기를 화영의 침실 시녀로 삼았다고?

"그러면, 황상은 어디……?"

"폐하 말씀이신가요? 폐하야 황궁에 계시죠. 그치만 바로 소식을 전하면 행차하시겠지요?"

"잠깐, 잠깐. 그럼 여기가 황궁이 아니다, 이런 말이죠?"

이대로라면 다른 주제로 이야기가 새어 한참 시간이 지날 것 같았다. 화영은 애써 당당하려 노력하며 말했다.

"여기가 도대체 어디에요? 내 마지막 기억은 승라궁 침전이었는데……. 어떻게 궁 밖으로 옮겨진 거지? 게다가, 이 예복과 장식은 다 뭐고?"

화영의 질문에 시녀가 슬쩍 눈을 내리깔았다. 그러더니 기다리기라도 했다는 듯 그럴싸하게 허리를 숙여 절을 올렸다.

"잠시만 기다리세요. 금방 불러오지요!"

절을 함과 동시에 꾸벅 말하더니, 쌩하니 복도 너머로 사라져 버리는 게 아닌가! 화영은 귀신에라도 홀린 듯 얼떨떨한 기분으로 텅 빈 복도를 쳐다보았다. 불러온다고?

그러니까, 누구를?

일단은 나가야 했다. 낯선 시녀가 데리고 올 사람이 누구인지는 몰라도, 하여간에 화촉이 아직도 촛대에 남은 붉은 방 안에서 혼례복을 입은 채로 마주하고 싶지는 않았다.

화영은 급하게 요대를 풀었다. 어떻게 입혔는지 아주 꽁꽁 묶어 놓았다. 옥패며 금으로 만든 사슬이며 난리도 아니다. 설마 안에 속곳만 있는 건 아니겠지? 뒤늦은 의심이 들었으나 다행히도 예복 안에는 한 겹 얇은 옷이 있었다.

배두렁이 위에 입어 땀이 잘 흡수되고 체온을 유지하도록 도와주는, 섬세하게 짜낸 마 옷이었다. 은은한 치자색으로 염색이 되어 있어 다행히 아예 침의 같은 느낌은 덜했다. 그 덕분에 허둥지둥 예복을 벗고도 화영은 대충 체면을 유지할 수 있었다. 화영은 감탄과 투덜거림이 뒤섞인 말을 중얼거렸다.

"아픈 사람한테 용케도 이렇게 입혀 놨네. 대단할 정도야."

옷만 화려한 것이 아니었다. 이리저리 몸을 움직일 때마다 비녀 장식과 보요가 짤랑거리는 소리가 들려왔다. 머리마저도 아주 그럴싸하게 장식해 놓은 게 틀림없었다. 아, 어쩐지 관자놀이가 당기더라. 마음만 같아서는 경대 앞에 앉아 속 시원하게 하나하나 빼 버리고 싶었지만 여유가 없었다. 일단은 아플 정도로 머리카락을 꽉 잡아 고정시킨 커다란 금비녀를 대충 더듬어 뽑아내었다.

그러자 굵게 틀어 올렸던 머리카락이 폭포처럼 등허리를 타고 출렁이며 떨어졌다. 아직 반쯤 땋아 고정시켜 놓은 옆머리는 그냥 놔두었다. 섬세한 금침과 비단 끈으로 단단히 엮였을 테니, 도움을 받지 않으면 머리카락만 왕창 뜯길 게 분명해서였다.

무거운 예복을 바닥에 벗어던지자 그제야 몸이 홀가분했다. 정말로 병이 나았다는 것이 실감이 되었다. 화영은 재빨리 복도로 나갔다. 이 길이 어디로 이어질지는 몰라도, 당장에 초야를 치러야 할 분위기인 침소보다는 나으리라.

회랑 바깥으로는 푸르게 물이 오른 정원이 그대로 보였다. 고즈넉하면서도 마음을 편하게 해 주는 모양새였다. 정원수들은 그 자리에서 세월깨나 먹은 듯 풍채가 웅혼했고, 갓 다듬어진 듯한 키 작은 관목들에서는 싱그러운 풀냄새가 풍겼다.

'무슨 일이지? 굿이라도 한 걸까?'

화영은 고개를 기울이며 생각했다. 그래, 그게 아니고서야 굳이 아픈 그녀를 황궁에서 내보낼 리가 없었다. 당금 황제의 하나뿐인 핏줄이고 심지어 숨이 넘어가기 직전인 환자였다. 그런 그녀를 궁 밖 낯선 저택에 옮겨 놓는다는 것은 엄청나게 위험한 일이었다. 반대로 말하자면 그 위험을 감수하고서라도 해야만 할 가치가, 필요가 있다는 거겠지.

세 번 혼인하지 않으면 스물한 해를 넘기지 못할 것이다.

쓰러진 지 열흘이 지났다고 했다. 그러면 스물한 번째 생일은 지나갔다. 방력 대사의 예언을 파훼했다는 뜻이다. 그녀가 깨어났던 침소의 붉은 장식들. 그녀에게 입혀 두었던 혼례복과, 황금으로 만든 봉황 비녀, 진주로 꿴 보요들.

'혼인을 한 것처럼 꾸민 건가? 액을 피하려고? 하긴, 어쨌든 황궁 안에는 눈이 많으니 황제가 사사로이 미신을 좇는다고 말이 나올 수밖에 없겠지. 그래서 나를 외딴 사가에 데려와서 혼인한 신부처럼 분장시킨 게 분명해. 자세한 방법이야 외숙이 어떻게든 찾았겠지.'

그렇게 생각하면 앞뒤가 맞았다. 다소간 마음이 놓였다. 자신이 죽었거나, 미쳤거나, 버림받았거나-. 어느 쪽도 아니라는 확신이 생겨서였다.

여유가 돌아오자 이 상황이 다소 재밌게까지 느껴졌다. 다시는 황궁 밖으로 나오지 못하리라 여겼는데. 게다가 궁 안의 인형 같은 궁녀들과는 전혀 다른 시녀까지 만난 까닭에 기분이 좋았다.

여기는 어디일까? 단아한 꾸밈새와는 별개로 저택의 규모가 굉장히 컸다. 침전에서 나와 꽤나 발을 옮겼는데도 여전히 잔잔하게 펼쳐진 정원만 회랑 양옆에 늘어져 있을 뿐, 이어지는 건물은 저 앞에야 있었다. 중간중간 작은 정자나 쉬어 갈 만한 난각이 있기는 했으나 거기에 앉아 기다릴 바에야 뭐 하러 침소에서 나왔겠는가?

느리게 이어지는 회랑 처마를 흘끗 바라보며 화영은 생각했다.

'그 사람 말이 맞네. 확실히 황궁은 아니야.'

기와가 달랐다. 햇빛 아래 투명하게 번쩍이는 옥 기와나, 유약을 입혀 구운 색색의 표면 위에 금박을 물린 기와가 아니었다. 보석 같은 기와를 얹은 궁과 전각들은 멀리서 보면 무릉도원처럼 흐드러져 장관이었으므로, 황궁에서만 허용되는 극상의 사치 중 하나였다.

그에 비해 이 저택의 기와는 푸르게 윤이 나기는 했지만 금을 입히거나 색칠을 한 물건이 아니었다.

'황궁에 들어간 지 얼마나 되었다고, 벌써 이런 걸 구분하고 있네. 눈이 보배라니까.'

어쩐지 피식 웃음이 나왔다. 공주 대접은 평생 받아도 어색할 거라고 투덜거린 게 엊그제 같은데, 이제는 생판 모르는 곳에 떨어져서도 사치와 규격으로 대략 알아채는 정도는 되었다.

곧 기묘한 암석으로 장식된 중정이 보였고, 본채로 이어지는 계단이 눈앞에 다가왔다. 여기로 올라가면 탁 트인 넓은 마루인 대청이 있을 것이고, 아마도 거기라면 낯선 이들과 대면해도 무난하겠지. 과연 저 멀리서 아까 그 시녀의 말소리가 들려왔다. 결코 작지 않은 인기척들도.

계단을 오르려던 화영은 그제야 자신이 맨발로 여기까지 왔음을 깨달았다. 하지만 어쩌겠는가? 이제 와서 돌아가긴 늦었고, 설령 돌아간다 해도 낯선 침소 어디에 뭐가 있을지 알지 못했다. 별수 없지. 시녀를 다시 만난다면 부탁해야겠다고 생각하고 화영은 어깨를 으쓱였다.

그나저나 누구를 만나게 될까? 외숙의 친구? 굿을 도운 도사나 무당?

차갑고 매끄러운 검은 돌로 만들어진 계단에 발을 올리자 그 서늘함에 살짝 몸이 떨렸다. 마치 일종의 예감처럼.

거기에는 세 명의 남자가 서 있었다.

피처럼 붉은 예복을 입은 채로.

2. 세 부마가
한 공주를 섬기니

현희부(賢姬府) 대청은 생각보다 규모가 컸다.

이상한 일이다. 황제가 가장 아끼는 동복 누이, 결코 외지로 시집보내지 않고 곁에 두고 싶은 장공주에게 내리는 저택이 아닌가. 그 응접실이 이렇게 클 필요가 있단 말인가? 부마가 된 몸으로 첩질은 불가능할 터. 이처럼 크고, 여러 식구가 앉아 시간을 보낼 법한 공간은 그럼 무엇을 위해 설계된 것일까. 어딘지 아귀가 맞지 않는 것 같다.

현희부에 들어와 얼굴을 마주 댄 지 벌써 나흘째였다. 하지만 첫날 짧은 통성명을 제외하고는 세 남자 모두 서로가 보이지도 않는다는 것처럼 건조하게 행동하고 있다.

"……."

침묵이 가득했다. 그들은 모두 붉은 혼례복을 입고, 금실로 수놓인 사모를 쓰고 있었다. 한 자리에 신랑이 셋이라. 이보다 기묘한 상황은 없을 것 같았다.

은룡은 더는 참을 수 없어 자리에서 일어났다. 그리고 중앙 정원이 보이는 난간 쪽으로 다가가 우거진 녹음을 노려보았다. 그의 짙은 눈썹이 초조함으로 떨리고 있었다. 준수하고 기품 있는 얼굴은 긴장과 걱정으로 그늘진 채였다.

'마마께서는 무탈하실까?'

화영의 상태에 대해 떠올리는 것만으로도 심장이 터질 듯이 아팠다. 그는 자신도 모르게 가슴께의 옷자락을 꽉 움켜쥐었다. 창과 활을 잡는 데에 익숙해진 거친 손바닥 밑으로 금실 은실의 화려한 문양이 화상처럼 아프게 파고들었다.

이곳은 현희부, 즉 공주부이니 법도로 따지자면 공주의 침소는 집안의 중심인 본채에 위치해야 했다. 하지만 세 명의 부마와 치르는 혼례이니 최대한 조용히 넘어가자는 것이 황제와 금정 법사의 의견이었다. 그래서 후원의 별채를 급하게 신방으로 꾸미고 의식을 잃은 공주를 모셔 두었다.

세 명의 부마들은 차례대로 들어가 공주가 누워 있는 침상을 향해 절을 올리고, 합환주를 마셨다. 붉은 너울로 가리어진 까닭에 공주의 모습조차 보지 못하였지만 하여간에 혼인서 치루는 형식은 빠뜨리지 않았다. 그들이 작은 잔을 들이킬 때마다 시녀가 침상 위에서 공주를 비스듬히 부축하여 입술 안에 술을 몇 방울이라도 흘렸다고 했다.

그렇게 초야는 흘러갔다. 한 방에서, 한 명의 신부와 세 명의 신랑이 함께.

은룡은 깊게 숨을 내쉬었다. 도저히 마음이 가라앉지를 않았다.

'만일 액을 제대로 막지 못했다면 마마께선 생일이 지나기 전에…… 돌아가셨을 것이야. 액막이는 성공적이었어. 아직 깨어나진 못하셨다지만 분명 살아계시니까. 벌써부터 희망을 버려선 안 돼.'

화영이 깨어나기만 한다면, 무탈하게 자리에서 일어날 수만 있다면. 천 년이라도 이 자리서 기다릴 수 있었다. 설령 다른 신랑들과 함께 지옥 같은 침묵을 견뎌야 할지라도 말이다.

은룡은 잠시 뒤를 돌아보았다.

그를 제외한 두 명의 부마는 어딘지 보는 이를 불편하게 만드는 묘한 능력이 있었다. 외모나 생김새, 그리고 출신 성분까지 극단적으로 달랐으나 하나같이 평범한 인물은 아니었다.

하긴 은룡 자신도 마찬가지였다. 그러지 않고서야 어찌 죽어 가는 공주의 세 남편 중 하나가 되겠다고 수락했겠는가?

초야 이후 부마들의 일과는 정해져 있었다. 잠은 금정이 임의로 지정한 현희부 내의 거처에서 잤지만 일어나 몸을 단장한 이후에는 다시금 밤이 올 때까지 이 본채의 대청에서 공주가 깨어나기를 기다려야만 했다. 식사나 찻물은 처음 보는 하인 두어 명이 번갈아 가며 날라 왔는데, 금정이 따로 이야기하진 않았으나 특별히 고른 인연들이 분명했다.

이 넓은 공주부에 고작 대여섯 명의 일손들만 들어왔으니 일이 상당히 많을 터였다. 그러다 보니 종종 아쉬운 실수도 있었다. 간혹 지나치게 뜨겁거나 맹물 같은 차를 받고도 은룡은 입을 다물었다. 어찌 되었건 현희부에 세 부마가 들어온 사실을 알고도 비밀을 엄수할 자들이다. 싫은 소리를 하고 싶지 않았다. 게다가 아직 그녀가 깨어난 것도 아니니, 괜한 불화로 천심을 자극할까 두려웠다.

오늘도 벌써 두 시진 넘게 대기하고 있는 중이었다. 그럼에도 첫 번째 부마는 미동 하나 보이지 않았다. 사내라기보다는 석상과 가까웠다. 탁자에 놓인 찻잔은 비어 버린 지 오래지만 거기에는 조금도 신경을 쓰지 않는 모양이었다.

하지만 석상 같은 첫 번째 부마와는 달리, 두 번째 부마는 상당히 거만한 성격이었다. 눈에 띄는 외모만큼이나 태도 역시 날이 서 있는 터라, 그자의 건방진 음성에 은룡은 자신도 모르게 이마를 찌푸렸다.

"이봐."

두 번째 부마는 숫제 동상처럼 앉아 있는 첫 번째 부마와는 반대로 반쯤 옆으로 누워 있었다.

"가서 차 좀 끓여 와라. 맹탕이라도 입은 축여야 할 것 아니냐."

그리고는 성질을 숨길 생각도 없이 손끝으로 사람을 부리는데, 그 모양새가 어찌나 오만하고 제멋대로인지. 눈초리가 절로 찌푸려질 정도였다.

"형님, 제가 어떻게 차를 끓입니까?"

두 번째 부마가 손끝으로 호출한 사내는 붉은 예복뿐인 대청에서 홀로 평상복을 입고 있었다. 듣기로는 두 번째 부마의 사촌이라는데, 외모로 보면 전혀 공통점이랄 게 없었다. 참으로 닮지 않은 사촌 형제였다. 두 번째 부마는 스쳐만 지나가도 잊지 못할 만큼 대단한 미남이었으나 그 사촌은 다소 투박하고 거친 외양이었다.

다만 확실한 점이라면 이들이 남려 출신은 아니라는 것이었다. 깊게 들어간 눈매와 높고 날카로운 콧대, 그리고 머리칼이나 눈썹 등의 체모 색이 남려인이라기에는 지나치게 밝았다. 하여간에 이질적인 외모에다 거침없는 태도였다.

"물 끓여서 찻잎이나 좀 부으면 되는 것을, 왜 이렇게 빼고 난리냐? 이 몸이 목말라 죽는 꼴을 보고 싶은가 보지?"

"말씀도 하여간 꼭……."

사촌이 투덜거리며 자리에서 일어났다. 척 보아도 무골인 데다 손에 박힌 굳은살은 오랜 세월 무기를 쥐었음을 드러내고 있었다. 별반 긴장하거나 몸을 사리는 모습도 아닌데 발소리 역시 거의 들리지 않았다. 기척을 죽이는 방법을 체득한 것이리라.

그 모습을 보며 두 번째 부마가 입을 열었다.

"가장 사랑받는 장공주의 저택이라 실컷 치켜올리더니만, 정작 아랫것들은 제대로 들어오지 않았군. 셋이나 묶어 팔렸어도 부마는 부마일진대 시중조차 받지 못하는 꼴이 우스워. 사기라도 당한 꼴이란 말이지."

들으라는 듯이 비꼬는 어조였다. 뼛속까지 남려인이자 집안 대대로 황실을 지켜온 은룡으로서는 참아 넘길 수 없는 모략이었다. 은룡은 발끈하여 대꾸했다.

"말이 심하군요. 장공주께서 쾌차하실 때까지 부마 모두 혼례복을 입고 기다려야 하거늘, 자칫 하인들을 많이 두었다가 소문이라도 나면 어찌 책임 질 것입니까? 이미 장공주의 혼례를 전례에 없이 급히 치렀다 하여 나라 안팎으로 수군거리는 입이 많소이다. 조정에서도 마찬가지. 형식은 물론이고 그 상대에 대해서도 납득하기 어려워하는 자들이 대다수입니다."

의심 가득한 조정 대신들의 눈빛을 떠올리는 것만으로도 가슴이 답답했다. 은룡은 잠시 호흡을 고르고 말을 이었다.

"마마께서 깨어나신다면야 그 뒤에 어떻게든 처리하여 둘러댈 수 있겠지만- 그때까진 혼례 분위기를 유지해야만 하는데, 사정을 모르는 이들이 보기엔 괴이하기 그지없을 테지요. 그렇기에 폐하께서 공주마마와 부마들을 위하여 고심하신 일이거늘, 그쪽은 어찌 그리 짧은 소견으로 황은을 모욕하는 것입니까?"

"짧은 소견?"

은룡의 반박에 두 번째 부마가 눈을 가늘게 떴다. 거의 회색에 가까울 정도로 색소가 옅은 벽안이었다. 냉기가 흘러넘치는 눈이었다. 그는 기대어 누워 있던 몸을 천천히 일으켰다.

"같잖은 어린애가 주제를 모르고 까부는구나. 여기가 남려라 해서 내가 널 한창에 꿰어 죽이지 못할 것 같으냐?"

"주제를 모르는 건 당신이외다. 어디 출신인지는 모르나 참으로 경박하기 그지없군요. 한마음 한뜻으로 마마의 의식이 돌아오기를 기원해야 할 와중에, 고작 차 한 잔에 불평하며 이곳을 어지럽히다니!"

두 번째 부마가 자리에서 일어섰다. 그리고 성큼성큼 은룡에게 다가섰다. 빈손이었음에도 살기가 넘쳤다. 하기야 범이나 이리가 상대를 물어 죽일 적에도 무기가 필요하지는 않으니, 이처럼 짐승 같은 사내에게는 걸리는 것이 없을 터였다.

가까이서 마주 서자 더더욱 분위기가 험악해졌다. 그나마 두 번째 부마를 말릴 법한 그의 사촌은 차를 대령하기 위해 떠난 상태였고, 첫 번째 부마는 잠이라도 든 것인지 정자세로 눈을 감고 미동이 없었다.

은룡은 침착하게 두 번째 부마를 쏘아보았다. 그 역시 남려 대대로 걸출한 무장을 배출해 온 은가의 사내였고, 금상의 은혜로 기도위에 임명받았다. 제아무리 이방의 맹수가 덤빈다 해도 일방적으로 당할 그가 아니었다. 다만 마음에 걸리는 것은 그들의 싸움이 공주에게 미칠 영향이었다.

그때였다.

"그만두시오. 두 사람 다."

목석처럼 고요하던 첫 번째 부마가 드디어 입을 열었다.

엄청나게 무거운 저음이었다. 두 사내의 머리끝까지 차오른 호승심과 열기가 순간 움찔 잦아들 만큼 단호하기도 했다. 액면가로는 두 번째 부마와 별반 차이가 나지 않는데, 목소리만 들어서는 이십 대라기엔 믿기지 않을 진중함이 느껴졌다. 타고난 체격과 어두운 피부색까지 더해 함부로 대할 수 없는 풍모였다.

"황명을 받들고 이 자리에 의무를 다하러 왔거늘, 어찌 경거망동들 하시오. 이 자리에서 사사로이 다투어 보았자 뭐가 남겠소? 두 공자 모두 지켜야 할 체면이 있는 귀인일 터. 존엄을 지키는 것이 좋을 것이오."

묵직한 음성이지만 맺고 끊음이 명확했다. 하나같이 이치에 맞는 말이다.

은가의 장자이자 기도위인 은룡이 공주부에서 다른 부마와 다툰다면 그야말로 황제의 낯에 먹칠을 하는 꼴이다. 공주를 볼 면목도 없다. 설령 두 번째 부마가 아무리 도발을 해 왔더라도, 거기에 적극적으로 맞서서는 아니 될 일이었다.

은룡은 딱딱하게 굳은 얼굴로 두 번째 부마를 흘겨보았다. 그 역시 잠시 뭔가를 생각하는 듯했다. 미끈한 얼굴이 짜증스레 일그러져 있는 게 보였다.

"흥, 존엄이라."

두 번째 부마도 성질이 다혈질일 뿐 아예 머리가 돌아가지 않는 사내는 아니었다. 게다가 은룡의 말마따나 이곳은 남려의 수도였고 남려의 장공주에게 하사된 공주부였다. 또 다른 부마이자, 척 봐도 남려 귀족일 애송이에게 주먹질을 한다면 꽤나 소란일 터였다. 거기다 그의 예민한 귀는 복도 저쪽에서 찻잔이 담긴 쟁반을 들고 오는 사촌의 기척을 잡아낸 터였다.

그럼에도 성깔이 성깔인지라 얌전히 돌아가 앉지는 않았다. 두 번째 부마는 흥, 하고 코웃음을 치며 제 자리로 몸을 틀었다.

"한 계집에게 사내 셋이 장가들은 와중에 잘도 존엄이니 체면을 지껄이는군. 하, 말 먹이로 쓰려도 없겠다."

"이……!"

그 말에 다시금 은룡이 주먹을 움켜쥐었으나 첫 번째 부마가 짧게 고개를 가로저었다. 반응하지 말라는 뜻이었다. 매처럼 길게 찢어진 눈매에 호안의 기상이 선명했다. 좀처럼 서 있는 모습을 보지 못하였으나, 처음 만났을 때나 초야 때 같은 방에 섰던 기억으로 보면 구 척[1]은 될 듯한 장신이었다. 첫 번째 부마는 그만큼 뛰어난 풍채를 지닌 사내였다. 비록 이름자나 얼굴은 여기서 처음 알았으되 대단한 호걸일 것이 분명했다.

"나 참!"

두 번째 부마가 자리에 돌아가 거칠게 앉자마자 옆문으로 그 사촌이 돌아왔다. 솥뚜껑만 한 손에 자그마한 주칠 쟁반을 든 모습이 어딘지 우스웠다. 두 번째 부마는 수고했다는 말도 없이 빼앗아가다시피 찻잔을 받아들고는 차를 들이켰다. 그 뾰족한 성질머리에 잘생긴 눈썹을 치켜올릴 뿐 별말이 없는 것을 보면, 사촌이 소도둑 같은 외양과는 달리 썩 섬세하게 차를 우려내 바친 모양이었다.

멀리서 발소리가 들렸다. 아니, 발소리가 아니다. 숫제 뛰는 듯한 소리였다. 부마 셋은 한자리에 있으니 분명 얼마 되지 않은 하인들 중 하나일 터다. 그러나 고요한 현희부에서 저만치 예의 없이 방정을 떨 만큼 어리석은

---

[1] 구 척- 옛 일 척(23.7cm)

이가 있던가?

다들 같은 생각이었는지 소란이 나는 쪽으로 고개를 돌렸다. 남쪽 후원으로 연결되는 피농, 즉 여인들이나 하인들이 오가는 통로였다. 얼마 지나지 않아 감색 옷을 입은 여자가 종종거리며 응접실로 들어왔다.

"무슨 소란이냐? 공주가 앓아누운 와중에 소란이라니. 죽고 싶으냐?"

제가 벌인 소동은 기억에도 없다는 것처럼 두 번째 부마가 사납게 타박했다. 은룡이 어이없다는 눈빛으로 쳐다보았지만 그의 잘생긴 얼굴은 뻔뻔할 뿐이었다.

"침혜. 어인 일인가."

두 번째 부마가 한 마디 더 얹기 전이었다. 첫 번째 부마가 인자하지만 엄격한 목소리로 물었다. '침혜'란 저 시녀의 이름인 모양이었다. 며칠 사이에 아랫것들의 이름을 알고 인으로 대하다니. 군자다운 풍모였다.

"죄송합니다, 부마 나리들. 제가 마음이 급해서요."

사죄와 함께 절을 올린 침혜가 휴, 하고 가쁜 숨을 가다듬었다. 그리고 넉살도 좋게 실쭉 웃으며 다시 한번 허리를 숙였다.

"경하드립니다. 나리들. 장공주마마께서 깨어나셨습니다!"

"뭐?!"

그 소리에 은룡이 바늘에 찔린 사람처럼 벌떡 튀어 올랐다.

"그게 정말인가? 마마께서 일어나셨어?"

그는 급하게 침혜에게 다가가 정신없이 되물었다. 자신이 들은 말이 참인지, 제발 참이기를 바라는 간절함에 얼굴이 붉어졌다.

"옥체는 무사하시냐? 어디 아프신 곳은 없고? 오래 앓으셨으니 분명 기운이 허해지셨을 터인데, 그래, 당장 태의를 청해야겠다. 황궁에 인편을 보내 보약을 지을 태의와, 아니지, 그전에 먼저 폐하께 말씀을 올려야……!"

"은가 도련님, 아이고, 진정하세요. 마마께선 말짱하십니다. 제 발로 일어나서 침소 문 앞까정 나오셨던데요? 지금 마주치자마자 바로 나리들께 왔으니,

직접 가서 보셔요. 저는 말씀하신 대로 황궁으로 사람을 보낼 테니까요."

침혜는 키득거렸다. 짙은 눈썹을 한 단정한 기도위가 이렇게 안절부절못하는 모습이 꽤나 우스운 모양이었다. 현희부에 갓 들어온 그녀였다. 장공주의 측근 시녀로 배정받은 터라, 금정에게 대략 부마들의 인적사항을 전해 듣기는 했다. 다만 영 미심쩍었던 것이, 명문 은가의 공자가 용중사에 얹혀 자란 소녀에게 어려서부터 반해서 아직껏 장가를 안 가고 버텼다는 이야기였다.

한데 이리 보니 그 말이 참이었구나. 안 그래도 처진 눈이 침혜가 흐흐 웃으니 더욱 길게 늘어졌다.

"빨리 가 보시는 게 좋을 거예요. 외람되지만, 딱 봐도 보통 성깔이 아니시던데요. 여기가 어딘지도 몰랐으니, 분명 마마 저가 왜 혼례복을 입고 있는지두 모르시겠죠. 하여간에 아는 얼굴이신 기도위 나리께서 가서 이런저런 말씀 드리는 게 낫지 않겠어요?"

침혜의 말이 옳았다. 보아하니, 생판 낯선 자신에게 돌아가는 상황을 들어 봤자 납득하지 못하리라 판단하고 뒤로 빠진 모양이다.

"그럼 쇤네는 물러갑니다!"

침혜는 은룡과 첫 번째 부마에게 무릎을 굽혀 인사하고 재빨리 빠져나갔다. 두 번째 부마가 불벼락을 내리기도 전이었다.

은룡은 그제야 애써 흥분을 가라앉혔다.

세 명의 부마다. 붉은 예복을 입고 있는, 세 명의 남편. 이를 어찌 설명해야 할지 그로서도 눈앞이 깜깜했지만, 하여간 횡설수설 바보처럼 굴어서는 아니 될 터였다. 최대한 침착하게, 마마께서 납득할 수 있도록…… 그는 심호흡을 했다.

첫 번째 부마가 천천히 자리에서 일어났다. 세 부마 중 가장 장신이다 보니 그저 똑바로 선 것만으로도 위압감이 대단했다. 하지만 두 번째 부마나 은룡도 그에 눌릴 사내가 아니었다.

"제가 가 보겠습니다."

은룡이 말했다.

"아가씨, 아니 마마와는 어려서부터 알고 자랐습니다. 그러니 제가 설명하는 편이 받아들이기 쉬울 겁니다. 두 분께서는 처소로 돌아가 의복을 갈아입으시지요. 마마께서 깨어나셨으니 이제 혼례복은 벗어도 될 겁니다."

아직 은룡 자신도 제대로 파악하지 못한 사내들이었다. 그들을 데리고 화영에게 가고 싶지는 않았다. 화영의 성격을 잘 아는 은룡이었다. 하물며 반쯤 죽었다 깨어나신 와중이다. 심기가 적잖게 불안할 게 분명했다. 그녀를 살리기 위해 세 명의 남편을 들였다 말하는 것만으로도 위험부담이 큰데, 장본인들을 들이민다면 더더욱 역효과가 날 것이다.

하지만 그런 은룡의 말을 두 번째 부마는 곧이곧대로 받아들이지 않았다.

"먼저 가서 환심을 사려고? 그렇게는 안 되지. 저 홀로 사흘 내내 대기하고 있던 것처럼 가증을 떨 게 뻔한데 어찌 네놈만 보낼까? 예복을 입고 합환주를 나눠 마신 것은 나 또한 마찬가지다. 내 부인이 깨어났다는데 얼굴은 봐야지. 나도 가겠다."

"당신, 정말 무례하군!"

"나도 가겠소."

"아니……!"

두 번째 부마가 당당하게 나선 꼴을 저지하기도 전이었다. 첫 번째 부마마저 가만히 동조했다.

"내 어리석은 생각으로는 우리 모두 가야 한다고 보오. 엽혁 부마의 의견도 일리가 있소. 셋 다 정식으로 예를 갖추어 맞은 남편일진대 부인이 사경에서 깨어났거늘 당연히 찾아가야 하지 않겠소."

"그 성은 아니 쓰기로 했다니까!"

"그렇군. 내 실례했소."

두 번째 부마가 투덜거렸다. 첫 번째 부마는 어렵지 않다는 듯 사과했다.

"하여간 함께 가도록 합시다. 은 부마의 염려도 이해 가지 않는 것은 아니나, 부부지간의 도리가 우선이니."

은룡은 입을 열었으나 이내 꾹 눌러 참았다. 한시가 급했다.

침혜마저 빠져나온 지금, 홀로 침소에 있을 공주가 얌전히 있을 가능성은 시간이 지날수록 희박해지고 있었다. 화촉과 붉은 천들로 장식된 침상에 식겁해서 도망이라도 치거나, 정원을 가로질러 담벼락이라도 넘으려고 한다면 난처해진다.

은룡이 자세를 가다듬고 마지막 다짐을 하려던 참이었다.

"알겠습니다. 그럼 다 같이 갑시다. 하지만 명심해야 합니다. 그분은 우리의 부인이시기에 앞서 이 남려의 하나뿐인 장공주이시자 현희부의 주인이십니다. 무엇보다도 예법과 존경을-"

"저거 말인가?"

두 번째 부마가 은룡의 등 뒤를 향해 손가락질했다.

그리고 등 뒤에서 들리는 익숙한 목소리.

"……저거?"

현희부의 주인이자 그들의 부인, 현희장공주 송화영이 그 자리에 서 있었다.

* * *

"거짓말이지?"

"……아닙니다."

"거짓말이잖아."

"마마. 제가 마마께 한 번이라도 거짓을 고한 적이 있었습니까?"

"그야 내가 어떻게 알겠어? 거짓말이 왜 거짓말인데?"

"마마, 천지신명께 걸고 맹세하건대 제가 마마를 속인 적은 단 한 번도 없습니다. 지금도 마찬가지입니다."

보는 눈만 없었으면 은룡의 멱살이라도 잡고 흔들었을지도 모른다. 비록 은룡의 목깃에 대롱대롱 매달린 몰골이 되겠지만 말이다. 화영은 가까스로 주먹을 쥤다 펴며 참았다.

그런 화영 앞에 한쪽 무릎을 꿇고 앉아 있는 은룡의 표정은 이루 말할 수 없이 진지했다.

그는 성년이 된 지금도 어딘지 소년 같은 분위기가 있었다. 단단한 턱선에 팔 척에 다다른 키는 물론이고, 기도위라는 직책에 걸맞은 실력에도 불구하고 말이다. 저 짙은 눈썹 때문일까? 아니면 어릴 적과 똑같은, 변하지 않는 눈빛으로 그녀를 바라보기 때문일까.

그 소년 같은 눈가가 지금은 홍시처럼 붉었다. 금방이라도 눈물이라도 흘릴 것 같았다. 몇 번이고 그의 커다란 손이 저도 모르게 화영의 치맛자락에 닿을 뻗다가 급히 돌아가는 것을 보았다. 분명 그녀가 무탈하게 깨어난 것이 너무도 기뻐, 이것이 참인지 옷깃이라도 만져 보고 싶은 셈일 것이다.

"오빠가, 폐하께서 동의하셨다고? 내 의견은 묻지도 않고 나를 세 번이나 혼인시키는 일에? 외숙은? 외숙도 이걸 아셔? 세상에 이 무슨 해괴한 일이 다 있어! 이걸 나더러 믿으라니……!"

"법사님께서 제안하셨고 폐하께서 수락하셨습니다. ……저희 부마들 역시 두 분께서 간택하셨지요."

"부마들이라고!"

부마들! 공주의 남편들!

은룡의 말에 따르면, 화영의 목숨을 구하기 위해서는 방력 대사의 유언을 따라야만 했다. 그 외에는 선택지가 없었다는 것이다.

그야 화영 역시도 의식을 잃기 전까지 숱한 태의들을 봐 왔으니 대략 짐작이 갔다. 병명도, 원인도, 나을 방도도 없는데 생일은 코앞이니……. 그녀 자신도 곧 죽을 목숨이라고 마음을 정리하지 않았던가. 그러니 혈육들이야 불확실한 동아줄이라도 잡아 볼 수밖에 없었겠지.

아무리 그래도 남편이 셋이라니? 내 의견은 조금도 들어가지 않은 혼인이라니! 화풀이를 하고 싶지만 그럴 수도 없었다. 하여간 화영은 살아남지 않았나. 진창에 굴러서라도 이승이 좋다는데, 그녀는 운이 좋았다. 그러니 세 명의 사내와 혼인해 버렸다는 소리를 듣고도 지금 이상으로 펄쩍 뛸 수가 없었다.

아! 발이라도 실컷 구를 수 있다면! 화영은 끙, 하고 앓는 소리를 내며 머리를 뒤로 젖혔다. 그런 그녀를 바라보는 두 번째 부마의 눈매가 가늘어졌다. 재미있는 구경거리라도 본다는 모양새였다. 그에 반해 첫 번째 부마는 무덤덤한 낯빛으로 침묵을 지키고 있을 뿐이었다.

그 모습에 은룡이 기겁을 하며 마마, 하고 덥석 일어나 그녀의 어깨를 붙들었다. 아마 그녀가 혼절하는 줄 알았던 모양이다.

"부마로서 부인을 함부로 만지는 것은 예법에 맞지 않소."

엄청나게 낮고 울리는 목소리였다. 화영은 그 목소리가 나온 쪽을 홀리듯이 바라보았다.

'진짜 크네.'

이렇게 커다란 사내가 있다니! 다시금 보아도 믿기지 않을 정도였다. 용중사는 강호와도 연이 깊어 종종 기인들이며 거한들이 들리기도 적지 않았다. 그 덕분에 규중에서 곱게 자란 귀족집 딸들보다야 사내란 족속에 대해 봐 온 바는 많다 할 수 있겠다.

더불어 그녀의 외숙 금정은 체격이 딱 바라졌고, 오라비인 주영도 팔 척까진 닿지 못해도 칠 척 반은 닿았다. 무엇보다도 가장 자주 놀았던 은룡이 훌쩍 자라 이렇게 헌헌장부가 되었으니, 화영은 어지간한 장신이 아니고서야 사내더러 크다는 느낌을 받지 못했다.

하지만 이 남자, 관호는 정말로, 무서울 정도로 컸다.

거무스름한 피부에 길게 찢어진 매의 눈. 선명한 눈썹과 반듯한 코, 일자로 굳게 다물린 입술은 엄격한 분위기를 풍긴다. 이목구비만 치자면 분명 잘생겼다 하고도 남을 남자였으나 구 척이 가까워 보이는 압도적인 체격과 호안석을 닮은 눈동자 때문에 상대에게 매혹보다는 두려움을 느끼게 했다. 이런 남자에게 붉은 비단 금실로 수놓인 혼례복을 입혔다니. 꼭 범에게 장포를 입히고 곰에게 옥대를 둘러준 꼴이 아닌가. 화영은 마른침을 꿀꺽 삼켰다.

'아무리 날 살리기 위한 비책이었다지만…… 이렇게 안 어울리는데!'

화영이 토끼라면 관호는 범일 것이고, 화영이 어화원의 작약이라면 관호는 태산의 거대한 소나무일 것이다. 도저히 공통점이라고는 찾아볼 수가 없는 외양의 대척점에 선 느낌이었다.

"관 형(兄)의 말이 옳습니다. 그저 놀란 가슴에 저도 모르게……. 마마, 용서해 주십시오."

은룡은 머쓱한 듯 그의 지적에 재빨리 화영에게서 손을 떼고 물러섰다. 관 형이라고? 그러면 저자가 은룡보다 나이가 많다는 소리겠지. 나보다도 많으려나? 목소리만 들으면 열 살은 많아 보이는데…….

화영은 고개를 끄덕이는 것으로 용서를 대신했다. 어쩌다 좀 만진 거 가지고 이렇게 요란을 떨 필요가 있나 싶었지만, 일단은 공주답게 행동하는 게 중요했다.

"내 저럴 줄 알았지. 이렇게 두 눈을 시퍼렇게 뜨고 있어도 저리 수작질인데, 단둘이었다면 무슨 짓을 할지 어찌 안단 말인가?"

눈을 가늘게 뜨고 있던 두 번째 부마, 맹타안이 은룡을 대놓고 비꼬았다. 순간 은룡의 귓가가 분노로 달아오르는 것이 화영에게도 보였다.

맹타안이 이번에는 화영을 향해 말했다.

"하여간에 부인이 쾌차하였다니 다행이오. 헌데 어째 차림새가……."

참으로 일관성 있는 오만함이었다. 은룡에게는 물론이고, 남려의 공주이자 제 말마따나 섬겨야 할 부인인 화영에게도 어딘지 뾰족한 말투였다.

화영은 슬쩍 자신의 옷을 내려다보았다. 침의나 다를 바 없는 얇고 수수한 옷에다 맨발이었다. 슬쩍 치맛단을 올려 먼지 묻은 맨발을 확인하자, 그와 동시에 은룡과 관호가 고개를 돌리는 것이 느껴졌다. 하지만 맹타안만은 뻔뻔하게도 그녀를 보는 시선을 떼지 않았다.

까닭 없이 호승심이 들었다. 화영은 맹타안을 따라 하듯 눈을 가늘게 뜨고, 팔짱까지 낀 채 말했다.

"당신이 입은 옷만큼 우습지는 않죠. 노란 머리에 빨간 옷이라니, 꼭 사당패 같네."

맹타안의 어깨너머에 서 있던 남자가 사색이 되었다. 그의 이름은 맹영대로, 타안의 사촌 동생이라고 했다. 오랑캐 방식대로 기른 구레나룻 때문인지 동생이라기보다는 형처럼 보이는 외형이었다. 하지만 이처럼 맹타안의 기색 하나하나에 식겁하는 것을 보면 서열이 칼같이 잡혀 있는 모양이었다.

"사당패라고?"

은룡이나 관호에 비하면 두어 걸음 멀리 서 있던 맹타안이 성큼 다가왔다. 그가 가까이 올수록 화영은 쏠리는 시선을 인정해야만 했다. 숱한 사람들이 오가는 용중사에서도 단 한 번도 그와 같은 색채의 사내는 본 적 없었다!

잠시 화영과 맹타안의 시선이 마주쳤다. 화영은 순간 예법도 잊고 그의 얼굴을 뚫어져라 바라보았다.

"……."

"……."

눈처럼 흰 피부에 얼어붙은 연못 같은 청회색 눈동자. 게다가 사모를 벗어던져, 금빛처럼 반짝이는 노란 머리채를 그대로 풀어 내린 채. 그가 움직일 때마다 긴 머리카락이 흔들려, 꼭 황금이 흐르는 폭포처럼 보였다. 키는 은룡과 비슷하니 팔 척은 충분할 것이고, 떡 벌어진 어깨에 날렵한 허리선을 보아하니 범상치 않았다.

지금 화영의 눈앞에 있는 세 명의 부마는 각기 다른 예술가의 작품에서 튀어나온 것처럼 이질적이었다. 은룡이 수묵화로 그린 듯 은은하고 고결한 먹의 농담과 단정한 선을 지녔다면, 말수가 적은 구척장신의 관호는 청동으로 주조해 낸 용이나 범을 연상케 하는 위엄이 있었다. 그리고 이 오랑캐 사내 맹타안은 얼음으로 깎아 낸 듯 차갑고 화려한 아름다움으로 번쩍였다.

"이 예복이 다른 놈들이 걸친 것과 뭐가 다르다고 그런 말을 하는 게요?"

화영의 코앞까지 다가온 맹타안이 허리를 숙여 으르렁거렸다. 그의 체향이 훅 느껴질 정도로 가까운 거리였다. 어딘지 머나먼 땅이 연상되는 체취였다.

까마득히 높은 하늘과 마른 풀, 그리고 바람을 닮은 냄새. 지엄한 황궁이든 존귀한 현희부든 어떠한 벽과 담도 그를 가둬서는 안 될 것 같았다. 자유로운 영혼을 가진 사내였다. 마치 화영 자신처럼 말이다. 그 순간 화영은 어쩐지 그가 두렵지 않았다. 조금 마음에 들기도 했다.

은룡이 그와 화영 사이를 막아서려 했지만, 화영은 손짓으로 은룡을 멈춰 세웠다. 그리고 하나도 겁먹지 않은 얼굴로 맞받아쳤다.

"당연히 다르지. 얼굴이 딴판이잖아요? 거울에도 안 비춰 봤나 몰라? 자기 모습이 얼마나 요란스러운지. 꼭 중앙절 국화밭에 잘못 심은 장미화 같아."

맹타안의 동공이 가늘어졌다. 저 뒤에서 맹영대가 제 사촌 형님을 차마 말리지도 못하며 불안해했다. 은룡은 당장에라도 화영을 제 등 뒤로 보내려 긴장한 표정이었고, 화영이 치맛자락을 다시 내려 발이 가려진 것을 확인하고 나서야 돌아선 관호 역시 잠잠하지만 날카롭게 맹타안과 그녀의 교착 상황을 주시하고 있었다.

숨 막히는 정적이었다. 두 마리 범이 빙글빙글 돌며 서로의 약점을 파악하듯이 긴장되는 순간이었다.

'우습군! 고작해야 반토막에나 올 계집과 이런 기싸움이라니.'

맹타안은 내심 코웃음을 쳤다. 눈앞의 여자는 그가 상상했던 현희장공주와는 천지 차이였다.

남려 황족들의 유려함은 대륙에서 널리 퍼진 사실이다. 새로 등극한 젊은 황제 역시 출생 비화만큼이나 옥과 같은 단정한 외모로도 소문이 컸다. 그 쌍둥이 누이라니 얼마나 대단한 경국지색일지 기대했건만, 정작 이 조그만 계집은 봉황보단 깃털 보송보송한 도요새 새끼와 닮았다.

뜯어 보자면 못난 것은 아니다. 군이 객관적으로 매기자면 분명 미인 축에 들 것이다. 하지만 민무늬 침의를 입고, 맨발로 사내들 앞에 뛰쳐 든 장 공주였다. 반쯤 산발인 머리카락과 연지 하나 바르지 않은 민얼굴이다. 동그란 눈만 커다란 데다 고집 센 입이 비죽거리니, 작약 같은 아름다움이라기보단 날뛰는 야생 망아지 같다.

하지만 강로 초원의 세자에게 야생마보다 더 어울리는 것이 있을까. 맹타안은 기분이 좋아졌다.

"허 참, 남편에게 못 하는 말이 없군!"

애초에 어린애 같은 계집더러 진심으로 화를 낼 마음도 없었다. 대장부 체면이 있지 않은가. 그저 야생마 공주가 과연 겉모습만큼 드셀지 도발해 보고 싶었던 것이다. 그 성미를 충분히 확인한 지금 군이 사태를 악화시킬 까닭은 없다. 맹타안은 순식간에 노기를 거두고 빙그레 웃었다.

"내가 장미화처럼 잘생겼다는 말로 알아듣겠소. 하긴 외모야 여기서 제일 낫지. 부인이 보는 눈이 있구려."

"뭐라고요?"

"내가 심심한 국화 가운데 눈에 띄는 장미화라 하지 않았소."

"아니, 빨간 예복에 노란 머리가 우스꽝스럽다는 뜻이었는데요."

"부끄러움을 많이 타는군. 하긴 새신부니 그럴 만도 하지. 내가 알아들었으니 염려는 마시오."

안 그래도 커다란 화영의 눈이 두 배로 커졌다. 맹타안이 대놓고 빈정거릴 때보다 오히려 빙글빙글 웃는 지금에 더욱 도발당한 것이다.

아! 체면이여! 공주 명패만 없었다면 대놓고 저 미끈한 얼굴에 주먹 감자라도 먹였을 텐데. 화영은 분해서 씩씩거렸다. 짧은 통성명 이외에는 이들에 대해 어떠한 정보도 얻지 못하였다. 선불리 황실의 체면을 떨어뜨리는 행동을 할 수가 없어 죽을 맛이었다. 그때, 보다 못한 은룡이 나서 소리쳤다.

"맹타안, 마마께서는 당신이 가벼운 태도로 대할 분이 아닙니다!"

"흥, 부부지간에 체면치레가 뭐가 그리 중하다고? 왜, 내가 잘생겼다는 소리를 들으니 투기가 끓어오르나 보지?"

"그런 억측을……!"

게다가 은룡이 대신 나서는 바람에 피시식 화가 빠졌다.

"기도위라고? 어찌 너 같은 애송이가 그 자리에 올랐지? 시키지도 않았는데 나서 소란을 피우는 녀석인데. 사냥개도 주인이 지시하기 전엔 짖지 않는 법이거늘 말이다."

"지금 그쪽이 누구를 모욕했는지 알고는 있소? 이 몸을 신임하여 중용하신 황제 폐하를 욕보이는 겁니다!"

항시 침착하고 점잖은 은룡이 이렇게 목소리를 키워 다투는 모습은 처음 보았다. 화영은 자기도 모르게 입을 벌리고 은룡과 맹타안의 말싸움을 구경했다.

따지자면야 남려 황실과 황제의 체통이 엮인 모양이니 공주인 그녀가 엄하게 끼어 판결할 일이다. 하지만 아직도 그녀는 남려 장공주 송화영이라기보단 용중사의 화영이었다. 싸움이 붙은 두 사람 다 훤칠한 미남인 데다 서로 양극단에 선 외모라, 솔직히 보고 있으면 재미도 있었다.

"장공주."

그때 낮고 단호한 음성이 화영을 불렀다. 화영은 화들짝 놀랐다. 꼭 하라는 공부는 안 하고 놀고 있다가 스승에게 딱 걸린 듯한 기분이었다. 돌아보니 관호가 묵묵하게 그녀를 보고 있었다.

"예…… 아니 네…… 아니 왜……?"

아직도 자신이 황실 웃어른을 제외하면 하대를 해야 하는 신분이라는 게 익숙지 않은 탓일까? 아니면 이 관호라는 사내가 풍기는 위압감에 본능적으로 움츠러든 탓일까? 화영은 허둥거리며 자기도 모르게 옷차림을 가다듬었다.

"부마들이 저리 다투는 모습은 좋지 않소. 비록 맹 부마와 은 부마가 출신 배경 때문이라도 가깝기는 어려운 사이라지만, 이제는 한 식구 아니오."

"그…… 그러니까 그 뜻은?"

관호의 눈동자가 아직까지 으르렁대는 은룡과 맹타안 쪽으로 곁눈질했다. 아마도 관호 그는 화영이 은근 그들의 싸움을 즐기며 구경하던 것을 꿰뚫어 본 모양이었다.

화영은 겸연쩍게 웃었다.

"내가 말린다고 해도 금방 또 싸울걸요. 저 정도는 놔두는 게 나아요. 원래 애들은 다투면서 친해지니까, 나아지겠죠."

"흠……."

"창이나 칼로 싸우는 것보단 낫잖아요."

"충분히 벌어지고도 남을 일 같소만은."

"그야 그때 되면 말려야죠. 당신도 같이 말리고."

화통한 화영의 대답에 의외라는 듯 관호가 살짝 눈을 크게 떴다. 예리한 조각도로 베어 새긴 듯한 그의 눈매는 가로로 길 뿐 아니라 위아래도 시원시원했다. 까무잡잡한 피부와 대비되는 호안은 어떠한 부정함도 가까이 다가오지 못할 만큼 강렬하다.

영웅이란 이런 얼굴일까, 화영은 생각했다. 그녀는 관상을 잘 모르지만 외숙 금정이 보았다면 분명 쌍수를 들고 귀한 상이라며 흥분할 것 같았다. 어쩌면 그래서 관호가 그녀의 부마로 선택되었을지도 모른다.

문득 뭔가를 생각하는 것 같던 관호가 갑자기 제 가슴팍의 연봉 매듭을 끌렀다. 화영의 얼굴 정도야 한 손으로 가릴 법한 커다란 손이 무척이나 빠르고 섬세하게 움직였다. 무엇을 하려는지 짐작하기도 전이었다. 관호가 혼례복을 풀어 벗더니, 화영의 어깨 위로 부드럽게 둘러 주었다.

그처럼 장신인 사내에게 맞춘 옷은 화영에게는 꽤나 무거웠다. 분명 바닥에 질질 끌릴 것이다. 하지만 따뜻한 체온과 함께 깊은 삼림에서 날 법한 푸른 향이 묻어 있어, 어쩐지 벗어 버리고 싶은 마음은 들지 않았다. 화영은 뒤늦게 자신의 얼굴이 달아올랐음을 깨달았다.

화려한 붉은 예복 아래 관호는 검정에 가까울 정도로 짙은 암녹색 천으로 지은 옷을 입고 있었다. 흔한 자수도 없고 옥패도 없다. 허리를 감싼 요대 역시 가죽이었을 뿐 장식은 일절 보이지 않았다. 결코 비싼 물품들은 아니었으나 그렇기에 더욱 관호란 사내의 신비스러움을 가중시키는 것 같았다.

"뭐야?"

"무슨 일이십니까?"

저들끼리 물어뜯던 맹타안과 은룡조차 곧바로 관호에게 돌아서 물었다. 관호는 담담하게 대답했다.

"침혜가 돌아와 시중을 들기엔 아직 멀었으니, 이렇게라도 공주의 체면을 지키는 것뿐이오."

그 말에는 반박할 만한 소지가 전혀 없었다. 맹타안은 쳇, 하고 혀를 찼고 은룡은 제가 먼저 그런 발상을 하지 못한 것에 대해 부끄러운 모양인지 눈을 내리깔았다.

잠시 정적이 흘렀다.

화영은 눈앞의 세 사내를 보며 마른침을 삼켰다.

세 번 혼인하여 스물한 번째 생일을 넘겼다.

그럼, 이젠?

* * *

당연하게도, 화영의 쾌유 소식을 들은 주영은 당장에라도 달려오고 싶어 하였다. 하지만 그들은 더 이상 세상에 서로밖에 없던 용중사의 고아들이 아니었다. 수백 년간 쌓여 온 법도와 예절들이 그들 사이를 그물처럼 가로막고 있었다.

황제가 아끼는 누이인 만큼 장공주의 일거수일투족에 많은 이들이 주목하던 와중이었다. 그런데 갑작스레 그녀에게 현희부와 그에 딸린 식읍을 하사하고, 현희장공주 봉호를 내린 것도 모자라 이름자도 들어본 적 없는 무명인과 덜컥 혼인시키다니! 이보다 더한 소란은 없었다.

공주(公主)란 삼공(三公)이 혼례를 주관해야 할 만치 신분이 고귀한 여성이라는 뜻이다. 그런 장공주를, 이제는 황가의 송씨 성을 가진 거의 유일한 여인을 이리 근본 없이 시집보내다니. 혼인한 지 사흘이 넘었건만 공복을 입고 황궁에 나아가 황제와 태후에게 절을 올리는 예도 갖추지 않았다. 도대체 부마도위는 어떤 자인가? 어느 집안 출신인가?

알음알음 부마 후보로 소문이 돌던 금가의 공자 명은 위로는 태후를 고모로 두었고, 아비는 상서령인 데다가 곁으로는 귀비의 사촌이었다. 학과 같은 고결한 외모에 시문으로는 따라갈 수 없는 인재라는 평이 자자했다. 무엇보다도 태후가 적극적으로 황제에게 권하고 있다질 않나.

그런 태후의 뜻을 무시하고 번갯불에 콩 구워 먹듯 공주를 혼인시켰으니 황제는 태후의 실망과 불만을 잠잠히 버텨야만 했다. 비록 피는 이어지지 않았다만, 황제는 태후에게 지극한 효와 존중을 보여야만 했다. 태후가 그들 오누이를 입적하지 않았다면 황위 계승이 결코 수월하게 이뤄지지는 않았을 것이기 때문이었다.

하여튼 장공주의 혼사로 사방에서 잡음이 많았다. 죽어가는 장공주를 살리기 위한 방법이었다고 아무리 면피한대도 말이다. 그러니 화영이 깨어났다는 소식을 들어도 주영이 직접 발을 옮기는 것은 불가하였다.

"그래서?"

"만찬을 베푸실 테니 입궁하시랍니다. 세 분 부마 나리들도 함께요. 부담은 갖지 말라 전하셨다네요. 황제 폐하와 황후마마, 그리고 법사님만 참석할 것이니 가족 간의 단출한 식사로 여기라, 이러셨다나."

화영은 으음, 하고 말꼬리를 흐렸다. 침혜가 머리를 손질하는 모습만 동경을 통해 비춰 볼 뿐이었다. 그들은 지금 경대 앞에 있었다.

여름이라 해가 길긴 했지만 구중궁궐의 가장 깊은 곳으로 초대받은 셈이다.

한시가 급했다. 그래서 침혜도 목양견이 양을 몰듯 화영을 몰아 편전으로 모셨다. 신혼 방으로 꾸몄던 후원 처소까지 갈 시간도 없어서였다.

남편들과 대면했던 대청 너머의 공간이었다. 연꽃과 원앙이 그려진 영벽(影壁)이 가로막고 있어 여기서 단장한다 해도 남의 눈에 띄지는 않을 것이다. 게다가 구슬로 꿴 발까지 내려져 있으니 급하게 몸을 닦고 새 옷으로 갈아입어도 안전했다.

화영으로 치면 열흘 만에 깨어난 셈이었다. 제대로 욕탕에 몸을 담그고 싶었지만 시간이 부족했다. 결국 장미 꽃잎을 얹고 향유를 탄 물을 찬 수건에 적셔 닦아 내는 것으로 대신했다. 침혜는 아무렇지 않게 자신이 하겠다 나섰다. 시녀니까 당연한 일이긴 했으나, 오늘 처음 만난 침혜에게 맨몸을 보이기 어딘지 머쓱했다. 그래서 화영은 옥으로 만든 병풍 뒤에서 재빨리 혼자 닦아 내고 나왔다.

침혜는 참말 공주 같진 않으시네요, 하고 혀를 찼으나 얼굴은 생글거리고 있었다. 화영이 공주로 살지 않았듯 침혜 역시 몸종으로 살지 않았던 까닭이었다. 화영은 아랫것을 사람으로 여기지 않아 부끄러움도 없는 상전이 아니었다. 그 점이 침혜의 마음에 들었다.

"태후마마 모르게 그게 될까? 말이 가족 식사지, 분명 준비하는 와중에 말이 샐 텐데."

알고 보니 침혜는 화영보다 두 살이 어린 열아홉이었다. 그래서인지 말을 놓기가 쉬웠다. 침혜도 그쪽이 편한 듯했다.

"그야 태후께 들키기 싫으실 테니까 어떻게든 조치가 있겠죠. 그래도 미리 고민해 보는 건 나쁘지 않겠네요. 공주께서 저 훤칠한 미남자 셋을 데리고 황궁을 걷고 있는데 갑자기 누가 탁 튀어나와 '마마, 저자들은 누굽니까?' 하고 물으면 어쩌실 건가요?"

"으음……."

"거보셔요. 뭐든지 미리 궁리해 두는 게 좋다니까요. 은가 도련님이야기도위 벼슬도 있구 황후마마의 남동생이기도 하지만- 다른 두 분은 어쩌시려구요? 얼굴만 봐도 수상하잖아요, 솔직히."

침혜는 킬킬거리면서도 손을 쉬지 않았다. 화영의 머리를 동백기름으로 윤이 나게 빗고, 단단하게 틀어 올려 고정시키고, 청금석을 박은 비녀와 진주를 꿴 보요로 장식했다. 그러더니 양의 기름을 떼다 만든 듯 하얀 양지옥 비녀와 번쩍이는 홍옥이 알알이 달린 떨잠을 양쪽에 들고 잠시 고민을 하더니 물었다.

"아까 무슨 색 옷을 입으신댔죠?"

"파랑."

아직도 빨간 방에서 빨간 옷을 입고 깨어나 자신과 마찬가지로 빨간 옷을 입은 사내를 셋이나 한꺼번에 본 후유증이 남았다. 당분간 빨강은 쳐다도 보기 싫을 것 같았다.

화영의 대답에 침혜는 양지옥 비녀를 뒷머리에 솜씨 좋게 꽂아 주었다. 그리고는 경대 뒤쪽 탁자 위에 올려 두었던 몇 개의 옷 쟁반들 사이에서 여름밤처럼 짙은 푸른색 비단옷을 골라 가져왔다. 화영도 이번엔 잔말 없이 시중을 받아 재빨리 착의했다.

"화장은 어떻게 해 드릴까요?"

"오빠 보러 가는 건데 뭐. 너무 짙으면 밥 먹기 불편해. 눈썹이랑 입술만 해 줘."

"피부가 고우셔서 그래도 되겠지만…… 그래도 법사님께 제가 놀구 있는 게 아니라고 보여 드려야 하니까, 연하게만 얹을게요."

침혜는 화영을 내려다보며 잠시 고민하더니, 경대에 놓인 칠기 함을 열어 갖가지 화장 도구를 꺼냈다. 분가루는 최대한 가볍게 두드리고, 또렷한 화영의 눈썹을 더욱 선명하고 날렵하게 덧그린다. 유난히 색이 엷은 도톰한 입술에 연지를 물들이니 순식간에 인상이 달라진다.

화영은 우아한 골격에 선명한 이목구비를 지녔음에도 묘하게 수수하고 중성적인 느낌을 주곤 했는데, 그것은 다름 아닌 입술 때문이었다. 작약처럼 부드럽고 도톰한 입술이지만 옅은 분홍빛이었기에 상대적으로 눈에 잘 띄지 않았다. 그래서 민낯의 화영을 보면 호기심 많은 커다란 눈과 감정 표현이 다양한 눈썹이 가장 먼저 보이니, 다들 미인보다는 귀여운 사고뭉치로 받아들이기 일쑤였다. 하지만 이렇게 입술을 조금이라도 물들이면 이야기는 전혀 달라졌다.

제 손으로 화영을 꾸며 준 침혜마저도 처진 눈을 크게 뜨고 감탄할 정도였다.

"이제야 좀 공주님 같으시네요. 부마들이 기절하겠네."

"놀리지 마. 부마들은 무슨……."

침혜가 음흉하게 웃었다. 화영은 투덜거리며 동경을 바라보았다. 대충 뭐, 황궁에 들어가기에 부족한 모습은 아닌 것 같았다.

보아하니 옷이나 장신구는 승라궁에서 썼던 것들이다. 분명 새언니인 황후가 그녀를 현희부로 보낼 적에 챙겨 보낸 것이리라. 이런 섬세한 배려에 문득 가슴이 따뜻해졌다.

하지만 침혜의 말이 마음에 걸렸다. 만일 세 부마에 대해 누가 물어 온다면 뭐라고 대답해야 할까? 현재 공주부에 있는 일손들은 외삼촌과 인연이 있어 신뢰로 들어온 자들이니 괜찮다 쳐도, 황궁에 드나들다 보면 분명 호기심을 갖고 캐묻는 입들이 있을 터였다.

아무리 공주부를 얻든 시집을 가든 따로 나가 살아도, 황실 대소사가 있으면 반드시 참여해야 하는 게 장공주의 의무였다. 따지고 보면 태후와 황후를 제외하곤 가장 높은 황실 여성이니 말이다. 부마 역시도 녹을 받는 나라의 신료이기는 마찬가지다. 칩거하고 지낼 수 있는 처지가 아니었다.

그렇다면…….

화영은 한숨을 쉬었다.

'죽다 살아났으니 좋은 것만 생각해야지.'

분명 오빠도 새언니도, 그리고 외숙도 같은 고민을 하고 있을 터였다.

그러면 오늘 만찬에서 자연스럽게 이야기가 나오겠지. 여럿이서 방법을 모색하는 쪽이 훨씬 현명하리라.

흠, 화영은 물망초를 수놓은 비단신을 신으며 생각했다.

'이혼장을 써 주라고 하려나?'

하지만 부마는 셋이었다. 누구에게 이혼장을 써 줘야 하지? 셋 다? 갓 결혼한 공주가 갑작스레 이혼했다고 하면 그것도 황실 체면에 큰 누가 될 터였다. 그러면 둘만 내보내야 하나? 그럼 남기는 걸 누굴 남기고?

문득 은룡의 얼굴이 떠올랐다. 그야 굳이 한 명의 부마를 남겨야 한다면 어려서부터 잘 알아 왔고 항상 그녀에게 순종했던 은룡이 나을 터였다. 하지만 연이어 관호와 맹타안의 얼굴도 떠올랐다.

과연 그들이 순순히 이혼장을 받아들까? 확신할 수가 없었다.

'뭘 바라고 나한테 장가를 든 거지?'

알 수 없었다.

은룡이야 화영 그녀가 숨이 넘어가는 와중이니 그녀를 살리려는 시도라면야 제 목숨이라도 내어놓았을 터다. 그렇지만 관호와 맹타안은? 평생 본 적도 없고 이름자도 들어 보지 못한 낯선 사내들이 아닌가. 그들은 무엇 때문에 여기 모여 혼례복을 입은 것일까.

화영은 자리에서 일어났다. 그리고 피풍의를 챙긴 침혜가 오기도 전에 성큼성큼 걸어 편전을 나섰다. 구슬로 꿴 발을 손으로 들추자 짤랑거리는 경쾌한 소음이 쏟아졌다.

그 사이로 세 사내가 보였다.

그들도 화영을 보고 있었다.

* * *

공주부 대문 앞까지 나서서 또 작은 소란이 일었다. 누가 무엇을 타고 황궁으로 갈 것인지에 대한 의견 차이가 생겼던 것이다.

수놓인 천으로 장식된 마차가 대기하고 있었고, 두 마리 준마 역시 하인의 손에 고삐가 들려 있었다. 마차는 귀인들이 짧은 거리나 도성 안을 오갈 때 가벼이 쓰는 용도로, 호사스러운 장식이 달려 있긴 했지만 네 사람이 한꺼번에 타기엔 다소 비좁았다. 그것도 그중 셋이 팔 척이 넘는 장신이 사내임에야 더더욱 말이다.

눈을 굴리던 화영이 재빨리 말했다.

"말! 내가 말 탈게."

"안 됩니다!"

그러자 그 말이 나올 줄 알기라도 한 것처럼 은룡이 한 발짝 나서서 반대했다.

"병석에서 일어나신 지 몇 시진이나 되셨다고 말을 타겠다 하십니까? 절대 아니 됩니다, 마마."

"멀리 가는 것도 아니잖아? 여기서 황궁까지 얼마나 걸리겠어? 게다가 어차피 황궁에 들어가려면 마차며 말이며 다 내려야 하잖아."

"그래도 안 됩니다."

은룡이 고개를 저었다. 그는 남색 기도위 정복을 입고 옆구리에 장검을 매고 있었다. 황궁 안에서 무기를 착용할 수 있는 특권을 지닌 몇 안 되는 인물이 그였다.

그가 잠시 망설이다가 화영에게로 한 걸음 다가왔다. 그리고 허리를 숙여 속삭였다.

"말을…… 잘 못 타시지 않습니까. 탁 트인 장소도 아니고 인파며 노점상도 많은 저잣거리도 지나가야 하는데, 말이 놀라기라도 하면 큰일입니다."

화영의 자존심을 생각해 승마에 서툴다는 이야기는 최대한 작은 목소리로 하는 것이었다. 하긴 화영은 말을 타 본 일이 거의 없었다. 어려서부터 험한 산중의 용중사에서 살았고, 황궁에 입성하고 나서는 공주로서 교육받고 감시

받느라 말 근처에도 가 보지 못했다. 기껏해야 가끔 은룡이 부러 끌고 온 말에 앉아, 은룡이 고삐를 쥐고 느리게 끌어 주는 정도가 다였다.

하여간 은룡의 말이 옳았다. 화영은 승마에 서툴렀고, 게다가 지금의 차림새로는 도저히 말을 달릴 수가 없었다. 길게 늘어지는 비단 피백(披帛)이며 짤랑거리는 갖가지 장신구들, 그리고 동백유로 빗질하여 틀어 올린 머리카락이 모두 엉망이 될 테니까 말이다.

화영도 모르지는 않았다. 그럼에도 승마를 고집한 것은, 마차에 타면 이 낯선 남자들 중 누군가와 황궁까지 묵묵히 동행해야 할 것을 눈치채서였다. 그건 고문일 게 분명했다!

"말을 좋아하나 보오?"

맹타안이 어딘지 웃음기가 가득한 목소리로 물었다. 화영은 말과 마차에서 시선을 떼고 그를 쳐다보았다. 자황색과 청벽색 비단으로 지은 옷에다 남려 사내들의 것보다 폭이 좁은 요대, 상아와 옥으로 만든 노리개를 길게 늘어뜨린 차림새의 그는 금빛 매처럼 보였다. 게다가 긴 금발을 반만 묶어 뇌조와 수리 깃털로 끝을 장식하니 더더욱 이국적으로 느껴졌다.

은룡에게는 내내 싸늘하게 굴더니, 이 남자가 이렇게 웃기도 하는구나. 화영은 잠시 눈을 깜빡였다.

"좋아는 해요. 은룡 말마따나 능숙하게 타지는 못하지만."

"저런. 남려 여인은 승마를 배우지 않나 보지?"

"다른 여인들이 배우는지 아닌지는 모르겠어요. 하여간에 나는 그럴 상황이 아니었거든요."

화영의 시원시원한 대답에 맹타안 역시 숨기지 않고 미소를 지었다.

"앞으로 시간은 많으니 배우면 되겠지. 보아하니 현희부 마구간도 규모가 꽤나 있더군. 성질이 온순한 암말을 두어 마리 사 두면 좋겠소. 연무장도 보아 줄 만하던데, 거기 정도면 가벼운 연습은 충분히 될 거요. 나는 걷기도 전에 말안장에 앉았으니, 내게 배우면 분명 남려에서 가장 말을 잘 타는 기수가 될 것이오."

맹타안의 제안에는 사내라면 누구나 감지할 만한 노골적인 계획이 드러나 있었다. 사내가 여인에게 승마를 가르쳐주겠다니. 이보다 자연스럽고 친근하게 사이를 좁혀 줄 건수도 드물 터였다.

맹타안은 황금으로 치장하고 입술을 물들인 화영을 보고 감탄을 숨기지 않았다. 아까만 해도 천방지축 말썽꾸러기처럼 보였는데, 연지 한 번 물은 것으로 이렇게 달라질 수 있다니. 영락없는 멧새인 줄 알았는데 실은 구름 밑에 숨은 별이었던 셈이다.

하기야 남려 공주가 보기도 싫은 박색이었다 해도 그의 목적은 변하지 않겠지만, 이왕이면 다홍치마 아니겠는가. 게다가 화영은 고상 떠는 남려인들과는 달리 성격이 호탕하고 가식이 없어 보였다. 마차보다 말을 고르는 여인이라면 강로 사내의 존중을 받을 자격이 있었다.

"나한테 말 타는 법을 가르쳐 주겠다구요?"

"물론이오. 내게 배우면 달포도 되지 않아 말 등 위에서 춤도 출 수 있을 거요."

"거짓말!"

맹타안의 으스댐에 화영이 낄낄거렸다. 하지만 분명 기분이 나빠 보이지는 않았다. 오히려 이 낯선 오랑캐 사내의 제안에 혹한 모양이라, 곁에 선 은룡은 불편하기 짝이 없었다.

"일단은 마차에 타십시오, 마마. 당장 황궁으로 출발해야 합니다."

"정 말이 타고 싶다면 내 앞에 타는 건 어떻겠소?"

은룡의 끈질긴 만류를 코앞에서 무시하듯 맹타안이 끼어들었다. 반쯤은 공주와 즐기는 농탕질이고 반쯤은 은룡의 자존심을 깎아내리려는 처사인 것이 분명했다. 여기에 발끈해서야 그 수작에 넘어갔다는 뜻일 터. 은룡은 듣지 못한 척했다.

"마차에 타면, 나 혼자 타나?"

다행히 화영 역시 이쯤에서 맹타안과의 대화를 맺고 은룡에게 주의를 돌렸다. 두 남자가 다투는 일을 구경하는 재미야 적잖았지만 은룡의 말대로 당장 출발해야 할 시간이었다. 거기다 오늘 처음 본 사내와 함께 말을 타는 건 아무리 화영이라도 껄끄러웠다.

"당장 준비된 말은 두 필 뿐이니…… 아마도 부마 한 명은 마마와 함께 마차에 탑승해야겠지요."

"누가?"

화영이 되물었다. 은룡도 거기까지는 답할 수 없어 입을 다물었다. 곤란한 상황이었다.

식사 자리야 사적인 것이지만 황궁을 가로지르며 그들을 볼 눈이 수없이 많았다. 공주가 혼인하였다고만 했지, 세 번 혼인하였다고는 결코 밝힐 수 없을 터. 그렇다면 마차에 공주와 함께 탄 사내가 세간에는 부마로 인식될 것이다. 말을 타고 온 사내들은 다른 이유로, 다른 초대로 온 것이라고 여겨지겠지.

그렇게 보면 은룡 그는 화영과 마차를 타서는 아니 되었다. 그는 황궁을 자유롭게 드나들고 황제와 황후를 만날 특권이 있었다. 그에 비해 관호나 맹타안은 어디까지나 낯선 인물들이었다. 그러니 그들이 황제를 뵈러 왔다 한다면 의심부터 할 것이다. 마차 안에서 화영이나 은룡이 나선다 해도 수상하게 여겨지겠지. 은룡 그가 말에 타고 앞서 나가 말에 탈 다른 부마와 동행했다는 식으로 말하는 것이 현명할 터였다.

그러면 누구를 마차에 태워야 하나? 누가 부마로서 화영과 함께 궁에 들어설 것인가?

은룡이 망설이던 순간이었다. 무겁고 단호한 목소리가 대신 대답하였다.

"내가 함께 타겠소."

관호였다. 어스름이 깔리기 직전의 황혼 아래서, 단정한 옥색으로 차려입은 그는 나무 그늘 밑의 호랑이같이 보였다.

"이유를 물어도 되겠습니까?"

은룡이 물었다. 이 범상찮은 사내가 어떠한 이유를 내세울지 듣고 싶었다.

"표면적으로 내가 부마로 나서는 것이 가장 안전하기 때문이오."

"어째서이지요?"

"우선은 신용의 문제요. 맹 부마나 나는 남려 도성과 황궁 내에 어떠한 입지도 갖고 있지 않소. 그러니 공주에게 세 부마가 장가들었다는 사실을 숨기기 위해서는 각자 다른 명분을 내세워 황궁에 출입을 해야 할 터인데, 뾰족한 핑계가 없다는 것이 문제요. 하지만 은 부마가 우리 중 하나의 벗이며, 함께 폐하를 뵈러 왔다고 설명한다면 큰 갈등은 없을 터. 즉 은 부마는 대의를 위해서라도 부마임을 숨기고 기도위 신분으로 말을 타셔야 하오."

관호가 나지막한 목소리로 말을 이었다.

"그렇다면 남은 것은 맹 부마와 이 관모(某)인데, 맹 부마의 경우는 출신 성분이나 지금 처한 정치적 상황으로 인해 최대한 주목을 피해야만 할 것이오. 그가 남려의 공주에게 장가들었다는 말이 퍼지면 커다란 소용돌이에 휩쓸릴 테니까. 설령 성씨를 바꾼다 해도 외모가 지나치게 눈에 띄니, 부마라는 호칭까지 얻는다면 사흘도 되지 않아 온 도성이 금발 벽안의 강로인 부마에 대해 떠들게 될 거요. 그러니 차라리 기도위와 친분이 있는 이방인 용사라고 면피하여 최대한 조용히 통과하는 것이 현명하겠지."

맹타안이 관호의 발언에 눈썹을 격하게 일그러뜨렸다.

은룡은 속으로 감탄했다. 맹타안이 자신의 배경에 대해 입을 열지 않았으므로 은룡도 자세히는 알지 못하였다. 행동거지나 외모, 그리고 기도위로서 얻은 정보를 바탕으로 대략 짐작만 하는 정도였다. 그러면 관호, 이 사내는 어떠한 사전 정보도 없이 맹타안을 파악했다는 건가? 오만한 낯짝과 행태, 그것만으로?

은룡은 긴장하며 관호의 말을 기다렸다.

"그러한즉 공주와 같은 마차에 타고, 궁인들에게 부마도위로 인사를 받을 자는 이 관모여야 하오. 나는 남려 출신이지만 벼슬이 없소. 명문가도 아니오. 허나 강호에 몸을 담았으니 결코 정치나 권력다툼에 끼어들지 않을 터. 적당한 존중을 받으면서도 권력자들에겐 상대적으로 주목받지 않을 거요. 병중의 공주를 살리려는 비방으로 기꺼이 혼인을 올릴 기인(奇人)으로 여겨지기도 하겠지. 대체로 강호인을 보는 시선은 오해나 편견이 많으니 말이오."

그야말로 날 선 창처럼 예리한 판단이었다. 맹타안이 뭔가 으르렁대려다가 말을 삼키는 것이 보였다. 그로서는 이런 자리에서 자신의 출신을 운운하고 싶지 않은 모양이었다.

은룡은 자신이 수긍해야 한다는 것을 알았다. 알면서도 동의가 쉽게 나오지 않았다. 결국 화영의 남편이 다른 사내라고 세상이 믿게 해야만 하는 상황이었다. 그것이 아릿한 통증이 되어 은룡의 가슴을 찢어 놓았다.

'첩으로라도 들여 달라 애걸할 때는 언제고……'

그는 쓸쓸하게 입술을 비틀었다. 인간이란 이리도 비겁한 존재였다.

주영과 금정이 화영을 살리기 위한 세 명의 부마를 찾을 때, 은룡은 그 후보에 들어가지도 못했다. 액막이 신랑을 하기에는 지나치게 흠이 없다는 게 문제였다. 성품마저 곧은 것은 물론이고, 기도위에다가 황후의 동생이었으니 말이다.

앞길이 창창한 그에게 죽어 가는 공주와 혼인해 달라 할 수는 없는 노릇이었다. 저 홀로도 아니고 다른 두 사내와 함께라면, 더더욱. 그래서 주영도 금정도 화영에 대한 은룡의 마음을 알면서, 아니 알기에 더욱 이 혼인에서 배제하려 하였다. 그 뜻을 알면서 무릎을 꿇고 울며 빌었던 것이 은룡 자신이었다.

―첩이라도 좋습니다. 부디 받아 주십시오. 뭐든지 하겠습니다. 뭐든지 참겠습니다.

피를 토하는 심정으로 엎드려 애원하던 그 외침이 아직도 입 안에 비릿하게 쟁쟁했다. 은룡은 쓴웃음을 지었다.

"두 부마께서 말머리를 맞춰 오며 각기 이야기를 맞추는 게 좋겠소. 이제 시간이 많지 않으니 출발해야만 하오. 공주, 먼저 타시오."

마차 앞으로 다가선 관호가 직접 문을 열었다. 어찌나 몸집이 큰지, 저 남자가 마차 안에 들어갈 수는 있나 호기심이 들 정도였다.

이제 모두의 시선이 화영에게 꽂혔다.

은룡의 검은 눈은 물에 번진 묵화처럼 어딘지 아련해 보였고, 맹타안의 푸른 눈은 호승심에 이글거리면서도 그녀를 향한 은근한 도발을 숨기지 않았다. 그 가운데서 관호는 담담하게 문을 연 채 그녀를 기다리고 있었다.

어쩐지 마음이 편하지 않았다. 온통 낯선 사내들이다. 그러니 당연히 은룡이 자신과 마차를 탈 것이라 짐작하였다. 하지만 관호의 말은 화영이 듣기에도 이치에 어긋남이 없었으므로 괜한 고집을 부리기도 멋쩍었다.

"그러면……."

화영은 어색하게 웃으며 마차로 향했다. 그녀의 사교적 미소를 보고도 관호의 무뚝뚝한 얼굴은 조금도 움직이지 않았다. 대신 마차에 올라타는 그녀를 부축하기 위해 내민 손만은 믿기지 않을 만큼 크고 안정적이었다.

재미없는 남자라니까! 화영은 마차 제일 안쪽 구석에 몸을 구겨 앉으며 속으로 투덜거렸다. 이렇게 서먹한 상황이면 마주 웃음 지어줄 법도 한데, 목석이 따로 없었다.

'나라고 해서 뭐 좋아서 웃었나?'

듣자 하니 대외적으로 그녀의 남편이라 알려질 것은 관호였다. 그러니 사람들 앞에 함께 움직이며 말을 맞추어야 할 것도 그이겠지. 이 우스운 혼인이 얼마나 지속될지는 몰라도, 일단 서로 적당히 어렵지 않게 지내야 할 것 아닌가? 그런데도 저렇게 융통성이 없다니.

잠시 맞잡은 오른손이 어쩐지 뜨거웠다. 화영은 피백 밑에서 손을 꼼지락거렸다. 차라리 맹타안이랑 탔어도 이보다는 낫겠다. 화영은 입술을 삐죽였다.

문 곁에 있던 마부는 관호에게 제 일을 빼앗겨 허둥거리다가, 화영이 탑승하고 이내 관호까지 몸을 굽혀 들어가자 그제야 급하게 마부석으로 돌아가 앉았다. 마편을 고쳐 쥐고, 당장에라도 출발할 듯한 얼굴이다. 현희부 대문 역시 그에 맞추어 열리고 있었다.

공주와 관호가 마차 안에 타는 모습을 보고 나서야 맹타안은 제 몫의 말에게 다가갔다. 잠시 말의 외양을 훑어보고, 직접 말의 이빨까지 확인해 보고 나서는 코웃음을 쳤다. 마음에 차지 않는 모양이었다. 하지만 황궁까지 걸어서 갈 수는 없는 노릇이니 별수 있겠는가.

그는 매가 활공하듯 가볍고 우아하게 말 등 위에 올라탔다. 은룡도 조용히 남은 말에게 다가가 그렇게 했다.

"마차를 먼저 보냅시다. 공주마마와 부마의 등장에 다들 정신이 팔릴 터이니 나와 당신 정도는 기억에도 남지 않을 겁니다."

"흥."

대답이라기엔 퉁명스러웠으나 하여간 뜻은 통하였다. 두 사내는 부인과 또 다른 남편이 탄 마차가 대문 밖을 빠져나가 대로로 향하는 모습을 말 위에서 지켜보았다. 마차 처마에 매달린 옥패들이 경쾌하게 부딪치며 짤랑거리는 소리가 멀리, 아주 멀리 멀어지면서도 바람에 섞여 들려 왔다.

관호와 은룡의 예상이 맞았다. 공주가 부마와 함께 황제를 알현하러 온다는 소식이 퍼졌는지 남문 근처에는 금위병들 뿐 아니라 갖가지 핑계를 대고 구경 온 궁인들로 소란이었다. 마차에서 내린 관호의 위용에 다들 놀라다가도, 강호 출신이라느니 선황의 은혜를 입었다느니 수군거리며 저들끼리 납득하는 모양이었다.

화영과 관호가 마차에서 내려 태감의 안내를 따라 떠난 후, 은룡은 맹타안과 함께 입궁했다. 그들이 말에서 내릴 즈음은 오히려 평소보다 한산하기 그지없었다. 모여 있던 인파들은 구척장신에 까무잡잡한 피부를 한 신비로운 부마에 대해 떠들러 순식간에 사라졌기 때문이었다.

은룡은 자신을 알아보는 병사들에게 인사를 하고, 맹타안은 자신의 벗이 자 황제의 정보원이라고 소개했다. 다소 애매한 소개였으나 부마 소란이 막 지나서인지 어영부영 넘어갈 수 있었다.

여기에는 맹타안의 재치도 한몫했다. 맹타안의 외모는 십 리 밖에서 보아도 시선을 끌 만하였고 좀처럼 잊기 어려웠다. 맹타안 본인도 그 부분을 잘 알고 있었다. 그래서 금위병들 앞에 서기 전에 소매에서 검은 양관을 꺼내 재빨리 금빛 머리카락을 말아 넣었다.

얼굴이 옥같이 희고 눈이 얼음처럼 창백하긴 했으나 검은색 관모 덕에 화려함은 확실히 가라앉은 모양새였다. 그 덕에 다소나마 시선을 덜 끌 수 있었다.

현희부의 한 부인과 세 남편이 다시 조우하게 된 곳은 건명궁이었다. 황제가 거주하며 정사를 보고 일을 처리하는 장양전이 아닌, 사적인 내정(內庭) 영역인 건명궁에 초대되었다는 것만으로도 황제의 뜻을 눈치챌 수 있을 터. 장공주가 삼혼했다는 사실을 최대한 숨기려는 것이 분명했다.

화영과 관호가 먼저 입궁하긴 하였으나 은룡과 맹타안 쪽이 걸음이 더 빨랐기에 그들은 얼추 비슷한 시간에 건명궁에 도착하였다.

다시는 볼 수 없으리라 체념했던 오빠가 눈앞에 있었지만 그는 존귀한 남려의 황제였다. 게다가 아직 주위에 태감들이며 시녀들이 있었다. 그러므로 판에 박힌 감사만 표시해야 했다. 화영은 그간 배운 예법에 따라 인사를 올렸다.

"소녀, 폐하께서 염려해 주신 덕에 무사히 병석에서 일어났습니다. 황은에 감사드리옵니다."

"일어나거라."

황제의 음성은 맑았으나 감정이 들어 있지 않았다. 황제라면 마땅히 그래야 하는 법이었다.

남려의 황족들은 믿기지 않을 만큼 촘촘하고 융통성 없는 법도로 속박되어 있었다. 일개 왕부라 해도 규율이 엄할진대, 황제와 누이라면 무슨 말이 더 필요하겠는가. 편하게 다가가 와락 놀래 주거나, 억지를 부리며 오빠의 옷자락을 잡아당기거나, 깔깔거리며 어깨나 등을 손바닥으로 두드리는 일 모두 대역죄였다. 입궁 후 두 달까지는 오빠와 마주할 때마다 군주 기만죄로 서른 번 넘게 처벌되고도 남았을 터였다.

조심스럽게 몸을 일으킨 화영은 친오라비를, 황제 폐하를 물끄러미 쳐다보았다. 썩 올바른 처사는 아니었지만 이 정도는 괜찮겠지 싶었다. 판에 박힌 예의는 이미 다 지켰으니까 말이다. 고작해야 열흘 동안 떨어져 있었을 텐데, 그마저도 화영은 앓느라 기억도 없는 시간이건만 어째서인지 오랫동안 못 본 듯한 기분이 들었다.

주영과 화영은 쌍둥이이긴 하지만 완전히 똑같은 얼굴은 아니었다. 남녀 쌍생아라 그러한 것일까. 이목구비나 살결은 흡사했지만 풍기는 분위기는 꽤나 달랐다.

주영은 침착했으나 화영은 발랄했고, 주영이 책 한 권을 끝까지 외울 때까지 손에서 놓지 않는 외골수라면 화영은 동시에 책을 서너 권씩 펼쳐 놓고 읽다가도 이내 밖으로 튀어 나갔다. 주영은 목소리를 높여 화내는 경우가 드물었고 마음이 넓었다. 하지만 화영은 웃기도 잘 하고 화도 잘 냈으며 얽매이는 법이 없었다. 그러한 성격의 차이는 이내 성별만큼이나 뚜렷하게 외모에 드러나서, 남매는 난초와 작약만큼 색채가 달랐다.

화영은 문득 처음에는 어색하기만 하던 주영의 용포 차림도 이제 보니 제법 태가 난다고 문득 생각했다. 자리가 사람을 만든다는 게 틀린 말은 아닐지도 모른다. 그녀의 쌍둥이 오빠는 남려의 군주로서 무거운 짐을 지기에는 너무 어렸다. 결국은 그도 스물한 살 청년이 아닌가. 그럼에도 그는 기꺼이 황제로서의 책임을 받아들였고, 그 마음가짐이 태도와 외양으로 장엄하게 드러나는 것 같았다.

화영이 일어나자 그다음 인사는 관호였다. 그는 절을 올리는 대신 읍을 하였다. 아무리 법도에 얽매이지 않는 강호인이라지만 저 격식 없는 태도는 뭘까? 화영의 눈에 순간 궁금증이 떠올랐지만 아직은 보는 이들이 많아 질문을 참았다. 이후 맹타안이 성큼성큼 걸어 나와 짧게 예를 올렸고, 마지막은 은룡이었다. 은룡이 일어나기가 무섭게 황제가 주위를 물렸다.

"모두 나가 보아라."

마지막 태감까지 몸을 숙이고 물러나 문을 닫았을 때였다. 등을 반듯이 펴고 앉아 있던 황제가 벌떡 일어나더니, 용포가 밟히는 것도 신경 쓰지 않고 급히 다가왔다. 자칫하다간 크게 넘어질 수도 있는 위험천만한 상황이었지만 그는 조금도 상관치 않는 듯했다. 그렇게 체면을 벗어 두고 오누이는 서로를 끌어안았다. 다시는 못 볼 줄 알았던 두 사람이었다.

"다행이다, 정말 다행이야……! 화영아, 오라비는 네가……!"

"오빠……."

그제야 화영의 눈가가 찔끔 새어 나온 눈물로 촉촉하게 젖었다. 스무 해 가까이 허물없이 서로가 벗이었던 남매였다. 갑자기 금칠 된 궁전에 끌려 들어와 예법으로 갈렸다 해도 하나밖에 없는 피붙이의 그리움을 끊을 수는 없었다.

화영은 내심 침혜가 해 주는 대로 화장을 얹은 게 다행이라고 생각했다. 분칠을 했다는 생각만으로도 어린애처럼 엉엉 울고픈 마음이 어느 정도 억눌러졌기 때문이다. 여기에 정말 오빠와 새언니, 그리고 은룡과 외숙만 있다면 통곡을 하든 콧물을 흘리든 상관없겠지만 아직 관호와 맹타안은 수수께끼의 낯선 사내들이었다.

현희부에서 황궁까지 오는 그 길이 어찌나 길게나 느껴지던지! 관호는 마차 안에서 그녀에게 한마디 말도 먼저 걸지 않았다. 그저 반듯이 앉아 눈을 감고 마치 명상이라도 하는 듯 고요하게 있었을 뿐이다. 그 모습을 보고 있자니 숨 쉬는 소리조차 줄여야 할 것 같은 부담감이 들었던 것이다.

"새언니는?"

"외숙과 함께 오고 있을 거야. 태후마마를 피하느라 외숙 핑계를 대고 있었거든."

화영과 마찬가지로 눈가가 발그레하게 물든 주영이 웃으며 대답했다.

"우리는 먼저 앉아 있으면 된다. 자, 어서. 성치 않은 몸으로 급히 오느라 고생이 많았다."

건명궁에서도 큰 거실이 아닌 난각, 사방이 보다 은밀하게 밀폐된 공간에서 만찬은 준비되었다.

"주목을 받을까 부러 간소하게 차렸단다."

주영이 화영의 손을 잡고 안으로 들어서며 말했다.

"이렇게 가족의 연을 맺었으니, 다들 부담 없이 편히 앉으시오."

황제와 황후 자리에 놓인 두 상을 중심으로, 각기 두 열로 마주 보도록 다섯 개의 상이 놓여 있었다. 화영은 황후 측의 첫 상에 앉았고, 관호는 황제 측의 첫 상을 권유받았으나 거절하고 그다음 상에 앉았다. 금정을 염두에 둔 모양이었다.

"법도로 보나 예의로 보나, 처외숙께서 앉으셔야 옳습니다."

그러자 주영도 더는 권하지 않았다.

은룡이 화영 곁으로 다가왔으나 맹타안이 한발 빨랐다. 재빨리 화영 다음의 상에 앉으니, 남은 자리는 맹타안의 옆 상뿐이었다. 은룡은 잠시 짙은 눈썹을 찌푸렸으나 그 이상의 반응은 내보이지 않았다.

얼마 지나지 않아 황후인 은요와 금정 법사가 도착하여 들어왔다.

"새언니! 외숙!"

자리에 반쯤 앉아 있던 화영이 벌떡 일어나 그들에게로 달려갔다.

열두 개의 가지를 가진 황금 나무로 머리를 틀어 올린 황후의 모습이었지만 은요는 기꺼이 옛 용중사에서처럼 화영을 거리낌 없이 안아 주었다. 어려서부터 가까이서 보고 자란 놀이 동무였고, 정인이자 남편의 하나뿐인 누이였고, 더 나아가 남동생이 연모하는 귀인이었다. 화영에 대한 은요의 정은 가히 깊은 것이었다.

금정 법사는 은요가 화영의 손을 꼭 잡고 만찬 자리로 인도하는 것을 보며 아주 짧게 미소를 지었다. 친족의 정을 드러내기보다는 곧 시작될 논쟁에 있어서 권위를 유지해야 할 필요가 있다고 판단한 것이다.

태감과 시녀들을 모두 물렸기 때문에 따로 시중을 받을 수는 없었다. 그러나 큰 불편함은 없었다. 원래부터가 제 손으로 직접 식사하는 데에 익숙한 사람들이었던 까닭이다.

주영과 화영은 말할 것도 없고, 관호도 남의 손에 둘러싸여 살아온 사내 같지는 않았으며, 맹타안 역시 불만을 드러내지는 않았다. 은요와 은룡은 명문 귀족 태생이었으나 본디 은가의 가풍이 무인답게 엄격했다. 필요 이상으로 과도한 편안과 향락을 누리는 행위는 멸시하였다.

하여간 가족이라는 이름으로 묶인 이 기묘한 만찬은 큰 마찰 없이 시작되는 것처럼 보였다.

옆에 앉은 아내와 건강해 보이는 누이를 번갈아 보며 먹지 않아도 배부르다는 표정으로 웃고 있던 주영이 문득 은요에게 물었다. 그는 황궁에서도 단둘이 있을 때만은 언제나 첫정을 맺은 그때처럼 아내에게 존대하고 있었다.

"그러고 보니, 황후, 태후께서 부르지는 않았습니까?"

"갑자기 기침이 나신다며 태의를 불렀다고는 들었어요. 며느리인 제가 찾아가야 마땅한 일이지만, 오늘은 이 자리가 있으니……."

"으음."

주영이 살짝 미간을 찌푸렸다.

"큰일은 아닐 겁니다. 아마 황후와 나를 떠보시려는 게지요. 늦게라도 내가 직접 가 보겠습니다. 황후는 신경 쓰지 마세요."

"태후께서 눈치를 채신 걸까요?"

"설마요. 그저 태후께서 점찍어 놓은 공자를 우리 장공주와 이어 주지 않아 노하신 거겠지요. 금명 공자 자리를 차지한 부마가 누구인지 궁금하기도 하실 거고요."

"아직도 그 남자 얘기를 해요, 태후께서?"

금 공자라는 소리에 화영이 얼굴을 찡그렸다. 주영과 은요가 부드럽게 웃으며 대답했다.

"네 혼인을 먼저 치러 버리고 후에 태후께 말씀드린 터라, 난리도 아니었단다. 하긴 법도에 없는 일이기는 하지. 그래도 생목숨은 살려야 하지 않겠느냐, 황실에 하나 남은 공주인데 부질없이 잃을 수는 없지 않으냐, 하며 태후를 설득했지."

"쉬운 일은 아니었어요. 혼인을 시킬 거라면 금 공자와 맺어 주면 되지 않느냐고 반박하셨거든요."

화영은 태후의 얼굴을 떠올렸다. 태후는 좀처럼 감정을 드러내지 않는 사람이었다. 지금에는 어마마마라 부르고 어머니로 섬겨야 하는 처지지만, 태후와 남매 피차 모두 서로를 어렵게 여겼다.

태후는 선황 경제의 정부인으로, 그가 십칠황자일 적에 부황이 맺어 준 아내였다. 하지만 두 사람의 사이는 화목하지 못했다.

십칠황자는 손위 형제들의 황위 다툼을 피하려 계속 밖으로 나돌았고, 태후는 왕부를 지키며 홀로 독수공방했다. 그러니 당연히 둘 사이에 후사도 없었다. 후에 경제가 등극한 후 황후의 인장을 받기는 하였으나 그처럼 위태로운 자리도 없었을 것이다.

경제는 황위에 오르고 자리가 안정되자 곧바로 용중사에서 자란 남매를 찾았다. 당당한 황자와 공주로서 황실 족보에 올리고 옥첩에 기록하게 하려 했다. 하지만 궁 밖에서 한 출산인지라 조정의 반대가 만만치 않았다. 그가 병석에 누울 때까지 주영과 화영은 여전히 하급 궁녀의 사생아에 불과했다.

그때 태후가 나서서 주영과 화영을 친양자로 입적하고, 태의들과 오래 일한 상궁들을 용중사로 보내 그들의 혈통을 공공연히 인정시켰다. 이렇게 태후와 남매는 한배를 탄 운명이었다. 마땅한 후사도 없이 남편인 황제가 훙(薨)하면 이 나라와 자신에게 어떠한 시련이 올지 태후는 알고 있었다. 차라리 자기 손으로 황자와 공주를 들여 후일을 도모하는 쪽이 체면을 지키기도 쉬웠다.

금정은 태후의 의도를 읽었고, 주영 역시 사리 분별이 되는 영특한 청년이었다. 기꺼이 아버지의 정부인 밑으로 들어가 고개를 숙였다. 그리고 황위를 이어받은 후 그녀를 태후로 높여 효를 행했다.

하지만 황태후의 지위를 얻고도 태후는 불안한 모양이었다. 자신의 질녀를 황제의 후궁으로 밀어 넣고, 귀비로 만들었다. 그것으로도 모자라 금 귀비의 사촌이자 또 다른 자신의 조카 금명을 화영의 부마로 이어 달라며 추천하기를 오래였다. 결국 황제에게 자신의 피가 섞이지 않았음을 내내 의식하고 있었다는 뜻이다.

"금명이라면……."

금명이라. 화영도 얼핏 들은 바가 있었다. 눈밭에 선 한 마리 학처럼 고고하고 현명한 데다, 벌써부터 여러 관직에 걸맞다고 말이 많은 인재인 모양이었다. 아마 그가 얼마나 훤칠한 공자인지 강조하라고 태후가 시녀들에게 지시한 부분도 있겠지만, 하여간에 완전히 없는 이야기는 아니리라. 금가는 대대로 많은 신료들을 배출해 냈고 청렴한 문인 집안이었다. 주영이 태후의 도움으로 황위에 오른 이후에는 더욱 세력이 커지기도 했으니, 분명그 공자도 앞날이 창창할 터였다. 물론 그렇다고 해서 그자와 혼인할 생각은 없었지만 말이다.

흠. 화영은 시원하고 달콤한 백합탕을 한 입 마셨다. 그리고는 슬쩍 주위를 흘겨보았다.

'만일 이 사람들이 나한테 장가오지 않았다면, 꼼짝없이 금명과 혼인해야 할 처지였겠네.'

일반적인 모자 관계가 아닌 만큼, 오고 가는 이해와 배신하지 않으리라는 강한 끈이 필요했다. 그래서 오빠도 어쩔 수 없이 금옥아를 온헌궁에 들이고 귀비 지위를 준 것이 아닌가. 황제인 오빠도 그러했거늘 공주인 화영 그녀라면 더더욱 반항할 수 없었으리라. 이르나 늦으나 결국은 금명과 혼인하여 태후 및 금가와 인척이 되었겠지.

화영은 골똘하게 생각하다 말했다.

"그러면 태후께서도 이젠 포기하시겠네요. 그렇죠? 부마를 누구로 알든, 어쨌거나 난 한 번 혼인 한 셈이잖아요. 아무리 공주라지만 금가의 백미(白眉)를 재취 자리로 들이밀지는 않으실 테니까. 어쨌거나 두 손 드시겠죠."

그 말에 주영이 풋 하고 웃었다. 거리낌 없이 시원시원하게 말하는 것이 화영의 성격임을 잘 알고 있었지만, 장래 삼공의 자리는 따 놓은 재주라 칭해지는 금명을 집안 어른 등쌀에 재취 자리로 떠밀리는 처지로 표현하니 웃음이 나올 수밖에 없었다. 은요 역시 화영의 말에 비단 소매로 입가를 가리고 미소 지었다.

"과연 그럴까."

여태껏 말없이 식사만 하던 금정이었다. 묘하게 투덜거리는 어조에 모두가 그에게 주목했다.

"네게 조카를 장가보내면 송씨 황실의 피가 섞인 금가의 후사들이 태어나는데도? 어찌 보면 금 귀비보다도 확실한 투자인 것을 모르겠느냐? 황제가 정궁과의 금슬이 돈독한 와중이니 금 귀비가 황손을 몇이나 생산할 수 있을 것이며, 생산한다 해도 그중에 황자가 날지 미지수인 와중이다. 설령 각고의 노력으로 황자를 낳았어도 황제가 태자로 삼지 않으면 그뿐이고. 하지만 너를 금명과 짝지어 주면 금가에는 확실한 황실의 피가 흐르게 되지. 명문가를 넘어 대대로 외척이자 종실로 자리를 굳힐 수 있다는 뜻이야."

"어……."

외숙 금정의 말에 명랑하게 비죽이던 화영의 입술도 순간 대꾸를 잃었다. 그런가? 정말로?

"이혼한 공주의 재취 자리로 장가간다는 거야 장부로서 즐거운 명성은 아니겠다만, 그렇다고 해도 손해는 또 뭐냐? 작금 이 나라 황실에 손이 얼마나 귀하냐? 그중 하나가 너다. 하나뿐인 공주이니 화친혼으로 보낼 리도 없고, 이미 현희부를 내려 현희장공주 휘호까지 받았으니 평생을 남려에서 대우받으며 호사스레 살 운명이지. 그 행운을 나눠 즐기고 가문에 황실 핏줄까지 섞을 수 있다면, 금가 청년이 아니더라도 숱하게 줄을 서 손을 들 게다."

"그건…… 모르죠……."

화영은 어물거렸다. 반박이라기엔 영 힘이 없는 목소리였다. 금정은 술잔을 들어 쭉 들이켜더니 허리를 똑바로 세웠다.

"그래, 이왕 말이 나온 김에 허물없이 이야기해 볼까. 이제 어찌할 생각이냐?"

화영이 대답하기 전에 주영이 한발 빨랐다. 그는 조심스럽게 외숙에게 되물었다.

"무엇을 말씀하시는지요?"

"이대로 부마를 셋씩이나 두고 살 것인지? 아니면 이혼장을 써 줄 셈인지? 써서 내보낸다면 모다 쫓아낼 것인지? 혹은 하나쯤은 남길 생각이 있는지, 결국은 이 이야기지."

"으음……."

주영도 바로 답하지 못하고 입을 다물었다. 드디어 세 부마들에 대한 논의가 시작될 모양이었다. 아예 예상 못 한 일은 아니었다. 화영이 내심 추측했듯, 이 자리에서 최대한 합의를 보아야 뒤탈이 없으리라 그 역시도 생각하고 있었다.

주영이 고심한 최선은 역시 은룡을 제외한 위의 두 부마에게 이혼장을 써 주는 것이었다. 복잡한 배경을 가진 세 부마였으나 그중 화영을 진심으로 연모하는 이는 은룡뿐이니, 오라비로서 당연한 결정이었다.

"방력 대사의 유언대로 세 번 혼인하여 액은 넘겼으니, 이야기가 새어 나가기 전에 이혼하는 것이 좋겠지요. 물론 부마들은 남려에 큰 공을 세운 셈이니 그만한 보상은 할 것입니다. 대대로 부족함이 없도록 사례하겠습니다."

은요가 작게 헛기침을 하자, 주영이 재빨리 말을 이었다.

"만일 부마로 남기를 원하는 이가 있다면 그것도 나쁘지 않지요. 화영이 허락해야겠지만 말입니다."

화영의 귓가가 붉어졌다. 흘러가는 분위기를 보면, 오빠와 새언니는 역시 은룡은 남겨 두고 나머지 둘을 이혼시켜 내보내기로 마음을 먹은 듯했다.

아니, 은룡이 싫은 건 아니지만…… 이렇게 얼렁뚱땅 부부가 되는 것도 좀……. 화영은 슬쩍 곁눈질을 했다. 은룡이 어떤 표정을 하고 있을지 궁금해서였다.

하지만 은룡을 흘겨보려던 시선을 잡아챈 것은 시퍼렇게 얼어붙은 푸른 눈이었다. 맹타안이 그녀를 보고 있었다.

"나는 이혼할 생각이 없소."

화영과 눈이 마주친 순간, 맹타안이 크게 말했다.

"관가나 은가가 떠나는 일이야 내 알 바 아니오. 나는 내 부인을 떠나지 않을 거요."

순간 정적이 흘렀다. 황제와 황후는 눈만 깜빡이며 굳어 있었고, 금정이 술잔에 술을 채우는 소리만이 편전 안을 채웠다.

화영이 외쳤다.

"미쳤어요?"

"미쳤다니? 남편이 부인을 버리지 않겠다는 장한 뜻이 어째서 그렇게 해석되는 거지?"

"미쳤나 봐! 내가 왜 당신 부인이에요?"

"혼례를 올리고 화촉을 켠 방에서 합환주도 나눠 마셨거늘, 당신이 내 부인이 아니면 도대체 뭐란 말이오?"

맹타안이 코웃음을 쳤다. 그의 푸른 눈은 농담이라는 기색이 전혀 없이 날카로웠다. 농밀하게 반짝이는 금발과 더불어 비단에 그린 그림과도 같은 아름다움이었다. 이 난감한 상황에서도 참으로 잘생긴 남자라는 것은 확실했다.

"나는 하늘과 땅 어디에도 부끄러울 것이 없는 사람이오. 특히 이 혼례에 있어서는 더더욱. 하물며 나는 부인, 당신의 생명을 살린 은인이 아니오?"

어이가 없었다! 화영은 눈을 크게 뜨고 그를 노려보다가, 도움을 요청하기라도 하듯 황제인 오빠와 외숙을 쳐다보았다. 이 말도 안 되는 소리를 듣고만 있을 거예요, 하듯이 말이다.

당황한 기색이 가시지 않은 주영이 재빨리 끼어들었다.

"엽혁 세자, 화영과 혼례를 유지한다면 그대의 소문이 강로와 북려에 들어갈 게 분명합니다. 그대는…… 너무 눈에 띄지 않습니까. 어찌 갑작스레 고집을 부리는 겁니까?"

"보아하니 공주부는 규모가 크고 둘러싼 정원이 크며 중정(中庭) 역시 복잡하더군요. 게다가 도성에서도 조용하고 안전한 지대에 있으니, 생각보다 시선을 끌지 않을 위치입니다. 내가 아무리 잘난 사내라지만 부인과 공주부 안에서만 화목하면 소문이 어떻게 그리 멀리 퍼지겠습니까? 밖에 나갈 일이 있다면 적당히 관모를 쓰거나 면사를 드리우면 될 일이지요. 강로의 동가 씨족이나 그와 손잡은 북려 놈들이나, 하나같이 개보다 못한 배반자 놈들이오. 그런 자들에게 내 이야기가 새어 나갈까 두려워 이혼한다면 그야말로 스스로 먹칠하는 꼴이지. 남려 사내는 어떤지 몰라도, 우리 강로인들은 처와 딸을 자신의 명예로 여깁니다."

"하지만……."

주영이 난처한 표정을 지었다.

"그대는 언젠가 강로로 돌아가 강로 왕위를 되찾을 것이 아닙니까? 헌데 정작 그대가 남려 공주와 혼인한 상태라면 강로 인심이 어지러울지 모릅니다. 그대의 숙부가 동가 씨족 여인과 혼인했고, 그 동가 씨족이 북려와 도모하여 이런 비극이 난 것이니까. 정작 그들을 비난할 그대가 반대로 남려 황실과 혼맥을 맺으면 순수성을 의심받지 않겠습니까?"

"폐하의 염려는 감사하지만, 그런 갑론을박 따위 나는 신경 쓰지 않습니다. 강로의 일은 강로인끼리 해결한다는 오랜 규율을 먼저 박살 낸 것은 숙부와 동가 씨족이니까. 게다가 나는 사촌 한 놈을 제외하면 병력도 무엇도 없습니다. 타고 온 말 한 필, 꼬나든 창 한 자루가 전부지요. 어차피 폐하의 도움을 입지 않고는 강로를 되찾기가 불가능합니다. 그런 상황에서 내 부인이 남려 장공주인 것이 무슨 논란이겠습니까? 오히려 나와 폐하의 의리가 혈연으로 엮여 절대 끊어지지 않으리라는 확증이 될 것입니다."

오만하고 건들거리기만 하던 자가 이렇게 명료하고 냉철하게 입장을 정리하다니. 만일 그가 펼친 주장이 그녀와의 혼인을 지속하겠다는 것만 아니었더라면 화영은 진심으로 감탄했을 것이었다.

"누이를 아끼는 마음은 잘 알겠습니다. 그렇지만 부인도 이 몸을 무척 마음에 들어 하니, 부부간 화목함은 염려하지 않아도 될 겁니다."

가만히 있다가는 정말로 오빠며 외숙이 속아 넘어갈 판이라, 화영은 급하게 끼어들어 말을 정정했다.

"맹타안! 내가 언제 당신을 마음에 들어 했어요?"

"나더러 국화 가운데의 장미화 같다지 않았소?"

"그건 욕이었는데!"

"누가 들어도 칭찬이오. 하여간 벌써부터 이다지 금슬이 좋으니 걱정 붙들어 매십시오, 폐하."

"아니라니까!"

천연덕스럽게 넘기는 맹타안의 모습에 화영은 도끼눈을 떴다. 그의 이름은 맹타안인데 왜 오빠가 그를 엽혁 세자라고 부르는지, 그리고 강로 왕위는 무슨 이야기인지 궁금하던 것도 이쯤 되자 뒷전이었다. 어떻게든 이 얄미운 오랑캐의 입을 막지 않으면……!

"저도 이혼을 원치 않습니다, 폐하."

깃을 잔뜩 부풀린 공작처럼 으스대고 있던 맹타안의 옆에서 나온 목소리였다. 은룡이었다.

"외람되오나, 저의 뜻은 어려서부터 지금까지 변하지 않았습니다. 평생

마마를 섬기며 함께 하기를 바랍니다. 부디 윤허하여 주십시오. 폐하, 그리고 마마."

은룡이 자리에서 일어나더니 황제와 황후를 향해, 그리고 화영을 향해 읍을 했다. 결코 빼앗길 수 없다는 강한 의지가 담긴 음성이었다. 긴장으로 딱딱하게 굳은 턱과 미세하게 떨리는 짙은 눈썹이 그의 심정을 대변해 주는 것 같았다.

일이 이상하게 꼬여 가는 기분이었다. 아니, 기분 정도가 아니다. 확실하게 꼬여 버렸다.

화영은 잠시 할 말을 찾지 못해 그저 은룡을 올려다보기만 했다. 그러라고 할 수도 없고, 싫다고 할 수는 더더욱 없다. 알겠다고 한다면 결국은 부마를 둘 두겠다는 기막힌 소리고, 그렇다고 은룡의 청을 거부한다면 맹타안에게만 좋은 일을 하는 셈이리라. 진땀이 날 것 같았다.

"관 대협은 어떤가?"

그때 금정이 갑작스레 관호마저 이 난장판에 끌어들였다. 모두의 시선이 이번에는 관호에게 가 꽂혔다.

관호는 조용히 젓가락을 내려놓았다. 그리고 반듯하게 말했다.

"공주께서 원하는 대로 하겠습니다."

"그게 무슨 뜻이지?"

"공주가 이혼을 원한다면 기꺼이 그리 하겠다는 뜻입니다."

"호오."

금정의 얼굴에 어딘지 묘하게 짓궂은 빛이 스쳐 지나갔다.

"만일 화영이 이혼을 원치 않으면?"

"그 역시 따르겠습니다."

"자네 말고도 남겠다는 부마가 둘이나 더 있는데도 말인가?"

"……."

관호가 짧게 한숨을 쉬었다. 예와 법을 중시하는 남자이니 세 남편 중

하나라는 선택지가 마음에 들지는 않는 모양이었다. 누군들 그러랴만.

주영이 부드럽게 관호를 설득했다.

"관 대협은 불가에 귀의하려던 와중이라 하지 않았습니까? 그리 마음먹은 와중에 장공주와 혼례를 치러 목숨을 구해 준 것으로도 충분합니다. 원치 않는 세속사에 더는 붙잡혀 있지 않아도 좋습니다. 아마 훙하신 선황께서도 대협과 대협의 선친께 감사드릴 것입니다. 대를 이어 저희 부녀를 도와주셨으니, 이 은혜는 누대로 갚으리라 약조 드리지요."

불가에 귀의하려 했다고?

생각조차 해 본 적 없는 이야기가 튀어나오자 화영은 눈을 깜빡거렸다. 그녀는 관호를 쳐다보았다. 당장에 준마에 올라타고 변방으로 나가 적의 머리를 만 개쯤 베어 올 것 같이 생겼는데, 저런 남자가 어째서 스님이 되려 했을까?

이제 화영도 대충 부마들에 대한 밑그림을 그릴 수 있었다.

맹타안은 보아하니 강로 초원의 세자였으나 배신당했고, 후일을 도모하기 위해 남려로 망명한 모양이었다. 그러니 황제인 오빠는 그에게 죽어 가는 공주의 세 부마 중 하나로 이름을 빌려 달라 부탁했으리라. 아마 강로 왕위 탈환에 도움을 주겠다 약속하지 않았을까.

나쁘지 않은 선택이었다. 같은 남려인도 아니고, 전적으로 황제의 후원에 그의 복권이 달려 있으니 괜한 맘을 먹을 리도 없다. 함부로 소문을 퍼트리지도 않겠지. 북려와 강로 측에서 그의 목숨을 노리고 있을 테니, 최대한 숨어 있는 것이 그 자신을 위해서도 최선이니까.

그렇다면 관호는?

'강호인이라고 했지. 게다가 오빠 말로 들으면 돌아가신 부황과 관계가 있었나 보네. 하긴, 아버지가 황자 시절에 안 밟은 땅이 없다고 했으니, 강호인들과 친하게 지냈을 수도……. 강호에서는 의리를 무엇보다 중요하게 여기니까, 불가에 귀의하려다가 나를 먼저 구한 건가 봐.'

만일 관호가 용중사가 아닌 다른 절로 갔다면, 그래서 그대로 머리를 깎고 승적에 들었다면 다른 한 명의 신랑을 찾지 못해 그녀는 죽었을지도 몰랐다. 부황과 인연이 있는 관호가 하필 용중사에 찾아갔고, 또 외숙이 그를 허투루 넘기지 않았기에 이렇게 된 거겠지.

인연이란 참으로 신기한 것이다. 화영은 내심 가슴을 쓸어내렸다. 신랑이 셋이니 뭐니 하는 골치 아픈 상황에 휩쓸렸어도 어쨌거나 살아 있는 것이 최고 아닌가. 게다가 화영의 삼혼에 대해 밖으로 떠벌릴 남자들은 아닌 것 같아 안심이기도 했다. 비록 맹타안이 고집을 부리는 통에 일이 복잡해지기는 했지만 말이다.

"폐하의 뜻은 알겠습니다. 허나 성지로 내려진 혼인이라도 해도 이미 치러진 이상은 가내사입니다. 이혼에 대해서는 오로지 저와 장공주 본인만이 결정할 권리가 있으니, 가늠해 주시지요."

관호의 음성은 담담했으나 뼈가 있었다. 폐하라는 존칭과 존대도 빠뜨리지 않았으나 경외심은 조금도 느껴지지 않았다. 그는 주영과 남려 황실을 존중하긴 했으나 두려워하지 않았고, 그에 복속당하거나 참견 당하고픈 생각은 일체 없음을 뚜렷하게 드러내고 있었다.

결국은 이렇게 또 칼자루가 화영에게 돌아왔다.

'얼마 먹지도 않았는데, 다 엎히겠네.'

입 안이 깔깔했다. 화영은 슬쩍 백합탕 그릇을 다시 들어 한 모금 마셨다. 그러면서 눈을 굴려 주위를 훑어보았다. 이 상황을 타개해 줄 만한 원군을 찾아보았으나 온통 막힌 길뿐이었다.

맹타안은 자신의 뜻을 논리정연하게 밝혔고, 후일 강로 왕위를 되찾는다면 젊은 황제인 주영에게 큰 우방이 될 터였다. 그리고 은룡 역시 다르지 않았다. 그의 오랜 충심과 연심은 황후인 은요의 체면을 위해서라도 거절할 수 없었다.

그러면 관호는? 관호 역시 법도에 맞는 말을 하고 있었다. 게다가 그의 과거사가 선황과 어떻게 연관이 있는지를 아직 몰라 다짜고짜 잘라 내기가 꺼림칙했다.

"꼭 지금 결정해야 해요?"

화영은 일부러 과장하여 투덜거렸다.

"따지고 보면 난 오늘 아침에 깨어났어요. 몸도 성치 않은 사람한테 너무 과한 부담들을 주네요."

사실 조금도 아프지 않았지만, 오히려 깊은 잠에서 깨어난 듯 상쾌하기까지 했지만 어쨌든 그럴싸한 변명이었다.

"아까는 말을 타도 될 만큼 쾌차하셨다고 하지 않으셨습니까?"

그럴싸한 변명이었는데!

화영은 얼굴을 구기며 고개를 돌려 은룡을 쳐다보았다. 그는 아직도 자리에 꼿꼿하게 서 있었다.

치사하게! 입 모양으로 벙긋벙긋 욕을 퍼부었지만 은룡은 꿈쩍도 하지 않았다. 결연하게까지 보이는 그 낯빛에 화영도 이내 백기를 내걸 수밖에 없었다.

"글쎄……. 일단은…… 일단은 좀 더 시간이 필요할 거 같아요. 어쩌면 부마들도 며칠 더 나랑 살아 보면 제정신을 차릴지도 모르니까."

특히 맹타안은, 이라는 말을 화영은 적절하게 삼키며 말을 이었다.

"그리고 저……."

화영은 관호를 어떻게 불러야 할지 순간 당황했다. 은룡은 은룡이었고 맹타안은 어쩐지 근본 없이 편하게 막 부를 수 있을 것 같은데, 관호는 영 어려웠다.

"저쪽이 나랑 마차를 같이 타고 와서…… 우리를 본 궁인들도 꽤 많던데요. 분명 지금쯤은 태후가 계신 자녕궁까지 소문이 쫙 돌았을 거예요. 다른 사람으로 착각했다고 얼버무리기엔 지나치게 많이…… 크시니까…… 으음. 오늘 당장 이혼장을 써 주긴 좀 어려울 거 같아요. 이후에 어떻게 대처해야 할지 하나도 계획이 없으니. 이해하죠?"

화영이 조심스레 물었다.

"지금 당장 용중사에 꼭 가야겠다면 내가 말릴 수는 없지만…… 조금만 더 기다려 주면 좋겠어요."

화영을 가만히 응시하던 관호가 잠시 후 고개를 끄덕였다. 그제야 화영은 숨을 돌릴 수 있었다.

맹타안과 은룡이 남편 노릇을 하겠다고 버티는 와중이니, 차라리 관호처럼 무덤덤한 중재자를 끼워 놓는 것이 나았다. 보아하니 관호가 셋 중 나이도 가장 많고, 또 은룡은 그를 제법 마음에 들어 하는 모양이었다. 그러니 맹타안과 은룡 사이에 마찰이 생기거든 관호가 도움이 될 것 같았다. 화영혼자서 팔척장신의 무인들이 다투는 것을 무슨 수로 말리겠는가?

'거기다 어쩐지…… 은룡이란 맹타안 둘만 공주부에 있으면 내가 불편할 거 같단 말이지.'

벌써 금슬 운운하는 맹타안도 맹타안이지만, 그녀를 향한 은룡의 마음은 오래전부터 알고 있었다. 비록 이런 얼렁뚱땅 액막이 혼인이라지만 혼인은 혼인. 합환주를 나눠 마신 이상 은룡은 절대 물러서지 않을 것이었다.

그야 은룡이 싫은 건 아니다. 만일 부마를 들인다면 얼굴도 본 적 없는 금가의 청년보다야 항상 변함없이 그녀를 연모해온 은룡이 훨씬 좋았다. 은룡을 남편으로 맞는다면 새언니 은요와의 관계도 더욱 돈독해지고, 그들은 한층 단단히 엮인 가족이 될 터였다.

그렇지만 아직 마음의 준비가 되지 않았다. 결혼이라든가 누군가의 부인이 된 자신을 상상할 수가 없었던 것이다.

화영이 슬쩍 한숨을 내쉬는 모습을 본 은요가 입을 열었다.

"자, 공주의 회복을 축하하고 부마들에게 고마움을 표현하려는 자리인데 화제가 곤란하게 변했군요. 폐하, 신첩이 보기엔 공주 말이 옳아요. 공주가 깨어난 지 아직 하루도 지나지 않았는걸요. 향후를 보고 나서 다시금 부마들의 문제를 논의해도 늦지 않을 거예요. 다행히 공주의 삼혼에 대해서는 아무도 눈치채지 못했으니까요. 은룡과 엽혁 세자께서 현명하게 처신하여 입궁하신 덕분이지요."

은요가 말을 끊고 맹타안과 은룡을 향해 미소를 지었다. 은룡은 누이의 표정을 보고서 잠잠히 자리에 앉았고, 맹타안은 두 손으로 술잔을 들고 황후에게 인사한 후 마셨다.

"그러고 보니, 화영이 너는 남편들의 내력에 대해 모르고 있겠구나?"

어색하게 식사가 이어지려던 찰나였다. 불쑥 금정이 부마들을 향해 고개를 돌리더니, 눈을 가늘게 뜨고 물었다.

"부마들끼리는? 서로 통성명만 하고 끝나진 않았겠지?"

"그게……."

은룡이 당황한 듯 말을 흐렸다. 금정이 그럴 줄 알았다는 듯 코웃음을 쳤다.

"그러면 그렇지! 보아하니 혼례 날부터 여태까지 서로 소 닭 보듯 했겠구나!"

"공주마마께서 쾌유하시는 일이 우선이라, 거기에 집중하느라……."

"알고 싶은 생각도 없었겠지. 어차피 다시는 볼 일 없으리라 여겼을 테니까. 내 말이 틀렸느냐?"

금정이 술잔을 들며 킬킬거렸다.

"벌써부터 기 싸움이라니, 참으로 볼 만하겠다."

* * *

결국 현희부로 돌아오는 길에도 남편은 셋. 변하지 않은 숫자였다. 가까스로 궁문이 닫히기 직전 빠져나온 터라 밤이 깊었다. 검푸른 하늘 위로 반짝이는 별들이 점점이 박혀 있었고, 은빛 안개를 두른 달은 조용히 미소 지으며 밤길을 밝혀 주었다. 버드나무 가지 사이로 스쳐 나온 바람이 마차에 달린 옥 장식을 희롱할 때마다 맑은 소리가 짤랑거렸다. 돌아오는 길에도 그들은 말이 없었다.

만찬이 파해 갈 무렵, 공주와 부마를 보고 싶다는 태후의 말을 전하려 자녕궁 상궁이 찾아왔다. 다행히 만찬 자리를 내밀한 난각에 마련하였기에 상궁의 눈에 기묘한 손님들이 발각되지는 아니하였다. 그러나 심장이 덜컥 졸아들었음은 어쩔 수 없었다.

-장공주는 태의의 진찰을 받고 쉬고 있다. 깨어난 지 고작 반나절이 된 셈이니, 부마와도 아직 통성명만 하였을 뿐. 태후께 인사를 드리기엔 부부 사이가 미처 친밀하지 못하구나. 다시금 좋은 날을 잡아 입궁하도록 명할 터이니, 돌아가 태후께 전하여라.

주영은 가림막 밖에서 그렇게 말했다. 상궁이 좀처럼 납득하지 못하자, 결국 한숨까지 쉬며 한마디 덧붙이기까지 했다.

-그보다 태후께선 기침이 심하다 하지 않으셨느냐? 몸도 좋지 않으신데 이 늦은 시간에 무리하시면 큰일이다. 현희장공주 역시 이제 병석에서 일어났으니, 태후께 좋지 않은 영향을 미칠지도 모르고.

황제와 황후의 관심을 끌려 했던 풍한을 역으로 언급하니, 거기까지는 상궁도 뭐라 할 말이 없는 모양이었다. 물러나 자녕궁으로 사라졌다. 그때 야 화영은 가슴을 쓸어내릴 수 있었다.

-지체하다가는 태후께서 다른 핑계를 찾아 부르실지 몰라. 이미 시간이 늦기도 했구나. 어서 돌아가서 쉬렴. 태감들에게 분부해 좋은 약재와 보양식을 보내 주마. 외숙께서 일손들도 더 구해 주실 거다. 이제 네가 깨어났고, 또 부마들도 모두 머물겠다고 하니…….

헤어지는 순간은 믿기지 않을 만큼 어려웠다.

단 한 번도 떨어져 본 적 없는 쌍둥이 남매였다. 같이 자랐고, 같이 놀았고, 같은 처마 아래서 머물렀다. 옆방으로 굴러 들어가면 언제나 오라비가 서책을 읽다 말고 돌아서 놀아 주었다.

황궁으로 입성한 후에도, 어쨌거나 주홍색 담 안의 구중궁궐에 함께 갇힌 셈이었다. 머무는 궁은 달라졌지만 원할 때면 어느 때든 찾아가 간식을 나눠 먹을 수 있었다. 규율이 엄하고 일과가 바빴으므로 정확히 '어느 때든' 가능하지는 않았지만, 적어도 그럴 수 있다는 생각만으로도 마음이 든든하고 의지가 되었다.

하지만 더 이상은 그럴 수 없었다. 높고 엄숙한 주홍색 궁벽이 오누이 사이를 갈라놓고 있었다. 이제는 오빠와 함께 밥 한 끼 먹는 것도 복잡한 행사가 될 것이다. 새언니를 찾아가 어리광을 피울 수도 없다. 화영은 완전히 홀로 동떨어졌다. 그녀를 살리기 위한 단 한 가지의 선택지였음을 알았지만, 그래도 오빠 부부와 헤어지는 순간 뼛속까지 차오르는 두려움과 혼란스러움은 어쩔 수가 없었다.

이것이 공주의 운명이었다.

화친용으로 멀리 보내지지 않은 것만으로도 복이 많다 부러움을 살 일이다. 공주부를 따로 얻고 현숙한 공주라는 휘호도 얻었다. 시집을 가는 것이 아니라 부마를 들였으니 시부모를 모실 일도 없고 눈치를 볼 이유도 없다. 오빠는 최선을 다했다.

알면서도 외로움과 막막함은 쉽사리 가시지 않았다. 화영은 결국 욕간 도중 눈물을 보이고야 말았다. 침혜는 아무 말 없이 그녀의 등을 두덕여 주었다.

그다음 아침부터 현희부에 작은 소란이 일었다. 화영의 침실을 본채에 새로 꾸민다는 소리에 맹타안이 욕심을 드러낸 까닭이었다.

"그렇다면 나도 거기로 짐을 옮기겠소. 부부이니 당연한 일 아니오?"

또 미친 소리를 한다며 화영이 얼굴을 찡그리기도 전에 은룡이 사납게 받아쳤다.

"이곳에 부마가 그쪽만 있는 게 아니오! 폐하께서 부러 쫓아내지 않은 것은 부마들의 체면을 염두하셔서이거늘, 이런 무례를 전해 들으시면 더는 그쪽의 낯 따위야 신경 쓰지 않으실 겁니다!"

"침실을 같이 쓰지도 않을 거라면 혼인은 무엇 하러 치렀단 말이냐?

은가 어린놈 너야 소꿉장난이면 족하겠지. 허나 나는 사내대장부다. 부인과 함께 지내고 싶은 것이 뭐가 문제냐? 옥황상제라도 트집 잡지 못할 당연지사이거늘!"

은룡은 화영보다 어린 갓 스무 살이었지만 맹타안은 그보다 네 살이 많았다. 만찬 자리에서 간략하게 각자의 출신 성분을 알게 된 이후 맹타안은 옳다구나 하며 더욱 은룡을 깔아뭉개려 들었다. 말끝마다 어린놈이니 도련님이니 하며 빈정거리는 것이었다.

"아침부터 차 맛 떨어지게!"

보다 못한 화영이 짜증을 냈지만 맹타안과 은룡은 서로를 노려보며 좀처럼 물러나지 않았다.

내 이럴 줄 알았지. 화영은 한숨을 내쉬며 흘긋 곁눈질을 했다. 홀로 고요한 산 속에 있기라도 한 듯 흐트러짐 없는 자세로 차를 마시고 있는 관호가 보였다.

"그렇게 치면 이쪽이 들어와야겠네. 나이로 보나 대외적인 명패로 보나 말이에요. 그렇죠?"

긴 눈을 내리깔고 차 맛을 음미하고 있던 관호가 화영에게로 시선을 돌렸다. 눈가가 잠시 찌푸려지는 것을 보니 애초부터 이런 용도로 자신을 붙잡아 놓았음을 눈치챈 모양이었다. 화영은 도와달라는 듯 어깨를 치켜올리며 배시시 웃었다. 그러자 관호가 숨을 길게 내쉬며 대답했다.

"그렇소. 옥첩에 올라간 부마는 이 관모니까."

"거봐! 맹타안 당신, 그렇게 법도에 안 맞게 굴면 되겠어요?"

"허 참! 그런 법이 어디 있소?"

맹타안이 어이가 없다는 듯 눈썹을 치켜올렸다.

"여기 있지. 남려는 가법도 까다롭다구요. 그렇지, 은룡?"

"물론입니다. 처첩의 위계와 순서가 철저하지요. 오랑캐가 뭘 알겠습니까만."

사실 가법 따위 용중사에서 자란 화영이 알 게 무어냐마는, 이렇게 못 박아 두지 않으면 호시탐탐 그녀의 침실에 들 권리를 강요할 게 뻔했다. 부마로 이름을 올린 데다 가장 연상인 관호와, 남려 귀족의 예법에 정통한 명문가 은룡을 한데 묶어 방패로 세워 놓아야 당분간이나마 편할 것 같았다.

은룡 역시 화영의 의도를 곧잘 파악하고는 곧바로 고개를 끄덕이며 편을 들었다. 그러자 맹타안이 발끈했다.

"당당한 강로의 세자더러 오랑캐라니, 네놈!"

"아, 시끄러워! 이럴 거면 밥도 따로 먹고 차도 따로 마셔요. 만날 이러면 제 명에 못 살겠네."

그것만은 안 된다며 맹타안이 투덜거리고, 은룡도 내심 두려워하는 낯빛이기에 그만두기는 하였으나 하여간에 이렇게 얼굴만 마주쳤다 하면 소란이요 난리였다.

황실 족보에 기록된 이름자의 주인이자 스물일곱 살로 가장 연상인 관호가 화영과 합방하는 일에 아무런 언급이 없자, 맹타안은 불만스러운 기색이긴 하나 대놓고 요구하는 일은 그만두었다.

대신 방향을 바꾸었는데, 화영과 친분을 쌓고 호감을 높이려고 마음을 먹은 듯했다. 가법이고 나발이고, 공주가 승낙하면 그만 아니냐 하는 판단인 모양이었다.

관호도 맹타안의 말장난이 도를 넘지 않는 한은 굳이 참견하지 않았으므로 속이 타는 것은 은룡의 몫이었다. 화영이 얼굴을 찡그리면서도 가끔은 제법 혹하여 맹타안을 따라나서는 까닭이었다. 예를 들자면 말을 타는 법을 가르쳐주겠다는 제안이 그것이었다.

"부인, 나만 믿으시오. 금방 배울 거라 보장하겠소."

맹타안은 며칠 지나지 않아 사촌 맹영대와 함께 외출했다 돌아오며 세 마리의 암말을 끌고 왔는데, 하나같이 눈이 총명하고 털 결이 고우며 허리와 다리가 날렵한 데다 끈기가 있는 좋은 말들이었다. 강로 사내가 고르는 말은 틀림이 없다며 잘난 척을 해 대었다. 과연 그렇게 으스댈 만한 준마들이었기에 은룡도 뭐라 트집을 잡을 수가 없었다.

"맹 부마께서 제법 열을 올리고 계시네요."

침혜가 키득거렸다. 승마 연습이 끝나고 땀에 젖은 화영을 위해 목욕물을 준비하던 와중이었다. 화영도 피식 웃었다.

"맹 부마가 마음에 드세요? 아님 은 부마가 안절부절못하는 걸 보는 게 좋으신가?"

"말 타는 게 좋아. 그것뿐인데 뭘."

"어이구, 누가 그 말을 믿겠어요?"

"그런가?"

"그럼은요. 정 승마를 배우고 싶으시면 은 부마더러 부탁해도 됐잖아요? 두 분이 오래 아셨으니 더 친하고 거리낌 없을 텐데 말이에요."

"침혜 네가 은룡이 얼마나 잔소리가 많은지 몰라서 그래. 은룡한테 말 타는 법을 배우려면 아마 십 년은 걸릴걸?"

"흐흠, 그렇게 말씀하신다면야 어쩔 수 없지만은."

침혜가 처진 눈을 더욱 가늘게 뜨며 흐흐 웃었다. 화영은 침혜에게 손끝으로 물방울을 튀기며 낄낄거렸다.

평생 외숙과 오빠, 그리고 은룡 외에는 가깝게 지내 본 남자가 없던 화영이었다. 혼인을 딱히 원했던 것도 아니고, 한 번에 남편을 셋이나 얻기를 바란 것은 더더욱 아니었다. 그럼에도 성숙한 여인으로서 헌헌장부가 궁금하기는 자연스러운 일이었다.

맹타안은 규율에 얽매이지 않는 성정 때문에 대하기가 편했다. 그는 자신이 금빛 매처럼 빼어난 외모를 지녔음을 잘 알았고, 그 외모를 무기로 여인을 어떻게 구워삶는지도 도가 튼 사내였다. 화영이 용중사에서 선머슴처럼 자란 데다 부끄러움을 잘 타지 않기에 다행이지, 평범한 귀족 규수였다면 진작에 그에게 홀딱 넘어갔을지도 몰랐다.

경대 앞에 앉은 화영의 젖은 머리를 빗질하며 말려 주던 침혜가 문득 귓가에 속삭였다.

"마마, 그치만 이것만은 말씀드려야겠어요. 만일 맹 부마가 뭔가 요구하시거든 절대로 넘어가시면 안 돼요."

"뭐?"

"승마를 배우는 연무장이야 훤하고 탁 트인 곳인 데다 어지간하면 은 부마가 항상 야차처럼 눈을 부라리고 있으니 괜찮지만서두, 어디 외딴곳으로 데려가려고 하면 싫다고 하세요. 차라리 그날 밤 처소로 부르겠다고 하셔야 해요. 아시겠죠?"

"어휴, 내가 바보인 줄 알아, 침혜는?"

"바보까진 아니어도 비슷하시겠죠. 처녀들은 모두 바보지만, 귀한 집 처녀들은 열 배는 더 바보인 법이거든요."

자못 엄숙하게 단언하는 침혜의 말에 화영이 코웃음을 쳤다.

"맹타안이 내 치마 속을 구경할 일은 죽었다 깨나도 없어. 그러니 꿈 깨."

"어이구, 현희(賢姬)라는 휘호가 울겠네! 아주 못 하는 말씀이 없으셔!"

침혜가 허리춤에 양손을 짚고 혀를 찼다. 화영은 낄낄거리며 손으로 머리끝을 매만졌다.

용중사는 내력이 깊고 유명한 사찰이었다. 지위 고하를 막론하고 전국에서 많은 사람들이 몰려들었다. 개중에는 아이를 얻고자 백일기도를 드리기 위해 묵는 부인네들도 많았다.

오빠가 공부 중이고 은룡도 없을 때면, 화영은 부인들이 묵는 숙소에 굴러 들어가 귀염을 받으며 이런저런 간식을 얻어먹고 그들이 나누는 이야기도 야금야금 주워들었다. 그런 까닭에 남녀상열지사에 대해 꽤나 노골적인 부분까지 귀동냥을 하게 되었고, 자신을 말 등 위에 올려 줄 때마다 맹타안의 푸른 눈에 타오르는 불길이 무엇인지 정도는 짐작하고 있었다.

"맹타안이야 남려 황실의 전폭적인 지지가 필요하니까 내 코를 완전히 꿰고 싶은 거지. 그런 속이 뻔히 보이는 수작에는 절대 안 넘어가."

"흐음, 그렇게 잘생긴 분이라도 말이죠?"

"맹타안이 미남이기는 하지."

화영은 순순히 인정했다.

"하지만 평생 보고 자란 내 오빠도 단정한 미인이고, 은룡도 어디 가서 빠지지 않을 대장부인걸? 내가 쉽게 넘어갈 거라고 생각했다면 자신감이 지나친 거지."

"분명 자기 잘난 맛에 사시는 분 같긴 해요. 실제로두 잘나기도 하셨구. 하여간 온 씨족이 참살당했는데 단기필마로 살아남아 남려까지 망명하기가 쉬운 일은 아니죠."

침혜가 빗질을 계속하며 말했다.

"제가 보기로는 남편감으로는 역시 관 부마셔요."

"어? 은룡이 아니고? 그 사람이? 왜?"

"마마는 아직 어리셔서 잘 모를 거예요. 원래 관 부마 같은 사내가 진국이거든요. 드러내는 성격이 아니라 그렇지, 체격도 가장 크시구, 허벅지도 아주 그냥. 흐흥, 법사님께 들었는데 강호에서 이름난 무인이라던데 참말 맞나 봐요."

"뭐? 어려서 잘 모르다니? 내가 너보다 나이가 많잖아?"

"흐흥, 제 말뜻 아시면서."

"참나!"

화영은 경대 위에 있던 백옥 비녀를 잡아 쥐고 침혜의 허벅지를 장난스레 때렸다. 침혜는 눈을 붓으로 그린 선처럼 완전히 휘고는 킬킬거렸다.

오빠의 말대로 화영이 깨어난 후 사나흘에 걸쳐 현희부에서 일할 하인들이 도착했다. 현희부 규모를 유지할 수 있는 최소한의 인력이었다. 외숙과 개인적으로 인연이 있고, 또한 금전적인 어려움이나 머물 곳이 없는 상황 처해 있는 이들이라고 침혜가 알려 주었다. 각기 출신 지역이나 성별, 나이대는 다양했지만 하나같이 신용할 수 있었다.

"그러면 너도 돈이 필요해서 온 거야?"

설명을 듣던 화영이 문득 물었다. 침혜는 엄지손가락과 검지를 문지르며 눈을 크게 떴다.

"세상에 돈이 필요 없는 사람이 어디 있겠어요?"

그야 맞는 말이었지만, 분명 그 이상의 이유가 있을 것 같았다. 하지만 굳이 침혜가 본인 입으로 꺼내지 않으니 물어 보기도 뭣했다.

화영은 침혜가 아주 마음에 들었다. 새언니 은요를 제외하고는 처음 사귀어 보는 또래의 여인이었던 탓이다. 그나마도 은요는 은룡보다 드물게 용중사에 찾아왔고, 화영에게 이런저런 귀한 장난감이나 옷은 물론 재미있는 이야기도 들려주곤 했지만 오라비의 정인이었다. 은요가 나이를 먹을수록 용중사에 방문하는 시기와 머무는 시간은 짧아졌고, 그 아쉬운 순간들을 화영이 차지하는 것은 오빠에게 미안한 일이었다. 그래서 화영은 부러 은룡을 끌고 산속을 돌아다니며 놀고는 했다.

'침혜에게 무슨 사정이 있는지 모르니까, 최대한 말을 가려 해야겠어.'

하여간에 침혜를 몸종이나 시녀라기보다는 친구로 느끼게 된 까닭에 화영은 섣불리 선을 넘지 않으려 조심했다. 침혜가 겉으로 보기에는 유들유들하지만, 속으로는 주의 깊고 사리 분별이 냉철한 성품임을 눈치챈 것이다. 누군가 자신의 상처를 건드린다면, 고의가 아니었다 하더라도 침혜는 결코 잊지 않을 것이 분명했다. 화영은 그런 상황을 결코 맞이하고 싶지 않았다.

그야 황궁의 태감과 시녀들도 녹봉과 먹을 것, 입을 것, 잘 곳을 얻기 위해 일한다. 하지만 침혜가 부마를 셋 둔 공주를 챙기고 입히고 꾸며 주는 까닭은 단순히 돈 그 자체를 위해서는 아닐 것 같았다. 현희부에 일하는 일손들을 차차 알아 가면서 그런 확신은 더욱 강해졌다.

침모인 전 씨는 눈이 먼 시모를 이십 년이 넘게 홀로 부양해 왔다. 그러다 집마저 빚으로 빼앗겨 길거리에 나앉게 생겼다. 마침 금정이 시모와 함께 머물 수 있는 공간에다가 넉넉한 삯은 물론이고, 후에 시모가 죽으면 장례까지 후히 치러 주리라 제안하여 현희부에 들어왔다. 현희부의 후조방, 즉 하인들의 거처에는 빈방이 많았기에 전 씨가 시모와 함께 지낸다 하여 불편해할 사람도 없었다. 애당초 가장 적은 인원만 뽑았기 때문이다.

게다가 주방을 맡은 구 씨 부부는 연사 지역에서 알아주던 여관 주인이었다. 솜씨가 좋은 만큼 손도 컸고, 공주부로 들어오는 식자재는 남아 돌만큼 풍족했기에 전 씨의 노모 정도를 더 먹이는 것은 일도 아니었다.

이들 부부도 마찬가지로 사정이 있었다. 수해로 가업이던 여관을 잃고 세금을 내지 못해 아들을 노역으로 빼앗겼던 것이다. 생판 낯선 타지에서 아들을 되찾을 돈을 벌 방법이 없어 용중사에서 주방일을 하는 것으로 방한 칸 얻어 머문 지 오래였다. 화영도 황궁으로 오기 전 일 년간은 시도 때도 없이 부엌으로 굴러 들어가 이거 해 달라 저거 해 달라 떼를 쓰곤 했다. 이들에게도 금정이 마찬가지로 후한 조건으로 현희부에서 귀인들의 식사를 맡아 달라 부탁한 경우였다. 구 씨 부부는 화영의 자택이라는 말에 두말없이 수락했고 말이다.

마구간을 맡은 소년이나 청소를 맡은 아낙들 역시 다르지 않았다. 하나같이 사정이 있었다. 그리고 하나같이 불심이 깊고 금정과의 신뢰가 단단했다.

'그렇다면 분명 침혜도······.'

화영은 다과상을 내어 오는 침혜를 보며 곰곰이 생각했다.

침혜의 사정을 알고 싶은 이유는 단순한 호기심도 있지만, 혹여 무지한 자신이 아무렇지 않게 던진 말로 그녀가 상처를 입거나 화를 낼까 걱정이 되어서이기도 했다. 화영 그녀도 잘 알았다. 바로 그녀 자신이 그런 방식으로 몇 번이고 마음을 다쳤기 때문이다. 지금이야 아무래도 상관없지만, 제 아무리 천하에 무서울 것 없는 화영이라 해도 어릴 때부터 심장이 무쇠 같지는 않았다.

남매가 황실 자손이라는 사실은 숨겨야 했으므로 그들은 여기저기서 아버지를 욕하고 손가락질하는 것을 견뎌야 했다. 주영과 화영의 아버지는 그들을 버린 게 아니었는데도 말이다. 따지자면 어머니가 그를 버린 것이었다. 아이들을 낳기 위해, 살아남기 위해.

아버지는 뒤늦게 남매의 탄생을 알게 된 후 급하게 용중사로 찾아왔었다. 단 한 번뿐인 만남이었다. 외숙은 아버지의 방문이 오히려 남매를 위험하게 할 것이라며 질책했고, 아버지는 수긍했다고 한다. 잠든 그녀의 이마를 도닥이던 아버지의 손길은 아직도 흐릿하지만 애절한 열기로 남아 있었다.

하지만 어쨌건 그러한 사정을 모르는 이들의 눈에 화영과 주영은 불쌍한 사생아, 아비가 버린 자식들이었다. 그 시선이 얼마나 분했던지! 그들은 연민과 동정을 베풀었다고 여기겠지만 실은 정반대였다. 화영은 침혜에게 그와 같은 짓을 저지르고 싶지 않았다.

'결국은 서로 알아 가면서 친해지는 수밖에 없겠지?'

화영은 침상에 누워 몸을 뒤척거렸다. 친해지는 방법이라고는 산을 타고 죽마를 타며 노는 법밖에는 모르는데. 그도 아니라면 죽마를 망가뜨린 대가로 노비 문서라도 쓰게 만든다거나 말이다. 하여간 침혜에겐 은룡과 같은 방법을 써선 안 될 것 같았다.

'흠, 어떻게 친해져야 하지?'

은요 언니랑은 어떻게 놀았더라? 화영은 눈을 감은 채 기억을 뒤적거렸다.

은씨 남매와 처음 만났을 때, 은룡은 몸이 무척 약한 꼬마였다. 불심 깊은 은가의 안주인은 아이들을 데리고 용중사에 자주 방문하여 가족의 건강과 가문의 안전을 빌고는 했다. 은요는 어려서 어머니를 잃은 화영을 무척 안타깝게 여겼다. 예쁜 옷을 몇 벌이고 직접 지어 주었고, 사가에서 챙겨 온 달콤한 간식거리를 챙겨 주기도 했다.

그때만 해도 은룡은 하얀 얼굴에 귀여운 꼬마였는데. 어쩌다가 이렇게 문짝만큼 커졌는지 모를 일이다.

'아, 그러고 보니 아까 나한테 뭐라고 말하지 않았나?'

그녀의 죽마를 망가뜨리고 어쩔 줄 몰라 눈가가 붉어지던 꼬마 은룡을 흐뭇하게 떠올리고 있자니, 갑자기 기억이 났다. 저녁 식사가 끝난 후 차를 마시고 있던 그녀에게 조심스럽게 다가와 은룡이 뭐라고 했더라.

아하.

싱긋 미소가 입가에 걸렸다. 생각보다 기회가 빨리 온 것 같았다.

3. 높은 담을 벗어나니
거리는 혼잡하고

"부인?"

해가 가장 뜨거울 때를 지나고, 바람이 정원을 흔들며 더위를 식히는 시간이었다. 맹타안은 손날을 이마 위에 댄 채 갸름하게 뜬 눈으로 태양을 노려보았다. 분명 공주가 승마를 배우러 연무장으로 나올 시간이 맞았다. 오히려 두 각은 더 지난 것 같았다.

몇 번 더 공주를 불러 보았지만 대답이 있을 리가 없다. 맹타안은 움켜쥔 마편을 짜증스레 허벅지에 두드렸다.

"그…… 낮잠이라도 주무시나 보지요. 아직 해가 뜨거운데 들어가 기다리시는 건……?"

"시끄럽다."

두 마리 말의 고삐를 잡고 있던 맹영대가 눈치를 보다 슬쩍 말을 걸었지만, 단칼에 잘릴 뿐이었다.

그의 사촌 형님은 요 몇 주간 남려 공주에게 승마를 가르치는 일에 무척 열심이었다. 솔직히 말하자면, 그녀에게 홀딱 빠진 게 분명했다.

맹영대로서는 도저히 벌어지는 일들을 이해할 수가 없었다. 본디 목적은 공주 쪽에서 그에게 반하게 만드는 것이었단 말이다. 이쯤이면 목적이니 뭐니 모래처럼 흩어져 버린 지 오래였다.

"몸이 안 좋을 수도 있지요. 평생 타지 않던 말을 갑자기 타니 안 아프고 배기겠습니까?"

"여태껏 빠진 적이 없는데 이제 와서 엄살을 부리겠느냐? 부인은 그런 약해 빠진 여자가 아니다."

"그치만, 여태껏 이렇게 말없이 늦은 적도 없지 않습니까? 무슨 일이 있긴 있다니까요."

하얗고 고운 모래가 깔린 연무장은 탁 트여 있었기에 오후의 햇빛도 그대로 꽂혔다. 사실 따지자면 이 계절에는 이른 새벽이나, 늦어도 아침 식사 전후에 훈련하는 것이 옳았다. 정오가 지났다 해도 달아오른 바닥은 여전히 후끈하니 열기를 뿜어 올렸고, 흰 모래들은 유리조각처럼 반짝이며 시야를 교란시켰기 때문이다. 하지만 공주가 이른 아침은 죽어도 싫다고 버티는데 어쩔 도리가 있겠는가. 결국은 맹타안이 두 손을 들고 이 시간대로 약속을 정한 것이다.

'어쩌면 그때부터 잘못 꼬인 걸지도……'

맹영대는 쩝, 하고 뒤통수를 긁적였다. 아무리 공주를 유혹해야 하는 상황이라지만 지나치게 숙이고 들어갔다는 기분을 지울 수가 없었다. 애초에 여인의 비위를 맞추는 방식은 강로의 구애와는 한참 멀었던 것이다.

무슨 일이 있는 게 분명하다는 사촌의 주장에 맹타안은 잠시 고민하는 듯했다. 하늘을 다시금 확인하고, 매처럼 날카로운 시야로 주위를 둘러보고는, 손에 쥔 마편을 내려다보며 무언가를 따져보던 그가 고개를 뻣뻣이 들었다.

"좋다. 부인을 찾으러 가야겠다."

"그럼 저는 마구간에 들렀다 오겠습니다. 형님께서는 본채로 가서서 차나

한잔 드시고 계시지요."

"아니, 됐다. 넌 네 일을 봐라. 나 혼자로도 충분해."

"예?"

맹영대가 얼굴을 찡그렸다. 존경하는 사촌 형님이 그를 떼어 놓으려 할 때마다 제대로 되는 일이 없었기 때문이다. 특히 계집에 관련된 문제면 더욱 그랬다. 맹타안은 자신이 얼마나 잘생겼는지 잘 아는 사내였다. 그리고 어떻게 그 외모를 이용해야 하는지도.

"형님 설마…… 이 일을 핑계로 넘어뜨리시려구요?"

"멍청한 녀석! 내가 그런 개 같은 놈인 줄 아느냐?"

"아니 뭐……."

강로에서의 숱했던 여성 편력을 생각해 보면 딱히 틀린 말도 아니다. 맹타안, 아니 엽혁타안은 강로의 차세대 우두머리였던 데다가 그 잘생긴 외모와 탁월한 무예만으로도 걸출한 사내였다. 초원의 온 여인들이 그를 사랑했다. 그리고 가장 가까운 사촌인 맹영대가 아는 한 그는 달려드는 여자를 거부한 적이 없었다.

사촌의 걸쩍지근한 표정을 보자 맹타안이 발끈했다.

"지금 네 눈엔 내가 양치는 계집이나 매사냥꾼과 뒹굴려고 이리 수고를 들이는 걸로 보이냐?"

"아뇨……. 그랬으면 형님이 수고를 들이실 필요가 전혀 없었겠죠. 형님 천막으로 알아서들 숨어들어 올 테니까."

"흥."

맹영대의 투덜거림에 맹타안이 코웃음 쳤다.

"부인은 강로 여자들과는 다르다. 예법도 제법 알고 체면을 중시하거든. 그런데 그렇다고 남려의 깍쟁이 계집들처럼 얄밉게 굴지는 않아. 항상 시원시원하지. 그러니 기꺼이 이 몸이 비위를 맞추려 드는 거다. 알겠느냐? 강로 여자라면 첫눈에 내게 반했을 테고 남려 계집이라면 올라타면 그만이지만 부인은 둘 다 아니란 말이다."

"알겠느냐고 하셔도⋯⋯."

"하긴, 니가 알아 봤자지. 어차피 내 부인이니까. 그래, 그대로 모르고 있어라."

화영에 대해 이야기하다 보니 기분이 좋아졌다. 맹타안은 발끝으로 가볍게 흰 모래를 걷어찼다.

공주는 초원에서 자란 여인만큼 호탕하고 대범했지만, 성적인 면은 무척 신중했다. 분명 그녀도 맹타안 그를 미남이라고 여기는 게 분명했고, 승마를 배우며 갖는 시간을 즐기는 것도 확실했다. 하지만 말안장에 태워 주고 내려 주는 그 이상의 접촉은 결코 허락하지 않았다. 그러면서도 어찌나 깔깔대고 잘 웃는지, 남려의 얌전한 규수라면 상상조차 못 할 태도였다.

그런 공주를 유혹하는 일은 이전에 전혀 보지 못한 새로운 짐승을 사냥하는 것과 흡사했다. 전략도 기술도 들이는 시간마저도 모두 새롭게 바꾸어야 하니까.

물론 그는 타고난 사냥꾼이었으므로 이 과정을 녹록히 즐기고 있었다. 경쟁자들의 존재 역시 사냥을 더욱 불타오르게 하는 향신료나 마찬가지였다. 다른 부마들이 아무리 방해하고 그녀를 싸고돈다 해도 결국 승리는 그의 손아귀에 들어올 것이다.

"마침 잘 됐다."

"뭐가 말입니까?"

"넌 알 것 없다. 가라, 마구간이나 가."

앞뒤 모를 소리에 의문 가득한 표정으로 맹영대는 물러났다. 두 필의 말을 끌고 사촌이 사라지는 뒷모습을 보자마자 맹타안은 발걸음을 빨리했다.

이건 기회였다! 부인의 침소에 들어가 볼 기회 말이다. 낮잠을 지나치게 오래 자는 것이든, 아니면 승마로 인한 근육통으로 앓아누운 것이든 그녀는 침소에 있을 확률이 높았다. 설령 아니라 해도 그녀의 행방을 알 만한 하인들은 있겠지. 그러면 그녀도 찾고, 침실에도 입성하고 일석이조가 될 터였다.

일손들이 더 들어왔음에도 현희부 규모에 비하면 한참 부족했다. 넓은 저택을 가로지르는데도 마주치는 기척이 드물었다.

그것이 맹타안의 마음에 들었다. 탁 트인 넓은 초원에서 태어나고 자란 그는 시야를 꽉꽉 메우는 돌벽과 목조 건물, 그 귀퉁이마다 바글바글 숨어 있는 호기심 많은 눈들이 딱 질색이었다. 처음에야 부마 대접이 엉망이라고 트집을 잡긴 했으나 그건 다른 부마들을 떠보기 위한 도발에 불과했다. 오히려 그에게 시종을 십수 명 딸려 주고, 길목마다 수발을 들기 위한 하녀들이 줄줄이 서 있었다면 그편이 더욱 그를 짜증스럽게 만들었을 것이다.

회랑을 지나쳐 본채로 들어섰다. 식구들이 모여 만찬을 나누거나 손님을 맞이하는 탁 트인 대청을 지났다. 여기서 말만 한 장부 셋이 붉은 예복을 입고 기약 없이 공주를 기다리고 있던 게 엊그제 같은데. 흥, 맹타안은 코웃음을 쳤다.

공주부인만큼 공주의 침실은 본채에서도 가장 크고 깊숙한 곳에 자리하고 있었다. 문 앞으로 가는 길마다 옥과 수정을 꿴 주발이 드리워져 있었고, 은은한 비단 장막이 구름처럼 나풀거렸다. 사내를 묘하게 달구는 향기가 천에 배어 있는 듯한 기분이었다. 정작 공주 본인은 향수를 쓰지 않는데 말이다.

"흐음……."

그녀의 허리를 안아 안장 위에 올리고, 그녀의 팔을 받아 안아 내릴 때마다 맹타안이 느낄 수 있던 향기는 깨끗한 살 내음뿐이었다. 깊은 산중의 사찰에서 자랐다던가? 풍기는 체향으로만 보면 꼭 백련이 가득한 연못에서 물장난을 치는 어린아이 같았다.

'하지만 그것도 좋지. 질리지 않을 테니까.'

맹타안은 싱긋 웃었다. 그는 남려 황실의 피를 이어받은 후계자가 필요했다. 그로 인해 남려의 전폭적인 지원을 얻을 수 있을 테니 말이다. 어떠한 경우에도 그는 남려 장공주를 유혹하여 수태시켜야 했다. 설령 눈코입이 뭉개진 달걀귀신 같은 몰골의 공주였다 하더라도 말이다. 화영 정도면 충분히 만족스러운 여인이었다. 아니, 만족스러움을 넘어 반갑기까지 하다. 오랑캐에게 승마를 배울 정도로 호탕하고 배짱 있는 미인은 드물지 않은가. 그러니 자신이 즐거운 것도 충분히 이해가 가는 일이다. 그는 그렇게 생각했다.

"부인?"

공작과 모란, 종달새가 그려진 문 앞에서 맹타안은 목소리를 가다듬었다.

"안에 있소? 걱정이 되어서 왔소이다."

손기척까지 해 봤지만 침소 안에서는 답이 없었다. 맹타안은 눈을 가늘게 떴다. 만약 방 안에 사람이 있었다면 그는 반드시 알아차렸을 것이다. 탁월한 사냥꾼이자 전사인 그는 생명의 기척을 읽는 데 능숙했다.

'안에 아무도 없나 보군.'

침상을 정리하거나 가구를 닦는 하녀조차 없는 모양이었다. 이렇게 되면 계획과는 다르다. 하지만 뭐 어떠랴. 이왕 온 길이다. 게다가 부인의 침실에 가장 먼저 발을 디딘 사내가 되고 싶다는 호승심도 있었다.

보통 여인들은 사적인 공간에 자신의 취향을 반영하고는 한다. 침상을 장식한 천을 보면 좋아하는 색을 짐작할 수 있을 것이고, 걸어 놓은 족자를 보면 좋아하는 동물도 알 수 있을 것이다. 화병에 꽂힌 꽃들도 큰 도움이 되겠지.

맹타안은 자신의 부인인 현희장공주 송화영에 대해 알고 싶었다. 습성을 모르고는 덫을 놓을 수 없다는 핑계이든, 아니면 그의 복수를 위한 열쇠에 대한 호감이든. 그것이 어떤 연유에서 기인하였든 알고 싶다는 마음만큼은 진심이었다.

'부인을 찾으러 왔다는 핑곗거리도 있으니, 지금이 적기다.'

맹타안은 침실 문을 열고 들어갔다.

아름다운 방이었다. 큰 창이 많이 나 있어 햇빛이 파도처럼 밀려들어 바닥에 흩어졌다 물러나길 반복했다. 가구의 수는 적었으나 꼭 필요한 자리에 놓여 있었다. 요 몇 주간 화영을 가르치며 느낀 바로는, 그녀가 이렇게까지 깔끔하게 새침을 떠는 성격은 아니라는 것이었다. 하다못해 벗어 던진 신발 한 짝이라도 어디 구석에 박혀 있으리라고 생각했는데. 흠. 하녀들이 이미 청소를 마친 모양이었다.

맹타안은 방 안을 느긋하게 걸어 다니며 자잘한 소품들을 구경하기 시작했다. 윤기가 반질거리는 탁자 위에 솔방울로 만든 장난감이 세 개 놓여 있었다. 만든 지 꽤 오랜 시간이 지난 것 같았다. 솔방울에다 팔다리랍시고 꽂아 놓은 나뭇가지가 부러지거나 아예 빠져 있었기 때문이었다. 잘못 만지면 부스러기가 떨어질 듯 낡아 보였다.

자칫하면 지저분하다고 여겨질 잡동사니가 현숙한 공주라는 휘호를 받은 이의 침실에 있다니. 맹타안은 슬쩍 검지로 가장 큰 솔방울을 건드려 보았다. 자세히 보니 솔방울이 굴러가지 않도록 작은 나무 받침이 아래에서 지탱하고 있었다.

이것도 공주가 만들었을까? 대충 만든 장난감의 모양새와는 달리 받침대는 신중을 기울여 깎아 내고 조립한 물건이었다. 가만히 한자리에 앉아 조각도를 들고 나무토막을 파낼 그녀는 상상이 가지 않았다. 애초에 그럴 만큼 세심한 성품이라면 솔방울 장난감도 저보다는 더 성의 있게 만들었겠지.

그러면 누가 저걸 깎아 주었을까?

문득 떠오르는 은룡의 면상에 맹타안은 인상을 찌푸렸다. 어려서부터 함께 놀았던 청매죽마라고 했던가? 그래서인지 은룡은 자신이 공주의 호위라도 되는 양, 사사건건 맹타안 그에게 날을 세웠다.

기도위라고 잘난 척이란 잘난 척은 다 해 놓고, 도대체 일은 언제 하려는 것인지 맹타안이 공주와 승마를 할 적에는 만사를 제쳐 놓고 연무장으로 따라 나와 감시하고는 했다. 그러니 이 애송이가 도통 마음에 들지 않는 것도 당연했다. 하긴, 한 부인을 두고 다투는 연적인 셈이니 마음에 들 일이 뭐가 있겠느냐마는.

'흥, 그래 봤자 이 솔방울이나 매한가지. 어려서 데리고 놀던 정 때문에 버리지 못하는 것뿐이지, 그 이상은 절대 아니야. 만일 그놈과 연을 맺을 마음이 있었다면 진작에 나와 관가에게 이혼장을 써서 쫓아냈을 거다.'

맹타안은 입꼬리를 뒤틀며 코웃음을 쳤다.

은가 어린놈이 공주에게 목을 매고 있는 것은 뻔했으나 공주가 그에게 보이는 감정은 여인이 사모하는 장부에게 갖는 종류는 아니었다. 평생 여인들이 내보이는 뜨거운 애욕과 연모의 시선에 익숙했던 맹타안이었다. 그러니 부인이 은가 놈을 보는 시선은 덜 익은 포도나 마찬가지라 확신하였다.

그럼에도 은룡의 손길이 닿았을 거라 생각하니 솔방울과 받침대에 대한 흥미가 싹 사라졌다. 맹타안은 다른 곳으로 시선을 돌렸다. 화병을 놓는 다리 네 개짜리 작은 상에는 큼직한 향로가 대신 자리하고 있었다. 헌데 향을 피우기는커녕 오히려 뚜껑을 열어 놓고 그 안에 작약과 수국을 가득 채워 놓았다.

"수반이 아니라 화반이로군?"

모양새가 낯설고 우스꽝스러운 것이 꼭 어린아이들 소꿉장난 같았다. 멀쩡한 화병을 놔두고 이런 시도를 할 하녀는 없을 터이니, 분명 공주의 손길이 닿은 것이리라.

"손이 심심하면 자수를 놓거나 서예를 하지는 않고……."

말투는 트집 같지만 정작 맹타안의 음성은 묘하게 만족스럽게 들렸다. 점찍어 두었던 매가 야생 그대로임을 재차 확인한 사냥꾼과 흡사한 목소리였다.

마지막으로 맹타안의 시선을 잡아끈 곳이 있었다. 반쪽짜리 영벽으로 침소 한 공간을 나누어 놓았으니, 분명 몸단장을 하는 장소이리라. 경대도 있을 것이고 어쩌면 자주 쓰는 보석함도 있겠지. 슬쩍 열어 볼까 싶었다. 뭐가 있는지 알아야 나중에 선물을 할 적에 참고를 하지 않겠는가.

망설임 없이 영벽 뒤로 향하던 순간이었다. 침소를 향해 다가오는 기척이 있었다.

"부인?"

부인이라기엔 지나치게 조용하긴 했다. 분명 일부러 소리를 죽이고 접근하는 무인의 발소리였다. 그럼에도 맹타안은 굳이 부인이냐고 크게 물었다. 자신이 이 장소에 있을 권리가 있으며, 무엇보다도 공주를 찾으러 왔음을 내세우는 행위였다.

"부인, 왔소?"

과연 맹타안이 부인이냐 쩌렁쩌렁 묻자, 소음을 없앴던 걸음에 곧바로 무거운 기척이 생겼다. 일부러 그늘 밖으로 나온 범과 같은 기세였다. 맹타안은 열려 있는 문을 향해 몸을 돌렸다. 그리고 짤랑거리는 주발을 손등으로 걷어 내고 들어오는 사내를 노려보았다.

"관가로군."

"맹 부마."

언제 보아도 참으로 풍채가 대단한 사내였다. 팔 척만 되어도 손에 꼽을 정도의 신장이거늘 관호는 팔 척인 맹타안보다도 컸다. 그렇다고 키만 멀쑥한 싸리나무 같은 체격도 아니라, 떡 벌어진 어깨나 굵은 팔뚝과 가슴팍은 통 넓은 옷으로도 숨겨지지 않는 것이었다. 강로 출신인 맹타안도 강호의 무인에 대해서는 익히 들은 바가 있었다. 수많은 기인 중에서도 남려의 선황과 인연이 있을 정도라면 용력이 대단할 게 분명했다.

그렇다 해서 관호와 맞붙는 것이 두렵다는 뜻은 아니었다. 다만 공주가 대놓고 저자를 일등 부마로 대우하면서 맹타안과 은룡을 중재시키는 역을 맡기고 있는 와중이다. 괜히 다투어 보았자 손해일 터였다.

"이곳엔 어쩐 일이오?"

맹타안은 머리를 굴린 뒤 재빨리 태연하게 물었다.

"관형은 천상 군자라, 이곳으로는 고개도 돌리지 않을 줄 알았는데."

"주아가 내게 부탁했소. 꽃을 장식하러 왔는데 침소 문이 열려 있고, 사내의 웃음소리가 들리니 혹 강도일까 두려운 기색이었지."

관호의 대답은 막힘이 없었다. 무심한 듯한 표정이었지만 묘한 권위감이 느껴졌다. 트집을 잡을 만한 구석이 좀처럼 없어, 맹타안은 눈살을 찌푸렸다.

"주아? 그건 또 누구요?"

"공주의 침소를 청소하고 화병을 관리하는 하녀요."

"흐음, 하녀들에게 관심이 많나 보오? 이름까지 외우고 있다니 놀라운걸."

"공주부에 기거하는 일손들의 얼굴과 이름자는 모두 알고 있소."

명백하게 도발해 오는 맹타안의 말에 관호는 담담히 반응했다.

"그러지 않으면 집안이 어찌 꾸려지는지 알 수 없지. 돌발적인 상황에서도 대처하기 어렵고 말이오."

"그런 일은 안주인이나 청지기가 맡아 하면 족하오. 사내대장부가 좀스럽게 아랫것들 신상이나 외워야겠소?"

"자신을 다스리고 가정을 다스리지 못하는 자가 어찌 나아가 큰일을 할수 있을까. 식솔도 통솔하지 못하는 자가 군대를 이끄는 것이 어찌 가능하겠소?"

"책상물림이나 읊을 고리타분한 소리로군!"

되레 발끈한 맹타안이 한 걸음 앞으로 나갔다.

"정작 그대가 현희부를 다스릴 자격이 있기는 한가? 무슨 권리로 식솔을 통솔하니 마니 운운하지? 부인이 언제고 한마디만 하면 떠나겠다 단언한 건 관가 당신이오. 부마로서나 남편으로서나 조금도 책임감을 갖지 않은 처사지. 이 와중에 집안 살림 운운하는 것은 주제가 넘는 행동이야!"

관호가 미세하게 미간을 찌푸렸다. 그리고는 약이 오른 맹타안을 똑바로 응시하였다.

"공주가 이혼장을 써 준다면 그때는 나가야 할 것이오. 나뿐 아니라 맹 부마나 은 부마도 그건 마찬가지요. 공주란 신분이나 부마는 지위에 불과하니, 어느 쪽이 고귀한지는 명백한 법. 허나 그때가 오기 전까지는 하늘을 우러러 부끄러움이 없는 부마이자 남편이오. 합환주를 나누어 마시고 화촉도 직접 잘랐소. 황제가 직접 맺어 준 성가(聖嫁)요. 그중에서도 이 관모는 황실 옥첩에 부마로 기록되었소. 그런데도 내게 아무런 자격과 권리가 없다, 그리 말하는 게요?"

매번 그러하듯 이치와 법도를 따지는 어조였으나 평소보다 맹렬한 기세였다. 길게 찢어진 눈꺼풀 아래 선명한 호안이 팽팽한 노기로 타오르고 있었다.

이거 재미있군. 맹타안은 생각했다. 근엄하고 체면만 따지는 양하더니만 그 가슴 아래엔 용장과 같은 열기가 있으니. 어쩌면 이럴 때 담판을 짓는 것이 나을 터였다. 관호가 드물게 감정을 드러낸 이 순간이야말로 사내 대 사내로서 솔직한 가늠이 가능할지 몰랐다.

"나는 공주를 원하오."

맹타안이 당당하게 말했다.

"남려 황제 앞에서 말했을 때와 내 입장은 조금도 달라지지 않았소. 나는 이 혼인을 무를 생각도, 깨뜨릴 생각도 없소. 공주가 절실히 필요하다, 그 말이오."

"공주는 물건이 아니오."

관호가 답지 않게 퉁명스레 말꼬리를 끊었다.

"맹 부마가 필요하다, 필요하지 아니하다 하며 소유권을 주장할 수 있는 존재가 아니라는 뜻이오."

"아무렴 어떨까? 나는 공주를 부인으로 들여 충분히 대우할 것이오. 가장 좋은 전리품도 가장 좋은 부위의 고기도 부인에게 먼저 보낼 것이오. 나의 일가와 엽혁 씨족이 모두 죽었으니, 내게는 사촌 놈 하나를 제외하면 부인만이 유일한 가족이오. 그러니 충분히 정을 주고 보살펴 줄 거요. 이게 혼인이지. 이러면 충분하지 않소?"

"충분한지 아닌지는 내가 정하는 게 아니오."

"바로 그거요! 관형은 나와 부인 사이에서 빠져야 한다는 뜻이지!"

맹타안이 크게 웃으며 손뼉을 쳤다.

"사내 대 사내로 툭 까놓고 이야기해 봅시다. 어쨌거나 나는 공주를 원하고,

관형은 그렇지 않소. 그러면 우리 사이에서 물러나 줘야 마땅하지. 억지로 박아 놓은 말뚝처럼 걸리적거리는 건 은가 애송이로도 충분히 짜증이 나오. 관형은 보아하니 무예도 상당하고, 먹물도 적잖이 먹은 분 같은데, 어째서 사내가 여인에게 구애하는 이치를 방해하고 사사건건 따지시오?"

"맹 부마가 이치에 맞게 점잖은 방식으로 구애한다면 누구도 저지하지 않을 것이오."

관호가 딱딱하게 굳은 어조로 대꾸했다.

"아니, 내가 뭐 못 할 짓이라도 하고 있다는 게요?"

"그것은 맹 부마가 더 잘 알 거요. 맹 부마의 말대로 사내 대 사내로 말이오."

"허 참!"

맹타안은 혀를 찼다. 결국은 관호 역시도 그가 공주에게 승마를 가르쳐 주는 모양새가 별반 마음에 들지 않았다는 소리였다. 다만 은룡이 직접 나서 펄펄 뛰며 말리다가 감시역으로 들어앉은 것과 달리, 공주가 워낙 좋아하고 찬성하니 다른 말 없이 묵묵히 넘겼다는 거겠지.

'허참, 오히려 이쪽이 더 성가실지도 모르겠군.'

흐흠. 맹타안은 내심 놀라움을 느꼈다. 목석인 줄 알았던 이 사내가 남녀 간의 묘한 기류도 제법 읽을 줄 안다니, 의외였다.

하긴 말 타는 법을 가르친다는 것이 야릇해지자면 한참 야릇해질 수 있는 일이다. 높은 말 위에 태우고 내리고 할 때마다 옷 위로나마 접촉이 있을 수밖에 없고, 덩치 큰 근육질의 동물 위에 균형을 잡고 앉아 원하는 대로 이끌도록 가르친다. 과연 사내들이 흰 눈을 뜨고 보는 것도 당연하였다.

맹타안이 딱히 부정하지 않는 듯하자 관호가 입을 열었다.

"공주가 이혼장을 쓰지 않는 이상 이 관모도 남편이오. 남편에게는 부인을 지킬 의무가 있소. 그러니 누구도 공주가 원치 않는 일을 강요할 수는 없을 것이오."

얼음장처럼 싸늘한 목소리였다.

그러니까, 말타기를 가르치는 이 이상의 허튼수작을 부리는 꼴은 절대 참아 주지 않겠다는 경고였다. 이것 봐라? 맹타안은 허리춤에 팔을 얹으며 관호를 노려보았다.

"말 잘하셨소. 그래서, 지금 지켜야 마땅할 부인은 어디 계시오? 응? 그녀를 지키는 게 의무라 하지 않았나?"

순간 관호의 차갑던 표정이 잠시 흔들렸다.

"그건 나도 모르겠소. ……맹 부마도 모르시오?"

"알면 내가 여기 이러고 있겠소? 승마 연습도 빼먹고 아무 언질도 없기에 불안해서 찾아온 거란 말이오. 누굴 도적으로 여겨!"

"……."

관호가 고개를 돌려 침소 밖의 복도를 응시했다.

"당장 하인들을 불러 보리다. 분명 누군가는 공주의 행방을 알 것이오."

하고 곧바로 방 밖으로 나갈 기세이더니, 문득 생각났다는 듯 맹타안에게 짧게 시선을 던진다.

"맹 부마도 함께 찾겠소?"

"다, 당연하지. 애초에 내가 먼저 시작한 일이니까."

헌데 일이 쉽게 풀리지 않았다.

관호의 호출에 한데 모여든 아랫것들 중 누구도 오후에 공주를 보았다는 이가 없었다. 게다가 무엇보다도……

"……침혜가 없군."

하인들을 물린 후 관호가 한숨을 쉬었다. 이쯤이면 침혜가 누구인지 정도는 아는 맹타안도 눈살을 찌푸렸다. 어째 일이 생각보다 커지는 기분이었다.

"자네들은 빈 전각이나 후원 정자까지 꼼꼼하게 확인해 보도록 하게. 속히 공주를 찾아야 하네."

관호는 일단 모아 놓은 하인들을 다시 물리며 명했다. 여기서 온 식솔이 모여 고민해 보았자 공주와 침혜가 제 발로 나타나지는 않을 터였다. 한시라도 빨리 행방을 찾아야만 했다.

"도대체 어디서 뭘 하고 있는 거지? 술래잡기라도 하는 중인가? 도통 알 수가 없는 여인이라니까."

"술래잡기 정도라면 다행이겠으나……."

맹타안의 투덜거림에 관호가 말을 흐렸다.

그때였다. 저쪽에서 빠른 발소리가 들렸다. 이리저리 급히 오가는 하인들의 머리 위로 성큼 짙은 눈썹과 단단하게 굳은 턱선이 보였다.

"망할, 저 귀찮은 애송이가 왔구나. 벌써 퇴청 시간이란 말인가?"

은룡이었다. 기도위 복장에다가 구불거리는 머리카락을 틀어 올려 동곳을 찌른 관을 썼으니, 제 처소에서 옷을 갈아입지도 않고 곧장 본채로 향한 셈이다. 분명 아랫것들에게 소식을 들은 게 분명했다.

과연 은룡은 관호와 맹타안의 앞에 서자마자 성난 목소리로 물었다.

"이게 어찌 된 일입니까?!"

숫제 노호에 가까운 음성이었다. 갓 스물의 청년이 보인다고는 믿을 수 없는 패기다. 공주의 앞에서는 항시 덩치 큰 번견처럼 웃는 낯이던 눈매가 지금은 당장에 검을 뽑아 휘둘러도 이상하지 않을 만큼 형형했다.

"마마의 행방을 모른다니요? 이게 말이 됩니까? 호위도 따르지 않고, 몸종과 단둘이 밖으로 나가셨다고요?"

"아니, 아직 나갔는지는 모르는 일인데 뭘 그리 성질이냐?"

"보면 모르겠습니까? 참으로 답답하군요! 그럼 마마께서 어딜 가셨겠습니까? 서랍장에라도 숨어 계시겠습니까? 무엇 하려요?"

맹타안이 마저 대꾸하기도 전에 은룡이 으르렁거렸다. 반듯한 이마를 손으로 짚으며 이를 악문다.

"어제저녁에 오늘은 등청하리라 여쭈면서도 내심 불안했건만, 그래도 두 사람이 현희부에 계실 테니 큰일은 없으리라 믿었습니다. 이럴 줄 알았다면 결코 나가지 않았을 것……!"

"사실 이 관모도 공주가 외출한 것은 아닌지 의심하고 있었네. 다만 확증이 없으니 저택 안을 수색하라 명했을 뿐. 하지만 공주에 대해 잘 아는 은 부마가 확언하니, 그만한 이유가 있겠지."

관호가 두 사람 가운데로 서며 조용히 은룡에게 무게를 실었다. 솔직히 맹타안도 이제 와서 생각해 보니 아무래도 공주가 탈출했다는 쪽이 그럴싸한지라, 관호가 적절하게 화제를 바꾼 것이 반가웠다.

은룡은 관호의 동조에 한숨을 쉬었다. 여기서 더 목소리를 높여 보았자 기분만 상할 뿐이다. 속히 상황을 파악하고 이 둘의 손을 빌리는 게 나았다.

"마마께서는 어려서부터 속세에 관심이 많으셨습니다. 용중사가 규모가 큰 사찰이기는 하나 사찰입니다. 금정 법사께서도 마마를 속세로 내려보내는 일은 엄금하셨고 말입니다. 그러다 보니 장터나 저잣거리의 신기한 물건들, 길거리 음식들에 대해 항상 궁금해하셨습니다. 성년이 되기 전에는 곧바로 황궁으로 들어가셨으니, 더더욱 길거리를 구경해 볼 기회가 없었지요."

은룡이 이마를 손으로 쓸어내리며 말을 이었다.

"헌데 현희부는 황궁과 달리 출입이 자유롭고, 걸어서도 번잡한 저자로 오갈 만한 위치입니다. 진작부터 바깥 구경을 하고 싶어 고민하고 계셨을 게 분명합니다. 다만, 그전까진 제가 항시 곁에 있었고 또 맹 부마에게 승마를 배우니 적당한 여유가 없던 거겠지요. 그런데 오늘은……."

"자네는 간만에 등청하였고, 나는 내 처소에서 독서하고 있으니 마주칠 일이 없고, 맹 부마는 공주가 연습에 늦는다 해도 기꺼이 기다리겠지. 그러니 공주가 침혜와 빠져나갔음을 눈치챘을 때는 이미 시간이 한참 지나 버렸고."

"그렇습니다."

관호와 은룡의 대화를 듣고 있던 맹타안이 끼어들었다.

"그러면 알아서 귀가하겠군. 군이 소란을 떨지 않아도 될 일 아닌가? 심심하니 놀러 나갔나 본데, 큰일은 아니구만."

"남려의 유일한 장공주이십니다! 비록 도성이니 치안이 좋긴 하지만,

만에 하나 무슨 일이라도 생기면 어찌 책임질 겁니까?"

은룡이 곧바로 뾰족하게 날을 세우며 몰아붙였다. 하긴, 이곳은 복잡한 남려이지 탁 트인 초원이 아니다. 강로 여인이 초원에 말을 몰고 나갔다면 고작해야 늑대 정도만 염려하면 되겠지만, 여기는……

맹타안은 바로 수긍했다.

"흠, 하긴 부인 같은 미인이 저잣거리를 헤맨다면 분명 같잖은 파리 새끼가 꼬이겠지. 나 같은 헌헌장부라도 옆에 있으면 모를까, 계집종 하나만 곁에 있다면 별 가림막도 되지 않을 테고."

스스로 말하고 보니 과연 생각보다 더 심각한 일이라는 체감이 와닿았다. 맹타안은 허리춤에 맨 칼 머리를 손가락으로 두드리며 눈을 가늘게 떴다.

부인이 어떤 차림새를 하고 나갔을지는 모르나, 분명 눈독을 들이는 놈들이 있을 것이다. 게다가 행동거지로 보면 호쾌하고 털털하여 공주는커녕 대갓집 규수로 보기도 어려우니, 사리지 않고 접근하여 집적댈지 모른다. 당장 영대 놈을 끌고 나가봐야 할 것 같았다. 헌데 문제는, 그 역시 남려 도성에 온 지 얼마 되지 않아 지리를 제대로 모른다는 점이었다.

그때 관호가 말했다.

"나갑시다."

"응?"

"나는 잠시 처소에 들렀다 오겠소. 은 부마도 겉옷을 걸치는 게 현명할 것 같소. 그 복식은 불필요하게 시선을 끌 것이오. 어쩌면 공주 쪽에서 먼저 발견하고 피할지도 모르니까. 하여간 정문에서 만나도록 하지요. 얼마 걸리지 않을 테니, 곧바로 공주를 찾으러 갑시다."

맹타안만큼이나 은룡도 잠시 당황한 기색이었다. 관호가 이렇게까지 적극적으로 나설 줄은 몰랐던 것이다. 항시 공주와의 사이에 선을 그어 놓고 넘은 적 없는 관호였다. 남편이라기보다는 객장 정도로 행동하며, 공주가 슬쩍 등을 떠밀지 않으면 맹타안과 은룡이 기 싸움을 하든 말든 관심이 없던 사내였다.

'설마 이놈도 부인에게 관심이 있었나?'

그러나 맹타안은 곧바로 고개를 저었다. 아까 관호 제 입으로 단언하지 않았나. 하여간에 남편으로서의 의무는 다할 것이라고. 그러니 공주가 위험할지도 모르는 상황에 그 책임을 이행하려는 그뿐이리라.

"그럼 정문에서 만나도록 하지요. 먼저 가겠습니다."

잠시 당황했던 은룡도 침착을 되찾은 모양이었다. 관호를 향해 짧게 읍을 하고 먼저 떠났다. 뛰다시피 발을 재게 놀리면서 동시에 쓰고 있던 관을 벗고 고정시키던 동곳을 빼어 내니, 진갈색 머리카락이 어깻죽지까지 쏟아져 흔들거렸다.

"좋소. 나는 내 사촌 놈을 데리고 가겠소. 하여간 부인을 알아보는 이가 있으면 좋으니까."

"그러시오."

관호와 갈라져 제 처소로 향하며 맹타안은 짜증스레 머리카락을 헤집었다. 어쩐지 속이 불편했다.

* * *

부마들이 뒤집어지거나 말거나, 화영은 난생처음 마구간을 벗어난 망아지처럼 신이 나 있었다.

도성에서 가장 큰 중경 시장 거리는 울긋불긋한 등롱과 휘날리는 천들, 떠들썩한 흥정 소리에 뒤섞인 갖가지 음식 냄새로 그야말로 별천지였다. 눈이 팽팽 돌아갔다.

길거리 양측에 좌르륵 서 있는 행상들은 얄궂은 장난감에서부터 그럴싸한 장신구까지 안 파는 것들이 없었다. 하나하나 구경하고 싶었지만 바삐 오가는 사람들로 가득한 나머지 그조차도 쉽지 않았다.

"아가씨, 참말이지, 구경하실 거면 얘기를 하구 멈추셔야죠! 저 혼자 저 앞까지 가 버렸잖아요! 여기서 사람 잃어버리면 찾지도 못한다구요!"

침혜는 화영을 간수하느라 고생이었다. 여기저기서 불쑥불쑥 멈춰 서고 넋을 빼는 까닭에 항상 주인이 어디 있는지 확인해야만 했던 것이다.

화영은 침혜의 잔소리에 고개를 끄덕였으나 쉽지 않은 일이었다. 그야 어렸을 적에는 홀로 돌아다니는 것에 익숙하였고, 황궁에 들어서는 상궁이며 태감들이 알아서 줄줄이 따라다니니 매번 서라 마라 지시하기가 익숙지 않아서였다.

하지만 그럼에도 장터 구경은 꽃구경처럼 즐거운 일이었다. 침혜가 골라 사 온 간식들은 모두 맛있었고, 함께 들린 비단 가게에서도 족히 한 시진은 보낸 것 같았다. 주인이 꺼내 놓은 갖가지 비단 천을 서로의 얼굴에 대 보고, 어느 색이 좋은지 토의하다 보니 시간은 훌쩍 지났다.

"한 필이라도 살 걸 그랬나?"

"그걸 저더러 들고 다니라고 하시려구요? 어이구, 안 되죠."

"그치만 우리 거기서 너무 오래 있지 않았어? 차까지 얻어 마셨는데."

"장사가 다 그렇죠. 신경 쓰지 마세요. 보아하니 처음엔 손님도 별 없었는데, 우리가 오래 앉아 있으니 그 모습을 보고 여럿 들어오더만요. 그 정도면 충분히 찻값은 한 거죠."

"그래도 그 진녹색 천은 예쁘지 않았어?"

"그럼 지금이라도 돌아가실래요? 현희부로 가지고 오라고 하구? 그럼 바보천치라도 눈치채겠네요, 아가씨가 현희장공주인걸."

"설마? 그냥 현희부 시녀인 줄 알겠지! 옷도 이런데 누가 날 공주라고 생각하겠어."

화영이 포석 위에서 보란 듯이 빙글 한 바퀴 돌았다. 그녀는 침혜와 별다를 것 없는, 수수한 비둘기색 면 옷을 입고 있었다.

처음에는 침혜의 옷을 빌려 입으려 했지만 침혜가 화영보다 한 뼘은 더

컸으므로 치마가 질질 끌렸다. 요대 속으로 밀어 넣거나 밑단을 대충 뜨는 방법도 도마에 올랐으나 임시방편일 뿐이라, 사람 많은 저자에서 원상 복귀가 되면 뒤처리가 어려웠다. 결국 침혜와 몰래 하인들의 처소로 숨어 들어가 주아의 옷궤에서 한 벌을 재빨리 빌려 왔다.

'그럼, 빌려 온 거지. 이따 다시 돌려줄 테니까. 음, 그래도 말없이 빌려 온 게 미안하긴 해. 시장에서 선물이라도 사다 줄까?'

주아에게 뭘 사다 주어야 좋을지 문득 고민하던 화영에게 침혜가 코웃음을 쳤다.

"아가씨 같은 미인을 어느 공주가 시녀로 쓰겠어요? 말도 안 되죠. 공주부 일손들은 하나같이 도성 제일의 추녀라는 우스갯소리도 있는걸요."

"뭐? 왜?"

"그야 당연하지요. 어느 공주가 부마 눈앞에서 예쁘장한 계집종이 알짱거리는 꼴을 참아 줄까요?"

"그…… 그런가?"

하긴, 부마는 첩을 둘 수 없다는 것이 규율이긴 하다만 슬쩍 건드리기만 한다면? 잡아내기도 어려울 것 같았다.

화영은 인상을 찌푸렸다. 화친만 안 간다면 공주 팔자가 상팔자라고 생각했는데. 공주부 시녀들까지 간수하며 남편을 감시해야 한다니, 썩 좋은 팔자 같지도 않다.

"아니, 애초에 아무리 예쁜 하녀가 얼쩡거려도 넘어가면 안 되지. 부마잖아! 그런 신의 없는 자를 부마도위로 삼으면 되겠어?"

"얼씨구! 아가씨는 배가 불렀어요, 정말."

침혜가 코웃음을 쳤다.

"하긴, 세 명이나 거느리고 계시니까. 서방이라곤 한 놈뿐인 여자들의 심정을 모르실 만도 하네요."

"거느리고 있는 거 아니라니까!"

"예에, 예, 뭐 그렇게 생각하시던가요-"

슬슬 태양이 서쪽으로 몸을 기울이기 시작했다. 아직도 길에 깔린 포석에서는 열기가 올라왔고, 교각 근처의 버드나무들은 더위에 지쳐 가지를 하느작거리고 있었다. 그러나 곧 이어질 서늘한 저녁을 예고하듯 바람이 부드럽게 불어왔다. 화영과 침혜는 북적이는 인파 사이를 통과하며 각기 생각에 잠겨 있었다.

'내가 빠져나온 걸 알아챘겠지, 지금쯤이면?'

맹타안에겐 언질이라도 해 줄 걸 그랬나? 괜히 땡볕에 안 그래도 더운 연무장에서 내내 기다리고 있었으리라 생각하니 은근 미안하기도 했다.

'아니야. 입이 무거운 것 같아 보이진 않던데, 실수로라도 새어 나갔어 봐. 지금쯤 은룡한테 잡혀서 혼나는 중이겠지.'

그리고 뭐, 원래도 강로인들은 강렬한 햇빛에 익숙하다니까. 정 더우면 자기가 알아서 피하지 않았겠는가? 누가 억지로 세워 둔 것도 아니고 말이다. 거기까지 생각하니 가책도 좀 덜어졌다. 바람개비를 들고 뛰어가는 코흘리개들을 피하며 화영은 한숨을 쉬었다.

'좀 걱정되기는 하네. 집에 들어가면 혼나긴 하겠다.'

공주부에서 혼나는 공주라니, 이보다 우스운 꼴이 없겠지만 별수 있겠는가? 맹타안이야 승마 연습을 말도 없이 빼먹은 일에 대해 투덜거리기야 하겠지만 그 이상은 없을 것이다. 하지만 은룡은? 그리고 관호는?

으음. 왠지 등골이 오싹해지는 느낌이었다. 화영은 저도 모르게 어깨너머를 두리번거렸다. 그럴 리는 없겠지만, 저 멀리서 쭉 찢어진 관호의 날카로운 시선이 노려보고 있을 것만 같았다.

은룡이야 워낙 화영에 대한 정이 깊고 염려도 크니, 대략 늘어놓을 잔소리가 대충 짐작이 갔다. 게다가 은룡이라면 화영도 익숙하니 한 귀로 듣고 한 귀로 흘리기가 가능했다. 하지만 관호까지 참전한다면? 이건 진짜 무서울 것 같은데.

'에이 설마. 나한테 관심도 없는 사람인데 고작 시장 구경 나온 일로 입을 대겠어?'

기껏해야 다음엔 그러지 마시오, 하겠지. 화영은 속엣말로 관호 흉내를 내 보았다. 그러자 기분이 한층 좋아졌다.

그래, 한창 즐기기만 해도 모자랄 판국에 걱정 따위로 시간을 낭비해서는 안 된다. 오늘 이렇게 빠져나왔으니 다음번 기회는 언제가 될지 모른다. 한 번 써먹은 계교를 다시 사용하기는 어려운 법이니까. 화영은 머리를 가볍게 흔들어 부마들에 대한 찜찜한 생각을 털어 냈다. 그리고 발걸음을 경쾌하게 놀려 다리를 마저 건넜다.

"침혜?"

어라. 그런데 침혜가 보이지 않았다. 항상 시야에 닿는 곳에 있었던 침혜인데 말이다. 괜한 걱정이나 사서 하다가 침혜를 놓쳤나? 덜컥 겁이 났다.

더위가 한풀 가실 기미가 보여서인지 거리 인파가 더욱 늘어났다. 발꿈치를 들어가며 주위를 살폈지만 침혜가 도통 눈에 띄지 않았다. 다시 온 길을 돌아가려 했다. 하지만 그마저도 사람이 하도 많아 어려웠다.

"침혜! 어디 있어?"

이리저리 인파 사이를 비집고 거꾸로 올라가려 했으나 계속 튕겨 나갈 뿐이었다. 최대한 큰 목소리로 침혜를 찾았으나 하도 시끄러운 시장통이니 들릴지도 의문이었다.

그때 저쪽에서 침혜의 목소리가 들렸다.

"아가씨!"

불쑥 솟아오른 손바닥도 보였다. 그제야 안심한 화영이 뒤꿈치를 들고 콩콩 뛰며 외쳤다.

"침혜! 거기서 뭐 해?"

"살 게 있어서요! 잠시만 근처에서 구경하고 계세요! 금방 사서 갈게요!"

"뭘 사려고? 나도 갈게!"

"아녜요! 아가씬 거기 계세요! 다리 건너면 옥가게두 있고 책방도 있어요! 아무 데나 계셔요! 제가 찾아갈게요!"

까지 크게 외치더니, 사람 파도 속으로 불쑥 침혜의 손바닥이 가라앉았다. 도대체 뭐 때문에 그러지? 화영은 어쩔 줄 몰라 순간 당황했다. 절대 떨어지지 말라고 누누이 말해 온 건 침혜였는데, 정작 그 침혜가 이 순간 그녀에게서 떨어져 나간 게 아닌가.

혹시 무슨 일이 생겼나? 누가 시비라도 거나? 그치만 위협당하는 목소리는 아니었는데. 오히려 나를 어떻게든 떼어 놓고 싶어 하는 기색이었고……. 화영은 고개를 갸웃거렸다. 도통 알 수가 없었다.

거꾸로 거슬러 올라가려는 의지를 잃자, 모래알을 해변으로 데려다 놓는 파도처럼 인파는 화영을 다시금 다리 너머로 밀어내었다.

향기로운 분 냄새와 시큼한 땀 냄새, 빨지 않은 옷의 퀴퀴한 악취와 매콤한 양념 냄새가 진동을 했다. 덩치 큰 사내들이 침을 튀기며 주변을 밀어냈고 길이 막힌 가마꾼들이 욕설을 쏟아냈다. 아이를 양손에 데리고 있는 아낙은 흙바닥에 가래를 뱉었고, 꼬부랑 노인 하나는 지나가는 처녀들을 지팡이로 가리키며 알아듣지 못할 말을 쏟아 냈다.

이렇게 자유분방한 사람들이 이렇게 많이 모여 있는 곳은 정말 처음이었다. 심장이 쿵쿵 뛰었다. 순간 겁이 덜컥 났다. 일단은 침혜 말마따나 가게 안으로 들어가는 게 좋을 것 같았다. 화영은 눈에 보이는 첫 번째 점포로 뛰어들었다.

책방이었다.

금명은 읽고 있던 서책에서 눈을 뗐다. 그리고 책꽂이 건너 건너의 낯선 여인을 물끄러미 응시했다.

'이 근방에서는 본 기억이 없는 낭자인데.'

소란스럽고 사람이 많은 장소는 딱 질색이지만, 직접 서책을 고르는 즐거움은 포기할 수 없었다. 그래서 금명은 이 서점에 자주 들리고는 했고, 한 번 들르면 꽤나 오랜 시간 머무는 편이었다. 자신을 제외한 단골들의 얼굴도 쉽게 알아보았다. 헌데 갑자기 톡 튀어 들어온 이 소녀는 처음 보는 낯선 이였다.

슬쩍 서점 주인에게 시선을 돌려 보았다. 주인 역시 그녀가 초면인지, 이리저리 계산을 굴리는 얼굴이었다.

옷차림을 보면 부잣집 따님은 아닌데, 웃전의 심부름으로 왔다기엔 품행이 지나치게 자유분방했다. 온 서가를 돌아다니며 들춰 보고, 서책마다 꺼냈다 다시 집어넣고, 벽 한편에 작게 장식해 둔 족자들을 일일이 풀어 한참을 비교해 본다. 별반 조심조심하는 모양새도 아니었으므로 고요히 책을 훑어보려는 금명에게는 숫제 산사태나 마찬가지였다.

"주인장도 초면인가 봅니다?"

"생판 처음 보는 처자입니다그려. 곳간 쥐새끼도 아니고 뭘 저리 헤집고 다니는지, 환장하겠구만요."

금명이 서책으로 가린 입 밑으로 슬쩍 한 마디 흘리자, 주인은 누가 말을 걸어 주기를 기다렸다는 듯이 초조한 불만을 쏟아 내었다.

금명은 다시금 소녀 쪽으로 시선을 돌렸다. 하긴, 저렇게 온 가게를 들쑤시며 모든 물건을 건드리는 손님이라면 주인의 염려를 살 만도 하다.

"걱정은 마십시오. 보아하니 귀한 댁 여식이 분명합니다. 손속이 거칠기는 하지만 부주의하지는 않으니, 상한 물품도 없을 것이고 말입니다."

설령 이 서점에서 제일 비싼 족자들을 줄줄이 찢어 먹는다 해도 충분히 배상할 만한 신분이리라고 까지는 말하지 않았다.

서점 주인인 풍 씨는 꼼꼼하고 귀한 서책들을 파악하고 추려 들여놓는 눈도 있었지만, 지나치게 탐욕스러웠다. 첫눈에 주인의 흠결을 파악한 금명은 그리 숱하게 서점에 드나들면서도 자신이 진정 누구인지 밝히지 않았다. 구입하는 책은 모두 직접 들고 갔고, 자택으로 배달해 주겠다는 주인의 감언이설에도 웃는 낯으로 넘어갈 뿐이었다. 그러니 괜한 말을 덧붙여 주인장의 욕심에 불을 붙일 필요는 없다 싶었다.

"귀한 댁이라구요? 우리 집 마누라보다 칙칙하게 입었구만……."

주인은 주름진 얼굴을 이리저리 쭈그리며 눈을 가늘게 떴다.

"그치만 얼굴은 반반하네요. 허긴, 첩이라도 돈푼은 있겠지……."

금명은 날렵한 눈썹을 들어 올릴 뿐 더는 주인과 말을 섞지 않았다. 수수한 옷차림에만 집중하여 기껏해야 어린 첩실 정도로만 멋대로 믿어 버리니, 무슨 말을 더 하겠는가. 그는 고개를 살짝 저으며 주인에게서 벗어나 즐비한 책꽂이들로 다가갔다.

그 너머로 그녀가 있었다.

서가를 뒤적이던 것은 그만두고, 장식용 족자들에 온 정신을 집중한 모양이다. 화려한 주홍빛 금붕어가 푸른 물속에 노니는 그림과, 흰 모란과 분홍색 모란이 한데 피어난 그림. 아까보다 펼쳐 놓은 그림이 적은 것으로 보아, 저 둘 중 하나로 낙점하려고 마음을 먹은 것일 터다. 둘 다 젊은 여성들이 소소하게 방에 걸어 둘 만한 자그마한 크기의 족자들이었다.

금명은 그녀가 자신을 위해서가 아니라 다른 누군가를 위해 그림을 고르고 있다고 생각했다. 시원시원하고 거침없이 가게 안을 뒤지던 태도와는 정반대로, 한껏 인상을 찡그리면서까지 금붕어와 모란 사이로 시선이 끊임없이 오가고 있었기 때문이다.

그녀는 금명 쪽은 전혀 보고 있지 않았다. 물론 금명이 그녀가 알아차리지 못하도록 시선을 조심스레 조절하고 있기는 하지만서도 말이다. 하여간에 그 덕에 금명은 그녀를 충분히 가까이에서 관찰할 수 있었다.

'소녀로 보았는데, 아닐 수도 있겠구나.'

커다랗고 생기 가득한 눈과 화장기 없는 이마 때문에 가게 저 끝에서는 고작해야 열대여섯의 소녀라고 여겼다. 하지만 거리가 좁혀지니, 또렷한 인상이 풍기는 다채로운 삶의 층위가 숨김없이 드러났다.

화장기는 없었으나 깔끔하게 빗긴 머리카락에서는 값비싼 향유 향기가 은은하게 풍겼고, 족자의 비단을 스치는 손길은 조금도 거칠지 않았다. 그러면서도 손바닥 안에 은근히 붉은 자국이 남았으니, 분명 최근 들어 말고삐를 자주 쥐었음이 틀림없었다.

신기한 일이었다. 그녀에게서는 자주성을 획득한 젊은이 특유의 자신만만함이 느껴졌다. 여인이 그만한 여유와 자신감을 지니기는 쉽지 않은 일이었다. 고관대작을 아비로 지니든 지아비로 지니든, 여인은 그들에게 묶였다고 느끼기 마련이다. 실제로 갖가지 법도와 규율로 구속된 것이 맞기도 하였다.

"……."

금명은 문득 고모를 떠올렸다. 천하 여인 중 가장 고귀한 자리에 오르신 분이다. 그럼에도 고모는 지금 눈앞의 저 여인만큼 자유롭지 못하셨다. 어째서일까.

신비로운 여인이었다. 이전에는 단 한 번도 여인에게 이처럼 오래 시선을 둔 적이 없었는데. 그녀에게는 어딘지 맞아 들어가지 않는, 이질적인 면이 있었다. 산속의 샘에서 갓 씻어 낸 것처럼 맑은 눈빛에, 꾸밈없는 동작은 곧고 환하였다. 비둘기색의 값싼 천 옷을 두르고도 타인의 시선은 조금도 신경 쓰지 않으며, 몸을 숙이지도 않는 기세. 그 묘한 모순이 그녀에 대해 궁금하게 만들었다.

드디어 선택을 끝낸 모양이다.

"휴, 좋아. 이걸로 하자."

그녀는 큰 소리로 한숨을 쉬더니, 작약 족자를 돌돌 말아 원래 상태대로 되돌렸다. 그리고는 금붕어가 그려진 족자는 접지 않은 채 번쩍 들고는 주인장이 앉아 있는 가게 입구 쪽으로 성큼성큼 걸어가기 시작했다.

금명은 그녀가 정리하고 놔둔 모란 족자를 슬쩍 보았다. 하긴, 누군가에게 선물로 산 물건이라면 주인더러 말아 달라고 하는 편이 낫겠지. 털털한 손속임에도 눈만은 정확한 여인이었다.

그녀가 그의 앞을 지났다. 어딘지 장난기가 묻어나는 표정이었다. 속눈썹이 무척 길었다. 눈송이들이 기꺼이 그 위에 얹히고파 기원할 터였다. 입술은 봉우리 진 작약처럼 도톰하고, 민무늬 천으로 묶은 허리는 버들처럼 늘씬했다. 화려하게 치장하지 아니하였을 뿐 본디 미인임이 분명했다. 서점 주인의 좁은 소견머리로는 부잣집 측실이리라 멋대로 판단할 만한 외모였다.

"이거, 얼마예요?"

주인더러 턱 하니 금붕어 족자를 내밀고는, 가격을 묻는 목소리도 시원시원했다. 주인은 잠시 당황한 듯 보였다. 금명은 속으로 살짝 웃었다. 어디의 첩이 저만큼 당당하고 호쾌하게 굴겠는가?

주인이 눈알을 굴리며 대답했다.

"처자에겐 쪼끔 비쌀 것인데……."

"얼마인데요?"

"돈은 있는감?"

"아니, 얼마냐니까요? 돈이 있으니까 묻지, 없으면 왜 묻겠어요?"

"가격만 묻고 내빼는 사람이 하도 많아서……."

주인이 끝까지 흥정할 기세이자, 그녀가 선명한 눈썹을 구겼다. 그러더니 왼쪽 소매에 불쑥 손을 넣고는 뒤적이기 시작했다. 헌데 점차 그녀의 표정이 어색해졌다.

"거봐! 돈이 없구만!"

"아, 아니에요! 그게 돈은 죄다 침혜가 가지고 있어서……!"

"나가, 나가! 괜히 물건이나 죄다 어지럽히고, 이제 와선 꽁으로 얻어 가려고? 그 수법을 모를 것 같아?"

주인은 새끼 양을 채가는 독수리처럼 재빨리 그녀의 손에 들린 족자를 잡아채 빼앗았다. 그러자 그녀의 얼굴이 새빨갛게 달아올랐다. 당황한 것도 같았고, 화가 난 것도 같았다.

"누가 공짜로 사겠대요? 아니, 얼마냐고 묻는데 대답도 안 하고서는……!"

"한 푼도 없으면서 가격은 왜 물어, 재수 없게 말이야! 장사는 뭐 땅 파서 하는 줄 아나?"

목소리가 커지자 열린 문밖에서 흘깃흘깃 서점 안을 구경하는 시선들이 늘어났다. 금명은 쥐고 있던 서책을 내려놓았다. 그리고 요대에 꽂아 두었던 쥘부채를 꺼내 펼쳐 얼굴을 가렸다.

주인의 탐욕이야 잘 아는 것이고, 이 아가씨 역시 성질이 만만찮으니 소란이 점차 커질 게 명확했다. 차라리 그가 대신 값을 치르더라도 이쯤에서 진정을 시키는 것이 나을 듯했다.

금명이 가만히 다가서던 도중이었다. 주인장을 노려보던 그녀가 결국 소매에서 무언가를 꺼내 상 위에 쾅 올려놓았다.

"자요! 거슬러 줘요, 그럼!"

서쪽으로 늘어지는 붉은 햇빛이 길게 가게 안으로 누웠다. 그 안에서 누런빛이 번쩍거렸다. 금이었다! 날렵하게 양 날개가 뻗은 금자가 낡아 빠진 나무 상 위에서 요요한 자태를 뽐내고 있었다.

금 한 자면 은자 스무 냥과 맞먹는 가격이다. 은자 한 냥이면 네다섯 명의 가족이 몇 달도 넘게 먹고 살기 충분한 값어치이니, 금자 정도면 평범한 서민은 평생 구경조차 하지 못할 귀한 화폐였다. 하다못해 녹봉조차 곡식과 은자로 내려오거늘, 금자라니?

'도대체, 당신은 누구십니까?'

씩씩거리며 팔짱을 끼고 선 여인을 금명은 놀란 눈으로 쳐다보았다.

"어, 없어! 거스름돈 없어! 그러니 그냥 몇 개 더 골라서 가져가셔!"

금붕어 족자를 갈매기가 물고기 토하듯 내던지더니, 주인장은 재빨리 상 위의 금자를 움켜쥐고는 가슴팍 안에 쑤셔 넣었다. 그 모양새에 기가 찼는지 그녀가 발을 구르며 삿대질을 했다.

"거짓말 마요! 거스름돈이 왜 없어? 그럼 당신은 장사를 어떻게 한단 말이에요? 땅 파서 해요?"

"아, 없다니까!! 그러니까 누가 이렇게 큰 화폐로 내래? 족자나 너덧 개 더 골라서 가져가요, 시끄런 소리 내지 말고! 이걸 받아 주는 것도 고마운 일이야, 그걸 알아야지! 물정을 모르는 아가씨구만, 어?"

"됐어요, 그럼 안 사고 말지! 내 돈 내놔요!"

"누구 맘대로!"

"관아에 신고할 거예요! 당신 지금 강도짓을 하는 거나 마찬가지라구요!"

금자에 완전히 눈이 멀어 버린 주인이 급하게 눈을 굴리더니, 이내 그녀를 겁박하기 시작했다.

"어차피 본처 방에서 훔친 거겠지! 주목받아 봤자 좋을 거 없잖아? 그래, 족자들은 다 줄 테니까 적당히 하고 가란 말야, 어? 원하면 서책도 한두 권 껴 줄 테니. 당신 같은 아가씨가 금자를 지니고 있다고 소문이 나면 어떻게 될 거 같남? 신고? 어이쿠야, 저 다리를 건너기도 전에 홀짝 털려서 알몸뚱이로 강에 버려질걸?"

제법 그럴싸한 협박에 그녀도 잠시 할 말을 잃은 듯했다. 분한 기색에 얼굴이 붉어지고, 커다란 눈을 거세게 깜빡이며 주먹을 꼭 쥔다. 그녀는 이런 어지러운 저자에 나온 것이 처음인 게 분명했다. 그러니 다짜고짜 금자를 꺼내 보이는 실수를 저질렀겠지.

금명은 한숨을 쉬었다. 주인장이 억지를 쓰고 있는 것도 맞지만, 아예 없는 소리는 또 아니었다. 이미 지나가는 눈 몇몇이 금자를 보았고, 그들이 다투는 소리까지 들었다. 여기서 시간을 끌어 보았자 그녀가 무사히 귀가할 수 있을 가능성이 줄어들 뿐이었다.

"이런, 금자에 눈이 멀어 이 사람도 잊으셨습니까, 주인장?"

금명은 부채로 하관을 가린 채 웃음을 터뜨렸다. 그제야 퍼뜩 그가 눈에 들어온 듯 주인의 이마에서 땀 한 방울이 비죽 솟아 나왔다.

그녀 역시 금명을 지금 처음 보았다는 듯한 표정이었다. 열이 식지 않은 얼굴에, 반쯤 벌어진 입술. 그녀는 낯선 금명이 적인지 아군인지, 도움을 주는 이인지 아니면 더 큰 덫을 깔아놓은 자인지 쉽사리 판단을 내리지 못한 듯했다.

"그쪽 아가씨에게 내걸었던 핑계는 나에게는 먹히지 않습니다. 입 아프게 늘어놓지 않아도 주인장이 더 잘 아시겠지요."

"아, 그, 공자님……."

"그 족자 가격은 내가 내지요. 그러니 아가씨에게 아가씨 것을 돌려주시지요."

"하지만……!"

"저와 큰 소리를 내시렵니까? 썩 현명한 일은 아닐 텐데요."

금명이 싱긋 미소를 지었다. 주인장의 얼굴이 붉어졌다 퍼레지길 반복했다.

비록 그가 태후의 조카이자 금 귀비의 사촌임은 밝히지 않았지만, 여태껏 거래를 계속해 오며 신분 높은 명문가 공자임은 눈치챘을 터. 오늘 입은 복식만 보아도 눈부시게 흰 비단에 검은 요대, 옥으로 만든 노리개를 찼다. 정체 모를 낯선 계집이야 얕보고 바가지를 씌울 수 있어도, 이렇게 척 보아도 고귀한 귀족 청년에게는 무리였다.

결국 한참 망설이던 주인장은 억울한 낯으로 꾸물거리며 금자를 꺼냈다. 그녀가 재빨리 그 금덩이를 빼앗아 다시 소매 속으로 집어넣었다.

"금자는 이 저자에서 쓰기에는 과한 물건입니다. 절대 다른 눈에 보이지 않도록 조심하십시오, 낭자."

주인에게 값을 치르고 족자를 깔끔하게 돌돌 말며 금명이 말했다. 그러자 그제야 정신을 차린 듯 그녀가 몸을 돌려 금명에게 꾸벅 감사 인사를 했다.

"도와주셔서 고맙습니다. 장터에 온 것은 처음이라…… 잘 몰랐어요."

"혼자 오셨습니까?"

"아뇨, 시녀, 아니 친구랑 왔는데 잠시 떨어졌어요."

과연 예상대로다. 시녀를 거느릴 만한 여유가 있으면서도, 평복으로 갈아입고 몰래 나와야만 하는 신분. 속임수와 허풍이 가득한 저잣거리에는 난생

처음이라는 이야기까지. 그녀는 오리의 옷을 입은 백조, 까마귀의 털을 두른 봉황이 틀림없었다. 정확히 누구라고 확신하기에는 다소 부족하지만……

금명은 그녀를 향해 눈으로 웃으며 주인장에게 손바닥을 내밀었다. 그러자 주인이 못 이겨 붉은 비단 끈과 남색 상자를 내어 주었다. 족자 가운데를 끈으로 묶고 상자 안에 넣어 뚜껑을 덮은 후 금명은 그녀에게 내밀었다. 그녀는 잠시 망설이다가, 이내 활짝 웃으며 족자 상자를 받아들었다.

이대로 그녀를 서점에 둘 수도 없는 노릇인지라, 금명은 자연스럽게 그녀와 가게 밖으로 나섰다. 여전히 부채로 입가를 가린 채 그는 질문했다.

"자, 이제 어디로 가시렵니까?"

"글쎄요. 일단은 친구랑 만나서……"

그녀가 큰 눈을 데굴데굴 굴렸다. 어떻게 대답해야 할지 감이 잡히지 않는 모양이었다.

"곧 날이 저물 터이니 귀가하시지요. 야시장도 썩 볼만은 하지만 그만큼 위험합니다."

"아, 네, 네."

금명의 참견에 그녀의 입가가 곧바로 으으, 잔소리, 하듯이 어색하게 굳었다. 금명은 부채질을 하며 살짝 웃었다. 참으로 솔직한 여인이었다.

금명은 문득 다리 쪽을 응시했다. 팔 척에 가깝게 키가 훤칠한 그였기에 복작거리는 인파 가운데서도 기꺼이 주인을 찾아 이리 뛰고 저리 뛰는 시녀를 알아볼 수 있었다. 귀한 분을 찾아 헤매는 시종의 다급한 표정은 참으로 읽기 쉬운 터였다.

이쯤에서 헤어지는 것이 좋겠지. 금명은 옆에 선 그녀를 내려다보며 부드럽게 말했다.

"참, 동쪽에 있는 사 층짜리 객점이 이 중경 거리에서는 제일 먹어 볼 만합니다. 후에 근처에서 요기하실 일이 있거든 꼭 한 번 들러 보십시오. 본인은 이만 가 보겠습니다."

"벌써 가시려고요? 하지만 사례도 하지 못했는데……!"

"사례라니요. 좋은 뜻으로 도왔을 뿐, 보상을 바라고 한 일이 아닙니다."

"아니에요! 저를 도와주셨잖아요. 족자값도 내 주셨고요. 거창한 보상까진 안 받으시더라도, 족자값은 제가 돌려드려야지요!"

금명이 당장에라도 떠날 듯 뒤로 물러서자, 당황한 그녀가 성큼 한 걸음 다가왔다. 열이 가라앉지 않은 뺨이 붉었고 머리카락 위로는 저물어가는 노을이 비쳐 적황색 관이라도 쓴 듯 아름다워 보였다. 예언이 있다면 이런 것인가. 길함과 불길함은 사람의 얕은 지식으로는 도저히 갈라 낼 수 없었다. 금명은 순간 기묘한 전율에 숨을 멈추었다.

하지만 그렇기에 더욱 지금 물러서야만 했다.

"저쪽에 낭자를 찾는 분이 계시는군요."

"네? 침혜가요?"

그녀가 철석같이 그를 믿고 뒤를 도는 순간이었다. 침혜라는 여종과 그녀가 서로 시선이 맞아 손을 흔드는 것을 확인하자마자 금명은 재빨리 등을 돌려 인파 속으로 스며들었다.

크고 작은 소음들 저 멀리에서 그녀의 목소리가 들렸다. 어, 어디로 갔지? 누굴 찾으세요, 아가씨? 아까, 책방에서 날 도와준 사람이 있었는데……. 도와요? 뭘요? 아니 그게, 주아한테 옷을 돌려주면서 선물을 챙겨 주려 했는데…….

'관아에 들러 순찰을 돌아 달라고 말해 놓는 것이 좋겠다. 이대로 순순히 귀가할 분이 아닌 듯하니.'

다시 볼 수 있을까?

금명은 부채를 접어 내리며 고개를 저었다.

적어도 이 거리에서는 아닐 것이다. 그런 예감이 들었다.

"도대체 뭘 사려고 그런 거야? 그래서, 사긴 샀어?"

가까스로 만난 침혜의 손에는 과연 자그마한 보따리가 하나 들려 있었다. 화영이 호기심을 보이자, 침혜는 슬쩍 보따리를 등 뒤로 보내더니 되레 화영의 족자 상자를 캐물었다.

"아, 아무것도 아니에요. 그보다, 아가씨야말로 뭘 얻으셨나 본데요?"

"이거?"

화영은 얼결에 대답했다.

"주아 선물을 샀어. 숙소에 걸어 두라고 하려고. 빨간 금붕어 그림이야. 모란 그림은 흔하기도 하고, 주아는 어차피 화병 담당이니까 질릴 것도 같아서 금붕어로 골랐어."

"어어? 그럼 돈을 따로 가지고 계셨어요?"

"아니……."

"어이구? 그럼 어찌 사셨대요?"

"그게…… 얘기하자면 길어."

되레 역공당하게 생긴 화영은 급하게 말을 얼버무렸다. 덥석 금자를 내미는 멍청한 짓을 한 나머지, 흰옷을 입은 부잣집 공자에게 도움을 받았다는 얘기를…… 굳이 해야 할까? 이미 부마가 셋인 걸로도 작히 놀려 먹는 침혜인데, 부채 공자 이야기까지 하면 골백번은 더 우려 먹을 것이다. 화영은 괜히 주위를 한번 돌아보았다.

"배고프지 않아? 뭐 좀 먹고 갈까?"

"어머, 갑자기요?"

"저쪽으로 가면 사 층짜리 요릿집이 있는데, 되게 맛있대. 어차피 지금 집에 가도 저녁 시간 못 맞추잖아. 우리 밖에 나온 김에 바깥 음식도 좀 먹어 보자. 응?"

화영의 꼬드김에 침혜도 싫지 않은 얼굴이었다. 하긴, 반나절을 바쁘게 쏘다녔으니 슬슬 출출할 때이기도 했다.

진홍색 노을이 땅 위로 넘실거리니, 줄지어 들어선 가게들도 하나둘 이른 등불을 내걸며 큰 소리로 호객하기 시작했다. 음식점들은 솥을 아예 바깥에 내걸고 김을 쐬며 국자로 음식을 휘적거렸고, 참을 수 없는 맛난 냄새에 혹한 손님들이 왁자지껄 떠들며 자리를 잡고 앉았다.

짤랑거리는 방울 소리, 골목 쪽에서는 말을 탄 양가 자제 한둘이 곤혹을 겪는 모양이었다. 사람들이 좀처럼 길을 비키지 않으니, 앞으로 나아갈 수도 뒤로 물러설 수도 없는 형국인 셈이다.

"이, 이놈들아, 썩 꺼지지 못해! 본 공자가 누구인 줄 알고……!"

말에 탄 남자가 목소리를 높여 비키라고 소리를 치긴 하였다. 헌데 어째 쟁쟁거리는 모기 같은 음성인지라, 되레 주변의 비웃음을 사고 말았다.

스쳐 지나가며 그 꼴을 보니, 좋은 집안의 자제라 해서 모두 은룡만 한 기량이 있는 건 아님을 새삼 체감하고 말았다. 은룡이라면 호통 한 번으로 이 일대 사람들을 죄다 벽에 찰싹 달라붙게 만들 텐데. 화영은 키득거렸다.

부채 공자가 권한 요릿집인 대연각은 과연 벌써부터 만석이었다. 삼 층, 사 층은 지체 높은 분들을 위해 꾸며 놓은 특별석이고, 이 층은 일찍 온 젊은이들이 차지하여 벌써 흥겹게 부어라 마셔라 노래를 부르고 있었다. 주인은 허리에 두른 천에 손을 닦으며 화영과 침혜에게 말했다.

"일 층 구석이라도 괜찮다면, 가 앉으시우. 어차피 아가씨 둘이니 좁아도 앉아 먹을 만은 할 거요."

침혜가 고개를 돌려 화영을 쳐다보았다. 화영은 어깨를 으쓱했다. 어차피 여기까지 온 김에 뭐라도 먹어야지 않겠는가? 길거리에서부터 맡아 왔던 갖가지 음식 냄새가, 요릿집 안에 들어오니 더욱 강렬하게 풍겨서 갑자기 허기가 몰려왔다. 진한 기름 냄새와 매콤한 향신료, 튀겨지는 고기 냄새와 칼이 도마를 쉴 새 없이 두드리는 소리…….

그들이 앉은 곳은 이 층으로 올라가는 계단 밑의 협소한 자리였다. 덩치 큰 장정이라면 고개를 계속 수그리고 음식을 먹어야겠지만, 주인 말마따나 여자 두 명이 앉기엔 그럭저럭이었다.

여드름이 잔뜩 난 소년이 주문을 받으러 왔다. 침혜는 화영이 다른 탁자들 위에 펼쳐진 여러 요리 중 가장 시선을 많이 쏟았던 것들을 알아서 주문했다. 하긴, 화영은 민간의 요리 이름도 잘 알지 못하니 침혜가 주문하는 편이 훨씬 빠를 터였다.

점원이 주문을 받고 꾸벅 돌아가려던 와중이었다. 화영이 재빨리 주문을 얹었다.

"술도 한 병!"

"아가씨!"

침혜가 새된 소리를 냈다. 하지만 화영은 손짓으로 점원을 보내 버리고 만족스러운 미소를 지었다.

"술은 무슨 술이에요? 큰일 나시려고!"

"너랑 한 잔씩만 마실 건데, 그게 무슨 큰일이라고? 보니까 여기서 식사하는 사람들 죄다 술도 같이 마시더라. 분명 그렇게 술을 곁들여야 더 맛있는 게 틀림없어. 이왕 먹을 거, 완벽하게 먹어야 하지 않겠어?"

"하이구, 하여간에 말은 잘하셔요."

핀잔은 주지만 다시 점원을 불러 세우지는 않는 침혜였다. 화영은 실쭉 미소를 지었다.

얼마 기다리지 않아 한 상 가득 음식이 나왔다. 침혜가 제법 통 크게 여러 요리를 주문했던 것이다. 갈색으로 바삭바삭하게 구워진 오리에 폭신하게 삶긴 야채가 곁들여진 접시와 칼칼한 고깃국물에 담긴 완자가 큰 그릇에 나왔다.

공심채는 딱 맛있게 볶아져 자르르 윤기가 흘렀고, 투박하게 잘린 돼지고기는 달짝지근한 양념에 젖어 촉촉하게 빛나고 있었다. 달걀과 부추를 면에 곁들여 고소하게 비벼 먹는 요리도 있었고, 고슬고슬한 볶음밥도 빼놓을 수 없었다.

"은룡도 있으면 좋았을 텐데. 걔 진짜 잘 먹거든."

"정말이지, 식전부터 신랑 타령하시기예요? 애틋해서 어떻게 두고 오셨나 몰라."

"어휴, 어쩜 이렇게 얄밉게 말하지?"

화영이 과장되게 눈썹을 찌푸리자, 침혜가 입가를 손으로 가리고 낄낄 웃었다.

두 사람 다 허기진 와중이었다. 자연스럽게 수저를 들었고 자매처럼 서로에게 술을 따라 주었다.

"술, 전에 드셔 본 적은 있으세요?"

꼴깍, 한 번에 넘긴 화영이 곧바로 빈 잔을 내밀자, 침혜가 의심스러운 눈빛으로 물었다. 화영은 키득거리며 웃었다.

"열여섯 살 때인가? 궁금해서 한번 마셔 본 적은 있어."

"어떻게요?"

"후후, 원래 외숙은 곡차 심부름을 꼭 오빠에게 시키거든. 날 잘 안 믿으셔서 말이야."

"알 만하네요."

"하여간! 그런데 그날은 오빠가 무슨 일이 있었던 거 같아. 뭐였지? 기억이 안 나네. 하여튼 그래서 내가 부엌에 가서 곡차 항아리를 열고 병에 옮겨 담았지."

"그래서요?"

"아마 병에 담긴 것보다 내가 마신 게 더 많았을걸?"

무슨 맛인지 도통 모르겠는데, 하여간 입 안과 목구멍이 싸하게 뜨거워지는 기분에 홀딱 반해 버렸다. 그래서 한 입만, 한 입만 하면서 몇 번이고 떠다 마시다 보니…….

"정신 차려 보니까 새벽이던데? 오빠가 날 데려다 방에 눕혀 놓았더라고. 그리고 그 이후로 곡차 항아리는 내가 모르는 곳으로 자리를 옮겨 버렸어. 다시는 맛도 못 봤지 뭐야."

"그럴 만도 하네요. 사고뭉치셨구만요."

고개를 살살 저으면서도 침혜는 화영의 잔에 맑은 술을 따라 주었다. 화영은 그것도 단번에 들이켰다.

"황궁, 아, 아니, 그, 큰 집에 가서는 또…… 보는 눈이 많으니까 마실 수가 없었지. 태……, 그러니까 양모께서 하도 날 감시하니까 말이야."

원래 술을 주문한 까닭은 침혜의 마음을 놓게 하려는 거였는데, 어째 반대로 되어 버린 것 같다. 화영은 입을 다물려고 노력했지만 잘되지 않았다.

침혜는 여전히 무릎 위에 작은 보따리를 소중하게 올려놓고 있었다. 상위나 빈 의자에 걸쳐 놓지도 않고, 꼭 몸에 붙인 채다. 도대체 저 안에 뭐가 들어 있을까? 하지만 침혜가 본인의 의지로 말해 주지 않는 한 알 도리는 없을 것이다. 다른 방법은 쓰고 싶은 마음도 없었다.

살살 취기가 올랐다. 화영은 상 위에 팔꿈치를 올리고는 한숨을 쉬었다. 이렇게 실컷 먹고 마시고 난 후 현희부로 돌아가야 한다니 기분이 벌써부터 이상했다.

언젠가 외숙이 그런 말을 한 적이 있었다. 먼 여행을 마치고 집으로 돌아갈 즈음이면 반가워하기보다 우울함을 느끼는 사람이 있다고. 화영의 아버지가 바로 그런 사람이었다고. 처음은 살아남기 위한 도피였으나 이내 유랑과 여행은 그분의 삶이 되었다고. 어쩌면 그래서 황궁으로 돌아가 면류관을 쓰자마자 시름시름 앓기 시작했는지도 모르겠다고.

어쩌면 화영 자신도 부친을 닮았는지 모르겠다. 중경의 저자에서 노닌 자유로운 반나절이 황궁에서 보낸 몇 년보다 즐거웠으니까.

화영은 슬쩍 왼쪽 손목의 안쪽을, 불꽃처럼 타오르는 무늬의 모반을 쳐다보았다. 남려 황실의 피를 물려받았다는 증거. 신분 낮은 행궁 하녀가 낳은 사생아들이 황위와 공주부에 들어앉도록 해 준 증거였다.

'왜 불꽃 무늬일까?'

황족은 불꽃과 가장 먼 삶을 살아야만 했다. 멋대로 살라 먹을 수도 없고 바람을 타고 번지거나 옮길 수도 없다. 온기는커녕 외롭기만 하다.

화영은 오빠를 떠올렸다. 화려하고 커다란 장양전에서 홀로 저녁 수라를 들고 있을 주영의 얼굴을 생각했다. 주영이 은요와 혼인할 적에는 항시 같이 아침을 보내고, 저녁마다 얼굴을 마주 보며 일과를 도란도란 나누기를 약속했을 것이다. 하지만 옥좌에 앉은 지금은…….

"왜 한숨이세요?"

갑자기 조용해진 화영을 유심히 지켜보던 침혜가 물었다.

"술이 좀 되신 거죠? 자, 여기 차 좀 드세요. 너무 빨리 드시더라니까. 내 이럴 줄 알았지!"

"아니야, 그냥 옛날 생각이 좀 나서."

"취해서 그런답니다, 취해서."

화영은 반박을 포기하고 침혜가 채워 준 물 잔을 받아들었다. 그리고 식은 찻물을 얌전히 마셨다. 묘하게 씁쓸한 뒷맛이 났다.

"자, 이것도 좀 드시구, 요 국물도 좀 들이켜세요."

"침혜는 왜 이렇게 멀쩡해?"

"외가 물림이에요. 항아리로 가져다 마셔도 제 발로 걸어 나가요."

"진짜? 어쩐지, 이거 엄청 독한데 얼굴도 안 찡그린다 했어."

"아가씨를 무사히 집까정 데려갈 자신이 있으니 술을 시키게 놔둔 거지요. 맛이나 보시라구요."

슬슬 뺨이 붉어지는 화영 앞에 음식을 덜어 주며 침혜가 코웃음을 쳤다. 과연 술기운이라고는 조금도 없는, 평소와 똑같은 모습이었다. 여전히 무릎 위에 소중하게 지키고 있는 보따리도 풀어질 기색은 조금도 없다.

역시, 아직은 아닌가? 화영은 침혜가 앞으로 밀어 준 공심채 볶음을 젓가락으로 집으며 생각했다. 이쯤이면 침혜가 왜 공주부로 왔는지, 무슨 사연이 있는지 알려 주지 않을까 했는데. 침혜가 쌓아 둔 방벽은 예상보다 높은 듯했다.

'그래도 바깥 구경도 하고, 많이 친해진 것 같으니까. 내가 좀 더 말을 조심히 하지, 뭐.'

화영은 한숨을 쉬었다. 갑자기 포만감이 느껴졌다. 그래서인지 혀도 무겁고, 눈꺼풀도 무거워진 것 같았다. 머리에서 걸러지지 않고 말이 마구 튀어나왔다.

"아, 은룡한테 업혀 가면 좋겠다. 집까지 어떻게 걸어가지?"

"또 은 도련님 얘기를 하시네?"

"침혜는 개 등에 업혀 본 적이 없어서 그래. 진짜 얼마나 편한지 몰라. 가마보다 편하다니까? 어깨가 넓어서 그런가."

"못 하시는 말씀이 없네, 정말! 어이구, 그렇게 은 도련님을 좋아하시면 왜 진작 혼인을 안 하셨어요?"

"아니, 그런 게 아니라니까? 그냥 개한테 업히면 편하다는 말인데 왜 혼인이 나와?"

"취하셨네, 취하셨어."

침혜가 눈살을 찡그리며 화영에게로 손을 뻗었다. 화영은 침혜의 손이 이마에 닿아오자 펄쩍 놀랐다.

"왜 이렇게 차가워?"

"아가씨가 뜨거우신 거예요. 자, 다 드셨으면 이쯤 일어나요."

"나 안 취했는데?"

"예, 예, 그러시겠지요 당연히! 하지만 은 도련님이 떡하니 나타나지 않으시는 한 우리는 걸어가야 하니까요, 네?"

침혜가 소매에서 천으로 직접 만든 듯한 자그마한 지갑을 꺼냈다. 바느질이 삐뚤빼뚤한 것이, 실력이 영 꽝인 듯했다. 뭐야, 나랑 비슷하네. 화영은 속으로 킬킬 웃었다.

용중사에 있을 때는 은요가 가르치려 시도했었고, 그리고 입궁한 뒤에는 침방 상궁들이 몇이나 달라붙었지만 여전히 화영의 자수 솜씨는 심각했다.

나아지려는 의지조차 없었다. 오죽하면 태후가 그 꼴을 보고는, 여염 처녀였으면 시집도 못 갔을 것이라 이마를 짚었을 정도였다.

점원 소년이 침혜의 부름에 다가왔다. 얼마를 내면 되는지 묻고, 동전들을 꺼내던 도중이었다. 쾅, 하는 소리가 났다. 갑자기 객점의 문이 발길질에 거칠게 열린 것이다. 거기에는 통일성 없는 옷차림을 한 한 무리의 남자들이 서 있었다.

사내들은 다들 제법 덩치가 좋았고, 앞가슴은 풀어헤치거나 느슨하게 묶은 채 이미 거나하게 한 잔씩 한 듯 눈가가 벌그스름했다. 딱 보아도 문제를 일으키고 다니는 한량들인 게 뻔했다.

주인이 급하게 그들 앞으로 나서더니 자리가 없다고 핑계를 댔다. 다른 날도 아니고 장날 저녁, 극도로 붐비는 시간이었다. 술 취한 문제아들을 가게에 들여놓느니 호랑이를 들이는 것이 나았다. 하지만 그들은 주인의 열성적인 만류를 귓등으로도 듣지 않는 듯했다. 우두머리 격으로 보이는 사내를 제외한 나머지들은 객잔을 위아래로 적극적으로 훑어보며 상마다 앉은 손님들의 얼굴을 확인하고 있었다. 마치 누군가를 찾는 것처럼.

-당신 같은 아가씨가 금자를 지니고 있다고 소문이 나면 어떻게 될 거 같남?

서점 주인의 협박이 으스스하게 귓가에 울려 왔다. 화영은 마른침을 삼켰다. 순식간에 술이 깨 버린 기분이었다. 설마, 아니겠지.

하지만 하늘도 무심할 일이다. 감색 옷을 입은 수염 난 사내가 번쩍 손가락질을 하자, 가게 입구를 꽉 막고 있던 한 무리의 한량들이 죄다 그 손가락의 방향을 쳐다보았다. 이 층으로 올라가는 계단 밑, 어지간해서는 잘 보이지도 않는 자리였다. 화영과 침혜가 앉아 있는 곳이었다.

그들은 주인을 밀어내더니 곧장 일직선으로 화영과 침혜에게로 다가오기 시작했다. 점원 소년은 눈알을 굴리더니 침혜가 꺼내 놓은 동전을 잘 세 보지도 않고 고대로 움켜쥐고 순식간에 꽁무니를 뺐다. 저, 저! 침혜가 어이가 없어 인상을 찌푸렸지만 화영은 화를 낼 여유도 없었다.

"빨리 가자. 빨리!"

"어머? 왜 그러세요?"

"나가서 말해 줄게. 일단 나가자!"

급하게 자리에서 일어나던 참이었다. 하지만 화영이 등을 돌렸을 때, 거기는 술 냄새 나는 장정들이 세운 인간 벽으로 꽉 닫혀 있었다. 작은 상에 앉은 두 여인을 두고, 사내들이 둥글게 빙 둘러선 것이다.

"뭐예요?"

그제야 침혜도 상황을 파악한 모양이었다. 한 손에는 보따리를 꼭 쥐고, 화영의 앞으로 나서 주위를 노려보았다. 하지만 남자들은 침혜를 한번 쳐다보더니, 저들끼리 쑥덕이기 시작했다.

"어느 쪽이냐?"

"형님, 저도 직접 본 건 아니라……."

"이 새끼, 금자 얘기도 쌩 거짓말 아냐?"

"그건 아닙니다! 저 말고도 들은 놈이 숱하다고요. 풍 씨 영감 강짜 부리는 소리가 좀 지랄 같습니까? 한둘이 들은 게 아니니까 골목마다 금자 얘기죠."

망했다. 화영은 입술을 깨물었다. 바로 귀가할 걸, 무슨 재미를 더 보겠다고 버텨서 이런 곤란한 상황에 처해 버린 건지. 남자들의 벽에 둘러싸여 잘 보이지는 않지만, 주변에서 술렁거림은 있어도 문을 박차고 나가는 소리는 나지 않았다. 즉 손님들 모두 구경만 하지, 어디라도 나가서 도움을 구하려는 사람은 없다는 뜻이었다.

형님이라고 불린 사내가 턱을 손가락으로 긁더니, 침혜와 화영을 번갈아 가며 내려다보았다. 그리고 짐짓 겁을 주려는 듯 내리깐 목소리로 물었다.

"자, 어느 쪽이 금자를 가진 아가씨일까? 좋은 말로 물을 때 답을 하는 것이 피차 이로울 거요."

침혜의 시선이 순간 화영과 마주쳤다. 화영은 입술을 깨물었다. 이제 와서 구구절절 설명할 여유는 없었다. 일단 잡아떼야 할 것 같았다.

"금자라뇨? 우린 그냥 하녀들이에요. 그런 큰돈이 있을 리 없잖아요?"

"하녀? 어느 집에서 일하지?"

"그…… 그러니까…… 은가요!"

순간 화영의 머릿속에 떠오르는 가문이라고는 은씨뿐이었다.

"거짓말도 제대로 못 하는군. 은가라면 황후의 친정인데, 너희같이 본 데 없는 계집들을 집에 들일 리가 없지."

우두머리는 속지 않았다. 되레 확신이라도 얻었다는 듯 음흉하게 웃을 뿐이었다.

"게다가 일개 하녀들이 상다리가 부러질 만큼 요리를 시키고, 술까지 마신다고? 어느 주인이 그렇게 급료를 넉넉하게 주냔 말이다."

수염이 밤송이처럼 난 사내 하나가 침혜가 미처 소매에 넣지 못하고 들고 있던 천지갑을 빼앗았다. 그리고는 엄지손가락과 검지를 쥐고는 구경이라도 하라는 듯 허공으로 치켜들었다.

"뭐야 이건, 장님이 만들었나? 이런 솜씨로 잘도 써 주겠다 그래."

"우리 집 개가 꿰매도 저보다는 낫겠네."

"금자는? 거기 있나?"

우두머리의 물음에 수염쟁이가 바로 지갑을 열어 보았으나 잔돈뿐이었다.

화영은 마른침을 삼켰다. 밖으로 나서기 전, 침혜가 은자를 품 안에 챙기던 기억이 났다. 물론 화영에게 내려온 공주부의 녹봉이었으나 화영은 침혜가 가지고 다니는 데에 동의했다. 저자에서 뭘 살지는 모르나 하여간 화영은 흥정에 서툴렀고, 침혜에 비하면 조심성도 떨어지니 쉽게 잃어버리거나 도둑맞을 수도 있었기 때문이다.

문제는 그래놓고도 혹시 비싼 것을 살지도 모르니까- 싶어서 침혜가 등을 돌린 틈에 슬쩍 금자 하나를 소매에 쑤셔 넣었다는 것뿐. 용중사에서 살다가 곧바로 황궁으로 넘어갔으니 물가에 대해 감을 잡지 못한 게 원인이라면 원인이었다. 게다가 언제 다시 나올 수 있을지 모르니 사고 싶은 게 있으면 이번에 다 사야 한다는 묘한 압박감도 한몫했다.

'어떡하지? 그냥 내놓을까?'

화영은 입술을 깨물었다. 아니, 아니다. 금자를 내보이면 그들이 순순히 물러설 거라는 보장이 없었다. 여태 금자에 대해 모른 체하고 있는데 이제 와서 내놓으면, 금자는 하나뿐이라는 말도 믿지 않겠지. 게다가 지금은 금자에 혼이 팔려 있는 상태지만, 은근슬쩍 그녀들을 지저분한 눈빛으로 훑어보는 놈들도 적잖았다. 금자를 손아귀에 넣고 나면 다른 방식으로 자신과 침혜를 괴롭힐지도 몰랐다.

수염쟁이가 침혜의 지갑을 바닥에 내던졌다. 쨍그랑하며 크고 작은 동전들이 튀어 올랐다. 우두머리가 가래로 목을 울리더니, 퉤 하고 그 위로 침을 뱉었다. 그리고 의자에서 일어났다. 삐걱거리는 소리가 불길함을 고조시켰다.

"지갑에도 없다……. 그러면 여기 있겠구만?"

"안 돼요!"

순식간이었다. 그가 검은 손으로 침혜의 보따리를 사납게 움켜쥐어 빼앗았다.

"안 돼! 돌려줘!"

지갑을 뺏겼을 때엔 침착하던 침혜가, 천 보따리를 빼앗기자 소리를 지르며 달려들었다. 하지만 침혜의 반응에 한량들은 더욱 금자를 확신한 모양이었다. 침혜가 우두머리를 붙잡기도 전에, 옆에 있던 수염쟁이가 침혜를 붙잡아 팔을 뒤로 꺾어 움직이지 못하게 만들었다.

화영의 눈에 불꽃이 튀었다. 머리로 생각하기도 전에 몸이 먼저 움직였다. 식탁 끄트머리로 위태롭게 밀린 술병이 보였다. 한 손에 잡아 휘두르기 딱 좋은 모양새였다.

사내들은 모두 우두머리 손에 있는 침혜의 보따리에 정신이 팔려 있었다. 침혜가 아주 꽁꽁 묶어 놓았기 때문에 우악스러운 손길로는 도통 풀리지 않아

애간장을 태우고 있었다.

화영은 그대로 술병을 잡았다.

그리고 보따리를 풀기 위해 몸을 숙이고 있던 사내의 머리통을 후려쳤다.

억, 하고 순간 힘이 빠져 비틀거리는 남자의 신음, 그리고 곧이어 좌악 금이 가 쨍그랑 깨지는 술병의 파열음이 들렸다. 화영은 재빨리 몸을 숙여 그의 손에서 침혜의 보따리를 빼앗았다. 대장이 머리에서 피를 흘리며 자리에 주저앉자 침혜를 붙잡고 있던 수염쟁이의 힘도 느슨해졌다. 침혜도 눈치껏 그놈의 정강이를 걷어차고 빠져나왔다.

순식간에 벌어진 일에 한량들은 당황하여 저들끼리 세워 놓았던 벽 사이로 틈을 벌렸다.

"형님!"

"형님, 괜찮으십니까!"

화영은 개구멍을 빠져나가듯 그 틈새를 노렸다.

"빨리, 나가자!"

침혜에게 신호를 보냈지만 오히려 그 소리에 사내들이 정신을 차리고 말았다.

"저, 저, 저, 저 망할 것들 잡아!"

빠져나가려던 화영과 침혜를 억센 손들이 움켜쥐고 끌어당겼다.

* * *

저녁에 들어선 중경 시장은 그야말로 인산인해였다. 북적이는 거리 가운데서 부마들은 수많은 머리통들 위로 불쑥 솟아오른 장승들처럼 보였다.

"흩어집시다."

관호가 말했다. 은룡도 초조한 낯빛으로 고개를 끄덕였다.

"잠깐!"

맹타안이 고삐를 당기듯 시의적절하게 그들을 멈추었다.

"부인을 찾든 못 찾든, 어디서 모일지는 정해 놓고 갑시다. 그렇지 않으면 영영 못 만날 판국이니."

당장에라도 화영을 찾으러 뛰어가고 싶은 마음이 굴뚝같았지만, 이번만은 맹타안의 말에 일리가 있었다. 이대로 아무 기약 없이 흩어지고 나면, 다시 만나기도 어려울뿐더러 설령 누군가 공주를 찾더라도 그 사실을 알 수가 없으니 나머지들은 밤새 거리를 헤맬지도 몰랐다.

"이 대로를 따라가다 보면 돌로 만든 교각이 나옵니다. 밤이면 갖가지 등롱을 달아 눈에 확 띄고, 도성 사람이라면 누구든 잘 알아 대답해 줄 것이니, 두 부마가 중경 지리가 낯설더라도 충분히 찾을 수 있을 겁니다. 한 시진 뒤에 그 앞에서 만나지요."

은룡의 말을 주의 깊게 듣던 관호가 말을 덧붙였다.

"공주를 찾지 못하였더라도 그 시간에는 반드시 모이기로 합시다. 중구난방으로 돌아다니기만 한다면 일이 더욱 어려워질 것이오."

"헌데 정말 괜찮으시겠습니까? 도성 지리에 익숙하지 않으실 것 터인데……."

"상경하여 용중사로 가기 전 근방에서 며칠 머물렀소. 염려는 마시오, 은 부마. 이 저자는 큰길을 중심으로 뻗어 나간 구조이니, 약속 장소를 찾는 일은 어렵지 않을 것이오."

"그렇다면 더는 만류하지 않겠습니다."

은룡은 관호를 보며 짧게 읍을 했다. 그리고 곧바로 등을 돌려 사라졌다.

"부인을 먼저 찾았다고 해서 홀랑 데리고 귀가해선 안 되오. 알겠소?"

맹타안은 농담 같은 말을 건네고는 맹영대를 데리고 인파를 헤쳐 나갔다. 그렇게 세 부마는 공주를 찾기 위해 각기 움직였다.

은룡은 우선 화영의 관심사들을 머릿속에서 정리하며 최대한 동선을 유추해 냈다. 자잘한 장신구 점포마다 들렀고 간식을 파는 노점상에게도 최대한 질문을 했다. 말린 전갈이나 해마 따위의 신기한 약재를 파는 떠돌이 상인도 빠뜨리지 않았다.

화영의 인상착의를 물었지만 이 약아빠진 노인네는 은룡이 물건을 죄다 사 주지 않고는 입을 열지 않겠다는 태세였다. 보아하니 화영을 정말 본 것 같지도 않았다. 결국 은룡은 비단 가게로 향했다. 거기서야 화영에 대한 실마리나마 얻을 수 있었다.

오후에 두 처녀가 와서 한참을 구경하다 갔는데, 그중 하나는 커다란 눈에 왕공(王公)이나 되는 듯한 말투를 썼고, 하나는 어찌나 깐깐한지 물건을 팔려는 술수를 귀신같이 걷어 냈다는 것이다. 화영과 침혜가 분명했다. 고맙다며 가게를 나가려는 은룡을 주인의 남편이 붙잡았다.

"거, 말만 듣고 가실 거요? 보아하니 처자들과 아는 사이 같은데, 찻값이라도 내고 가시지?"

은룡이 반사적으로 눈썹을 찌푸렸다. 그도 어려서 어머니와 누님을 따라 이런 비단 가게 정도는 가 본 적이 있었다. 거기서 손님께 내어 놓는 다과는 그야말로 당연한 대접이었다. 보아하니 화영과 침혜가 평복 차림이라 차 외에는 다른 대접도 없었을 게 분명했다. 그런데 값을 물어 달라 하다니.

은룡의 표정이 좋지 않은 것을 본 주인이 급하게 다가와 남편을 퍽 하니 옆으로 밀어 치웠다. 그리고는 두 손을 가슴팍 앞에서 맞잡으며 살살 웃어 보였다.

"이이 말은 신경 쓰지 마세요, 공자. 그보다, 그 아가씨가 무척 마음에 들어 하던 비단이 있었는데, 혹 관심이 있으시려나? 보니까는 머슴도 하나 안 따라온 터라……. 아무리 곱다 곱다 해도 빈손으로 일어나시더라만은. 하기는, 연약한 처녀들이 맨손에 비단필을 들고 가지는 못할 일이죠."

주인은 미련한 남편보다는 훨씬 장사 수단이 좋았다. 안 그래도 화영과 침혜가 방문했을 때 옆에서 차를 내놓으며 입이 부르트도록 이 비단 저 비단 칭찬을 한 것은 남편이 아니라 그녀 쪽이었다. 이 장사를 하면서 갖가지

계층의 부인네들을 봐 왔기에 얻은 직감이었다.

비둘기색 옷을 입은 큰 눈의 아가씨는 수수한 차림새임에도 쉽게 잊지 못할 인상과 외모를 가졌고, 제아무리 값비싼 천을 내어놔도 눈 하나 깜짝하지 않았다. 이보다 좋은 상등품을 숱하게 봐 왔던 것처럼 말이다. 외명부에 이름이 올라간 고관대작의 부인들에게나 볼 수 있던 태도였다. 게다가 상술을 기가 막히게 파악하던 처진 눈꼬리의 처자는 그녀를 계속하여 아가씨, 라고 불렀다. 분명 가까이서 시중을 드는 시녀가 틀림없었다.

거기다 그들을 찾으러 온 이 청년을 보면은!

주인은 꿀꺽 침을 삼켰다. 큰 키에 넓은 어깨, 반듯한 자태와 기품 있는 얼굴. 반만 묶어 틀어 올린 속발관도 척 보면 값나가는 대모갑이고, 걸친 옷도 비싼 재질인 데다, 가죽 요대를 수놓은 문양이 심상치 않았다.

분명 저 문양을 어디선가 봤는데? 당장은 기억이 안 나지만, 하여간에 명문가 출신이 틀림없다. 이처럼 지체 높은 공자가 제 발로 왔으니, 찻값 한두 푼이 지금 중요한 게 아니었다.

"마음에 들어 했다니요?"

단호하던 표정이 처자들의 이야기가 나오자 약간 물러졌다. 주인의 매서운 눈은 그 틈을 놓치지 않았다.

"여보, 어서 가져와요. 그 진녹색 비단! 호호, 들어온 지 얼마 안 된 아주 좋은 물건인데, 어찌나 때깔이 곱고 감촉이 매끄러운지 파리도 미끄러질 정도랍니다. 여러 천 중에서도 아가씨가 몇 번이나 다시 봤을 만큼 좋아하시더라구요. 그래서 제가 아가씨 얼굴 곁에 비단을 가만히 대어 보니 글쎄, 어찌나 아름다운지! 푸른 잎으로 둘러싸인 작약처럼 보이시던데요. 정말 미인이셔요, 공자도 그리 생각하시지요?"

"흠, 흠……. 아가씨께서 정말…… 사고 싶어 하셨습니까?"

미련한 남편 놈은 이제야 눈치를 채고 급하게 주인의 명령을 따랐다. 아까 눈 큰 아가씨가 몇 번이나 만져 보고 손가에 대어 보았던 진녹색 비단을 가져오니, 키 큰 공자의 눈이 흔들리는 것이 빨랐다. 분명 저 진녹색으로 옷을 자아 입은 아가씨의 모습을 상상하고 있는 것이겠지. 하여간 신분이 높든 낮든, 여인에게 홀딱 반한 청년이란 하나같이 똑같다.

그는 분명 이 비단을 사고야 말 터였다. 그리고 혹시 또 안담? 이렇게 거래를 트면 후에도 계속 이어질지. 주인은 속으로 흐뭇하게 웃었다. 역시, 그 처자들을 곱게 보내기를 잘했다.

결국 은룡은 뭔가에 홀리기라도 한 듯 진녹색 비단을 사고야 말았다. 하지만 공주를 찾으러 다녀야 하는 마당에 이고 다닐 수도 없는 노릇인지라 잠시 망설이다 말했다.

"저택으로 가져다줄 수 있습니까?"

"물론이지요, 그럼은요! 공자 같은 귀한 분이 어찌 직접 짐을 이고 가시겠어요? 곧장 동자를 보내드리지요."

"그럼 현희부로 보내 주십시오. 아가씨를 찾아야 해서, 이만 가 보겠습니다."

은룡은 고개를 끄덕이고 곧바로 가게에서 나가버렸다.

"현희부?"

남겨진 주인 부부는 순간 얼이 빠져, 화등잔처럼 커진 눈으로 서로를 쳐다보았다.

비단 가게를 나선 은룡은 진녹색 비단을 받은 화영의 좋아하는 얼굴을 애써 고개를 저어 지워 내고, 다음 방문지를 추려냈다. 이제 비단 가게까지 들렀으니 어지간한 관심사는 채웠을 것이다. 남은 것이라면 서점이나 옥 가게 정도일 텐데, 그 가게들은 교각 너머에 있었다.

은룡은 인파를 피해 날래게 움직였다. 어둠이 짙게 내릴수록 붉은 등불이 여기저기서 흔들렸고, 술에 거나하게 취한 사내들의 시비 거는 소리와 뭔가 깨지고 부서지는 소음이 동시다발적으로 일어났다. 다리를 건너던 와중에 문득 은룡의 머리를 스치고 지나가는 생각이 있었다.

'혹시, 식사를 하고 계시지는 않을까?'

그래, 아가씨가 흥미를 가질 만한 물건 가게들은 많이 돌아다녔지만, 정작 드시고 싶어 하던 음식을 파는 요릿집은 찾아보지 않았다. 길거리에는 자질구레한 간식거리를 파는 노점상도 꽤 있었지만, 화영이 어려서부터 노래를 불렀던 껍질이 바삭한 오리 통구이나 매콤하게 볶아 낸 청경채 요리는 제대로 된 음식점에나 팔 것이었다.

사찰 음식은 말할 것도 없고, 황궁의 어선방 역시도 지나치게 자극적인 민간의 조리법은 사용하지 않았다. 갓 황궁에 들어가 눈치를 보던 화영이 이것저것 명령할 여유도 없었고 말이다. 그러니 화영은 궁금해하던 음식을 제대로 먹어 보지 못한 셈이다.

'그래, 요리를 파는 객잔들을 찾아보자.'

은룡은 마음을 굳혔다. 우선은 가장 크고 유명한 음식점인 대연각을 향해 급히 움직였다.

한편 맹타안은 맹영대를 사냥개 몰 듯 끌고 다니며 여기저기를 들쑤시고 있었다. 혼잡스럽기가 이를 데 없었다. 저자를 가득 채운 사람들이 풍기는 열기와 냄새, 가지각색의 소음과 접촉이 그를 예민하게 만들었다. 이렇게 크고 번잡스러운 장터는 난생처음이었지만 공주를 찾아야 하니 별수 있을까. 그나마 그와 사촌이 멀리까지 한 번 쭉 훑는 것만으로도 공주가 반경에 존재하는지 가늠할 수 있음이 다행이었다. 타고난 사냥꾼답게 눈썰미가 무척 좋고, 키가 훌쩍 큰 덕분이었다. 보이는 가게마다 일일이 들어가서 헤집어야 했다면 도저히 참지 못했으리라.

"형님."

"뭐냐?"

"형수가 뭘 좋아하는지는 모르십니까?"

맹영대 역시 은근히 질린 표정이었다. 탁 트인 초원에서 태어나고 자란 강로인이라면 인산인해의 남려 도성이 차라리 무간지옥으로 보일 법도 하다. 하지만 그 질색한 낯빛과는 별개로 질문 자체는 꽤나 명확했다.

"이대로는 한도 끝도 없겠습니다. 시간 낭비예요. 제일 가능성이 큰 곳으로 직행해야죠. 늑대를 잡을 때처럼 말입니다."

초원에 사는 늑대는 굴을 여러 개 팠다. 짝을 지은 수컷은 사냥할 때를 제외하고는 종일 굴을 파는데, 어느 것이 새끼를 기를 장소인지 배우자마저 헷갈릴 만큼 정성을 들였다. 이는 새끼를 노리는 독수리들과 말을 탄 사냥꾼들을 교란하기 위함이었다. 지금 맹영대는 공주를 찾는 일을 사냥에 비유하고 있었다. 강로 사내에게 있어서 이보다 더 명확하게 의미를 전하는 방법은 없었다.

"괜히 헛된 굴을 들쑤시다가는 되레 기척을 들킬지도 모른다, 이 말이냐?"

"뭐, 그렇지요. 형님의 눈이야 매섭기로 유명하지만, 벽 뒤까지 꿰뚫어 볼 수는 없는 노릇 아닙니까."

맹영대의 푸념 섞인 말에 맹타안이 눈을 가늘게 떴다. 그리고는 한 손으로 턱을 쓰다듬으며 생각에 빠져들었다.

하긴, 여태껏 지나친 인파들 가운데 공주가 없음은 자신하지만- 가게들 중에 그녀가 있었다면? 그리고 그들을 먼저 알아보고 숨었다면? 활짝 열린 문들이 보이는 내부는 대략 다 훑었지만, 맹영대의 말도 일리가 있었다. 문 바로 뒤나, 계단 뒤, 혹은 이 층이나 삼 층에 공주가 있었다면 놓칠 수밖에 없을 것이다. 공주가 있을 법한 장소를 제대로 짚어 직행하는 게 나았다.

'그녀가 무엇을 좋아하더라?'

어쩐지 대답이 바로 나오지 않았다. 맹타안은 자신도 모르게 눈살을 찌푸렸다.

빌어먹을, 이래서 진작 부인의 침소에 방문했어야 했다. 단둘이, 내밀하게 대화를 나누면서, 물론 몸의 대화도 나누면 더 좋고, 하여간에 망할 솔방울 장난감 말고 뭘 좋아하는지 알아낼 수 있었다면!

망할 관가 놈이 아까 방해하지만 않았어도, 부인의 경대와 보석함은 열어 볼 수 있었을 거다. 그러면 적어도 어떤 보석이 취향인지, 선호하는 색상은 무엇인지 정도는 파악했을 텐데! 속이 부글부글 끓었다.

'말, 그래, 부인은 말을 좋아하지. 그래서 승마 연습에 항상 열심이었어.'

하지만 그녀가 지금 마시장에 있을 것 같지는 않았다. 기껏 생각해 놓고 허탕이다. 맹타안은 저도 모르게 입술을 깨물었다. 부인이 좋아하는 것. 말이 아니라, 그 외에는? 머리를 쥐어짜 보았으나 도저히 답이 나오지 않았다. 공주와 꽤나 친해졌다고 으스댔거늘, 정작 이제 와서 보니 그의 손엔 아무것도 남아 있지 아니하였다.

송화영이라는 여인을 생각하자면 오로지 코끝에 오래도록 남는 연꽃 같은 체향과 찌르레기처럼 높게 하늘로 날아오르던 웃음소리, 숨기는 것 없이 시원시원하게 그를 쳐다보던 큰 눈만 떠올랐다. 그 덧없는 심상의 편린들만 그의 머릿속을 어지럽힐 뿐이었다. 정작 그녀의 내면에 무엇이 자리 잡고 있는지, 그녀의 반짝이는 눈이 세상을 어떠한 방식으로 해석하고 있는지는 조금도 알지 못하였다.

그녀는 지금 어디에 있을까?

"제기랄."

맹타안은 짜증스럽게 가죽 모자를 벗었다. 그리고 거칠게 머리채를 헤집었다.

완전히 어두워진 저녁이었다. 가게마다 붉고 노란 등을 내걸었고, 노점상마저 제 수레에 크고 작은 갖가지 색의 종이 등을 달고 손님들을 유혹했다. 색색의 불빛으로 가득한 중경 한가운데에서 길게 쏟아지는 맹타안의 금빛 머리카락은 비현실적으로 느껴질 만큼 아름다웠다. 현란한 등불들과 어스름에 시야가 젖은 주위 사람들은 제가 본 것이 착각이나 환상이리라 멋대로 판단하고 감탄하였다.

"형님!"

사촌 형님의 금발은 숨겨야만 하는 존재였다. 아직까지는 말이다. 백마에 은 갑옷, 그리고 흰 전포에 금빛 머리카락. 이야말로 강로의 세자인 엽혁타안의 표시가 아니었나. 그런데 이렇게 보는 눈이 많은 난장판에서 형님이 머리카락을 드러내실 줄이야.

맹영대는 기겁하며 맹타안에게 바짝 붙었다. 그리고 늘어진 금발을 급히 한데 모아 돌돌 말았다.

뭔가 이상하다. 맹영대는 고개를 갸웃거렸다. 평소라면 징그럽게 사내새끼가 뭐 하는 짓이냐며 두들겨 팼을 사촌 형님이시다. 그런데 지금은 맹영대 그가 자신의 머리를 그러모아 다시 억지로 모자를 씌워 그 밑으로 밀어 넣는 중인데도 별말씀이 없으시다.

커다란 장신의 사내들이 길 한가운데서 머리를 매만지고 있으니 분명 방해였을 터. 그런데도 맹타안의 빼어난 외모와 맹영대의 험악한 인상 때문에 누구도 시비를 걸지 않았다. 맹영대는 사촌 형님의 금발이 잘 숨겨진 것을 확인하고서야 슬쩍 한 걸음 떨어졌다.

그제야 맹타안이 입을 열었다.

"모르겠다."

"예? 뭘요?"

"부인이 뭘 좋아하는지 말이다."

맹영대는 잠시 뜸을 들였다. 뭐라고 대꾸해야 할지 제법 어려웠다.

다행히 맹타안은 그의 답을 기다리지 않았다.

"알 게 뭐냐. 지금부터 배우면 되지. 그렇지 않으냐?"

"예? 아, 예. 그렇죠, 그럼요."

"……배가 고픈데."

"이 상황에서 말씀이십니까?"

맹타안이 뒤를 돌았다. 그리고 벙벙한 낯짝을 하고 있는 사촌의 뺨을 억세게 꼬집어 비틀었다.

"그 눈빛은 뭐냐, 불손하게! 바보 같은 놈아, 내가 배가 고프면 부인도 배가 고플 게 아니냐? 부인이 백옥을 좋아하는지 산호를 좋아하는지는 몰라도 이건 확실하지. 사람이면 허기가 질 것이고, 그러면 음식을 먹으리라는 거."

아야야, 맹영대가 발을 굴렀다. 소도 때려잡을 것처럼 다 큰 사내놈이 엄살을 피우는 꼴이 참 보기 싫었다. 맹타안은 손을 떼고는 지저분한 것을 만졌다는 양 맹영대의 어깨에 손을 문질렀다.

"가자, 이 징글맞은 곳에서 제일로 맛있는 요릿집으로."

맹타안이 씨익 웃었다.

이렇듯 은룡과 맹타안이 발상은 다르나 결국 한 길로 향하고 있는 와중이었다. 그때에 관호는 싸구려 주점에서 나와 흘긋 하늘을 올려다보고 있었다.

남빛으로 잔잔하게 가라앉는 끝부분부터 검게 먹물이 들고, 그 밑으로 등장을 고대하는 별들의 반짝임이 줄을 서 있었다. 여름이라 해가 길다지만 한번 어둠이 하늘에 등장하고 나면 밤이 되는 것은 순식간이다. 이 주점에서도 공주에 대한 확실한 정보는 얻지 못했다. 좀 더 사람이 많이 모이는 곳으로 가야 할지도 몰랐다. 관호는 조용히 발걸음을 옮겼다. 그는 눈에 띄는 체격에도 불구하고 그림자처럼 움직였다.

누군가를 찾고자 한다면, 우선은 눈과 입이 많고 허술하게 이야기가 터져 나오는 곳으로 가야 했다. 장날의 주점에서 싸구려 술 한 잔을 시켜 놓고 한 각만 앉아 있어 보라. 얼마나 많은 정보가 쏟아지는지 직접 겪지 않고는 모를 것이다.

굳이 들쑤시며 묻지 않아도 저절로 귀에 들어오는 이야기들이 있다. 숱한 말꼬리 잡기와 술 한 병마다 변화무쌍하게 바뀌는 화제들, 새로운 주정뱅이가 가게로 들어와 앉으면서 주목받고자 떠드는 헛소리……. 허투루 넘길 수도 있지만, 그 사이에도 분명 실마리가 존재했다.

'금자, 금자라.'

관호가 대로를 따라가며 방문한 술집은 이번이 세 번째였다. 헌데 하나같이 똑같은 이야기가 들려 왔다. 바로 이 저자에 금자를 가진 이가 나타났다는 것이다.

금자의 주인은 천하의 절색이었다가, 역병도 고개를 돌릴 추한 노파였다가, 흰 꼬리가 달린 미공자였다가, 황제의 애첩으로까지 바뀌었다. 그러다가는 이내 형제들의 황위 다툼에 살해된 대장공주(大長公主: 선황의 누이, 현 황제의 고모)가 원통함을 품고 제 무덤에 묻힌 금자를 들고 시장을 배회한다는 주장까지 나왔다.

관호는 미신을 믿지 않았다. 하지만 어느 구석을 가도 금자에 대한 소문이 들끓는다면, 금자가 참으로 오늘 등장하긴 한 모양이었다.

'금자를 들고 이런 장터에 올 만큼 어리숙한 자가 누가 있을까.'

어지간한 부잣집 철부지 할지라도 함부로 은자를 들고 다니지 않았다. 기껏해야 조그마한 은 조각 몇 개를 소매에 넣어 두거나, 그보다 비싼 돈놀음을 했으면 가게에 달아 놓거나 아니면 자택으로 돈을 받으러 오도록 지시했다. 은자가 아니라 고작 한두 푼으로도 살인이 나는 것이 늦은 밤 시장이었다. 굳이 위험을 감수하며 큰 화폐를 지니고 다닐 이유가 없었다.

하물며 금자라고? 더더욱 말이 되지 않았다. 단순히 금덩어리였다면 관호도 귀를 기울이지 않았을 것이다. 하지만 화폐로서 주조된 금자와 일개 금붙이는 그 차원이 달랐다.

나라에서는 은을 화폐의 기본으로 중시하니, 큰 금액이 오고 갈 때나 녹을 내릴 때에도 은자를 사용하였다. 그러니 금자를 지녔다는 것은 황실의 총애를 받았음을 뜻했다.

'하필 공주가 오늘 저자로 향했거늘, 마침 시장에서 금자를 가진 자가 등장했다니. 우연이라기엔 너무도 기묘하다. 공주가 분명하군. 금자를 어디선가 보이고 말았을 것이야.'

관호의 무덤덤한 표정은 조금도 바뀌지 않았다. 하지만 조용한 발걸음은 배로 빨라져 그의 심기를 드러내고 있었다.

확실히 공주답지 않은 여인이라고 생각은 했다. 그러나 그것이 나쁘다고 는 여기지 않았다. 좋다고도 섣불리 판단하지도 않았다. 애초에 관호 그는 선대의 의리를 위하여 잠시 액막이로 몸을 빌려준 자, 그뿐이었다. 감히 존 귀한 장공주를 이러니저러니 평가할 주제도 아니었다. 진실된 부마라면 모 를까 말이다.

하여간에 이러하듯 관호의 심중에서 화영과 그의 거리는 상당히 멀었고 그것은 존중의 의미였다. 언제든 이혼장을 받아 물러날 수 있도록, 부친에 대한 의무를 다하고 속세를 떠날 수 있도록 마음을 정결하게 닦아 온 것이다.

헌데 이런 소란에 휩쓸려 마음이 어지러워지다니.

'좋지 않은 일이다.'

관호는 입을 굳게 다물었다.

그는 지금 장공주에 대해 염려하고 있었다. 걱정을 하고 있었다. 마치 초 면의 아이가 우물에 빠지는 모습을 보고 급히 달려가 구하려 하듯, 사람으 로서 당연한 측은지심이었다. 하지만 이 역시 결국 감정이 아닌가. 예의와 체면으로 엄격하게 금을 그어 두었던 공주와의 사이에 기어코 사감(私感) 이 생겨나고 만 것이 불편했다. 설령 그 감정이 심려와 근심이라 하더라도.

하물며 공주는 초면의 아이도 아니었다. 붉은 옷을 입고 합환주를 나누 어 마시고, 눈을 마주치고 말을 나눈 여인이었다. 존엄한 옥첩에 그의 부인 으로 기록된 여인이었다.

문득 공주와 함께 마차를 타고 황궁으로 향하던 기억이 떠오른다. 침묵 이 지겨워 어쩔 줄을 모르면서도, 차마 관호에겐 말을 걸지 못하고 손만 끝 없이 꼼지락거리던 모습.

감고 있던 눈꺼풀 밑으로도 심심해 몸을 비트는 공주의 기척을 생생히 감지할 수 있었다. 동생들이라면 막무가내로 그에게 놀자고 달려들거나 아 예 포기하고 잠들어 버렸을 터이고, 생판 관련이 없는 타인이었다면 그를 기인으로 여기고 두려워하거나 무시했을 것이다. 하지만 공주는 어느 쪽도 아니었다.

'좋지 않아.'

하지만 지금으로서는 어찌할 방도가 없었다. 복잡한 심중이야 어쨌든 그녀를 찾는 것이 우선이었다.

어둠이 차오르고 길가에 밝힌 등불들은 더욱 붉었다. 세상 물정을 모르는 그녀가 어떠한 위험에 처할 수 있는지 그는 너무 잘 알았다. 곁에 침혜가 있다지만 역시 연약한 여인이 아닌가. 험한 곳을 밟지 않도록 인도할 수야 있겠지만, 제 쪽에서 덤비는 승냥이들을 물리칠 수는 없을 터였다.

초조함이 가슴 속 한구석에서 피어올랐다. 관호답지 않은 일이었다. 그는 가벼이 고개를 흔들어 상념을 몰아냈다.

'가장 번화한 곳으로 가야겠다.'

결정을 내린 그는 마침 곁을 지나는 사내 한 명을 붙들었다.

"실례하겠소."

삶은 돼지 앞발을 지푸라기에 싸서 들고 있던 사내는 저를 내려다보는 관호의 위압감에 곧장 질린 듯했다. 그저 한마디 말을 건넸을 뿐인데, 얼어붙은 듯 꼼짝도 하지 못했다.

"이 근방에서 가장 사람이 많고 유명한 가게가 어디요?"

"예…… . 예?"

하긴, 어스름 사이에 울긋불긋한 불빛이 가득한 와중이다. 그 가운데서 구척장신에 날카로운 눈매를 한 사내가 역광을 받은 얼굴로 저를 내려다보니, 꼭 사천왕이나 야차처럼 무시무시하게 보일지 모른다. 관호는 자신의 체격이 타인들을 겁줄 수 있음을 잘 알고 있었다. 그래서 인내심을 가지고 점잖게 다시 물었다.

"주점이나, 음식점도 괜찮소. 지금쯤 제일 손님이 많이 몰려 있을 만한 곳을 알려 주시면 고맙겠소."

"아 거…… 그……. 그런 곳이라면 역시 대연각이지요. 이 길로 쭉 가다가, 다리를 한 번 건너면 바로 나옵니다. 사 층이나 되는 큼직한 건물이니 찾기 쉬울 겁니다."

"고맙소."

관호는 짧게 읍을 한 후 곧바로 자리를 떠났다. 잠시 얼이 나간 듯한 족발 사내는 한동안 관호의 뒷모습을 보고 있다가, 길을 막는다며 주위에서 걸은 욕설을 한 사발 얻어먹고야 제 갈 길을 갔다.

이렇게 세 명의 부마는 모두 대연각으로 향하였다.

그리고 마주친 그들이 각기 얼굴을 찌푸리거나 한숨을 쉬거나 고개를 끄덕이며 무언의 인사를 나누고, 문을 열고 들어섰을 때- 대연각 안은 그야말로 수라장이었다.

"……!"

어수선한 실내임에도 그들은 한눈에 그들이 찾던 이를 포착할 수 있었다. 패거리를 이룬 사내들이 한데 모여 역정을 내고 있는 데다가, 가게 안의 손님들 모두 그쪽으로 아예 고개를 돌리고 시선을 떼지 못하는 채였으니까.

* * *

날카로운 침혜의 비명이 울렸다. 머리에 피를 줄줄 흘리고 있는 사내가 그만 화영의 멱살을 움켜쥔 것이다. 쥐방울만 한 계집이 감히 제 머리를 술병으로 깨 버렸다는 데에 분노한 모양이었다.

껄렁패들을 몰고 다니는 우두머리답게 제법 덩치가 좋았으므로 화영은 거의 발꿈치가 바닥에서 떨어진 상태였다. 침혜는 몸부림을 쳤으나 수염이 성게처럼 난 남자가 방심하지 않고 단단히 틀어쥐었으므로 도저히 벗어나지를 못했다.

우두머리는 금자도 금자지만 땅에 떨어진 체면과 자존심을 회복하는 게

우선이었다. 이대로 이 여자를 놔둔다면 다시는 중경에서 얼굴을 들고 다니지 못할 터였다. 대연각의 온 사람들이 저가 땅에 쓰러지고 피를 흘리는 꼴을 보지 않았나!

게다가 지금이야 형님 형님 하는 아우들이지만, 뒤로 돌아서면 저들끼리 뭐라고 쑥덕거릴지 모르는 일이다. 역시 요것에게 본때를 보여 주지 않으면 안 된다.

놈은 화영의 멱살을 잡은 한 손을 떼어 내어 허공으로 치켜들었다. 모욕에는 모욕으로 갚아 줄 셈이었다. 걸쭉하게 몇 대 맞으면 제가 저지른 잘못을 알겠지, 싶었다.

높이 떠오른 우악스러운 사내의 손에 화영은 질끈 눈을 감았다. 아가씨가 어떤 분인지 아느냐며 찢어지듯 외치는 침혜의 목소리가 귓가에 쟁쟁 울렸다. 가슴이 아팠다.

명색이 이 남려의 하나뿐인 장공주이거늘 저잣거리 한량들에게 뺨이나 맞게 생겼다니. 이럴 줄 알았으면 금자를 챙겨 올 게 아니라 단검을 가져올 것. 언어맞는 거야 무섭긴 했지만 아쉬움이 더욱 컸다. 마땅한 무기라도 있었으면 내친김에 좀 더 저항할 수 있었을 텐데!

매서운 바람 소리가 났다. 화영은 더더욱 감은 눈에 힘을 주며 대롱대는 몸을 움츠렸다.

헌데 이상도 하지!

"……."

세 번은 언어맞았을 시간인데, 그녀의 얼굴에는 어떠한 충격도 와 닿지 않았다. 그 대신에 갑자기 허공에 달랑거리던 그녀의 발이 바닥에 툭 내리닿았다.

옷깃을 찢어질 듯 움켜쥐고 있던 사내의 손에서 힘이 빠지더니, 쿵 하고 앞에서 뭔가 주저앉는 소리가 들렸다.

화영은 빼꼼 눈을 떴다.

당장에 그녀를 후려갈기려고 벼르던 놈의 날갯죽지에, 날이 시퍼런 단도가 박혀 있었다. 어찌나 교묘하게 날렸는지, 제 손으로는 도저히 뺄 수 없을 위치에 깊게 박힌 채다. 놈은 그 덕분에 부질없이 등 뒤로 손을 뻗으려 애쓰며 비명과 함께 바닥에서 펄떡거리고 있었다.

"아가씨! 괜찮으세요?"

침혜의 외침에 화영은 급하게 고개를 끄덕이며 옷매무새를 가다듬었다. 아니, 이런 고수가 이 안에 있었단 말이야? 도와주려면 진작 좀 도와주지, 이제 와서? 헌데 아직도 우두머리의 등짝에서 피르르 떨리고 있는 단도에 달린 장식용 술이 어딘가 눈에 익었다. 저 매듭은…… 남려 것이 아닌데? 순간 그녀의 머릿속을 꿰뚫는 한 가지 가능성이 있었다.

큰일 났다.

화영은 얼굴을 구기지 않으려고 최대한 노력하며 슬쩍 고개를 돌렸다. 그리고 우두머리가 쓰러져 구르는 그 뒤편, 대연각의 입구 쪽을 쳐다보았다. 거기에 선 익숙한 얼굴들을 알아보았다. 그녀의 남편들이었다.

참으로 용이나 범과 같은 사내들이었다. 큰 소리는 하나도 내지 않았는데, 그저 대노한 눈빛으로만 이쪽을 쏘아보고 있음에도 순식간에 공기가 무거워지고 숨이 막힌다.

한량패들이 화영과 침혜에게 시비를 걸 때는 다소 수런거렸지만 그래도 제자리에 앉아 마저 식사를 하던 손님들이, 부마들이 등장하여 시퍼렇게 날 선 얼굴을 하고 있자 주춤주춤 자리에서 일어나 급히 도망가기 시작한다. 그마저도 부마들이 서 있는 정문으로는 나갈 용기가 없어, 후문으로 빠져나가는 모양새가 꼭 방둑이 무너진 개미들 같았다.

"아이고!"

주인장은 내 이럴 줄 알았다는 양 앓는 소리를 냈다. 그러면서도 재빨리 점원들을 시켜 어떻게든 빈 상들을 벽 쪽으로 최대한 밀어 놓도록 시켰다. 요릿집 주인으로 살아온 세월이 한참이니, 척 봐도 거나하게 싸움판이 붙을 거라 예상한 모양이었다. 점원들이 손님들이 남기고 간 접시들을 급히 치우고, 가구들을 최대한 멀리 모는 와중에 익숙한 덩치가 하나 섞였다. 맹영대가 자연스럽게 그 와중에 끼어 돕고 있었다.

이럴 땐 도대체 어떻게 해야 하지?

화영은 헤, 하고 어색하게 웃어 보였지만 역효과인 것 같았다. 평소라면 항상 웃는 듯 부드럽던 은룡의 눈매가 하늘로 치솟는 게 보였다. 괜히 웃었나? 타는 불에 기름을 끼얹었나 보다. 망했구나.

어차피 망한 것, 어쩔 수 없다. 일단은 내가 위험할 일은 없을 테니까……. 화영은 눈치껏 주위를 두리번거렸다. 바닥에 떨어진 침혜의 보따리가 보였다. 곧바로 몸을 숙여 그것을 주워 품에 안았다.

한량들은 지금 무슨 일이 벌어지고 있는지 제대로 파악하지 못한 듯 어수선한 상태였다. 침혜를 붙잡고 있던 수염쟁이도 제 형님이 등에 칼을 맞은 것에 놀라 턱이 떡 벌어진 몰골이, 방심하고 있는 게 분명했다. 이때다. 화영은 그의 무릎께를 콱 하고 걷어찼다.

"악!"

수염쟁이의 손아귀가 반사적으로 약해졌다. 침혜는 그 틈을 타서 구르다시피 벗어났다.

"이, 이 어린 게 죽으려고!"

수염쟁이는 침혜가 아닌 화영에게 얼굴이 벌게져서 소리를 질렀다. 하긴 두 번이나 같은 꼴을 당했으니 그럴 만도 했다. 당장에라도 덤벼들어 때려눕힐 기세였으나 이미 늦었다. 화영이 저를 믿고 위험을 감수하려는 것을 파악한 은룡이 번개같이 다가와 그자의 팔을 등 뒤로 꺾어 버렸던 것이다.

수염쟁이는 순식간에 어린애처럼 낑낑대며 자비를 구걸하기 시작했다. 하지만 은룡은 그를 바닥에 완전히 깔아뭉개 제압할 때까지 손속에 힘을 풀지 않았다.

"이놈들은 뭐야?!"

가까스로 수하의 도움으로 박힌 단도를 뽑아낸 우두머리가 갈라지는 목소리로 빽빽거렸다. 이미 바닥에는 피가 흥건했고 느긋하게 다가서는 맹타안의 손에는 던진 것과 똑같은 단도가 하나 더 들려 있었다. 강로식으로 장식이 된 날붙이는 그의 길고 흰 손가락 끝에서 살아 있는 듯 기교를 부렸다. 그 모습을 보고는 다들 꿀꺽 마른침을 삼켰다.

저자에서 술을 퍼마시고 부잣집 코흘리개들에게 돈푼이나 뜯어내는 일로 소일하는 자들이라지만 눈만은 멀쩡했다. 장신의 세 남자들이 범상치 않은 영걸임은 누가 보아도 명확하였다. 비록 머릿수로는 한량들이 압도적이었으나, 안광만으로도 일기당천의 기운을 뿜어내는 부마들 앞에서는 한없이 약해질 뿐이었다. 하물며 우두머리가 이미 맹타안이 던진 칼날에 꼴사나운 꼴을 보인 다음이었다. 전의가 꺾이는 것도 당연했다. 거기다 관호의 한 마디가 화룡점정이었다.

"죽이지는 마시오."

그 무덤덤한 목소리에 화영과 침혜마저 오싹 소름이 돋았을 정도이니, 한량들은 어떠했겠는가. 죽을 각오로 달려들어도 상대가 안 되는 판국이었다.

"이 등신들아, 머릿수를 봐라! 고작 세 놈인데 왜 꼬리를 말고 있어!"

대장이 악을 썼다. 집안 수저 개수까지 아는 한 패거리였다. 한량들은 서로 눈치를 보았다. 여기서 내뺄 수가 없었다. 결국 어영부영 대장의 등쌀에 못 이겨 덤벼들었지만, 속전속결. 숨 한 번 고를 동안 모두가 바닥에 널브러져 끙끙 앓는 소리를 내게 되었다.

지엄하신 장공주이자 부인께 감히 시비를 걸고, 폭력마저 행사하려 한 범인들이다. 자신들이 한 치만 늦었어도 화영이 수모를 당했을 거라 생각하니 분노가 가시지를 않았다. 심지어 침착한 낯빛의 관호조차도 '죽이지는' 않을 뿐, 손속에 자비가 없었다.

제대로 무예를 연마한 것도 아니고, 그저 머릿수를 믿고 분란을 몰고 다니는 한심한 작자들이었다. 그럼에도 부마들은 필요 이상으로 험하게 그들을 제압하였다.

뚜둑, 하고 뼈가 부서지고 관절이 빠지는 섬뜩한 소리가 몇 번이고 울렸다. 부러진 팔이나 다리를 움켜쥐고 잘못했다고 빌거나 앞뒤 안 가리고 도망치려는 자들로 아우성이었다.

헌데 도망치는 것도 쉽지 않았다. 바퀴벌레처럼 정문 후문 할 것 없이 빠져나가는데, 이미 대연각 주위에 창을 든 금오위 병사들이 진을 치고 있었던 것이다.

"은 기도위 아니오? 여기서 무슨 일이시오?"

"노 중랑장."

쩔뚝거리는 불량배들을 훈련된 군사가 포위하기란 그야말로 식은 죽 먹기였다. 순식간에 죄다 오랏줄로 포박하고 나서, 사태를 파악하기 위해 열린 문 안으로 들어선 중랑장이 은룡을 보고는 깜짝 놀란 기색을 띠었다.

"중랑장이야말로 어인 일이십니까?"

"실은 반 시진쯤 전에, 금가의 공자에게 부탁을 받았소. 오늘 큰 소란이 있을 것 같으니, 대연각 주위를 순찰해 달라고 말이오."

멋들어지게 콧수염을 기른 중랑장은 대연각 내부를 휘이 돌아보더니 혀를 찼다.

"과연 그 말이 옳았구려. 하여간 대단한 인재요. 앉은 자리에서 천 리를 내다본다더니, 어찌 이 소동을 예측했을까? 하여간에 기도위는 어떤 연유로 이 일에 연루된 것이오?"

은룡은 빠르게 주위를 훑어보았다. 껄렁패들은 죄다 포박되어 끌려갔고, 겁먹은 주인장과 점원은 밖에서 하급 군관에게 뭐라고 떠들고 있는 모양이었다. 그렇다 쳐도 남아 있는 그들도 썩 무고해 보이는 조합은 아니었다. 하녀의 옷을 입은 두 여인과 기도위이자 황후의 동생인 은룡, 그리고 척 보아도 비범해 보이는 관호와 맹타안에다 저쪽에서 눈을 굴리고 있는 맹영대까지.

그래도 면식이 있는 이가 출동하여 다행이었다. 은룡은 마른침을 삼키고 노 중랑장을 향해 읍을 했다.

"실은 이분은 현희장공주이십니다. 평복을 하시고 부마도위와 함께 저자를 구경하러 오신 것인데, 귀한 신분임을 짐작한 불량배들이 시비를 건 것입니다. 마침 여기서 장공주마마 내외와 만날 약속을 한 터라, 친우와 함께 그들을 제압하였습니다."

하급 군관도 아니고, 금오위의 중랑장 중 하나라면 충분히 위세가 높은 자리이다. 괜히 변명을 꾸몄다가 나중에라도 화영과 관호를 궁 안에서 마주치면 이야기가 이상해진다. 섣불리 거짓으로 둘러대는 것보다야 일단 화영의 신분을 밝히는 것이 현명했다. 화영이 현희장공주임을 알게 된다면 성가신 대질 심문 없이 즉시 현장에서 떠날 수 있도록 조치할 테고 말이다.

현희장공주라는 말에 눈이 화등잔만큼 커진 중랑장은 급하게 은룡을 뒤로하고 화영 쪽으로 다가가더니 무릎을 꿇고 예를 올렸다.

"신 노석, 현희장공주마마를 뵙습니다."

"일어나시오."

화영은 어색하게 고개를 끄덕였다. 그녀 역시도 은룡이 자신의 정체를 밝힌 이유를 대충 짐작했다.

중랑장은 화영의 허락을 받아 일어나더니, 그 곁에 선 관호를 보고 예의 바르게 읍을 올렸다.

"부마도위."

"중랑장."

관호도 마주 읍을 했다.

"중랑장은 어떻게 부마를 알아본 거죠? 내가 누구인지도 은룡에게 듣고서야 알았잖아요?"

문득 호기심이 돈 화영이 물었다. 화영이 그런 질문을 할 줄은 몰랐는지, 중랑장은 다소 당황해하며 대답하였다.

"실은 얼마 전 마마께서 부마와 함께 입궁하였을 때, 제 수하의 군졸들이 보초를 서고 있었사옵니다. 그래서 부마도위의 외모를 다소 전해 들었지요."

화영은 슬쩍 고개를 돌려 관호를 올려다보았다. 부마도위의 외모라? 하긴, 말로만 전해 들었어도 한눈에 알아보겠다. 이렇게나 키가 크고, 장미목처럼 거무스름하고 단단한 살결에, 청동빛으로 짙은 머릿결을 하나로 묶은 사내라면 세상에 오지 이 남자뿐일 것이다.

화영의 눈길을 느꼈는지, 관호가 말없이 그녀에게 시선을 주었다. 순간 뜨끔하니 놀란 화영은 재빨리 고개를 돌렸다.

"중랑장, 이 일을 비밀에 부쳐 주실 수 있겠습니까? 아시다시피 마마께서 쾌차하신 지 얼마 되지 않았습니다. 도성에서 이런 시비에 휩쓸린 것을 황제 폐하께서 아신다면 크게 염려하실 것입니다."

"아, 그야 물론이지요. 작은 소란으로 성심을 어지럽혀서는 안 될 일입니다. 자, 저자들은 엄벌에 처할 것이니 마마와 부마께서는 걱정 말고 돌아가시지요."

은룡의 제안을 기다렸다는 듯 중랑장이 고개를 끄덕거렸다. 중경 시장은 그가 치안을 담당하는 부분이니, 여기서 공주와 부마가 수모를 당했다는 소문이 퍼지기라도 하면 황제가 책임을 물을 수도 있었다. 최대한 사건을 덮는 것이 이로웠다. 공주가 다치지 않은 것이 천운이었다. 중랑장은 은룡에게 술이라도 한잔 사야겠다고 속으로 다짐하였다.

"마마, 호위가 필요하십니까? 현희부까지 모셔다드리지요."

"은룡이 함께 갈 것이니 괜찮아요."

화영은 고개를 저었다. 그리고 문득 생각났다는 듯 덧붙였다.

"혹시 우리 때문에 손괴된 물품이 있다면 나중에 은룡에게 전해 줘요. 보상할 테니까."

"아닙니다, 마마. 그런 사소한 일에는 심려치 마십시오."

화영의 발언에 놀란 듯한 중랑장이 저도 모르게 손을 내저었다.

"싸움판이 난 가게 치고 이만큼 무탈한 곳은 처음 봅니다. 은 기도위가 무공이 고강해서이겠지만 말입니다. 손해는 크게 없어 보이니 근심 않으셔도 될 것입니다. 오히려 주인이 좋아하겠지요. 허구한 날 장사를 망치고 시비를 걸던 작자들이 모조리 잡혀갈 테니 말입니다."

그 말에도 일리가 있었다. 화영이 납득하는 기색이 들자, 중랑장은 재빨리 공주 일행을 후문 쪽으로 안내하였다. 정문으로 나가면 지나치게 주목을 받으리라는 말을 덧붙이면서 말이다.

그렇게 공주 실종 소동은 일단락되는 듯하였다.

"여기 앉아 보시오, 공주."

일단락되는 것 같았는데. 그랬는데!

돌아오는 길은 고요했다. 그게 더 무서웠다. 부마들이 꼭 저들끼리 짜기라도 한 듯 입을 꾹 다물고 있어서였다. 그게 주위의 시선을 의식한 것인지 아니면 집 밖에서 드러낼 만한 노호가 아니라서인지 어떻게 알겠는가.

그래서 화영은 어떻게든 부마들과의 대면에서 빠져나갈 궁리뿐이었다. 그래서 현희부 대문이 닫히자마자 피곤하다느니, 옷을 갈아입어야겠다느니 홀랑 빠져나가려고 했는데.

"오…… 옷 좀 갈아입으려고."

"그건 중요하지 않소. 앉으시오."

잔소리를 시작하는 사람이 있다면 단연 은룡이리라 생각했다. 그런데 먼저 입을 연 것은 관호였다. 그는 본채의 대청으로 앞서 걸어가더니 상석을 향해 손을 뻗으며 화영을 불렀다. 이래 버리면 도망치기도 애매하다. 게다가 은룡도 맹타안도, 모두 그녀를 응시하고 있었다.

침혜만이 안타까운 표정이었지만 턱짓을 하는 걸 보니 그냥 가서 앉으라는 뜻이겠지. 화영은 습관처럼 미소로 얼버무리며 대청으로 들어섰다. 그리고 게처럼 옆걸음을 쳐 관호를 지나 앉았다.

화영이 상석에 앉자, 관호도 그 아래 자리에 앉았다. 은룡과 맹타안도 따라 들어와 각기 제 자리를 잡았다. 침혜와 맹영대만이 대청 밖에서 저런, 하고 고개를 저으며 구경하고 있었다.

"오늘 얼마나 큰일을 저질렀는지 알고 계시오?"

관호의 음성은 무거웠다. 다짜고짜 화를 내는 것도 아니고, 목소리가 커진 것도 아닌데 어찌나 숨통이 조여드는지. 분명 상석에 앉은 것은 화영 그녀임에도 좌불안석이었다.

"난…… 이렇게 될 줄은 몰랐어요. 미안해요."

"우리 부마들의 고생이야 당연한 것이니 말하지 않겠소. 하지만 온 식솔들이 이 넓은 현희부를 쥐 잡듯이 뒤집었소. 이 더운 여름날에 말이오. 공주께서 나들이를 가신다 한 마디만 남겼다면 그들이 그런 헛수고를 할 필요는 없었을 것이오."

"……."

할 말이 없었다. 화영은 저도 모르게 고개를 숙였다. 하긴, 들키지 않고 나간다는 목적에만 집중하여 남겨진 하인들이 고생할 것은 미처 생각하지 못하였다.

"그래, 어째서 말도 없이 나갔소? 바깥 구경이 하고 싶다고 한마디만 했으면 내 같이 갔을 텐데. 그러면 이런 위험한 일도 없었을 거요. 다음부터는 꼭 내게 말해야 하오. 나 역시 도성이 낯서니, 부인과 함께 하고 싶소."

화영이 관호의 꾸지람에 침울해지는 것을 보다 못한 맹타안이 자연스럽게 끼어들었다. 사실 그는 관호의 말에 전혀 공감하지 못했기 때문에 편을 들고 싶은 마음이 없었다. 하인들이 저택을 청소하고 관리하는 것은 당연한 일일진대, 주인을 찾으러 이리저리 수색한 것이 무슨 큰 고생이란 말인가? 현희부의 주인이 제 맘대로 외출도 못 한다면 그게 더 우스운 일 아닌가?

자못 명랑한 맹타안의 말은 위로에 가까웠다. 화영은 살짝 고개를 들고 그를 쳐다보았다. 엄격한 관호나 화가 아직 가시지 않은 듯 굳은 표정의 은룡과는 달리 맹타안은 싱글거리는 얼굴이었다. 게다가 그가 건넨 말에 가슴 한구석이 따뜻해졌다.

바깥 구경을 함께 나가자니. 여태껏 누구도 화영에게 그렇게 말해 준 적이 없었다.

"맹타안, 당신 백련호를 본 적 있어요?"

"아니. 하지만 궁금하긴 하오. 강로 땅에는 그만큼 큰 호수가 없거든. 백련으로 가득 차기까지 했다니 절경이겠군. 다음에는 백련호를 보러 갈까? 어떻소?"

맹타안이 화영을 보며 활짝 웃었다. 현희부 안에 들어서자마자 금발 머리카락을 드러냈기 때문에 그가 웃을 때면 금빛 후광이 비치는 것 같았다.

"흠, 흠."

그때 은룡이 헛기침을 했다. 화영은 재빨리 얼굴을 가다듬고 반성하고 있다는 표정을 지었다.

"마마, 어째서 현희부 연무장이 그리 규모가 큰지 아십니까? 바로 호위병들이 무예를 가다듬고 군율을 잊지 않도록 하기 위해서입니다. 원래대로라면 현희부에도 병사들이 주둔하여 보초를 서야 하는데, 지금 이…… 특수한 상황 때문에 들이지 못한 것입니다. 달리 말하자면 기존의 왕부들과 달리 무척이나 안전에 취약한 상황이라는 뜻입니다. 아시겠습니까?"

"그, 그래?"

"일하는 하인들도 최소한으로만 뽑았습니다. 지켜보는 눈도 부족하다는 뜻입니다. 마마께서 쉽게 빠져나가셨듯이 누군가가 쉽게 침입해 올지도 모릅니다. 그런 와중에서 아무 언질도 없이 사라지셨으니 제가 얼마나 놀랐을지 아십니까?"

화영은 뭐라고 웅얼거리다가 입을 다물었다. 은룡의 뜨거운 목소리에 분노뿐 아니라 울음기까지 느껴져서였다. 괜스레 미안한 마음이 더욱 커졌다. 자칫하면 오빠에게까지 올라갈 수 있었던 사고를 수습해 준 것도 은룡이 아닌가.

"미안…… 이제는 안 그럴게."

"어째서 직접 제게 말씀해 주시지 않았습니까? 중경에 가 보고 싶다 하셨다면 마땅한 수의 시녀와 호위들을 딸려 보내드렸을 겁니다. 저도 물론 동행하였을 것이고요. 헌데 몰래 공주부를 빠져나가시다니! 그것도 하녀의 옷을 입으시고!"

"그건……."

"귀하신 분이 이리 무방비하게 다니시다니, 오늘 이리 무사하심은 하늘의 도우심입니다. 왜 그러셨습니까? 말씀만 하셨다면 제가 하나부터 열까지 준비해 드렸을 터인데…… 저를 믿지 않으시는 겁니까?"

"아니, 널 못 믿으면 세상에 누굴 믿겠어! 근데 너는 아무래도……."

이렇게 잔소리가 많으니까……. 화영은 차마 하지 못할 말을 삼켰다. 거북이라도 되고 싶은 심정이었다. 그러면 등껍질 안으로 푹하고 고개를 처박을 수 있을 텐데. 세 남자의 시선을 한 몸에 받는 일은, 그것도 혼나기까지 하는 것은 좀처럼 익숙해지기 어려웠다.

그때 안마당을 통과하여 누군가가 헐레벌떡 뛰어왔다. 청지기인 고 씨였다.

"마마, 포목상에서 무슨 물건이 왔다고 합니다. 분부받은 바가 없어서 일단 문밖에서 기다리라고 했는데……."

이 어색한 상황을 흩트릴 수 있는 참으로 반가운 이야기였다. 화영은 금방 얼굴에 희색을 띠며 되물었다.

"포목상? 포목상에서 뭐가 왔다고?"

"비단입니다. 진녹색에 연꽃이 자련수로 수놓아진 물건입니다. 여태껏 옷감은 죄다 황궁에서 내려온 터라 저도 감이 잡히지가 않아서, 일단 문밖에 세워 두고 여쭈러 왔습니다. 혹시 시장에서 비단을 주문하셨습니까?"

고 씨가 대청 밖의 돌계단에 서서 여쭈었다. 일 처리를 꼼꼼히 하는 성격이다 보니 함부로 외부인을 현희부 내에 들이지 않고, 먼저 윗전에게 보고를 하러 온 것이었다.

'진녹색 비단?'

화영의 머릿속에 순간 스치는 것이 있긴 하였다. 지난 오후에 거의 한 시진을 넘게 한 천 가게에서 보내며 몇 번이고 들었다 놓은 어여쁜 진녹색 비단 말이다. 하지만 거기서는 아무것도 산 게 없었다. 그녀가 현희부 사람인 것을 알 만한 이야기도 일절 하지 않았고 말이다. 도대체 어떻게 된 거지?

화영은 슬쩍 대청 밖에 서 있는 침혜에게 눈짓을 했다. 그러나 침혜 역시 금시초문인지, 고개를 재빨리 젓는 것이 아닌가.

"시장에서 산 게 없는데……. 착오가 생겼나? 일단 돌려보내세요."

당장에 가지고 들어오라 하고 싶었지만 어쨌든 그녀가 사지 않은 물건이었다. 혹시 다른 집 규수가 주문했는데 자칫 실수로 현희부로 들고 온 것일지도 모른다. 아직도 눈앞에 아른거릴 정도로 탐나던 비단이지만, 남이 값을 치른 것을 빼앗을 생각은 없었다.

"흠, 음."

헌데 갑자기 은룡이 헛기침을 하는 것이 아닌가. 모두의 시선이 은룡에게 쏠렸다.

"제가 구입한 것입니다. 들이십시오."

"은룡 네가? 비단을 왜 사? 아니, 그보다 언제 그럴 시간이 있었어?"

"마마를 찾으러 다니다 그 포목점에 잠시 방문했습니다. 행방만 묻고 나서려 했는데, 마침 마마께서 진녹색 비단을 몹시 마음에 들어 하셨다는 말을 들어서……."

방금 전까지만 해도 화영에게 갖은 잔소리를 엄하게 늘어놓던 은룡의 귓가가 붉게 달아올랐다. 뒤늦게 생각해 보니 내심 부끄러운 모양이었다.

"정말? 역시 은룡밖에 없네. 들고 다닐 수가 없어 포기했는데, 정말 마음에 들었거든."

화영이 행복을 숨기지 않는 얼굴로 환하게 웃었다. 그 웃음에 은룡은 귓가가 달아오른 채로 그녀를 마주 보며 슬쩍 미소를 지었다. 사모하는 분이 기뻐하시니, 그보다 뿌듯하고 기쁠 수가 없던 것이다.

반성의 장이던 자리였으나 갑자기 분위기가 묘해졌다. 은룡은 쏟아지는 시선에 민망했는지 슬쩍 고개를 돌려 청지기 고 씨를 바라보았고, 고 씨는 눈치 빠르게 곧바로 물러갔다. 맹타안이 혀를 차며 은룡을 노려보았다.

"허 참! 그 와중에 환심을 살 궁리나 하고 있었다니……. 얌전한 고양이 가 부뚜막에 먼저 오른다는 게 틀린 말이 아니로구먼."

얼마 지나지 않아 고 씨가 금실로 수놓인 상자에 정성 들여 포장한 비단 을 가져왔다. 과연 화영이 마음에 들어 한 진녹색 비단이 맞았다. 거기다가 현희부의 주인에게 잘 보이고 싶은 뜻인지, 추가하지도 않은 옥패며 노리개 를 작은 함에 담아 함께 보내었다. 붉은 산호로 만든 구슬이 달린 옥패는 진녹색 비단옷과 함께 착용하면 장미화가 핀 듯 시선을 잡을 것이었다.

화영은 무척 기뻐하며 상자를 열고 비단을 꺼내 들어 가슴팍에 대 보았 다. 그리고는 부마들을 보며 싱글거리며 물었다.

"어때요? 예쁘지 않아요?"

어차피 분위기가 완전 달라진 터다. 현희부의 주인이자 존귀한 장공주인 그녀가 얌전히 꾸중을 들어주고 있었다는 것만으로도 큰 배려임을 부마들 도 알았다. 그렇기에 굳이 싫은 잔소리를 더 하려고는 하지 않았다. 대신 기꺼이 고개를 끄덕이며 화영의 말에 동의해 주었다.

"아주 잘 어울리십니다. 침모에게 가져다주어 새 옷을 짓게 하시지요. 얼 마 뒤이면 황후마마의 탄신연이니, 그때 입을 예복으로 만들어도 참으로 아 름다울 것입니다."

은룡은 자신이 상상했던 것만큼 화영에게 잘 어울리는 진녹색에 흐뭇해 서 어쩔 줄을 몰랐다. 아예 앉았던 자세를 반쯤 틀어 화영을 바라보며 적극 적으로 옥패도 올려 보라며 거들었다.

반면 맹타안은 답지 않게 조용했다. 평소라면 더욱 적극적으로 끼어들 어 공주를 치켜세웠을 텐데 말이다. 청지기를 따라 슬쩍 대청 안으로 따라

들어온 맹영대가 사촌 형님의 옆구리를 쿡 하고 찔렀으나 쓰읍, 하는 짜증만 돌아올 뿐이었다.

"이럴 때 칭찬은 안 하시고……."

"시끄럽다."

아무리 공주의 호감을 사야 한다지만 이번은 싫었다. 내 부인이 다른 사내가 사다 준 옷감을 걸치고 좋아하는데, 거기 대고 어여쁘다 곱다 발린 말을 하는 멍청이가 어디 있단 말인가?

흥. 맹타안은 괜히 얼굴을 찌푸렸다.

'어울리기는 한다만……. 굳이 여기서 좋은 말을 할 필요는 없지.'

비록 입은 꾹 다물고 있는 와중이지만, 그럼에도 맹타안의 푸른 눈은 화영에게서 떠나지 않았다. 진한 녹색과 만나자 그녀의 하얀 살결은 갓 짜낸 우유처럼 부드럽고 싱그럽게 보였다. 진녹색이 예쁘다고는 생각해 본 적이 없던 그였다. 하지만 지금만큼은 이보다 더 부인을 생기 넘치게 해 주는 색이 없을 것만 같았다.

'하긴, 나쁜 색은 아니지. 녹음과 닮았고. 이제 보면 썩 고운 색인 것도 같다. 하여간 부인이 좋아하니까……. 그래, 나중에 녹보석을 구해다 줘야겠군. 요대에 박을 만큼 큰 놈이면 더 좋을 텐데. 로야산에서 나던 것처럼 말이야. 그러면 저딴 비단 천을 두른 것보다야 훨씬 어여쁘겠지.'

자신에게서 커다란 녹보석을 받으면 그녀가 어떻게 반응할까? 지금 은가 애송이에게 보이는 것보다 몇 배로 기뻐하지는 않을까? 그렇게 생각하자 몸이 달았다. 당장에라도 가장 크고 색이 짙은 녹보석을 구해 오고 싶었다.

"밤이 늦었소. 이제 다들 침소로 돌아가는 것이 좋겠소."

싱글벙글하는 화영과 은룡을 물끄러미 보고 있던 관호가 말했다. 이미 흰 달이 하늘에 두둥실 떠오른 밤이었다. 열린 문 사이로 젖빛처럼 부연 달 어스름이 파도치고 있었다.

다들 그제야 시간을 체감하고 주위를 둘러보았다. 숨 돌릴 틈도 없이 나갔다가, 저자를 헤매다가, 위험에 처한 공주를 구하고, 귀가하자마자 옳고 그름을 다투었으니 당연히 밤일 수밖에 없다. 어영부영 자리에서 일어나는 분위기가 조성되었다.

화영이 반쯤 헤쳐 놓은 비단을 제대로 수습하지 못하자, 관호가 한숨을 쉬며 침혜를 불렀다.

"침혜는 옷감을 정리해 가져다 놓아라."

"예, 나리."

침혜가 얌전히 들어와 비단을 정리하고 다시 상자에 넣었다. 그리고 품에 든 채 물러나려는데 화영이 마침 생각났다는 듯 그녀를 잡았다.

"잠깐만, 이거 챙겨가. 집에 오자마자 혼나느라, 이거 돌려준다는 걸 깜빡했네."

침혜의 눈이 커졌다. 지저분해지긴 했지만 분명 침혜가 소중히 끼고 있던 보따리였다. 원래도 거친 무명천인 데다가, 불량배들의 손아귀에 이리저리 옮겨지고, 몇 번이고 바닥에 떨어지고 채인 까닭에 흐른 술이나 밥풀이 묻어 무척 꼴사나웠다. 한 나라의 공주가 그 난리 통에서 품에 안아 챙겨올 만한 물건으로는 도저히 보이지 않았다.

"마마, 이걸 어떻게 챙기셨어요……?"

"당연히 챙겨야지. 네가 그렇게 중요하게 여기는데, 어떻게 두고 와?"

화영이 실쭉 웃었다.

"거기다 그 난리가 난 건 내 책임도 있으니까. 따지자면 나 때문에 괜히 네 보따리가 수난을 겪은 셈이지. 난 책임은 확실하게 지는 사람이거든."

보따리를 받아 드는 침혜의 손이 떨리고 있었다. 침혜는 뭐라고 말을 하고 싶은데 차마 입이 떨어지지 않는다는 듯, 마른침을 삼키며 입술을 벙긋거렸다.

당연히 잃어버렸겠다, 하며 마음에서 애써 놓은 물건이었다. 적잖은 소란이었던 데다가 남들의 눈을 피해 황급히 후문으로 나서느라 감히 제 짐을 챙기고자 하는 시도조차 못 하였다. 밖은 이미 어둠으로 넘실거렸고 공주 주위는 덩치 큰 부마들이 감싸듯 하고 걸었으니, 공주가 품에 무엇을 들고 있는지 차마 눈치챌 수도 없었다.

"……감사합니다."

짧지만 진솔한 인사였다. 그 안에 담긴 고마움을 화영은 충분히 느낄 수 있었다. 그래서 고개를 끄덕이며 어서 가 봐, 하고 등을 떠밀어 주었다.

침혜가 고개를 끄덕이고 청방을 나서자, 누군가 물었다.

"저 짐에 뭐가 들었소?"

그 모습을 유심히 지켜보던 관호였다.

"몰라요."

화영은 시원스레 답했다.

"모른다니 무슨 뜻이오?"

"말 그대로예요. 모른다구요."

관호가 눈을 가늘게 뜨며 그녀를 내려다보았다. 화영은 그의 시선을 피하지 않았다.

"뭔지는 모르겠지만 침혜가 내내 소중하게 가지고 다니더라구요. 저걸 사느라 잠시…… 아니, 사람이 엄청 많은 곳도 꾸역꾸역 갔다 왔고."

화영은 슬쩍 말을 바꾸었다. 혹시라도 침혜가 저 보따리 속 물건을 사느라 자신을 혼자 두었다고 말했다가 벌을 받을까 싶어서였다. 몰래 나간 나들이에서 주인을 홀로 두고 제 일을 보았으니, 화영이 공주가 아니라 여염집 규수였다 해도 크게 책임을 물을 만한 사항이었다. 반드시 장을 치거나 광에 가두어 며칠이고 굶길 것이고, 규율이 엄한 집이라면 팔아 버려도 마땅한 처사였다.

"그 남자들이 침혜의 짐을 노렸거든요, 계속. 진작 줘 버리고 도망칠 수 있었을 텐데 그러지 않았어요. 그걸 보면 얼마나 중히 여기는지 알 수 있죠. 그래서 나도 내내 저 보따리를 지키려고 노력했어요. 술병으로 그놈들

머리통도 깨고…… 아차."

이것까진 말하지 않아도 되었을 텐데. 화영은 자기도 모르게 입을 손으로 막았다. 그리고는 관호를 올려다보았다. 관호가 미간을 찌푸렸다. 쭉 찢어진 눈꺼풀 밑의 호안에서는 순전한 놀라움이 피어나고 있었다.

"무언지도 모르는 짐 보퉁이를 위하여 그런 위험을 감수했단 말이오? 아무런 값어치도 없는 물건일 수도 있는데?"

"값어치가 왜 없겠어요? 침혜가 저렇게 좋아하는데. 가격은 중요하지 않아요. 각자 마음에 와닿는 가치가 있는 법인걸요. 신분에 따라 사람의 노고를 달리 판단해서는 안 되는 것처럼요. 당신이 아까 나한테 꾸중한 것과 같은 맥락이죠."

땡볕에 온 저택과 정원들을 뒤지느라 고생한 하인들을 생각한 관호나, 비싸 보이지도 않는 천 보따리를 지키기 위해 불량배들에게 덤빈 화영 자신이나 다를 바 없다는 뜻이었다.

화영의 시원스러운 대답에 관호는 말을 잇는 대신 물끄러미 그녀를 응시하였다.

무명옷에 땀에 젖은 이마, 흐트러진 머리카락이 뺨에 달라붙어 있는 꾀죄죄한 모습이었다. 하지만 관호에게는 황궁에서의 만찬을 위하여 금은보화로 단장하였던 때보다 지금이 훨씬 빛나 보였다.

관호가 입을 열었다.

"그대는 훌륭한 사람이오."

순간 화영의 목이 붉게 달아올랐다.

이 남자가 뭐라는 거지?

관호에게 들으리라고는 생각조차 해 본 적 없는 말이었다. 다른 누구도 아니고, 꼬장꼬장하고 근엄하기 그지없는 관호 아닌가! 온 저녁을 할애하여 중경을 뒤지고 다닌 자신의 노고는 부마로서 당연한 일이라며 넘기지만, 화영을 찾으라는 명령에 현희부를 들쑤신 하인들의 고생은 짚고 넘어가야 성이 풀리는 천하의 군자이셨다.

그런 관호에게 훌륭한 사람이라는 칭찬을 듣다니. 화영은 저도 모르게 손끝이 배배 꼬이는 것만 같았다. 그건 나도 알아요, 하며 농담으로 넘기기에는 관호의 표정이 너무도 진중하였다. 그는 지금 진심으로 말하는 것이었다.

"고…… 고마워요."

결국은 침혜와 마찬가지로, 할 수 있는 대답이란 가장 짧고 솔직한 것뿐이었다. 갑자기 줄어든 목소리로 속삭이듯 중얼거리는 화영의 모습에 관호가 조용히 눈으로 호를 그렸다. 저렇게도 웃을 수 있는 남자구나. 어쩐지 열 배는 더 부끄러워졌다. 화영은 고개를 푹 숙이고는 웅얼거렸다.

"그, 그럼 난 가 볼게요. 하여간 오늘 고마웠어요. 잘 자요."

"안녕히 주무시오."

은룡과 맹타안에게는 하는 둥 마는 둥 인사를 하고는, 화영은 곧바로 침소를 향해 달아나듯 떠나 버렸다.

기분이 이상했다.

* * *

하녀들이 미리 준비해 놓은 목욕물에 들어가니 신음이 절로 나왔다. 땀과 먼지가 뜨거운 물에 씻겨 나가고, 은은하게 섞어 놓은 향유의 향기가 피로를 풀어 주었다. 화영은 어린애처럼 눈을 꾹 감고는 머리끝까지 욕조 안에 푹 들어갔다 나왔다. 이제야 집에 온 기분이었다.

"아, 그러고 보니까 주아에게 주려던 족자를 깜빡했네."

탕 밖에 허물처럼 벗어 놓은 옷을 보자 그제야 기억이 났다. 침혜의 보따리에 집중하느라 정작 족자 상자를 빼놓고 온 것이었다. 화영은 눈썹을 축 늘어뜨렸다.

"열심히 고른 건데……."

게다가 부채 공자가 사 준 선물이기도 했다. 그가 책방에 없었더라면 정말이지 큰 수모를 당했을 터였다.

괜히 미안하네. 화영은 발갛게 물든 손가락으로 머리카락을 빗어 내리며 입술을 비죽였다. 차라리 그녀가 계산한 물건이었다면 그냥 훌훌 털어 버렸을 터인데, 남이 선심을 써 구해 준 것이니 마음에 걸렸다.

은룡에게 내일이라도 대연각에 들러 보라고 할까? 혹시 바닥에 떨어져 있을지도 모르니까? 아니, 아니다. 그 난리 통에 자그마한 상자 하나가 무사할 리 있겠는가. 괜히 은룡을 성가시게 하고 싶지는 않았다.

'그럼 주아에게 뭘 줘야 하지?'

곰곰이 생각해 보았으나 어려웠다. 금붕어 족자가 딱 마음에 들었던 까닭이었다. 무엇을 떠올려도 그보다 괜찮지는 않은 것 같았다.

문이 열리는 소리가 났지만 화영은 듣지 못했다. 주아의 선물 건으로 머리가 복잡했기 때문이었다.

"무어를 그리 고민하셔요?"

"깜짝이야!"

"손기척도 했는데, 못 들으셨나 봐요?"

들어온 사람은 침혜였다. 침혜가 욕조로 다가서 무릎을 꿇고, 소매를 걷으며 시중들 준비를 하고 있었다.

남의 손에 맨몸을 맡기는 일은 아직 어색한 화영이었지만 이제 침혜만은 익숙해졌다. 그래서 어깨를 문지르는 적신 천의 감각에 기분 좋은 한숨을 내쉬었다.

"주아 선물, 까맣게 잊었지 뭐야."

"금붕어 그림 말씀이세요?"

"응. 정신이 없어서 이제야 기억이 났어."

"제 짐은 챙기셔 놓고……."

"그러게 말이야."

화영은 얼굴에 물을 끼얹으며 킬킬거렸다.

"아, 뭘 줘야 하지? 옷도 저렇게 더럽혔는데, 하여간에 빈손으로 돌려줄 수는 없잖아. 그런데 그 금붕어 족자가 너무 마음에 들어서 다른 건 생각이 도통 나지를 않네."

"제가 내일 나가서 책방에 들를게요. 같은 걸로 달라고 하면 되죠."

"정말? 그러면 나야 고맙지."

등을 닦아 주던 손길이 잠시 멈칫했지만 화영은 의식하지 못했다.

"근데 거기 주인, 완전 돈독이 올랐더라. 감 말랭이처럼 쪼글쪼글한 영감인데 얼마나 욕심이 많은지 몰라. 물정 모르는 젊은 여자라고 만만하게 보는데, 어휴. 아주 욕을 봤다니까. 침혜 너도 조심해. 물론 넌 알아서 잘하겠지만."

"마마."

"응?"

침혜의 목소리는 고요했다. 마치 한계까지 차오른 보(洑)의 물처럼.

"저는 딸이 있어요."

뭐?

화영은 자기도 모르게 고개를 돌렸다. 침혜의 얼굴은 담담했다. 항상 느슨하게 쳐져 있던 눈꼬리에도 웃음기는 보이지 않았다.

"이제 두 살이에요. 한창 귀여울 때죠. 그런데 그 애는 이상하게 오이꽃을 좋아해요. 왜 하필 오이꽃인지, 누가 알겠어요? 노랗고 쪼글쪼글하고, 덩치 작은 호박꽃이나 마찬가지인데."

뭐라고 대답해야 할지 알 수가 없었다.

화영은 마른침을 삼킬 뿐, 아무런 말도 하지 못했다.

"오이꽃을 좋아하는 사람, 본 적 있으세요? 모란, 작약, 장미화, 국화, 난, 능소화, 이렇게 세상에 예쁜 꽃이 많은데 왜 오이꽃일까요?"

침혜는 천을 욕조 물에 적시고는 느리게 물기를 짰다.

"하여간 그래요. 세상에 오이꽃보다 곱고 귀한 꽃들이 너무 많아서, 어디에도 오이꽃은 수놓아질 자리가 없지요. 제가 수놓을 재주가 있다면 직접 만들었겠지만, 다른 건 다 몰라도 바느질만은 인연이 멀어서요. 차라리 남편이 꿰맨대도 저보다는 나을 정도거든요."

"……."

"그이도 애 옷이나 헤지지 않게 수선할 뿐이지, 예쁜 장식을 자수하기는 말도 안 되는 이야기지요. 나무를 패느라 새벽에 나가 밤에 들어오니까 여유도 없고. 그렇게 고운 비단실이 어디 흔히 굴러다니나요."

물을 머금어 무거워진 화영의 머리 타래를 한데 모아 앞으로 보낸다. 그리고 천천히 등을 닦아 주며 침혜가 말을 이었다.

"아까 다리 위에, 한 노파가 뭔가를 팔고 있지 뭐예요. 제대로 된 좌판도 아니고, 다 떨어져 가는 대자리 위에다 잡동사니를 가득 올려놓고는. 중구난방이더라구요. 손주들이 쓰던 물건인지, 뭔지. 머릿수건부터 버선에, 소매 끝동까지. 그런데 노란 게 보이더군요. 샛노란 색에, 꼬불꼬불한 연두색 줄기까지 곁들여진 오이꽃 자수였어요. 하필 또 아기 옷이랑 손수건이더군요. 실로 짜 만든 팔찌까지 있었어요. 눈이 번쩍 뜨였죠. 저걸 못 사면 죽을 것 같았어요. 참말로요. 그래서 감히 마마도 혼자 둔 채 다시 뛰어들었던 거예요. 제정신이 아니었죠. 원, 세상에나."

제가 말하고도 어이가 없었는지 침혜가 코웃음을 쳤다. 하지만 화영은 조용히 듣고만 있었다. 태연한 척하는 침혜의 얼굴을 보는 것만으로도 가슴이 쥐어짜는 듯했다. 놀라움, 그리고 안타까움.

침혜에게 아이가 있었다니!

화영 그녀보다도 어린 나이가 아닌가. 헌데 벌써 딸이 있다니? 게다가 그 딸을 떼어 놓고 현희부에 와서 일을 하고 있다니, 참으로 파란만장하였다.

그야 침혜에게도 나름의 사정이 있으리라고는 생각했다. 그것을 알고 싶기도 했다. 하지만 집안이 어렵다거나, 화영 그녀처럼 조실부모했다거나, 먹여 살릴 동생들이 있다거나 할 줄 알았지, 진작 혼인하여 어린아이까지 두었을 거라고는 상상조차 못 한 일이었다.

"그럼 딸애는……?"

"제 애비와 있죠. 용중산에서 나무를 패다가 용중사에 대 주는 일을 하고 있어요. 이것마저도 감사할 일이죠."

침혜는 시원스럽게 털어놓았다. 그녀와 남편은 강주의 작은 현 출신이었다. 흔히 말하는 청매죽마, 뭐 그런 걸까요. 부끄러움을 모르던 침혜도 남편의 이야기를 입에 올리자 슬쩍 볼이 붉어졌다.

남편은 침혜보다 세 살이 많은데 반듯하니 성실한 청년이라고 했다. 제 눈의 뭐라지만, 하여간 제가 보기엔 얼굴도 그만 허면 볼 만하구요. 침혜의 목소리에 일렁이는 그리움을 화영도 느낄 수 있었다.

한 가지 특이한 점이라면, 남편은 현령의 아들과 우연하게도 몹시 닮아 어려서부터 시선을 끌었다고 했다. 거기까지는 문제가 없었다.

헌데 남편과 그녀가 혼인한 지 두 달도 되지 않았을 때였다. 현령의 아들이 지방 세족의 아들을 때려죽이는 일이 발생하고야 말았다. 현령도 감투는 감투라지만 오랫동안 강주에 자리를 잡은 세력가의 장손을 살해한 일이다. 결코 허투루 넘어갈 수 없었다. 현령의 아들은 세가들이 보는 앞에서 참형을 당해야만 했다.

그래서 현령이 눈을 돌린 것이 침혜의 남편이었다. 쌍둥이라 할 만큼 비슷한 데다가, 나이대도 같았다. 옷을 바꿔 입고 목을 치면 누가 알 것이냐. 친아들은 멀리 보내 놓고 나중을 도모하면 될 일이다. 후에 다른 지방으로 발령이 나면 그때 데려오면 충분하다.

현령이 아랫것들에게 침혜의 남편을 잡아 오라 명한 것을, 마침 당번으로 허드렛일을 하던 동네 친구가 듣고 황급히 찾아와 도망치라 권하였다. 그래서 침혜와 남편은 짐 하나 챙기지 못하고 야반도주를 할 수밖에 없었다.

친아들은 진작 안전한 곳에 빼돌려 놓은 현령은 되레 큰소리를 내며 방을 붙이고 현상금을 걸었다. 침혜의 남편의 초상화가 온 강주에 걸렸다.

비록 이름은 현령의 아들 것이었으나, 얼굴이 똑같으니 무슨 차이가 있겠는가? 결국 그들은 강주를 떠나 도성으로 흘러들 수밖에 없었다. 그때 즈음 침혜는 이미 만삭이었다. 거지나 다름없는 처지의 도망자 부부를 받아 주어 해산을 도와줄 만한 곳은 용중사뿐이었다. 그렇게 그들 부부와 금정의 인연이 시작되었다.

"둘만이라면 나무 떼다 넘기며 받는 곡식 몇 줌으로도 살았겠죠. 하지만 딸애가 있으니까요. 딸은 고생시키구 싶지 않아요. 예쁜 옷 입히고, 맛난 것 먹이고, 나중에는 좋은 혼처에 시집보내고 싶지요. 그래서 금정 법사님이 마마의 시중을 들어 주겠냐고 부탁하셨을 때 냉큼 그러리라 한 거예요."

침혜가 싱긋 웃었다. 그러더니 갑자기 호들갑을 떨었다.

"아이구, 내 정신 좀 봐. 물이 그새 식었네. 잠깐만요, 옆에 받아 둔 더운 물이 있으니 부어 드릴게요."

그녀가 등을 돌리며 슬쩍 눈가를 손등으로 닦는 것을, 화영은 못 본 체했다. 앗, 뜨거워, 하면서 괜한 투정으로 세수할 뿐이었다.

물을 더 부었으니 향유도 맞추어야 했다. 침혜는 욕조 바깥에 늘어놓은 작은 도자기 병의 뚜껑을 열었다. 그리고 주의 깊게 병을 기울여 욕조 안으로 흘려 넣자, 금잔화 향내가 진동을 했다.

"저, 있잖아."

고개를 뒤로 젖히게 해 머리를 감겨 주던 손길을 묵묵히 받고 있던 화영이 어렵게 말을 열었다.

"난 공주잖아. 너도 알다시피……. 그런데 별로 돈을 쓰는 데도 없거든. 봉토도 크고, 은자나 금자, 비단 같은 것도 넘치는데 먹여 살릴 식솔들이 딱히 많지 않으니까. 오빠가 다 대 주고 있기도 하지만."

"하나뿐인 장공주이시니 당연하지요."

"내 말은…… 네 딸이 좋은 혼처로 시집갈 때까지 내가 도와줄 수 있다는 거야. 네가 싫지 않다면. 굳이 가족과 떨어져서 내 곁에서 일할 필요

없이 말이야.”

화영의 뜻을 이해한 것일까? 침혜는 잠시 대답이 없었다.

화영은 침혜가 좋았다. 거창하게 받들어 주는 대신 마음 편하게 터놓고 의지할 수 있는 시녀는 무척 드물었고, 친구로는 더더욱 귀한 존재였다. 하지만 생떼 같은 피붙이를 떼어 놓고 홀로 떨어져 나오는 것은 분명 외롭고 힘든 일일 터였다.

화영 그녀만 해도 오빠 부부와 떨어져 황궁 밖에 거처를 얻으며 족히 쓸쓸하였다. 헌데 제 속으로 낳은 어린애를 떨어뜨려 놓은 침혜는 속이 어떻겠는가.

그러니 침혜가 원한다면 넉넉하게 물자를 쥐여줘 떠나보내고, 철마다 옷감이며 양식이며 챙겨 줄 생각이었다. 딸아이가 훗날 장성하여 시집갈 때가 되면 혼수도 훌륭하게 준비해 주고 말이다.

아쉽지만 침혜를 위해서니까. 화영은 침혜의 침묵을 긍정으로 해석했다. 그리고 덧붙였다.

“내일 당장 떠나는 건 힘들겠지만, 사나흘 내로 가도록 해 줄게. 그동안 일한 삯은 물론이고 내가 따로…….”

“아니요. 전 여기 있겠어요.”

“뭐? 왜?”

화영은 젖히고 있던 고개를 바로 세우고는 뒤를 돌아보았다. 손에 거품을 묻힌 침혜가 단호한 얼굴로 그녀를 보고 있었다.

“비록 출신은 비천하지만 저도 의리란 걸 아는 사람이에요. 마마께서 그 위기 속에서도 저를 위하여 위험을 무릅쓰셨는데, 어떻게 등을 돌리겠어요?”

“하지만 남편과 딸이…….”

“그저 간혹 다녀올 수 있도록 휴가를 주시는 걸로도 족해요. 제 남편은 딸이라면 목숨처럼 여기니, 잘 돌볼 거구요.”

“그야 어렵지 않지. 언제든 다녀와도 좋아. 뭐든 갖다 줘도 좋고. 하지만 내 말은……."

"마마의 뜻은 알아요. 감사하게 받겠습니다. 하지만 말씀드렸다시피 제 뜻은 확고해요. 마마 역시 평탄하지 않은 길에 서 계신데, 저 혼자 살자고 꽁무니를 뺄 수는 없지요."

화영은 입을 다물었다. 침혜가 말하고자 하는 의미가 무엇인지 알아서였다.

침혜가 옳았다. 화영은 일반적인 공주가 아니었다. 무난하게, 안온하게 평생을 보낼 수 있는 상황이 아니었다.

그녀는 황제의 유일한 동복이었고 부마를 셋이나 비밀리에 둔 공주였다. 침혜만큼이나, 아니 어쩌면 침혜보다도 더 위태로운 살얼음 위에 서 있는 것이 그녀였다. 이런 상황에서 신뢰할 수 있는 측근이란 목숨과도 같았다.

침혜는 잠시 일어나더니, 몇 걸음 뒤로 물러섰다. 그리고 반듯하게 엎드려 절을 올렸다.

"평생토록 마마를 주인으로, 벗으로 여기고 의리를 지키겠습니다."

울컥 가슴이 차올랐다. 자신을 벗으로 여겨 주겠다는 그 말이야말로 여태껏 침혜에게 기대했던 전부였다.

곧 침혜가 고개를 들었다. 그리고 마주친 시선 속에서, 두 친우는 활짝 웃고 있었다.

잠자리 준비를 마친 침소는 조용하고 쾌적하였다. 맞닿은 정원에서 쑥을 태워 두었기에 종이창을 열어 두어도 시원한 바람만 들어올 뿐 날벌레는 접근하지 않았다. 실내는 꺾어 둔 꽃들의 냄새, 그리고 쑥 냄새를 지우기 위해 피워 둔 작은 향로가 풍기는 향으로 은은했다.

침혜는 화영이 침상에 눕는 것을 보고, 요를 반듯하게 덮어 준 후 월영 사 덮개를 내리고 나서야 물러섰다. 화영은 잠잘 때 방 안에 시녀들이 있는 것을 좋아하지 않았기 때문이다.

홀로 남은 후, 화영이 문득 중얼거렸다.

"오늘 참 많은 일이 있었네."

창밖에서 들려오는 풀벌레 소리가 맑았다. 피곤할 만도 한데, 어쩐지 잠이 잘 오지 않았다.

문득 부마들의 얼굴이 떠올랐다.

껄렁패 두목이 자신의 멱살을 움켜쥐어 들고는, 그 두꺼운 손으로 뺨을 때리려는 그 순간에…… 만일 부마들이 오지 않았다면. 무슨 일이 일어났을지 새삼 소름이 끼쳤다. 당시에는 흥분한 나머지 머리끝까지 뜨거운 피가 콸콸 넘쳐 제대로 파악하지 못했다. 이제 와서 한발 물러나 생각해 보니 참말 큰일이 나고도 남을 상황이었다.

'정말 대단하기는 했어. 그렇게 강한 사내들일 줄은 몰랐는데…….'

그야 물론 관호며 맹타안, 은룡이 보기 힘들 만큼 장대한 체격에 무인다운 몸을 지녔음은 알았다. 하지만 누군가가 무력으로 적을 압도하는 모습은 난생처음 보는 것이라, 심장이 쿵쾅거렸다. 어려서부터 함께 자란 은룡조차도 수줍음이 많은 까닭에 자신의 무공은 좀처럼 보여 주지 않았던 것이다.

그들은 사람이라기보다는 성난 범과 같았고, 사나운 매나 웅혼한 용과도 같았다. 게다가 주위에 널린 다른 사내들과 비교가 되니, 참으로 군계일학이었다.

게다가 어쩌면 그렇게들 훤칠하고 잘생겼을까? 얼굴로는 하도 빼어난 맹타안도 그렇지만, 자주 보아 익숙해졌다고 느끼던 은룡이나 다소 무섭다고 생각하던 관호조차도 순간 가슴이 두근거릴 만큼 빛이 나더랬다.

'그런 남자들이 셋이나 내 부마라니……. 이래도 되는 건가?'

화영은 이불을 뒤집어썼다. 가슴이 쿵쿵 뛰었다.

머릿속에서 세 남자의 얼굴이 좀처럼 떠나지 않았다. 호기심이 꼬리를 물고 그 밑을 둘러쌌다.

그들에 대하여 좀 더 알고 싶었다.

4. 불길한 그림자가
옥좌에 드리우니

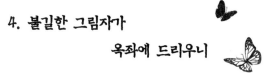

"마마, 오수에 드시지요. 며칠간 도통 잠을 이루시지 못하여 소인이 조마 조마하옵니다."

"됐네. 내가 지금 눈을 붙이게 생겼는가."

머리가 지끈거렸다. 태후는 깊게 한숨을 내쉬며 이마를 짚었다. 그러자 방 상궁이 눈치 빠르게 뒤로 다가서더니 태후의 양 관자놀이에 검지를 대고 부드럽게 문지르기 시작했다.

"장공주가 나은 지 얼마나 됐다고? 황상이 무슨 연유로 앓아누우신 게야? 매일 태의가 맥을 짚고 약을 바치는데, 후궁들이 한 시진마다 인삼탕이며 제비집이며 좋다는 보양식은 죄다 장양전으로 가져가는데, 어찌 아플 수가 있지?"

태후는 잘 길들여진 가죽 채찍 같은 사람이었다. 평소에는 부드럽고 우아하지만, 손에 쥐고 휘둘러야 할 상황이 오면 그보다 매서울 수가 없었다.

평생 소원했던 남편과의 부부 사이는 그녀를 긴 시간에 걸쳐 무두질했다.

지아비에 대한 미련, 자식을 기대하는 부질없는 소망 따위의 헛된 감정들은 가죽에서 지방질을 벗겨 내듯 그녀에게서 떨어져 나갔다. 아주 오랜 기간 동안 그녀는 스스로를 가공해 냈다. 감정에 휘둘리지 않도록, 세상에 남기는 것 하나 없이 역사의 뒤안길로 물러나지 않도록.

그 결과 자식 하나 없던 십칠황자비였던 그녀가 단번에 다 큰 아들과 딸을 얻어 이 자녕궁에 들어온 것이다.

태후를 섬겨 그 성정에 익숙한 시녀들은 재빨리 뒷걸음질 쳐 내전을 비웠다. 사가에서부터 태후의 시중을 들며 같이 늙어 온 방 상궁만이 곁에 남았다.

"폐하께서는 연소하시고 또 건강하시니 금방 쾌유하실 것입니다. 태의들도 자리를 비우는 일 없이 전력을 다하고 있사옵니다. 황후마마를 비롯한 비빈들도 간호에 정성을 기울이고 계시지요. 곧 좋은 소식이 올 터이니, 너무 염려치 마십시오. 태후마마마저 건강을 해치실까 소인들은 걱정이 크옵니다."

"황상이 연소는 하다만, 어리다고 안심할 일이 아니네. 어려서 제대로 보살핌을 받지 못하고 자랐으니, 어디 큰 병이라도 숨어 있을지 모르고……."

"태후마마, 용중사는 덕이 깊고 풍수와 지리가 빼어난 사찰이옵니다. 병자들도 게에 가서 기도하면 씻은 듯 나아온다니, 그리 맑은 곳에서 자란 폐하께 어찌 우환이 있겠습니까."

"그래, 그래야 하는데. 도통 마음이 놓이지를 않아."

태후가 미간을 찌푸렸다.

"마마, 그러지 마십시오. 미모가 상하십니다."

"이 나이에 미모는 무슨."

방 상궁의 말에 태후는 코웃음을 쳤다. 그러나 기분이 나빠 보이지는 않았다.

화려한 미인은 아니지만 단정하고 기품이 있다. 대대로 문관들을 배출해 낸 금가 출신다운 반듯함이다. 다소 눈이 작고 입술도 얇긴 하지만, 주름이 거의 없는 피부 덕분인지 황실의 윗전다운 여유가 느껴졌다.

황제의 어머니라기에는 상당히 젊어 보이는 외모였다. 허나 태후를 잘 아는 이라면 거기에 대해서는 절대 입에 올리지 않았다. 여인이라면 늙지 않음을 자랑스레 여기기 마련이지만 태후만은 아니었다. 태후는 젊음에 대한 칭찬에 유독 예민하였다. 남편이 항상 떠나 있으니 시중들 일도 없고, 자식을 낳아 피로한 적도 없으니 얼굴이 팽팽한 것이 아니냐던 손윗동서들의 비웃음을 십수 년간 당해 왔던 까닭이다.

"장공주가 와병했을 때 어찌나 난리였는지. 태의들이 죄다 달라붙었고, 좋다는 약은 온 데에서 다 끌어오고, 민간의 사사로운 요법까지 안 써 본 것이 없었어. 헌데도 상태가 끝없이 나빠지기만 했지. 자네도 기억하지 않나?"

"참으로 큰일이었지요……."

"내가 불안한 건, 황상의 예후가 어쩐지 장공주 때와 흡사하게 느껴져서이네."

태후의 말에 방 상궁의 안마가 순간 멈칫하였다.

"처음에는 별거 아니었지. 가벼운 어지럼증에 피로가 늘었어. 그러다가 기침이 점차 늦어지고, 열이 올라 자리에 누웠고. 이때까지는 평범한 풍한인가 하였지. 그런데 무슨 수를 써도 나아지기는커녕 점차 악화만 되어서는……."

남려의 황제가 와병한 지 벌써 이레째였다. 비록 아직은 병세가 중하지 않으나, 누가 알겠는가? 갓 스물한 살의 젊디젊은 황제였다. 후사가 없는 것은 물론이고, 마땅한 종친도 죄다 선대의 후계 다툼에 휘말려 명줄이 끊긴 터다. 당장 남려의 국운이 풍전등화처럼 위태로운 상황이었다.

본디 인내심이 강하고 약한 모습을 좀처럼 보이지 않는 황제였다. 태의더러 병증을 토로하기 전까지 족히 사나흘은 홀로 참은 모양이었다. 태후가 찾아가 앞뒤를 살피고 꾸중을 하니, 식은땀을 흘리는 얼굴로 말하였다.

-단순한 몸살인 줄 알았습니다. 어마마마를 심려케 하여 죄송할 따름입니다.

그렇게까지 말하니 더는 입을 댈 수가 없었다. 하여간에 그들 모자는 같은 배를 탄 사이였다. 시시비비를 가리는 것은 중요치 않았다. 하루라도 빨리 황제가 자리를 털고 일어나야만 하였다.

그런데 아직껏 차도가 보이지를 않았다.

"장공주는?"

"어제도 입궁하시어 황후마마와 함께 장양전에서 늦게까정 간호하셨다 하옵니다."

"오누이 간의 정이 애틋하니, 당연히 그리하였겠지."

태후는 상체를 반듯이 세우며 중얼거렸다. 주인의 심기를 눈치챈 방 상궁은 안마를 그만두고 얌전히 물러섰다.

"헌데 입궁을 이리 자주 하는 와중에, 어찌 내게는 문후 한 번 여쭈지 않는 겐가? 부마도위는 또 무얼 하고? 공주가 혼인을 하여 현희부를 하사받은 지 벌써 삭여가 한참 지났다. 이래서야 민간의 장모보다 못하구나. 여태껏 사위에게 인사 한번 받지를 못하다니."

"그야 태후께 혹여 병이 옮을까 저어하시는 게지요. 황제 폐하께서도 태후를 염려하시어, 장양전에는 부디 오지 마십사 하지 않으셨습니까. 황실의 웃어른이신 태후께서 강건히 버텨 주시어야지, 함께 앓으시면 어찌합니까."

"황상의 뜻이야 이해한다. 하지만 장공주는 별개야. 내 그 아이를 한번 봐야겠구나. 부마와 함께."

태후의 결심은 굳었다. 황제의 병이 공주와 양태가 비슷한 와중이니, 공주라면 뭔가 알지도 모른다. 하여간 자리를 털고 일어났으니 말이다. 무엇보다도, 태후의 조카인 금명 대신 황제가 골라 장가보내었다는 신원불명의 부마를 꼭 한번 보고 싶었다.

얼마나 잘난 사내이기에 사직에 이바지 하나 없이 덜컥 부마가 된단 말인가? 아무리 액막이 혼인이었다 해도 그렇다. 결과적으로 공주가 쾌차하였건만 그는 아직도 부마도위 자리에 그대로 버티고 있었다.

'이렇듯 황상이 아프고 나라가 위태로울 적에, 명이가 부마였다면 내 얼마나 든든했을까!'

태후는 짧게 한숨을 지었다. 마음만 같아서는 지금이라도 공주를 이혼시키고 싶은 심정이었다. 황제에게 절대로 과한 요구를 한 적 없는 태후였다.

그녀는 그를 입적하여 황위를 주었다. 와중에 바란 것은 그저 당연한 어미로서의 지위와 자신의 조카딸을 후궁으로 들이는 일 정도였다. 도를 넘는 청은 하지 않았다. 피로 이어지지도, 그렇다고 정으로 키우지도 않은 어미이니 그만큼 쉽게 적을 질 수 있음을 알아서였다.

'하지만 공주의 혼사라면…… 딸의 가정사보다 어미에게 중한 게 어디 있단 말인가? 만일 지금의 부마가 부마도위로서 부족한 자라면 내 황제에게 주청하지 못할 까닭이 없어.'

현(現) 부마는 일전에 황제에게 인사차 입궁하였을 적부터 벌써 소문이 자자했다. 키가 어찌나 큰지, 살갗이 어찌나 짙고 눈매가 어찌나 매서운지, 황궁에서도 조금도 기죽은 모습이 없으니 과연 강호인의 기상을 갖추었느니 어쩌니.

태후는 아랫것들의 입소문을 전적으로 믿지 않았다. 직접 보고 평가하기 전에는 부마에 대해 입을 떼지 않을 터였다. 하여간 황제가 추진한 혼사였다. 다짜고짜 흠을 잡을 수는 없었다.

태후의 뜻을 알아챈 방 상궁이 공손하게 여쭈었다.

"허면 현희부로 사람을 보내지요. 내일은 부마도위와 함께 자녕궁에 문후를 올리라 명하겠사옵니다."

곧바로 태감이 명을 받아 출궁하였다.

임무를 수행하고 되돌아온 태감을 불러 태후가 물었다.

"그래, 현희부는 어떠해 보이더냐?"

"마마, 소인은 아둔하여 이해하지 못하겠습니다. 그저 왕부 못잖게 아름다운 저택이었사옵니다."

"바보 같은 녀석아! 현희부는 공주로 태어나 얻을 수 있는 제일의 호사이다. 선선대 적에는 수많은 공주들이 현희부를 두고 다투었지. 제 동복 오라비를 후계로 밀어주며 함께 권력투쟁으로 손을 더럽혔어."

"마마께서 말씀하시는 바는……."

"필요시엔 이천 명이 넘는 병사를 부릴 수 있고, 항시 거주하는 하인들만 해도 수백에 이르지. 하물며 금상의 하나뿐인 혈육이니, 현희부를 개문하며 얼마나 공을 들였겠느냐? 어찌 보면 이 늙은이의 자녕궁보다 기세가 대단한 곳이란 말이다. 네가 실제로 보니 참으로 그렇더냐?"

"아, 아니옵니다. 전혀 아니옵니다."

태감은 바닥에 엎드려 말하였다.

"문을 지키는 자도 고작해야 두어 명뿐이었고, 청지기도 한 사람뿐이었습니다. 안내를 받아 내부로 들어갔을 적에도 아랫것들은 거의 눈에 띄지 않았지요. 사실 조금 이상할 정도였습니다. 현희부처럼 규모가 큰 저택이 지나치게 조용하다 싶어……."

"……장공주는 어디 있었지? 부마는 보았느냐?"

"청지기의 안내를 받아 본채의 대청에 이르니, 게에 장공주마마와 부마께서 기다리고 계셨습니다."

"이상한 점은 없었고?"

"그저 아랫것들이 무척 적다 싶었을 뿐, 딱히 이상한 점까지는……."

태후는 방 상궁이 바치는 찻잔을 감싸 쥐며 곰곰이 뭔가를 생각하는 것 같았다.

"부부지간이 다정해 보이더냐? 그야말로 신혼 아니냐. 어찌 보이든?"

그 질문에 태감이 아연실색하며 바닥에 이마를 연거푸 가져다 대었다.

"아이고, 마마, 소인은 환관이옵니다. 장공주 내외의 정분을 소인이 어찌 평가하겠습니까?"

"엄살떨기는! 눈이 있으면 보이는 것을, 무에 그리 사려? 다시 묻겠다.

현희장공주가 부마와 친근해 보이더냐? 표정은 어떻고? 서로를 보는 눈빛은 어떻더냐?"

"태후께서 명하시지 않느냐. 어서 고하거라."

태후가 그냥 넘어가지 않고, 옆에서 방 상궁마저 재촉하니 태감이 죽을상으로 결국 입을 열었다.

"잘은 모르지만 허물없는 사이처럼 보이지는 않았사옵니다. 서로 예의를 무척 지키고 존중하는 듯……. 예에, 부부지간이지만 엄연히 장공주께서 부마께는 윗전이 아닙니까. 법도가 중요한 법이니 그래야지요."

한낱 태감으로서 감히 장공주 내외에게 흠을 잡고 싶지 않아 에둘러 말하는 소리였다. 하지만 거기에서도 쓸 만한 정보는 충분히 잡아 낼 수 있었다. 태후는 차를 한 모금 마셨다.

어차피 지체 높은 신분의 여인들은 가문이 정해 주는 혼인을 하였다. 이전에는 평생 본 적 없는 사내를 지아비로 맞아 사랑하고 충실하도록 가르침을 받았다. 그러니 속으로야 어떻든 겉으로는 쉽게 수긍하였다. 낭군 역시 집안이 고른 정실을 존중해야 마땅하니, 신혼 기간은 더욱 다정하기 마련이었다.

'비록 그렇지 못한 경우도 있지만…….'

선황 경제의 얼굴이 문득 떠올랐다. 태후는 씁쓸하게 미소 지었다.

'장공주는 황상과 함께 자랐지. 누이라고 귀여움을 받아, 좋고 싫음이 확실한 성품이야. 만일 남편이 마음에 들었다면 한창 정분이 들었을 테고, 마음에 들지 아니하였다면 그야말로 전쟁터나 마찬가지겠지. 어느 쪽이든 알아보기는 쉬울 터.'

헌데 예의와 존중이라. 태감이 저리 돌려 말할 정도라면 적잖이 어색하고, 거리가 있는 사이라는 소리이겠지.

'그 정도로 싫어한다면 진작에 황상에게 달려가 혼인을 물려 달라 졸랐을 터인데. 이상하구나.'

혀끝에 남는 차 맛을 즐기며 태후는 눈을 내리깔았다. 방 상궁이 손짓으로 태감을 물렸다.

"역시 내 눈으로 직접 보지 않고는 모를 일이야."

태후가 찻잔을 소리 나게 내려놓았다.

"내일이 기대되는구나."

* * *

이날 따라 현희부는 침울하였다. 그야 황제가 와병하였거늘 공주부에서 희색이 돌아서야 아니 될 일이지만, 그를 감안하더라도 분위기가 가라앉아 있었다. 경직되어 있었다.

"같이 가 드릴 수 있습니다."

"아니야. 됐어."

은룡은 화영과 관호가 마차에 오르기 직전까지 안심하지 못하는 낯빛이었다.

"무슨 핑계를 대도 이상할 거야. 걱정 말고 너도 빨리 등청하도록 해. 이 럴 때일수록 기도위가 위엄을 지켜드려야지."

"알고 있습니다. 허나 태후께서 마마와 관형을 부르셨다는 것이…… 계속 마음에 걸립니다."

휴. 화영은 고개를 숙이며 한숨을 내쉬었다. 그러자 틀어 올린 머리에 꽂힌 보요가 짤랑거리며 주인을 따라 수심에 젖었다.

요 며칠은 오빠의 병간호에 정신이 없어 최소한으로만 치장을 해왔다. 하지만 오늘은 달랐다. 태후께 문후를 드려야 하니, 제대로 꾸미지 않으면 그 또한 무례일 터였다. 새벽같이 일어나 씻고 단장하여 머리부터 발끝까지 현희장공주다운 격식을 갖추었다.

황제가 병중이니 붉은 계열 대신 색이 옅은 송화색 옷을 입었다. 그리고 가슴 밑은 은은한 벽색 비단 끈으로 졸라매고, 금실로 수를 놓은 피백은 투명하리만큼 얇고 희었다. 머리에는 금비녀와 옥 장식을 달고, 진주만 붙은 보요 몇 개를 꽂았다. 화장 역시도 붉은 기색이 최대한 적게 돌도록 약하게 하였다. 꼭 치자꽃 무리에서 튀어나온 듯 아름다우면서도 보기에 좋았다.

은룡 역시 이미 등청할 준비를 마치고 기도위 복장에 칼을 찬 채였다. 그럼에도 은룡이 도저히 마음을 놓지 못하는 기색이자, 화영의 곁에 있던 관호가 가만히 말했다.

"염려 마시오, 은 부마. 실로 이 관 모의 부덕이니."

"관 부마."

관호는 짙은 청색으로 지은 예복을 입고 있었는데, 그 때문인지 거무스름한 피부가 더욱 돋보였다. 평소라면 하나로 간소하게 묶어 등 뒤로 내렸던 긴 머리카락도 형식을 갖추어 틀어 올려 옥으로 된 관을 착용하였다. 검소한 가죽 요대 대신 회색 비단으로 만든 허리띠를 둘렀고, 현희부의 문양이 새겨진 옥패를 늘어뜨렸다. 이리 격식에 맞게 차려입으니 참으로 어느 군후라 하여도 믿을 만한 용모였다.

"진작 먼저 인사를 올렸어야 맞는 것을, 복잡한 상황이라는 핑계로 미루다 이렇게 되어 버렸군. 형식이야 어찌 되었든 혼인은 혼인. 공주의 모후 되시는 태후께 당연지사 감사를 드리고 안부를 여쭈었어야 옳은 일이었소. 태후께서 섭섭하게 여기시는 것도 당연하오. 내가 사죄를 드리리다. 그러니 큰일은 없을 것이오."

"다른 때도 아니고 폐하께서 병중이신지라…… 태후께서 심기가 편치 않으실 것입니다. 부디 잘 넘겨 주십시오."

"알겠소."

은룡은 가장 걱정되던 말은 차마 내뱉지 못하였다. 황제가 정해 준 혼인이니 황제가 약해지면 덩달아 위태로워진다고, 이전의 입궁과는 달리 온 사방이 승냥이 떼일 것이라고.

어차피 황궁 안에 들어서는 순간 체감할 것이다. 어쩌면 이미 두 사람다 내심 짐작하고 있을 수도 있다. 함께 나아가 버틸 자격도 명분도 없는 은룡 제가 괜히 진작부터 심기를 어지럽힐 주제나 되겠는가. 은룡은 주먹을 꽉 움켜쥐었다. 그리고 고개를 숙여 인사를 올렸다.

"부디 무탈하게 다녀오십시오. 저는 이만 가겠습니다."

화영과 관호의 낯빛 역시 편치는 않았다. 은룡을 먼저 보내고, 이어 마차에 착석하여 출발하면서도 긴장한 기색은 가시지 아니하였다.

그들의 혼인이 겹혼인, 그것도 세 명의 남편을 들인 기이한 겹혼인임을 알지 못하는 이와의 첫 대면이었다. 그것도 한번 보고 스쳐 지나가는 무명의 궁인들도 아니고 이 나라 태후와의 만남이었다. 태후와 직접 보고 대화하는 순간 이 혼인은, 적어도 화영과 관호의 혼인은 더는 무를 수 없게 된다. 마차 안의 불편한 기류는 아마 화영도, 관호도 그 점을 알고 있어서이리라.

적당히 시간이 지나면, 맹타안이 포기하고 떨어지거나 하여 관호가 더는 다른 부마들을 억제할 필요가 없어지면 자연스레 이혼하여 남이 될 사이라고 여겼다. 선대의 인연으로 인해 후대까지 은혜를 입었으니, 관호의 동생들과 그 후손들까지 대대로 보살펴 주는 것으로 끝나리라고.

'맹타안이 이렇게까지 오래 버티리라고, 왜 생각하지 못했을까?'

화영은 초조한 마음에 손가락만 꼼지락거렸다.

'내가 진짜 부인이 될 마음이 없다고 못을 박고, 오빠가 어느 상황에서도 후원해 주리라 확신을 준다면 이쯤이면 물러서겠지 싶었는데. 그러면 관호 이 사람도 놓아줄 수 있었을 것을……'

맹타안이 무엇을 원하는지는 뻔한 일이었다. 그는 빼어난 외모와 유쾌한 화법으로 내내 화영의 환심을 사려 들었고, 승마를 가르치며 거리를 줄였다. 남려의 부마라는 명칭을 탐내고 있는 것이 분명했다. 하지만 공주와 잠자리도 하지 않았는데 어찌 진정한 부마가 되겠는가? 누구와도 동침하지 않음으로써 화영은 자신의 뜻을 충분히 드러내고 있었다. 이 혼인은 그저 액막이용 제례였을 뿐이라고.

물론 맹타안은 화영을 유혹하려는 시도를 멈추지 않았다. 그렇지만 화영은 침혜의 조언 없이도 충분히 그의 유혹에 잘 방비하고 있었다. 말을 오르내릴 때 잡는 손과 허리를 받쳐주는 품 외에는 어떠한 꼬임에도 멀뚱거리며 못 들은 척하였다.

온 초원의 여인네들이 모다 사랑하여 넋을 빼 주었다는 사내이니 화영의 철벽에 슬슬 한계가 오지 않겠는가. 분명 적잖게 감질나고 짜증도 치밀 일이다. 거기다 오빠 역시 나흘이 멀다 하고 맹타안에게 친서와 선물을 보내며 의리를 과시하였다. 장공주의 생명을 살려 준 일이다. 설령 이쪽에서 이혼한다 해도 결코 맹타안과의 약조를 배신하지 않으리라는 뜻이다.

'이렇게까지 하는데, 이혼하는 게 낫잖아. 안 그런가?'

하지만 맹타안은 그리 생각하지 않는 모양이었다.

화영이 웃어넘기는 지점과 그렇지 않은 지점을 세심하게 계산하여 끊임없이 농을 건넸고, 승마로 인한 접촉으로 불편하지 않도록 깔끔하게 처신하였다. 항상 그녀의 곁에 있고 싶다 청하였다.

차를 마실 때면 무슨 차를 좋아하는지 물어보았고, 쌉쌀한 맛과 부드러운 맛, 고소한 맛과 싱그러운 맛 중 무엇이 우선인지도 질문하였다. 정원을 산책할 때면 작약과 모란 중에 무엇이 더 취향인지, 분홍과 흰색, 노랑과 빨강 중에는 또 어느 쪽이 마음에 드는지 물었다. 바뀐 팔찌도 놓치지 않고 칭찬을 건넸고 가끔은 말도 없이 그녀를 쳐다보다 싱긋 웃어 보였다. 물결치는 금빛 머리 타래를 후광처럼 두른 채 미소 짓는 그의 얼굴이, 오랑캐임을 잊게 할 만치 과하게 잘생긴 것이었다.

마차 안은 조용했다. 화영이 다섯 번째로 한숨을 내쉬자 관호가 드디어 눈을 떴다. 하지만 물끄러미 그녀를 응시하기만 할 뿐 섣부른 어떠한 말도 건네지 아니하였다.

어찌 보면 관호라는 남자는 이런 상황에서 빛을 발하는지도 모르겠다. 자신이 무슨 말을 건네든 화영의 기분을 좋게 해 줄 수도, 앞서 벌어질 일들을 무마할 수도 없음을 알기에 오히려 참는 것이다. 한마디 그럴싸한 위로를 건네면 제 마음이야 도리를 다한 듯 가벼워지리라. 허나 듣는 화영은 더욱 답답해질 터였다. 당장 벌어지고 있는 수많은 사건 중 그녀가 통제할 수 있는 요소가 일절 없으니 말이다.

그러므로 관호의 조용한 배려가, 움직이지 않는 굳건한 눈빛이야말로 이 순간 가장 큰 격려였다. 화영의 마음 한구석에 따스한 고마움이 넘실거렸다.

"미안해요."

그래서일까. 충동적으로 화영은 입을 열고 말았다.

"뭐가 말이오?"

관호의 저음은 단단했다. 쉽게 동요하지 않는 성품을 드러내는 듯하였다.

"태후께 인사를 드리게 해서요."

"당연히 해야 할 일이었소. 공주가 미안해할 일이 아니오."

"하지만… 이렇게 되면 이혼이 더 어려워질 거예요."

화영과 관호의 시선이 부딪혔다.

"어제까지는 언제든 이혼장을 써서 당신을 보내 줄 수 있었어요. 물론 이론적으로는요. 당신도 알다시피 맹타안이 아직 은룡이랑 다투는 와중이니까. 하여간, 그래도…… 헌데 태후께 문안을 드리면 분명 이야기가 복잡해지겠죠. 아무래도 이혼이 우리가 생각했던 것만큼 쉽게 이뤄지지 않을 거예요."

그러더니 화영은 다급히 덧붙였다. 마치 관호가 오해할까 두렵다는 어조였다.

"물론 당연히 이혼은 할 거예요! 당신을 계속 현희부에 붙들어 놓을 수는 없으니까요. 그건 안 될 짓이죠. 당신은 원래 하려던 일이 있잖아요? 잘은 모르지만요. 나중에 이혼 건으로 태후께 어떤 꾸지람을 듣든 그건 내가 감당할게요. 그러니까 이혼에 대해선 걱정하지 마요. 다만 원래 예상보다 시간이 좀 걸릴 수도 있다, 그렇게 생각해 줬으면 해요."

관호는 열띤 화영의 얼굴을 물끄러미 바라보았다.

그러더니 고개를 끄덕였다.

"알겠소."

"그리고… 태후께서는 무척 엄격하신 분이에요. 절대 나쁜 분은 아니지만……! 대단하신 분이잖아요. 그러다 보니 분명 문안은 명분이고 호구조사를 하실 게 분명해요. 당신이 누구인지, 어느 집안 출신인지, 여태 어떻게 살아왔는지, 공적은 있는지, 어떻게 인연이 되어 나와 혼인했는지 하나도 빠짐없이 물어보시겠죠. 분명히요."

화영이 한숨을 내쉬었다.

"우리 때에도 그랬거든요. 태몽까지 물어보셨다니까요? 믿어져요? 어쨌든, 미안하다는 거예요. 태후마마께서 사적인 이야기를 캐물으면 즐겁지는 않을 테니까……."

말하면서도 귓가에 열이 올랐다. 이 남자 앞에서 이렇게까지 많이 떠든 적이 있던가? 너무 멍청하게 앞뒤 없이 지껄인 건 아닌가?

이 남자, 되게 생각도 깊고 똑똑한 사람 같던데. 내 말이 바보같이 들리지는 않았을까? 잠깐만, 내 얼굴 지금 빨간 건 아니겠지?

"아, 마차 안이 너무 덥네요! 그렇죠? 창문을 좀 열까요? 그래야겠다, 여름이라 찜통이네."

화영은 급하게 측면의 작은 창문을 열었다. 발이 드리워져 있었으므로 바깥에서 내부가 보이지는 않았다. 아직 서늘한 아침나절의 바람이 물씬 스며들었다. 그런데도 좀처럼 달아오른 뺨은 식을 줄을 몰랐다.

그때였다. 작은 웃음소리가 들렸다.

"미안해할 것 없소. 관모 역시 미리 짐작한 일이니."

관호가 짧게 웃고 있었다.

"게다가 나는 숨길 것이 없는 사람이오. 그러니 태후께서 무엇을 하문하시든 답하는 데 어려울 게 없소. 태후가 보시기에 나는 사위라기보다는 도적에 가까울 것이오. 당연한 일이지. 이름자도 모르고, 얼굴 한번 보지 못한 자가 하나뿐인 귀한 따님의 남편이 되었다니 어찌 엄히 캐묻지 아니하시겠소? 부마로서 응당 겪어야 할 통과의례일 뿐이니, 미안해하지 마시오."

촘촘한 발 사이로 바람과 함께 햇빛이 들어왔다. 영롱한 금빛이 관호의 까무잡잡한 얼굴과, 드러난 손등 위로 실선을 그렸다. 항시 무섭고 무뚝뚝하던 사내가 이처럼 다정하게 보이다니.

문득 관호와 함께라 다행이라는 생각이 들었다. 태후 앞에서 혼자가 아니라서, 이렇게 든든한 사람이 함께라서.

화영은 고개를 끄덕였다. 두 사람 사이를 단단히 얽맨 것은 전우애였다. 지금은 그러했다.

마차가 황궁 안으로 들어가 멈추었다. 방 상궁이 직접 기다리고 있었다. 태후의 오른팔이나 다름없는 사람이었다. 겸손하고 법도를 아는 이였지만 부담스럽기는 어쩔 수 없었다. 자녕궁에 도착하기 전부터 화영의 긴장은 최고치에 이르렀다.

자녕궁에 도착한 화영과 관호는 내전으로 인도받았다. 높은 나한상 위에 태후가 앉아 있었다.

"태후를 뵈옵니다. 홍복을 누리소서."

"일어나라."

태후는 짙은 자주색에 금실과 은실로 봉황이 수놓인 나삼을 입고, 머리에는 청보석과 점취로(点翠) 만든 관을 쓰고 있었다. 한여름임에도 자녕궁 구석구석 커다란 얼음이 담긴 자기 대야를 가져다 놓았기에 서늘함이 느껴졌다. 과연 황제에게 지극하게 존중받는 모양새였다.

태후의 허락을 받고 일어서니, 방 상궁의 고갯짓을 따라 시녀들이 재빨리 앉을 자리를 준비해 주었다. 곧이어 다과상이 나왔다. 하지만 화영은 도저히 차 맛을 느끼지를 못하였다.

오빠는 태후와 사이가 좋았다. 사실 화영 역시도 그래야만 했다. 한낱 하녀가 낳은 사생아들을 입적하여 황위에 올리는 것은 결코 쉬운 일이 아니었다. 날카로운 판단력과 단호한 결정력, 그리고 각오가 필요했다. 태후는 자신과 남매를 보호함은 물론이고, 더 나아가 남려를 지킨 영웅이나 마찬가지였다. 그녀의 선택이 없었다면 황위 다툼을 두고 남려가 몇 조각으로 갈라졌을지 누가 알겠는가.

하지만 알면서도 화영은 언제나 태후가 어려웠다. 딸이라서일까. 기억 속에서 흐릿해졌으나마 엄마의 존재는 너무도 크고 소중한 것이었다. 큰 은혜를 입었을지언정 낯선 여인, 그것도 친부의 정실에게 어마마마, 하고 부르며 따르기란 화영에겐 가혹할 만치 힘겨웠다. 사람 대 사람으로서 존경하고 호의를 갖기는 기꺼이 할 만하였다. 그러나 태후를 어머니라고 부르는 일만은 어려웠다.

두 사람의 성질 역시 상성이 무척 달랐기에 더욱 그러했다.

태후는 서출이나마 명문 금가의 여식으로 자랐고, 십칠황자의 정처로 시집가 살았다. 고전과 시가에 능하였으며 여인에게 필요한 모든 덕목을 갖추었다. 헌데 화영은 어떠한가? 친부의 성조차 받지 못한 채 용중사에서 태어났다. 그야말로 산에서 뛰노는 사슴처럼 자유분방하게 자랐다. 자수 솜씨는 황궁의 수방 상궁들도 두 손을 들었고, 손에 닿는 금은 모조리 현이 퉁퉁 끊겨 나가는 데다, 피리는 오리처럼 삑삑거릴 뿐이다. 나뭇가지나 솔방울 따위로 가당찮은 장난감 만드는 손재주 따위야 어디다 쓸 것인가? 성품 또한 태후는 고요하고 예리하나 화영은 시원하고 거리낌이 없었다. 한자리에 앉아 담소하기도 고역일 조합이다.

헌데 지금 그런 태후에게 화영은 남편을 검사받아야 하는 것이다.

"현희장공주, 안색이 좋지 않구려. 황상을 간호하느라 지나치게 무리하는 것은 아닌지."

"아, 아닙니다, 태후마마. 폐하를 간병하는 것은 장공주로서 당연한 일입니다. 오히려 저보다는 황후마마께서 노고가 크십니다."

"황후야 황상의 정실이니 당연한 일. 허나 장공주는 이제 출가외인이 된 셈이 아니오? 현희부를 받아 나간 데다 혼인까지 했으니."

화영은 체면치레로 들고 있던 찻잔을 내려놓고 격하게 부인했다.

"아닙니다, 마마! 출가외인이라니요? 현희부를 하사받은 것 또한 황은인 데요. 그러니 당연히 제 집안 또한 황실에 속하지요."

화영은 순간 아차 싶었다. 제 입으로 현희부의 가내사가 황실의 범주라 말하다니! 태후가 부마에 대해 간섭할 여지를 줘 버린 셈이었다.

과연 그 말을 들은 태후가 점잖게 웃더니, 관호에게 고개를 돌렸다.

"이리 보면 알겠지만, 현희장공주는 내가 가진 유일한 딸일세. 원래 사가 의 어미들도 며느리보다는 사위 걱정이 큰 법이지. 며느리야 몇이나 들일 수 있으나 사위는 그럴 수도 없으니. 부마도위는 사내이니 이해하지 못하겠 지만, 하여간 그렇다오."

며느리야 몇이나 들일 수 있으나 사위는 그럴 수도 없다는 태후의 말에 화영은 순간 딸꾹질이 날 뻔했다. 태후야 그만큼 부마에 대한 기대가 컸음 을 암시하려 했겠지만, 화영에게는 이미 다 알고 있다는 듯한 경고처럼 들 렸던 것이다. 실로 태후는 이미 사위를 셋이나 들인 상태가 아닌가!

저도 모르게 관호에게로 고개가 돌아갔다. 그가 뭐라고 답할까?

"염려하심을 어찌 모르겠습니까. 제게도 누이가 둘이나 있습니다. 그 혼 처를 정할 적에 저 역시 무척이나 고심할 것입니다."

관호는 조금도 흐트러짐 없는 얼굴로 대답했다. 태후를 마주하고도 눈 하나 깜짝 않는 배포도 배포지만, 화영은 깜짝 놀랐다. 여동생이 있었다고? 한 번도 말한 적 없었잖아?

"오호, 그래? 누이동생이 둘이나?"

"아우가 하나, 누이가 둘이 있습니다."

"동생들은 그러면 어디 있나? 현희부로 같이 들어온 겐가?"

"어찌 사사로이 그러하겠습니까. 아우가 성년이므로 고향에서 누이들을 보살피고 있습니다."

"아우가 누이들을 돌보고 있다고? 양친께서는?"

"돌아가셨습니다."

"저런."

태후가 미처 깨닫지 못했다는 듯 눈을 깜빡였다.

"미안하네. 아아, 그래, 황상에게 들었던 것 같은데, 내 깜빡 잊었군. 부마의 선친께서 선황을 크게 도왔다 했지. 혹시 성함을 물어도 되겠나?"

"관 자 염 자 되십니다."

"아, 역시 그렇구만. 내 선황께 그 이름을 들은 기억이 있네. 하주에서 만난 강호인과 술잔을 마주치며 형제의 연을 맺으셨다고 했지."

선황에 대해 이야기하는 태후의 눈가가 희미하게 떨렸다.

"같은 성씨이기에 옥첩을 보고 설마 했었지. 참으로 그 아들일 줄이야."

어디까지가 진실이고 어디까지가 가장인지 화영으로서는 도저히 파악할 수가 없었다. 태후는 손에 쥔 패를 능숙하게 감추었고, 관호에게는 방비할 만한 어떠한 이점도 없었다. 어쩌면 태후는 모든 것을 다 알고 있을 수도 있었다. 아니면 아무것도 모를 수도 있었다.

하지만 선황에 대해 언급하며 지은 저 표정은 지어낸 것이라기엔 너무도 날 것의 아픔이었다. 오랫동안 벼려 온 고통이었다. 화영은 애써 눈을 내리깔았다. 자신의 아버지가 태후의 남편이었음을, 그것도 불성실한 남편이었음을 깨닫는 일은 언제나 어려웠다.

"내 알기로는 강호인은 조정 일이나 당쟁에 개입하지 않는 것이 철칙이라던데. 어쩐 연유로 선친은 선황과 형제의 연을 맺게 된 건가? 물어봐도 되겠나?"

"예."

관호는 담담하게 말했다.

"십 년도 더 전의 일입니다. 당시 선황께서는 십칠황자의 신분을 숨기고 강호를 유람하고 계셨습니다. 그러다 우연히 제 선친을 만나 도움을 주셨다고 합니다."

"어떤 도움이지?"

"막내 누이가 급병으로 심하게 경기를 일으켰습니다. 헌데 마침 마을의 유일한 의원이 산 너머로 떠난 상태였습니다. 그때 선황께서 지니고 계셨던 귀한 약을 나누어 주셨지요."

화영으로서도 처음 들어보는 이야기였다.

"그 일을 계기로 두 분은 친해지셨고, 뜻이 맞아 호형호제하기로 되었습니다. 선황께서는 주의가 깊으신 분이었기에 진짜 신분을 아버지께 밝히지 않으셨지요. 혹여 관가에 피해가 갈까 염려하신 듯합니다. 그래서 영주라는 가명을 쓰셨습니다."

영주. 주영을 거꾸로 한 이름이 아닌가. 순간 화영은 무릎을 꼭 쥐었다.

관호가 말을 이었다.

"간혹 하주에 들리실 때마다 두 분은 만나 며칠이고 술잔을 나누셨습니다. 그러다 오황자의 난이 일어났고, 도성에 피바람이 불었지요."

"참람한 시절이었지."

태후가 낮은 목소리로 덧붙였다.

"그때 선황께서 도성을 탈출하지 못하셨다면 이 자리에 누가 있을지 아무도 장담 못 했을 걸세. 황자가 열다섯 명이나 죽었어. 패배한 황자의 비와 그 누이인 공주들이 대들보마다 흰 천으로 목을 매어, 전각마다 왕부마다 미인들의 시신이 등나무 꽃처럼 흔들렸네."

이런 참극을 피하고자 평생을 도망 다녔던 선황이었다. 오황자는 멀리 떨어져 있는 경쟁자들을 한꺼번에 제거하기 위해 당시 황제인 선선제의 탄신연을 이용하였다. 제아무리 밖으로 나도는 황자들이라도 부황의 생신에는 반드시 도성에 와야만 했으니 말이다. 연회가 끝난 후 도성 안에서는 황자 사냥이 시작되었다. 누구의 옥패로도 도성 밖으로 도망칠 수 없었으므로 독 안에 든 쥐 신세였다. 세력이 있던 황자들은 호위대와 사병으로 다투었고 그렇지 못한 황자들은 이리 숨고 저리 숨다 잡혀 죽었다.

"부마의 선친만이 목숨을 걸고 부름에 응하였지. 선황을 구해 내 도성에서 벗어난 그 밤은…… 뭐라 말해야 할지 모르겠군. 참으로 강호인의 의와 협에 감탄하였어. 그때 목숨을 부지하셨기에 후에 용상에 앉으신 것이니, 태후로서나 아내로서나 감사해야 마땅할 일이네."

"부친은 그저 은혜를 갚았을 뿐입니다. 감사는 당치 않습니다."

관호는 그렇게 말하고는 한 모금 차를 마셨다. 커다란 손에 쥔 작은 찻잔이 비현실적으로 보였다.

"헌데 왜 작위를 받았다는 소리를 듣지 못하였지? 가히 공신의 반열에 오를 만한 분인데."

"선황께서 제의하셨으나 부친께서 거절하셨습니다. 형제를 도운 일로 지위를 받아서야 당치 않다고 말입니다."

"그러면, 현희장공주와는 어떻게 인연이 닿았나?"

물에 타듯 매끄러운 연결이었다. 관호조차 순간 찻잔을 멈칫하였을 정도였다. 과연 태후의 수완은 뛰어났다.

"마마, 그것은―"

"장공주가 아니라 부마에게 듣고 싶으려. 어차피 장공주는 혼인이 결정될 적에 의식조차 없지 않았소? 이 어미가 보기에는 외려 장공주도 함께 귀를 기울여야 할 이야기인 듯한데."

화영이 끼어들었으나 태후는 부드러운 어조로 막았다.

"부마는 강호인답게 사직에 공을 내세우는 성품이 아니니, 분명 장공주에게도 어찌 혼례를 올리게 되었는지 세세히 설명하지 않았겠지. 그야 이미 황상의 명으로 치러진 것이라 새삼 되짚어 보기도 황송했을 것이고. 하지만 딸 가진 어미의 심정을 이해한다는 부마이니, 여기서 설마 말하기를 거절하겠나?"

다소 공격적인 어조였다. 웃는 낯은 여전했지만 태후의 눈빛은 얼음처럼 맑았다. 관호가 어떻게 부마가 되었는지 낱낱이 알지 않고는 자녕궁 밖으로 보낼 생각이 없다는 의지가 분명하였다.

이렇게 되리라 예상은 했지만…… 화영은 가까스로 울상을 짓지 않기 위해 눈썹에 힘을 주었다. 각오는 했으나 벅찬 일이었다. 복합적인 감정의 소용돌이가 배 속에서 윙윙거리는 것 같았다. 선을 긋기 위하여 애써 묻지 않았던 관호의 과거를 태후 앞에서 듣게 된 것이 미안한 동시에 두려웠다.

그때였다. 자그마한 접시 하나가 커다란 손에 의해 화영의 다과상으로 넘어왔다. 앵두로 물들인 귀여운 한입 크기의 떡들이었다.

"드시오."

화영은 떡을 한 번 보다가, 관호의 얼굴을 한 번 보다가, 다시 떡을 보고, 관호를 쳐다보았다.

순간의 어색한 침묵을 방 상궁이 능숙하게 깼다.

"과연, 신혼이십니다. 장공주와 부마의 금슬이 참으로 돈독하시군요."

방 상궁의 말에 화영의 얼굴이 순식간에 붉어졌다. 화영이 푹하고 고개를 숙이자, 태후가 짧게 웃는 소리를 내었다.

관호는 최대한 간결하게 설명을 시작했다. 자신의 감정이나 생각은 철저하게 배제했고, 오로지 사실만을 나열하였다.

관호의 부친은 아픈 부인을 두고 하주의 고향을 떠날 수밖에 없었다. 오황자의 난에서 선황을 구하기 위해서였다. 하지만 그 와중에 결국 관호의 모친은 사망하고 말았다. 부인의 곁을 지키지 못했다는 죄책감으로 인해 관호의 부친은 그 뒤를 따라가고 말았다.

관호는 채 눈을 감지 못하고 돌아가신 부모의 명복을 빌고 죗값을 대신 씻기 위해 불교에 귀의할 예정이었다. 아우가 누이들을 건사할 수 있을 때까지 가족들을 돌보았다. 그 이후 용중사로 향했는데, 마침 그것이 올해였던 셈이다.

"죗값이라니? 부마가 무슨 죄를 지었다고?"

"저 역시 부친을 따라 선황을 구출하러 집을 비워야 했습니다. 아버지께서 도성 안으로 잠입하러 가셨을 적에 저는 강주로 향해 두 분이 머무실 은신처를 마련했지요. 결과적으로 모친의 상을 지키지 못하였으니 죄인인 셈입니다."

"보기 드문 젊은이로군, 정말이지."

태후마저 고개를 저었다. 관호는 개의치 않고 말을 이었다.

"그렇게 용중사에서 금정 법사를 뵙고 제 뜻을 밝혔습니다. 허나 잠시간 만류하시더군요."

"무어라고 말인가?"

"명확히 까닭을 말해 주시지는 않았습니다. 그저 어울리지 않는다고만 하셨습니다."

"하긴……."

태후는 말꼬리를 흐렸지만 자녕궁 안의 모두가 같은 생각을 했으리라. 남색 옷을 입은 관호는 까무잡잡한 피부 덕에 더욱 건장하게 보였다. 시원스레 쭉 찢어진 눈은 용처럼 강렬했고, 커다란 뼈대에 단단하고도 강하게 붙은 근육들은 비단옷으로도 가릴 수 없었다.

"정 제 뜻이 확고하다면, 일단 두어 달간 용중사에 머물며 지켜보자 하셨습니다. 그렇게 용중사에 머물던 중 장공주께서 와병하셨고, 법사께서는 저를 부마로 폐하께 천거하신 것입니다."

할 말은 모두 끝났다는 듯 관호가 다시 찻잔을 들어 올렸다. 말없이 듣기만 했던 화영도 덩달아 목이 탔다. 덩달아 차를 훌쩍 들이켰다. 그런 그들의 모습을 유심히 지켜보던 태후가 나지막한 목소리로 말했다.

"그런데 말일세, 내내 마음에 걸리던 점이 있다네."

"말씀하십시오."

"현희부에서 혼례가 치러졌을 즈음, 장공주는 이미 의식이 없었네. 태의들도 모두 두 손을 들었지. 솔직히 말하자면 나 역시 마음의 준비를 끝낸 상태였어. 헌데 어째서 그런 상태의 공주와 혼례를 한 건가? 황상은 무슨 연유로 혼인을 추진하신 것이지?"

태후는 관호의 눈을 똑바로 쳐다보며 말을 이었다.

"민간에서야 처녀로 죽은 딸이나 누이가 안타까워, 마찬가지로 박명한 청년의 집안과 사주단자를 주고받고 넋으로나마 혼인을 치러 준다지. 허나 황실은 지엄한 곳이네. 그런 사술은 결코 용납하지 않아. 하물며 자네는 이처럼 건강하지 않은가? 오늘내일하는 병자도 아닌 젊은이를 어째서 다 죽어 가는 공주와 성가시킨단 말인가? 무슨 까닭으로?"

"공주께는 올해 들어오는 큰 액이 있었습니다. 폐하와 금정 법사께서 그를 보시고 저를 사용하신 것입니다."

"사람 액막이로 말인가? 인간 부적으로?"

"그렇게 보실 수도 있겠지요."

"허면, 올해만 지나면 액이 사라지니 그걸로 다 된 일인가? 혹은, 만에 하나 자네와 헤어진다면 장공주가 다시 앓아누우리라는 말인가?"

관호가 입을 다물었다. 정곡을 찔려서가 아니었다. 놀랍게도 그가 지금 온몸으로 풍기는 기운은 다름 아닌 불쾌함이었다.

입을 일자로 다물고, 선명한 눈썹은 산 모양으로 굳었다. 그리고 쭉 찢어진 외꺼풀의 눈은 무엇이라도 베어버리는 칼날처럼 태후를 직시하고 있었다.

"이해하지 못하겠습니다."

방금 전까지만 해도 그가 다정했다는 착각까지 들 정도로 서늘한 목소리였다. 수십 년을 황궁에서 살아남았던 태후조차 순간 표정을 갈무리하지 못할 정도였다.

"장공주마마께서도 아시겠지만, 부마도위란 책임이 큰 위치이지요. 먼 지방에 난적(亂賊)이 기승을 부리거나 외적이 침입할 적에, 믿을 만한 지휘관으로서 황제 폐하께서 친히 봉하여 쓰이기도 하옵니다."

어색해지기 일보 직전, 방 상궁이 고개를 낮추고 입을 열었다.

"태후께서 하시고자 하는 말씀은, 그러한 경우 성지를 받아 부마께서는 현희부를 떠나셔야 할 터인데, 두 분께서 멀리 헤어져 계실 때 혹여 액이 되돌아올까 걱정스럽다는 뜻이옵니다."

"그래, 바로 그 뜻이오. 나이가 드니 말주변도 둔해지는군. 아, 뒷방 늙은이의 주책이니 마음에 두지 마시오."

방 상궁이 가까스로 기회를 잡아 내자, 태후는 그것을 놓치지 않았다. 자연스럽게 유감이라는 눈썹을 팔자로 만들고는 옷소매로 입가를 가렸다. 태후가 저렇게까지 나오니 관호도 더는 냉랭할 수 없었다. 불쾌한 기색을 갈무리하고 읍을 하며 답하였다.

"제가 들을 적에는 올해의 큰 액이라 하였으나, 그 액이 지나갔는지 아니면 다시 돌아올 수 있는지까지는 알지 못합니다. 후에 황외숙을 뵙거든 여쭈어보도록 하지요."

"그래, 그러면 꼭 내게도 답을 알려 주어야 하오. 현희장공주는 금상께도 하나뿐인 누이이지만 내게도 귀한 따님이니까."

"그러도록 하지요."

눈치를 살피던 화영이 재빨리 끼어들었다.

"마마, 이제 물러가도 될런지요? 장양전으로 가서 폐하의 간호를 할까 합니다. 황후께서 밤을 새우셨을 것이라, 지금이라도 제가 대신하여 곁에서 시중을 들고 싶습니다."

"아아, 그렇지. 장공주가 근래에 황상을 간호하느라 고생이 많소."

태후가 빈 찻잔을 방 상궁에게 건네며 대답했다. 그녀로서도 이 만남을 굳이 더 끌 까닭이 없었다.

"하지만 무리하지 마시오. 장공주도 쾌유한 지 얼마 되지 않았으니까. 게다가 황상의 간호야 황후뿐 아니라 금 귀비도 있지 않소. 황궁에 사는 비빈들이 성심껏 살필 터이니, 신혼인 장공주가 매번 현희부와 오갈 필요는 없지."

화영은 대답하는 대신 고개를 살짝 숙였다. 금 귀비를 화제로는 한 마디도 이야기를 나누고 싶지 않아서였다.

화영과 관호는 자리에서 일어나 태후에게 반듯하게 인사를 올렸다. 겉으로는 젊은 장모와 강직한 사위, 사랑스러운 딸의 모습이었으나 그 속은 혼란과 계산으로 뒤섞인 구렁텅이였다.

그들이 물러나는 모습을 보며 태후가 한숨 쉬듯 말했다.

"황상의 병증이 장공주 때와 흡사해. 부디 황상은 인간 액받이를 들이지 않고도 쾌차하시기를 빌어야지."

* * *

주영은 잠시 눈을 뜨는 듯싶더니, 다시 잠들었다.

화영의 얼굴을 보고 애써 미소를 지으려는 것도 같았다. 하지만 푹푹 꺼지는 모래 수렁 속에 빠진 듯 수마로 잡아당기는 병마 때문에 도저히 맨정신을 유지하지 못하는 것이었다.

"태의는 뭐래요?"

"풍한이라지요. 과중한 업무에 양기가 상하였다고……."

은요의 눈 밑에 드리운 그림자에 화영은 한숨만 내쉴 뿐이었다.

"그냥 고뿔이면 이럴 리가 없잖아요? 오빠는 생긴 것만 얌전하지 엄청난 강골이라구요. 그 산속 한겨울에도 새벽같이 일어나서 나무패고 공부하던 사람인데……!"

"알지요. 헌데 태의들이 입 모아 저리 말하니 어쩔 수 있겠어요?"

답답해서 가슴과 머리가 펑 하고 터질 것만 같았다. 화영은 침상에서 벌떡 일어났다. 손에 쥐고 있던 적신 물수건도 은 대야에 대충 던져 넣었다. 그리고 침전 안을 우리에 갇힌 짐승처럼 빙글빙글 돌았다.

"민간의 의원들은 부르셨어요?"

"친정에 언질을 주었으니 곧 입궁하겠지요. 비밀리에 진행하다 보니 다소간 느릴 수밖에 없네요."

"비밀리요? 왜요? 내가 아플 적에도 궁 밖 의원들을 수소문하려 했잖아요?"

은요가 화영의 질문에 잠시 망설이다 답하였다.

"황제 폐하께서 아프신데 태의들이 답을 찾지 못하였다면…… 민심이 어지러워질 수 있으니까요."

아. 화영은 부끄러움에 입을 다물었다. 차마 거기까지는 생각하지 못했던 것이다.

똑같이 아파 누워도 오빠와 자신은 입장이 달랐다. 기껏해야 오빠와 외숙, 새언니와 은룡의 정 정도만 가진 화영과는 달리 오빠의 어깨에는 종묘와 사직이, 이 나라의 운명이 얹혀 있었다. 화영은 잠시 멈추었던 발걸음을 다시 놀렸다. 계속 움직이지 않으면 과열된 찻주전자처럼 뚜껑이 쨍그랑 터질 것만 같았다.

"아침부터 저렇게 잠만 자는 거예요? 일어나서 앉지는 않고?"

"유독 피곤하신지…… 가끔 눈은 뜨셔도 말씀도 길게 하지 않으시네요. 앉혀 드려 미음이나마 조금 드시게 했는데 그도 많이는 못 드셨어요."

불안했다.

혈육이 아플 적에 느끼는 심적인 고통이 아니었다. 보다 원초적이고도 직관적인 초조함이, 까닭 모를 불안함이 화영의 심장을 뛰게 했다.

"공주, 앉으시오. 그러다 넘어지겠소."

긴 치맛자락과 하늘거리는 피백을 걸치고도 종종걸음을 멈추지를 못하니, 그 모양을 보고 있던 관호가 결국 한마디를 하고 말았다.

"난 괜찮아요."

"태후의 말씀이 맞소. 공주도 병마에서 쾌유된 지 얼마 지나지 않았소. 이리 무리하면 다시 몸이 약해질지도 모르오. 편치 않은 마음은 알겠으나, 우선 앉으시오."

그때였다. 문득 스쳐 지나가는 목소리가 있었다.

-황상의 병증이 장공주 때와 흡사해. 부디 황상은 인간 액받이를 들이지 않고도 쾌차하시기를 빌어야지.

설마.

화영은 갑작스레 고삐를 잡히기라도 한 것처럼 우뚝 멈춰 섰다.

높은 단상 위의 화려한 침상, 그 위에 누워 식은땀을 흘리며 잠든 오빠를 쳐다보았다. 기시감이 들었다.

얼마 전 자신의 모습이었다.

* * *

관호는 좀처럼 대문 앞을 떠나지 못했다.

굳게 닫힌 현희부의 대문은 언제 주인이 나갔냐는 양 고요하게만 보였다.

"이게 무슨 난리요? 부인이 어딜 갔다고?"

저쪽에서 다급히 달려오는 기척이 있었다. 고개를 돌리지 않고도 알 수 있었다. 맹타안의 목소리였다.

"공주는 용중사에 가셨소."

"용중사? 거긴 왜?"

"처외숙을 급히 뵈어야 한다고 하더군."

"그 땡중을?"

관호는 더는 대꾸하지 않았다. 노랗고 푸른 여름 어스름이 공기를 물들였다. 미지근한 바람이 연꽃 향기를 품고 날아들었다. 그 가운데서 그는 공주가 떠나고 닫힌 대문만을 바라보았다.

"그래, 빙모를 뵈러 갔단 소리는 들었소. 헌데 왜 아직까지도 옷이 그 차림이오?"

어딘지 관호가 이상하다 느꼈는지, 세세히 뜯어보던 맹타안이 눈살을 찌푸리며 물었다.

"설마 옷을 갈아입을 여유도 없이 떠난 것이오? 부인이?"

그건 아니었다. 물론 공주는 그러고도 남았지만, 침혜가 이를 악물고 말렸다. 송화빛 비단 치마에 금실로 수놓인 피백을 두르고, 머리에는 금과 옥을 한껏 틀어 올린 채 용중사에 가면 사람들이 참으로 선녀가 납셨다고 감탄하겠다며 말이다. 결국 급하게 단장을 내려놓고, 단정하고 무난한 평복으로 갈아입었다. 이전의 탈출 이후 아예 공주 몫으로 침모가 만들어 놓은 무명옷이었다.

"잠깐. 이 시간에 절로 갔다고? 그 절이란 게, 코앞에 있지는 않을 거고······ 이래서야 부인이 제때 도착할 수 있겠소? 차라리 내일 가는 게 낫지 않나?"

관호는 고개를 들고 하늘을 응시하였다. 파랑과 노랑, 주황이 뒤섞인 황혼 녘을 지나 차차 보라색으로, 남색으로 어두워지는 광경은 참으로 아름다웠다.

"급한 용무라지 않았소. 그야 거리는 꽤 되지. 거리도 거리지만 가는 길이 험하오. 용중사는 도성 밖 용중산에 있는 사찰이니까. 허나 급히 재촉한다면 어둡기 전에 도착할 거요."

천천히 말하는 자신의 목소리가 어딘지 낯설다고 관호는 생각했다. 그제야 맹타안에게로 몸을 돌리며 한숨을 내쉬었다.

"뭐?"

맹타안이 펄쩍 뛰었다. 그의 창백한 푸른 눈에 불꽃이 튀었다. 당장에라도 청지기더러 말을 꺼내오라 고함을 칠 기세였다.

"그럼 그 험하고 외진 산골짝에 부인 혼자 갔단 말이오? 그걸 놔뒀소? 미친 거요?"

"은 부마가 함께 갔소."

"은 부····· 그 애송이가?"

"은 부마는 어려서부터 용중사에 자주 오갔으니, 길을 잘 아오. 그리고 공주가 원했소. 은 부마와 동행하기를."

일그러지는 맹타안의 표정을 보며 관호는 씁쓸한 입맛을 애써 잊으려 했다. 자신의 표정 역시 맹타안처럼 알아보기 쉬울까 두려웠다. 평정을 유지하려 했으나 쉽지 아니하였다.

어째서 공주는 관호 그를 청하지 아니하였을까?

은룡이 퇴청하기만을 발을 동동거리며 기다리는 그녀를 보는 순간, 관호는 그로서는 몹시 드문 충동에 휩싸였다.

'어째서 나와 가지 않는 것이오?'

은룡이 한순간만 늦게 도착했다면, 관호는 기어코 그 물음을 내뱉고야 말았을 터였다.

태후와의 대화에서 뭔가 실마리를 잡은 것이라면, 그에 동석하였던 관호와 가는 것이 옳지 않은가? 하물며 관호는 당시 그녀의 바로 옆에 있었다. 그 역시 용중사로 오가는 길을 잘 아니, 은룡이 현희부로 돌아오기를 기다릴 하등의 이유가 없었다.

그런데, 그녀는 왜.

'아직도 수양이 부족한 것인가.'

관호는 깊게 심호흡을 하였다.

'단순히 은혜를 갚는 일이라 여기고 임하였건만.'

선황은 그의 아버지가 작위를 거절하였음에도 내내 공신으로 여겨 대우하였고, 사망 소식을 듣고는 정식으로 추존하려는 의도를 내보였다. 하지만 장자였던 관호가 단호하게 거절하였다. 부친의 의지가 확고하였거늘 돌아가셨다 하여 손바닥 뒤집듯 바꿔서야 아니 될 일이라고 말이다. 그러자 선황은 비공식적으로나마 매년 녹을 내리고, 관가의 일원들을 평생 지원해 주겠다고 제안하였다. 고지식한 관호는 그조차 받아들일 생각이 없었다. 아우가 설득하지 아니하였다면 분명 거절하였을 터였다.

─형님, 저와 형님은 그렇다 쳐도 누이들을 생각해야 하지 않겠습니까? 아직 철부지들입니다. 한참 어립니다. 먹이고 보살피는 일이야 손위 형제로서 못할 것 없으나, 후일까지 생각하면 제대로 준비하지 못할까 염려됩니다. 누이들이 조실부모하였으니 지참금이라도 든든하게 준비해 놓지 않으면 후에 누가 흠이라도 잡으려 들지 않겠습니까? 우리의 완고함으로 황실의 도움을

내친다면 부모님께서 눈을 감지 못하실 것입니다.

위로는 부친 간의 의리가, 아래로는 입은 은혜가 있으니 기꺼이 액막이 혼인에 응하였다. 태후의 눈이 옳았다. 그는 인간 부적이었다. 공주가 원하는 대로 쓸 수 있는 도구였다. 그러한즉 그녀가 바라는 대로 움직였다. 강로 세자와 남려 기도위 사이를 중재하였고, 이 기묘한 혼인이 혼인답지 않도록 일체의 성적인 긴장감을 끊어 놓았다.

그런데도 이 기분은 무엇인가?

헤어짐을 운운하던 태후 앞에서 느꼈던 불쾌감은, 그리고 지금 대문 앞에서 떠나지 못하는 어리석은 미련은.

'공주는 깨끗하고 꾸밈없는 인품을 가진 사람이다.'

거기서 끝나야 한다. 그 이상을 생각해서는 아니 될 일이다.

"잠깐, 잠깐. 그럼 부인이 오늘 돌아올 수는 있는 거요?"

"어려울 거요."

맹타안의 눈 속에서 관호는 여태껏 자신을 문 앞에 묶어 두었던 두려움을 읽었다.

"용중산은 규모가 크고 산세가 가파르오. 해가 지고 나면 짐승이나 오르내릴까, 사람은 어렵지."

"그러면 거기서 부인이 밤을 새울 거라는 뜻이오? 그 애송이 놈과 같이?!"

"……."

"이런 도둑고양이 같은 놈을 보았나! 얌전한 척 고고한 척은 혼자 다 하더니, 부인과 단둘이 밤을 지새우려고 이런 수를 써?!"

관호는 입을 다물었다. 어떤 말을 한다 해도 맹타안이 곧이곧대로 받아들이지 않을 것임을 알아서였다.

그야 동침하지는 않겠지. 용중사에서 자랐다 하니 분명 공주의 거처가 따로 있을 것이다. 그렇다면 공주는 게서 묵을 것이고, 은룡은 따로 방을 받겠지. 공주의 안전을 위하여 지척으로 가까운 처소를 줄 수는 있겠지만,

한방을 쓰지는 않으리라. 그럴 터였다. 그래야만 하였다.

하지만 용중사는 언제나 붐비는 곳이다. 전국 각지에서 각기 다른 기원을 가진 불자들이 찾아와 순례를 하고, 머물며 기도를 올리고는 하였다. 여름이라 짐도 가벼우니 폭설로 길이 끊길 위험이 있는 겨울보다 더 많은 방문객이 드나들고도 하였다. 그러니 만일 남는 방이 없다면? 귀하신 장공주가 오셨으니 어떻게든 한 칸은 만들어 낼 수 있겠지만, 은룡이 묵을 곳이 없다면?

'아니, 허튼 생각이다.'

관호는 고개를 저었다. 그리고 엄한 표정을 지으며 맹타안에게 말하였다.

"괜한 일은 마시오, 맹 부마. 맹 부마는 황제께 보고하지 않고서는 함부로 도성을 떠날 수 없는 신분 아니오. 용중사가 도성과 근처이기는 하나 성문을 나가야 함은 확실하니, 아무리 공주가 염려된다 하여도 멋대로 따라갈 수는 없소."

"이⋯⋯!"

당장 말을 타고 달려 나갈 기색이던 맹타안이 흠칫 멈추었다. 관호의 말이 옳아서였다. 사실 맹타안 그 자신도 진작 알고 있던 사실이었다. 그는 결코 공주를 쫓아 용중사로 달려갈 수가 없었다. 그게 가능했다면 여기서 관호와 가타부타하는 대신 진작 현희부를 박차고 나가 말을 달렸겠지. 아! 한 곳에 묶여 있다는 사실보다 강로인을 비참하게 하는 일은 없었다.

"그러면 당신은 왜 가지 않소? 당신은 매번 으스대듯이 첫 번째 부마이고 옥편에 기록된 이름자가 아니오? 당신이라면 매인 것도 없고 허락받을 이유도 없으니 당장 망할 절로 쫓아가야 도리 아니오? 작고 연약한 부인이, 그 외진 산중에 어린놈 하나만 달고 머물게 놔두는 게 말이 되오? 그놈이 부인에게 무슨 짓을 할까 걱정되지도 않소? 왜 여기서 이러고 있는 거요?"

"은 부마는 자신의 의무가 무엇인지 잘 알고 있소."

관호는 자신의 입이 말랐음을 깨달았다.

"결코 공주에게 해가 가는 일은 하지 않을 것이오."

"그렇겠지, 그렇게 믿어야겠지."

맹타안이 악에 찬 듯 얼굴을 찌푸리며 빈정거렸다.

"하지만 부부간에 정을 나누는 게 해는 아니지 않소?"

"공주를 두고 그런 이야기는 거북하오. 말을 조심하는 것이 좋겠소, 맹 부마."

"당신은 참으로 부인에게 아무런 감정도 없는 게요? 그래서 이처럼 태연한 건가?"

관호는 대답하지 않았다.

* * *

은룡은 화영과 금정이 대화를 끝내기를 기다리고 있었다.

산중은 이미 어둠으로 물들었다. 어름어름 저 멀리 선 산등성이들은 희끄무레한 안개를 덧입고 나른하게 잠들 준비를 마쳤다. 하나둘 석등의 입 안에 불이 들어왔다. 촛불을 켠 전각들의 속삭임과 탑을 돌며 기도하는 간절한 속엣말들이 멀어졌다 가까워지며 그의 가슴을 간질였다.

화영만큼이나 은룡 역시도 오랜만에 돌아온 용중사였다. 마음이 벅차오를 만큼 반가운 동시에, 놀라울 만큼 낯설게 느껴졌다. 크고 작은 전당들도 스님들과 객들이 머무는 요사들도 옛 모습 그대로이건만 그의 가슴 한구석에 일렁이는 이질감은 무엇일까?

'산이 변한 것도, 절이 변한 것도 아니야. 내가 변한 것이겠지.'

은룡은 잠시 고개를 숙였다. 어스름을 덧입은 흰 마당이 어딘지 슬프게 보였다.

갑작스러운 용중사 행에 당황하지 않았다면 거짓이다. 퇴청하여 옷만 갈아입고 바로 끌려나가니, 제대로 연유조차 듣지 못하였다. 하지만 순순히 따랐다. 어쩌면 다른 부마들이 뻔히 현희부에 있음에도 저를 기다리셨던 것에 조금은 설레고, 조금은 뿌듯하여서일지도 모르겠다. 공주께서야 그저 용중 사 하면 은룡 저가 연결되니 별생각 없이 고르신 것이겠지만, 다른 부마들에 게는 분명 다르게 느껴졌을 것이다.

화영과 함께 대문을 나설 때 배웅하던 관호의 표정이 떠올랐다. 원래도 점잖은 사내였지만 은룡과 눈이 마주친 그는 낯설 만큼 고요해 보였다. 균 열이 일어나기 직전의 겨울 호수 같은 고요함.

화영은 말을 탔다. 마차를 타고 가십시오 하였지만 시간이 없다고 딱 잘 라 거절하였다. 일리가 있기는 했다. 결국 여분의 말 한 마리를 더 데리고 가는 조건으로, 은룡과 화영 둘 다 말을 타고 가기로 하였다. 만일 화영이 말을 타다가 서툴러 속도가 느려지거나 다칠 것 같다면 은룡의 앞에 태 우고, 두 사람의 무게에 말이 지치면 갈아타고 또 갈아타는 식으로 대응할 계획이었다. 헌데 이게 무슨 일인지. 화영은 승마를 배운지 두 달도 되지 않은 사람이라고는 믿기지 않을 만큼 말을 잘 탔다. 인정하고 싶지는 않지 만, 과연 강로인 스승이 쓸 만은 했던 모양이었다. 그렇게 그들은 지나치게 늦게 전에 용중사에 도착하였다.

하지만 지금은 벌써 밤이다.

'여기서 묵으실 생각이신가.'

그야 그렇겠지. 깊은 밤 용중산이 얼마나 위험천만한지는 여서 자란 화 영 그녀야말로 잘 알 것이다. 은룡은 괜히 주먹을 쥐었다 폈다 하며 고개를 저었다. 까닭 모를 긴장감에 속이 아파 왔다.

금정과 화영이 문을 열고 나온 것은 그로부터 한 각 뒤였다. 눈이 어둠 에 익숙해진 은룡은 열린 문 뒤로 퍼져 나오는 촛불의 빛에 미간을 찡그릴 수밖에 없었다.

"왜 여기 서 있어? 어디 들어가 있지!"

화영은 은룡의 표정을 기다림에 지친 고통으로 해석한 모양이었다. 깜짝 놀라서 섬돌을 밟고 돌계단을 두 단식 뛰어 내려온다. 그리고는 은룡의 바로 앞까지 다가서는, 손을 뻗어 그의 어깨와 뺨을 감싸 쥐었다.

"여름이라도 여긴 한밤중이면 쌀쌀하단 말야. 오랜만에 와서 까먹었어? 이거 봐, 얼굴 차갑네. 감기 들려고 그래?"

이것은 남려의 장공주가 기도위에게 하는 행동이 아니었다. 용중사의 평민 소녀가 허약한 귀족 꼬마를 달래는 다정함이었다.

순식간에 세월이 되감기는 것만 같았다. 어머니와 누이를 따라 용중사에 온 첫날로 되돌아온 것만 같았다. 하지만 그는 더 이상 기침을 앓던 소년이 아니었다. 은룡의 뺨을 손으로 감싸기 위해 화영은 분명 뒤꿈치를 들고 있을 것이다.

은룡은 화영의 손길에 어찌 반응할지를 모르고 굳어 버렸다. 물러서야 함을 아는데 그럴 수가 없었다. 실로 오랜만에 닿는 사모하는 분의 체온이었다.

"거, 절간에서 적당히 해라."

돌계단을 내려오며 금정이 우스갯소리 하듯 툭 내뱉었다. 그제서야 화영이 은룡에게서 떨어지고는 외숙에게로 몸을 돌렸다.

"제 방, 아직 있어요?"

"어이구, 금마차 타고 승천해 놓고 이 산중 방 한 칸에 욕심을 내?"

"설마, 없애셨어요? 아니죠?"

"없앤 건 아니지. 헌데 지금은 자리가 없어."

"네?"

고르게 정리된 마당까지 내려온 금정이 산적 같은 얼굴로 투덜거렸다.

"무진 법사가 올해는 여기서 설법을 해서 말이다, 묵으러 온 객으로 가득 찼다. 방을 비워 둘 수가 없었어. 아무리 여름이라지만 빈방을 지키느라 산 사람을 밖에다 재우지는 못할 노릇 아니냐."

"그럼 제 물건들은요? 물건들은 괜찮아요? 오빠 거는요?"

"그건 염려 마라. 내가 니 성질을 모를까? 지 물건에 손대면 산밑까지 들릴 정도로 용천하는데? 너랑 주영의 짐은 따로 정리해서 광에 잘 두었다.

사람들이 내려가면 다시 가져다 둘 거다."

"아, 그러면 됐어요. 어쩔 수 없죠."

금정의 대답에 화영이 시원하게 대꾸했다.

"그런데 우린 그럼 어디서 자요? 우리가 밖에서 노숙하게 생겼네?"

"저는 괜찮습니다. 마마께서 묵으실 곳만이라도……."

"말이 노숙이지, 장공주라는 녀석이 절 마당에서 자는 게 가당키나 해? 허튼소리 마라. 헌데 정말 마땅한 자리가 없구나. 무진 그놈이 어찌나 끌고 왔는지, 없는 처소도 만드느라 온갖 짐은 다 박아 놔서 헛간도 꽉꽉이야. 그러게 미리 연통이라도 하고 와야지, 이게 뭐냐?"

"어쩌겠어요, 그럼? 오빠 일인데."

화영이 입을 삐죽이며 투덜거렸다. 하지만 외숙이 진심으로 탓하는 것이 아니라, 습관처럼 놀리는 것임을 알아서인지 기분이 상한 기색은 아니었다.

"아, 그래. 한군데 있긴 하다. 너희가 잘 만한 데가."

곰곰이 생각하던 금정이 갑자기 박수를 쳤다.

"헌데 괜찮으려나 모르겠다. 하도 외지고 낡아서 말이야."

"괜찮습니다. 하룻밤인데요. 아가씨만 편히 주무실 자리면 됩니다."

"흐흥, 귀신 나오는 암자인데도 말이냐? 정말 괜찮겠어?"

웃음 섞인 금정의 말에 화영이 꽥 소리를 냈다.

"진짜요?! 놀리려는 거죠? 진짜 거기라고? 거기 가서 자라구요?"

"등 대고 누울 방은 거기뿐이야. 그래도 흙바닥에서 자는 것보단 낫지. 나흘 전에 한 번 청소도 했으니 그리 흉한 꼴은 아닐 거다. 썩 가서 자거라. 새벽같이 입궁해야 하니까."

"외숙!"

화영이 발을 구르며 금정의 가사 자락을 잡아당겼다.

"일부러 그러는 거 맞죠? 우리 놀리려고?"

"니들이 내가 놀린다고 놀려질 나이냐? 말만 하게 커서는. 자, 힘쓸 놈은 이리 와서 이부자리나 좀 받아 가라.”

귀신이 나오는 암자란 용중사 맨 뒤편의, 으슥하게 동떨어진 작은 건물이었다. 본래는 정양하려는 노승이나 벌을 받는 동자승이 머물던 용도였는데, 근 십수 년 사이에는 사실상 비워진 채였다. 현판도 떨어졌고 이름도 지워진 데다 주위를 온통 대나무가 둘러싸고 있어서 낮에도 어딘지 으스스한 분위기가 풍겼다. 그래서 화영이 용중사에서 자라면서, 그리고 은룡까지 그 사이에 끼어 놀면서 어린 마음에 붙인 이름이 귀신 나오는 암자라는 것이었다.

물론 거기서 참말 귀신을 본 적은 없었다. 하지만 오랫동안 불러온 이름이 주는 오싹함이 있지 않은가. 화영은 어려서부터 한 번도 그 암자를 좋아해 본 적이 없었다. 주영은 그 한적함이 마음에 들어 가끔 머리를 식히거나 공부의 진도가 나가지 않을 때 한나절씩 보내고 오고는 했지만, 화영은 오빠가 그러는 것조차 질색할 만치 그 암자를 싫어하였다.

그런데 거기서 하룻밤을 묵어야 하다니!

은룡이 이부자리며 베개며 갈아입을 간단한 옷가지를 받으러 가는 중에도 화영은 굳이 따라붙었다. 혹시 빈 곳이 없는지 찾으려는 것이었다. 허나 금정은 거짓말을 하지 않았다. 정말 여기저기 사람이 없는 곳이 없었다. 규모가 큰 용중사가 버거워할 만치 인파가 몰리다니, 무진 법사의 명성이 참으로 대단하다 할 만했다. 처음에는 눈을 반짝이며 이리저리 둘러보던 화영도 시간이 지나자 우거지상이 되며 말을 잃었다. 그 모양이 귀여웠지만 은룡은 차마 티를 내지 못했다. 그랬다간 안 그래도 바닥을 치고 있는 화영의 마음이 더 상할 것 같아서였다.

그래도 아끼는 조카가 죽상인 것이 마음에 걸렸는지, 금정은 친히 암자까지 은룡과 화영을 데려다주었다.

“자, 봐라. 얼마나 깔끔하냐? 니 방보다 솔직히 더 깨끗할 거다. 귀신이 나오면 화영 네 방에서나 나오겠지. 공주가 된 게 참말 다행이야. 남이 치워 줄 테니까. 안 그러냐?”

과연 화영과 은룡이 기억하던 것보다는 말끔하게 단장된 모습이었다. 무진 법사의 설법이 정해지고 나서 몰릴 인과를 생각하여 사람이 묵을 만하도록 수리한 모양이었다. 듬성듬성 잡초가 자라고 있던 깨진 기와도 같았고, 이끼로 뒤덮여 있던 댓돌도 싹 닦아 냈으며 끄트머리부터 썩어 가던 대청마루도 군데군데 교체한 티가 났다. 그럼에도 화영의 얼굴은 여전히 축 처져 있었다. 은룡은 금정에게 대신 인사를 올렸다.

"감사합니다, 법사님. 허면 내일 묘시에 내려가 기다리고 있겠습니다. 마침 말도 세 필을 끌고 왔으니, 그중 한 필을 타시면 될 겁니다."

"그래, 물론 너희 두 사람이 오늘 밤 살아남는다면 말이지."

"아, 정말! 외숙!"

금정은 낄낄거리며 손을 흔들고 등을 돌렸다. 금정이 든 등롱불이 새까만 나무 그림자들 사이로 멀리멀리 내려가는 것이 보였다. 밤바람이 불었다. 댓잎들이 몸을 떨었다.

"들어가시지요. 제가 이부자리를 봐 드리겠습니다."

으스스한 기분이 들기 전, 은룡이 눈치껏 화영을 안으로 모시고 들어갔다.

정돈을 해 놓긴 하였지만 원체 연식이 있는 암자였다. 게다가 규모가 작았다. 방 한 칸이 전부였다. 칸막이로 쓸 만한 병풍 하나 없었다. 일단은 한 단 높은 마루 위에 가지고 온 요와 이불을 깔았다. 이불은 두 채였고 베개는 두 개였지만 은룡은 감히 화영 옆에 누울 생각을 하지 못하였다. 그저 화영이 편히 넓게 자기를 바라서 붙여 놓았다. 그는 암자 밖에 서서 밤새 불침번을 설 계획이었다.

"아까 법사님께서 말씀하시기를, 뒤편으로 나가시면 작게나마 물을 끼얹을 수 있는 공간이 있다고 합니다. 시원하고 깨끗한 약수라 하니 더위도 한결 가실 것입니다. 저는 이 앞을 지키고 있을 터이니, 가서 씻으시지요."

불안하게 주위를 둘러보던 화영이 은룡의 말에 얼굴을 찌푸렸다.

"물? 그 물이 어디서 나는 건데?"

"그야……."

은룡은 입을 다물었다. 귀신이 나오는 암자 뒤에 있는 작은 우물에 대해 얼마나 많은 괴담을 풀었는지 그제야 기억이 나서였다.

"그냥 자야지, 뭐. 꼬질꼬질해도 별수 있나. 땀 냄새 나도 참아. 때려죽여도 난 그 우물에서 물은 못 길어."

화영이 털썩 이부자리 위에 앉았다. 퉁퉁 부은 얼굴이었다.

말은 저렇게 하셔도 천성이 깔끔한 분이시다. 한여름에 말을 몰아 이 산중까지 오느라 땀이며 흙먼지를 적잖이 뒤집어쓴 터다. 씻지 않고서야 밤새 뒤척거리며 못 견디실 것이다. 게다가 물을 끼얹지 않고서야 옷도 갈아입지 못하니, 두 배로 괴로워하시겠지.

은룡은 잠시 망설이다 입을 열었다.

"허면 염치 불고하고 제가 먼저 씻겠습니다. 그리고 마마께서 쓰실 물을 충분히 길어 놓겠습니다. 그러면 마마께선 우물 근처에 가실 필요가 없으니, 어떻겠습니까?"

그 말에 화영이 바로 고개를 돌렸다. 커다란 눈이 반짝이며 자신을 응시하는 모습은 언제 보아도 알 수 없는 부끄러움을 불러일으켰다. 은룡은 얼굴을 붉히며 제가 말한 대로 시행하였다.

우물물은 얼음처럼 차갑고 신선하였다. 값비싼 향유 없이도 충분히 몸이 깨끗해지는 느낌이었다. 갈아입은 옷은 낡은 승복이었다. 보풀이 일어나 있었고 매듭이 느슨했다. 그러나 성심껏 세탁하여 볕 좋은 날 말린 천 특유의 따스한 냄새가 났다. 어딘지 마음을 편안하게 해 주는 옷이었다.

화영이 기분이 좋아진 얼굴로 잠자리에 들 준비를 하자, 은룡은 조심스럽게 그녀에게서 두어 걸음 물러서 읍을 하였다.

"저는 앞에서 불침번을 서겠습니다. 부디 편히 주무십시오."

"뭐? 무슨 불침번이야, 여기서 자."

화영이 의아하다는 듯 눈썹을 치켜올렸다.

"종일 일하다가 여태 숨 한번 못 돌린 거 알아. 아무리 네가 체력이 좋아도 밤새는 건 안 돼. 필요도 없는 고생을 무엇 하러 하니? 빨리 와서 누워."

"아, 아닙니다! 제가 어찌 감히 마마와 한 방에서……!"

"너, 귀신 나오는 암자에서 날 혼자 재우겠다고?"

"그, 그건…… 제가 바로 문밖에 있을 터이니…… 무슨 일이 있으시거든 저를 부르시면……."

"귀신 보고 난 다음에 널 찾으라고? 그게 기도위가 할 말이야? 위험한 상황을 미리 방비해야 하는 거 아닌가? 현희장공주께서 귀신을 보고 까무룩 돌아가시면 그 뒤는 어떻게 수습하려고 그러시나?"

"그런 말은 하지 마십시오, 마마!"

"빨리 와서 누워. 내가 벽에 붙을 거야. 너는 바깥쪽에서 자."

"하지만-"

"어허, 본궁의 명령에 불복하려 하는 건가, 기도위?"

이렇게까지 빠져나갈 구석을 주지 않으니 어쩌겠는가. 은룡은 어쩔 줄을 모르는 낯으로 발을 헤매었다.

그래, 이런 분이셨지. 잠시 잊고 있었다. 화영은 은룡을 다루는 법만큼은 친누이인 은요보다도 훨씬 고단수였다. 어려서부터 그러했다. 마음 약하고 상냥한 은요와는 전혀 달랐다. 비겁하고 치사한 술수도 거리낌 없이 써서 은룡을 골탕 먹이고, 억지까지 부려 가며 제 하고픈 놀이를 강요하였다.

헌데 이상한 일이었다. 그게 그렇게 좋을 수가 없었다. 그 퉁명스러움이, 고집과 장난과 놀림이, 어린 그의 가슴을 뛰게 했다.

칠삭둥이로 태어나 잔병치레를 안고 사는 소공자란 은가의 보배였다. 바람 불면 날아갈까 눈을 떼면 깨질까 온 식구가 애지중지하며 보살펴 왔다. 그래서일까. 은룡은 어릴 적 은가보다 용중사가 더 좋았다. 몇 번이고 어머니를 졸라 며칠이고 더 오래 머물렀다. 요양이라는 그럴싸한 핑계를 얻은 뒤로는 보름이고 달포고 묵기도 했다.

자신을 부하로 삼고 솔가지로 칼싸움을 걸어오는 화영이 너무 좋았다. 한순간도 떨어지고 싶지 않았다. 숨이 부치고 손발에서 힘이 풀릴 정도로 힘들 때도 있었지만 그는 버텨 냈다. 용중사에서 보내는 시간이 힘들다는 아주 작은 기미만 있어도 다시는 올 수 없으리란 것을 알고 있어서였다. 뒤돌아서 옷깃을 움켜쥐고, 이를 악물며 헐떡이는 한이 있더라도 그는 참아 냈다. 그녀와 함께일 때만큼은 그는 스스로를 병약한 어린애로 느끼지 않았다. 병약한 어린애이고 싶지 않았다.

　"옛날 생각나네."

　최대한 멀리 누워, 아슬아슬하게 요 끄트머리에 일자로 누워 눈을 감고 있던 차였다. 화영의 목소리가 속삭이듯 들려왔다. 적막한 숲속, 작디작은 암자였다. 어찌나 고요하던지 그녀의 낮은 음성이 바로 귓가에 파고들었다. 그녀의 숨결마저 느껴지는 것 같았다. 은룡은 퍼뜩 눈을 떴다.

　"여기서는 주무신 적 없지 않습니까?"

　"비슷은 하잖아. 이 냄새. 오래된 절에서 풍기는 나무 냄새 말이야."

　분명 세 뼘은 넘게 떨어져 있을 터인데, 어째서 그녀가 깊게 숨을 들이켜는 소리는 이처럼 크게 들리는 것일까?

　"아주 오랜 시간 동안 많은 사람이 선향을 피우면 나무랑 흙벽 속에 스며들거든. 일부가 되어 버리는 거야. 그러면 이렇게…… 한동안 비어 있었어도 여전히 그 향기가 남아. 그래서 절 어디서나 같은 냄새가 나는 거지. 눈을 딱 감으니까…… 예전에 자던 내 방 같아."

　"……."

　"……그리웠어. 아, 정말 좋다."

　화영의 목소리가 그의 이마에, 뺨에, 입술을 부드럽게 스치고 사라졌다. 보이지 않는 선향처럼, 어둠 속에서도 은룡은 그녀를 느끼고 있었다. 심장 박동이 빨라졌다. 뻣뻣하게 일자로 몸에 붙여 놓은 두 팔에 힘이 들어갔다. 주먹을 쥐었다 펴 보았다.

빨리, 뭔가, 이 분위기를 바꾸지 않으면.

"무, 무슨 대화를 하셨습니까?"

"응?"

"아, 아까 말입니다. 급히 황외숙과 하실 말씀이 있다지 않으셨습니까."

어두운 저편에서 화영은 잠시 망설이는 듯했다.

"오빠. 오빠에 대해서 이야기했어."

"황제 폐하…… 말씀이십니까?"

"응."

부스럭거리는 소리가 들렸다. 천장을 보던 화영이 은룡을 향해 모로 눕는 소리였다.

"있잖아, 혹시- 오빠가 나와 비슷하게 아프다는 생각 해 본 적 없어?"

"……비슷하게 아프다니요?"

"증세나, 심해지는 모양새가. 그리고 진이 빠져서 혈색 없는 그 얼굴 같은 것."

화영의 말을 듣고 나니 은룡도 무언가 어렴풋하게 잡히는 것이 있었다. 그러고 보니 그러했다. 화영이 앓던 때와 흡사한 증세가 적지 않았다. 세부적인 요소들이야 의원이 아니니 꼭 집지 못하겠지만, 질려서 핏기가 가신 용안을 떠올리니 저도 모르게 아, 하는 소리가 새어 나올 정도였다. 평소 주영과 화영은 쌍생아이기는 하나 성별이 달라 그저 보통 남매 정도로만 닮았다는 감상이었다. 헌데 침상에 누워 식은땀을 흘리던 그 얼굴만은 충격적일 만큼 똑같았다.

"이전에는 그렇게 생각해 본 적이 없지만…… 마마의 말씀을 들으니 그런 것도 같습니다. 설마 그 문제로 황외숙을 찾으셨습니까?"

"응. 그래서 내일 같이 입궁하기로 한 거야. 외숙이 보시면 보다 확실할 것 같아서."

"하지만……."

은룡은 자신도 모르게 몸을 모로 돌렸다. 그리고 반대쪽에 있을 어둠 속 화영을 쳐다보았다.

"하지만 마마께서는 완쾌하지 않으셨습니까. 방력 대사의 점괘대로 액을 피하였으니까요."

"마마."

"혹시 내가 아플 일이라면? 액막이가 잘못되어서 병마가 남았는데, 내가 아니라 오빠가 가져간 거라면 어떡하지?"

"그럴 리 없습니다."

조그맣게 줄어든 화영의 목소리에 은룡이 자기도 모르게 단언하였다.

"혼례는 완벽했습니다. 황외숙께서 친히 축사를 읊으셨는걸요. 신방에 화촉을 밝혔고, 부마들은 모두 마마를 앞두고 절하였으며 마마와 합환주까지 나누어 마셨습니다. 그 밤은 모두 신방에서 머물며 잠들었지요. 마마께서 눈을 뜨실 때까지 부마 모두 혼례복을 벗지도 않았습니다. 그런데 액막이가 잘못될 리가 없지 않습니까."

한동안 화영은 아무 말도 없었다.

"그래, 잘못되었으면 안 되지. 너도 얼마나 고생을 했는데."

한숨처럼 내쉬는 숨결에는 알 수 없는 불안함이 묻어 있었다.

"자자. 내일 꼭두새벽부터 일어나서 가야 하잖아. 피곤하겠다. 푹 자."

다시 뒤척이는 소리가 났다. 등을 돌리는 소리. 오랫동안 입어 부들부들해진 승복이 거친 이불보에 문질러지며 나는 작은 소음.

"주무십시오, 마마."

은룡은 눈을 질끈 감았다. 하지만 오랫동안 잠들지 못했다.

산중의 밤은 심해보다 깊었다. 해류가 흐르듯 문밖의 댓잎들이 바람을 타고 움직인다. 밤벌레들이 찌륵찌륵 울고, 소쩍새와 부엉이가 앞다투어 한 마디씩 보태었다. 순도 높은 어둠이 눈을 감고 있어도 보일 정도였다. 이 적막함이 오히려 떨어져 누운 상대를 더더욱 의식하게 만드는 것이다.

심장이 터질 것 같았다. 은룡은 손가락 하나 움직일 수가 없었다. 자신이 몸을 일으키거나 고쳐 누우면, 그 소리가 천둥처럼 크게 울려 퍼질 것만 같았다. 감히 장공주에게 음란한 마음을 품은 자가 여기 있다고, 온 세상에 하늘이 쩌렁쩌렁 외칠 것만 같았다.

지금이라도 여기서 나가야 하는 것은 아닌가? 나 자신을 과신한 것은 아닐까?

두 사람이 떨어져 누운 거리가 멀지도 않아서 더욱 죽을 맛이었다. 작은 암자에 간소한 이부자리였다. 넓은 금침에 비할 바가 아니었다. 아무리 은룡이 끄트머리에 가까스로 몸을 걸쳐두었다 해도 워낙에 어깨가 넓고 체격이 좋은 무인이다. 화영과의 사이는 마지막으로 확인하였을 때 세 뼘이었으나 지금은 얼마나 줄어들었을지 하늘만이 알 일이다. 화영은 몇 번이나 뒤척였고, 모로 눕다가 바로 눕다가 하며 자세를 바꾸었다.

어쩌면 바로 옆에 그녀가 있을지도 모른다. 달콤한 체온이 긴장으로 굳어 버린 제 손등에 와 닿는 것만 같아 은룡은 입술을 아프게 깨물었다.

손을 잡아 보고 싶었다.

한 번, 딱 한 번만이라도.

왜 서 있기만 했냐며 그의 뺨과 팔뚝을 감싸 오던 작은 손을, 그 사랑스러운 체온을 다시 느껴볼 수만 있다면. 어쩔 줄 몰라 가만 굳어 있는 것이 아니라, 그녀의 손길에 마주 응할 수 있었다면.

사실 못 할 일도 아니었다. 기도위로서는 대죄겠으나 그는…… 부마가 아닌가. 비록 세 번째라지만, 제 입으로 첩이라도 좋다 울며불며 끼어든 혼인이라지만, 어쨌든 그 역시 붉은 옷을 입고 그녀와 합환주를 나누어 마셨다. 다른 것은 감히 꿈꾸지도 않았다. 그저 그녀의 손을 잡아 보고 싶었다. 손가락 끄트머리만이라도, 한 번만 닿아 볼 수 있다면.

'정신 차려라, 은룡!'

이렇게 무례하고 음란한 놈이라니. 할 수만 있다면 당장 자신의 뺨이라도 때리고 싶었다. 하지만 이 고요함 속에서 차마 화영의 잠을 방해할 수가 없었다. 그러니 엄한 입술만 악물었다.

'폐하께서는 병환에 시달리시거든 기도위라는 자가······! 이 무슨 사사로운 욕심이란 말인가. 이러고 내일 어찌 마마의 옥안을 똑바로 볼 수 있을지······.'

심장이 어찌나 뛰던지 멀쩡한 속이 울렁거릴 지경이었다. 은룡은 마른침을 삼키며 머리를 비우려고 애를 썼다. 눈을 꾹 감고, 꿈에서도 허튼짓을 하지 못하도록 양팔을 몸에 반듯이 붙였다. 매일 무예를 단련하기 전에 하듯 명상이라도 하려는 셈이었다. 비록 통나무처럼 뻣뻣하게 긴장한 자세이긴 했지만, 저 혼자 벌떡 일어나 앉을 수는 없는 일이었다. 화영이 놀라거나 잠에서 깨는 일만은 절대 만들고 싶지 않았다.

은룡 그를 믿기에 거리낌 없이 옆자리를 내어 준 그녀였다. 결코 그 신뢰를 저버리고 싶지 않았다.

'만일······ 내가 아닌 다른 부마였다면? 그랬다 하여도 이처럼 옆에 누우라 권하셨을까?'

불현듯 따귀라도 얻어맞은 것처럼 알싸한 고통이 느껴졌다. 그리고 더 나아가서는 알 수 없는 수치스러움이 몰려들었다. 은룡은 손바닥에 손톱자국이 날 정도로 주먹을 거세게 움켜쥐었다.

만일 공주와 용중사에 온 것이 관호였다면? 맹타안이었다면? 퇴궐하자마자 관호와 함께 용중사에 오는 것도 충분히 가능한 일이었다. 승마를 가르쳐 준 스승인 맹타안과 말을 달려 용중사로 향하는 것도 못 할 일은 아니다. 만일 은룡이 퇴청이 늦어 더는 기다리지 못하셨다면 분명 공주께서는 다른 부마 중 누군가를 데리고 용중사로 향하셨으리라.

그랬다면? 그들도 지금 이렇게 그녀와 나란히 누워 있었을까?

그러지는 못할 것 같았다. 아무리 격식을 차리지 않는 성미의 화영이라도 맹타안이나 관호와 단둘이 눕기는 꺼릴 터였다. 그들이 은룡이 하였듯 문밖에서 불침번을 서겠다 하였으면 기꺼이 고개를 끄덕였겠지. 귀신 나오는 암자에서 혼자 자는 편이 그들과 이부자리를 공유하는 것보다 덜 불편할 테니까.

'다른 이들은 곁에 들이지 않으신다면, 그건 그들을 믿지 못하셔서일까? 아니면 그들은 사내로 여기기 때문일까?'

같이 잠자리에 들기는커녕 몸을 씻지도 않으셨을 것이다. 특히 맹타안 그 오랑캐와 있었다면, 절대로. 왜냐면 그는 마마를 원하고, 마마도 그 사실을 잘 아니까. 관 부마라면…… 맹타안보다는 믿으시겠지. 하지만 이처럼 무방비하게 곁에 누워 잠드시지는 않았으리라.

'내가 이분께 사내이기는 할까.'

은룡은 눈을 질끈 감았다. 가슴이 아팠다.

* * *

푸르스름한 물안개가 자욱한 새벽, 화영과 은룡 그리고 금정은 용중사를 떠났다. 해가 뜨고 날이 더워지기 전에 최대한 이동하려는 뜻도 있지만, 시간을 최대한 줄이려는 목적이 컸다. 황제의 병환이니 한시가 급하였다. 그럼에도 황궁은 지엄한 곳이니, 목욕재계하고 의관 정제하는 것이 법이었다. 도성에 도착하는 대로 현희부에 들러 급히 입궁에 걸맞은 준비를 갖추었다. 은룡은 기도위 복식으로 갈아입었고 금정 역시 단정한 가사를 둘렀다. 화영이 씻고 단장하는 데에는 온 여종들이 달라붙어 최대한 속도를 맞추었다. 그 덕에 세 사람은 늦지 않게 황궁으로 향할 수 있었다.

화영과 금정의 낯빛이 하도 다급하니, 일의 시급성을 짐작한 관호는 물론이고 어지간하면 끼어들어 동행하려는 맹타안조차 잘 다녀오라 다짐만 할 정도였다.

입궁하여 곧바로 황제가 있는 장양전으로 향한다. 태의들의 수군거림과 약을 달이는 시녀들이 바삐 오간다. 어수선하기 그지없었다. 태감들은 눈치를 보고, 품계가 낮아 내전으로 들어가지 못하는 후궁들이 울상으로 보양식이 든 찬합만 들고 서 있다. 화영은 이름조차 기억하지 못하는 여인들이었다.

"황외숙, 그리고 현희장공주를 뵙습니다."

화영과 금정이 장양전으로 들어서자 그녀들이 모두 무릎을 숙여 절을 올렸다. 화영은 고개를 끄덕이는 것으로 그들을 일으켜 세웠다. 반면 뒤따른 은룡은 반대로 그녀들에게 인사를 올려야만 했다. 시무룩하고 훌쩍이는 옥음들이 대응하였다. 그리고는 폐하는 어떠신지, 하며 매달리듯 물어왔다. 장공주께서 기다리십니다, 하고 읍하지 아니하였다면 한참을 붙잡고 캐물었겠지.

모두 태후가 간택하여 후궁에 들인 비빈들이다. 그럼에도 황제의 밤 시중 한번 들지 못한 처지였다. 저리 애가 탈 만도 하였다. 하물며 황제의 병이 점차 악화되고 있는 상황이다. 간택된 것을 차라리 원망하고 있을지도 몰랐다. 그러나 지금은 그들에게 신경 쓸 여유가 없었다.

급히 내전을 지나 침전으로 들어가니 역시 은요가 침상 곁에 붙어 간호 중이었다. 화영과 제 동생, 그리고 금정을 보자 그녀의 지친 낯빛에 순간 반가움이 스쳐 지나갔다.

"법사님! 이렇게 뵐 줄은 몰랐습니다. 장공주가 모셔 온 건가요?"

"말을 낮추십시오, 황후마마."

아직 침전에 태의며 시종들이 여럿 있었다. 금정은 점잖은 척 합장을 하며 속삭였다.

"소승이 폐하를 잠시 보겠습니다."

은요가 고개를 끄덕였다. 그리고는 손짓하여 태감과 태의, 그리고 시녀들까지 내보냈다.

"너도 함께 입궁한 거니?"

은요는 금정을 방해하지 않으려 황제의 침상에서 일어났다. 그리고 침상에서 떨어진 채 서 있는 은룡에게 다가갔다.

"어제 장공주마마와 함께 용중사에 갔습니다. 그래서 오늘 두 분과 함께 입궁한 겁니다."

"고생이 많았겠구나, 룡아. 너도 그렇고 장공주도······."

"아닙니다. 저야 무슨 고생이겠습니까. 기도위로서도 처남으로서도 마땅히 해야 할 일이지요. 저보다야 황후께서 노고가 크십니다."

마주 본 남매는 눈빛으로 못다 한 이야기를 나누는 것 같았다. 눈썹이 짙고 턱이 사내다운 은룡과 달리 은요는 버드나무처럼 가녀린 미인이었다. 그럼에도 단정하고 기품 있는 분위기만은 남매가 공유하는 것이라, 비록 외모는 다르나 두 사람이 함께 있을 적에는 누구든 그들이 피붙이임을 알아볼 수 있었다.

"황후마마."

황제의 침상에 드리워진 금사를 젖히며 나온 금정이 은요를 불렀다.

"소승이 폐하의 처방전을 잠시 보아도 괜찮을지요?"

금정의 표정이 심상치 않았다. 은요는 망설이지 않고 고개를 끄덕였다. 그리고 한 쪽에서 공손히 고개를 숙이고 있던 태의더러 명하였다.

"오 태의, 가서 폐하께 올린 약들의 처방전을 모두 가져오게. 그리고 수 태의도 들라 해 주게."

태의가 허리를 굽히며 뒷걸음질 쳐 침전을 나섰다. 주발 너머 내전의 소란이 이따금 들려왔다. 태의들이 서로를 부르고, 급하게 약함을 뒤지고, 의국으로 나가는 발소리.

"어째서 처방전을 찾으십니까?"

은룡이 놀라 금정에게 물었다. 이토록 안색이 나쁜 금정을 본 적이 없었다. 화영이 앓아누웠을 적을 제외하고는.

"확인할 게 있다."

금정은 그렇게만 대꾸하고 말을 아꼈다.

얼마 지나지 않아 흰 수염이 성성한 수태의가 도착하였다. 떨리는 손으로 처방전 묶음을 올리니, 금정이 받아 들어 하나하나 확인하였다. 금정의 눈길이 위아래로 움직이는 소리가 들릴 정도였다. 은요와 은룡, 그리고 화영 모두 극히 긴장하여 금정의 일거수일투족에 집중하고 있었다.

"이것이 전부요? 다른 처방은 없고?"

"어찌 거짓이 있겠습니까. 날짜와 직인이 명확하니 책임 소재도 분명하지요. 폐하께서 와병하신 날부터 여태껏 올린 모든 처방이 거기 있습니다."

"허……."

금정이 탄식하더니 턱하고 제 이마를 손바닥으로 짚었다. 몇 번이고 온 얼굴과 이마를 문지르더니 처방전을 탁자에 내던지듯 하였다.

놀란 수태의가 물었다.

"어찌 그러십니까? 처방에 무슨 문제라도 있는지……?"

"가서 장공주 처방을 가져오시오. 어서! 장공주가 와병했을 적에 쓴 처방들을 이처럼 죄다 가져와 보란 말이오!"

"장공주마마의 처방전을 말입니까?"

"그렇소, 빨리! 한시가 급하니!"

금정의 기색이 하도 흉흉하니 수태의는 어리벙벙한 상태로 물러났다.

화영은 외숙을 쳐다보았다. 그 시선을 느낀 금정 역시 조카딸을 바라보았다. 그들이 두려워하던 일이 실제로 벌어지고 있었다.

"똑같아. 똑같단 말이다. 남녀 유별하게 쓰는 약재들을 빼면, 처방이 고대로 옮겨 적었다 해도 과언이 아니야."

화영이 앓을 적의 처방전을 노려보던 금정이 낮게 중얼거렸다.

"어떻게 이럴 수가 있지? 어찌 이런 일이 생길 수가 있느냐고! 할 수 있는 일은 다 했다, 아암. 혼례도 제대로 치렀어. 비록 한꺼번에 묶어 치우긴 했지만 형식은 갖추었단 말이야. 부마 세 놈 모두! 눈도 못 뜨는 것을 부축하여 맞절마저 시켰고, 입가에 합환주마저 흘려 넣었는데. 내 눈으로 죄다 확인하였거늘!"

모든 것이 비현실적이었다. 정말로 액운이 오빠에게 옮겨 가다니.

화영은 우리에 갇힌 늑대처럼 빙글빙글 돌지도, 머리를 쥐어뜯거나 울음을 터뜨리며 은요를 끌어안지도 않았다. 그저 적막하게 자리에 앉아 아무런 말도 없이 눈만 깜빡일 뿐이었다.

세상이 불투명했다.

외숙의 절망과 분통도, 가슴께를 부여잡고 비틀거리는 은요도, 그런 누이를 부축하는 은룡도 모두 한 겹 유막 뒤로 보는 것만 같았다. 흐리고, 먹먹하였다.

"진짜 혼인이었단 말이다! 아직껏 세 놈 다 현희부에서 거하고 있는데, 어디서 빈틈이 생긴 거지? 나 참, 이리 답답할 수가!"

내 잘못이야. 화영은 입술을 깨물었다.

오빠가 아픈 것은 그녀 때문이었다. 그녀 몫의 액운이 오빠에게 가 버린 것이다. 그녀가 아팠어야 했는데, 그녀가 죽었어야 했는데. 액을 풀려거든 제대로 했어야 했다. 제 한 몸 멀쩡하니 이제 다 괜찮구나, 하고 철없이 좋아하기만 할 뿐 한데 묶인 오빠를 생각하지 못했다.

심장이 바닥으로 꺼질 것처럼 쿵쿵거렸다. 손끝이 차가웠다.

'아니요, 삼촌. 진짜 혼인이 아니었어요. 그래서 오빠가 아픈 거예요.'

차마 소리 내 말하지도 못한 채, 화영은 고개를 숙였다.

"마마, 괜찮으십니까?"

이 와중에도 은룡은 화영의 핏기 없는 얼굴이 마음에 걸리는 모양이었다. 화영은 작게 손짓하여 그에게 다가오지 말라는 뜻을 드러냈다. 은룡은 멈칫하였으나 이내 입술을 깨물었다. 그리고 그 대신 금정에게 향하였다.

"……는 어떻습니까?"

"아니야, 내 보기에는 ……쪽이 더 마음에 걸린다."

금정과 은룡은 액막이 혼례에서 무엇이 부족하였는지 의견을 나누었다. 화영은 그들의 대화에 끼어들지 않았다. 수많은 형식과 예법들이 도마 위에 올랐다. 하지만 정작 초야에 대해서는 누구도 신경 쓰지 않는 듯했다. 신경을 쓰지 않는 것인지, 아니면 처음부터 염두에 두지도 않은 것인지.

어째서 혼인의 가장 중요한 단계는 잊어버린 것일까? 어쩌면 잊어버린 게 아니라 언급하고 싶지 않은 것일지도 모른다. 그렇겠지. 세 번 혼인해야 한다는 예언을 보다 참담하게 표현할 수 있다면, 그녀가 세 명의 사내와 잠자리에 들어야 한다는 말일 테니까.

화영은 고장 난 목각인형처럼 걸었다. 그리고 내전을 떠받드는 기둥에 몸을 기대었다. 그러지 않으면 쓰러질 것만 같았다.

태후가 지나가듯 한 말을 들었을 때부터, 그리고 장양전에서 오빠의 식은땀으로 젖은 얼굴을 보았을 때부터 마음 한구석에서 이미 그녀는 알고 있었을지도 모르겠다.

세 번의 혼례 모두 제대로 치러지지 않았기에 액이 되돌아왔고, 봉황 대신 용을 내리친 것이다.

그렇다면 주영을 치유할 수 있는 방법도 하나뿐이리라. 세 번의 혼인 모두를 천지신명 앞에 확고하게 성사하는 것.

숨이 턱 막혔다.

차마 외숙과 새언니 앞에서 내뱉을 말은 되지 못하였다.

"저는,"

목소리가 갈라졌다. 손이 벌벌 떨렸다. 애써 소맷자락 밑으로 움켜쥐며 마른침을 삼킨다.

"현희부로 돌아갈게요."

예상치 못한 화영의 반응에 모두 그녀에게 고개를 돌렸다. 그 쏟아지는 시선이 힘겨웠지만 내색할 수 없었다. 최대한 담담해야만 했다. 기둥에 기대었던 등을 똑바로 일으키고, 턱을 반듯이 들었다.

"방법이 있는지 찾아보도록 할게요. 황궁 안에서는, 별 도움이 안 되니까."

"하지만……."

은요가 망설이다가 말을 흐렸다. 까닭은 모르겠으나 화영을 붙잡아서는 안 될 것만 같았다. 지금 그녀는 어딘가 낯설어 보였다. 기이한 힘이, 불가사의한 패기가 화영의 커다란 눈에 일렁이고 있었다.

"외숙은 여기서 머무세요. 오빠 곁에서요. 그게 좋겠어요. 며칠 두고 보면 보다 확신할 수 있겠죠. 정말 저와 같은 병인지."

"확실해. 더 볼 것도 없다."

"그러면 더 여기 머물러 주세요. 오빠와 새언니를 위해서라도."

화영은 고집스럽게 말했다.

"이만 가 봐야겠어요. 할 일이 있어요."

"마마."

그녀가 떠날 태세를 갖추자 심상치 않은 분위기를 느꼈는지 은룡이 다가섰다.

"제가 모셔다드리겠습니다."

화영의 시선이 은룡을 향했다. 순간 은룡은 흠칫 놀랄 수밖에 없었다. 배수진을 친 지휘관이나 보일 법한 엄숙함이, 모든 것을 내던질 각오를 한 채 단기로 적진에 뛰어드는 장수가 보일 법한 절박함이, 그리고 이를 아우르는 기묘한 초연함이 그녀의 얼굴에 뒤섞여 빛나고 있었다.

"그래."

그랬다. 그녀는 해야만 하는 일이 있었다.

"집에 가자."

* * *

화영은 현희부로 돌아와 씻고, 옷을 갈아입고, 낮잠에 들었다.

기묘한 위화감을 눈치챈 침혜가 뭐라 말을 걸기도 전에 침상으로 들어가 누워 버렸다. 그리고 실로 오랫동안 잠들었다.

뜨거운 열기가 가시고, 산등성이로 느리게 해가 움직이며 붉고 푸른 노을을 흩뿌릴 즈음에야 그녀는 눈을 떴다. 그리고 자리끼를 가져오는 침혜에게 물었다.

"은룡은? 퇴청했어?"

"마마께서 아까 그리 분부하셨는데, 당연히 칼같이 오셨지요."

침혜가 고개를 끄덕였다.

"이렇게 빨리 퇴청하라 하실 거였음 아까 그냥 집에 있으라 하시지. 무엇 하러 괜히 황궁으로 돌려보내셨어요? 은 도련님도 영 발이 안 떨어지는 모양이더만."

"다른…… 사람들은?"

"글쎄요? 그야 현희부 안에 계시겠지요?"

화영이 입을 뗀 물그릇을 받아들며 침혜가 고개를 갸웃했다.

"관 부마께서야 하도 책상물림이시니 처소에서 춘추나 읽고 계실 것이구, 맹 부마는…… 뭐, 나가진 않으셨겠지요. 마구간에 계시지 않을까 싶은데."

"세 사람 다 대청으로 불러 줘. 할 이야기가 있다고."

"세 분 다요? 지금?"

"응."

잠시 망설이던 화영이 침혜를 붙잡았다.

"아니, 넌 여기서 내가 옷 갈아입는 것 좀 도와줘. 머리도 다시 올려 주고. 화장도 해 줘."

"예, 그럴게요. 전갈은 다른 아이에게 맡기지요. 헌데 무슨 일이신지……?"

화영은 대답하지 않았다. 조금이라도 입을 열면 위장이라도 게워 낼 것 같았다. 그렇게 속이 울렁였다. 자고 일어났는데도 피로는 조금도 풀리지 않았다. 악몽보다 맑고 깨끗한 현실을 마주해야만 했다.

만일 침혜에게 내가 무슨 짓을 벌일지 말한다면, 침혜는 어찌 반응할까? 말리겠지. 미친 짓이라고 화를 내겠지. 어떻게든 다른 방법을 찾아보자고 어르고 달래겠지. 그러면 이 결심은 무뎌지고 말 것이었다. 무너지고 말 것이다. 화영은 지금 아슬아슬하기 그지없는 외줄 타기 중이었다. 한 번 넘어가고 나면 끊어져 버릴, 다시는 돌아갈 수 없을 외줄 타기.

그녀는 은색에 가까운 회색 옷을 입었다. 가슴팍조차 제대로 파이지 않은 구식에 보수적인 의장이었다. 덥지 않을까요, 침혜가 물었으나 화영은 선택을 물리지 않았다. 요대는 비단 천 대신 흑단처럼 짙은 가죽이다. 장신구는 귀걸이도 팔찌도 하지 않았다. 그저 머리에 꽂은 은비녀와 작은 옥 떨잠이 전부였다.

동경에 자신을 비추어 보았다. 닥나무 껍질로 만든 인형처럼 뻣뻣하고 고지식해 보이는 귀부인이 화영을 노려보고 있었다. 그게 좋았다. 그녀는 지금 그렇게 보여야만 했다. 어떠한 감정도, 사적인 욕망이나 두려움도 느끼지 않는 공신(功臣).

이제부터 그녀가 할 일은 지극히 공적인 의무였다. 남려 황실의 은혜를 입은 자로서 응당 받아들여야만 하는 책무였다. 그녀의 요청은 호부가 세를 걷거나 병부가 징병하는 일과 다르지 않았다. 오히려 그보다 더욱 중하고 엄숙한 공무였다. 황제를 살리는 일이었다.

그렇게 믿어야만 했다.

단장을 마치고 대청으로 나아가니 이미 도착한 부마들이 각자 기다리고 있었다. 관호는 똑바로 앉아 명상을 하듯 눈을 감고 있었고, 맹타안은 길게 기대어 반쯤 누운 채로 초조한 듯 시선을 굴리고 있었으며, 은룡은 앉지도 못한 채 그녀의 처소가 있는 복도 쪽만 선 채로 쳐다보고 있었다.

그들을 보는 순간 가슴이 턱 막히는 것만 같았다.

'어떻게 말하지? 뭐라고 말해야 해? 날 이상하게 보면 어떡하지? 거절하면? 싫다고 거부하면?'

다리에 힘이 풀릴 것만 같았다. 한겨울 속옷 차림으로 나선 것처럼 턱이 떨려왔다. 하지만 화영은 이를 악물고 고개를 똑바로 들었다. 어깨를 반듯이 펴고 엄숙하게 입술을 굳혔다. 약한 모습을 보일 수는 없었다. 적어도, 이 순간만큼은.

"무슨 일이십니까?"

화영이 침혜의 도움을 받아 자리에 앉자마자 은룡이 다급히 여쭈었다. 아직 소년티가 가시지 않은 그의 얼굴에는 숨기지 못한 불안감이 일렁이고 있었다.

다짜고짜 장양전에서 물러나시더니, 현희부로 모셔다드리는 와중에는 반드시 일찍 귀가하라 명하셨다. 하나같이 화영답지 않은 일이었다. 그러니 환궁하여 기도위로서 의무를 다하면서도 도저히 집중을 할 수가 없었다. 머릿속에는 오로지 화영의 기이하게 질린 낯빛과 여태껏 단 한 번도 본 적이 없던 굳은 표정뿐이었다. 누이와 금정 법사께는 죄송하지만 일과를 마치자마자 바로 퇴청하여 현희부로 달려왔다. 급히 옷을 갈아입고 언제든 부름에 응하기 위해 매무새를 갖추었다.

도대체 무엇을 알아내신 것일까? 아직 금정 법사도 뾰족한 실마리를 잡아내지 못한 와중이었다. 화영의 눈썰미가 예리하다는 것이야 은룡도 익히 알았다. 헌데 이번만은 그녀의 머릿속을 도통 짐작할 수 없었다.

"다들 물러가라."

화영은 은룡에게 답하는 대신 주위에 대기하고 있던 하인들을 물렸다. 현희부의 윗전들이 죄다 대청에 모여 있는 터다. 혹여 시중이 필요할까 대여섯 명의 하녀는 물론이고 청지기까지 대청 밖에서 대기하고 있었다. 화영의 짧은 명령에 다들 당황한 기색이면서도 이내 순종하였다. 침혜 역시도 불안한 낯빛으로 고개를 숙이고는 뒷걸음질 쳐서 사라졌다.

하인들이 사라지고도 한참 동안이나 화영은 입을 열지 않았다. 평소와는 달리 나무로 만든 옷이라도 입은 양 꼿꼿하게 앉아, 탁 트인 대청 너머로 푸르게 번진 내원만을 응시할 뿐이었다.

"황상이 많이 아프신 거요? 얼마나 심하기에? 그래, 우리가 뭐라도 도울 게 있소?"

화영이 등장하자마자 자세를 똑바로 고쳐 앉은 맹타안이었다. 관호와 은룡을 볼 때는 빈정거리거나 투덜거리기만 하던 목소리가 화영을 향해서는 이보다 부드럽고 다정할 수가 없었다. 하지만 이때만은 은룡조차도 맹타안이 얄밉지 않았다. 어쨌든 그는 화영에게서 이야기를 끌어내려 애쓰고 있었다.

"관가는 하주 시골 출신이고, 나 또한 강로에서 자랐으니 어쩌면 도움이 될지도 모르오. 도성 명의들이야 고지식하기 짝이 없어, 민간 처치는 멸시하지 않소. 그러나 때로는 민간의 요법이 크게 효험을 볼 때도 있거든. 내가 어떻게 도우면 되겠소? 응? 말해 보시오."

맹타안의 격의 없는 상냥함에 화영의 낯빛이 잠시 어지러워졌다가 다시금 창백해졌다. 생기라고는 찾아볼 수 없는 긴장한 얼굴이었다. 그러면서도 큰 눈만큼은 북극성처럼 춥게 반짝이고 있었다.

"당신들에게 부탁할 일이 있어요."

"무언들 못 들어주겠소? 말만 하시오, 부인."

"세 명 다 들어줘야만 해요. 그러지 않으면 소용이 없어요."

맹타안이 눈을 가늘게 뜨더니 관호와 은룡을 한 번씩 훑어보았다. 이놈들의 조력도 필요하다고? 하는 못마땅한 시선이었다. 그가 뭐라고 말을 덧붙이기도 전에, 은룡이 나서서 읍하였다.

"마마께서 원하시는 일인데 어찌 거부하겠습니까. 염려치 마시고 편히 말씀하십시오."

은룡의 깍듯한 태도가 화영을 더욱 긴장하게 만든 것만 같았다. 그녀는 깊게 심호흡을 하더니 어렵게 말을 이었다.

"우선은, 이건 공적인 일이라는 걸 다들 알아줬으면 해요. 그래서 세 사람을 모두 한자리에 모이게 한 거예요. 편하지 않은 화제라는 것은 알지만, 이렇게 터놓고 이야기해야만 내 의도를 믿어 줄 것 같으니까."

이렇게까지 돌려 말하니, 부마들의 안색이 다들 복잡해졌다. 화영이 털어

놓을 부탁이 얼마나 난처한 것일지 추측해 보려 하는 듯한 기색이었다. 고요하게 앉아 있던 관호마저도 어느새 길게 찢어진 눈을 뜨고 선명한 호안을 화영에게 고정시킨 채였다.

"공적인 일이라. 충분히 이해하였소. 허면 이제 하명하여도 될 것 같소만은."

"좋아요."

화영은 자신도 모르게 마른 입술을 핥았다.

"다시 말할게요, 오해하지 말아요. 이건 내 기분이나 감정이랑은 절대 상관이 없는 일이에요. 다른 방법이 있었다면 나도 죽었다 깨어나면 깨어났지 당신들에게 이런 요구는 하지 않았을 거예요."

"알겠소."

"도대체 뭐길래 이리 걱정이 많소? 괜찮다니까."

"말씀하십시오, 마마."

화영의 엄포에 세 부마가 거의 동시에 대답하였다. 이제는 정말 털어놔야 할 때다.

화영은 잠시 눈을 감았다. 그리고 핏기 하나 없이 질려 있던 오빠의 얼굴을 떠올렸다. 눈가가 새까맣게 가라앉은 은요의 절망적인 표정도.

입이 말랐다. 혀는 가뭄 든 논처럼 쩍쩍 갈라지고, 목구멍은 사포라도 문댄 것처럼 까끌거리는 것만 같았다. 하지만 말을 해야만 했다.

"내 혼인에 문제가 있더군요. 그래서 제대로 예식을 치러야 해요."

"……그것이 무슨 말씀이오?"

관호가 눈썹을 찡그리며 되물었다. 맹타안과 은룡 역시 화영의 말을 이해하지 못한 것은 마찬가지인 듯, 그녀가 대답해 주기를 바라는 기색이었다. 가슴 위에 맷돌이라도 올려놓은 것 같았다. 숨을 쉬기도 어려웠으나 그녀는 설명을 해야만 했다.

"당신들도 알다시피 나는 죽을 뻔했었죠. 스물한 살이 되기 전까지 세 번 혼인했어야 했는데, 그러지 않았어요. 결국 생일을 앞두고 크게 앓았고 삼도천 앞까지 갔었어요. 장례를 치르지 않은 게 다행이죠. 숨이 넘어가기 직전에 오빠와 숙부님이…… 기꺼이 부마가 되어 줄 사내를 셋이나 구해 왔으니까요. 거기에 대해서는 고맙다고 다시 한번 말하고 싶어요."

묘한 침묵이 흘렀다. 부마들 모두 화영을 응시하고 있었다.

"혼례 이후 나는 무사히 나왔고, 다 괜찮아진 거라고 생각했어요. 나뿐만 아니라 오빠와 외숙까지도요. 그런데 그게 아니었던 거예요. 액을 완전히 피하지 못했던 거죠."

"설마, 부인도 아픈 거요?"

액을 피하지 못했다는 소리에 맹타안이 참지 못하고 끼어들었다. 그의 흰 얼굴에 당혹스러움으로 인해 피어난 붉은 기운이 드리워져 있었다.

"내가 아니라 오빠가 아프게 되었죠. 왜냐면 우리는 하나로 묶인 운명이 거든요. 둘 중 하나가 귀하게 올려 지면 다른 하나도 따라 올라가고, 반대로 한 쪽이 추락하면 다른 쪽도 함께 끌려 내려가는."

"그게 도대체 무슨 소리요?"

"……방력 대사께서 하신 말씀이니, 틀림이 없을 것입니다."

납득하지 못했다는 양 얼굴을 찡그린 맹타안에게 은룡이 낮게 덧붙였다.

"방력? 방력이라면…… 허 참."

방력의 명성은 남려를 넘어 북려와 강로까지도 퍼진 것이었다. 삼십 년 전의 대가뭄으로 인해 강로도 교훈을 얻었기 때문이다. 그때 강로인들은 방 력의 예언을 남려 땡중의 헛소리로 치부했다가 크게 고초를 겪었다. 금정이 방력의 수제자임은 맹타안도 알았으니, 꾸며 낸 이야기라고 몰 수도 없는 상황이었다.

은룡이 점점 창백하게 질려 가고 있는 것이 화영에게는 또렷하게 보였다. 그래, 그녀가 무슨 이야기를 꺼낼지 점차 파악하고 있는 거다. 그렇다면 그가 말리기 전에 터뜨리자. 이미 그녀가 급조한 방둑에는 깊은 금들이 쩌억 그어지고 있었다. 언제 담아 둔 두려움과 절망이 범람할지 몰랐다.

"은룡도 오늘 보았지만, 오빠와 나의 병세가 똑같아요. 외삼촌이 직접 확인한 일이죠. 태의들마저 동의하였어요. 내 액운이 오빠에게 옮아간 게 분명해요. 내 차례에서 제대로 막지 못해서 벌어진 일이니…… 내 책임이에요."

하지만 화영이 본론으로 들어가기도 전부터 부마들의 반발이 적지 않았다. 가장 먼저 목소리를 높인 건 맹타안이었다. 그의 푸른 눈이 불꽃처럼 타올랐다.

"무슨 말을 그렇게 하시오? 부인이 뭘 그리 잘못했다고? 부인은 그때 의식조차 없었는데!"

"맹 부마의 말도 일리가 있소. 금정 법사가 친히 우리의 혼례를 주관하고 직접 확인까지 하였소. 그분은 방력 대사의 직계 제자가 아니오. 설령 액을 막지 못했다 하여도 그게 어찌 부인의 책임이 될 수 있겠소?"

"설령 빠진 순서가 있다 하여도 부마들이 마마께 예물을 전하는 정도일 터이니, 그 정도야 당장 내일이라도 시행할 수 있습니다. 마마, 마마께서 책임감을 느끼실 필요가 없습니다."

결국 화영은 참지 못하고 목소리를 높이고야 말았다.

"예물 따위가 빠졌다고 오빠가 쓰러졌겠어? 애초에 혼인이 제대로 이루어지지 않았는데!"

순간 각자 논거를 가지고 화영을 설득하려던 부마들이 입을 다물었다. 얼어붙은 듯한 침묵이었다.

"제대로라니?"

가까스로 정적을 깬 것은 맹타안이었다. 빙옥처럼 흰 그의 낯에는 방금 전의 흥분은 찾아볼 수 없었다.

차라리 맹타안이 되물어서 다행이다. 화영은 마른침을 삼켰다. 차마 관호나 은룡을 상대로는 이런 뻔뻔한 소리를 할 수 없었을 테니까.

"……초야를 말하는 거예요."

숨소리조차 나지 않았다. 시간이 그대로 멈춘 듯하였다.

화영은 고개를 숙여 버렸다. 차마 누구의 얼굴도 볼 수가 없었다.

정적은 비명과도 같았다.

아주 오랫동안 지속되는 비명.

* * *

현희부에서 눈을 처음 떴을 때, 바로 이 광경을 보았지. 우아하게 색이 바랜 대들보와 기둥들, 울긋불긋한 장식과 등롱들은 모두 혼례용이다. 유일한 차이라면 그때는 낮이지만 지금은 밤이라는 것 정도일까. 아니다. 이 침상에서 일어나는 것이 아니라 누워야 한다는 것까지 차이라고 해야겠지. 긴장한 나머지 속이 쓰렸고 손발이 얼어붙었다. 그럼에도 화영은 두려움을 드러낼 수가 없었다.

별채의 문이 열리고 관호가 들어왔다. 첫날 대청에서 보았던 그대로, 새빨간 신랑의 예복을 입은 채였다. 그처럼 혼례복이 어울리지 않는 사내가 또 있을까. 까무잡잡한 피부에 장대한 체격, 날카롭고 무뚝뚝한 눈매. 그와 눈이 마주치자 턱하고 숨이 막혔다.

"……."

화영은 잠시 입술을 열었으나 어물거리다 속엣말을 삼킬 뿐이었다. 괜한 말로 그의 심기를 거스를까 망설여졌다. 고맙다거나, 미안하다거나. 무엇도 관호에게는 의미가 없을 것 같았다. 화영은 속눈썹을 파르르 떨었다. 관호의 발치로 그녀의 시선이 떨어졌다. 마음이 무거웠다. 관호의 성정이 본디 반듯하고 보수적임은 알고 있었다. 그러므로 그에게 하룻밤을 요구하는 것이 사실은 가장 큰 부담이었다.

바람둥이처럼 보이는 맹타안에게는 솔직히 미안하지 않았다. 그저 동의해 준 것에 도의적인 고마움을 느낄 뿐이었다. 물론 처음에는 쉽게 동의하더니만, 다른 부마들 역시 모두 그녀와 초야를 지내야 한다는 소리에 맹타안 역시도 당혹스러운 낯빛이었다. 그가 납득이 안 간다는 듯 미간을 찌푸리는 모습을 보니 마음이 편하지는 않았다. 자유분방한 강로인에게마저 지금 화영의 제안은 낯설고 이상한 소리인 모양이었다.

어려서부터 그녀만 바라보던 은룡에게는 이런 모습을 보이게 되어 부끄러움이 컸다. 입맛도 썼다. 화영 역시도 언젠가 혼인하게 된다면 그 상대가 은룡이리라 의심하지 않았기 때문이었다. 은룡이 어려서부터 자신만을 바라보며 순정을 지켜 왔음을 잘 알았다. 은룡과 부부가 된다면 분명 그가 자신을 행복하게 해 주기 위해 최선을 다하리라는 것도 알았다. 은요와 주영의 결합이 그렇듯이. 그래서 화영도 딱히 다른 상대를 원하지 않았다. 그저 아직 혼인을 할 마음의 준비가 되지 않아 내내 미루고 있었을 뿐이었다.

그러다 이렇게 되어 버렸다. 은룡 본인의 마음은 어떻겠는가. 숱하게 들어오는 좋은 혼처를 모두 거절하고, 흔한 통방 하녀 하나 두지 않은 채 화영에 대한 정조를 지켜온 그였다. 그런데 정작 화영이 다른 부마들과도 잠자리를 나누어야 한다니. 충격이 크지 않으면 이상할 일이다.

관호는 맹타안이나 은룡과는 달랐다. 개인적인 감정이 문제가 아니었다. 그는 강호인답게 의와 협을 중시하고, 심지어 학문 역시 깊이가 있어 누구보다 몸가짐이 바르고 고지식한 사내였다. 언제든 이혼해 주겠다 호언장담해 놓고 이제 와서 하룻밤을 요구했으니, 법도에 없는 부끄러운 일이다. 단칼에 거절당해도 이상치 않았다. 하물며 그는 불가에 귀의하기로 뜻을 세웠던 사람이었다. 그런 관호에게 초야를 부탁한다는 것, 그것도 첫 번째로 지목한다는 것은 힘든 일이었다.

이런 까닭에 화영은 관호가 거절할 경우 애걸해서라도 붙잡아야겠다 다짐하였다. 하여간 그는 첫 번째 부마였으며, 신방에서 절을 하고 합환주를 마시는 순서도 처음이었으며, 황실 옥첩에 이름이 올라간 정식 남편이었다. 그가 없이는 오빠를 뒤덮은 액을 좇아내기가 불가능했다.

그런데 관호는 거부하지 않았다. 그녀를 경멸하지도 않았고, 못 들을 것을 들었다는 양 자리를 박차고 나가지도 않았다. 그녀의 발상을 반박했고, 부정하였지만 합당한 논거를 제시하자 기꺼이 수긍하였다.

-괜찮겠소?

망설였으나 그 자신을 위한 망설임이 아니었다. 그 순간 관호는 오로지 화영만을 염려하고 있었다.

-황제 폐하를 살리기 위한 방법이 그뿐이라면 다른 선택지는 없을 터. 허나 존귀한 공주로서 견디기 어려울 일이오.

-나는 상관없어요.

-그렇게 말하지 마시오. 어떻게 상관이 없을 수 있겠소?

그가 옳았다. 아무렇지 않은 척했지만, 연이어 세 부마들과 초야를 보내는 일 따위 별것도 아니라는 양 굴었지만 사실 그렇지 않았다. 귀동냥으로 부인네들 떠드는 소리를 주워들은 것 이외엔 실질적인 남자 경험이 전혀 없는 화영이었다. 자, 그럼 오늘 밤에 당장, 하며 해치우자는 식으로 애써 명랑하게 제안했을 정도였다. 속내의 두려움은 꽁꽁 감춘 채로 말이다.

하지만 관호가 딱 잘라 거절했다.

-절대 안 될 일이오. 공주의 몸이 견딜 수도 없을뿐더러, 그런 식으로 '해치우게' 할 수는 없소. 절대로.

복잡한 얼굴로 눈썹을 모으고 있던 맹타안도 그 말에만은 동의하였다. 그래서 결국 이렇게 된 것이다. 우선 그날 밤은 각기 준비로 보내고, 그다음 날부터 사흘 동안, 하룻밤마다 한 명의 부마와 초야를 보내는 것. 은룡은 차마 거기서 더 듣지 못하고 일어나 나가 버렸다. 대청을 뛰듯 벗어나, 현희부 밖으로 나섰다. 그리고 돌아오지 않았다.

은룡의 뒷모습을 떠올리자 순간 화영의 눈가에 설핏 슬픔이 비추었다. 한참을 그녀를 바라보고 있던 관호가 눈치채지 못할 리 없었다.

"무섭소?"

그는 자신의 외양이 남다르고, 많은 경우 상대에게 위압감을 준다는 것을 잘 인지하고 있었다. 무인들조차 그러할진대 지금 그와 침상 위에 마주 앉은 여인은 그에 비하자면 한참이나 작았다. 게다가 서로 연모하여 정이 넘치는 사이도 아니었다. 무서워 겁먹을 만도 하였다.

"아, 아니요. 그냥 잠깐 다른 생각이 들어서."

관호의 낮은 목소리에 화영은 고개를 급하게 저었다. 괜히 관호에게 부담을 주고 싶지 않았던 것이다. 이 자리에서 은룡에 대해 고민을 털어놓는 것도 꼴이 우스울 것이고, 오빠의 병이 이런다고 나을지 사실 많이 두렵다고 고백한다면 그녀의 제안에 동의해 준 관호를 무시하는 처사일 터다. 그래서 화영은 마른 입술을 핥으며 아무 말도 하지 않았다.

"이제…… 어떻게 해야 하죠?"

따지자면 혼례 전에 경험 많은 부인네들과 상궁에게 가르침을 받았어야 했지만, 화영은 의식불명이었기 때문에 남녀 합궁에 대해 제대로 배우지 못했다. 어떤 과정을 따르는지, 어떤 체위가 적합하고 또 어떤 체위는 신분답지 않은지, 때로는 적나라한 삽화까지 곁들여진 교본으로 많은 규수들이 초야 전 미리 지식을 얻고는 했다. 그러나 하루 만에 그런 책을 어디서 구하겠는가. 구접부터 애무와 삽입까지 이르는 세부적인 단계를 일일이 가르쳐줄 사람도 없었다. 결국 침혜가 어색하게 일러 주는 다짐들 몇 가지에만 고개를 끄덕였을 뿐이다.

"불을 꺼야겠죠……?"

일단 옷을 벗을 거고, 침상에 똑바로 누우면, 거기서부터는 관호가 어떻게든 알아서 하겠지. 침혜가 그러던데 처음은 아플 수도 있다고 하였다. 아니, 아플 수도 정도가 아니라 확실히 아플 거랬다. 어떻게 그리 확신하냐 물었더니 관호를 보고도 모르겠냐고 했지.

화영은 슬쩍 관호의 눈치를 보다가 제 손끝으로 눈길을 떨어뜨렸다. 하긴, 이렇게 체격이 대단하니까……. 거기까지 생각하니 순간 긴장에 심장이 목구멍까지 올라오는 것만 같았다. 그냥 빨리 불을 끄고 누워 눈이나 감고 있는 게 편하리라 싶었다.

"아니오. 불은 *끄지* 마시오."

"그럼 불을 켜 놓고 하겠다고요? 대낮같이 밝은데?"

관호의 대답에 화영은 저도 모르게 식겁한 목소리로 외쳤다. 벌떡 고개를 들고 되묻자 관호가 눈을 깜빡거리며 당황스러운 기색을 보였다.

"꼭…… 그런 뜻은 아니었는데."

관호가 고개를 돌려 잠시 헛기침을 한 뒤 말을 이었다.

"옷을 벗으려면 불빛이 있어야 하니까…… 그뿐이오. 관모가 그리 파렴치한 자는 아니오."

"아, 그, 그렇군요. 미안해요. 놀라서……."

분위기가 이상해졌다. 아까까지만 해도 의리가 있고, 신뢰가 있고, 동지로서의 호의가 전부라고 면피할 수 있었다. 헌데 지금은 성적인 긴장감이 갑자기 방 안을 가득 채우는 것만 같았다.

"옷을 벗기겠소."

관호가 낮은 목소리로 입을 열었다. 화영이 숨을 크게 들이쉬더니 올 것이 왔다는 양 고개를 돌리는 것이 보였다.

그녀가 상상하는 상황이 대충 짐작은 갔다. 허나 그런 식은 아니다. 그렇게 일방적으로는 원치 않았다. 화영의 옷에 손 하나 대지 않은 채 관호는 최대한 점잖게 말했다.

"공주도 나의 옷을 벗겨 주길 바라오."

"……왜요?"

상상조차 못 한 요구라는 듯 화영은 곤혹스러운 표정이었다.

"부부는 동등하고 서로를 존중해야 하니까."

관호는 쉽사리 납득하지 못하는 화영을 향해 인내심을 가지려 노력하며 설명했다.

"내가 일방적으로 당신을 벗기는 동안 당신이 겁에 질려 눈만 감고 있기를 바라지 않소. 공주 역시 나의 옷고름을 풀고 요대를 끌러 내리기를 원하오."

화영은 우물거렸다. 침혜가 걱정에 걱정으로 일러 준 요점들은 엄청날 것이 분명한 관호의 대물을 어떻게 잘 참아 낼 것이냐에 치중해 있었다. 이런 낯부끄러운 일을 제의할 거라곤 하지 않았단 말이다.

"……꼭 그래야겠어요? 좀…… 민망한데."

"나 역시 부끄러운 것은 마찬가지요."

관호의 음성은 잔잔했다. 그러나 그 저음 밑에 평소와는 다른 묘한 균열이 느껴졌다. 용암을 덮고 있는 지표면 위에 작은 금이 가는 소리. 은밀한 침소에, 붉은 천을 드리운 침상. 화촉이 아른하게 여기저기 매혹적으로 흔들리고 있고, 야릇한 향이 공기 안에 반짝인다.

순간 화영의 얼굴이 확 달아올랐다. 관호 역시도 뜨거운 피와 살을 가진 사내임을 깨달은 것이다. 그것도 옷 한 겹 벗지 않은 이 상황에서, 그저 어색하게 앉아 마주만 보고 있는 이 와중에.

차마 뭐라고 대답할 수가 없었다. 목이 빨갛게 달아오른 것 같아서 급하게 고개를 숙이고는 끄덕였을 뿐이다. 관호도 더는 말을 하지 않았다.

그렇게 두 사람은 서툴게 서로의 옷을 풀어 내리기 시작하였다.

신랑의 예복이야 색이 붉고 장식이 화려할 뿐, 사내들의 평소 복장과 크게 다르지 않았다. 넓은 가슴팍에 가까스로 버티고 있는 매듭을 끄르고 조심스럽게 틈을 벌린다. 관호의 옷을 벗기려 손을 움직일 때마다 그가 얼마나 거대한 사내인지 숨이 막힐 정도로 체감이 되었다. 그의 어깨와 가슴팍을 오가는 그녀의 손은 겁먹은 생쥐처럼 보였다.

"요, 요대가……."

단단한 허리를 감싼 요대가 문제였다. 요대를 끄르려니 화영은 숫제 관호의 허리를 끌어안는 모양새가 되었다. 화영의 피백을 걷어 반듯하게 접던 관호는 순간 살짝 굳었다. 그러다가 이내 화영이 편하게 허리띠를 벗겨 내도록 양팔을 들어 잠시 기다려 주었다.

"……."

그 순간의 정적에 심장이 미친 듯이 뛰었다. 몇 번이고 손이 미끄러져 숫제 그의 가슴에 뺨을 대고 있어야 했다. 천 아래로 느껴지는 열기가, 철 갑처럼 단단한 근육질의 가슴에 닿는 감촉에 숨이 확확 막혔다.

어깨를 감싼 피백을 치우고 난 관호의 손가락은 잠시 어색하게 허공에서 머물렀다. 어디를 어떻게 끌러 내야 할지 잠시간 망설이는 기색이었다. 아름다운 만큼 복잡하고, 교묘한 장신구들로 엮인 여인의 복식이었다. 돌부처 같은 사내였다. 혼례복을 입은 여인을 탈의시켜 본 일이 있을 리 없다. 아마 혼례복을 입지 않은 여인이라도 마찬가지일 것이다. 그러니 서툰 기색이 있는 것도 당연하였다.

그는 새삼스레 화영이 얼마나 작은지 깨달았다. 그의 굵고 거친 손가락에 얽히는 비단 끈들과 매듭은 어찌나 가늘고 연약한지, 한숨만으로도 끊어질 것만 같았다. 화영을 둘러싸고 있는 모든 것들이 이처럼 가냘프고 아름다웠다.

관호는 본디 아름다움에 둔감한 사내였다. 검소하게 자랐고 부귀영화에 관심이 없는 삶을 살았기에 그러했다. 허나 이리 직접 가까이에서 신부를 보고, 자신의 손으로 하나하나 옷을 만지며 끌러 내고 있자니 이야기가 달라졌다. 이전에 무디었던 만큼 더욱 그녀의 사랑스러움이 깊숙이 가슴 속에 파고들었다.

신부의 옷을 벗기기보다 신랑의 옷이 벗겨지는 것이 빨랐다. 보기 좋게 그을린 어깨는 온통 근육으로 감싸인 철갑 같았고, 넓은 가슴과 날렵하게 빠지는 복근은 사람이라기보다는 짐승처럼 한 치 빈틈없이 짜여 있었다. 화영은 눈을 어디 둬야 할지 몰라 하였다. 조그마한 귀가 석류처럼 붉게 물든 채였다. 그럼에도 차마 하의까지는 손을 대지 못하는 모양이었다. 몇 번이고 각오를 하였는지 손이 배까지 다가왔다가 이내 포기하고 슬슬 도망친다. 관호도 그 이상을 요구할 생각은 없었다. 그녀가 이만큼 해 준 것만으로도 만족스러웠기 때문이다.

몇 겹이나 되던 신부복도 이내 서서히 화영에게서 떨어져 나갔다. 살짝 움츠린 맨 어깨가 보였고, 잠자리 날개만큼 희고 투명한 속옷만이 남았다. 화려한 예복을 벗겨 내고 나니 더더욱 기분이 묘했다. 배 속을 느글느글하게 달구고 바짝 조이는 감각에 관호는 한숨을 내쉬었다. 잠시 숨을 고르고는 속옷을 벗기는 대신 화영을 가만히 응시하였다.

"⋯⋯."

이 여인이야말로 그의 하나뿐인 아내였다. 옥첩뿐 아니라 그의 가슴에 새겨질 반려였다. 지금까지는 의리와 은혜로 목례하는 사이였으나 이 순간부터는 아니었다. 비록 이 초야가 애정으로 인한 것이 아니라도 상관없었다. 초야는 초야였다. 이제부터 그는 그녀를 절대적으로 믿을 것이다. 마음을 열고 줄 수 있는 것을 모두 줄 것이다. 의리를 지키듯 정절을 지킬 것이다. 비록 그녀는 그러지 못하겠지만.

가슴 한구석이 바늘에 찔린 듯 따끔했다. 그는 애써 잡념을 몰아냈다. 중요한 것은 지금이었다. 이 밤이었다. 그와 마주 앉은 그녀였다.

관호는 큰 손을 들어 부드럽게 그녀의 뺨을 감쌌다. 그녀는 어쩔 줄을 몰라 했다. 그를 쳐다봐야 할지, 아니면 눈을 내리깔아야 할지, 제 손은 어디다 놓아야 할지 도통 감을 잡지 못하는 것 같았다. 평소의 당당함과 배포는 어디로 갔는지.

"이로써 우리는 부부가 되는 것이오."

화영이 가까스로 눈을 치켜떠 그를 쳐다보았다. 두 사람의 시선이 마주 닿았다. 구 척에 가까운 장신인 관호였기에 화영과 이리 가까운 거리에서 눈을 마주친 적은 거의 처음이었다. 두 사람 다 침상에 앉아 있고, 서로 옷을 벗기느라 바짝 다가섰기에 가능한 일이었다.

화영의 눈꺼풀이 파르르 떨리고, 긴 속눈썹이 나비처럼 흔들리는 것이 보였다. 계수나무 기름으로 빗어 넘긴 그녀의 머리카락에서 풍기는 향기. 목욕물의 열기가 가시지 않은 그녀의 살결은 화촉 아래서 목련처럼 부드럽게 일렁거린다.

"……부인."

관호가 화영을 부인이라고 칭한 것은 처음이었다. 화영은 흠칫 놀라면서도 그의 호안에서 시선을 떼어내지 못했다. 관호 역시 그녀에게서 눈을 돌리지 않았다. 아주 기묘한 감각이었다. 조금은 낯설었고, 간질거렸으며, 어쩐지 부끄러웠고, 그러면서도 어쩐지 자연스럽게 느껴졌다.

관호가 고개를 숙였고 화영은 눈을 감았다. 첫 입맞춤은 믿기지 않을 만큼 부드러웠다.

처음에는 입술과 입술이 점잖게 닿았다. 그러다 무방비한 화영의 입술 사이로 따뜻한 살이 파고들었다. 절대 과하지 않으려 하는 의지가 보였다. 예의 바른 객처럼 들어선 관호는 화영의 혀를 찾아 다정하게 두드려 감각을 깨웠다. 도톰한 살점들이 서로 맞대고 문지르고 비비는 느낌에 손발이 비비 꼬일 것만 같았다. 질척거리는 소리가 입 안이 아니라 귀 옆에서 울리는 듯 크게 들렸다. 화영은 관호의 어깨를 움켜쥐었다. 손톱조차 들어가지 않을 듯한 근육질의 어깨였다. 그녀를 관호의 커다란 손이 감싸 안았다. 등을 받치며 뉘이는 손길이었다.

화영의 등이 금침 위로 완전히 닿았다. 입맞춤은 느리고도 길게 이어졌다. 호흡이 가빠졌다. 숨쉬기를 어려워하는 화영을 위해 관호는 종종 입술을 떼고 기다렸다가 다시금 방향을 바꾸어 입 맞추었다. 혀가 깊이 얽힐수록 타액이 섞이고 야한 소리가 울렸다.

불, 껐어야 했는데. 화영의 머릿속에 잠시 스쳐 지나간 생각이었지만 이제 와서는 손 하나 까딱할 수가 없었다. 눈을 질끈 감고, 이상한 신음이 튀어나오지 않도록 버티는 것만으로도 벅찼다. 자꾸 앓는 소리가 튀어나올 것 같았다. 부드럽게 움직이던 그의 혀가 조심스럽게 예민한 입천장과 점막을 건드렸다. 화영은 자신도 모르게 무릎을 세웠다.

관호는 화영을 완전히 덮고 있었다. 하지만 화영에게 부담이 될까 염려

하여 팔꿈치를 세워 침상에 지지하였으므로 자신의 체중을 전혀 싣지 않았다. 그럼에도 그의 그림자 안에서 화영은 이미 완전히 압도당한 기분이었다. 가쁜 호흡에 실눈을 뜨면 이글거리는 호안이 보였다. 그리고 천장조차 보이지 않을 만치 넓은 어깨와 그 너머로 흘러내린 청동빛 머리카락의 관능에 가슴이 졸아드는 것만 같았다.

그의 손이 드디어 그녀의 속옷에 가 닿았다. 끌러 내리는 손길에 바짝 굳자 달래듯이 가볍게 입을 맞추며 안심시켰다. 매듭은 쉽게 풀렸다. 가볍게 끝을 잡아당겼을 뿐인데 녹아내리듯 그녀의 몸에서 떨어져 나갔다. 맨살이 그대로 공기 중에 드러나는 감각. 그리고 완벽하게 드러낸 나신을 응시하는 사내의 시선.

'……불을 껐어야 했을지도 모르겠군.'

관호는 침착을 유지하려 하였으나 소용이 없음을 알고 있었다. 혼곤하게 반짝이는 화촉의 불길들, 그리고 침상을 가린 붉은 비단 너울들이 현란한 꽃 그림자를 만드는 와중에 그의 앞에 드러난 부인의 몸은 믿기지 않을 만큼 그를 매혹하고 있었다.

반듯한 쇄골은 싱그러웠고 작지도 크지도 않은 가슴은 완벽하게 둥근 데다 긴장한 한숨을 따라 파르르 떨리고 있었다. 노루처럼 날씬한 허리와 관능적인 골반을 잇는 곡선은 여체에 무관심하던 그에게 커다란 자극이었다. 너무도 부드럽고 연약해 보이는 몸이었다. 창칼을 쥐는 일에만 익숙한 자신이 그녀를 다치게 하지 않을까 염려가 치솟는 동시에 아랫배가 본능적인 열기로 단단하게 달아올랐다. 이렇듯 육체의 욕망을 솔직하게 느껴 본 적은 처음이었다.

관호는 애써 화영의 몸에서 시선을 떼고 그녀가 벗긴 자신의 예복을 향해 손을 뻗었다. 모양이나마 단정하게 접어 둔 신부복과는 달리 화영의 몫이었던 신랑복은 뱀 허물처럼 구겨져 반쯤 침상 밑으로 떨어지기 직전이었다.

"그건……?"

옷을 부스럭거리는 소리가 나자 호기심을 참지 못한 듯 화영이 실눈을 떴다. 관호가 예복 소매에서 꺼낸 작은 병을 보고 질문하였다.

"향유요."

"향유를 왜……?"

"부인을 아프게 하면 안 되니까."

뚜껑을 빼내고 커다란 손바닥 가득 금빛 기름이 미끄러져 고였다. 확 끼치는 매혹적인 향은 배꽃을 닮아 은은하고도 달콤했다. 관호가 손바닥을 문질러 양손에 모두 충분히 향유를 묻히더니 조심스럽게 화영의 어깨를 감싸잡으며 몸을 숙여 입을 다시 맞추었다.

크고 두꺼운 손바닥 밑으로 데일 듯한 열기와 함께 배꽃 향기가 훅하고 끼쳤다. 향유 덕에 거칠기는커녕 미끄럽고 야하기 그지없는 감각이었다. 기름으로 적신 그의 손이 가슴을 움켜쥐자 짜릿한 감각이 목 뒤를 타고 흘렀다. 부드러운 가슴을 손바닥으로 감싸듯 몇 번 맴돌더니, 자극으로 바짝 선 유두를 손가락으로 살짝 건드렸다.

"앗……!"

화영이 짧게 숨을 들이켰다. 이런 기분은 난생처음이었다. 부끄럽고, 민망하고, 도망치고 싶기까지 했다. 하지만 자신의 몸 위로 쏟아지는 관호의 청동색 머리카락을 보고 있자니 차마 싫다고 말할 수가 없었다.

그녀의 목덜미에 입을 맞추며 관호의 손은 점차 더 아래로 내려갔다. 납작한 복부를 달래듯 둥글게 문질러 주더니 허벅지 사이로 굵고 긴 손가락이 파고들었다. 은밀한 곳에 접촉을 느끼니 본능적으로 다리를 오므렸다. 하지만 관호는 의외로 봐주지 않았다. 갈라진 금을 향유로 미끈거리는 중지로 문지르더니 꼭 닫힌 내부로 침입했다.

"아!"

놀람과 두려움으로 경직된 외마디 비명에 그가 잠시 하던 일을 멈추었다. 그리고는 아예 상체를 일으키더니 화영의 무릎을 양손으로 잡고는 최대한 천천히, 부드럽게 벌렸다. 그의 앞에 음부를 훤히 보이게 되는 자세였다. 화영의 얼굴이 새빨갛게 달아올랐다. 그야 이 짓을 하려면 다리를 열어야 한다는 것 정도는 알았지만, 머리로 아는 것과 실제로 자신이 행하는 것은 완전히 천지 차이였다.

역시 불을 껐어야 했다. 부끄러움을 견디지 못한 화영이 두 손으로 얼굴을 덮었다.

화영이 민망해하는 것을 알았으나 그래도 어쩔 수 없었다. 화영이 처음인 만큼이나 관호 역시 색사를 잘 알지 못하였으나, 그는 자신의 남성이 이례 없이 거대한 크기임을 알고 있었다. 서툰 욕정으로 일을 치렀다가는 화영이 크게 다칠 것이 분명했다. 이 밤 이후에도 두 번의 초야를 더 맞이해야 하는 그녀였다. 첫 밤부터 상처와 고통으로 아프게 하고 싶지 않았다. 그래서 굳이 하루라도 미루고, 나름 최선의 준비를 한 것이다. 여인을 금세 달구어 적실 만큼 능란하지 못하니 대신 부드러운 향유로라도 몸을 열고 늘려 그녀가 자신을 받아들이며 조금이라도 덜 아프도록 하고 싶었다.

"아프면 말해 주시오."

겁먹은 듯 꼭 입을 닫은 음부의 연약한 살을 달래듯 문질러 향유로 적시고, 손가락 하나로만 삽입을 시도하였다. 느리게, 지나치게 깊지 않도록, 긴장을 풀 수 있도록. 모든 것이 큰 관호이다 보니 손가락 하나의 굵기 또한 만만치 않았다. 힉, 하는 화영의 신음이 간헐적으로 헐떡임 속에 섞여 나왔다.

시간을 충분히 들이려고 노력하였다. 하지만 서서히 향유와 섞여 질척이기 시작하는 음란한 소리와 그의 손가락을 꽉꽉 물어 오는 내벽의 압박감에 관호 역시 입술을 깨물고 이마에 힘줄을 돋우며 참고 또 참아야만 했다.

이미 속곳 아래 그의 남성은 터질 듯이 발기해 있었다. 화영이 손으로 얼굴을 가리고 있는 것이 다행이었다. 부풀어 오른 그의 크기를 보았다가는 그야말로 겁에 질려 여태껏 긴장을 풀기 위해 들인 수고가 허투루 돌아갔을 것이다.

향유뿐 아니라 애액으로도 그의 손이 번들거릴 즈음, 그는 손가락을 하나 더 하여 삽입했다. 그러자 한 개일 때와는 또 다른 굵기에 화영의 허벅지가 경련하듯 부들거렸다. 애써 신음을 참는지 손바닥 밑으로 드러난 입술을 애써 깨무는 것이 보였다. 도톰한 입술을 가만히 물어뜯으며 교성을 참는 모습이 사내를 더욱 달궜다.

지금은 안 된다. 아직은 안 된다. 관호는 수도 없이 되뇌며 호흡을 애써 가다듬었다. 그리고 처음보다 빠르게 진퇴를 반복하면서 엄지손가락으로는 향유로 젖어 있는 음핵을 자극하기 시작했다. 그러자 기어코 화영의 입에서 앓는 소리가 흘러나왔다.

"이건…… 기분이 좀……."

도망이라도 치고 싶다는 듯이 무릎을 모으려고 했으나 관호가 허벅지를 붙잡아 바닥에 고정시키는 힘에는 이길 수가 없었다.

낯선 감각의 파도에 흔들리며 그녀는 고개를 비틀거리며 흔들렸다. 그녀가 반응할수록 그녀의 내벽도 더욱 젖었고, 잘근거리며 손가락을 씹어 댔다. 다소 깊게, 강하게 밀어 넣어도 아프다기는커녕 환영하듯 받아들이며 옥죄는 내벽에 관호도 숨이 턱 막혔다. 더 참았다가는 머리가 터지든 가슴이 터지든 어딘가 터질 것만 같았다.

흥건한 소리와 함께 손가락이 빠져나갔다. 저도 모르게 허리가 들려 있던 것을 그제야 느낀 화영은 고개를 옆으로 젖혔다. 숨이 가빴다. 이제 무슨 일이 일어날지 알고는 있었지만…… 이렇게 이상한 기분에 엉망으로 휩쓸릴지는 몰랐다.

"이제 삽입하겠소."

최대한 풀었지만 쉽지는 않을 것이오. 그가 덧붙이는 말은 끓어오르는 흥분으로 인해 숫제 으르렁거림에 가까웠다. 그는 젖어 있는 그녀의 좁은 입구에 자신의 남성을 맞추었다. 두어 번 문지르며 크기를 가늠해 보았지만 역시 버거우리라는 생각이 스쳤다. 그러나 이미 인내심은 끊긴 상태였다.

게다가 더 시간을 들여 보았자 화영 역시 얕은 쾌감의 연속으로 체력만 소모될 것이었다. 관호는 천천히 자신의 체중을 실으며 비좁은 질구를 열고 들어갔다.

"아……!"

충분히 적시고 풀어 주었다지만 말도 안 되는 크기였다. 다리 사이에서 느껴지는 압박감과 이물감에 화영은 자신도 모르게 얼굴을 가리던 손으로 금침을 움켜쥐었다. 그러자 자신을 내려다보는 관호가 보였다. 까무잡잡한 그의 얼굴이 흥분으로 더욱 붉게 달아올라 있었다. 그 가운데 선명한 눈동자만이 형형하게 끓어올라, 눈이 마주치는 것만으로도 그가 느끼는 정욕을 옮겨 받는 기분이었다.

화영과 시선을 마주친 관호는 그 순간 스스로를 제어할 수 없을 것 같다는 두려움을 느끼고야 말았다. 평생 한 번도 자기를 통제하는 데에 어려움을 겪어본 적 없는 그였다. 하지만 바로 이 순간, 그녀를 짐승처럼 짓누르고 쑤시며 자신의 욕망을 채울까 봐, 신뢰로 진행되어야 할 신성한 초야를 날것의 흥분으로 물들일까 봐 두렵기 그지없었다.

어쩌면 이미 그는 알고 있는지도 몰랐다. 자신이 두려워하는 일들이 시작되었다는 것을.

소나 말의 것처럼 장대한 그의 남성이 한 번에 좁은 내벽을 꿰뚫었다. 몸을 쪼개는 듯한 날카로운 통증에 화영이 저도 모르게 손을 뻗어 그의 어깨를 할퀴었다. 밀어내려는 듯 가슴을 두드리고 버둥거렸으나 그는 전혀 밀려나지 않았다.

"차라리 이 편이…… 수월할 것이라. 용서하시오."

관호의 숨결에도 숨길 수 없는 거친 흥분이 배어 나왔다. 그는 당장에라도 허리를 움직이고 싶은 욕망을 자제하느라 이를 악물어야 할 상황이었다. 천천히. 그녀가 다치지 않게. 필연적인 고통은 어쩔 수 없을 테지만 부상을 입히고 싶지는 않았다.

그는 어금니를 꽉 깨문 채 두 손을 화영의 머리 옆에 두고 체중을 서서히 앞으로 실었다. 음부끼리 빠듯하게 질척이는 소리를 내며 맞닿고, 배 속에 그의 것을 온전히 받아들인 화영은 이내 벌벌 떨기 시작했다.

과연 침혜의 말이 옳았다. 처음이니까, 그리고 관호가 엄청난 대물일 게 분명하니까 아픈 건 어쩔 수 없다고. 찔끔 눈물이 날 것 같았다. 하지만 눈물이 난다 해도 이 열기에 휘발되어 밤공기 사이로 사라질 것 같았다. 배꽃향기와 화촉 일렁이는 냄새로 혼곤한 이 방 어딘가로.

화영은 고개를 뒤로 젖혔다. 울고 싶은데 숨도 제대로 쉬어지지 않았다. 도대체 자신의 안에 뭐가 들어온 건지 믿기지가 않았다. 이렇게까지 클 수가 있나? 이게 사람의 물건이란 말인가? 말뚝이 들어왔대도 믿겠다.

그가 허리를 움직일 때마다 쩌억, 쩌억 하는 민망한 소리가 침상 위에 울려 퍼졌다. 향유와 애액이 뒤섞여 윤활을 함에도 좁은 질벽이 거대한 남성기를 삼키며 버거워하는 것이었다. 진퇴를 계속할수록 참기 어려운 열기가 하복부에서부터 시작되어 머리끝까지 살라 먹는 듯하였다. 이제는 고통조차 압박감에 희미해지고, 젖은 내벽을 인내심 있게 문지르고 자극하는 남성의 굵기와 뜨거움에 눈앞이 하얗게 날아갈 듯 말 듯 애가 탔다.

"아, 아윽, 흐윽."

화영이 입을 벌리고 제대로 된 단어를 만들어 내지 못한 채 고개만 흔들자, 관호는 그것이 통증 때문이라고 여긴 모양이었다. 허리를 움직이면서 한 손을 내려 보드라운 가슴을 문지르고 유두를 긁듯이 자극하였다. 그러다가 찡그린 이마에 자신의 이마를 가져다 대고, 깊게 달궈진 숨을 내뱉으며 그녀의 호흡에 따라 삽입을 조절하였다. 얕게, 깊게, 부드럽게, 더 깊게.

화영의 다리는 관호의 허리에 제대로 감기지도 못한 채 인형처럼 흔들렸다. 땀에 젖은 그의 구릿빛 근육 아래 발갛게 물든 화영의 살결은 비에 맞아 떨어진 작약처럼 요요하고도 관능적이었다.

점차 속도가 빨라졌다. 최대한 자제하려던 관호의 육신도 이제는 이성이 아닌 본능에 따라 움직이는 것이었다. 격렬하게 수축하고 조여들며 성기를 물어 대는 내벽에, 그리고 온몸을 봉선화처럼 물들인 채 무방비하게 매달려 헐떡이는 여인의 표정에 흥분은 도저히 감당할 수 없을 만큼 커졌다. 이 욕심을 과연 해소할 수나 있는 것인지 확신이 들지 않았다.

관호는 이를 악물고 몸을 더욱 낮추며 추삽질 속도를 높였다. 따끔하게 어깨와 등허리를 할퀴어 오는 화영의 손길은 오히려 그를 재촉하는 것만 같았다.

"아, 으응, 아……!"

버둥거리던 화영의 몸이 달뜬 비명과 함께 짧게 경직되더니, 이내 벌벌 떨면서 고개가 뒤로 넘어갔다. 미친 듯이 죄여 오는 속살의 감각에 관호 역시 한계가 다다랐다. 이를 악물고는 화영의 골반을 움켜쥐고, 가장 깊은 곳에다 자신의 흔적을 남기며 짐승 같은 신음을 토해 내었다.

뜨거운 것이 안을 적시는 감각에 반쯤 기절했던 화영이 파르르 눈꺼풀을 들어 올렸다. 배 속을 가득 채웠던 굵고 커다란 것이 느리게 빠져나가는 느낌에 부르르 몸이 떨렸다. 울음이 터질 것 같은데, 그럴 기력도 없었다. 그저 한 번도 쉬지 않고 산등성이를 달려온 사람처럼 헐떡거리며 가슴을 들썩거릴 뿐이었다. 허벅지 안쪽은 감각도 없었고 지나치게 힘을 주었던 탓인지 손발에도 힘이 들어가지 않았다.

달콤한 배꽃 향기와 음란한 체액의 야릇한 냄새에 뒤섞여 희미한 피비린내가 느껴졌다. 화영은 입을 열었지만 아무 말도 할 수가 없었다.

"괜찮소. 이제 괜찮을 거요."

관호의 낮은 목소리가 그녀를 감싸 안고 다독여 주는 것만 같았다.

어디선가 물이 찰랑이는 소리가 들렸다. 그리고 이내 따끈하게 적셔진 면포가 얼얼하고 쓰린 그녀의 몸 위를 다정하게 닦아 주기 시작했다.

"이제 괜찮소, 주무시오, 부인."

'이제 겨우 첫 밤인데…….'

하지만 지금만은 그의 괜찮다는 말을 믿고만 싶었다. 화영은 관호의 손길을 느끼며 잠에 빠졌다.

* * *

첫 초야가 지난 아침, 현희부는 고요하기 그지없었다. 공주가 늦게까지 일어나지 못하였으므로 식사 역시 각자 부마들의 처소로 날라졌다. 다 함께 대청에 모여서 차를 마시는 일도 없다. 부마들은 서로의 얼굴조차 보지 않았다. 그게 차라리 편할 것이다. 다만 현희부를 나간 은룡은 아직도 돌아올 기색이 보이지 아니하였다.

신방이 후원의 별채에 차려졌으므로, 그리고 침혜를 비롯한 최측근의 입 무거운 시녀 한둘만 알고 준비에 참여하였으므로 현희부 아랫것들이 모두 지금 벌어지는 상황을 아는 것은 아니었다. 그럼에도 현희부 안을 맴도는 이 기이하고도 초조한 분위기는 피부에 따가울 정도로 선명하였다. 하인들은 침혜의 지시대로 극히 몸을 낮추고 부마들의 시중을 들었고, 허튼 말을 하지 않도록 입을 꼭 봉하였다.

정오가 훨씬 지나서야 기침한 공주는 침혜의 시중을 받아 힘겹게 목욕을 마쳤다. 욕실 안에서는 짧게 웃음소리가 났고, 오랫동안 정적이 흘렀다. 옷을 갈아입은 후에는 본채의 처소로 돌아왔다. 지난밤의 흔적이 적나라하게 남은 신방을 청소할 필요도 있을뿐더러, 공주가 차마 게에 있고 싶어 하지 않았던 것이다. 그렇게 익숙한 처소로 돌아온 후, 간단하지만 기력을 돋우는 제비집 죽으로 가까스로 요기를 하였다.

"……그 사람은?"

"처소로 돌아가셨어요."

침혜가 따라 주는 차를 마시며 화영은 우물거렸다. 관호를 떠올리는 것만으로도 속이 울렁거린다. 얼얼함이 가시지 않은 다리 사이와 아랫배가 열기로 뭉치는 것만 같았다. 이런 일을 해 놓고 세상 부부들은 어찌 다음 날에도 멀쩡하게 얼굴을 마주할 수 있는 것인지, 솔직히 알 수가 없었다.

"내내 처소에 계실 것이라구 하셨어요. 내원이나 후원에도 아니 나오실 거라구."

"그 말은……."

"만일 마마께서 바람이 쐬고 싶으시다면 그분을 마주칠 염려 없이 하셔도 된다는 뜻이겠지요."

화영은 급하게 눈을 내리깔았다. 은근히 속으로 생각하던 것을 관호가 읽어 낸 것 같아서 부끄러웠다. 그리고 조금은 놀랍기도 했다. 이렇게나 세심하게 배려해 주다니.

하긴, 지난밤에도 일만 치르고 만 것이 아니라 끝까지 그녀를 닦아 주고 서툴게나마 옷까지 추슬러 입혀 주었던 그다. 겉모습으로만 판단한다면 누구도 몰랐겠지. 그야 인의를 중시하는 군자 같은 성품임은 알았으나, 여인을 대하는 사내로서도 이리 속이 깊고 잔정이 많을 줄은 몰랐다.

이렇게 신경 써 주면 더 미안한데. 화영은 차를 한 모금 더 들이켰다. 불가에 귀의하려던 사람의 청결한 정조를 얻어 낸 것은 그녀였다. 미안해하고 눈치를 보며 살펴도 그녀가 해야 할 일이었다. 헌데 관호는 참으로 그녀가 부인이라도 된 것처럼, 갓 혼례를 치른 신랑과 신부처럼 배려하고 있었다.

ㅡ부인.

문득 귓가에 지난밤 관호의 목소리가 들리는 것 같았다. 흠칫 아찔한 소름이 돋았다. 화영은 고개를 휘저었다.

"은룡은 아직…… 안 왔지?"

"……예."

애써 화제를 바꿔 보았지만 별반 소득은 없었다. 오히려 분위기가 더 가라앉아 버렸다.

"등청은 하고 있을 테니까……. 은가로 돌아갔나 보네. 하긴 거기가 원래

은룡 집이니까, 뭐…….",

"오시겠지요, 그래두. 오실 거예요. 너무 심려하지 마세요."

"그럼, 와야지. 내 말인데."

은룡은 내가 해 달라는 거라면 한 번도 거절한 적이 없어, 화영은 차마 그 말은 내뱉지 못하고 씩 웃었다.

"안 오면 잡으러라도 가야지. 안 오기만 해 봐, 가만 안 둘 거니까."

"아직 어리서서 그래요, 은 부마는. 마마도 속상할 걸 알면서도 순간 어쩔 줄을 모른 거지요. 후회하고 계실 거예요."

침혜가 빈 찻잔에 차를 한 잔 더 따르며 말했다.

"지금 돌아오면 그것도 어색하고 이상하니까 망설이고 계시겠지요. 내일이면 꼭 귀가하실 거예요. 내일이 은 부마의 초야이니까."

응. 화영은 고개를 끄덕였다. 더는 이야기하지 않으려는 태도였다. 어차피 지금 그녀가 할 수 있는 일은 없었다. 당장 나가서 은가 대문을 박차고 아들을 내놓으라고 할 게 아니라면 말이다.

오겠지. 와 주겠지. 은룡이 없으면 안 된다. 은룡이 밤을 보내 주지 않으면 어제 관호와 보낸 초야도, 오늘 밤 맹타안과 지내야 하는 초야도 모두 헛수고가 되어 버린다. 은룡도 알고 있을 것이다. 아니까 더욱 속이 상하여 차마 보지 못하고 나가 버린 거겠지만.

반쯤 울고 있던 은룡의 얼굴이 떠올랐다. 늑골 언저리가 욱신거렸다.

"아, 맹 부마가 그러고 보니 외출하셨더라고요."

화영이 잠잠하자 침혜가 눈치를 보다 짐짓 명랑한 어조로 입을 열었다.

"외출을? 어디로?"

예상하지 못한 이야기에 화영이 퍼뜩 고개를 들었다. 맹타안이 밖으로 나갔다니?

"글쎄요, 엊그제부터 뭔가 처소에서 사촌 도련님과 시끄럽게 드잡이질을 하는지, 뭘 뒤엎는지 하시다가…… 갑자기 신새벽에 훌떡 나가시더라구요."

"어디 간다고 말은 없고?"

"음음, 청지기 고 씨 말로는 저녁 전까지는 오시겠다구 하셨대요. 하도 급해 보이기도 하고, 어딘지 굳은 표정이라 차마 더는 못 물었나 봐요."

"저녁까지 오기만 한다면야⋯⋯ 상관은 없겠지만."

오늘 밤은 그가 필요했다. 달리 말하면 밤까지만 신방에 오면 된다는 소리기도 하였다. 그러니 굳이 낮에도 현희부에 붙어 있을 필요는 없다. 다만 맹타안은 입장이 입장이다 보니, 어지간해서는 현희부 밖으로 외출을 삼가는 편이었다. 왕위를 찬탈당한 강로족 세자인 데다 외모가 지나치게 눈에 띄는 까닭이다. 게다가 화영이 알기로는 황제의 허락 없이는 도성 밖 외출이 불가하다는 것이 맺은 조약의 일부였다. 그렇다면 나갔다 해도 도성 내에서 볼 일이 있다는 말인데⋯⋯. 순수한 궁금증이 피어올랐다. 무슨 일일까?

"이상한 일도 다 있네. 까닭 없이 놀러 나갈 사람은 아닌데."

"그러니까요. 그리고 맹 부마가 혼자 놀러 가실 분인가요? 어딜 가도 같이 가자 꼬시려 들었을 분인데요."

"그것도 그래."

화영은 피식 웃었다. 그러고 보니 백련호에 함께 가 보자 했었지. 깜빡 잊고 있었다. 중경 저잣거리에서의 난리 이후 모든 것이 너무 급박하게 변해 버렸다. 혼자 거기에 가진 않았겠지? 그럴 리는 없겠지만.

화영은 찻잔을 슬쩍 상 위로 밀었다.

"조금 더 자 둘까 봐."

깨어 있으면 생각이 너무 많았다. 순간순간 후회가, 두려움이 번득이며 머리 한구석에서 비어져 나왔다. 이미 벌어진 일이고 쏟아진 물인데도. 이게 정말 최선일까? 효과가 없다면? 부질없는 일이었다면? 이러고도 오빠가 쾌유하지 않으면 부마들의 얼굴을 어떻게 볼까? 그들은 나를 어떻게 볼까.

화영의 말에 침혜가 잠시 멈칫하다가 끄덕였다.

"그러세요, 여름이라 낮도 긴데. 땡기실 땐 주무시는 게 좋지요."

침혜는 태연하게 다과상을 치우고, 잠자리를 보아 주었다. 지난밤 아무도 눕지 않았던 본채 처소의 침상이었다. 푸른색의 난초가 수놓인 이불을 걷으며 화영은 새빨갛게 붉던 지난 밤의 금침을 떠올렸다.

심장이 두근거렸다. 배 어딘가에 작은 구멍이 생겨, 그 주위에 소용돌이가 생긴 것 같았다. 몸 안의 모든 피가 빙글빙글 그 구멍 안으로 빨려 들어가는 듯이 어지러웠다. 반듯하게 누워 눈을 감았는데도 현기증은 멈추지 않았다.

단 하룻밤이었는데.

뭐가 이렇게 변해 버린 걸까.

지금쯤 부마들은 무엇을 하고 있을지, 어떤 표정일지 생각해 보았다. 어딘지 가슴이 먹먹하였다. 화영은 잠시 뒤척였다. 그러다 다시금 잠들었다.

* * *

"맹타안은?"

"지금 준비하고 계신대요."

화영을 신방으로 모신 침혜는 눈썹을 찡긋거리며 곤혹스러움을 숨기지 못했다.

"이상하네요, 참말로. 맹 부마답지 않게 무슨 일인지. 술시가 다 넘어서야 귀가하셨지 뭐예요?"

"그러게, 별일이네. 그간 그렇게 내 치마를 못 걷어서 안달이었는데, 정작 지각이나 하고 말이야."

"그야 물론 사정이 있으셨겠죠, 마마! 그렇게 말씀하시지는 마셔요!"

"그 사정이랄게 뭔지 점점 궁금해진다."

질색하다시피 놀란 침혜와 달리 화영의 표정은 의외로 밝았다. 두 번째 초야에 신랑이 늦는다는 소리에 별반 마음이 상치 않은 모양새였다.

"나 혼자 있을래. 그만 가 봐."

"하지만……."

"그 사람이 들어왔는데 너랑 같이 있는 것도 이상하잖아. 놔둬. 어차피 민간에서도 신방엔 신부가 먼저 들어와 기다린다니까, 딱히 트집 잡을 것도 없지."

화영의 산뜻한 반응에 침혜가 눈을 가늘게 떴다.

"무슨……. 이상한 생각을 하고 계시는 건 아니죠?"

"이상한 생각이라니?"

"마마 낯빛이 뭐랄까……. 굉장히 신나 보이시는데요."

"뭐, 신나면 안 돼? 초야면 신부는 죄다 죽상에 울상에 벌벌 떨어야 한다는 법이라도 있어?"

"아뇨, 뭐, 그렇지는 않죠."

침혜는 의심스러운 눈초리를 거두지 못했다.

"저로 말할 거 같으면 남편이 도저히 잔치에서 빠져나오지를 못하니까 문을 박차구 나와서 끌고 들어왔거든요. 노인네들이야 그러면 불운이 온다느니 어쩌느니 하지만, 뭐, 날이 다 새도록 기다릴 수도 없잖아요?"

"진짜 그랬단 말야?"

"거짓말이죠, 당연히. 그걸 믿으셔요?"

"참나!"

커졌던 화영의 눈이 다시 원래대로 돌아왔다. 속았다는 듯 입술을 삐죽이자, 침혜가 코웃음을 쳤다.

"흐흥, 제 서방이 아무리 사람 좋은 바보라지만 첫날밤까지 날려 먹진 않거든요. 몸이 오죽 달았어야지? 제가 딱 좋게 꼬셔 놓았으니까."

"참나, 또 남편 자랑하네. 진짜 다음엔 내가 따라가 봐야겠어. 얼마나 멋지길래 우리 침혜를 이렇게 홀랑 반하게 만들었는지."

"어이구, 말씀도 참."

화촉들이 따라 웃듯 일렁였다. 지창은 굳게 닫아 놓았지만 생각보다 덥지 않았다. 평소라면 밤바람이 들어오도록 했을 화영이지만 신방에서는 아니었다. 창을 열어 둔다 하여도 외진 후원의 별채이니 누구 귀에 들릴 리는 없으리라. 허나 어차피 온몸이 더워 달뜰 터, 여나 닫으나 무슨 차이가 있겠는가. 그러한즉 화영은 필요하신 것 없느냐는 침혜의 질문에 없어, 하고 싱긋 웃고는 말았다.

침혜가 뒷걸음으로 물러나 사라졌다. 신방의 문이 닫히는 소리. 그리고 고요한 밤의 정적 덕분에 멀리까지 울려오는 침혜의 발소리. 굳게 맘을 먹고 척척 나가다가도, 얼마 지나지 않아 마음에 걸리는지 한참을 멈추다가, 다시 한숨짓고 발을 옮기는 소리가 희미하게 들려왔다.

'당연히 내가 불쌍하겠지. 팔자가 기구하다고 한탄하겠지.'

화영은 붉은 금침을 깐 침상에 앉아 가만히 다리를 흔들었다. 적막한 신방 안, 금으로 만든 촛대 위에 붉은 초들이 불을 이고 서 있었다.

"난 불쌍하지 않아."

방 안은 온통 붉었다. 그녀가 눈을 뜬 바로 그날처럼.

"고작 이 정도로 오빠를 살릴 수 있다면 오히려 이득이지. 그 수많은 열녀나 효자 설화들 기억해? 허벅지 살을 베어 먹이니, 손가락을 잘라 피를 내니, 난리도 아니잖아. 난 그렇게까지 하지 않아도 돼. 그만큼 아플 것도 없구 다칠 것도 없어. 그냥…… 혼인을 세 번 하는 것뿐이야. 뭐가 그리 나빠?"

촛불은 대답하지 않았다.

"흥, 어차피 내가 누이가 아니라 아우였다면 진작 부인을 셋이 아니라 다섯은 얻었을 거야. 하나뿐인 왕야니까. 정비에 측실에 시첩에 난리도 아니었을걸? 분명 태후께선 금가 출신으로 채우려 하셨겠지만, 어쨌든. 그렇게 치면 지금이 훨씬 나아. 정말이야."

화영은 괜스레 촛불을 노려보았다.

"장공주나 왕야나 황제의 동생이긴 똑같은데 뭐가 대수야? 따지자면 공주는 부마 하나만 두는 게 더 불공평하다고. 그리고 내가 계속 부마들을 데리고 살려고 이러는 것도 아니잖아? 오빠만 나아지면 보내 줄 거구, 참나."

자리에서 벌떡 일어나니 그 기세에 그제야 촛불들이 놀라 흔들린다. 화영은 코웃음을 쳤다. 이제 와서 그래도 소용없어. 그녀는 누구에게 하는 말인지도 모를 소리를 중얼거리며 무거운 혼례복 치맛자락을 움켜쥐었다. 그리고 굳이 직접 귀한 발걸음을 옮겨 신방의 화촉을 하나하나 다 끄기 시작하였다.

침상에서 가장 멀리 떨어진 것부터 시작하여, 점차 가까운 데까지 왔다. 그러다 종래엔 침상 머리맡에 자리를 지켜선 놈 하나만 남았다.

거기까지 후, 하고 불려다가 화영이 순간 멈칫하였다. 완전히 어둠으로 가득차리라 예상하고 보니, 저가 지금부터 하려던 일에도 방해가 될 것 같았다.

"운이 좋네."

화영은 하나 남은 화촉더러 들으라는 양 피식 웃었다. 그리고 잠시 숨을 죽였다. 혹시 맹타안이 저 멀리 주랑을 통해 신방으로 오고 있지는 않은가 기척을 살핀 것이다. 하지만 맹타안이 귀가한 시간 자체도 늦었을뿐더러, 평소에도 잘생긴 외모를 무척 갈고 닦는 사내이니 초야를 위한 준비를 급하다고 허투루 하지 않으리라. 분명 다소 지체하는 한이 있어도 가장 완벽하게 빛나는 모습으로 신방을 찾아오겠지. 그렇게 생각해 보면 아직 화영에겐 시간이 있었다.

후. 잠시 길게 심호흡을 하였다.

그리고 화영은 옷을 벗기 시작했다.

* * *

뭐지?

신방 앞에서, 맹타안은 걸음을 멈추었다. 주랑을 걸어오면서도 느꼈던 것이지만, 코앞까지 오자 더욱 이상했다.

이렇게 어두컴컴한 신방이 어디 있단 말인가?

화촉으로 가득 밝혀 대낮처럼 반짝여야 할 신방이 밤처럼 어두웠다.

그가 직접 손에 들고 온 등롱 불빛이 아니었다면 문이나 제대로 열 수 있었을지 모르겠다. 무슨 일일까? 설마 그가 늦어서 부인이 화라도 난 걸까? 그래서 처소로 돌아가 버린 것일까?

'아니, 그럴 리는 없지. 하나뿐인 오라비의 생명이 걸린 일인데, 내가 다소 지체했기로서니 이 밤을 없던 일로 하지는 않을 것이다.'

맹타안은 불 꺼진 신방 앞에서 잠시 망설였다. 그의 평생 가장 무관하던 것이야말로 바로 망설임이었음에도 말이다.

그는 가장 믿던 숙부에게 온 가족이 늑대 사냥하듯 몰려 죽었을 때에도, 피 냄새와 시체 타는 냄새에 잠 깬 수리들이 몰려와 하늘에서 비명을 지르던 때에도 망설이지 않았다. 본능이야말로 그가 제일로 신뢰하는 길잡이였으며, 여태껏 단 한 번도 그에 따른 일을 후회한 적이 없었다. 조금만 더 늦었더라도 그는 지금쯤 초원 위의 이름 없는 백골로 나뒹굴고 있었을 것이다.

부모의 막사가 불타고, 부하들의 피비린내가 마른 공기 내에 가득하던 그 순간 그는 망설이지 않고 뒤를 돌았다. 그리고 분위기를 파악하지 못한 멍청한 사촌 놈의 뒷덜미를 붙잡고 달렸다. 가까스로 말을 찾아 올라타고 그대로 도망쳤다. 그의 목을 노리고 덤비는 배신자들과 북려 군사들을 하염없이 죽이고 또 베어 내고 꿰어 내던지면서, 그렇게. 창날이 피와 살로 삭고 천 리를 달린다는 강로마조차 피거품을 물고 쓰러질 만큼, 그렇게.

망설이는 시간에 움직이는 것이 낫다는 것이 그가 살아온 인생의 결론이었다. 한 번도 그를 배신한 적 없는 진리였다.

그런데도 그는 신방 앞에서 망설이고 있었다.

'꼴사납군.'

자신을 비웃었으나 여전히 그는 신방의 문을 열고 들어가지 못하였다. 텅 빈 신방과 차게 식은 침상을 생각하면 벌써부터 가슴이 덜컥 내려앉을 것만 같았다.

아주 조금 늦은 것뿐이다. 정말이다. 고작해야 반 시진 정도밖에는 늦지 않았다. 그 정도면 넘어가 줄 수 있는 정도 아닌가? 다른 이유에서도 아니고, 가장 잘생기고 완벽한 신랑의 모습으로 등장하기 위해서였단 말이다.

'망할 놈. 그대로 머리를 잘라 내어 가게 문 앞에 달아 놨어야 하는데.'

이게 모두 그 장사치 때문이다. 맹타안은 이를 갈았다. 어제 미리 이야기해 둔 대로 지불하러 갔건만 정작 물건을 준비해 두지 않았다니, 말이나 되는가? 참말로 맹타안 그가 그만한 대가를 지불하리라고 믿지 않은 모양새였다. 그 멍청한 돈벌레 때문에 귀가가 늦었고, 초야에 들기 위한 준비마저 늦어 버렸으니 속이 탔다.

'그렇다고 대충 찬물만 끼얹고 올 수도 없는 노릇 아니냔 말이다. 여태껏 본 어느 모습보다도 잘생기고 사내답게 보여야 하는데!'

후. 맹타안은 신경질적으로 어깨를 으쓱였다. 그리고는 등불을 잡지 않은 손으로 괜스레 옷깃과 요대를 더듬어 보았다. 그의 금관에 달린 작은 방울들이 짤랑였다. 금으로 만든 속발관으로 머리를 틀어 올려 고정하니 그야말로 한밤중에서도 눈이 부시도록 반짝이는 외모였다. 등불의 불그스레한 빛을 받아 그의 금발은 더욱 짙게 윤기를 띠었고, 흰 피부와 푸른 눈은 그림에서 나올 만치 아름다워 보였다.

붉은 예복을 내려다보자니 문득 피식 미소가 새었다.

－거울에도 안 비춰 봤나 몰라? 자기 모습이 얼마나 요란스러운지. 꼭 중양절 국화밭에 잘못 심은 장미화 같아.

처음 만났던 자리였나. 그녀가 자신을 보며 입술을 비죽이던 모습이 떠올랐다.

'그때부터 알아보았지. 강로왕비로 충분히 어울리는 여인임을.'

맹타안은 깊게 심호흡을 하였다. 그리고 그녀가 요란스럽다고 놀렸던 붉은 혼례복을 입은 채, 닫힌 신방의 문을 열었다.

처소 안은 온통 어둠뿐이었다.

"허, 참……."

저도 모르게 혀를 차게 된다. 이 안에 부인이 있기는 한 것일까? 이렇게 어두컴컴한 신방이라니! 하지만 은은하게 풍기는 향기가, 그리고 밤임에도 서늘하게 식지 않은 처소 안의 공기가 말해 주고 있었다. 분명 이 방의 끝, 높은 침상 위에 그의 부인이 있다고 말이다.

맹타안은 등불을 고쳐 잡고 안으로 들어왔다. 등 뒤로 문이 무겁게 닫히는 소리. 그에 반응하듯 저 멀리서 부스럭거리는 작은 소음이 들렸다. 분명한 인기척이었다.

"부인?"

발걸음을 옮기며 맹타안은 영리하게 주위를 확인하였다. 금촛대 위에 붉은 초들이 나란히 꽂혀 있고, 촛농이 미끄러져 내린 흔적까지 보이니 분명 불을 밝혔다가 끈 것이 분명하다. 누가 감히 현희부 주인과 그 낭군의 초야 화촉을 멋대로 끌 수 있을까? 그 장본인이 아니고서야 불가능한 일이다.

'역시, 마음이 상한 건가? 내가 늦어서?'

그렇게 생각하자 조급해진다. 가슴이 불안하게 두근거렸다. 약속보다 반 시진을 더 기다렸으니, 홧김에 화촉을 모다 꺼 버리고 잠들었다, 라. 맹타안이 알아 온 공주라면 충분히 그러고도 남을 터였다.

게다가 첫 밤도 아니지 않은가.

'관가가 아프게 했을까? 그래, 분명하지. 구 척이 말이나 되는 크기란 말이냐. 그만한 놈은 제 말마따나 머리 깎고 중이나 되어야지, 어디 귀한 부인에게 무지막지하게……. 이런, 관가 때문에 심기가 상한 와중인데, 내가 늦는다니 더욱 마음이 돌아섰을지도 모르겠구나.'

맹타안 자신이나 은가 애송이와 있어도 한참 작은 그녀였다. 평균보다 작은 정도는 아니지만 팔 척인 그들이 워낙 장신인 까닭이었다. 헌데 관호라고? 그놈은 맹타안과 은룡보다 반 뼘은 컸다. 뼈대만 보아도 보통이 아니니, 분명 그 물건도 대들보만 하겠지. 거기까지 생각이 흐르니 분통이 터졌다. 부인이 가엾고 불쌍해 이가 갈렸다.

'여인의 처음이란 제아무리 실력 좋은 사내를 맞아도 고통이 따르는 법인데, 융통성이라고는 하나도 없는 벽창호를 감내해야 했으니 얼마나 고생하였을까!'

맹타안이 첫 번째 부마, 즉 옥첩에 이름이 오르는 대외적인 부마도위가 되지 못한 것은 그의 신분 때문이었다. 망명한 강로족의 세자. 결코 공공연하게 존재를 드러낼 수 없는 상황이기에 그는 두 번째로 절을 올렸고 두 번째로 합환주를 마셨다.

당시에는 별문제를 느끼지 못하였다. 관호는 부처 가운데 토막 같은 뻣뻣한 놈이었고, 은룡은 가당찮은 귀족 도련님 정도로 치부했으니까. 순서는 아무래도 중요하지 않다고 여겼다. 끝까지 현희부에 남아 부마로 살겠다고 버티면 그걸로 되는 일이다. 장공주와의 연을 맺어야만 황제가 강로 왕위를 탈환하는 데에 보다 아낌없는 지원을 해 줄 테니, 액막이 혼인을 진짜 혼인으로 고집하는 것은 선택이 아닌 필수였다.

하지만 지금은.

"부인…… 화가 났소?"

침상에 다가선 맹타안은 바닥에 등을 내려놓았다. 그리고 드리워진 비단 너울을 걷고는 슬쩍 침상 가장자리에 앉았다. 등불의 어스름한 주홍색 불빛 덕분에 이불 위로 흐트러진 공주의 머리채가 보였다. 등을 돌린 채, 금침으로 몸을 꽁꽁 감싸고 누워 있는 그녀에게 상체를 숙이며 맹타안이 속삭였다.

"내 무릎이라도 꿇고 사죄하겠소. 다 내가 잘못했으니 용서해 주시오."

대답은 없었다. 하지만 고치처럼 뭉친 금침 더미에서 부스럭거리는 소리가 났다.

이내 화영이 뒤를 돌았다.

"왜 이렇게 늦었어요?"

턱 밑까지 이불을 끌어 올린 채, 커다란 눈이 생생하게 빛나고 있었다. 그녀와 눈이 마주치는 것은 참으로 기묘한 감각이었다. 붉은 비단 이불 위로 보이는 사랑스러운 얼굴, 그리고 길게 풀러 내린 머리카락에서 풍기는 달콤한 향기.

문득 맹타안은 고개를 갸웃했다.

"머리는 왜 풀었소?"

슬쩍 손을 뻗어 화영의 머리카락을 쓸어보며 하는 말이었다.

"그게 중요해요? 늦은 건 당신인데?"

"물론 내가 늦었지. 헌데 부인의 지금 모습은 꼭……."

"꼭, 뭐요?"

"세상에서 제일로 아름답구려."

맹타안의 시선이 재빨리 침상 바깥을 훑었다. 등을 놓아둔 바닥 부분이 제일 밝았다. 그 근처에 뒹구는 금비녀와 떨잠들, 진주로 장식한 보요들이 등불의 빛을 받아 반짝거리는 것이 그의 날카로운 시야에 포착되었다.

"직접 머리를 풀었소?"

화영은 맹타안의 부드러운 목소리에 눈썹을 살짝 들어 올렸다. 맹타안이라면 분명 능글거리면서 감언이설을 쏟아 대고, 지각에 자기변명을 엄청나게 해댄 다음에 곧장 침상 위로 덤벼들 거라고 생각했던 것이다. 헌데 침대 머리맡에 걸터앉은 그의 얼굴에서는 이기적인 욕망이나 지저분한 탐욕은 전혀 보이지 않았다.

"내가 직접 해 주고 싶었는데. 아니, 이럴 말을 꺼낼 염치도 없구려. 기다리려면 족히 불편했을 테니, 장신구야 빼내는 게 당연하지."

그의 얼음처럼 투명하고 흰 피부가 등불의 불그스레한 빛을 받아 따뜻한 색으로 물들었다. 화려하게 틀어 올리고 여인처럼 짤랑이는 보요까지 여럿 꽂아 넣은 금빛 머리 타래 역시 불빛을 흡수하여 화촉처럼 붉게 일렁이고 있었다. 그 때문일까. 이전에 보았을 때는 가차 없이 빈정거렸던 붉은 신랑의 예복 차림임에도 맹타안은 참으로 아름답게 보였다.

화영은 잠시 머뭇거렸다. 그러자 맹타안이 대신 말을 이었다.

"잠깐 화촉에 불을 붙여도 되겠소? 등불이 있기는 하나, 둔중한 빛인 데다 바닥에 놓을 수밖에 없는 터라. 침상 머리맡의 두어 개만 켜겠소. 어떻소?"

"아, 안 돼요!"

"응?"

여전히 이불을 꽁꽁 둘러싼 사람 치고는 꽤나 격한 반응이었다. 반대를 예상치 못한 맹타안은 놀란 기색을 감추지 못하였다.

"왜 그러오? 촛불에 뭐가 문제라도 있소?"

"아니, 그게 아니고……."

"그럼 하나만이라도 불을 붙이겠소. 침상의 너울도 좀 걷어 두고……."

"안 된다니까?!"

그때였다. 반쯤 일어나려던 맹타안을 붙잡느라 화영의 팔이 이불 속에서 쑥 빠져나왔다.

"음……?"

벗은 어깨와 그대로 드러난 팔. 그리고 덩달아 드러난 목과 쇄골 모두, 미끈한 맨살이었다.

맹타안의 시선을 받자 화영의 얼굴과 목이 이내 붉게 달아올랐다.

"설마…… 부인 당신, 머리 장신구뿐 아니라…… 옷까지?"

차마 육성으로 대답은 못 하고, 화영은 고개를 묵묵히 끄덕였다.

이렇게 될 줄은 몰랐다!

'미리 벗어 두면 낯부끄러울 거 없이 바로 본론으로 들어갈 줄 알았지! 분위기가 이렇게 흘러갈 줄 누가 알았겠어?'

왜 맹타안은 어울리지도 않게 점잖게 구는 걸까? 화영의 예상대로라면 늦은 만큼 급하게 들어와서 당장 할 일을 해야 하는데, 참으로 다정한 부부처럼 담소를 나누지를 않나 갑자기 꺼 놓은 불까지 다시 켜려고 하니 환장할 노릇이었다.

"아니, 도대체 왜? 무슨 생각, 어떤 연유로……?"

항상 여유롭고 싱글거리던 맹타안이 당황한 기색을 감추지 못하자, 더더욱 화영은 창피해졌다. 그래서 그의 옷깃을 잡았던 손을 거둬 다시 이불 속으로 숨기고는, 턱 끝까지 욧잇을 올리며 웅얼거렸다.

"부끄러워서……."

"부끄럽다니, 뭐가?"

"옷 벗기는 거요……."

"지금 그러니까, 내가 옷을 벗길 게 부끄러워 미리 혼자 벗어 버렸다, 이런 뜻이오?"

"……."

할 말이 없었다! 화영은 쥐구멍에라도 숨고 싶은 심정이었다. 이게 아니었는데!

지난밤 관호와 서로 옷을 하나하나 벗기는 일이 족히 낯뜨거웠던 그녀였다. 이번에도 그렇게 남자의 손에 일일이 겉옷과 속옷이 끌러지고 그 과정에서 속살을 죄다 보일 생각을 하니 참을 수가 없었던 것이다.

그래서 맹타안이 늦는다니 마침 좋구나, 하며 온 신방의 화촉을 꺼 놓고 옷을 벗은 채 누워 있었다. 맹타안이 침상 위로 곧바로 올라올 거라고 의심조차 하지 않은 채 말이다.

불타는 석탄처럼 새빨개진 화영의 낯빛을 보며 맹타안도 대충은 앞뒤 맥락을 파악한 것 같았다.

"흐흠, 나를 위해 어려운 일을 대신해 준 거야 고맙지만……."

"……아무 말도 하지 마요!"

"일단 내 말을 좀 들어보시오. 응?"

맹타안은 애써 웃음을 참으며 속삭였다.

"내가 꼭 보여 주고 싶은 게 있소. 그래서 촛불을 켜려는 거요. 부인은 그대로 누워 있어도 되니, 하나만 허락해 주시오. 어떻소?"

"보통 방에 불이 꺼져 있다면, 아무것도 보고 싶지 않다는 뜻일 텐데요."

"혹은 보이기 싫다거나 말이지. 하지만 그건 크나큰 손해일 텐데. 우리 모두에게 말이오."

"맹타안!"

"알겠소, 알겠소. 어차피 다른 것은 부인이 평생 보게 될 테니까, 그리고 분명 직접 보고 싶어 할 테니까 그렇다 쳐도, 내가 따로 준비한 게 있소. 그 것 때문에 며칠간 고생하고 이 밤에도 늦어 버린 거요. 이걸 보여 주지 못 하면 초야에는 아무런 의미가 없소."

초야에 아무런 의미가 없다고? 화영은 눈을 깜빡였다. 이 남자의 입에서 그런 말이 나오다니, 믿기지 않을 정도였다.

"도대체 뭐기에 그러는 거예요?"

"보면 부인도 이해할 것이오."

단호한 맹타안의 음성에 망설임은 커졌다. 호기심 역시 마찬가지였다. 결국 화영은 고개를 끄덕였다. 화영의 허락을 얻고서야 맹타안이 입꼬리를 슬쩍 올리며 침상에서 일어났다. 그리고 등롱 안에서 초를 꺼내 머리맡의 화촉으로 불씨를 옮겼다.

"하나만이에요!"

"알았소, 알았소."

과연 질 좋은 화촉이었다. 하나만 불을 붙였는데도 침상 머리맡이 순간 확 하고 밝아지는 기분이었다. 맹타안은 등롱의 초는 가볍게 숨을 불어 끄고 바닥에 내려놓았다. 그리고 다시 침상으로 돌아와 앉았다.

맹타안이 가슴팍에서 무언가를 꺼냈다. 화영의 주먹만 한, 크지 않은 붉은색 상자였다.

"그게 뭐예요?"

"선물."

여전히 모로 누운 채인 화영이 눈썹을 모았다. 선물이라니? 뜬금없이 무슨 선물?

"무엇일지 맞춰 보시오."

화영의 미심쩍은 표정에도 맹타안은 조금도 기분이 상하지 않은 모양이었다. 되레 화사하게 웃으며 으스대기까지 하는 것이었다.

"이리 줘 봐요."

"어허, 주면 열어 볼 터인데, 그러면 공평하지 않지. 자, 어렵지 않소. 맞춰 보라니까."

"참나!"

이불 밖으로 손을 꺼내 뻗어 보았지만 맹타안은 얄밉게 화영의 손길을 피해 버렸다. 그리고는 잘 보이도록 상자를 흔들며 싱글거릴 뿐이었다.

불빛 아래 자르르 윤기가 돌고, 보다 짙은 적자색 실로 낯선 문양까지 수놓인 비단 상자였다. 포장에도 저리 값을 들였으니, 안에 든 물건이 무엇인지는 몰라도 적잖이 비싼 것이 분명하였다.

화영은 부질없이 몇 번 더 팔을 뻗었으나 명백히 불리한 싸움이었다. 화영은 제대로 몸을 일으키지도 못하는 상황이었으며, 기껏 내민 팔도 맹타안이 슬쩍 움직이거나 상자를 치워 버리면 그만이니 말이다. 결국 화영은 입 속으로 욕지거리를 두어 마디 투덜거린 후 결심했다. 대충 맞춰 주기로 말이다.

"크기가 그렇게 크지는 않은 걸 보면, 사치품이겠죠."

"흠, 사치품이라면?"

"값비싼 향유일수도 있고, 파사의 눈썹먹일지도. 아니면 팔찌나 반지? 비녀나 여의라기에는 상자가 작아 보이니까."

"부인은 참으로 영리하오."

맹타안이 화영의 얼굴을 보며 싱긋 미소지었다.

"하지만 다 틀렸소."

"그럴 리가요!"

순간 발끈한 화영이 맞받아쳤다.

"그 정도 상자에 들어갈 만한 사치품이란 뻔한데, 내가 말한 것 중에 하나도 해당이 안 된다구요? 거짓말!"

"내가 어찌 부인에게 거짓을 고하겠소?"

맹타안은 여전히 얼굴에서 웃음을 지우지 않으며 빙글빙글 상자를 흔들 뿐이었다. 나머지 공간은 무엇으로 채웠는지 내용물을 짐작할 만한 소리도 딱히 나지 않았다.

하여간 지고는 못 사는 화영이었다. 꽁꽁 이불을 둘러싸고 누워 있더니, 아까 빼낸 팔을 지지대 삼아 낑낑거리며 몸을 일으킨다. 그리고는 베개에 기대어 어설프게나마 앉은 흉내를 내었다. 자세가 자세이다 보니 자꾸 금침이 가슴 밑으로 내려갈 것 같아, 결국 몸을 숨기는 것은 포기하고 양어깨는 드러낸 채 한 손으로는 가슴팍을 이불로 꼭 가리는 채였다.

"내놔요."

자유로운 손을 불쑥 내미는데, 이미 적잖이 성질이 뾰족하게 난 얼굴이다.

맹타안은 그런 화영을 가만히 응시하였다. 흔들리는 촛불 그림자 아래 드러난 어깨와 목선이, 그리고 그 위로 폭포처럼 흘러내리는 머리카락이. 이보다 황홀한 신부는 고금에 없었으리라고 생각해 본다.

"자, 여기 있소."

그는 순순히 상자를 건넸다. 어차피 그녀를 위한 선물이었다. 그녀를 기쁘게 하려고 구한 물건이거늘, 괜한 장난질로 기분을 상하게 한다면 무슨 의미가 있겠는가? 게다가 이불 속의 전라를 의식하고 나니 더 시간을 끌기에는 스스로의 인내심도 위험할 것 같았다.

한 손만 쓸 수 있었기 때문에 상자를 여는 것도 일이었다. 화영이 맹타안을 노려보자 결국 그는 참지 못한 웃음을 터뜨리며 다시 상자를 가져갔다. 그리고 뚜껑을 열어 돌려주었다.

"자, 보시오."

별거 아니기만 해 봐라, 하고 속으로 투덜거리던 화영이었다. 하지만 맹타안이 건넨 상자 속에서 반짝이는 짙은 녹색을 본 순간, 그녀는 당황하고야 말았다. 안 그래도 커다란 눈이 두 배는 커지고, 입도 절로 벌어졌다. 놀라웠고, 감탄스러웠고, 어찌 반응해야 할지 모를 일이었다.

"이, 이게 뭐예요?"

남려의 하나뿐인 귀한 장공주이시다. 비록 공주마마로 격상된 지 연차가 얼마 아니 쌓였다고는 하여도, 그래도 황궁의 가장 어여쁜 처소를 얻어 황제인 오라비와 황후인 새언니가 쏟아주는 호사를 경험하였던 그녀였다. 그런 화영의 눈이 화등잔만치 커지게 만들 수 있는 보석이 있으리라고, 누가 상상이나 하였을까?

"녹보석이오."

"그, 그건 보면 알죠! 내 말은, 어떻게 이렇게 클 수가 있냐는 거예요! 그리고-"

"이걸 어떻게 구해 왔느냐, 이 뜻이겠지?"

맹타안이 열어 준 상자 안에는 어린아이의 주먹만 한 크기의 녹보석이 선명한 녹색을 빛내고 있었다. 색이 짙을 뿐만 아니라 불순물도 보이지 않는 최상급의 녹보석이었다.

녹보석은 대륙에서는 강로 땅의 로야산 외에는 산출이 안 될뿐더러, 천연석 중에서도 불순물이 섞이는 경향이 있었다. 그런 까닭에 남려에서 흠이나 불순물이 드문 녹보석은 그야말로 부르는 것이 값이었다. 금강석이나 홍보석은 하주며 남주에 광산이 있어 구하기가 용이하지만 녹보석은 아니었다. 강로족과 교역해야 하는데 강로족은 대대로 남려와는 창칼을 맞대고 다퉈 온 사이였다. 일부러라도 남려에는 팔려고 하지 않았다. 결국은 강로 초원을 넘어서 더운 남쪽의 얀와국으로 가 구하는 방도 외엔 없었다. 그러한즉 희소성으로만 치자면야 남려에서는 녹보석이 첫손이었다. 갖가지 색의 옥은 줄줄이 갖춘 황실의 비빈들도 녹보석이라면 손톱만 한 것이라도 귀하게 여길 정도였다.

하물며 이렇게 대단한 크기라면!

맹타안이 엽혁타안이었다면, 그리고 강로의 세자로서 군림하는 상태였다면 가능한 일이었겠지. 하지만 그는 엽혁 씨조차 숨기고 남려 황제의 호의로서 망명 중인 처지였다. 이렇게 귀하고 값진 보석을 도대체 무슨 수로 구했단 말인가?

도저히 가늠되지 않았다. 화영은 마른침을 삼켰다. 뭐라고 물어봐야 할까? 당신이 무슨 수로 이걸 가져왔느냐, 어떻게 값을 치렀느냐 질문할 수는 없었다. 자칫하다가는 맹타안의 자존심을 상하게 할뿐더러 지금 처지에 대한 조롱이 될 수도 있었다.

"아름답지 않소?"

그런 화영의 염려를 읽어 낸 듯, 맹타안은 자연스럽게 주제를 돌렸다.

"일전에 부인이 진한 녹색 비단을 무척 좋아하기에 진작 결심한 일이오. 가장 아름다운 녹보석을 내 반드시 구해 주리라 다짐했지. 녹보석에 익숙한 나조차도 감탄했을 정도인데, 부인 마음에는 어떻소?"

"엄청나게 예뻐요, 그야 그렇지만-"

"이 정도로 크면 금세공을 붙여 허리띠로 만들어도 아름다울 거요. 그래, 백옥 요대에다 가장자리는 금박을 입히고, 가운데에는 요놈을 박아 장식하면 참으로 아름답겠군. 부인의 그 진녹색 비단옷에다가 허리를 두르면 온 세상 사람들이 시선을 떼지 못할 거요. 어떻게 생각하시오?"

"허리띠……."

능수능란한 맹타안의 말솜씨였다. 그는 굳이 이 녹보석을 어찌 구했는지 화영에게 말해 주고 싶지 않은 모양이었다. 화영은 잠시 망설였다. 하지만 그가 언급하길 원치 않는다면 존중해 주어야 할 것 같았다.

"이 정도로 크면 허리띠에 박는 것이 제일 좋겠네요. 당신 말이 맞아요."

"아니면 쪼개어 세공하여 귀걸이로 할 수도 있고. 비녀 머리로 만들 수도 있을 거요."

"아니, 요대가 좋아요. 쪼개기엔 너무 귀한 보석인걸요. 이만한 크기의 녹보석은 처음 보는데, 함부로 잘라 낸다면 죄를 짓는 거죠."

맹타안의 제의에 시원스럽게 답한 화영이 잠시 망설이다 덧붙였다.

"……고마워요. 상상도 못 했는데."

이렇게 희귀한 보물도, 당신이 나에게 선물을 주려고 마음을 먹었다는 것도. 어느 쪽도 꿈에서도 생각해 본 적 없었다.

화영은 맹타안이 가만히 건네준 상자를 받아들었다. 다시 보아도 믿기지 않을 만큼 큰 녹보석이었다. 어스름 속에서도 이렇게 아름다우니, 밝은 날빛 아래에서 본다면 천상의 녹음처럼 아름다울 터였다.

고요함이 두 사람 사이를 채웠다. 어색하거나 불편하지 않은, 양측 모두 받아들이고 동의한 정적이었다.

얼마나 시간이 지났을까. 상자를 들고 있는 화영의 손을 맹타안이 가만히 덮었다.

"부인을 향한 내 마음이오. 그렇게만 여겨 주시오."

맹타안은 이 녹보석을 사기 위해 강로마를 팔았다.

하루에 천 리를 달리고, 사흘을 물 한 모금 마시지 않고도 지치지 않는다는 명마, 그중에서도 종마 중의 종마인 세자의 애마였다.

'그나마도 이 녹보석이 장물이 아니었다면 웃돈을 더 요구했겠지. 내 말로 바꿀 수 있었으니 싸게 얻은 셈이다.'

씁쓸한 미소가 맹타안의 입가에 걸렸다. 말을 팔겠다는 소리에 맹영대가 피거품을 물고 반대하고 어르고 화를 내다가 숫제 무릎까지 꿇으며 빌었던 모습이 순간 스쳐 지난 것이다.

-차라리 제 말을 파십시오! 어찌 형님의 말을 파신단 말입니까?

단기필마로 남려로 망명해 온 그들이었다. 강로마는 십 리 밖에서도 알아볼 만치 자태가 빼어나고 털빛이 독특하니, 함부로 끌고 다닐 수 없었다. 하물며 맹타안의 백예는 그중에서도 희귀한 백마였다. 그러한 고로 황제의 제안에 황궁의 마구간에 맡겨 두고 있었다. 현희부로 이사한 이후 안 그래도 강로마들을 되찾아 올 기회를 보던 참이었다. 헌데 이렇게 급하게 공주와의 초야를 맞게 되었다.

가진 것이 하나도 없지만 그녀에게 녹보석을 사 주고 싶었다. 진작부터 생각해 오던 일이었다. 이렇게 빈손으로 급하게 구하게 될 줄은 몰랐지만.

어렵사리 찾은 암상인은 과연 건방지게 굴 만한 상품의 녹보석을 가지고 있었다. 그가 거래해 온 인간들 중에는 감히 그것을 구입할 만한 자가 없었기 때문이다. 요구하는 값도 컸지만 사 놓는다 해도 장물이니 당당히 하고 다니기란 불가능했다. 맹타안에게는 밝히지 않았지만, 이 녹보석이 선대 오 황자의 난에 휩싸여 사라진 귀보(貴寶)였던 까닭이다.

그래서 맹타안이 사겠다는 의사를 비추었을 때 암상인은 의심을 지우지 못했다. 그럴 만도 하지. 이 보석을 사서 당당히 착용할 수 있는 자가 어디 있겠으며, 이 값으로 강로마를 내주겠다니 더더욱 헛소리로 들리지 않겠는가.

강로의 새 왕이 북려와 동맹을 맺은 와중이었다. 안 그래도 용이나 기린만치 귀한 짐승인 강로마는 이제 남려에서 볼 일이 없다 과언해도 틀리지 않았다. 그래서 암상인은 강로마를 가져오기만 하면 녹보석을 팔겠다 과언하였다. 애물단지인 보석보다야 강로마가 나았다. 사려는 이들도 적잖을 것이고, 씨말로 삼아 값을 받고 돌린다 해도 짭짤할 테니까.

그렇게 맹타안 자신의 말을 팔아 값을 치렀다. 강로 사내에게 말은 곧 자신의 영혼이었다. 천박한 장물아비의 손에 넘어간 애마가 어떠한 운명을 맞을지 생각만 해도 가슴이 찢어졌다. 그의 자존심이었고, 그의 벗이자 가족이었던 백예였다. 하지만 이 밤 그의 품에 안길 여인은 그만한 가치가 있었다.

화영의 손에서 맹타안이 녹보석 상자를 부드럽게 거두었다. 그리고 머리맡에다 내려놓았다. 두 사람의 시선이 마주쳤다. 무엇이 기다리고 있는지 아는 남녀의 눈이었다.

"불…… 꺼 줘요."

화영이 기어들어 가는 목소리로 웅얼거렸다. 맹타안은 웃으며 불을 껐다.

치익, 하는 소리와 함께 신방 안이 어둠으로 뒤덮였다. 달그락, 하는 소리. 신랑의 금요대가 끌러지고, 예복의 매듭을 푸는 소리. 깜깜한 어둠 속에서도 그가 무엇을 하고 있는지, 그가 얼마나 벗고 있는지 눈앞에 그려지는 것만 같았다. 문득 귓가에 열이 올랐다. 화영은 이불을 눈 밑까지 끌어올렸다.

'두 번째면 그래도 좀 더 쉬울 거라고 생각했는데. 아무렇지 않을 거라고……'

고작 두 번째 초야를 맞이하는 일조차 이리도 가슴이 떨리고 어색하거늘, 처첩을 열 명, 스무 명씩 거느렸을 이전의 황족 사내들은 도대체 뭐였을까? 떨릴 심장이 없던가 얼굴 가죽이 철판보다 두껍거나, 하여간 둘 중 하나겠지. 화영은 최대한 다른 생각에 정신을 팔려고 노력하였다. 묵직한 비단 예복이 바닥에 툭 하고 떨어지는 소리가 들려왔기 때문이다.

침상 가장자리로 체중이 쏠리는 것이 느껴졌다. 맹타안이 침상 위로 올라온 것이다.

'다…… 벗었다는 거겠지?'

거기까지만 생각했는데도 뺨이 화로 위에 올려둔 놋 주전자처럼 뜨겁게 달아올랐다. 애써 고개를 휘휘 저어 보았지만 얼굴의 열기도, 배 속에서 간지럽게 긁어대는 초조함도 사라지지 않았다.

어둠 속에서 맹타안이 웃음소리를 냈다.

"신랑을 이불 밖에서 재울 셈이오?"

그제야 자신이 온 이불을 둘러싸고 있음을 기억해 낸 화영이 화들짝 놀라 손을 떼었다. 강로인의 눈은 짐승과도 같아 과연 밤에도 옥석을 구분할 수 있다더니 참인 모양이었다. 화영이 달리 말을 한 것도 아닌데, 바로 그 순간 맹타안이 금침을 열고 그 안으로 들어왔다.

자신의 온기만 있던 침상 위에 타인의 체온과 체향이 훅 끼치자 화영은 본능적으로 굳어 버렸다. 어떻게 해야 할지를 몰랐다. 그녀가 마땅한 거부도 호응도 하지 못하는 와중에 맹타안은 자신이 있어야 할 자리를 능숙하게 잡았다. 그리고 신부의 양 무릎을 부드럽게 잡고 벌렸다.

"뭐, 뭐 하는 거예요?!"

화영이 덫에 걸린 족제비처럼 펄쩍대며 소리 질렀다. 이제 닥쳐올 아픔을 감내하며 눈을 질끈 감고 있었는데, 뭔가 이상했던 것이다.

맹타안은 그녀의 다리 사이로 몸을 밀어 넣지 않았다. 그러는 대신 제 머리를 들이밀었다.

"가만히 좀 있어 보시오. 다 부인을 위한 일인데, 모르시겠소?"

"미쳤나 봐! 뭐가 날 위해서라는 거예요? 하지 마, 하지 말라니까요?!"

그녀가 기겁하며 허벅지를 오므리려는 것을 가볍게 저지하며 맹타안은 킬킬 웃었다. 어지간해서는 초야의 목적이 목적이니만큼 넘어가 줄 공주였다. 그런데 음부에 입을 맞춘 것만으로도 이렇게까지 식겁하고 화까지 내는 것을 보니 관가 촌놈은 제대로 한 일이 없는 게 분명했다. 아직 제대로 시작도 하지 않았는데 말이다.

맹타안은 그녀의 양 무릎 뒤를 손으로 잡고 위로 단단히 고정하였다. 말고삐와 창을 쥐는데 익숙한 거칠고 커다란 사내의 손이었다. 화영이 아무리 발버둥을 쳐도 꿈쩍도 하지 않는 것이 당연하였다.

'불이 있었으면 더 좋았을 텐데.'

그녀의 다리를 좀 더 벌려 음부를 드러내며 맹타안은 아쉬움을 느꼈다. 강로인답게 어둠 속에서도 눈이 밝은 그였지만 보다 자세하게 모든 것을 보고 싶었던 것이다.

'뭐, 시간은 많으니까. 언젠가는 대낮에도 재미를 볼 수 있겠지. 이제 명백한 부부지간인데 말이야.'

갈라진 틈 사이에 다시 한번 입을 맞추고는 혀로 길게 핥아 올렸다. 흠칫 놀란 작은 꽃잎이 벌어졌다 오므라드는 것이 느껴졌다. 그 순간 그의 욕정에도 불이 붙었다.

"하, 하지 말라니까―"

귀여운 발이 그를 걷어차려 버둥거렸으나 오금을 고정당한 상태에서는 별반 위용이 없었다. 그저 앙탈을 부리듯 그의 어깨를 두드릴 뿐이었다. 맹타안은 쪽쪽 소리가 나도록 음순에 입을 맞추고, 그 사이의 질구를 혀로 적셨다. 혀끝에 걸리는 작은 돌기는 단 것을 핥듯 공을 들이다가 아프지 않게 이로 살짝 긁기까지 했다.

어쩔 줄 모르던 화영의 손이 결국 제 다리 사이에 파고든 맹타안의 머리채를 잡았다. 길고도 윤기가 흘러, 손에 움켜쥔 감각마저도 야한 금발이었다. 헌데 뽑아 버리려고 잡았던 것도 무색하게, 그가 음부에 재차 입을 맞추다가 아예 질구 안으로 혀를 밀어 넣고 자극하기 시작하자 헐떡이며 손을 벌벌댈 수밖에 없었다.

다리 사이가 열기를 품고 젖어 드는 것이 적나라하게 느껴졌다. 이것이 정성 들여 핥고 빠는 사내의 타액인지, 아니면 낯선 쾌감에 어이없을 만큼 휩쓸려 당황하는 자신에게서 나온 것인지도 알 수가 없었다. 화영은 터지는 신음을 참으려 입술을 깨물었다. 맹타안이 기다렸다는 듯이 음핵을 혀로 유린하기 시작하자 잡아당기려던 그의 머리카락도 놓아 줄 수밖에 없었다. 손으로 입을 막지 않으면 어떤 음란한 비명이 나올지 스스로도 알 수 없었던 것이다.

"아⋯⋯!"

각오하고 있었던 손가락이나 남근과는 전혀 다른 감각의 공격에 그녀는 속수무책으로 무너졌다. 다리가 자꾸만 오므라들고, 허리가 비틀렸다. 질척거리는 음탕한 소리, 뜨겁고 부드러운 살덩이가 열기에 젖어 뻐끔거리는 좁은 구멍 안을 드나드는 소리가 어둠 속에서 몇 배로 더 크게 들렸다. 도망가고 싶은데 그럴 수가 없었다. 그의 혀가 흥분해 예민해진 질구를 섬세하게 문지르고, 이내 음핵은 손가락으로 자극하기 시작하자 버둥대던 발마저 벌벌 떨리며 비죽거릴 뿐이었다.

"왜, 왜 이런⋯⋯!"

울음기가 섞인 화영의 투정에 맹타안은 대답하지 않았다. 대답하지 못했다는 것이 옳을지도 모르겠다. 그는 지금 그녀의 음부를 핥고 자극하고 맛보고 흥분시키는 일에 온 정신을 집중하고 있었다. 필요해서가 아니라 이제는 그 스스로가 탐닉하고 있다고 할 만치 열성적으로.

'부인을 위해서라고, 그렇게 말하기는 하였다만-'

맹타안은 며칠을 물 한 모금 마시지 못한 사람처럼 게걸스럽게 빨아 대며 머릿속 한구석으로 생각하였다.

경험이 많은 그였지만 구음을 받으면 받았지 여인에게 해 준 적은 없다. 지엄한 강로의 세자 지위가 아닌가. 그럼에도 이 밤 화영에게 구음을 해 주고 싶다고 여긴 것은 어쩌면 다른 부마들을 의식해서일지도 모르겠다. 분명 서툴고 아프고 뻣뻣할 다른 놈들과 나는 다르다, 나는 부인을 기쁘게 해 줄 자신이 있다, 하는. 그러니 이 구음은 그녀가 수월하게 자신을 받아들일 수 있도록 하는 윤활 행위에 불과하였어야 했다.

헌데 지금은? 터질 것 같이 딱딱해진 남성을 애써 무시하면서도 음핵을 물고 질의 주름진 내벽을 혀로 문지르며 절정을 유도하고 있었다. 자신으로 인해 이렇게까지 그녀가 느낀다는 것이, 여태 성적인 접촉은 칼같이 잘라내고 모른 척하던 남려의 장공주이자 자신의 부인이 이다지도 무방비하게 쾌감에 젖어 자지러진다는 것이 참을 수 없이 좋았다.

언제나 은은한 연꽃향이 난다고 생각하였던 그녀의 여체였다. 흘러내려 젖는 은밀한 샘조차도 이루 말할 수 없을 만치 황홀하고, 사내를 흥분케 하는 향기가 풍겼다. 맹타안은 이제 그녀의 무릎 밑이 아니라 골반뼈를 움켜쥐었다. 그리고 팽팽하게 부풀어 오른 음핵과 뜨거운 내벽의 돌기를 집어삼키고 싶은 것처럼 핥고 빨기 시작했다.

"하아, 아, 악!"

화영이 참지 못하고 비명을 내질렀다. 허리가 반쯤 떴고, 좌우로 흔들던 고개도 뒤로 넘어가 흐느낌도 제대로 이어내지 못했다. 허벅지 안쪽이 경련하고 왈칵 짙은 향을 풍기는 애액이 흘렀다. 절정에 도달한 것이 분명했다.

맹타안은 그제야 몸을 일으켜 화영의 위로 자리를 옮겼다. 어둠에 더욱 익숙해진 그의 푸른 눈은 흥분하여 도드라진 작은 젖꼭지와 가쁘게 헐떡이는 납작한 배, 그리고 눈물에 젖어 깜빡이는 커다란 눈동자를 보았다.

"부인."

그는 대답을 기다리지 않았다. 대신 아직도 간헐적으로 떨리고 있는 허벅지를 움켜쥐고 벌렸다.

"공주."

그리고 타액과 애액으로 젖어 더한 자극을 원한다는 듯 움찔거리고 있는 질구 위에 자신의 성기를 가져다 대었다.

"……화영."

그녀가 무어라 대꾸하기 전에, 그는 그녀의 안으로 자신을 밀어 넣었다. 이미 한번 절정에 다다른 내벽은 사납게 치고 들어오는 종마 같은 남성을 버거워하면서도 이내 꽉꽉 조이며 받아들였다.

맹타안이 그녀의 이름을 부른 것은 처음이었다. 하지만 화영은 그것을 알아차리거나 그 의미를 따져 볼 여유가 없었다.

단번에 파고든 삽입과 달리 움직임은 느렸다. 일부러 흥분을 더욱 배가시키려는 의도였다. 맹타안은 숨을 고르며 몸을 숙였다. 그리고 열기에 젖어 더욱 체향이 강해진 화영의 가슴 위에 얼굴을 묻고 천천히 허리를 움직이기 시작했다. 동그란 가슴이 그가 조금만 후퇴하거나 전진해도 움찔하며 흔들리는 것이 귀엽고도 탐스러웠다. 그는 기꺼이 달아올라 단단하게 선 유두 위에 입 맞추고 혀로 굴렸다. 앓는 듯한 그녀의 신음이 손가락 사이로 새어 나왔다.

"아……!"

"하……."

허리를 뒤로 뺐다가 천천히 다시 삽입하며 맹타안이 탄성을 터뜨렸다. 그는 지금 그와 초야를 보내는 신부보다 황홀한 여인을 결코 알지 못했다.

돌아가신 부왕을 걸고도 맹세할 수 있었다. 끝없이 젖어 드는 내벽은 성감을 한계까지 증폭시켰고, 그러면서도 그가 조금만 뒤로 빼어도 곧장 맹렬하게 수축해 버린다. 제멋대로이면서도 도저히 빠져나갈 수가 없었다. 마치 공주 그녀의 성정 그 자체처럼.

무엇보다도 맹타안을 매혹시킨 것은 그녀의 살결이었다. 부드럽고 매끈한 살결은 무엇과도 비교할 수 없을 만큼 감촉이 좋았다. 그럼에도 마냥 무르거나 약해 빠진 몸도 아닌 것이, 그의 어깨를 밀어내거나 꼬집는 손아귀는 매웠고 경련하는 허벅지와 종아리는 쾌감으로 단단해져 싱그러웠다. 이렇게 생기가 넘친다면야 마냥 어르고 달래기보단 한계까지 밀어붙여도 되지 않을까, 하는 못된 욕심이 든다. 이런 여인은 강로에서도 남려에서도 다시는 없을 것 같았다.

승마를 가르칠 때마다, 매번 안아 안장에 올리고 내려 주면서 애써 자제해야 했던 욕망을 떠올린다. 한입에 잡아먹어도 부족할 것만 같던 정욕이, 도도하면서도 결코 얄밉지 않던 그녀의 표정이.

'애를 태우려다 내가 먼저 죽겠군.'

맹타안은 침상을 손으로 디디며 호흡을 골랐다. 하지만 곧 죽어도 신음을 참으려 입을 막고 있는 화영을 보자니 조금만 더 버텨 보고 싶었다. 어찌 되었건 양측이 합의한 초야가 아닌가. 그녀가 좋아하는 모습을 반드시 봐야겠다 하였다.

'이왕이면 가장 잘하는 놈을 남편으로 고르지 않겠나, 이 말이지. 당장 나 좋자고 욕심껏 해서는 안 된다.'

어차피 세 번의 초야를 마침으로 세 번의 혼인을 성립시키면, 황제가 완치하는 대로 누군가는 내보낼 것이 분명했다. 액이 완전히 떠나갔다는 뜻이니 말이다. 하지만 셋 다 내보내지는 않으리라고 맹타안은 생각했다. 독신 장공주라? 말도 안 되는 소리다. 신분과 지위가 높을수록 혼인해서 가정을 꾸리는 것이 당연한 이치였다. 그러니 어쨌거나 남편을 두어야 하는데, 셋이나 되는 부마를 죄다 내쫓고 새로 들이는 수고를 들일 게 뭐란 말인가? 분명 하나는 남겨 두어 진짜 남편으로 삼겠지. 바로 그 진짜 남편이 되는 것이 맹타안의 목표였다. 그러니 이 밤은 철저하게 화영을 느끼게 하는 데에 집중해야만 했다.

양쪽 유두에 입을 맞추고 상체를 일으킨 그는 화영의 얼굴을 집요하게 응시하였다. 그러면서 지금보다도 더 느릿느릿 성기를 움직이기 시작하였다.

"아…… 앗……."

화영은 이 기묘한 교접을 이해하지 못한 상태였다. 왜 이렇게 천천히 하는 건지 알 수가 없었다. 빨리 하고 끝내면 좋을 텐데, 이래서야 언제 끝이 날지 감도 잡히지 않았다. 게다가 느리게 한다 하여 이상한 기분이 들지 않는 것도 아니었다. 간질간질하고 얕은 쾌감이 반복되는 일은 고문에 가까웠다. 흰개미들이 그녀의 머릿속과 아랫배를 갉아 먹는 것만 같았다. 조금만 더, 더 빨리, 더 세게 하면 넘어갈 수 있을 것 같은데, 억지로 붙잡혀 은근하게 달구기만 하니 안달이 났다.

굵고 쭉 뻗은 남성이 느릿하게 안으로 삽입했다가 보란 듯이 서서히 빠져나갔다. 흥분한 질벽은 팽팽하게 붓고 수축하여 붙잡듯이 성기에 달라붙었다. 맹타안의 물건은 잘생긴 얼굴만큼이나 똑바르고 휘어짐 없이 반듯했다. 온통 어두운 와중임에도 화영은 그의 성기에 돋은 핏줄마저도 그릴 수 있을 것 같았다. 창피함과 흥분감에 눈가가 붉어졌다.

"왜…… 아까부터…… 왜, 이래요……!"

맹타안이 빠져나갈 때 자신도 모르게 엉덩이를 들고 아쉬워한다는 사실을 깨달은 순간이었다. 결국 막고 있던 손을 떼고 그녀가 울먹였다.

"왜 자꾸, 힘들게……!"

"어떻게 하면 좋을지, 생각, 중이었소."

"뭘 생각까지…… 웃."

자유로워진 그녀의 손을 맹타안이 가져다 제 입술에 문질렀다. 그리고 살짝 핥기까지 했다. 마치 그녀가 삼킨 신음과 탄성을 맛보고 싶다는 것처럼.

"내가 어떻게 하는 게 좋겠소? 지금처럼 천천히? 아니면……."

"아!"

그가 갑자기 깊게 파고들었다. 화영은 순간 터져 나오는 신음을 참지 못했다.

"좀, 더, 빠르게 할까? 이렇게…… 깊은 게, 좋겠소?"

그 소리에 맹타안이 키득거리며 웃었다. 화영이 숨을 가쁘게 쉬며 그를 노려보았지만 오히려 그 반응이 즐거운 모양이었다.

"빨리, 끝내요……!"

"어허, 빨리라니. 나를 뭘로 보고 그런 말을 하시오? 서운하게."

"맹타안, 진짜!"

화영의 눈썹이 찡그려지자, 그 순간 맹타안이 다시 한번 강하게 삽입했다. 그와 동시에 그녀의 고개가 뒤로 넘어가고 짜릿한 전율에 발가락이 곱아들었다.

"하아…… 나도, 이게 좋겠군. 잘 알겠소."

애를 태우고 도발하던 놀이도 이제 끝날 때였다. 맹타안은 말타기의 명수인 강로 사내답게 격하게 화영을 몰아붙였다. 방금 전까지의 느리고 부드러웠던 움직임의 기억이 완전히 휘발될 정도로 거친 허리 짓이었다.

한 번 터진 화영의 교성은 도저히 막을 수가 없었다. 똑바로 가장 깊은 곳까지 쑤시고 들어오는 야만적인 남성의 감각에 눈앞에 별이 튀는 것만 같았다.

밤이 짙었다. 농밀한 어둠으로 젖은 침상 위에 화영의 짙은 머리카락과 맹타안의 금빛 머리카락이 어지럽게 뒤엉키었다. 참으로 음탕한 분위기였다. 어쩔 수 없이 맺는 동침이라고는 누구도 생각하지 못할 만치 욕정으로 끓어 넘치는 잠자리였다.

부인. 공주. 화영.

쏟아지는 절정과 뒤늦은 입맞춤 사이에서 화영은 맹타안의 목소리를 들었다.

"당신은 강로의 왕비가 될 거요."

부인. 공주. 화영. 그리고, 내 왕비.

한 사람이 이렇게 많은 호칭을 가져도 되는 걸까? 멍청한 생각이 하얗게 점멸하는 머릿속에 떠올랐으나 이내 가라앉았다.

밤은 아직도 깊었다.

* * *

은룡이 올까?

침착할 수가 없었다. 처소로 돌아와 쉬면서도 마음은 도저히 가라앉지를 않았다. 맹타안이 혹시 그녀가 나올까 기대하면서 대청과 중정을 기웃거리고 있다는 침혜의 말을 듣지 않았다면, 그리고 이틀 연속으로 초야를 치른 까닭에 온몸이 후들거리고 욱신대지만 않았다면— 아마 그녀는 두 각에 한 번씩은 대문 앞까지 나가 하염없이 은룡이 오기만을 기다렸을 것이다.

"염려 마세요, 마마. 오시겠지요."

침혜의 걱정 어린 말에 화영은 대답하지 못했다. 그저 고개만 끄덕였을 뿐이다.

응, 와야지. 와 줘야지. 은룡이 없으면 안 되는걸. 은룡이 와 주지 않으면, 지난 이틀은 무슨 의미가 있겠어.

은룡이 이 밤 돌아와 동침을 허락해 주지 않는다면, 그러면 그녀는 불가에 귀의하려던 선친의 은인과 망명한 강로 세자를 회유하여 범한 악인이 되어 버린다.

관호와 맹타안이 어떻게 생각하든, 화영은 자신이 그들을 취한 것이라고 믿었다. 그야 그녀 쪽에서 원하여 청한 일이니 당연하지 않은가? 보상을 바란다면 대가를 내어 줄 것이고 내심 원망한다 해도 어쩔 수 없이 감내할 각오였다. 오빠를 살릴 수만 있다면 뭐든 견딜 수 있었다.

하지만 은룡이 와 주지 않으면 오빠는 구할 수 없다. 관호와 맹타안을 명분도 없이 요구하여 밀어붙였다는 부끄러움마저 이고 살아야만 한다.

"……이기적이네, 정말."

"예?"

화영이 내쉬는 한숨에 침혜가 눈을 찡그렸다.

"무슨 말씀이셔요? 그게?"

"결국은 내 욕심으로 억지를 쓰는 거니까. 원치도 않는 일을 강요하고 있잖아. 관호도 그랬지만, 특히 은룡에게는 더."

"무슨! 모두 폐하를 위해서인데요."

날카롭기까지 한 침혜의 엄한 소리에 화영은 순간 움찔 놀랐다.

"마마, 허튼 생각 마세요. 민간에서도 죽어 가는 부모를 위해선 목숨도 바쳐요. 하물며 황제 폐하는 만백성의 어버이셔요. 폐하를 구하기 위해서라면 목숨뿐 아니라 뭐든 걸어야 마땅하다구요."

침혜가 강경하게 말을 이었다.

"하다못해 마마께서 부마들을 줄지어 세워 놓고 목을 베겠다 하셔도, 그게 황제 폐하를 위해서라면 군말 없이 따라야 한다구요. 특히 은 부마는요."

"……이론상으로는 그렇지만……."

"더는 말씀하지 마세요. 생각두 마시구요. 마마께서 이기적인 요청이었다고 여기게 만든 것만으로도 은 부마는 잘못을 하고 계신 거예요. 은 부마가 좋게 좋게 알아서 기어들어 오면 모를까, 때가 되었는데도 아니 들어오시면 저라두 은가로 달려가 잡아 오겠어요. 전 한다면 해요."

침혜가 그렇게까지 말하니 화영도 계속 은룡에 대해 언급할 수 없었다.

"그 사람은 아직도 밖에 있어?"

"맹 부마요? 아까까진 대청에서 혼자 차를 드시더니만, 지금은 중정에서 어슬렁거리시는 것 같네요."

화영의 머리카락을 빗겨 주며 침혜가 코웃음 쳤다.

"하여간 사내들이란. 출신이 어떻든 다 똑같다니까요. 괜히 얼쩡거리는 거지요, 밝은 낮에 마마를 한번 보고 싶어서."

"왜 그러지? 관호는 안 그랬는데."

"그야 관 부마는 천상 군자시니까요. 그치만 겉으로야 참으셔도 속내는 맹 부마와 다를 바 없다는 데에 제 급여를 걸지요. 지난밤 제가 할 일을 제대로 하였는지, 여인이 만족하지 못한 것은 아닌지— 사내라면 백이면 백 궁금해 못 견디는 법이거든요."

괜히 얼굴이 붉어진다. 목과, 옷깃으로 덮인 더 깊은 안쪽의 살결마저 달아올랐다. 다행히 침혜는 빗질에 집중하느라 화영의 낯빛을 보지 못한 듯싶었다.

"주방에서 인삼을 고아 만든 오리탕을 끓이고 있어요. 머리 손질을 마치고 가져다드릴 테니, 남김없이 드셔야 해요."

"……응."

"……은 부마가 오시면 당장 고하라고 지시해 두었으니, 마음 놓고 계셔요. 정 안되면 보쌈이라도 해 올 테니까."

어딘지 가라앉은 화영의 음성이 마음에 걸린 듯 침혜가 덧붙였다.

"이제 다 괜찮아질 거예요. 참말로."

그러면 좋겠다.

화영은 고개를 숙이고 한숨을 숨겼다. 대청을 떠나던 은룡의 뒷모습이 어른거렸다.

신방에 화촉이 불을 밝히고, 준비를 마친 신부가 침상에 앉았음에도 신랑은 올 기미가 보이지 않았다.

긴 밤이 시작되었다.

　　　　　　　　　* * *

　은룡은 현희부 대문 앞에 서 있었다.

　벌써 밤이 깊었다. 은 항아리 같은 보름달이 머리 위에 떠서 고요하게 그를 내려다보고 있었다. 열기가 식은 바람이 휘이 불어오고, 어디선가 구슬픈 풀벌레의 노랫소리가 커졌다가 작아진다. 달빛을 머금은 포석은 은가루가 떨어진 듯 빛나, 이 세상의 것이 아닌 듯한 분위기를 풍겼다.

　벌써 반 시진 째였다. 은룡은 현희부의 문 앞에서 못 박힌 듯 서 있기만 했다.

　'나를 기다리실까.'

　화영을 떠올리기만 해도 뜨거운 뭔가가 목구멍을 틀어막고, 천 근이 넘는 돌덩이가 가슴 위를 짓누르는 것만 같았다. 현희부를 떠나 돌아오지 않았던 나흘 내내, 그는 자지도 먹지도 못하며 스스로를 고문하였다. 그녀를 생각만 해도 괴로웠으며, 숨을 쉴 때마다 목이 졸리는 듯 답답하였고, 밤이면 도저히 잠들지 못해 소년처럼 몸을 웅크리고 눈물을 삼켜야만 했다. 그가 사랑하는 그녀를, 그를 기다리고 있을 그녀를 생각했다.

　차라리 목숨을 바치라 하셨다면 기쁘게 순종했을 것이다. 지금 당장이라도 이 앞에서 무릎을 꿇고 칼을 빼내어 자결할 수 있었다. 하지만 아무런 소용도 없는 일이다. 그는 세 번째 부마였으며, 오늘은 마지막 밤이었다. 은룡은 이를 악물듯 주먹을 쥐었다. 단정하게 자른 손톱이 단단한 손바닥을 파고들었다. 그럼에도 그는 아픔을 느끼지 못했다. 이미 그는 고통 그 자체였다.

　은룡은 소매에서 무언가를 꺼냈다. 눈이 아플 정도로 달이 밝은 밤이었다. 등불 하나 없는 텅 빈 거리에서도 그는 충분히 위에 쓰인 글자들을 알아볼 수 있었다. 설령 눈이 멀었더라도 읽을 수 있을 것이다. 수백, 수천, 수만 번을 읽고 또 읽어, 외워 버린지 오래인 글줄들이었다. 그의 혼백에 낙인처럼 찍혀 영원토록 남아 있을 이야기였다.

하나는 아주 낡고, 오래되어 금방이라도 부서질 듯한 소나무 껍질이었다. 낫으로 거칠거칠한 껍질을 얇게 벗겨 말리면, 안쪽 면은 썩 붓장난을 칠만한 수피(樹皮)가 된다. 진지하지 못하고 글 연습 중에도 곧장 낙서를 하던 어린 화영을 위해 금정이 손수 만든 것이었다. 이 수피 위에 당당하게 글을 써 내리던 그녀의 모습이 아직도 눈앞에 생생했다. 은룡은 고개를 숙였다. 그리고 바스러질까 두렵다는 듯 엄지손가락으로 아주 잠깐만 수피를 문질러 보았다. 노비 문서였다.

화영의 죽마를 은룡이 망가트렸을 때, 그녀는 불같이 화를 냈다. 그야 놀잇감이 귀한 산중 사찰에서 오랫동안 아끼던 죽마였으니 그럴 만도 하였다. 펄펄 뛰다가 다시는 너를 보지 않겠다며 돌아서던 화영을 붙잡고 울던 기억을 떠올린다. 부끄럽고, 창피했지만 그때만은 다른 방도가 없었다. 그만큼 그는 절박했다. 뭐든지 하겠다고 매달리고 애걸했다. 마치 앓아누운 화영의 세 번째 부마로 삼아달라며 무릎을 꿇었던 그때처럼.

결국 화영이 한참 봐준다는 양 투덜거리며 내민 것이 바로 이 노비 문서였다. 사찰에서 살던 소녀가 노비 문서에 대해 무엇을 알겠는가만 어릴 적에 보기에는 참으로 그럴싸해 보였다. 이 위에 은룡은 제 이름을 고사리손으로 썼고, 그때부터 화영의 노비가 되었다. 오라면 오고 가라면 가고 물을 떠 오라면 떠 왔고 어떤 장난이라도 함께했고 어디든 따라다녔다. 그렇게 그녀를 사모해 왔다.

화영이 이 수피를 돌려준 것은 은룡이 열네 살이 되었던 봄이었다. 겨우내 방을 엉망으로 만들었다고 금정에게 혼난 겸 정리하다가 찾았다고 말이다.

-자, 이제 줄게. 넌 자유야.

그렇게 말하며 낄낄거리던 화영의 코끝에는 사랑스러운 교태가 묻어 있었다.

-버리든가 말든가 마음대로 해. 어차피 본전은 뽑았으니까.

망가진 죽마를 생각하며 기어코 웃음을 터뜨리던 그녀의 목소리는 깊은 샘에서 흐르는 물처럼 시원하고도 맑았다. 하지만 은룡은 나무 조각을 버리지 않았다. 고이 품에 안고 집으로 돌아와, 아끼는 것들을 모아두는 작은 함 안에 넣어 두었다. 향을 입힌 정갈한 면으로 감싸 두고, 매일 밤 자기 전에 한 번씩 읽고 또 읽었다. 그리고 소년 은룡은 다음 달, 청혼서를 써서 용중사를 찾아갔다.

부모님이나 누이에게도 의견을 묻지 않았다. 담긴 것이라고는 오로지 그의 순정뿐이었다. 해가 지날수록 소녀에서 여인으로 피어나는 화영이 어느 날 사라질까 봐, 다른 누군가에게 시집을 가 버릴까 봐 두려워 가슴을 졸이다 내린 결론이었다. 비록 상궤에 어긋난다 하여도 금정에게 제 뜻을 먼저 밝히고 싶었다.

용중산 눈이 녹고 꽃이 피고 녹음이 우거지고 이내 단풍이 물드는 계절의 변화보다도 화영의 성장이 더욱 눈에 띄던 시기였다. 오소리 같던 말괄량이가 사슴처럼 자라고 백조의 자태로 변했다. 몸 안에 등이라도 켜진 것처럼 환하고 웃음소리는 뒤를 돌아볼 만큼 깨끗하고 시원시원했다. 눈썹은 기러기처럼 짙어지고 속눈썹도 나날이 길어져 눈이 내리는 겨울이면 눈송이마저 그녀를 흠모해 그 위에 내려앉았다.

고작 한 살 차이였으나 화영이 여자가 되는 일은 은룡이 사내가 되는 것보다 빨랐다. 그것에 매혹당하면서도 두려웠다. 소년이 쓴 서툰 청혼서. 그 겉봉을 은룡은 가만히 응시했다.

그랬다. 일단 자신의 뜻을 금정이 허락만 한다면, 부모님께 아뢰어 곧바로 청혼을 넣으려 마음먹었다. 화영의 출생이나 신분이 어떻든 상관없었다. 그녀가 아니라면 누구와도 혼인하지 않겠다고 결심한 것이 여덟 살 때였다. 그 결심을 은룡은 여태껏 한 번도 무너뜨린 적이 없었다.

하지만 금정은 그의 청혼을 에둘러 거절하였다.

은룡이 고작 열네 살의 소년이라서도, 부모와 가문의 허락을 받지 않고 독단적으로 청한 일이라서도, 그의 애정을 한낱 귀족 도령의 풋사랑으로 낮추어 보아서도 아니었다.

　-화영은 여기에 속하지 않았다.

　금정은 그렇게 말했다.

　-원래 있어야 할 귀한 곳으로 돌아갈 운명이니, 이곳에서 연을 맺어서 는 아니 될 일이야.

　그게 전부였다. 은룡이 내민 청혼서를 도로 밀어 주고는 자리를 떠 버렸다.

　그 말의 뜻을 이해한 것은 시간이 지나서였다. 주영과 화영의 왼쪽 손목에 도장이라도 찍은 듯 선명한 불꽃 무늬의 모반이 무엇을 뜻하는지 알게 된 것은 그해 가을이었다.

　당시 가장 세력이 컸던 오황자 계친왕이 은가에 방문하였다. 명목으로는 금오위에 대해 물어볼 것이 있다고 하였으나 내심 아버지가 어느 황자 쪽에 설지 확인하려던 것이리라. 그때 은룡은 아버지의 서재에서 먹을 갈고 있었다. 계친왕이 젠체하며 그의 머리를 쓰다듬으려 왼손을 들어 올렸을 적에 그는 보았다. 익숙한 모양의 모반이었다.

　은룡은 타고나기를 영리하였으며 명문가 자제다운 판단력도 갖추었다. 금정의 뜻을 알아차리는 것은 어렵지 않았다.

　달이 밝았다. 눈이 아플 정도로 밝았다. 쏟아지는 은색 달빛 아래서 낡은 수피와 청혼서를 내려다보는 것만으로도 눈이 아파 울음이 날 것 같았다.

　부마로 합당한 사내가 되고 싶었다. 그 어릴 적 처음 용중산에 따라 올라간 그 날부터, 오로지 화영에게 어울리는 사내가 되고 싶다는 소망뿐이었다.

　하지만 지금 이 꼴사나운 모습은 무어란 말인가.

　당장이라도 뛰어들어 가 화영을 끌어안고 싶었다. 지금이라도 뒤돌아 도망쳐 영영 사라지고 싶었다. 두 가지의 상반된 욕망이 은룡의 피를 졸아붙게 하고 심장을 갈가리 찢어 놓았다. 은룡은 선 채로 울었다.

　차라리 그분을 사모하지 않았으면 나았을까. 관호나 오랑캐가 그리하듯이 다소 놀라다가, 부정하다가, 이내 수긍하여 기꺼이 신방에 들 수 있었을까.

관호와 맹타안이 그녀와 동침하였으리라 생각하는 것만으로도 생으로 배를 가르고 창자를 끄집어내는 것처럼 괴로웠다. 황제를, 남려를 위한 선택임을 머리로는 알면서도 가슴은 도저히 참아 낼 수가 없었다.

그는 무력했다. 사모하는 분을 도울 수가 없었다.

천리만리 떠나서 불로초를 구해 오거나, 영생의 묘약을 찾아오거나, 황제를 달리 구할 방책을 제시하지도 못했다. 그런 주제에 어렵게 꺼낸 화영의 제안에 가슴이 철렁하여 돌아 나서고야 말았다. 모래밭에 얼굴을 처박고 문제를 회피하는 어리석은 아이처럼, 그렇게.

그때였다. 소리 없이 대문이 열렸다.

마치 은룡이 와 있음을 알고 있었다는 것처럼, 미끄럽고 조용하게.

그 가운데 선 장신의 사내를 은룡은 알아보았다. 관호였다.

"어떻게 되었습니까?"

인사도 예의도 차리지 못하고 불쑥 내뱉은 말에 관호는 고요히 답했다.

"두 밤은 지나갔소. 이제 은 부마의 차례요."

"……그렇군요."

은룡은 저도 모르게 고개를 숙였다. 술지게미가 부패하듯 가슴이 부글부글 끓다가 이내 폭발할 것만 같았다.

"은 부마가 오지 않는다면 지난 이틀은 아무런 의미도 없어지오. 부인의 결심도 희생도 모두 허투루 돌아가겠지."

관호의 음성은 낮고도 잔잔했다.

"알고…… 있습니다."

은룡은 여전히 고개를 숙인 채였다. 도저히 관호를 똑바로 볼 수가 없었다. 평생 사모해 온 분을 안은 사내였다. 그것이 화영의 탓도 관호의 탓도 아니건만, 그와 같은 공간에 선 이 순간조차도 견딜 수가 없을 만큼 속이 쓰렸다.

"부인은 은 부마를 믿고 있소. 은 부마가 돌아오지 않을 거라 판단했다면 나나 맹 부마를 결코 들이지 않았을 거요. 그 신뢰를 저버릴 것이오?"

"저와 그분의 신뢰에 대해 무엇을 아십니까?"

그래서일까. 관호의 설득에 날카롭게 반응하고야 말았다. 관호는 잠시 대답이 없었다.

은룡은 뒤늦게 자신의 실례를 깨닫고는 고개를 들었다. 그리고 수피와 혼인서를 소매에 갈무리하고는 관호를 향해 읍을 하였다.

"용서하십시오. 지금…… 모르겠습니다. 어찌해야 할지 알 수가 없습니다."

떨리는 청년의 목소리가 무엇을 뜻하는지 관호도 알았다. 모를 수가 없었다.

"이해하오. 괘념치 마시오."

어딘가에서 소쩍새 우는 소리가 들려왔다. 매끄럽게 닦인 밤하늘을 잠들지 못한 기러기 무리가 가로질렀다. 은으로 만든 듯한 보름달은 여전히 말 없이 그들을 내려다보고 있었다.

"이 밤 부인이 기다리는 것은 그대뿐이오."

그 말을 마치고 관호는 뒤를 돌았다. 그리고 그림자에 스며들듯 사라졌다. 대문은 한 명의 사내가 들어오기에 충분할 만큼 열어놓은 채였다. 은룡은 먹먹한 심정으로 문 뒤편을, 틈으로 보이는 현희부를 응시하였다.

그는 아무것도 할 수가 없었다. 가슴을 갈라 펄떡이는 심장을 꺼낸다 하여도 지금 그녀가 각오한 일에는 어떠한 도움도 되지 않을 터였다. 그것이 비참했다. 참을 수 없이 슬펐다. 평생 오로지 한 분만을 사모하고 또 사모하였는데, 정작 그는 그녀를 위해 어떠한 도움도 되지 못했다. 그저 세 번째 밤, 신방에 찾아드는 일 외에는.

그녀가 자신을, 자신만을 기다리고 있다. 그 한 마디가 이토록 가슴을 무너뜨릴 줄을 누가 알았을까. 은룡은 울면서 발을 옮겼다.

은룡은 아무 말도 하지 못했다.

화영도 아무 말도 하지 않았다.

신랑의 예복도 입지 못하고 신방에 들어온 그에게서는 주인과 헤어져

오랫동안 길을 헤맨 사냥개 같은 슬픔이 묻어 있었다. 장맛비를 고스란히 몸으로 받은 사람처럼 발자국마다 눈물을 남길 것 같았다. 그는 차마 침상 쪽으로 다가오지도 못한 채, 멀찍이 선 채 고개를 숙이고 있었다.

화영은 여전히 아무 말도 하지 않았다. 한 번도 벗겨진 적 없다는 듯 반듯하게 붉은 신부복을 차려입고, 금비녀와 진주로 머리를 장식해 틀어 올렸다. 그뿐 아니라 얼굴을 붉은 너울로 가리기까지 했다. 참으로 초야를 기다리는 새신부처럼 다소곳한 모습이었다. 너울에 가려 얼굴이 보이지 않음에도 살짝 굳은 어깨와 뻣뻣하게 앉은 모양새에서 긴장한 기색이 풍겼다.

매일 밤 꿈꾸던 모습 그대로였다. 신방에서 신부의 예복을 입은 화영을 마주 보기를 얼마나 간절히, 애타게, 지독할 만큼 그려 왔던가. 크지도 작지도 않은 고풍스러운 방에, 여럿이 정성으로 꾸며 놓은 붉은 장식들. 가을이 가까운 여름밤의 향기로운 바람과 축하하듯 일렁이는 화촉들 가운데서, 오로지 두 사람만.

"……."

"……."

은룡은 이를 악물었다. 고통은 혈액에 섞여 전신으로 퍼져나갔다.

결국은 이렇게 순종할 것을, 그의 미약한 저항에는 무슨 의미가 있었을까? 고작해야 사모하는 분의 가슴에 멍을 들이고 염려로 눈가에 그늘을 드리우게 했을 뿐이다. 하지만 시간을 되돌린다 해도 그 자리를 박차고 나가지 않으리라 확신할 수가 없었다. 갓 스무 살이 된 청년이었다. 머리는 명석하였고 몸은 예의범절을 익혔으나 끓는 피가 뜨거웠다. 그리고 이 상황은, 이 모든 일은 그가 얌전히 감내하기에는 너무도 잔혹하였다.

"밤새 이렇게 둘 거야?"

붉은 너울 너머로 청아한 목소리가 들렸다. 은룡은 퍼뜩 고개를 들었다.

"한 시진이 넘도록 이걸 뒤집어쓰고 있었어. 눈이 엄청 침침해. 이러다 갑자기 노안이라도 오겠다."

평소와 다를 바 없이 장난스러운 투덜거림이었다. 순간 혼란스러움이 밀려왔다. 모든 것은 그의 착각이고, 눈앞의 화영만이 실제가 아닐까? 은룡이 꿈꿔 왔던 대로 그들은 백년가약을 맺었고, 오늘이 바로 그 첫 밤인 건 아닐까? 잔치에서 여러 손에 붙잡혀 신방에 늦게 들어온 까닭에 이렇게 타박을 받고 있는 것일지도 모른다.

은룡은 자신의 손을 보았다. 손톱자국이 붉게 나 있는 비참한 손바닥. 그리고, 붉은 예복은커녕 검정에 가까운 푸른 소매를 보았다. 순식간에 그는 현실로 끌려왔다.

"내 말, 안 들려?"

"……아닙니다. 들립니다. 죄송합니다."

그랬다. 여기는 현희부였고, 은룡은 세 번째 부마였다. 장공주와 황제에게 들러붙은 액을 떼어 내기 위한 인간 부적, 세 번째. 하지만 눈앞에 붉은 옷을 입은 공주만은 너무도 아름답고 사랑스러워, 비통한 와중에도 더더욱 가슴이 무너지는 것만 같았다.

고작 사흘간 보지 못했을 뿐인데, 어찌나 이리 그리울까. 지척에서 마주 보는 와중에도 그리움은 오히려 깊어질 뿐이었다.

"이것 좀 어떻게 해 봐. 눈멀기 일보 직전이라니까."

단정하게 겹쳐 두었던 손을 들어, 얼굴을 가린 너울을 가리키며 화영이 말했다.

"어째서 이리 늦게까지…… 너울을 쓰고 계셨습니까. 마마 말씀대로 눈에 좋지 않을 텐데."

"신랑이 걷어 주지 않으면 평생 재수가 없다던데. 너 내가 재수 없게 살면 좋겠어?"

"……아닙니다. 죄송합니다."

"똑같은 말만 하네."

"……죄송합니다."

하지만 그 외에는 어떤 말을 해야 할지 알 수가 없었다. 은룡은 주먹을 쥐었다 폈다를 반복했다. 그리고 잠시 심호흡을 한 뒤 힘겹게 발을 옮겼다. 침상 위에 앉은 화영이 가까워질수록 심장이 멎을 것만 같았다.

너울을 걷어 올리자 화영의 얼굴이 드러났다. 눈썹먹으로 덧그려 더욱 또렷해진 눈썹은 남쪽으로 날아가는 기러기 같고, 커다란 눈동자는 분꽃 씨앗처럼 검고 또렷했다. 명랑했던 목소리와는 달리 어쩐지 평소보다 창백해 보였다. 그럼에도 물들인 입술에서는 관능이 느껴져, 그녀를 바라보는 것만으로도 은룡은 죄를 짓는 기분이었다. 그는 애써 시선을 돌렸다.

금침이 깔린 침상 위에, 남녀가 앉아 있다.

이제 무엇을 어떻게 해야 하는 것일까.

은룡은 양 무릎 위에 올려 둔 손을 꽉 움켜쥐었다. 차마 그녀에게 먼저 손을 대지는 못하리라 싶었다. 이제 와서, 무슨 낯으로.

정적이 흘렀다.

화영은 딱딱하게 굳어 있는 은룡을 한참이나 바라보았다. 그러다 한숨처럼 속삭였다.

"그리 할 수만 있었다면, 너를 첫 밤에 청했을 거야."

은룡의 눈이 커졌다. 저도 모르게 얼굴을 돌려 화영을 쳐다보고야 말았다. 지금 제가 들은 말이 무엇인지, 무슨 뜻인지, 도저히 이해하지 못했다는 것처럼. 하지만 되레 그 반응이야말로 그가 그녀의 뜻을 활에 꿰뚫리듯 이해하고 말았다는 증거였다.

어렵게 꺼낸 그녀의 목소리는 태연함 뒤에 흔들리고 있었다.

은룡은 고개를 숙였다. 차마 그녀 앞에서 눈물을 보일 수는 없었다.

현희부를 도망친 주제에 그는 아득히 고민했다. 과연 제가 성을 내고 떠난 것이 순전히 공주에게 지나친 일이라서일까? 만일 그가 첫 번째 부마였다면, 옥편에 이름이 기록된 정식 남편이었다면 이처럼 자리를 박차고 나오면서까지 심히 반대하였을까.

대답은 바로 나오지 않았다. 스스로의 옹졸함에 치가 떨렸다. 하지만 결국엔 마찬가지였을 것만 같았다. 먼저 밤을 보내고 그다음 밤들을 뜬눈으로 지새우는 것이 더욱 괴로울지, 아니면 마지막까지 기다렸다 그녀를 품에 안고 우는 것이 더욱 괴로울지 알 수 없었다.

결국 이 한마디를 듣고 싶었던 것일지도 모르겠다. 십수 년간 그녀만을 연모해 온 그를 잘 알고 있다는 응답, 그는 다른 부마들과는 다르다는 확증을.

"마마……."

은룡은 제대로 말을 잇지 못하였다. 목구멍에 뜨거운 열기가 콱하고 틀어박혀, 숨을 고르기도 어려웠다. 그저 말씀만으로도 충분하다고, 아니 과하다고. 그렇게 말하고 싶었다. 누구보다도 힘들 분인데, 제 어리석음으로 불안과 염려만 더하였다. 무슨 염치로 감사하다 할까.

"울지 마, 네가 왜 울어. 울지 마."

은룡은 그제야 자신이 흘린 눈물이 금침 위로 얼룩을 만들고 있음을 알았다. 화영의 두 손이 그의 뺨을 감싸왔다. 그리고 참새 알 만큼 커다랗게 방울져 흘러내리는 눈물을 닦아 주었다.

"죄송합니다, 죄송합니다……."

"뭐가……."

"저, 저는 그저- 아가씨의, 마마의 남편이 되고 싶었습니다……."

눈물처럼 터져 나오는 진심이었다. 화영의 가슴마저 찌르르 아프게 만드는 순결한 애정이었다. 화영은 은룡의 목을 끌어안았다.

고작 갓 스물이 된 청년이었다. 일생 화영 이외의 다른 여인에는 시선 한 번 준 적 없었다. 그런 그에게 감당하기 어려운 일일 수밖에 없었다.

얼마나 밖에 오래 있었던 걸까? 내가 속을 끓였던 것만큼, 아니 어쩌면 그보다 더 마음고생을 했겠지. 어린 꼬마였던 은룡, 점차 자라나 유약함을 벗어던지던 소년 은룡, 그리고 어느샌가 그녀를 훌쩍 뛰어넘어 남자가 되어 버린 은룡의 모습을 떠올렸다. 그 십수 년의 세월 내내 그는 오로지 화영 그녀만을 바라보았다. 그녀의 남편이 되고 싶었다는 울음 섞인 그의 고백에 명치에 사기 조각이 꽂힌 것만 같았다.

은룡의 마음을 잘 알면서도 시집가기 싫다는 유치한 마음에 모른 척하며 시간을 흘려보냈다. 만일 진작 은룡과 혼인을 하였다면 좀 더 나았겠지. 비록 액막이로 다른 부마들을 취하기는 해야 했겠지만 말이다. 첩을 들이는 꼴을 보는 마음도 적잖이 상할 터지만, 그 자신이 낯선 사내들에게 밀려나 첩이 되는 것보다야 훨씬 나았을 테니까.

따지고 보면 관호나 맹타안보다도 오래 그녀를 알아 오고 그녀를 따라온 것이 은룡이었다. 헌데 나이가 어리고 신분이 액막이에 걸맞지 않다는 이유로 뒤로 밀려나 이렇게 되었다. 어떻게든 그의 진심에 보답을 해 주고 싶었다.

그래서 그녀는 눈물로 젖은 은룡의 얼굴을 들어 입을 맞추었다.

"……!"

당황하여 놀란 은룡이 순간 무릎만 쥐고 있던 두 손을 떼었다. 하지만 절대 화영을 밀어낼 수는 없었고, 그렇다고 냉큼 끌어안을 만큼 뻔뻔스럽지도 못했다.

그녀의 입술은 동백꽃보다 부드러웠다. 이보다 관능적인 감각은 없을 것만 같았다. 도톰한 입술 사이로는 향기로운 숨결이 느껴졌다. 어린애 같은 가벼운 입맞춤이었지만 은룡의 넋을 빼앗아가기엔 차고도 넘쳤다. 순식간에 은룡의 얼굴이 달아올랐다. 짙은 눈썹은 우는 듯 웃는 듯 기묘하게 일그러졌고, 항상 반듯하던 눈매는 어찌할 줄을 모르고 떨렸다.

"아가씨, 아니, 마마……."

말도 횡설수설 헛나왔다. 여전히 화영은 그의 목에 팔을 두른 채 코끝이 닿을 만한 거리에 얼굴을 두고 있었다. 그녀의 속눈썹이 어찌나 길고 까만지, 마치 거미가 짠 그물과도 같았다. 그는 거미줄에 걸린 나비처럼 옴짝달싹할 수 없었다.

자신이 흥분했음을 깨달은 것은 그다음이었다.

아랫배가 뻐근하게 달아오르는 감각. 화영이 나오는 꿈을 꿀 때마다 이성을 뿌리치고 제멋대로 발기하던 양물의 감각이었다.

화영은 숫제 그의 위에 올라타 있었다. 다행히 신부복이 두껍고 층층이 겹이 많으므로 성난 남성과 바로 닿지는 않을 테지만, 내내 숭앙하던 그녀 앞에서 제 물건을 세웠다는 사실 자체만으로도 벌을 받아야 할 것만 같았다.

항상 원했던 일이다. 이제는 허락까지 받은 일이다. 그런데도 그는 섣불리 행동할 수가 없었다.

"저는…… 이렇게 될 줄은."

여인에 대해 무지한 은룡이었다. 여태껏 정혼도 미루었을뿐더러 흔히들 들이는 통방 하녀조차 거부하였다. 오로지 정결한 몸과 마음으로 화영과 혼인하고 싶다는 마음에서였다. 그러니 그 속을 모르는 은가에서는 걱정이 이만저만이 아니었다. 정혼도 싫다, 잠자리를 가르칠 하녀도 싫다 하니 오죽했겠는가.

그나마 주영과 화영이 선황의 친자로 입적을 받고, 은요와 주영이 혼인한 이후에야 부모도 아들의 마음이 어디에 가 있는지 짐작하게 되었다. 하나뿐인 장공주마마이시니 시첩 하나 없이 결벽하게 굴며 부마로 간택되기를 바라는 것도 납득은 할 수 있었다. 그러니 더는 권하지 못하였다. 그렇게 은룡은 규방에 갇혀 자란 처녀만큼이나 정결한 몸이었다.

그야 기도위로서 군인들을 수하로 거느리고 통제하며 여인에 대한 농지거리를 전혀 못 들어보았다면 거짓일 터이다. 하지만 워낙에 성정이 결곡한 데다가 당장 황후의 하나뿐인 아우였다. 부하들도 눈치 있게 굴었다.

등에서 식은땀이 배어 나왔다. 은룡은 애써 호흡을 가다듬었다. 화영은 여전히 그의 목을 끌어안은 채 가만히 뒷말을 기다렸다.

"저는 아무런 준비도 하지 못했습니다. 그래서, 혹여 제가……."

그는 지금 자신이 두려웠다. 자신의 무지가 두려웠다. 오로지 한 분만을 위해 갈무리해 둔 욕정이 터져 나올 때, 무지가 제동을 걸기는커녕 더욱 폭주하도록 채찍질하지는 않을까? 여인을 어찌 어루만지고 어떤 순서로 품어야 할지 제대로 알지를 못하였다. 그는 자신의 무지와 욕망이 화영을 다치게 할까 봐 두려웠다.

화영도 은룡이 어렵게 하려는 말이 무엇인지 이해하였다. 은룡의 처지는 이틀 전 그녀 자신과 마찬가지였다. 하지만 그녀는 지난 밤들로부터 배운 것이 있었다. 이 밤은 초야였다. 지난 이틀이 그러하였듯이. 그러니, 서툴어도 되는 것이다.

대답 대신 다시 한번 그를 끌어안는다. 값비싼 예복이 구겨지든 말든 신경 쓰지 않고, 그의 무릎 위로 완전히 올라타 입을 맞추었다. 은룡이 붙들고 있던 실낱같은 이성을 끊어 낸 셈이었다.

겁먹은 짐승처럼 어색하게 굴던 커다란 손이 잡아먹을 듯 그녀를 끌어안았다. 이가 부딪히고 난잡한 소음으로 어지러운 입맞춤이 이어지는 와중에, 욕망은 도저히 고삐를 물릴 수가 없이 부풀어 올랐다.

은룡의 단단한 목을 끌어안던 화영의 손이 물고기처럼 미끄러져 내려왔다. 터질 듯한 근육으로 팽팽한 청년의 가슴을 더듬자 은룡이 목 깊은 곳에서 으르렁대는 듯한 헐떡임을 울렸다. 더 아래로 손을 뻗었다. 그러자 얇지 않은 천임에도 그 아래 흥분으로 흠칫거리는 복근이 느껴졌다. 그리고 담금질을 위해 가열된 금속처럼 뜨겁게, 흉흉한 부피감을 자랑하며 발기한 남성이 닿았다.

그 순간 은룡의 동공이 바늘에 찔린 듯 줄어들었다. 품행 방정한 귀공자의 모습은 온데간데없이, 오랫동안 굶주려 온 젊은 수컷만이 남았다.

"-!"

점잖게 예복을 벗고 머리를 내려 줄 여유도 없었다. 몇 겹이나 되는 무거운 신부복을 치마부터 걷어 올리고, 다급히 양물만 바지춤에서 꺼냈다. 그렇게 서로를 마주 보고 끌어안으며 달뜬 숨을 내뱉는 그 상태로 삽입이 시작되었다.

"읏……!"

채 준비가 되지 않은 음부에 남성이 침입하려 하니 쉬운 일이 아니었다. 하지만 여기서 은룡에게 이러면 안 된다느니 저렇게 해야 한다느니 입을 대고 싶지는 않았다. 결국 화영이 남녀지사에 대해 알게 된 것은 지난 이틀 밤 덕분이 아닌가. 안 그래도 속을 태웠을 은룡에게 다른 부마들과 보낸 초야를 괜히 상기시키고 싶은 마음이 없었다. 다소 고통이 따른다 해도, 오로지 두 사람만의 힘으로 해내고 싶었다.

당장이라도 여성을 꿰뚫고 흉포하게 욕심을 채우고 싶다는 듯 발기한 남성이다. 아직 흥분이 무르익지 못해 물기 없는 질구는 펄펄 끓는 듯한 귀두가 닿아오는 것만으로도 겁을 먹고 입을 꼭 다물었다. 게다가 제대로 눈어림을 하는 것도 아니고, 서로 마주 보고 앉아 끌어안은 상태로는 도저히 한 번에 삽입하기가 어려웠다. 성마른 손길로 은룡이 한 손을 내려 신부복 밑에 가린 제 성기를 움켜쥐었다. 그리고 어떻게든 맞추어 보려고 하였으나 예민한 선단이 은밀한 꽃잎에 문질러지거나 이내 미끄러질 뿐, 머리만이라도 제대로 들어가지를 못하였다.

"하……."

그러나 음부끼리 맞닿고 문질러지는 감각만으로도 여태껏 그가 겪어 온 어떠한 쾌락보다 짜릿하고 목마른 것이었다. 민감한 선단으로 느껴지는 좁게 물린 금이, 부드러운 꽃잎의 존재가 직접 눈으로 보는 것보다 선명하게 닿아 왔다. 정욕을 참을 수가 없었다. 비밀스럽게 사모해 왔던 수많은 밤, 숱한 꿈 중에서도 이렇게 적나라하고 야릇한 애무를 떠올린 적이 없었다. 당장에 그녀의 골반을 움켜쥐고 주저앉혀 끝까지 들어가고 싶었다. 머리 뒤꼭지에 불이 붙은 것처럼 이성적인 판단을 할 수가 없었다.

안 된다. 아가씨를 아프게 할 수는……. 은룡은 이를 악물었다. 사내답게 단단한 턱이 긴장으로 뻣뻣해졌다. 하지만 이대로 문지르고만 있는 것도 고문이었다. 어떻게 해야 한단 말인가?

은룡의 반듯한 미간과 콧잔등에 주름이 잡히는 것이 보였다. 언제나 그녀를 향해 단정하게 예의를 지켜 순종하던 청년의 얼굴이 칼 같은 욕망으로 인해 사납게 달궈지는 모습. 정숙한 규수라도 마른 침을 삼키게 할 만하였다. 하물며 화영은 이미 관호와 맹타안에게 운우지정을 서툴게나마 배운 상태였다. 익숙하지 않은 욕망과 미숙한 성감으로 인해 아랫배가 은근하게 조여왔다.

그래서일까. 은룡이 새롭게 보였다. 십수 년간 오로지 자신만을 위해 기다려온 순결한 이였다.

"아, 아가씨?"

은룡이 제 손으로 허리춤을 풀고 성기를 꺼내자 다시 슬금슬금 그의 가슴 위로 올라왔던 손이다. 그 손을 화영은 아래로 돌려보냈다.

꽃다발처럼 일렁이는 화촉 그림자와 금실과 진주로 꿰매어진 붉은 예복. 이렇게 시작해서 다행이다. 적어도 옷으로 가려지니까. 쓸데없는 생각을 하며 화영의 손은 그의 성난 복근과 깎아 낸 듯한 장골을 지났다. 꾀 많은 작은 거미처럼 제 양물을 움켜쥔 은룡의 손등 위를 손톱으로 간지럽히자, 헉 하는 신음이 그의 입에서 튀어나왔다.

'이 정도는…… 괜찮겠지?'

은룡의 큰 손으로도 채 다 쥐이지 못한 큼직한 남성의 윗부분을 어색하게 움켜쥐며 화영은 생각했다. 말로 가르치는 게 아니라 행동으로 알려 주는 거라면 괜찮지 않을까? 설마 고작 이걸로 실망하거나 충격을 받을 남자는 아닐 것이다. 만일 그렇게 나온다면 어쩔 수 없다. 영영 가 버리라고 보내 줘야지, 어쩌겠는가?

그녀가 성기를 더듬자 은룡은 달궈진 솥뚜껑을 잘못 만진 사람처럼 숫제 본능적으로 제 손을 떼어 냈다. 어쩔 줄을 모르는 기색이었다. 항시 소년처럼 깨끗하던 낯빛이 스스로도 제어하지 못하는 정욕과 열기로 붉게 달아올랐다.

"마마, 이러지 마십시오-"

어찌, 귀한 분께서 이런- 하지만 은룡의 더듬거리는 만류는 화영이 손을 움직이기 시작하자 억누른 신음으로 변해 더는 나오지 못했다. 그녀의 등을 감싸고 있던 손으로 입을 막고, 축축하게 빠진 손은 어디다 둘 줄을 몰라 허벅지 옆의 금침을 꽉 움켜쥐고는 어찌할지 모른다.

꼭 순진한 그를 범하는 것 같은 기분이었다. 묘하게 열이 오른다. 화영은 마른 입술을 한번 핥고는, 계속해서 손을 위아래로 움직였다. 사내의 양물을 이렇게 대놓고 만져 본 적은 처음이었다.

그야 관호와 맹타안은 오로지 그녀의 상태만을 신경 썼고, 그녀가 아프지 않게 교합하는 것을 우선으로 여겼다. 그들이 오로지 그녀에게만 집중하였으므로 그녀 역시 그들의 육체에는 좀처럼 관심을 기울일 수가 없었다. 그러다 보니 그들의 양물을 느낀 것은 손이 아니라 내벽이었으므로, 사실상 은룡은 그녀가 처음으로 만져 보는 남성이었다.

동그랗게 기둥을 감싸는데도 그녀의 손가락 끝이 서로 닿지 못할 만큼 굵고, 컸다. 참 신기한 일이다. 정숙하고 단정하게 생긴 얼굴과는 딴판으로 은룡의 물건은 흉흉하기 짝이 없었다. 그의 양물은 우툴두툴하게 핏줄이 서 있었고, 위로 휘어져 황소의 뿔처럼 복근을 향해 흔들렸다. 약 오른 범처럼 팽팽한 남성을 쥐고 어색하게 위아래로 더듬어 보았다. 손바닥 밑에서 그의 맥박이 고동치는 것이 느껴졌다.

"아, 아가씨, 제발……."

은룡이 울 듯한 얼굴로 더듬거렸다. 굵은 눈썹이 찡그려지고, 단아한 눈매가 붉어져선 열기로 축축하다. 그래서 더 재미있었다. 은룡을 울리고 곯려 먹는 일은 화영이 용중사에서 즐겼던 가장 큰 놀이가 아니었던가. 일부러 빠르게 손을 놀렸다.

핏줄 솟은 기둥을 밑에서부터 쓸어 올리다가 호박단처럼 부드러운 귀두 끝까지 압박을 하면, 그의 입에서 신음이 새어 나오듯 축축한 액이 배어 나와 손바닥이 젖었다. 마치 맹타안이 입으로 그녀의 은밀한 곳을 애무하였듯, 집중하여 매만지자 은룡의 성기가 더더욱 불끈거리며 흥분하는 것이

고스란히 느껴졌다. 그러자 기묘하게도 그녀 역시 반응하듯 안쪽 깊은 곳에서부터 촉촉하게 열기가 머금어지기 시작했다. 잘 차려진 만찬을 보면 입 안에 침이 고이듯, 자연스러운 하늘의 이치처럼.

"훗……."

은룡은 입술을 깨물었으나 그럼에도 비어져 나오는 신음을 어쩌지 못했다. 막연한 상상, 그나마도 으슥한 밤에나 문득 떠올리다 금세 스스로를 질책하던 음란한 환상 속에서도 이렇듯 그녀의 손길이 달콤할 줄은 몰랐다. 자신이 흘리는 선액 때문에 더더욱 음란한 소리가 질척거리며 울렸다. 당장에라도 사정해 버릴 것 같았고, 그래서는 안 된다는 본능적인 반발이 목 뒤를 뻐근하게 만들었다.

이렇게 배려만 받아서는 안 된다. 뭔가 그 역시 그녀에게 해 주고 싶었다. 머리부터 발끝까지 입을 맞추고 존경과 사랑을 고백하고 싶었다. 그녀가 자신을 남편으로 어울리지 않는 풋내기, 소심한 어린애라고 여기게 놔두고 싶지 않았다.

은룡의 손이 제법 속도가 붙은 화영의 손을 덮었다. 순간 화영도 움찔할 만큼 열기로 펄펄 끓는 손길이었다.

두 사람의 시선이 마주쳤다. 화영은 입술을 깨물었다. 은룡은 그 위에 입을 맞추었다. 그리고 입술이 맞부딪치듯 은룡의 남성이 그녀의 다문 질구에 다시금 맞닿았다. 아까에 비해 뜨겁고, 은밀한 본능으로 젖어 축축한 좁은 입이었다.

"아……!"

"흐읏……!"

한 번 제대로 맞추어 밀어 넣기 시작하자, 멈출 수가 없었다. 화영이 은룡의 무릎 위에 올라타고 있는 형국이라 더욱 그러할까. 순간 눈물이 찔끔 날 정도로 압박감이 심했지만 무를 수도 없었다. 성난 선단과 두꺼운 기둥이 빠듯한 질벽을 벌려 가며 아래에서 위로 꿰뚫듯 파고들었다. 그녀는 도망치듯 손을 떼어 내고는 은룡의 양어깨를 붙들었다. 다소 부족했던 애무 덕에 덜 열린 몸은 쾌감과 아픔을 혼동하였다. 흥분으로 울대뼈가 오르락내리락하는 은룡의 목에 이마를 문질렀다. 본능적인 교태였다.

귓가에서 그의 낮은 숨소리가 들렸다. 인두처럼 뜨거운 손으로 그가 그녀의 허리를 감싸 잡는 것이 느껴졌다. 금박을 입히고 금실과 진주로 수놓은 예복이 바스락거리는 소리. 촛불이 갑자기 커졌다 사그라들며 수런거린다. 머릿속이 수증기로 가득 찬 것처럼 어지러웠다.

상상했던 것보다도 강하게 자신을 조여 오는 내부에 은룡은 바짝 이를 악물며 턱을 긴장시켰다. 이미 대신 수음해 준 것만으로도 흥분이 터질 것만 같았는데, 직접 삽입하고 나니 그보다 더한 희열이 있음을 배우게 되었다.

몇 겹으로 된 복잡한 신부복을 벗길 여유도 없었다. 자신의 목덜미에 대고 밭은 숨을 내쉬는 화영의 입술이 느껴져 미칠 것만 같았다. 그는 그대로 그녀의 허리를 단단하게 붙잡고 더 깊게, 자신을 완전히 밀어 넣었다. 그리고 본능에 따라 움직이기 시작했다.

두려울 만큼 저릿한 쾌감이었다. 이처럼 황홀한 일은 세상에 다시는 없을 것만 같았다. 한없이 급했고, 그러면서도 영원히 끝나지 않기만을 바랐다. 은룡이 힘을 자제하지 못하고 거세게 위로 쳐올릴 때마다 화영의 붉은 입술 사이에서 앓는 듯한 교성이 비쳐져 나왔다. 살과 살이 섞이고 서로에서 젖어 든 체액으로 인해 질척이는 소리가 연이었다.

"하, 아가씨, 아-"

사모한다고 말하고 싶었다. 여태껏 그래왔듯 앞으로도 영영, 이 목숨이 다할 때까지 자신은 그녀의 것이라고 고백하고 싶었다. 하지만 그녀를 부르는 것만으로도 숨이 목 끝까지 차올랐다. 아플 정도로 죄어 오던 여성이 이내 그가 주도하는 거친 박자에 맞추어 수축하고 적시며 뒤트는 감각에 눈앞이 하얗게 변할 것만 같았다.

삽입이 반복될수록 더 깊이 그의 성기가 내벽을 파고들었다. 한 치 앞도 보이지 않는 안개 속에서 아슬아슬한 외줄 타기를 하듯, 온몸의 사지 말단까지 삐죽 긴장이 서렸다. 세련된 애무나 농탕질 하나 없는 원초적인 교접이었다. 그래서인지 오로지 다리 사이의 은밀한 곳과 아랫배에만 모든 신경이 집중되는 느낌이었다. 꼭 첫 발정이 난 한 쌍의 짐승들처럼.

은룡의 움직임이 순간 못 견딜 만큼 빨라졌다. 꼭 머리끝까지 성기를 처박을 것처럼 거칠게 허리를 움직이는 감각에, 화영은 날카로운 교성을 삼켰다. 현기증이 날 것 같았다. 당장 까마득한 천 길 낭떠러지 아래로 떨어질 것 같았다. 두꺼운 비단옷 속의 젖꼭지가 딱딱하게 솟고 질벽이 그녀의 의지와 무관하게 경련하며 저를 들쑤시는 양물을 잘라 먹을 듯 조였다.

"아가씨……!"

은룡이 숨 막히게 그녀를 끌어안으며 입을 맞추었다. 그와 동시에 내부에서 뜨거운 무언가가 터져 나오는 감각에, 화영은 순간 손톱을 세웠다.

"하, 아……."

이제 끝이다. 그녀는 입술을 깨물고 저릿한 신음을 가까스로 참았다. 아랫배에서부터 퍼져 척추를 타고 올라오는 절정의 쾌감은 좀처럼 꺼지지 않았다. 화로 깊은 곳에서 밤새 타오르는 불꽃처럼, 이 밤 내내 남아 손발을 저릿하게 만들 것만 같았다.

마음만 같아서는 그대로 까무룩 잠들고 싶었다. 낯선 체위가 생각보다 부담이 심했던 모양이다. 쾌락이 스치고 간 곳마다, 그를 붙잡고 긴장했던 팔다리마다 멍하게 결려 왔다. 하지만 이대로 자 버리면 은룡에게 너무한 처사일 것 같았다.

그래서 화영은 열기가 올라오는 그의 목덜미에, 그의 곱슬한 머리카락과 귓가에 새처럼 짧은 입맞춤으로 보답했다. 수고했어, 하고 말할까도 했으나 그건 좀 이상할 거 같아서 망설이던 참이었다.

"……응?"

갑자기 휙, 하고 천장이 보였다. 몸이 연결된 그대로, 침상에 뉘어진 것이다.

"……은룡?"

"죄송합니다……."

그녀를 눕히고, 치맛단을 걷어 올린 채 다리 사이에 자리를 잡은 은룡이 흥분으로 낮아진 목소리로 사죄했다. 하지만 진심 어린 사죄와는 별개로 그의 손은 급하게 신부복을 끌러 내고 있었고, 아직 내벽을 꽉 채우고 있는 양물은 부피를 줄이기는커녕 더욱 흥분하여 핏줄을 돋우고 있었다.

설마, 설마. 설마?

"너, 잠깐-"

화영의 비명은 사죄 대신 콱하고 민감한 부분을 짓눌러 오는 선단에 의해 먹혀 버렸다.

엉망으로 벗겨진 예복은 화로에 녹는 꿀처럼 흘러내리고, 이내 드러난 맨 살결이 서로의 가슴과 사지에 얽힌다. 오랫동안 신방은 화촉을 밝힌 채 흔들렸다.

* * *

연속 세 번의 초야를 치러 낸 후, 공주는 자리보전하였다. 과로한 나머지 몸살이 난 것이다. 어찌 보면 당연한 결과인지라, 침혜는 예상했다는 듯 침착하게 시중을 들고 약을 달였다.

하지만 분명 그만한 가치가 있는 일이었다. 황제가 차도를 보인 것이다.

은룡이 등청하여 제일 먼저 향한 곳은 장양전이었다. 지난밤으로 세 번의 혼인이 완전히 성립되었을 터, 과연 화영의 믿음대로 되었을지 확인하고 싶었던 것이다.

까무룩 하게 잠든 사모하는 분을 한참을 바라보다가, 그 고요한 아미에 구름처럼 드리운 머리카락을 조심스레 쓸어 넘겼다. 무어라 할 수 없는 북받치는 감정을 해도 뜨지 않은 푸른 새벽에 혼자서 삭였다. 영영 그녀를 떠나고 싶지 않은 마음과 그녀가 눈을 뜨기 전 도망쳐 못난 모습을 숨기고 싶다는 마음이 그의 순결한 심중을 혼란스럽게 만들었다.

하지만 화영이 중요하게 여길 것이 무엇인지 아는 은룡이었다. 제 감정에 사로잡혀 어린애처럼 굴어서는 안 될 일이었다. 그러므로 그는 떨어지지 않는 발걸음과 떨리는 마음을 가까스로 갈무리해 신방을 떠났다. 찬물에 씻고 번개같이 단장하여 황궁으로 향하였다.

장양전에 가까워졌을 때부터 뭔가 분위기가 달라졌음을 파악할 수 있었다. 바로 어제와 비교하여도 확연히 달랐다. 바쁜 발놀림의 궁인들은 마찬가지였지만, 그들의 얼굴에 피어난 희색은 숨길 필요도 없다는 듯 당당했다. 바깥에 둘러선 환관들과 시위들의 낯빛도 한시름 놓았다는 기색이 확연하다. 안에 들어오라는 허락을 미처 받지 못한 후궁들마저도 분홍이니 주색이니 화려한 색깔로 치장한 차림이었다.

'폐하께서 쾌유하셨구나!'

은룡은 주먹을 움켜쥐었다. 가슴이 쿵쿵 뛰었다. 발걸음이 빨라졌다. 급하게 앞에서 만나 뵙기를 청하였더니, 도태감이 말을 전하러 내전으로 가기도 전에 저 멀리서 옥음이 들려왔다.

"기도위는 들어오라."

다소 흔들리고 갈라지기는 하였으나 분명한 황제의 음성이었다. 의식이 있고, 직접 말을 할 정도로 나아지시다니! 그것도 하루 만에!

옥음이 들리자 줄지어 기다리고 있던 후궁들의 얼굴에 웃음꽃이 피더니 저들끼리 부채와 비단 소매 아래로 속닥이며 빠른 대화가 이어졌다. 승은 한번 못 입고 과부가 되는 꼴은 면하였다는 생각에 안심한 기색이었다. 비록 정궁인 황후의 남동생 앞에서 드러낼 만한 기쁨은 아니었지만 상황이 상황인지라 은룡도 게에 주의를 기울일 틈이 없었다. 급하게 부름을 받잡고 안으로 들어서 내전으로 향하였다.

침전이 아니라 내전으로 자리를 옮기셨다. 한눈에 보아도 회복의 기후가 여실하였다. 두툼한 보료에 기대어 여전히 금침을 덮고 계시기는 하지만 말이다. 바로 어제만 하여도 침상에 누워 창백하게 질린 채로 의식을 찾지 못하시던 분이 아닌가. 차오르는 안도감과 기쁨에 은룡은 그 앞에 무릎을 꿇고 인사를 올렸다.

"폐하, 참으로…… 참으로 다행이옵니다."

"일어나게, 은 기도위."

작은 기침이 따라붙었으나 회복기에 들어간 얕은 소리에 불과하였다. 의술과 무관한 이의 눈에도 황제의 쾌유는 확연했다.

"시간을 보아하니, 등청하자마자 온 것이로군. 무슨 일이라도 있나?"

"아, 아닙니다. 그저 폐하의 용태가 염려되어서."

"보다시피 짐은 아주 좋네. 믿기지 않을 정도야. 새벽녘에 정신이 돌아왔는데, 그 이후로는 놀랍도록 빠르게 상태가 나아지더군."

황제의 목소리가 갈라지자 곁에 서 있던 황후가 재빠르게 찻잔을 건넸다. 헌데 어딘지 이상했다. 사랑하는 남편의 회복이다. 누이의 얼굴이 배꽃처럼 환하게 펴 있어도 부족할 터였다. 그런데 기쁨과 더불어 차마 숨기지 못한 쓸쓸함이 그림자처럼 은요의 눈가에 어른거리고 있었다.

누이의 근심이 무엇인지 알게 되는 것은 얼마 지나지 않아서였다.

"폐하, 약을 달여 왔사옵니다. 식기 전에 드시지요."

결코 친하지 않은, 친해지고 싶지 않은 음성이었다. 금 귀비가 잘 익은 포도 빛깔의 금박 치맛자락을 휘날리며 내전으로 들어선 것이다.

금 귀비는 어딘지 올빼미를 연상케 하는 교태가 서린 미인이었다. 고모인 태후가 그러하듯 금가 여식 특유의 희고 결 좋은 피부, 그리고 유난히 치켜 올라간 눈꼬리와 작은 입 때문이었다. 출신 성분으로만 보자면 태후보다도 격이 높다. 서녀였던 태후와는 달리 명문 금가의 적출이기까지 하니, 중궁으로서도 결격사유 하나 없을 재녀였다.

다른 비빈들 역시 태후의 입김이 닿은 여인들이었지만 금 귀비는 여러모로 독보적이었다. 황후만큼이나 화려한 차림새와 장신구는 그녀의 오만함과 자부심을 온 궁 안에 드러내는 것이었다.

'금 귀비가 어찌 장양전에······!'

은룡은 눈가를 찌푸리지 않기 위해 주먹에 힘을 주었다.

태후는 차마 주영과 은요의 혼인을 막지는 못하였다. 태후가 주영과 화영을 입적하는 데에 있어 은가의 지지와 조력이 큰 버팀목이 되었던 까닭이다. 하지만 막지만 못했을 뿐이다. 자식도 없는 측실을 귀비 지위로 봉하는 전례가 없거늘 태후는 기꺼이 자신의 질녀를 황제의 옆에 심는데 성공하였다.

-옥아는 이 어미의 질녀입니다. 금가의 적녀이기도 하고, 외모도 처신도 빼놓을 데가 없지요. 비나 빈으로 삼기는 아까운 아이입니다. 귀비로 봉하도록 합시다.

갓 황위에 오른 젊은 황제는 차마 태후의 요구를 거절하지 못하였다. 태후는 선을 정확하게 파악하는 사람이었고, 황제도 그를 알아서였다. 따지고 보면 태후의 질녀이니 금옥아를 황후로 삼도록 하고 은요를 비빈으로 취하도록 압박할 수도 있었다. 다만 갓 모자로 엮어진 황제와의 관계를 생각하여 한발 물러선 것이다. 은요를 정궁으로 들이도록 동의하였으니 이제는 태후의 체면을 존중할 차례였다.

주영과 은요의 혼례는 용중사 마당에서 소박하게 치러졌지만, 금 귀비의 책봉례는 온 궁인이 보는 가운데 거창하게 진행되었다. 동생인 은룡조차 가슴에 말뚝이 박힌 듯하였건만 장본인인 누이는 속이 어떠하겠는가.

그나마 주영이 후궁을 찾지 않으며 은요에 대한 정조를 지키고 있음이 다행이었다. 태후의 권유, 혹은 요구대로 금 귀비를 위시한 여러 후궁들을 들였으나 승은을 내리는 것은 전적으로 황제의 권리였다. 그러한즉 이태가 되어 가도록 어느 비빈도 시침을 들지 못하였으니, 황후를 대하는 황제의 애정이 얼마나 지극한지 유명하였다.

하지만 그럴수록 은룡은 내심 불안함을 느꼈다. 아직 은요가 회임을 하지 못하였으니 후궁을 찾으라는 무언의 부담이 나날이 커졌기 때문이었다. 게다가 정작 은요가 황손을 잉태한다 하여도 마찬가지였다. 황후가 회임하여 태교에 전념하여야 하니 황제의 시중은 줄지어 기다리는 비빈들이 들어야 마땅하다고 갖은 간언이 들어오겠지. 황실의 번영이라는 숨 막히는 의무를 언제까지 주영과 은요가 거부할 수 있을까.

황실의 부부란, 황족의 사랑이란 이렇게도 비참한 것이었다. 비익조를 창검으로 뜯어내고 연리지를 도끼날로 가르는 곳이 이 구중궁궐이었다. 평생 서로 사모하며 아끼자는 약속, 정절을 지키고 거짓을 없게 하자는 맹세가 비웃음당하며 땅바닥에 짓밟히는 곳이었다.

순간 가슴이 얼음 칼에 베인 듯 선연한 고통이 치밀었다. 은룡은 이를 악물었다.

-그리 할 수만 있었다면, 너를 첫 밤에 청했을 거야.

이토록 절망적인 질투를, 사모하는 분을 다른 이의 침상으로 빼앗기는 괴로움을 누이도 언젠가 겪어야 한다니. 마음이 아팠다.

"자아, 어서요. 공 의원 말로는 김이 올라올 때 마셔야만 약효가 좋다고 하옵니다."

금 귀비였다. 그녀는 황후인 은요와 그 앞에 선 은룡은 보이지도 않는다는 듯 나긋나긋하게 굴고 있었다.

이상한 일이었다. 태후의 뒷배가 있고, 신분 높은 귀비라지만 승은도 채 입지 못한 처지임은 확실하다. 그런 그녀가 이토록 당당하게 장양전을 휘젓고, 제 자리인 양 방긋 미소 지을 수 있다니?

"귀비마마."

은룡은 대놓고 금 귀비에게 예를 올렸다. 그를 무시하지 못하도록, 흠잡을 데 없는 인사였다.

"아아, 은 기도위."

고개 숙인 은룡과 기침을 멈춘 황제의 기색을 재빨리 번갈아 보던 금 귀비가 못 이기는 척 대꾸하였다. 어쨌든 황후의 남동생이었다. 괜히 그를 박대하여 제가 세운 공에 누를 끼칠 필요는 없었다.

"이런 이른 아침에 문안을 드리러 오다니, 과연 듣던 대로 대단한 충심이군요. 하지만 폐하께서는 아직 옥체가 미령하시니 이만 물러나는 것이 좋겠습니다. 공 의원 말로는 지나치게 대화가 많은 것도 기력을 빼앗는다니까."

"공 의원이라니요? 이름을 들어보지 못한 태의입니다만."

"그야 당연하지요. 태의가 아니니까."

금 귀비가 눈을 휘며 대답했다. 그러자 그녀의 뒤에서 흐린 잿빛 포삼(袍衫)을 입은 중년 사내가 꾸벅 허리를 숙였다. 과연 이전에 보지 못한 낯선 사내였는데, 까만 약물이 가득한 옥 주발을 놓은 쟁반을 들고 있었다.

은룡이 다소 무뚝뚝하게 되물었다.

"태의가 아니라면, 무슨 말씀이신지요?"

"폐하의 병세에 차도가 없어, 본궁이 사가에 일러 찾은 명의니까요. 지난밤부터 이 자가 침을 놓고 약을 지었더니, 자, 보시오. 폐하께서 이리 자리를 털고 일어나신 것이 과연 그의 공이 아니겠습니까?"

빙긋이 미소짓는 금 귀비를 보자니 이제야 상황을 짐작할 수 있었다. 은룡은 피가 식는 것만 같았다.

하필 금 귀비가 데려온 의원이 어젯밤 진료하였을 줄이야! 그리고 갑자기 황제의 병증이 호전되었으니, 이런 상황이라면 누가 보든 금 귀비 덕분이라 할 만하였다.

이렇게 가만히 있을 수만은 없었다. 입을 다물고 있다가는 모든 것이 금 귀비의 공으로 돌아갈 것이고, 태후는 분명 이 일을 빌미 삼아 금 귀비에게 보상하도록 넌지시 권할 터였다. 큰 상과 함께 승은을 내리라고 말이다. 그간의 병증은 곁에서 황제를 잘 보필하지 못한 황후의 부덕함으로 치부될 것이고, 은요는 크게 입지를 잃겠지.

무엇보다도, 화영의 희생을 이렇게 빼앗길 수는 없었다.

"실은 소신은 폐하께서 이리 회복하실 줄 알고 있었습니다."

예상치 못한 은룡의 발언에 금 귀비뿐 아니라 주영과 은요마저 당황스러움을 숨기지 못하였다.

금 귀비가 회색으로 그린 눈썹을 들어 올리며 물었다.

"그게 무슨 말이요, 기도위? 본궁을 놀리는 겁니까?"

"어찌 그러하겠습니까, 귀비마마. 다만 저는─ 이미 알고 있었습니다."

"본궁의 의원이 폐하를 치료하리라는 것을 기도위가 어찌 안단 말이요?"

은룡은 마른침을 삼켰다. 그리고 잠시 숨을 가다듬은 후 입을 열었다.

"실은, 황제 폐하, 황후마마, 저는 부마도위의 부탁으로 문안을 드리러 온 것입니다."

"부마도위?"

주영이 잠시 곤혹스러운 표정을 하더니, 은룡이 나름의 계획을 갖고 있음을 눈치채고 대꾸하였다.

"관 부마 말인가? 그가 어찌 기도위를 내게 보냈지?"

"부마께서 제게 말씀하시기를, 현희장공주께서 며칠 전 퇴궐하신 이후로 크게 목욕재계 올리고 사흘 밤낮을 간절히 기도를 올리셨다고 하셨습니다. 부마 역시도 함께 말입니다. 아시다시피 현희부에도 조상을 모신 사당이 있지요. 헌데 오늘 새벽에 큰 빛과 함께 깨달음이 오기를, 장공주의 기원이 하늘을 감동하게 하였으니 반드시 폐하께서 쾌유하시리라 하였답니다."

자신이 이렇게 능숙하게 거짓말을 늘어놓을 수 있으리라고는 상상조차 못 한 일이다. 하지만 이래야만 한다. 은룡은 말을 이었다.

"그런데 현희장공주께서 사흘 밤낮을 새워 가며 기도를 하시다 보니 몸이 상하여 혼절하셨고, 부마도위께서도 차마 쓰러진 마마를 두고 홀로 입궁할 수 없다 하셔서 제게 대신 부탁하신 일입니다. 부디 장공주 내외를 대신하여 등청하자마자 장양전에 문안을 올려 달라고 말입니다."

"그런 일이……."

"폐하께서 자리를 털고 일어나셨을 것이 분명하니, 부디 현희장공주의 충심을 고해 달라 하시더군요. 관 부마의 성정이 결코 없는 말을 하지 않을 것이라, 그리하겠다 대답하고 바로 이리 온 것입니다. 그리고 폐하께서는 참으로 회복하여 계셨지요."

"그게 참인가? 화영이, 현희장공주가 사흘 밤낮을 깨어 기도하였다고? 몸이 상할 정도로?"

화영이 쓰러졌다는 말에 주영이 놀라 되물었다. 어디까지가 진실일지는 확실하지 못하나 그중에서도 누이가 아프다는 소리는 넘어갈 수 없는 모양이었다. 휘둥그레 눈이 커진 주영의 얼굴에서 희미하게 화영의 모습이 보였다. 은룡은 차마 주군의 얼굴을 똑바로 보지 못하고 고개를 숙였다.

"예. 그만큼 간절히…… 폐하의 쾌유를 바라셨다 합니다."

"어쩐지……. 그래, 내가 말하지 않았소, 황후. 인력으로는 내 병을 낫도록 하지 못하지. 나는 알고 있었소. 분명 누군가 천지신명을 감동케 한 것이라고……."

"예, 폐하. 그리 말씀하셨습니다."

순식간에 무게추가 금 귀비에게서 황제와 황후로 기울었다. 황제는 누이에 대한 고마움과 감동으로 인해 금 귀비는 안중에 없는 듯했다. 황후의 얼굴에서도 안개가 걷히고 빛이 났다.

"폐하를 향한 장공주의 정이 깊음은 신첩도 알지만, 이리 하늘까지 감명하게 할 줄이야……. 부디 태의원에 명하여 현희부로 사람을 보내도록 하시지요. 장공주 역시 병상에 누운 적이 있으니, 혹여 몸이 약해지면 아니 될 일입니다."

"물론이오. 내 수태의더러 가라 명하겠소. 게다가 큰 상도 잊지 말아야지. 아, 은 기도위도 수고가 많도다. 현희부의 일까지 챙겨 황실을 도우니, 짐이 잊지 않을 것이다."

들고 있던 찻잔은 아예 탁자에 내려놓고, 주영이 은요의 손을 꼭 움켜쥐었다. 그 모습을 바라보는 금 귀비의 입꼬리가 짜증스레 얼어붙었다.

"부마도위가 언제 은가를 찾아왔나요, 기도위? 분명 아주 이른 새벽이었겠지요? 기도위가 늦지 않고 등청하여 딱 맞게 찾아온 것을 보면 말입니다."

금 귀비는 곧장 평정을 되찾았다. 과연 명문 태생답게 한 치 일그러짐 없는 얼굴이었다. 가면이라도 쓴 것처럼 매끄럽고 불투명하였다.

"부마도위도 경우가 없다 해야 할까요, 어찌 해도 뜨지 않은 신새벽에 은가의 문을 두드린 것인지……. 그보다, 부마와 기도위가 그리 허물없는 사이인 줄은 몰랐습니다."

"은룡은 짐의 처남이오, 귀비. 장공주와도 인척이 되지. 현희부와 은가가 가까운 것은 당연한 일이오."

은룡이 대답하기 전에 주영이 먼저 나서 말을 잘랐다. 금 귀비와 은룡의 대화가 더 길어지기를 원치 않는 것이 분명하였다.

금 귀비는 잠시 침묵하였다.

"이 일을 외숙과도 논의해야겠으니 귀비는 이만 물러가 보시오. 공 의원도 함께. 수고 많았소."

과연 금 귀비는 금가답게 머리 회전이 빠른 여인이었다. 이미 황제의 마음이 어디로 기울었는지 뻔한 일이다. 황후의 동생이 지껄인 장공주의 기도 나부랭이가 참인지 거짓인지는 더는 중요하지 않았다. 황제가 장공주의 기도 덕분에 쾌유했다고 말한다면, 그게 참이 되는 것이다. 괜히 미련을 보이거나 반감을 드러냈다가는 본전도 찾지 못할 터였다.

"그러면 신첩은 이만 물러나겠사옵니다. 허나 폐하, 약은 두고 갈 터이니 부디 옥체를 생각하여 식기 전에 드시어요."

금 귀비는 도통 어려운 얼굴로 절을 하고 돌아섰다. 봉선화처럼 작은 입술이 미소를 짓는 것인지, 분하여 앙다문 것인지 알 수 없었다.

금 귀비가 물러나고 얼마 되지 않아 금정 법사가 뛰다시피 급한 걸음으로 장양전에 들어왔다. 그 역시 금 귀비와 외간 의원을 믿지 않은 터라,

무슨 연유로 갑작스레 주영이 회복하였는지 알아내야겠다며 태의원 약재들과 처방들을 죄다 뒤지던 와중이었다.

주영은 금정이 들어오자 내전의 아랫것들을 모두 물렸다. 그리고 은룡을 보며 물었다.

"자, 이제는 참으로 가족들뿐이다. 이제 진실을 말해 줄 수 있겠느냐?"

은룡은 잠시 망설였다. 진실? 진실이란 무엇인가.

따지고 보면 장공주와 부마가 사흘 밤낮을 간절히 기도하였다는 것이 영 틀린 이야기는 아니다. 금 귀비의 득세를 막기 위한 급히 꾸며 낸 것이었으나, 그 기반에는 분명 어느 정도의 진실이 숨어 있었다. 황제의 쾌유는 오로지 공주의 공이었다. 그녀의 냉철한 상황 판단과 각오 덕분이었다.

마른 입술을 잠시 닫았다. 최대한 깊게 심호흡을 한 뒤, 은룡은 입을 열어 대답하였다.

"관 부마뿐 아니라 저와 맹타안까지도 함께 기원하였습니다."

"화영과 세 부마, 모두 함께? 그리 큰 고생을 해 주다니……."

주영은 별반 의심하지 않는 기색이었다. 죽음의 언저리에 있다 깨어나신 분이다. 게다가 화영과 은룡이라면 목숨보다 신뢰하신다. 그러니 의심을 하실 리 없다.

"장공주가 참으로 큰일을 하였습니다. 부마들도 마찬가지이고요."

감동과 고마움으로 일렁이는 누이의 얼굴을 보자니 누군가 손끝을 송곳으로 찌르는 것만 같았다. 은룡은 태어나서 거짓말이라는 것을 해 본 적이 없는 반듯한 청년이었다. 하물며 친누이인 은요에게는 더더욱 그러했다. 하지만 지금은 거짓을 말해야만 했다. 다른 누구도 아닌 그의 부인을 위하여.

문제는 금정이었다.

"화영이 기도를 올리자고 제안했다, 그 말이냐?"

"……예."

"그 애는 절에서 자란 주제에 백팔 배 한번 제대로 끝마친 적이 없는 망나니야. 도대체가 한 각도 얌전히 있지를 못하는 녀석인데- 친하지도 않은 부마 놈들을 데리고 사흘 밤낮을 기도를 올렸다고? 얼굴도 본 적 없는 죽은 조상들의 위패 앞에서?"

금정이 얼굴을 있는 대로 찡그리며 은룡을 쳐다보았다. 마치 하늘에서 물고기가 떨어지고 땅속으로 새들이 잠수한다는 이야기라도 들은 듯한 표정이었다.

예상치 못한 금정의 지적에 은요가 되레 당황하여 변명하였다.

"아무리 장공주가 자유분방하다지만 하나뿐인 오라버니의 일인 걸요. 분명 폐하를 위해서라면 그보다 더한 일도 하셨을 거예요."

은룡은 입 안의 여린 살을 꽉 깨물었다. 누이는 별 생각 없이 한 말이겠지만, 참으로 공주는 그보다 더한 일도 해냈다. 하지만 누구도 그 내용을 알아서는 아니 될 상황이었다.

사방이 꽉꽉 막힌 듯 속이 답답하였다. 납득하지 못하는 금정도, 은룡과 화영의 편을 드는 은요도.

"황후마마의 말씀이 옳습니다, 법사님. 장공주마마께서는 폐하를 위해서라면 못 할 일이 없으십니다."

금정이 주름진 눈을 가늘게 떴다. 그리고는 잠시 은룡을 뚫어져라 응시하다가, 이내 고개를 돌려 젊은 황제와 황후에게로 시선을 돌렸다. 그리고 크게 숨을 들이켰다. 공기 속에 감도는 긴장감을 향내처럼 맡을 수 있었다. 기묘하게 관능적인 냄새였다. 희한하군.

지난 새벽까지 까무룩 하게 앓아누웠던 황제와 그 곁에서 눈도 붙이지 못한 황후에게서 풍길 만한 긴장감은 결코 아니다. 애초에 그들이 긴장하고 초조할 일이 무엇이 있단 말인가. 기뻐하기만 하여도 모자랄 판이다.

그렇다면.

금정이 다시 고개를 돌렸다. 그 순간 그와 은룡의 눈이 마주쳤다. 십 년이 넘도록 보아 온 얼굴이었으나 무엇보다도 낯선 얼굴이었다.

사내의 얼굴이었다.

허.

기이한 예감. 금정은 그 자리에서는 더는 입을 열지 않았다.

이내 분위기는 처음처럼 화기애애하게 돌아갔다. 주영은 화영의 병세를
보아 줄 태의를 보내기로 하였고, 몸이 회복하는 대로 다른 부마들과 함께
입궁하라는 말을 전해 달라 부탁하였다.

은룡이 이만 장양전에서 물러나 나설 때였다. 그를 불러 세우는 목소리
가 있었다. 금정 법사였다.

잠시 두 사람 사이에 침묵이 흘렀다.

"네가 한 말이, 정말이냐?"

은룡은 금정의 눈을 보았다. 이미 모든 것을 짐작하고 있는 눈이었다. 하
지만 그의 대답은 정해져 있었다.

"……그렇습니다."

여기서 진실을 말한다 해도 달라질 것이 없었다. 없던 일로 눈가림할 수
도 없다. 그렇다면 누가 뭐라든 입을 다무는 것이 최선이었다. 중요한 것은
공주였다. 설령 밝힌다 하여도 그녀가 선택할 일이었다. 그녀의 희생이고
그녀의 공로였으니까. 한낱 세 번째 부마인 그가 먼저 나서 입을 놀려서는
안 될 일이었다.

"그렇구나."

금정도 더는 묻지 않았다.

* * *

화영과 부마들이 입궁한 것은 그로부터 나흘이나 더 지나서였다.

몸이 심하게 아팠던 것은 아니다. 과로한 데다 익숙하지 않은 관계로 인
한 몸살이었을 뿐이다. 곧바로 황궁에서 태의와 값비싼 약재들이 내려오니

이틀이면 멀쩡히 낫고도 남음이다.

문제는 안도감과 함께 뒤늦게 찾아온 부끄러움이, 제가 살려 낸 오빠를 마주 보는 기쁨보다 아슬아슬하게 컸다는 것이다.

연달아 세 명의 사내와 잠자리를 해 버렸다. 남려 황실의 피를 이은 하나뿐인 공주, 황후와 더불어 모든 여인들의 모범이 되어야 마땅할 신분의 사람이!

이 사실을 오빠가 알게 된다면? 새언니가 안다면? 외숙이 알아 버리면?

그야 이러한 위험성을 부마들에게 잠자리를 요구할 적에 몰랐던 것은 아니다. 오빠를 잃는 것보다 가벼운 값이라고 믿었을 뿐이다. 하지만 정작 이렇게 그 값을 치를 때가 다가오자 두려운 것은 어쩔 수 없었다.

'셋 다 하여간에 혼례를 치른 부마이기는 하지. 말하자면, 내가 부덕을 저지른 건 아니라는 거야. 남편이랑 잠자리를 하는 게 죄는 아니잖아. 따지려면 한꺼번에 세 명이랑 혼인을 한 게 적합하냐, 아니냐가 중점이지. 도덕적으로는 몰라도 범죄까지는 아니겠지? 오빠만 해도 원치도 않는 후궁들을 억지로 들여야 했잖아. 그렇게 치면 나도 오빠만큼이나 귀한 신분이고 황실 핏줄이니까, 피치 못할 사정으로 부마를 셋 정도 들일 수도 있지.'

그녀의 양손은 불안에 찬 작은 동물처럼 끊임없이 꼼지락거렸다.

'그래, 내가 남편 셋을 들여서 나랑 오빠가 액을 피했으면 남는 장사 아닌가?'

머리가 핑핑 돌았다. 마차를 타고 황궁으로 향하는 와중에도 나쁜 생각을 멈출 수 없었다. 가장 최악의 상황이 먹구름처럼 머릿속을 채웠고, 애써 자신을 정당화하려 변명거리를 늘어놓으며 기력을 소모했다. 화영은 발이 드리워진 창밖을 노려보며 끊임없는 염려와 두려움에 창백해져 있었다.

그런 화영의 모습을 관호는 조용히 지켜보고 있었다.

공주와 세 부마 모두 입궁하라는 명이었다. 지난 입궁과 마찬가지로 마차와 두 필의 말이 준비되었다. 아마도 내색은 하지 않아도 부마들 모두 긴장하였을 것이다.

잠자리를 나눈 이후로 얼굴 한번 보지 못한 공주였다. 그녀와 마주치지 못한 것이 자의였든 타의였든 말이다. 관호로 치면 자처하여 고작 사흘 칩거하였을 뿐이다. 맹타안은 이틀, 은룡은 하루 그녀를 보지 못하였겠지. 그보다 긴 사흘, 그보다 목마른 이틀, 그보다 애끓는 하루는 동서고금 어디에도 없었으리라.

과연 정한 시각보다 일찍 나와 기다리고 있는 것이라고는 부마들뿐이니, 순간 마주치는 시선에 서로의 속내가 펼치듯 드러났다. 아니, 드러났다고 한다면 틀린 말이다. 그저 동경 속에 보았던 자신의 눈빛을 다른 부마들에게서도 읽었을 뿐이다. 거울을 보듯, 물 위에 비추인 자신의 모습을 보듯 그들은 서로를 보았다.

"염려할 것 없소."

관호가 낮고도 흔들림 없는 목소리로 말했다.

"부인이 걱정하는 일은 결코 없을 것이오."

내내 딴생각에 빠져 부마들이 보이지도 않는다는 양 먼 곳만 응시하고 있던 화영이었다. 내면에서 끊이지 않고 솟아 나오는 두려움을 막아내느라 외부를 무의식적으로 차단하고 있던 것이다. 그러나 그러는 와중에도 관호의 음성만은 겹겹이 쌓아 둔 벽을 단번에 꿰뚫고 들어왔다. 화영은 화들짝 놀라 그를 쳐다보았다.

"뭐, 뭐라고요?"

"은 부마가 폐하께는 부인과 우리들이 내내 조당에서 기원했다 하였으니, 그대로 수긍하면 될 것이오. 어차피 우리 부마들과 맹 부마의 사촌, 그리고 침혜를 제외하면 지난 며칠간 벌어진 일은 현희부 식솔이라도 제대로 모르는 일이오."

"……."

"신방을 꾸미는 일이야 손을 빌렸지만 어디까지나 그 자체로 폐하의 액을 막으려는 행위라 설명해 놓았소. 부인의 단장은 침혜 홀로 맡아서 하였고,

부마들은 직접 하였지. 그리고 술시(戌時)부터 모두 하던 일을 그만두고 숙소에서 쉬도록 명하였으니 무슨 일이 있었는지 아무도 모르오."

"당신 말은……."

"어떤 식으로든 이 일은 드러나지 않을 것이오. 부인이 직접 밝히길 원하지 않는다면 말이오. 부마들은 전적으로 부인의 결정에 따를 것이니."

화영은 잠시 입을 다물었다. 뭐라 하고픈 말은 많은데, 한 마디도 제대로 꺼낼 수가 없었다. 답답하기도 하고 꾹 눌러두고 싶기도 한 이상한 기분이었다.

"언제…… 그렇게 상의했어요? 아까 일찍들 도착해 있던데…… 그때?"

관호가 화영을 잔잔히 응시하다 대답하였다.

"내어놓고 상의하지는 않았소. 허나 모두 같은 생각을 하고 있음은 확실하오. 거기에 대해서는 믿어도 좋소, 부인."

화영은 저도 모르게 드리워진 발을 손으로 들추고 밖을 내다보았다. 저 길 뒤쪽으로 따라 오는 두 필의 말을 보았다. 최대한 거리를 벌리면서도, 차마 마차가 시야 밖으로 사라지는 것만은 못 견디겠다는 듯한 아슬아슬한 간격이었다. 그녀는 그 말 위에 올라탄 두 기수를 보았다.

현희부 마차는 창에 붙은 발 외에도 처마에부터 길게 늘어지도록 비단사를 드리워 놓았다. 바깥에서 귀인을 훔쳐보지 못하도록 말이다. 제법 색이 짙은 비단이었다. 그러니 화영이 빼꼼 얼굴을 내민 것은 바짝 붙은 옆이 아니고서야 알아보지 못할 터였다. 하물며 은룡과 맹타안은 가능한 만큼 멀리 떨어져 있었다. 그러나 아주 작은 움직임, 마차 바퀴가 돌멩이에 걸린 정도라고 착각할 만한 미세한 움직임이었음에도 두 사내의 시선이 곧바로 꽂혀 들어왔다. 활에 관통당한 기분이었다. 심장이 덜컹 멈출 것만 같았다.

화영은 반사적으로 몸을 팅기듯이 창에서 떨어졌다. 쿵쿵 귓가에서 북소리가 들렸다.

왜 날 저런 눈으로 보는 걸까?

그제야 그녀는 깨달았다. 초야를 보낸 후 이제야 부마들을 제대로 대면하게 되었음을 말이다.

관호의 말을 듣기 전까지는 미처 눈치채지 못했다. 자신이 부마들을 죄다 취해 버렸다는 사실이 황제와 황후, 그리고 외숙에게 들통날까 봐, 어떻게 변명해야 할까 온 신경을 집중하고 있었던 까닭이다.

얼굴이 빨갛게 달아올랐다.

"이제 내 말을 믿겠소?"

차마 말을 잇지 못하고 놀란 가슴만 콩닥이는 화영을 지켜보던 관호가 입을 열었다.

화영은 관호를 쳐다보지도 못한 채 고개를 끄덕였다. 갑자기 애써 무시하고 있던 그 밤의 기억이 해일처럼 흘러넘쳐 머리를 어지럽히는 것만 같았다. 그의 손길. 허리띠를 풀고 매듭을 끌러 내리면 드러나던, 넓고 강건한 근육질의 가슴. 그리고, 배꽃 향기가 아득하게 퍼지던…….

'미쳤나 봐! 무슨 생각을 하는 거야, 송화영!'

얼굴이 뜨거워지다 못해 익어서 뚝 떨어질 것 같았다. 애써 고개를 뻣뻣하게 창가로 돌려 버렸지만, 한 번 고삐가 풀려 버린 기억들은 마구간을 탈출한 못된 망아지처럼 그녀의 머릿속을 엉망으로 뛰어다녔다.

그렇다. 그녀는 지금 함께 밤을 보내고 몸을 섞은 사내와 단둘이, 거의 밀폐된 좁은 공간에 있었다. 그 사실을 한번 의식하고 나니 평정을 찾는 것은 불가능했다. 게다가 바깥이라고 해서 나을 것도 없었다. 저 멀리서부터 마차의 작은 움직임이라도 놓치지 않고, 꼭 새끼 양을 채가려는 수리처럼 이글거리는 시선으로 쳐다보고 있는 사내가 둘이나 더 있었다.

애꿎은 피백만 잡아당기며 화영은 머릿속으로 발을 굴렀다. 창피해서 죽을 것 같았다. 하필 관호와 밤을 보냈을 적에는 망할 화촉들을 끄지도 않아서, 지금이나 다를 바 없이 밝은 상태였다는 것까지 기억이 났다. 딱 창밖으로 몸을 날려 버리고 싶었다. 뒤에 따라오는 은룡과 맹타안만 없었더라도 시도는 해 봤을지도 모른다.

'아니, 그런데 저 남자는 어찌 저렇게 태연할 수가 있지?'

사람이 하도 민망하다 보면 결국 남 탓을 하게 되어 있는 모양이다. 오빠에게, 그것도 황제의 몸으로서도 정조를 지키며 부인만을 사랑하는 오빠에게 세 명이나 되는 부마를 줄줄이 가졌다고 들켜 버릴까 고민할 적에는 머리가 깨질듯하고 가슴이 턱 막힌 듯하였지만 이처럼 창피해 죽을 정도는 아니었다. 관호만 그녀를 방치해 두었어도 이런 부끄러움은 차마 깨닫지 못했을 텐데!

'설마 자기한테는 별일 아니었다는 뜻인가?'

어떻게든 관호를 탓하고 싶은 나머지 입술이 삐죽삐죽 나온다. 계속 생각해 보니 조금 억울한 것 같기도 했다. 설마 나만 신경 쓰는 건가? 나만 지난밤이 걸리는 거야?

'하긴, 대의명분을 내걸고 잠자리를 요구한 건 나니까…… 만일 없던 일로 치고 싶다면야 뭐라고 탓할 수는 없지. 하여간 이혼장도 써 주고, 이 일로 보상도 해 줘야…….'

거기까지 생각이 닿으니 문득 가슴 한구석이 서늘해졌다. 그래, 나 혼자 민망해할 일이 아니지. 황제를 위한 공무였을 뿐인데. 관호가 맹타안이나 은룡 같은 눈으로 자신을 보지 않는다고 서운해한다면 그게 더 뻔뻔한 일일 터였다. 오히려 고마워해야지. 다른 두 남자들은 어찌 처리해야 할지 눈앞이 깜깜해질 정도니까.

벌게졌다 하얘졌다 몇 번씩 낯빛이 바뀌는 화영을 응시하고 있던 관호가 담담한 목소리로 말했다.

"잠시 눈을 붙이시오. 아직 황궁까지는 멀었으니."

"……좋아요. 그렇지만 도착하고 나서 깨우면 안 돼요. 도착하기 반 각이라도 전에 깨워 줘요. 안 그러면 얼굴이 찐빵처럼 부으니까. 알았죠?"

"걱정 마시오, 부인. 그리하겠소."

화영은 다소 퉁명스럽게 대꾸하고는 팔짱을 끼었다. 그리고 어차피 얼굴

보기 껄끄럽던 차에 잘 됐다고 여기며 등받이에 깊게 몸을 기대고 눈을 꼭 감았다.

부인?

애써 식혔던 열기가 홧홧하게 뺨을 물들였다.

지금 저 남자가, 나를 뭐라고 부른 거지?

* * *

황제가 건강을 회복하였으니 장양전에는 생기가 넘쳤다. 화영과 세 명의 부마에게도 확실히 보이는 변화였다. 심지어는 병중의 황제를 직접 보지 못한 맹타안의 시선에도 그러했다.

이번에는 은룡과 맹타안이 다소 일찍 도착하였고, 그 뒤로 관호와 화영이 들어와 인사를 올렸다. 황제는 침상에 누워 있는 것이 아니라 내전에 앉은 채로 그들을 맞이하였다. 아직 낯빛이 창백했고 무릎 위에 모피를 덮기는 하였으나, 옆에 둔 탁자 위에 상소며 서책이며 그간 미처 확인하지 못한 나랏일들이 쌓여 있는 것을 보면 적잖이 활력이 돌아온 모양이었다.

진작 아랫것들을 물려 놓은 터라 장양전 안에는 황제와 황후, 그리고 장공주와 부마들뿐이었다.

참으로 이상야릇한 분위기였다.

기뻐 반겨 어쩔 줄 모르는 오라비와 달리 오라비의 생명을 살린 일등공신인 누이는 어쩐지 맘껏 신나하지 못하는 기색이었다. 기운을 되찾은 오빠에게 달려가 꼭 끌어안지도 않았고, 입술은 미소를 짓고 있었지만 눈가에는 희미한 초조함이 드리워 있었다.

다행히도 황제 본인은 누이의 기이한 수줍음을 눈치채지 못한 모양이었다. 죽었다 살아날 뻔한 데다가, 항시 어린아이 같던 누이가 자신을 위하여 부마들을 이끌고 사흘 밤낮을 기도하며 빌었다는 데에 참을 수 없는 자랑스러움과 감동을 느꼈던 것이다. 그런고로 전에 없이 얌전하고 경직되어 있는 화영의 태도가 어른스러움으로, 이제 완연히 성숙하여 기꺼이 현희부를 이끌 수 있는 장공주의 면모로 보일 뿐이었다.

그러나 황후인 은요는 조금 달랐다. 공주야 마찬가지로 피로하여 다소 앓았다지만, 부마들은 아니지 않은가?

'어째서 표정들이······.'

하나같이 훤칠하고 기개가 넘치는 사내들이었다. 친동생인 은룡뿐 아니라, 첫 번째 부마인 관호도 두 번째 부마인 엽혁 세자도 어디에서나 첫손에 꼽힐만한 기량을 지닌 호걸들이 분명하였다. 세 사람이 한자리에 있으니 마치 용과 범이 한데 도열하여 위용을 뽐내는 것 같고, 당장이라도 하늘에서 오색구름이 쏟아져 그들을 옛 전설 속으로 데려갈 것도 같았다.

하지만 뭔가 이상했다.

'다들 낯빛이 묘하구나. 초조한 것처럼 보이기도 하고······.'

은요가 관호와 맹타안을 직접 본 것은 이번이 고작 두어 번째였다. 화영이 회복하고 나서 은근히 이혼을 권하기 위하여 비밀리에 차려 낸 만찬 자리가 처음이었으니 말이다. 어쩌면 그렇기에 더욱 이전과의 차이가 강렬하게 느껴지는 것일지도 모른다.

이전에는 다들 여유가 있는 얼굴이었다. 그야 빠질 것 없는 사내들이고, 자신들 덕분에 남려의 장공주가 무사히 목숨을 건졌으니 자랑스러워한대도 무어가 문제겠는가.

물론 그때도 사소한 의견 차이는 있었다. 계속 장공주의 곁을 지키고자 하던 은룡과 이혼장을 순순히 받으려 들지 않는 강로족 세자의 다툼. 하지만 그때에도 부마들의 낯빛은 옥처럼 맑았고 가을바람처럼 시원스러웠다. 원하는 것을 당돌하게 밝혔고 물러서는 법이 없었다. 이렇듯 기묘한 침묵 속에 서로 발끝만 바라보고 있지는 아니하였다.

남려의 황제 앞에서도 숙이지 않던 강로족 세자는 화영만큼이나 조용하니 입을 꾹 다문 채였다. 잘 벼려진 창처럼 날카로운 기세는 마찬가지이나 어딘지 눈치를 보고 있다는 느낌이었다. 하지만 엽혁타안이 누구의 눈치를 본단 말인가? 가진 것 하나 없이 망명하였을 때도 남려 황제 앞에서 할 말을 다 하던 사내가, 도대체 누구를?

은요의 걱정스러운 시선이 곧바로 관호와 은룡에게로 옮겨갔다. 본디 정숙한 그녀였기에 애초에 인척이나마 외간 사내를 지긋이 관찰하는 일을 피하려는 것이기도 했다. 그렇기에 은요는 놓치고야 말았다. 묵묵히 바닥만 내려다보던 맹타안의 푸른 눈이 화영의 치맛자락을 타고 올라가 그 뒷모습을 강렬하게 응시하는 모습을.

첫 번째 부마인 관호조차 수심이 어린 기색이었다. 결코 움직이지 않을 무게감을 주는 인상임은 여전하였으나 석상 같던 단단함 사이로 작은 균열이 느껴졌다. 그 안에서 뜨겁게 타오르는 심지가 과연 어떠한 감정일지 은요로서는 가늠할 수 없었다. 다만 사천왕처럼 엄격하던 전과 달리 은근한 인간미가 느껴지는 터라, 엽혁 세자와는 달리 관호에게 일어난 변화는 썩 나쁜 것 같지 않았다.

그리고 은룡으로 말하자면…….

"삭여 뒤면 황후의 생일입니다. 장공주와 기도위는 이미 알고 있었겠지만 말이오. 부디 관 부마와 엽혁 세자도 탄신연에 참석하였으면 합니다."

"예?"

눈 밑에 그림자가 진 동생의 얼굴에 신경을 빼앗겼던 나머지, 은요는 남편인 황제의 말에 깜짝 놀라고야 말았다. 그녀답지 않은 대응에 황제는 물론이고 동생인 은룡, 시누이인 장공주마저 놀란 기색으로 그녀를 쳐다보았다.

"물론 내 병을 치유해 준 보답은 당연히 따로 내릴 것입니다, 황후. 절대 대강 넘어가지 않을 터이니 그리 염려는 말아요."

주영은 다소 굳은 은요의 얼굴이 자신이 설명을 제대로 하지 않은 탓으로 받아들였다. 그래서 사랑하는 아내를 향해 부드럽게 웃으며 덧붙였다.

"그럼에도 내 고마움을 표현할 방법이 없을까, 생각하다 권하는 것이지. 이번 황후의 생일은 내 무엇보다도 크고 성대하게 치를 예정이니, 다들 참여하여 흥겹게 즐기면 좋겠지요. 한 번은 화영을, 다시 한번은 내 생명을 구해 준 이들입니다. 어찌 은인이자 가족이 아니겠습니까?"

"폐하의 성심은 이해하였사옵니다."

은요는 무릎을 살짝 굽히며 대답하였다.

"다만 신첩은 저어되는 부분이……."

"아, 그 부분도 이미 예비해 두었습니다."

장양전 안의 누구든 주영의 짐작이 은요의 걱정과 결코 겹치는 부분이 아니리라는 것을 알 수 있었다. 그것은 참으로 어색한 순간이었다.

이 금빛의 아름다운 전각 안에 있는 두 쌍은-비록 한 쌍은 여인 하나에 사내가 셋이었기에 엄밀하게 쌍이라 할 수는 없는 노릇이지만- 남려에서 가장 고귀한 부부들이었다. 하지만 불안의 씨앗은 이미 그 가운데 심어졌고, 언제 싹을 틔울지 몰랐다.

주영만이 그 사실을 깨닫지 못한 채였다.

"작년 황후의 탄신연은 법도에 따라 이루어졌지요. 하지만 내심 마음에 걸렸습니다. 내외명부들을 모두 부른다 했지만 연회장이 반쯤 비어 있었으니. 오황자의 난 때문에 황실의 가까운 혈족들이 사실상 끊긴 상태이니까요."

그의 목소리에는 풍한이 완전히 떠나기 직전인 사람 특유의 갈라짐이 묻어 있었다. 그렇기에 더더욱 은요로서는 감히 중간에 끼어들 수도, 부정할 수도 없는 것이었다.

"나는 황후의 생일을 아주 많은 사람들이 모여 축하해 주었으면 합니다. 그래서 이번에는 내외명부뿐 아니라, 황실과 인척 관계가 닿았다면 성별에 무관하게 초대할 수 있도록 지시를 내려 놓았습니다."

"폐하! 그것은 위험한 일입니다!"

그때 감히 무례를 무릅쓰고 제동을 건 것은 다름 아닌 은룡이었다. 평소보다 어둡고 야위어 보였으나 외려 그렇기에 갓 스무 살의 애송이가 아닌 사리 분별에 능한 사내로 보이는 얼굴이었다.

"후궁마마들께서 참석할 자리에 아무리 인척이라지만 외간 사내를 들일 수는 없습니다. 법도에도 맞지 않을뿐더러 크나큰 위험을 부를지 모릅니다. 황후마마의 연회를 가득 채워 축하하고자 하시는 성심은 알겠사오나, 부디 거둬 주십시오."

맞는 말이었다. 대놓고 동의하지는 않았으나 주영을 제외한 모두가 동의하고 있을 터였다.

탄신연에 초대받을 황실 인척인 사내라면 황후의 동생인 은룡이나, 태후의 조카이자 금 귀비의 사촌인 금명 정도의 연배일 것이었다. 그들의 부친 대라면 굳이 제가 내명부 잔치에 함께 끼어들어 잔치 분위기를 돋울 수 없음을 충분히 알고, 일임하고 있는 업무로 변명을 만들기에도 충분한 나이였다. 그러니 젊은 아우들, 사촌들, 아직 벼슬을 얻어 외지로 발령 나지 않은 청년들이 기꺼이 황궁 구경을 하고자 찾아들 터였다. 물론 아주 많지는 않을 것이다. 그것은 확실했다. 비빈들도 예법을 아는 이들이니 눈치껏 얌전한 이들을 골라 초대하겠지.

그럼에도 어쨌든 위험은 위험이었다. 하물며 황제가 황후를 제외하고는 후궁 누구에게도 손을 대지 않은 상황이라면 더욱 말이다. 외로운 비빈이 순간의 취기와 정염에 이기지 못해 황제가 아닌 다른 사내와 정분이 난다면? 그리고 그 사내가 일개 시위도 아니고 황실 인척이라면? 이보다 끔찍한 악몽은 없을 터였다.

은룡이 감히 한발 나서 간청할만한 사안이었다. 황실의 인척으로서나 기도위로서나, 처남으로서나 모두 적합한 청이었다.

"그 점에 대해서는 염려 마시오, 기도위. 내 이미 적절한 인사들의 명단을 받았고 확인하였소."

그러나 주영은 물러날 생각이 없어 보였다. 다정하고 부드러웠으나 흔들림이 없는 얼굴이었다.

"알다시피 황실 손이 무척 적기에 남성 인척은 자체가 드물지. 개중 인물이라 할 만한 이는 기도위 그대와 태후마마의 금명 공자뿐이고. 태후께서 원한다면 금가에서 젊은이들을 몇 더 부르실지 모르지만, 그럴 리는 없으리라 확신하오. 태후께서 성심껏 가꿔 놓은 꽃밭이 바로 후궁이니, 일부러 메뚜기를 불러들일 리 있겠소?"

"하지만 폐하—"

"비빈들이 미리 허락을 받고자 제출한 명단을 보니, 대부분 미혼 자매이거나 사촌들이었소. 남자 형제를 감히 초대하고자 할 만큼 어리석은 이는 없더군. 그러니 말로는 성별에 무관하다 하였으나 실상 그 자리에 허락되는 사내는 부마, 그리고 황후와 태후마마의 핏줄뿐이겠지."

순간 주영의 얼굴에 쓴웃음이 지나갔다.

이제 그는 은요를 향해 말하기 시작했다.

"이렇게 한다면야 은 기도위도 함께 잔치에 당당히 나갈 수 있을 것이고, 화영과 관 부마가 나란히 앉아 상석을 채워 주겠지요. 비빈들이 청한 손들도 작위가 없다뿐이지 하나같이 명문가이니 누가 되지는 않을 겁니다. 오히려 황후에게 잘 보이기 위해 애를 쓰면 모를까 말입니다. 작년과는 비교할 수 없이 풍성하고 복스러운 잔치가 되리라 내 약속하리다."

누구도 차마 반박할 거리를 찾지 못하여 어색하게 정적이 가라앉으려던 때였다. 날이 선 이국적인 목소리가 튀어나왔다.

"옥첩에 적힌 관가와 벼슬자리 있는 은가나 가능하다는 말씀이군요. 이렇다면 어찌 부마들 모두 초대하겠다 하셨습니까?"

맹타안이었다.

"편하게 두 사람만 연회에 들라 하셔도 될 것을, 빙빙 돌려 말하시니 기분이 썩 좋지 않습니다만. 남려의 점잔 빼는 연회야 내 쪽에서도 별반 취미가 없지만 말입니다."

대놓고 빈정거리는 말투였다. 방금 전까지만 해도 입을 조가비처럼 꾹 다물고 바닥만 노려보던 맹타안이 돌연 화를 숨기지 않았다. 성이 났으면서도 초조함이 뒤섞인 터라, 궁지에 몰린 초원 늑대를 닮은 눈빛이었다.

"맹타안! 말조심하지 못해요!"

당황한 황제보다 앞서 끼어든 것이 바로 그의 부인이자 장공주인 화영이었다.

여태 답지 않게 조용하던 화영이었다. 맞지 않은 옷을 입은 사람처럼, 살아 있는 뱀을 요대 속에 둘러 물릴까 두려워하는 것처럼 뻣뻣하기만 했다. 하지만 곧장 몸을 틀어 저보다 훨씬 큰 강로 세자더러 얼굴을 찡그리는 그 순간, 그녀는 불꽃이 피어나듯 선명한 존재감을 풍겼다.

은요는 책망받은 맹타안뿐 아니라 관호와 은룡마저도 화영의 얼굴에서 시선을 떼지 못하는 것을 보았다.

그것은 놀라움인 동시에 본능적인 불길함이었다.

"내 설명이 부족했나 봅니다. 엽혁 세자가 불쾌해하는 것도 이해합니다."

그 틈을 타 주영이 온화하게 사태를 수습하려 들었다.

"물론 엽혁 세자가 지금 망명한 상황이며, 신분을 숨기고 지내는 것도 잊지 않았습니다. 어찌 잊을 수 있겠습니까? 하지만 세자와 같은 영웅호걸이 내내 칩거하고 있는 것도 결코 성미에 맞지 않겠지요. 비록 강로와 남려가 풍습이 다르다고는 하나 황후의 탄신연은 손에 꼽을 만한 커다란 잔치가 될 것입니다. 잠시 기분전환으로라도 참석한다면 세자에게도 좋으리라 약속합니다."

"허나 나는 황실 누구와도 인척이 아닙니다. 폐하의 말씀대로 망명한 이방인일 뿐이지요. 헌데 어떠한 명분으로 연회에 초대받겠습니까?"

"내가 초대하겠습니다."

황제의 대답은 맹타안마저 예상하지 못한 것이었다.

"은가의 먼 친척이라고 하지요. 이민족과 피가 닿아 최전방에서 남려를 위하여 정보를 찾는 임무를 맡았다고요. 서출이라 정식으로 은가 족보에 올라가거나 바깥에 이름이 새지는 않았지만, 그간의 공로로 내 초대하겠다 하면 될 일입니다. 어차피 후궁에서도 서출 자매를 초대하려는 이가 몇 되니 특별한 우대는 아닐 것입니다. 이렇게 되었으니, 은가의 이름을 빌리는 데에 있어 황후와 기도위가 동의한다면 좋겠습니다.”

황제의 계획이다. 감히 이의를 제기할 수는 없다. 은요와 은룡의 눈이 순간 잠시 마주쳤다.

“강로보다는 파사 쪽이 어떨까 합니다. 파사식으로 비단 두건을 머리에 두르고, 얼굴 위에 얇은 비단 너울을 드리운다면 세자의 외모를 들키지 않고 연회를 즐길 수 있을 테니까요. 어떻습니까?”

주영은 침착하고도 논리정연하게 맹타안을 설득했다. 그로서는 할 만큼한 셈이었다. 세 부마 모두 초대하겠다는 말이 거짓도 아니었으며, 황제 앞에서 무례하게 군 모습도 보지 못했다는 듯 자연스레 넘겨 주었다.

맹타안은 잠시 시선을 돌렸다. 높은 천장을 떠받드는 황금색 기둥들과 기둥을 휘감고 내려오는 용들을 보았다.

밝은 낮임에도 푸른 하늘 한 조각 볼 수 없는 곳이었다. 금은보화로 짜 놓은 감옥이었다. 그야 지창을 연다면 조금 나아질지도 모르지. 하지만 남려 황궁 안에서 보는 하늘은 결코 강로의 초원에서 보았던 것만큼 드넓고 가슴 벅차지는 못할 것이다.

‘내가 여기서 무엇을 하고 있는지.’

이 나라에서 감상에 빠지는 것만큼 멍청한 일은 없었다. 맹타안은 재빨리 이성을 붙들었다. 그는 강로 왕위를 되찾아야만 했다. 그러기 위해서는 남려 황제의 절대적인 지지와 도움이 필요했다. 병사도, 군마도, 군량도, 그는 가진 것이 하나도 없었다. 가진 것은 오로지 그 자신뿐이니 그것을 팔아 장공주와 연을 맺었다.

‘아니지. 나뿐 아니라 내 백예까지 팔았구나.’

암상인의 손에 말고삐를 넘겨주었을 때의 고통이 아직도 생생하였다.

문득 심장을 찌르는 듯한 아픔이었다. 그러나 우습게도, 애마를 넘겨주고 받은 녹보석을 떠올리자 순간 머릿속이 청명하게 닦이는 듯하였다.

맹타안은 화영에게로 눈길을 돌렸다. 화영 역시도 아직 그를 노려보고 있었다. 분꽃처럼 검은 눈동자 속에 팽팽하게 튀어 오르는 조각 불씨. 당장에라도 그의 멱살을 잡고 흔들고 싶은 듯 어쩔 줄 모르고 소맷자락만 움켜쥐고 있는 자그마한 손.

그녀는 그럴 만한 가치가 있었다.

엽혁타안 그를 팔고, 백예마저 팔아서라도 얻을 만한 가치가.

여전히 화영의 눈은 그에게 꽂혀 있었다. 그들의 시선이 마주쳤다. 뭐 해요? 하고 눈치라도 주듯, 화영의 눈썹이 살짝 올라갔다. 맹타안은 문득 차라리 소란을 낸 것이 다행이라고 생각했다. 이런 상황이 없었다면 그녀는 내내 그를 쳐다보지도 않았을 것이고, 귀가하는 길에서조차 시선 한 번 주지 않았겠지.

맹타안은 순간 망설였다. 그 밤 이후 처음으로 제대로 보는 얼굴이었다. 이렇게 고집스러운 낯빛이 아니라 황홀하도록 잘생긴 미소를 짓는 것이 낫지 않을까? 하지만 어쩐지 마음대로 안면이 움직여 주지 않았다. 놀라울 정도로 말끔해진 머리와 달리 가슴은 갈망으로 격렬히 울렁이는 까닭이다. 그는 세상천지에 홀로였고, 오로지 화영 그녀만이 그를 구원할 수 있었으니까.

'그렇군. 이제는 계산의 영역을 넘어가 버렸다.'

맹타안은 한숨을 쉬었다.

그리고 황제를 향해 몸을 똑바로 세우고, 가볍게 읍을 하였다.

"폐하의 은덕에 몸 둘 바를 모르겠습니다. 그리 따르도록 하지요."

황제를 낮게 한 공으로 현희부가 받은 상은 참으로 볼 만 했다. 강라와 경연, 기재의 땅들을 식읍으로 삼게 되었는데 하나같이 심는 양의 삼백 배를 내기로 유명한 기름진 명지였다. 황실의 낙인이 찍힌 금궤와 진주 백이십 개, 비단 스무 필 또한 현희부로 내려갔다.

과연 황제의 쾌유가 순전히 현희부의 공인가, 게에 대해서야 말이 많았다. 그러나 누구도 대놓고 나서 의문을 던질 배짱은 없었다. 황제의 하나뿐인 핏줄인 장공주이고, 부마도위는 선황과 의형제를 맺은 이의 장자라고 한다. 무슨 핑계를 대서라도 하나라도 더 주고 싶은 마음이 당연도 하리라.

물론 비공개적으로 내린 상도 적지 않았다. 관호에게는 두 누이의 지참금으로 하주의 동현과 사예 땅을 내렸고, 고향 집으로 비단필과 은자를 보냈다. 맹타안에게는 금자와 은으로 만든 갑옷, 그리고 다시 한번 동맹을 강조하는 친서를, 은룡은 극구 거절하였으나 역시 보물로 가득 찬 궤 다섯 채를 받았다.

떠들썩한 황은을 받고도 현희부는 다름이 없었다.

여전히 조용했고, 적은 일손들이 살림을 꾸려 갔으며, 어느 누구도 현희부로 초대하거나 그 주인이 초대를 받아 나가지 않았다.

겉으로 보기에는 그러했다.

5. 가을날 호수 위에
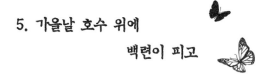
백련이 피고

세 부마 모두 황후 탄신연에 초대받았다. 즉, 황제의 명대로 셋 다 잔치에 얼굴을 비추기 전에는 이혼이 불가능하다는 뜻이다. 화영은 한숨을 쉬었다. 일이 어떻게 돌아가는지, 짐작조차 할 수 없었다. 놓친 실타래가 어디까지 굴러갔는지, 얼마나 엉켰는지. 이젠 그녀의 손을 영영 떠나 버린 것처럼 느껴질 정도였다.

다행히 관호의 말처럼 세 부마 모두 오빠 앞에서 비밀을 지켜 주었다. 그들은 화영의 말대로 따라 함께 조당에서 황실 조상들께 간원하였으며, 밤에는 아랫것들은 일찍 물리고 더더욱 열과 성을 다하여 빌었다고 말이다. 오빠도 의심을 전혀 하지 않는 기색이었다.

'그런데 외삼촌은 왜……'

그렇지만 마음이 쉽게 놓이지 않았다. 우선은, 외숙인 금정 법사 때문이었다.

'참말이냐며 내 귀를 잡고 흔들 거라고 생각했는데, 얼굴도 제대로 안 보고 그대로 용중사로 돌아가 버리셨어. 심지어는 오빠가 가는 길에 현희부에 들러 보라고 권했다는 데도 말이야. 꼭…… 뭔가 거리끼는 것처럼.'

설마, 아니겠지. 화영은 저도 모르게 무릎 위에서 가지고 놀던 수판을 꼭 움켜쥐었다. 아무리 외숙이 재주가 대단하다고는 하지만, 현희부 식솔들도 모르는 초아에 대해 어떻게 알 수 있겠는가?

'어쩌면 낮에 기도하는 모습은 못 봤다고, 누군가 그렇게 고해바쳤을지 도 모르지. 그치만 내가 원래 오빠에게는 부풀려 말하는 걸 잘 아서. 도토 리 하나를 가지고도 황소 한 마리처럼 떠든다고 혀를 차셨으니까. 그래, 밤 에만 기도해 놓고는 나중에야 밤낮없이 고생했다고 허풍 떨었다면 그럴싸 하잖아? 부마들이야 내 허세에 장단을 맞춰주는 거고. 그러면…….'

그러면 그렇지, 너 같은 말썽쟁이가 그럴 리가 있느냐, 하고 꿀밤을 먹일 지언정 이렇게 가 버릴 외숙이 아니었다. 비록 화영이 부풀려 말한 감이 있 다 하더라도, 하여간에 오라버니이자 남려 황제를 구한 일이다. 사찰에서 자랐음에도 워낙 불심이 얕은 화영이었다. 그런 그녀가 부마들까지 이끌고 기원을 드렸다면 금정으로서는 장하다 해야 맞지 않을까? 과장하면 못쓴다 며 투덜거리겠지만 이내 어깨를 툭툭 두드리며 고마움을 표현할 것이다. 화 영이 잘 아는 외숙이라면 그래야 했다. 설마 알아채신 걸까?

'아니, 그럴 리 없어. 불가능해. 은룡이 댄 핑계가 허술한 것도 아니고. 설령 의심스럽다 해도 내 얼굴도 안 보고 가 버릴 정도로 나쁜…… 추측은 하지 못하셨을 거야.'

말괄량이 조카딸이 제 오빠를 위해 얼굴 한 번 못 본 황실 조상들 앞에 서 기도했다는 것이 더 낫지 않은가? 액막이로 들여놓은 세 명의 부마와 줄 줄이 잠자리를 가졌다는 사실보다는 말이다. 하물며 금정은 불가에 귀의한 지 이십오 년째였다. 비록 그전까지는 제법 말썽꾼이었다고 하지만, 과거는 과거 아닌가.

화영이 태어나기 전부터 외숙은 스님이었다. 그러니 화영으로서는 금정이 그녀와 부마들 사이의 비밀을 알아챘으리라고 생각하지 못했다. 도승이 아니라 저잣거리 한량이라도 쉽사리 떠올리기 어려운 발상 아닌가. 아파 죽어가는 오라비를 놔두고 세 명이나 되는 사내를 침실에 들이다니.

'거기다 외숙은 계속 확신하고 계셨어. 내 혼인은 완벽했다고…… 그러니 이제 와서 초야를 떠올리진 않으실 거야. 거기까지 생각이 닿았다면 오빠가 위독할 때 진작 이야기가 나왔겠지.'

머리로는 애써 그럴싸한 이유들을 찾아낸다. 오빠의 쾌유에도 불구하고 외숙이 기뻐하는 기색 없이 바람처럼 황궁에서 떠나버린 이유, 현희부에 들러 달라는 오빠의 청에도 불구하고 곧바로 용중사로 돌아간 이유.

분명 주영은 금정에게도 황후 탄신연에 참석해 달라고 부탁했을 것이다. 속세와 인연을 끊은 불가의 제자이나, 황외숙이다. 드문 황실의 웃어른이었다. 은요와의 인연도 기니 평소 같았다면 시원스레 그러마 하실 성품이다. 하지만 이렇게 떠나 버렸으니 탄신연에 참석할지도 미지수였다.

"마마, 뭐 하시는 거예요?"

실 바구니를 들고 오던 침혜가 놀라 소리를 질렀다. 아. 화영은 그제야 손에서 힘을 풀었다. 조금만 더 고민에 빠져 있었다가는 대나무로 만든 수틀이 부러질 뻔했다.

"하이고, 힘도 좋으셔. 이거 보세요, 뒤틀리기 직전이네. 기껏 찾으시기에 비싼 걸루다 대령했더니만 말이에요. 수 놓다가 틀을 박살 내는 공주님이 세상에 또 있을지 모르겠네."

"없어, 없어. 내가 유일해."

무릎 위에 둥근 수틀을 내려놓으며 화영은 손사래 쳤다. 그리고는 침혜가 건네는 실 바구니를 받아들었다. 선선한 바람이 전각 안을 스치고 지나가며 그녀의 머리카락을 흩날렸다.

"이게 다야?"

"일단 전 씨가 쓰고 있는 실패들은 뺐어요. 녹색, 진녹색, 청색, 자색, 금색,

아, 흰색도요. 마마께서 황후 탄신연에 입고 가실 예복을 짓느라 한창 필요하니까요. 기억하시죠? 은가 도련님이 선물하신 비단 말이에요."

침혜가 거리낌 없이 화영의 옆자리에 앉더니 화영이 무릎 위에 둔 수틀을 쏙 가져갔다.

"세상에, 이게 뭐람? 굳이 굳이 바깥바람 쐬 가며 하시겠다길래 무슨 역작이 나오려나 했구만 큰일이네요. 안 그래두 탄신연까지 시간도 별로 없는데, 이건-"

"개떡 같다고?"

"어머나, 전 그런 말은 안 했어요. 마마께서 하신 말이지. 흠흠."

은백색 비단 천 위에는 돌연변이 대형 물망초인지, 아니면 새파란 색 모란인지 모를 것이 반쯤-한 송이도 아니고, 반 송이- 수놓여 있었다. 그나마도 처음의 의지가 다 닳아 없어졌는지, 내려갈수록 선이 비뚤거렸고 땀마저 불규칙하게 늘어났다 작아졌다. 화영이 수틀을 쥐고 이리저리 비튼 까닭에 바탕천 자체도 늘어나 틀에 고정된 가장자리는 가련하게 쭈글쭈글해진 채였다. 이 상태로 무엇을 완성하든 선물로 건넬 만한 상태가 못 되었다.

"마마도 참 어련하셔요. 전 저만큼 바느질 못 하는 여인이 세상에 또 있으리라곤 꿈에도 몰랐는데."

침혜가 낄낄거렸다. 화영은 맘껏 웃어라, 하듯 입술을 삐죽 내밀었다.

"그래도 우리는 운이 좋은 편이지. 넌 바느질을 대신 해 줄 남편이 있고, 나는 공주니까."

"어머, 그렇게 치자면은 제가 더 나은데요? 하여간에 공주마마는 부덕(婦德)의 본을 보이셔야 하니까요. 시서화에 여칙을 줄줄이 외우는 것은 물론이고, 야무진 손끝에 침공도 빛나야지요."

"아이고, 그래, 네가 맞아. 안 그래도 태후께서 날 얼마나 들볶았는데? 아니, 공주까지 되었는데 왜 내가 바느질을 해야 하는지! 난 이해가 안 가. 아직도 말이야. 혼수가 어떻고, 직접 수를 놓은 금침이 어떻고…… 난 솔직히 내가 갑자기 아파 쓰러진 게 태후마마 잔소리 때문인 줄 알았다니까. 몸살인 줄 알고는 좀 기쁘기까지 했어. 당분간 누워 있으면 낳지도 않은 어린애 턱받이 따위는 안 만들어도 되겠지, 하고.”

“태후마마께서 그렇게 엄격하셨어요?”

“말도 마. 내가 입궁하고 나서부터 얼마나 많은 재주를 가르치려 하시던지. 하여간 진짜 이상하지 않니? 난 그때 정혼한 것도 아니었는데! 갓난애 모자 수놓는 법은 왜 가르치는 거냐 말이야.”

“흐흠, 그야 태후께서 점찍어놓은 혼처가 있었나 보지요.”

화영은 투덜거리다 입을 꾹 다물었다. 침혜는 통찰력이 있었다. 태후는 금옥아를 귀비로 만든 것도 모자라, 또 다른 조카 금명을 부마도위로 삼고자 열심이었다.

“지금은 아무래도 다 끝난 일이지, 어쨌든.”

괜히 목을 가다듬으며 화제를 돌리려고 화영은 말꼬리를 흐렸다.

“태후께서 관 부마를 마음에 들어 하시던가요?”

“응?”

“좀 지난 이야기지만서두, 저번에요. 함께 자녕궁으로 인사를 가셨잖아요. 그때 어떠셨어요?”

입을 열었지만 쉽사리 말이 나오지 않았다. 화영은 괜히 실 바구니로 고개를 숙였다. 개나리 같은 노란색, 단풍 같은 주황색, 새벽처럼 깊은 남청색…… 손가락 끝에 닿아 미끄러지는 실패들의 감각이 관능적이었다.

–이해하지 못하겠습니다.

화영과의 이혼을 짐짓 암시하는 태후의 말에 정색하던 관호의 목소리. 그 표정.

“글쎄. 네 말마따나 태후께서는 진작 점찍어 둔 공자가 있었거든. 그러니 관호 그 사람이 아니라 누구를 데려갔더라도 반기지 않으셨을 거야.”

“관 부마가 아니라 은 도련님이셨더라두요?”

"당연하지. 오히려 더 싫어하셨을지도 모르겠다. 은가 남매 둘이 모두 황실과 혼인하는 셈이니까. 은가야 무가이니 대놓고 금가와 정쟁을 벌이진 않겠지. 그럴 성품들이 아니기도 하고. 그래도 태후께선 경계가 심하실 거야. 황실 인척으로서의 명성을 나누긴 싫으실 테니까."

"어려운 일이네요, 웃어른 비위 맞추기도."

"누가 아니래."

그들은 잠시 웃었다. 그리고는 약속이라도 한 듯이 처마 밑에 매달린 옥패로, 탁 트인 후원에 하나둘 피어나는 금잔화로 시선을 돌리며 깊게 숨을 들이켰다.

화영은 다시 수틀과 바늘을 집어 들었다. 침혜는 화영이 엉망으로 엉켜버린 파란색 실타래를 들어 실패에 감기 시작했다.

고적한 전각 안에서 대화는 드문드문 이어졌다.

"이제 가을도 금방이네요. 요 며칠은 해가 지니 쌀쌀하더라니까요."

"응, 그렇지. 바람도 선선하고."

"바깥에서 소일거리 하기는 딱 좋은 시절 같아요."

"맞아. 이렇게 날씨가 좋은 날에는 실내에 있으면 손해지."

이야기는 이어지다 끊어졌고 작아지고 높아졌다. 하지만 두 사람 모두 진정 하고픈 말들은 실없는 대화 뒤에 숨어 있음을 알고 있었다.

"괜찮으시겠어요?"

먼저 본론으로 들어간 것은 침혜였다. 여전히 꽁꽁 묶인 파란색 실을 손톱으로 끌러 내느라 미간을 찌푸린 채, 금잔화 색깔 참 예쁘죠, 하듯 가벼운 어투였다.

"뭐가?"

"한동안 처소에만 계셨잖아요. 말도 안 타시구. 금목서가 피는데도 창문으로만 보시구."

"……."

"부마 나리들이랑 마주치기 어려워서 그러셨던 거지요. 짐작은 했어요."

화영은 대답 대신 천에 바늘을 꽂았다. 꽂자마자 잘못된 위치라는 걸 알았지만 늦은 일이었다.

"이제는 괜찮으시겠어요? 이렇게 나와 계셔도? 은 도련님이야 퇴청하시기 아직 멀었겠지만, 관 부마나 맹 부마는 현희부 안에 계실 텐데요. 현희부가 넓기야 까마득하게 넓지만, 부인 찾아 헤매는 신랑들에겐 별반 문제가 안 되지요."

"누가 누굴 찾아 헤맨다고 그래."

바늘을 그대로 뒤로 올려 빼내려 했지만 잘되지 않았다. 게다가 바탕천 자체가 섬세한 고급 비단이라, 잘못했다간 뻥 뚫린 구멍만 흉하게 남을 것 같았다. 화영은 이 사고를 어떻게 수습할 것인지 신경을 쏟으려 노력했다. 그러면 침혜의 질문은 별반 어렵지 않을 테니까.

"글쎄요, 맹 부마야 아직도 애미 잃은 강아지처럼 연무장에서 어정거리고, 관 부마는 군자라 내색은 아니 하셔도 매번 산책 시간이 더 길어지시던데요. 은 부마도 퇴청하고 귀가하시자마자 고 씨한테 묻는 거라곤 마마 안부뿐이구요."

망했다. 정말 되돌릴 길이 보이지 않았다. 몇 땀 더 길게 빼서 덮어 버리거나, 아니면…… 애초에 자수가 그녀의 길이 아니었음을 인정하고 포기하거나. 둘 중 하나였다. 화영은 수틀을 노려보았다. 멍청하게도 못생긴, 반쯤 놓인 물망초였다. 이런 흉한 걸 달고 다니고 싶어 하는 사람은 없을 것이 분명했다. 아무리 친언니 같은 은요라도…….

문득 은요의 눈빛이 떠올랐다. 어딘지 어색하던, 안개처럼 수심이 일렁이는 얼굴. 왜? 은룡은 그녀의 친동생이었다. 은룡의 말인데, 어째서 그런 표정이었던 걸까? 금정에게 정신이 팔려서 그렇지, 은요의 태도 역시도 내내 화영의 가슴 한구석을 혼란스럽게 만드는 데 일조하고 있었다.

'언니 같다고 생각했지. 내게는 정말 친언니나 마찬가지고. 하지만 언니

에게 친동생은 내가 아니라 은룡인 걸 잊고 있었나 봐.'

제 발로 주영과 금정을 찾아가 무릎을 꿇으며 첩으로라도 삼아 달라고 빌었던 은룡이다. 은요가 미리 알았다면 과연 은룡이 그러하도록 놔두었을까? 분명 말렸겠지. 하나뿐인 남동생이고 은가의 미래를 짊어진 적자였다. 죽을지도 모르는 장공주의 세 번째 부마로 자처하게 놔두지는…… 않았을 것 같았다.

그야 화영의 회복을 기뻐하는 마음은 진심이었겠지. 다만 은요는 화영이 은룡을 정식으로 부마도위로 삼으리라 믿어 의심치 않았을 것이다. 그를 비공식적인 액막이 부마, 그것도 세 번째 자리에 남겨 두는 것이 아니라.

"아니야."

화영은 자기 자신에게 하듯 말했다.

"뭐가요?"

"그런 게…… 아니라고."

"부마 나리들이 마마께 애태우는 것이 아니라구요?"

"그래. 하여간. 아니야, 네가 생각하는 그런 거."

침혜가 믿기지 않는다는 양 처진 눈을 크게 떴다. 하지만 화영은 못 본 척하고 망친 자수에 푹 고개를 박았다.

순간 은백색 비단 위로 동백처럼 붉은 꽃이 피었다. 따끔한 고통은 뒤늦게 따라왔다. 화영은 반사적으로 수틀을 떨어뜨렸다. 그리고 홍보석 같은 핏방울이 방울방울 피어나는 왼손 검지를 입에 물었다.

"아이구, 또 찔리셨어요? 이러다 남는 손가락이 없겠네!"

게에 놀란 침혜가 자리에서 벌떡 일어났다.

"이러다가 현희장공주가 아니고 바늘꽃이 공주가 되겠어요. 오늘은 그만하셔요, 날이 아닌가 보니까."

면으로 칭칭 둘러싼 화영의 손가락은 우스꽝스럽게 보였다. 게다가 중지와 약지에도 며칠 전 순서대로 한두 군데 구멍을 내 놓은 상태였기 때문에 왼손은 숫제 붕대투성이였다. 그간은 다행히 부마들과 마주칠 동선을 최대한 피했기에 침혜만 혀를 찰 뿐이었다.

침혜는 화영에게 자수를 포기하라 종용해 왔다. 그러나 황후에게 성의를 보이고 싶다는 고집을 마땅히 꺾을 명분이 없어 인상만 찌푸렸을 뿐이다. 침혜가 바라 마지않던 원군은 예상치 못하게 찾아왔다.

은룡과 화영이 마주친 것은 그야말로 우연이었다. 화영이 앞서 걷고 있었고, 침혜는 실 바구니에 바늘이며 수틀을 챙겨 넣어 뒤따르고 있었다. 화영은 별생각 없이 후원에서 본채로 향하는 주랑을 걸었고, 대청으로 들어섰다. 이제 고작 신시였다. 관호는 부르지 않고는 대청에 출입을 자제하고 있었고, 맹타안도 연무장에서 한참 화영을 기다리다 포기하고 돌아서 제 처소에서 더위를 식히고 있을 시간이었다. 은룡이 퇴청하기도 꽤나 시간이 남았다. 그래서 이 시간대라면 부마들과 마주쳐 어색하게 인사를 나누고 어쩔 줄 몰라 할 염려 없이 편하게 드나들 수 있었다.

그런데 거기에 은룡이 있었다. 기도위 복식 그대로에, 허리에 맨 검도 그대로였다. 어찌 된 일인지 일찍 퇴청하여 귀가하자마자 대청에 들어선 모양이었다. 화영이 그를 알아보는 것보다 그가 화영을 알아보는 것이 빨랐다. 마침 화영은 검지에 매어 놓은 천에 핏방울이 다시금 배어나는 꼴을 보고 투덜대던 와중이었다.

"마마."

퍼뜩 고개를 들어 은룡과 시선이 마주친 순간, 화영은 본능적으로 다친 손을 소맷자락 밑으로 숨겼다. 하지만 별반 소용없는 일이었다.

화영 앞에서는 항시 다소곳하고 순종적인 은룡이었으나 드문 예외가 있었다. 그중 하나가 바로 그녀가 다쳤을 때였다.

화영이 변명을 꺼내기도 전, 은룡이 성큼 다가섰다. 넓은 대청이었고 두 사람 사이에 거리가 꽤나 있었음에도, 믿기지 않을 만큼 급한 움직임이었다.

화영이 상처를 숨긴 소매를 등 뒤로 돌리려던 차에 은룡이 선수를 쳤다. 매가 병아리를 채듯 그녀의 손을 붙잡아 당긴 것이다.

"다치셨습니까? 많이 다치신 겁니까? 아니, 어쩌다가……!"

"아, 아니야! 다치긴 무슨, 별거 아니라니까-"

"다친 게 아니라면 어찌 이리 손가락마다 매어 두셨습니까? 심지어 여기는 피까지……!"

은룡은 폭 넓은 소매 속에 소라게처럼 숨은 화영의 왼손을 기어코 끄집어냈다. 그리고 희고 부드러운 손이 갓 훈련을 받는 병사인 양 칭칭 붕대투성이인 것을 보고 기함하였다. 그의 짙은 눈썹이 경악으로 치켜 올라갔고, 온화하던 눈은 화등잔만큼 커졌다. 화영의 검지를 물들이는 핏자국을 보자 얼굴이 창백해지는 것이 꼭 제가 기절이라도 할 듯한 표정이었다.

"그냥 바늘에 좀 찔린 거야! 괜히 소란피우지 마, 창피하니까."

화영의 얼굴이 붉어졌다. 고작 손가락 한두 번 찔린 것 가지고 이 난리라니. 누가 보면 암살시도라도 당한 줄 알겠다. 게다가 천 위로도 생생하게 느껴지는 은룡의 크고 남자다운 손이, 그리고 뜨거운 열기가 어쩐지 그녀를 불편하게 만들었다.

"그냥 좀 찔렸다뇨? 세 손가락을 싸매고 계시고, 여기 소지에도 다치셨던 자국이 남아 계시는데."

은룡은 자신이 화영의 손을 붙잡고 있음조차 인식하지 못하는 것 같았다. 숫제 허리를 접다시피 하여 몸을 숙여 가며 그녀의 손가락들을 확인하고 만지고 있음에도 말이었다. 등 뒤에서 침혜가 슬슬 뒷걸음질을 하는 소리가 들렸다. 화영은 몸을 비틀었다.

"뭘 그렇게까지 들여다봐, 정말? 괜찮다니까! 그만해, 이러다 누가 보겠네!"

그제야 은룡도 흠칫 몸을 굳혔다. 그리고 자기가 무엇을 하고 있는지 한 박자 늦게 파악한 듯했다. 그의 얼굴이 불붙은 석탄처럼 붉어졌다. 급하게 화영의 손을 놓고 두 걸음 물러서더니 읍을 올린다.

"죄, 죄송합니다. 너무 놀란 나머지 무례를 범했습니다."

이렇게까지 어쩔 줄을 몰라 하니 타박한 화영도 할 말이 없었다. 두 사람 사이에 잠시 어색한 정적이 흘렀다.

"난 괜찮으니까 너무 과장하지 마. 창칼에 베인 것도 아니고 바느질하다 찔린 거니까. 자랑할 것도 못 돼. 사실 따지자면 부끄러운 일이지. 나이가 몇인데 아직도 바늘 하나 제대로 못 다뤄서……."

"아닙니다, 그리 말씀하지 마십시오."

이제는 은룡이 당황할 차례였다. 화영이 스스로를 탓하자 그는 안절부절 못하며 어떻게든 그녀에게서 책임을 덜어 주려 하였다.

"마마께서는 천하에서 가장 귀하신 분, 하나뿐인 장공주이십니다. 침공이 맞지 않으시다면 그저 다른 취미를 두시면 되는 일입니다. 어찌 부끄럽다 하십니까."

"그야 평소라면 그렇지. 그런데 이건 꼭 해야 하는 일이라…… 나도 슬슬 답답하네."

"꼭 해야 하는 일이라니요?"

은룡이 눈가를 찌푸리며 되물었다. 마치 감히 그녀에게 바늘과 수틀을 쥐여준 무엄한 놈을 당장 베어 버리겠다고 나설 듯한 표정이었다.

"곧 황후마마의 탄신연이잖아. 성의가 담긴 선물을 하고 싶은데, 그러려면 역시 직접 만드는 게 좋을 것 같아서. 은요 언니는 황후이니, 생일을 맞아 값비싼 귀물들이 앞다투어 춘양궁으로 들어갈 거야. 그런 와중에 나까지 비싼 물건을 선물하면 무슨 의미가 있겠어?"

"마마의 말씀은……. 황후마마를 위하여 바느질을 하고 계시다는 뜻입니까?"

"응. 은백색 비단에 물망초와 난초를 수놓으려고 했지. 원래 목표는 덧치마였어. 그런데 이틀 전에 나대로 바뀌었고, 지금은…… 손수건이나 되려나 모르겠다. 솔직히 손수건이라 해도 기한에 맞출 수 있을지 자신이 없어."

말하면서도 스스로 우스워, 화영은 짧게 웃었다.

은요도 화영의 자수 솜씨에 대해서는 일가견이 있었다. 태후보다 먼저 화영이 침공에 가진 재능을 먼저 깨달은 사람이기도 했다. 그 옛날 용중사에서부터 바느질을 가르쳐주려고 애썼던 장본인이니까. 그런 만큼 은룡 역시 화영이 얼마나 바늘과 척을 졌는지 잘 알고 있었다.

"어쩌겠어, 마땅히 만들 수 있는 게 없는데. 그렇다고 존귀한 황후마마께 솔방울 장난감을 드릴 수는 없잖아. 태후께서 경을 칠 거라고."

화영은 이제 은룡도 당혹스러움과 화를 풀고 웃어 주기를 바랐다. 고작 손가락이었다. 깨알 같은 상처에 참새 눈물만큼 흘린 피였다. 거기에 은룡이 이렇게까지 예민하게 굴 거라고는 상상조차 못 했다.

은룡이 정색하는 것만큼 화영을 불편하게 만드는 일은 없었다. 은룡은 언제나 착하고, 다정하고, 순종적이고, 그녀가 원하는 일이라면 뭐든 하려고 애쓰는 귀여운 어린애여야만 했다. 하지만 세월은 흘렀고 그는 이제 조그마한 꼬마가 아니라 팔 척의 무관이었다. 은룡이 성숙한 사내가 되었음을 직시하는 일은 언제나 어려웠다. 하물며 이미 그가 그녀를 얼마나 간절히 원하는 수컷인지 겪어 본 이후로는 더욱 그랬다. 더는 눈을 가리고 못 본 채 넘어갈 수 없는 일이었다.

화영은 초야 이후의 어색함도 잊었다는 듯-실제로도 의식하지 못한 채였다- 살살 웃으며 은룡을 쳐다보았다. 화영이 이렇게 천연덕스럽게 웃으며 그의 옷깃을 잡아당기면 은룡은 아무리 화를 내다가도 이내 백기를 들고는 했다. 만일 주위에 다른 사람이 있다면 이런 애교가 불가능했겠지만, 마침 침혜는 눈치 빠르게 자리를 떴고 대청에는 그들뿐이었다.

"이제 됐지? 오해는 풀린 거지?"

"어찌 되었든 다치신 것은 다치신 겁니다."

은룡의 목소리는 다소 예민했으나 성이 나 있지는 않았다. 애초에 화영이 다친 일에 흥분했을 뿐 그녀 자체에 화난 것이 아니었으니 당연했다.

"마마, 다른 선물을 찾아보도록 하시지요. 자수는 어려울 것 같습니다."

"뭐? 너 아직 내가 만든 건 보지도 않았잖아."

"마마께서 벌써부터 이리 다치셨습니다. 그보다 더 중한 사안은 없습니다."

은룡이 단호하게 말했다. 화영은 잠시 눈을 굴렸다. 솔직히 그녀 스스로도 가능성이 없다고 느끼긴 했던 참이었다.

"다른 선물을 찾아보시지요. 저도 돕겠습니다. 황후께서도 마마께서 피를 흘려 가며 선물을 준비하시기를 원치 않으실 것입니다."

그건 그렇지. 은룡이 옳긴 했다. 시일에 맞출 수 있을지도 불분명할뿐더러, 어떻게 기적적으로 완성하여 선물한다 해도…… 은요가 화영이 수놓은 천 쪼가리를 도대체 어디에 쓰겠는가? 누가 보면 황후에게 사술을 행하려고 이런 흉물을 만들어 놨다며 기겁할 수준일 텐데 말이다. 성의도 좋지만, 받는 이가 제대로 쓸 수 있어야 선물이겠지.

벌써부터 우글우글한 천 바탕에, 울퉁불퉁 땀들이 제멋대로 들고 일어선 괴기 물망초를 떠올려 보았다. 화영이 매를 닭이라고 우긴대도 네, 그렇습니다, 하고 고개를 끄덕일 은룡이라지만 솔직히 그런 은룡도 물망초 자수를 보면 할 말을 잃을 것 같았다. 결국 화영은 못 이기는 척 고개를 끄덕였다.

"알았어. 대신 네가 도와줘야 해. 넌 새언니가 뭘 좋아하는지 잘 알 거고……."

화영이 솔직하게 털어놓았다.

"돈이야 얼마든지 있어. 여긴 현희부고 내가 주인이니까. 하지만 난 아주 특별한 선물이 하고 싶어. 언니의 체면을 살려 줄 만한 선물 말이야."

"이해했습니다."

은룡이 그제야 안심한 듯 웃으며 대답했다.

"황후께서도 마마의 정성을 아신다면 크게 기뻐하실 겁니다."

"황후께는 비밀이야!"

"물론이지요. 저는 마마의 충실한 세작입니다."

은룡의 얼굴에 미소가 번졌다. 큰 키에 단단한 몸인데도 이렇게 환하게 웃을 때만은 영락없이 소년 같았다.

"내일부터라도 등청하는 대로 춘양궁으로 어떤 선물이 들어갔는지 대략 알아보도록 하겠습니다. 그런다면 마마의 선택에 보다 도움이 되겠지요. 겹치는 품목은 피할 수 있으니까요."

"좋아."

화영도 그 미소에 화답하듯 따라 웃었다. 비록 머리 한구석은 복잡했지만, 당장은 수틀을 걷어차고 다시는 안 봐도 된다니 속 시원한 것을 어쩔 수 없었다.

문득 뒤늦은 질문이 떠올랐다.

"그런데, 왜 이렇게 일찍 퇴청했어? 원래 한 시진은 더 있어야 오잖아."

화영의 물음에 은룡이 어색하게 시선을 피했다.

"어쩌다…… 그렇게 되었습니다."

"어쩌다? 어쩌다? 네가 언제부터 그렇게 얼버무리는 사람이었다고? 이거 수상해."

쥐 냄새를 맡은 고양이처럼 화영이 한 걸음 다가섰다. 은룡은 물러나지는 않았지만 가슴이 오르내리는 것을 보아 긴장한 것 같았다.

"기도위라는 자가 설마 장공주 앞에서 근무에 태만한 것은 아니겠지? 솔직히 말하지 못해?"

"그것은 절대 아닙니다!"

"그러면?"

"……."

은룡이 어색하게 칼자루를 어루만졌다. 마치 칼이 대신 대답해 주기를 바라기라도 하듯이 말이다. 그러나 그런 일은 일어날 리 없으니, 결국 언제나 그렇듯 사모하는 분 앞에 두 손을 들 뿐이다.

"황제 폐하께서 일찍 물러나도 좋다 하셨습니다."

속삭이는 듯 작은 목소리였다. 화영은 눈을 크게 떴다.

"오빠가? 왜?"

"그것까지는…… 소인도 잘."

사실 은룡에게는 짚이는 점이 있었다.

관호와 맹타안, 두 부마는 온종일 현희부에 머무는 데 비해 은룡은 기도위로서의 임무 덕에 그러지 못한다. 화영에게 구애하여 진정한 부마로 남으려는 입장에서 상당히 커다란 불리함이었다. 아마도 황제는 그 점을 고려하는 듯싶었다.

게다가 하나뿐인 누이가 외간 사내 두 명과 한 저택에 머물고 있다는 점이 이제는 슬슬 걱정도 되겠지. 부마들에 대한 고마움이 커질수록 경계 역시도 자라날 터였다. 그래야만 마땅하기도 했다.

다행히도 은룡은 황제의 직속 호위였기에 황제가 원하는 대로 유동적인 근무가 가능했다. 그래서 오늘도 평소보다 일찍 퇴청이 가능했던 것이다.

"으흠, 그러면 당분간 이렇게 올 수 있어? 좀 더 빨리 와도 좋고. 언니의 선물을 구해야 하잖아. 오빠한테는 내가 서신을 쓸게. 널 좀 빌려 달라고 말이야. 지금 당장 써 줄 테니, 내일 가지고 가."

"비, 빌려 달라니요……."

"틀린 말도 아니지. 뭐 어때."

화영이 키득거렸다. 그 웃음소리가 은룡의 귓가와 심장을 간지럽혔다.

은룡은 적극적으로 그녀를 말리지 않았다. 화영이 청한다면 황제는 더욱 기쁘게 은룡을 일찌감치 보내 주리라 싶었다. 그 이유가 어떠하든, 결국은 그들이 보다 가까워지고 정답게 지내다 보면……

"그러면 여기서 기다려. 아, 차라도 마시고 있든가. 금방 써서 올 테니까."

화영이 손을 마주치더니 결론을 냈다. 목소리를 다소 높이자 주랑으로 이어지는 꺾임 길에서 침혜가 바로 튀어나왔다. 침혜의 손에 들린 실 바구니, 그리고 뒤집힌 수틀이 보였지만 은룡은 굳이 관찰하려 하지 않았다.

괜히 화영의 작품에 관심을 기울여 그녀의 자존심을 상하게 할 필요가 없던 것이다.

침혜가 손짓하자 대청 바깥의 중정에서 비질을 하던 하녀가 은룡을 위해 차를 끓이러 사라졌다.

"잠깐만 기다려!"

화영도 침혜와 함께 침소로 사라졌다.

은룡은 옥으로 만든 주발 너머로 멀어지는 화영의 뒷모습을 한참 동안 바라보다 생각했다.

이 자리에서 기다리다 죽을 수도 있을 것 같다고.

* * *

맹영대는 도무지 마음이 놓이지 않았다. 솔직히 이쯤이면 의심해 봐야 할 시점 아닌가? 존경하는 사촌 형님의 계획이 왕창 틀어진 것은 아닌지 말이다.

처음에야 참으로 그럴싸했다. 피와 살로 삭아 문드러진 창 한 자루와 피 거품을 문 말 한 필. 그리고 마찬가지인 사촌 한 놈. 그렇게만 남은 강로 세자가 빼앗긴 왕위를 되찾을 수 있는 방법은 북려와 동가 씨족보다 더 큰 세력의 힘을 빌리는 것뿐이었다. 남려 말이다.

-남려로 간다.

-예에?!

그러나 정작 형님의 입에서 남려라는 말이 나왔을 때, 어찌나 기겁했던지.

강로와 남려는 대를 이어 불화했고, 끊임없이 접경 지역을 넘고 넘어가며 자잘한 소모전으로 서로를 성가시게 만들었다. 세력으로 치자면야 초원의 강로가 남려를 어찌 이기겠느냐마는, 북려의 은밀한 지원과 압박이 있기에 가능한 일이었다. 북려는 강로를 이용하여 남려를 견제하고 또 스스로를 방어했고, 남려 역시 강로 뒤에 북려가 있음을 알기에 쉽사리 전력으로 토벌을 벌이지 않았다.

　북려는 땅이 척박하고 기후가 험하여 넓은 곡창지와 발전된 성읍들을 지닌 남려에 섣불리 도발할 수 없었다. 하지만 강로족과 교류하며 강로마를 수입하여 기마 부대를 만들어 대륙을 정복할 야심을 가지고 있었다.

　북려왕은 선대 강로왕, 즉 엽혁타안의 아버지인 엽혁새올에게 더 많은 강로마를 팔 것을 요구했다. 아예 봄과 가을마다 천여 두에 달하는 마필을 제공하기로 명시한 계약마저 원했다. 강로인은 강로마를 분신처럼 아낀다. 그간 북려에 강로마를 제공한 것은 우방으로서의 선물이었지, 이처럼 돈이나 권력에 굴복하여 팔아넘기는 처사는 있을 수 없었다.

　강로왕은 거절했고 북려는 차선책을 찾았다. 동가 씨족과 그 여인과 혼인한 왕제(王弟)를.

　-형님, 상황이 아무리 이렇게 되었다지만 어찌 남려로 가신다 합니까? 남려에서 우리를 받아주겠습니까? 잘 왔다며 모가지나 베어 성문에 걸어 놓겠지요!

　-아니, 그러지 않을 것이다.

　추격을 피하기 위해 화톳불조차 피우지 못한 밤이었다. 초원은 먹먹하게 넓었지만 더 이상 엽혁타안의 땅이 아니었다. 아, 사랑하던 바람이 어찌나 칼날처럼 달려들던지! 밤하늘은 왜 그리도 까마득하고 멀던지!

　-엽혁 씨족은 정도를 지켰다. 강로인과 초원을 최우선으로 두고 균형을 유지했어. 헌데 동가 씨족은 아예 북려와 손을 잡고 모반했다. 강로가 북려에게 붙으면 어떻게 될지 남려도 모르지 않겠지. 아무리 코흘리개 황제라도 말이야.

　맹영대는 아직도 기억했다. 눈이 시리도록 밝은 별 무리 아래서 얼음처럼 빛나던 사촌 형님의 옆모습을. 그야말로 그의 주인, 그가 목숨을 바쳐서 섬겨야 할 가장이자 왕의 모습이었다.

　-그러니까 남려로 간다. 나는 남려 황제가 기꺼이 받을 만한 가치가 있으니. 분명 북려와 동가 씨족을 견제하기 위해 내게 힘을 실어 줄 거다.

-하지만 형님…… 말씀하셨다시피 지금 남려 황제는 갓 스물을 넘긴 애송이입니다. 출신도 영 반듯하지 못하고요. 오황자의 난이 아니었다면 황족은커녕 촌구석에서 썩어 문드러졌을 사생아 아닙니까. 그런 인물이 과연 형님의 가치를 알아볼까요?

-어차피 남려 이외의 선택지는 없다.

하얗게 서리던 입김. 지쳐 잠든 말들의 잠꼬대 소리.

-되돌아가 동가 씨족의 창검에 몸을 내던지든가, 남려로 망명하여 도박을 하든가.

맹영대는 쉽게 대답하지 못했다. 그는 전사였기에 용맹과 무모가 결코 같지 않음을 알았다. 전자는 무모하고 무의미한 개죽음이고, 후자는…… 적어도 가능성이라도 있었다. 하지만 여태껏 서로 비웃고 괄시하던 적에게 빈손으로 나아가 도움을 청하는 일은 결코 명예롭다고는 할 수 없었다. 자존심 높고 오만한 엽혁 씨족의 세자에게는 더더욱.

-나는 결정을 내렸다, 엽혁영대. 그리고 나는 너의 왕이자 가주이지. 넌 나를 따라야만 한다.

-……물론이지요.

그때에 비하면 지금이 최악은 아니지.

맹영대는 문득 올려놓은 차양 너머를 쳐다보았다.

한껏 물이 올라 흔들리는 큰 잎 식물들은 좀처럼 익숙해지지 않았다. 그러나 슬슬 노랗고 붉은 물이 들기 시작하여 꽃송이처럼 화사해지는 모습만은 썩 보기 좋았다.

'사실 목표 이상을 달성한 것이긴 해. 남려 황제의 전적인 지지를 받았을 뿐 아니라, 그 하나뿐인 누이와 혼인도 맺었으니.'

강로족은 남려에 비해 혼인 풍습이 자유로웠다. 과부를 취하는 것은 흠이 아니었고, 때로는 유부녀를 약탈하여 차지하기도 했다. 그러니 남려 장공주가 세 번 혼인했고, 세 번 다 잠자리를 가졌다 해서 강로왕비로 모셔가기에 흠결이라 할 수는 없었다. 그녀의 신분과 지위, 그리고 보장된 영화가 중천에 뜬 태양과도 같기 때문에 더욱 그러했다.

'하지만 일단은 다른 놈들을 쫓아내야 할 텐데. 아무리 남려 장공주라 하여도 멀쩡히 살아 있는 서방이 둘이나 더 된다면 곤란하지. 강로로 순순히 따라오지도 않을 테고 말이야.'

하물며 남편 중 하나는 남려의 명문 귀족, 황제의 신임을 한몸에 받고 있는 무관이었다. 황후의 친동생이기도 했다. 그 애송이가 눈을 뜨고 있는 한 절대로 장공주는 강로로 떠나지 못할 터였다.

그간은 최대한 있는 듯 없는 듯, 눈치껏 공주와 다른 부마들을 피해 온 맹영대였다. 맹타안의 처소와 붙어있다시피 한 방에 숙식했고, 맹타안이 부르지 않는 한 본채나 중정에는 얼씬도 하지 않았다. 숨을 돌린다 해도 처소와 이어진 후원 일부만 돌았다. 부마들 가운데 오직 맹타안만 자신이라는 짐을 안고 들어왔음을 알아서였다. 새신랑에게 구레나룻 부숭부숭한 다 큰 사촌이 딸려 왔음을 강조해서 좋을 게 무어겠는가. 정작 친동생들도 저 멀리 하주에 두고 부르지 않는 관호도 있는데 말이다.

맹타안이 공주에게 승마를 가르칠 때엔 조수로서 멀찍이 있었고, 공주가 갑자기 사라져 현희부가 발칵 뒤집혔을 때엔 기꺼이 수색에 참여했다. 하지만 그 외엔 도요새가 수풀 속을 떠나지 않듯이 처소에 얌전히 숨어 있었다.

그럭저럭 견딜 만했다. 우선은 승마 교습에서 제 눈으로 보았던 탓이다. 사촌 형님의 탁월한 외모와 능숙한 유혹, 그리고 결코 싫어하지 않던 장공주의 모습을. 형님이 원하는 대로 바로 넘어가진 않았지만, 하여간 질색하거나 겁을 먹은 눈치는 아니었다. 보수적인 남려 여인 치고 대범한 기색이었다. 그 때문에 형님은 더욱 구미가 돌았는지 어쩔 줄을 몰라 했고 말이다.

'솔직히 얼굴로만 치면 우리 형님이 제일이지.'

이유야 어쨌든 잠자리까지 했으니, 당연히 장공주가 총애를 쏟아 주리라 기대하였다. 맹영대가 보기에 관호는 너무 큰 데다 융통성이 없어 여인들이 딱 질색할 성격이었고, 은룡은 아직 젖비린내 나는 남려 도련님이었다. 맹타안만큼 밤일 실력이 뛰어날 수가 없다 이 말이었다. 셋 모두와 한 침상에 들었으니 공주도 파악했을 것 아닌가? 이왕이면 얼굴도 잘생기고 사내구실도 훌륭한 남편을 골라 남기지 않겠느냐, 이것이 맹영대뿐 아니라 맹타안도 애초부터 내세우던 전략이었다.

헌데 이게 무슨 일인지.

'공주가 온종일 은 부마와 붙어 있으니, 난리도 아니로군. 관 부마도 그렇지만, 우리 형님 꼴이 우스워지겠어.'

맹영대는 슬쩍 닫힌 측문을 쳐다보았다. 저 문 너머에 계실 형님이 어떤 표정일지 상상해 보았다. 생각만으로도 소름이 돋았다.

도대체 은룡이 무슨 짓을 했는지, 초야 이후로 갖가지 핑계로 부마들과 내외하던 공주가 온통 은룡과 함께 지내고 있었다. 그야 밤이면 헤어져 각자 처소에 머문다지만, 솔직히 남녀가 눈이 맞으면 낮이라고 못 할 일이 뭐가 있겠는가?

'사냥이 끝났으니 개를 삶으려는 셈인지, 하여간 너무하구만. 대놓고 편애하다니.'

이 꼴을 언제까지 형님이 보아 넘길지 초조했다. 이대로 있다가는 남려의 부마로서 강로를 찬탈한다는 계획이 일그러진다. 황제야 절대 은혜를 잊지 않으리라 입에 발린 말을 해대고 있다만은, 그래도 가족은 가족이다. 매부와 생판 남을 똑같이 대하지는 않을 것 아닌가. 하물며 매부였던 생판 남이라면? 최악이다. 황실의 치부를 아는 셈이니 더욱 거리껴 후에 숙청하려 들지도 모른다.

단 두 사람뿐인 엽혁 씨족은 적진 한가운데에 자리하고 있었다. 서로를 제외하고는 누구도 믿어서는 안 되는 상황이었다. 입 밖으로 꺼내지만 않았을 뿐, 가주인 형님은 더욱 뼈저리게 느끼고 계실 터였다.

'황제에게 다녀온 이후로 기분이 확 가라앉으셔서는……'

도대체 무슨 소리를 들었기에 저리 고요하신 걸까? 새 옷을 지으려 찾아온 하녀에게 캐낸 얘기로는 황제가 장공주와 부마들의 기도로 쾌유하여-맹영대는 눈치가 들개처럼 빨랐기에 아하, 그렇지, 하고 맞장구를 쳤다- 큰 상을 내리고, 황후의 생일잔치에도 초대했단다. 과연 그 말마따나 현희부로 많은 귀물들이 내려왔다. 맹타안의 몫도 당당하게 있었다. 그러면 기분이 상할 게 아니라 기뻐하셔야 할 것 아닌가? 무슨 사단이 났기에 저리 앵돌아 계시지?

맹영대는 잠시 자리에서 일어나 머뭇거렸다. 맹타안의 처소로 건너가야 할까? 아니면 입 닥치고 쥐 죽은 듯 있어야 할까.

'일단은 좀 더 상황을 지켜보자.'

입 밖으로 나오니 한숨뿐이었다. 차라리 낮잠이나 자야겠다. 맹영대는 차양과 격자문을 죄다 열어 놓았다. 서늘한 가을바람을 느끼며 벌러덩 누웠다. 말 울음 소리가 들리는 강로를 그리며 그는 억지로 잠에 들었다.

이렇듯 부마도 아닌 맹영대마저 불안해할 정도이니, 정작 두 부마 본인들은 심정이 어떠하겠는가.

물론 두 부마는 맹영대와 달리 화영이 은룡과 오래 시간을 보내는 이유를 알고 있었다. 그 둘과 마주칠 때마다 화영이 주문이라도 되는 듯 읊어 댔기 때문이었다.

-황후마마의 선물 때문이에요! 아직 고르지 못해서 은룡이 도와주고 있어요!

저렇게 선수를 쳐 변명하는데 무어라 말하겠는가? 투기하는 처첩처럼 눈물이라도 찍어 보이겠는가? 저도 곁에 두어 달라며 죽는시늉이라도 할까? 은룡의 처소로 들어가는 식기에 죽은 쥐라도 넣으랴? 당치도 않은 말이었다. 그저 고개만 끄덕이고 자리를 피하는 수밖에는 없었다.

그들이 액을 막기 위한 혼례를 치른 이유, 즉 장공주와 황제의 악운은 완전히 사라졌다. 바꾸어 말하자면 더는 액막이로서 그들을 부마로 둘 핑계도 사라졌다는 뜻이다. 장공주가 마음만 굳힌다면야 어느 아침 당장 내쫓길지도 모른다. 그러니 어떤 식으로든 화영의 심기를 거슬러서는 아니 될 상황이었다.

이론상으로는 그러했다.

"마마, 관 부마께서 오셨어요!"

"뭐?"

가볍게 조반상을 받고도 깨지 않던 잠이 순식간에 달아났다. 화영은 주아가 받쳐 주던 은 대야를 밀어내고 벌떡 일어났다. 얼굴에 아직도 장미꽃 잎이 붙은 채였다.

"그 사람이 왜?! 이 아침에?! 무슨 일로?!"

"아이고, 목소리 좀 낮추셔요! 대청까지 쩌렁쩌렁 울리겠네!"

침혜가 급히 화영에게 다가섰다. 그리고 은 대야 가장자리에 걸쳐진 부드러운 흰 천을 들어 물기를 짜내고 슥슥 화영의 얼굴을 닦아 주기 시작했다.

"그야 저도 모르지요. 서방이 마누라 찾는 것이 천지개벽할 일은 아니니까요, 아시겠지만. 하여간 꼭 하실 말씀이 있나 본데요. 제가 마마께서 치장하시는 데 시간이 걸리십니다, 했는데두 괜찮다고 기다리시겠다지 뭐예요? 단단히 마음을 드신 모양인데."

"왜 그러지? 뭐지? 잘못한 일도 없는데? 아니지, 혹시 내가 뭐 잘못했나?"

"거야 저두 알 수가 없지요…… 부부지간 일이신데요."

"침혜 너, 정말!"

관호가 찾아와 기다리고 있다는 말에 화영은 울상을 지었다. 관호가? 무슨 까닭에? 침혜가 돌려 거절하였음에도 괜찮다 버티는 것을 보면, 참으로 무거운 주제를 가지고 왔음이 분명하다. 적당한 일이었다면 다시 오겠다며 떠나거나, 화영더러 자신을 찾아 달라는 말을 전해달라고 했겠지. 하지만 관호는 저 바깥 대청에서 기다리고 있었다. 화영이 반드시 지나가야만 하는 장소, 도저히 그의 눈을 피할 수 없는 장소에서.

심장이 뛰고 아랫배가 긴장으로 조여들었다. 손이 차갑게 식었다. 이상한 일이었다. 겁을 낼 하등의 이유도 없는데, 그가 기다리고 있다는 말 하나로 이렇게 흔들리다니.

"은, 은룡은?"

"당연히 등청하셨죠. 일찍 나가야 일찍 돌아와서 어여쁜 새신부랑 붙어 있을 수 있으니까는. 아이구, 이거 큰일이네요. 중간에 끼워 놓을 만한 남편도 없고?"

침혜가 눈썹을 치켜올리며 뭔가 고민하는 듯했다. 그러면서도 장미수 적신 천으로 화영의 얼굴과 목, 손을 닦아 주는 일은 멈추지 않았다.

"맹 부마라도 부르시는 건⋯⋯? 아니, 아니다. 맞불도 경우가 있지, 이건 아니네요. 현희부가 통째로 타 버리겠어."

"정말 관⋯⋯ 그 사람이 아무 이유도 말해 주지 않았어? 왜 왔는지? 도리에 밝은 사람이니 분명 자기가 온 까닭을 밝혔을 텐데!"

"그러게 말이에요, 그치만 아무 말씀 없으셨는걸요. 제가 되레 캐물을 분위기도 아니었구."

작은 손바닥과 부드러운 손가락, 도홧빛 손톱까지 꼼꼼하게 닦아 낸 후 침혜는 천을 은 대야에 다시 걸쳤다. 주아가 몸을 숙이고 뒷걸음질로 물러났다.

"물은 비우고, 주방에 가서 마마 간식은 어떻게 되었는지 보구 와."

"예? 방금 조반을 드셨는데요?"

"어이쿠, 뒤뜰 잉어도 너보단 약빠르겠다! 관 부마께서 계속 밖에 계시는지 왔다 갔다 하며 염탐하라는 소리야!"

침혜의 설명에 그제야 주아가 아, 하고는 다시금 허리를 굽혔다. 잰걸음으로 물러나는 어린 얼굴에 홍조가 돋아 있었다. 신이 났으면 신이 났지, 꾸중 받아 서글픈 표정은 아니었다.

침소에 단둘만 남자, 화영이 눈을 가늘게 뜨고 침혜에게 물었다.

"말해 봐. 사실 나만 심각한 거지? 너희들은 다 재미있지, 이 상황이?"

"뭐 꼭 그렇게 말씀하실 것까지야 있나요⋯⋯. 원래 부부지간 다툼은 돈

주고도 본다잖아요."

침혜가 처진 눈으로 배시시 웃었다.

"그리구 이건 다툼도 아니죠. 그냥 관 부마께서 마마를 보러 오신 것뿐 인데요. 무얼 그리 벌써부터 굳어 계셔요?"

"그야…… 말을 말자."

화영은 입을 꾹 다물었다. 침혜가 킬킬거리며 화영을 일으켰다. 그리고 미리 준비해 둔 유군이며 덧치마가 놓인 쟁반을 가지고 왔다. 선명한 푸른 색에 금실로 제비와 버드나무가 수놓여 산뜻하고도 우아해 보였다. 얇은 덧 치마는 남색으로, 그 위에 가늘게 허리를 조인 요대는 흰색으로 하고 황옥 잉어 노리개를 내리니 얼굴이 더욱 밝고 생기가 넘쳐 사랑스러웠다.

"천천히 해, 천천히."

복식이 꽤나 많고 복잡함에도 침혜가 능숙히 혼자서 입히자, 화영이 목 소리를 낮추어 속삭였다. 그 소리에 침혜가 목을 울리며 웃었다.

"아이구, 왜요? 마마께서 단장하는 시간이 너무 오래 걸리면 관 부마가 포기하고 가실까 봐?"

"꼭 그런 건 아니지만, 그렇다고 해서 빨리 준비할 것도 없잖아! 그러면 꼭 내가……."

"관 부마를 보고 싶어 한 것 같으니까요?"

"……!"

순식간에 화영의 얼굴이 봉선화처럼 물들었다.

"난 너 싫어, 알고 있지?"

"네에네에, 자알 알지요."

침혜가 키득거리며 무릎을 꿇고 앉아 화영의 요대에 장신구를 걸어 주었다.

"자, 경대 앞으로 가 앉으세요. 머리 빗구 화장하려면 그래도 한천 년이 니까, 너무 투정 부리지 마시구요."

화영이 경대에 앉아 자신의 모습을 노려보고 있을 때 즈음 주아가 돌아왔다. 제가 세숫물을 들고 나갈 때는 물론이고, 괜스레 주방 근처에서 빙빙 돌며 시간을 죽이다가 온 지금도 관 부마는 그 자리에 계시다고 말이다.

"사람이 아니라 꼭 석상 같으세요."

주아가 눈을 동그랗게 뜨고 속살거렸다.

"어쩜 그리 미동도 없으시지? 눈은 깜빡이나 모르겠다니까요!"

하…… 화영은 마른침을 삼켰다. 그래, 기다리고 있으리라 예상하긴 했지만. 확인까지 받으니 더욱 탈출로가 사라진 기분이었다.

"어어, 인상 찌푸리지 마셔요! 짝짝이 눈썹으로 관 부마를 보고 싶은 게 아니면은!"

침혜가 고소하다는 듯 낄낄거렸다. 주아마저 소리 죽여 키득대는 소리가 들렸다.

"너희들, 가만 안 둬. 진짜야."

진심이 없는 겁박은 오히려 침혜와 주아의 얼굴에 웃음꽃을 피우게 도울 뿐이었다. 주아도 이내 경대 옆에 자리를 잡고 침혜를 도와 화영의 머리를 빗기기 시작했다. 은근한 기대와 웃음기 섞인 숨소리 아래서 화영은 한숨을 쉬었다.

야속하지만 시간은 흘렀고, 단장도 완성되었다. 금비녀로 고정한 머리채를 하나로 묶어 길게 내리고, 그 위에 옥으로 만든 꾸밈빗을 얹었다. 옷이 화려하니 머리를 단정하게 내려 조화로웠다. 화장 역시 짙은 눈썹 위에 가볍게 먹으로 덧칠하고, 부드러운 입술에 연지 한번 물게 하니 따로 분을 바르지 않아도 갓 짜낸 우유처럼 흰 피부가 돋보였다.

"저는 여기서 침소를 정리하고 있을게요."

"주, 주아도 침혜 언니를 도우려고요!"

화영이 일어나자 침혜와 주아는 짠 듯이 절을 올리며 말했다. 따라가지 않을 거라는 뜻이었다. 이게 도움인지 아니면…… 화영은 마른 입술을 살짝 혀로 핥았다. 그리고 침소에서 나가 대청으로 이어지는 은밀한 복도를 지났다.

옥구슬들이 짤랑이는 소리. 비단 휘장이 부드럽게 걷히고, 바닥에 향기로운 피백이 끌리는 소리. 점점 심장 박동 소리가 커졌다. 대청에 있는 관호도 분명 듣고 있으리라.

'내가 왜 그를 두려워하는 걸까?'

문득 가슴 속에서 고요한 물음이 떠올랐다.

초야도 말썽 없이 잘 치렀다. 그 이후 민망히 여겨 피하기는 했지만, 한 마차를 타고 황궁으로 가는 동안 다소간 응어리를 풀지 않았나. 최근에야 황후에게 바칠 선물을 찾느라 골몰하기도 했고, 굳이 찾아가 화목해야 할 이유도 없으니 거리를 두었을 뿐이다.

'그래, 내가 먼저 찾아가 차도 마시고 대화도 나누고, 이러면 더 이상하지 않겠어? 꼭…… 꼭 돌아가며 처첩들을 달래는 모양새잖아. 차라리 일도 다 끝났겠다 멀찍이서 예의를 지키는 게 피차 더 낫지 않은가?'

단지 하룻밤, 그뿐이었다. 황제를 살리기 위한 고육지책이었다. 이제 다시는 함께 잠자리를 하지 않을 텐데, 헤어져 문득 떠오르는 이름자로서만 존재할 텐데- 어째서.

'……불가에 귀의한다고 했었지.'

그렇게 되면 더는 관호라는 사내는 존재하지 않으리라. 외숙처럼 법명을 받고, 이전의 이름과 과거의 실수는 내려놓은 채 평생을 욕망에서 벗어나 살아가겠지.

'다시 볼 수 있을까?'

아닐 것 같았다. 용중사를 찾아 왔다지만 화영과 인연을 맺은 이상 게에는 머물지 않으리라. 멀리, 아주 머나먼 사찰로 떠나겠지. 영영 볼 수 없을지도 모른다. 설령 만난다 해도 그는…… 어쩐지 깨진 찻잔을 삼킨 듯 가슴팍이 아팠다.

'당연히 떠나보내야 하는데, 그러기로 결심한 지가 언제인데 왜 이럴까? 정이라도 든 건가?'

동시에 마음 한구석에서 속삭이는 소리가 들렸다. 그래, 적어도 그는 이제 다른 여자와 동침하지 않을 거야. 이연한다 해도 말이야. 영영 너 이외에는 어떠한 여인도 알지 못하겠지…… 화영은 순간 소스라쳤다. 내가 무슨 생각을 한 거지?

"부인."

그때였다. 먹색에 가까운 회색 옷으로 감싸인 너른 가슴이 그녀의 시야를 가득 채웠다. 뒤늦게 상황을 파악한 화영이 화들짝 놀라 한 걸음 뒤로 물러났다. 그리고 고개를 드니, 그제야 그의 얼굴이 보였다.

"미, 미안해요. 잠깐 딴생각을 해서."

관호의 얼굴을 보니 그야말로 제 발 저리는 도둑이 된 기분이었다. 화영은 말까지 더듬으며 손사래를 쳤다.

워낙 기거하는 인원이 적은 현희부였다. 그중에서도 본채의 대청은 항시 고적하니 좀처럼 인기척이 없었다. 현희부의 가주인 현희장공주를 뵙고자 기다리는 부마를 제외하고는 말이다.

아무도 없으리라는 것을 알면서도 화영은 저도 모르게 주위를 훔쳐보았다. 그녀가 이렇게 멍청이처럼 굴고 있는 꼴을 다른 누가 본다면 참으로 망신일 게 분명했다.

관호는 좀처럼 침착하지 못하는 그녀를 끈질기게 기다려 주었다. 오늘 그는 단색으로 차려입었기에 평소보다도 더욱 커 보였는데, 아마 천장이 있는 실내라는 점 역시 한몫하였으리라. 금가루를 얹은 한 떨기 패랭이꽃 같은 장공주와 먹색 돌로 쪼인 사자상 같은 부마도위. 참으로 기묘한 한 쌍이었다.

"무, 무슨 일이에요?"

짐짓 체면을 차리려 했지만 잘되지 않았다. 화영은 자신의 목소리가 떨리고 있음을 알았다. 알았지만 다른 도리가 없었다.

"앉아서 이야기합시다."

불안한 듯 재게 깜빡이는 그녀의 속눈썹을 바라보던 관호가 권하였다.

화영은 순간 망설였으나 이내 포기하고 자리를 찾아 앉았다. 한 번 앉자고 말한 이상, 착석하지 아니하고는 결코 본론을 꺼내지 않을 사내임을 알아서였다.

화영이 상석에 앉자 관호 역시 그 아래 자신의 자리를 찾았다. 현희부의 가주를 제외하고는 가장 높은 자리였다. 긴 옷자락을 단정하게 정리하며 앉는 관호를 보자, 새삼 이상한 울렁임이 느껴졌다. 그래, 부마도위가 앉는 자리지. 현희부에서 현희장공주를 제외하고는 그가 우선이니까. 하지만 어쩌면 저렇게 자연스러울까? 마치…….

"그간 있었던 일에 대해 이야기를 나누고 싶소."

관호가 마침내 입을 열었다.

그간? 무슨 소리지? 화영은 눈썹을 찌푸리며 튀어나오려는 반문을 가까스로 붙잡았다. 초야에 대한 이야기는 진작 정리한 지 오래다. 그 이후로는 아무 일도 없었다. 문자 그대로, 아무 일도. 그런데 없는 일에 대해 어찌 이야기를 나눈다는 말인가?

연이어 관호의 입에서 나온 발언은 충격 그 자체였다.

"황후마마의 선물에 대해 부인이 고심하고 있음은 알고 있소. 하지만 그렇다고 하여 일방적으로 은 부마만 편애하는 모습은 옳지 않소."

"……뭐요?"

편애? 편애라고? 화영의 눈이 평소보다 배로 커졌다. 입술도 기가 찬다는 듯 열렸으나 도통 알맞은 대거리가 없어 뻐끔거릴 뿐 대꾸를 못 한다.

편애라니? 내가? 누굴?

"며칠 정도면 괜찮겠거니 하고 참았소. 하지만 벌써 보름이 넘어가오. 그간 다른 부마와는 상 한 번 같이 든 적 없으면서 이레 내내 은 부마와는 단둘이 오후를 보내고 있지 않소. 당신이 현희부의 주인이고 지엄한 장공주임은 이 미천한 몸도 잘 알고 있소이다. 허나 부부로서 마땅히 지켜야 할 의무도 있는 법이오. 나는 그 점에 대해 말하고 싶었소."

관호의 음성에는 흔들림 한 점 없었다. 반듯한 시선 역시 부끄러움 따위 알지 못한다는 듯 화영을 향해 똑바로 쏘아지고 있었다. 호박빛으로 가라앉은 그 시선은 자신이 하는 바가 옳음을 확신하는 자 특유의 강인한 엄숙함을 띠고 있었다.

실로 그는 당연한 요구를 하였을 뿐이다. 이렇게 늦게 독대를 청하였다는 것부터 부인을 지극히 배려한 태세였다. 관호는 진심으로 그렇게 여기고 있었다.

"부인 역시 잘 알겠지만, 옥첩에 적힌 부마도위이자 남편은 바로 이 관호요. 은 부마는 황실 족보에도 적히지 않은 세 번째 부마에 불과하오. 지위 고하에 얽매이는 것은 강호의 풍습이 아니나, 가내사에 있어서 처와 첩의 구분이 엄연해야 함은 마찬가지요. 그러니 나는 부인에게 당당한 몫의 대우를 요구할 수 있다고 생각하오."

화영은 순간 눈앞이 깜깜해졌다. 아니, 하얘진 것도 같았다.

예상치 못한 종류의 책망이었음은 물론이고, 말하는 본새를 보라지! 선황의 의형제이자 강호의 의협심으로 남려 황실에 크나큰 공을 세운, 구척장신의 호걸이 아닌가! 그런 그가 법도에 칼 같은 정실처럼 그녀에게 잔소리를 하고 있었다!

"아…… 아니…… 이게 도대체 무슨 말인지……."

"은 부마만 대놓고 곁에 두는 일을 자제해 달라는 뜻이오. 적어도 두 번에 한 번, 세 번에 한 번은 나와……."

관호는 답지 않게 잠시 말을 머뭇거렸다.

"맹 부마를 찾아 인사라도 나누어 주길 바라오."

"맹타안 얘기는 여기서 왜 나와요?"

"그는 두 번째 부마요. 서열로 따지자면 은 부마보다 위지."

"내 말뜻은 그게 아닌 거 알잖아요!"

"그는 아직 현희부에 있고 두 번째 부마요."

이번에도 짧은 정적이 있었다.

"맹 부마가 제 발로 현희부를 나가겠다 청하지 않는 한은 말이오."

화영은 관호의 얼굴 위로 스쳐 지나가는 무언가를 보았다. 상념이라기에는 뜨겁고 잡념이라기엔 무거운 무언가. 아쉬움? 안타까움? 아니면.

"맹 부마와 개인적인 친분은 없다만 첫 번째 남편이자 부마도위로서 이정도 대변하는 것 역시 책임이겠지. 부인, 요즘 맹 부마를 보기는 하였소?"

화영은 망설였다.

"……아니요. 거의 못 봤죠."

"어째서?"

"어째서랄 것까지야 있나요? 그냥…… 길이 안 마주친 모양이지. 현희부는 넓으니까요."

"이전까지는 그리도 자주 마주치던 맹 부마 아니오? 갑자기 아니 보이는데 이상하다 느껴지진 않았소?"

"그야……."

그야 신경 쓰지 않았다. 아니, 정확히는 모르는 양 굴었다. 모래 속에 얼굴을 처박고는 술래가 저를 찾지 못하리라 의기양양하는 어린애처럼 말이다.

초야 이전에도 이후로도 가장 적극적으로 구애하는 것은 역시 맹타안이었다. 그가 이혼장 받기를 거부했기에 현희부 세 부마는 어색한 균형을 유지해야만 했고, 그러다 끝내 이런 혹독한 비밀을 공유하기까지 이르렀다.

맹타안이 왜 안 보이냐고? 그야 뻔하지. 상처받았으니까. 마음이 상했으니까.

애써 잊어두려 했던 기억이 다시금 떠올랐다. 이레인가, 여드레쯤 전 저녁이었다. 그때 은룡을 따라 잠시 은가에 다녀올 계획이었다. 그래서 은룡과 나란히 평복을 하고, 대문을 나서기 전 잠시 옷매무새를 확인하던 참이었다.

-부인!

누군가 등 뒤에서 그녀를 불렀다. 그보다 애타는 부름이 또 있을까.

맹타안임을 깨달으면서도, 그러면서도 저도 모르게 고개가 돌아갔다. 못 들은 척 나가야 한다고 머리로는 나쁜 꾀가 속삭였는데도, 그 애닯은 목소리에 몸이 먼저 반응하였다.

-어디를 가시는 게요?

저녁해는 보랏빛과 자홍색 구름 노을 뒤로 흐트러지며 멀어지고, 서글픈 때까치가 울며 하늘을 낮게 지나가고 있었다. 그 가운데 선 맹타안을 보는 순간 심장이 쿵 떨어지는 것처럼 몸속이 아파 왔다.

길게 풀어헤친 금빛 머리카락은 서늘해진 바람에 흐트러지고, 짐짓 단정치 못한 옷차림새는 공주가 나타났다는 소식에 다급히 달려온 품새를 그대로 드러냈다. 어색하게 붙잡으려는 듯 허공에 올린 한 손이 얼음 조각처럼 희고 아름다웠다. 적자색 노을빛에 부서지던 그의 창백한 푸른 눈동자.

-잠깐…… 알아볼 게 있어서요. 황후마마 일로요.

-이 늦은 저녁에?

-잠깐이면 돼요. 잘 아는 길이고, 은룡도 같이 가니까.

-아.

화영의 입에서 은룡이라는 이름이 나오는 순간 맹타안은 뻗었던 손을 거두었다. 그때, 그의 표정. 그의 얼굴.

-동행하자는 입바른 소리도 못 하겠군. 나는 친서 없이는 그 대문 밖으로 한 걸음도 못 나가는 처지니까.

해가 어쩌나 빨리 지던지. 맹타안의 얼굴을 순식간에 뒤덮던 어둠이.

-무사히 다녀오시오. 무사히, 잘.

그때 그대로 나와서는 안 됐는데.

화영은 입술을 깨물었다.

농담이라고 생각했다. 맹타안이 도읍 밖으로 나갈 수 없는 처지라는 건 알았다. 하지만 성내라면 자유롭게 돌아다닐 수 있으니 심각하게 받아들이지 않은 것이다.

그러나 끝없는 초원이 전부 제 것이던 사내였다. 복잡한 남려 도성과 이 현희부가 유배지라는 점에서는 뭐가 그리 차이가 있겠는가? 더군다나 눈에 띄는 이국적인 외모 탓에 성내라고 멋대로 다니기도 위험하다. 실로 맹타안 이 현희부 밖을 나선 것은 황제의 부름을 받고 입궁하였을 적과 다른 부마 들과 함께 화영을 찾아 나섰을 때, 그리고…… 화영에게 녹보석을 구해다 준 일뿐이었다. 그는 사실상 갇혀 있는 신세였다.

"……내가 좀 무심했던 것 같아요."

"그렇군."

관호가 자신을 바라보는 것이 느껴졌다. 괜히 부끄러웠다.

"부인이 깨달았다니 더는 말씀드리지 않겠소. 부디 공평하게 대해 주기를 바라오. 나는 부마로서 부인께 다하지 못한 책임이 없소. 맹 부마도 마찬가지 이겠지. 그러니 명백한 잘못도 없는 와중에 이리 차별하여서는 아니 되오."

"그렇지만, 차별이라고 할 것까진- 아니었는데."

"편애라고 하면 편하겠소?"

"차별이라고 해요. 그게 낫겠다."

화영이 질겁하여 도리질을 쳤다. 관호가 한숨을 내쉬었다.

"맹 부마도 속이 어지간히 상한 모양이오. 부인이 직접 발걸음하여 안부 라도 물어야 할 것이오. 이 또한 현희부 주인이 지닌 책무이니."

대답은 쉽게 나오지 않았다. 맹타안을 찾아가라고? 찾아가서, 그다음은? 참말 안부만 나누고 끝일까? 아니, 그 정도로 풀어질 상황이 아니었다. 아 직도 그 저녁 맹타안의 얼굴에 드리워진 어둠이 생생했다. 적어도 지금 관 호와 이러하듯 자리에 앉아 기탄없는 대화나……. 어쩌면 그 이상까지 필요 할지도 몰랐다.

'아니야, 설마. 아무리 맹타안이 호색한이라도 그럴 리 없어. 그런 요구 를 할…… 분위기도 아니고.'

화영은 괜히 붉어지려는 얼굴을 절레절레 흔들었다.

'어쨌든 관호 말이 맞아. 나중에 어찌 되든 지금은 부마이고 나와 오빠의 은인이야. 게다가 황후마마의 연회에까지 초대받았으니, 미리 화해해 두지 않으면 곤란하겠지.'

거기까지 생각이 닿으니 망설이던 마음이 곧 굳어졌다. 화영은 관호를 바라보며 고개를 끄덕였다.

"알겠어요. 맹타안에게도 가 볼게요."

뒤이은 말은 다소 민망했지만, 어쩔 수 없었다.

"그리고…… 당신 말도 알아들었어요. 앞으로는 그…… 어…… 흠, 차별처럼 느껴지지 않도록 할게요."

화영이 힘들게 꺼낸 답에 관호가 눈을 깊게 감았다 떴다.

"알겠소. 그렇다면 더는 방해하지 않으리다."

그러나 대답과는 달리 그의 눈길에서는 미묘한 아쉬움이 느껴졌다. 화영은 자리에서 일어나려다가 주춤하였다. 관호가 자신을 바라보고 있었고, 화영은 그가 바라는 무언가를 충족시켜 주어야만 한다는 이유 모를 조급함을 느꼈다.

"이따 차라도 마실래요?"

머릿속으로 가다듬기 전에 튀어나온 말이었다. 세련되지도 않았고 교양과도 멀어 보였다. 화영은 황급하게 덧붙였다.

"미시쯤에요. 어때요? 물론 당신이 바쁘지 않으면요."

관호가 미소지었다. 시원시원한 눈을 부드럽게 접고, 무뚝뚝하던 입매마저 다정하게 변했다.

"아주 좋소."

화영으로서는 곁채에 처음 가 보는 일이었다.

애초에 현희부에 부마들을 들이면서 처소를 배정했던 것은 금정 법사였다. 후원에서도 외진 별채를 신방으로 꾸며 놓고, 부마 셋은 곁채에 각기 떨어뜨려 놓았다. 썩 현명한 처사였다. 사가에서 첩들을 몰아 두듯 부마들을 연이은 곳에 묵도록 하였다면 참으로 유쾌한 일이 벌어졌을 테니까.

다행히 규모가 뭇 왕부에 버금가는 현희부인지라 곁채도 여러 칸에 독립적인 처소들로 이루어졌으며, 소청마다 나름의 풍취를 즐길 수 있도록 자그마한 내원도 곁들여져 있었다.

본채에서 곁채로 가는 길은 멀지 않았다. 그럼에도 한 걸음 한 걸음이 왜 이리 무거운지. 함께 가겠다는 침혜도 물리고 보무도 당당하게 시작한 일이었는데 어째 조짐이 좋지 않았다.

-길은 찾을 수 있으시겠어요?

-왜, 내 집인데 길이라도 잃을까 봐?

-곁채는 본채랑 구조가 다르거든요. 독립적인 처소들이 연결된 구조라, 초행이시면 헛갈리실 거예요. 게다가 부마들은 뚝뚝 떨어져 머무시거든요. 그게 피차 속 편하겠지만서두.

-돌아다니다 보면 나오겠지. 사람 사는 곳은 딱 보면 다르잖아.

-무어, 고생하고 싶으시다면 말리진 않아요. 아, 그래두 맹 부마 처소는 근처만 가면 척 아실 거예요. 특히 요즘처럼 가을 발치로 들어간 계절이면요.

-가을이랑 맹타안 처소랑 무슨 상관인데?

-맹 부마 내원에는 금목서가 흐드러지게 심겨 있거든요. 이맘때면 만리 밖에서도 향기에 취한다잖아요.

금목서라. 맹타안이랑 그보다 안 어울리는 꽃이 있을까? 수수하고 작달막한 꽃무리인 금목서와 태생부터 화려하고 눈에 띄는 잘생긴 외모의 맹타안이라. 머릿속으로는 잘 조합이 되지 않았다. 차라리 장미화나 모란이라면 모를까, 금목서처럼 조그마한 꽃에 그가 관심을 기울이기나 할지 모를 일이었다.

'게다가 나무니까. 강로 초원에서 보지 못한 종이라 별로 좋아하지 않을지도 몰라. 그리고 보니 그렇게 자유롭게 살던 사람이 내내 현희부에만 있고, 바람 한 번 제대로 쐬지 못했으니⋯⋯.'

맹타안의 심정을 알 것도 같았다. 그녀 역시도 용중사에서 부족함 없이 행복하게 살다가, 어느 날 갑자기 천지가 뒤바뀌어 황궁으로 끌려간 신세였으니까. 오래된 사찰과 금은보화로 치장된 황궁. 세상 사람 모두가 후자를 선택하겠지만 화영은 아니었다.

호사가 싫지는 않았다. 황제의 유일한 누이로서 받은 대접이 싫다고 할 만큼 청렴하거나 뻔뻔한 사람은 아니었으니까. 하지만 그녀는 자유를 잃었다.

가끔은 고양이 세수만 하고 아침을 먹으러 나갈 자유, 볕 좋은 처마 밑에서 꾀죄죄한 절 고양이들과 누워 낮잠을 잘 자유, 새소리와 풀벌레 소리를 들으며 냇가에 발을 담글 자유, 뒹굴고 넘어지고 땀 흘려 지저분해질 자유, 그 모든 것을.

아마도 강로의 세자로서 맹타안이 잃은 그보다도 까마득하게 많고 소중한 것들이겠지.

'백련호에 함께 가 보자고 했는데.'

화영은 입술을 깨물었다. 돌이켜 보니 몰래 침혜와 중경 거리로 도망 나간 그 날, 맹타안만 그녀를 꾸짖지 않았다. 관호와 은룡이 엄하게 꾸중하는 와중에 맹타안만이 그녀 편을 들어 주었다.

'당장 내일이라도 같이 나가야지. 맹타안만 좋다고 한다면…… 그런데 나도 백련호에 가 본 적이 없어서 어딘지 잘 모르는데. 은룡을 데리고 가야 하나? 한데 맹타안이 은룡이라면 가자미눈을 뜨니 그것도 좀…….'

뭐 하나 쉽게 풀리는 일이 없다. 현희부에서 눈을 뜬 그 날 아침부터 그랬다.

문득 코끝을 스치는 향기가 있었다. 강렬하게 가슴을 두드리면서도 혀끝에 달콤하게 흐드러지는 향기. 지나가는 이의 발을 멈추게 하고, 그리운 사람을 떠올리게 만드는 향이었다. 금목서가 뿜어내는 향기였다. 맹타안의 처소에 온 것이다.

꺾어지는 저 너머 반쯤 열린 격자문이 보였다. 화영은 애써 마음을 다잡았다. 맹타안은 혼자 있었다. 혹시 그 사촌 동생이라는 남자와 같은 처소를 쓰려나 염려했는데 아닌 모양이었다. 화영에게는 다행이었다. 맹타안을 달래러 갔는데 사촌까지 있다면 얼마나 서먹했겠는가.

맹타안은 반들거리도록 잘 닦은 소청에 낮은 평상을 두고, 그 위에 길게 기대어 있었다. 내정을 향해 기대어 있었기 때문에 화영은 그의 뒷모습만 보였다. 노란색에 가까운 연녹빛 비단옷은 단정치 못하게 흐트러져 있었고 금빛 머리 타래 역시 성기게 반만 묶은 채 등 위로 흘러내리며 반짝였다. 그 뒤태만으로도 참으로 아름다우니, 과연 초원의 모든 여인들이 사랑할 만한 자태였다.

침혜의 말대로 내정에는 금목서가 한창이었다. 진한 녹색의 잎사귀들 사이로 금가루를 뿌려놓은 듯 작고 오밀조밀한 꽃들이 고개를 내밀고, 녹아내릴 듯한 향기를 내뿜고 있었다. 내정으로 향하는 창을 모두 열어 건은 채였기에 처소 안으로 한 걸음만 들어왔을 뿐인데도 금목서 향이 온몸에 배는 듯하였다. 그러면서도 조금도 질리지 않으니, 과연 세상 사람들이 사랑하고 칭송할 만한 향이었다.

화영은 한 발자국 더 들어왔다. 긴 비단 치마가 바닥에 쓸리는 소리가 고요한 와중에 크게 들렸다. 그녀의 머리에 꽂아 놓은 옥 빗에 달린 진주들 역시 짤랑거렸다.

사냥의 명수이자 강로 최고의 전사로 명성이 높던 맹타안이다. 진작 그녀의 기척을 판별하였을 터였다. 그런데도 그는 고개를 돌리지도, 아는 척을 하지도 않았다. 마치 그대로 잠이라도 든 것 같았다.

마침 바람이 한 줄기 불어왔다. 금목서 가지 사이를 스치고 지나가니, 꽃송이 두어 개가 소청 마루로 떨어지며 애틋함을 일으킨다.

화영은 망설이다 말했다.

"……자요?"

대답은 한동안 돌아오지 않았다. 맹타안의 뒷모습은 여전히 미동조차 없었다. 그가 그녀의 말을 듣고 있는 것인지, 아니면 아름다운 풍광이 빚어낸

허상인지 알기 어려울 정도였다.

화영은 잠시 기다리다가 한숨을 쉬었다.

"자는 거라면 나중에 올게요."

그녀가 돌아서 나가려던 순간에야 맹타안이 일어났다.

"또 나를 두고 등을 돌리려는 거요?"

거의 소리도 없이, 범이 나무에서 뛰어내리듯 민첩한 동작이었다.

화영은 고개를 돌렸다. 맹타안의 푸른 눈이 그녀를 쏘아보고 있었다.

"왜 말을 그렇게 해요? 내가 언제 등을 돌렸다고?"

"지금도 그러고 있지 않소."

"아하, '등을 돌리다'라는 표현을 말 그대로의 의미로 사용한 건가요?"

"그건 아니지."

상에서 일어난 맹타안은 참으로 키가 컸고 날렵했다. 격의 없는 옷차림
이었기에 그의 반듯한 어깨와 늘씬한 허리, 좁은 골반에서 이어지는 긴 다
리가 물 흐르듯 드러났다. 이처럼 편한 행색의 맹타안과 마주한 적이 있던
가? 그는 멋쟁이였고 자신의 외모를 돋보이기를 좋아하는 사내였다. 언제
나 과할 만큼 단장에 신경을 썼으며 말쑥한 복장으로 구애하고는 했다.

하지만 이런 행색도…… 나쁘지 않은 것 같았다.

"이리 와 같이 앉읍시다."

맹타안이 한 손을 내밀었다.

화영이 잡기에는 그들 사이의 거리가 상당했다. 그가 내보이는 의도는
확실한 것이었다. 화영이 거절할 수 없는, 거절해서는 안 될.

맹타안을 두고 은룡과 나가 버린 황혼 녘이 떠올랐다. 그 역시 여태껏 그
기억을 곱씹고 있었겠구나, 하는 깨달음에 가슴뼈 언저리가 찌르르 아파 왔다.

화영은 순순히 그에게 다가갔다. 그리고 잠시 망설이다 맹타안이 내민
손을 잡았다. 손가락이 무척 길고 옥처럼 흰, 그러면서도 활과 창으로 단련
한 사내의 손이었다. 화영이 가볍게 얹은 손을 그가 꾹 감싸 쥐었다.

겉보기에는 얼음처럼 차가울 것 같았는데 활활 불타는 양 뜨거운 체온이었다. 화영은 그가 이끄는 대로 주춤주춤 평상 위에 앉았다.

슬쩍 맹타안을 흘겨보았다. 그는 정면을 응시하고 있었다. 바람에 흔들리는 금목서를. 그러면서도 붙잡은 화영의 손은 놓지 않은 채였다.

"금목서…… 마음에 들어요?"

한참을 말을 골라 보았지만 무리였다. 다짜고짜 마음 푸시오, 할 수는 없으니까. 아직 공주 노릇을 한 지 몇 년 되지 않아서인지 그만큼 뻔뻔하지는 못했다. 화영은 어렵사리 말을 건넸다.

"만리향이라고도 해요. 만 리 너머까지 향기를 풍긴다고. 음식에 넣을 때는 계화라고도 하고. 계화떡, 먹어 봤어요? 난 좋아하는데."

그제야 맹타안이 고개를 돌려 그녀를 쳐다보았다. 옅은 하늘색 눈동자가 그녀를 뚫어져라 응시하였다.

"오랑캐에게 꽃 이름이나 알려 주려 예까지 온 게요?"

어딘가 앵돌아진 어조였다. 빈정거리는 기세까지 있었다. 평소의 화영이었다면 곧바로 받아치고 일어났겠지만 지금은 아니었다.

여전히 맹타안은 그녀의 손을 꼭 쥐고 있었다. 절대 놓치고 싶지 않다는 듯이. 그렇다면 결국 말은 허세이자 연기이고, 행동이 진심일 터였다.

화영은 스스로를 가다듬고 재치 있게 답했다. 자신을 칭찬해 주고 싶을 만한 처신이었다.

"알고 있었으면 말고요. 어째 현희부에서 금목서가 제일 곱게 핀 게 당신 처소 같네요. 좀 따 가서 떡이나 만들어야겠다. 나중에 보내 줄 테니까 싫어해도 다 먹어요."

"내 처소에 와서, 저 좁쌀만 한 꽃들이나 따겠다고?"

"바구니 같은 거 있어요? 없어도 괜찮아요. 비단 천에라도 싸 가지, 뭐."

슬쩍 자리에서 일어나려는 시늉을 하자 반응이 곧바로 왔다. 맹타안이 손을 확 잡아당겨 그녀를 자리에 다시 앉힌 것이다.

"아얏! 이게 뭐 하는 짓이에요? 말로 하지, 왜 사람을 끌어내려?"

"아, 아팠소?"

화영의 투정에 맹타안이 당황한 기색을 띠었다.

"힘을 많이 주지는 않았는데. 게다가 보료가 두툼하여서……."

급히 그녀가 앉은 주변을 눌러 보던 맹타안이 이내 눈을 가늘게 떴다.

"나를 놀리는구려?"

"딱히 그런 건 아니에요. 잡아당기긴 했잖아."

맹타안과 눈이 마주친 화영이 살짝 웃었다.

은룡이 토라졌을 때 주로 써먹던 방법이었는데, 맹타안에게도 제법 먹힌 것 같았다. 참으로 단순하지만 훌륭한 묘수였다. 상대가 그녀에게 관심을 기울이고 있음이 드러나니까.

웃음기가 가득한 화영을 노려보던 맹타안이 코웃음을 쳤다.

"불여우가 따로 없군! 남려 여인들은 죄다 이런 책략가요, 아니면 개중에서 부인만 재주를 타고난 거요?"

"마음대로 생각해요. 하여튼 화난 척은 그만하고요. 난 남자 달래는 건 질색이니까."

"허 참, 뭐라고?"

"남자 달래는 건 질색이라고요. 난 원래 남자가 울면 한 대 더 때려요. 우는 김에 더 울라고. 당신이 안 울고 있던 게 다행인 줄 알아요."

"세상에! 당신이란 여인은!"

맹타안의 얼굴이 일그러졌다. 그러나 그 찡그린 미간과 눈가에서 멸시나 혐오는 조금도 느껴지지 않았다. 오히려 애정을 숨기는 데에 실패한 자신에 대한 한심함만이 미세하게 반짝이고 있었다.

"참으로 대단한 아내를 얻었구려, 나는. 참으로 대단해."

"비꼬는 건가요?"

"내가 뭐라고 그대를 비꼬겠소? 부인은 대 남려의 하나뿐인 장공주에,

현희부까지 하사받은 데다 황제의 목숨을 구한 공신이오. 그에 비해 나는? 목숨만 붙은 주검이나 다름없지.”

별일 아니라는 듯 내뱉는 말이 실은 지독하게 상처뿐이라, 화영은 눈을 크게 떴다.

“당신이 왜요? 강로 세자인 데다 세상에 무서울 거 하나 없는 사람이잖아요. 그렇게 잘난 척할 때는 언제고 갑자기 왜 그런 말을 해요?”

“흥. 나를 그런 사내로 봐 주기는 했소? 만날 성가신 오랑캐라고 밀어내고 핀잔만 주지 않았소.”

“내가 언제! 아니, 그리고 핀잔이라니! 항상 당신이 먼저 시작한 말다툼이었거든요?”

“그게 무슨 말다툼이오? 남녀 간의 정분이지. 하여간 부인도 아닌 듯하면서 고지식하단 말이야. 이러니 내가 기를 펴지 못하는 거요.”

“참나!”

옥신각신하는 와중에도 맹타안은 화영의 손을 놓지 않았다. 처음에는 뻣뻣하던 그녀의 손이 저도 모르게 긴장이 풀리는 감각. 그 사랑스러운 감각을 느끼며 맹타안은 고통 속에 피어오르는 환희를 감당해야만 했다.

가볍게 지껄였으나 일말의 진심이 섞인 말이었다. 어전에서 제 신세에 대해 불만을 드러낸 이후, 그는 좀처럼 가라앉은 기분을 갈무리하지 못했다.

‘이 여자 때문이다.’

금세 열이 올라 발그레해진 화영의 뺨과 우물처럼 맑고 새카만 눈동자를 들여다보며 그는 확신했다.

‘이 여자가 나를 사랑해 주지 않기 때문이야. 그래서 이렇게 절망스러운 거다.’

지금보다 까마득한 밑바닥도 겪었다. 그럼에도 포기하지 않고 살아남아 여기까지 일궈 낸 그였다. 남려 황제와의 협약과 현희부에 기거하는 후대. 거기다 비공식적이나마 장공주의 남편도 되었다. 불타는 막사들 사이를 가로지르며 보이는 족족 베어 내고 또 베어 내던 그 밤에 비하면 그는 가진 게 너무 많았다. 그저 그것들에서 의미를 느끼지 못하는 것뿐이었다. 화영이 그를 멀리하기 때문에.

어떤 바람이 불었을까? 내내 은가 애송이와 붙어 다니느라 바쁜 여자였다. 성가신 오랑캐 따위는 관심도 없는 양 굴더니, 이렇게 직접 왕림하시기까지 하고…….

맹타안은 입으로 툭탁이는 것을 멈추지 않으면서도 주의 깊게 그녀를 관찰하였다. 선명한 파란색 위 금실로 수놓은 비단옷에, 틀어 올리는 대신 하나로 느슨하게 묶어 내린 머리카락. 덕분에 아주 어려 보이기도 하고, 갓 시집온 새신부 같기도 한 싱그러움이 물씬 풍겼다. 갓 피어나는 작약 봉오리처럼 부드러운 입술…… 그 입술이 달떠 헐떡이던 기억.

"이럴 줄 알았다면 부인과 잠자리를 하지 않았을 거요."

저도 모르게 나온 말이었다.

안 그래도 커다란 화영의 눈이 휘둥그레 부풀었다. 종달새처럼 지저귀던 입술도 놀란 나머지 살짝 벌린 채 굳었다.

"미쳤어요?"

뒤늦게야 화영이 되받아쳤다. 그녀의 목이, 그리고 옷이 가리기 직전까지인 가슴팍이 붉게 물드는 것이 보였다.

"지금 뭐라고-"

"나는 부인과 평생 함께하기를 원했소."

맹타안이 단호하게 화영의 말을 끊었다.

"부인과 한평생 화목하고, 사랑하려고 장가를 온 사람이라 이 말이오. 아시겠소? 헌데 지금은 내 꼴이 어떻소? 찬 바람에 버려지는 여름 부채와 마찬가지 아니오? 때도 딱 가을 녘이니, 우스운 일이군. 내 처지가 더욱 첩첩하오."

"아니, 그런 건……."

"부인은 내게 등을 돌렸소. 원래도 썩 다정한 대우는 아니었지만 이처럼

가을날 호수 위에 백련이 피고 361

보고도 못 본 척 도망가지는 않았는데. 말해 보시오. 우리가 동침하여서, 그것이 부인이 나를 피하는 가장 큰 이유가 아니오? 이럴 바에야 하룻밤 꿈 같은 정이 무슨 소용이겠소? 단꿈에 젖어 있던 내가 멍청이지. 그래, 후회하고 있소. 아주 뼈저리게."

그는 짧게 한숨을 내쉬고 뒤를 이었다.

"물론 당신 오라버니, 황제 폐하가 쾌차한 일은 나도 기쁘오. 당연하지, 내 처남이고 내 가족이니까. 나는 지금 그이에 대한 건 완전히 배제하고 말하는 거요. 당신도 어쩔 수 없었음을 알지만, 그럼에도- 내겐 후회밖에 남은 것이 없다고."

이번에는 화영의 차례였다. 하지만…… 무어라 대답해야 한다는 말인가? 그녀는 고개를 돌렸다. 한 번 달아오른 뺨은 쉬이 식지 않았다. 분노 때문은 아니었다.

"보시오. 엽혁 씨족과 부모 형제를 죄다 잃은 내게 가족은 오로지 부인 하나뿐이오. 영대 녀석은 따지자면 친족이지. 사촌인 놈과 내 반려인 부인은 비교도 안 되오. 내가 이처럼 천지 간에 외로운 사람이거늘, 어찌 등을 돌리고 매정하게 대할 수가 있소?"

"사촌한테 말이 심한데……."

"무슨 상관이람. 그놈도 전혀 신경 안 쓸 테니, 거기에 괜히 집중하지 말고. 응? 무어라 말 좀 해 보시오."

서서히 하늘 높이 떠오른 태양이 내정을 뜨겁게 비추었다. 선선한 바람과 맹렬한 햇빛. 그 사이에서 금목서 꽃망울들은 갈등하는 듯 일렁이면서도 짙은 향취를 뿜어내고 있었다.

맹타안은 모든 것을 드러냈다. 여기서 애매하게 변명하거나 돌려 말해 보았자 사태는 나빠지기만 하겠지. 어쩌면…… 이편이 나을 수도 있었다. 맹타안이라면 적어도, 관호나 은룡에게는 차마 꺼내지 못하는 못된 속내를 내보여도 괜찮을 것 같았다.

화영은 코끝을 간질이는 꽃향기를 깊게 들이켰다. 그리고 맹타안의 눈을 똑바로 응시하였다.

"난 모르겠어요. 이 결혼은 내가 반쯤 죽어 있었을 때 진행된 일이니까. 그래서 크게 당혹스러웠고, 당신들이 나를 도왔음을 잘 알고 고맙기는 해도 파혼할 생각만 가득했죠. 지금 같은 상황에서는…… 파혼이 아니라 이혼이라고 해야 적절하겠지만."

차마 그 뒤에 '잠자리까지 했으니'라는 말은 덧붙이지 못하고, 화영은 말을 골랐다.

"하지만 당신은 하나부터 열까지 알고 있었잖아요? 내가 깨어나지 못하고 죽을 가능성도 있다는 걸, 그리고 설령 깨어난다 해도 이런 겹혼인이 쭉 유지될 수 없으리라는 걸."

"흠."

"일단 당신은 두 번째 부마였어요. 신분과 처한 입장 때문에요. 당신도 황실 옥첩에 이름이 올라가는 사람은 관호임을 알고 있었죠? 법적인 부마는 관호로 정해지고 시작한 혼인인데, 어떻게 나와 평생 해로하려는 심산으로 장가를 왔다고 말하는 거예요? 솔직히 말하자면, 이혼을 피하려고 내게 책임감을 실어 주려는 속내가 아닐까 의심스러워요."

"관가가 이혼하지 않겠다고 했소?"

헌데 맹타안은 영 딴판인 질문을 던졌다. 그의 눈매가 매섭게 번뜩였다.

"아니, 지금 관호 입장이 중요해요?"

"당연하지. 그 덩치만 사라지면 내가 바로 유일한 부마가 되는 셈이니까."

맹타안이 코웃음 쳤다.

"나는 관가가 출가하려다 별수 없이 끌려온 벽창호라는 걸 미리 알았소. 그래서 조금도 염두에 두지 않은 거요. 어차피 혼인 흉내만 대고 머리 밀러 가 버릴 테니 말이요. 관가가 사라지면? 당신 곁에 나 외에 누가 있겠소?"

"그럼 은룡은?"

"하! 서열이 엄연하거늘, 어디 세 번째가 내게 덤빈단 말이오? 그 애송이는 애초부터 부마 후보에 있지도 않았소. 당신 말마따나 '신분'과 '처한 입장' 때문에 말이지."

"그치만 은룡은―"

"뭐, 전부터 당신을 연모해 왔다고? 그래서 어떻단 말이오? 황후의 아우요. 황후의 아우가 어찌 장공주에게 장가를 들까? 강로라면 모를까, 남려는 민가에서도 까다롭게 혼맥을 재단하지 않소? 겹사돈도 겹사돈 나름인 법. 이대로라면 송 씨 황가에 은가의 피가 줄줄이 섞이는 셈인데 조정에서 가만둘 리 없지."

거기까지는 생각해 본 적이 없었다. 순간 말문이 막혔다.

오랑캐라고는 하나 과연 수많은 부족들 가운데 왕위를 약속받았던 사내다웠다. 맹타안은 남려인인 화영보다도 한층 날카롭게 전황을 파악하고 있었다.

"왜, 내가 이렇게 현명한 사내인 줄은 몰랐소? 그래서 새삼 반한 건가?"

"하여간!"

금빛 눈썹을 치켜올리며 입을 비죽거리는 모양새가 하여간 얄미웠다. 화영은 보란 듯이 이마를 찡그리면서 입술을 오리처럼 쭉 내밀었다. 외숙에게 항상 한 소리 듣던 나쁜 버릇 중 하나였는데, 싫은 소리를 들었으나 반박할 뾰족할 대꾸를 찾지 못할 때면 으레 무의식적으로 보이던 행동이었다. 친오빠인 주영은 물론이고 은요, 은룡도 익히 잘 아는 화영의 습관이었다.

그러나 맹타안이 그걸 어찌 알겠는가?

쪽.

화영이 입술을 모아 내미는 순간, 그는 그 사랑스러운 교태에 걸맞은 호응을 돌려주었을 뿐이다.

그토록 갈망하던 입맞춤으로.

이미 한 손을 잡고 있을 정도로 가까운 거리였다. 그저 상체를 조금 기울이는 것만으로도 옥구슬 같은 부인에게 입 맞추기엔 충분했다.

"맹타안!"

안타깝게도 그가 바랐던 만치 깊은 접촉은 불가능했다. 하지만 가볍게 스친 입술의 감촉만으로도 오랜만에 독주라도 들이킨 양 짜릿하였다. 아마도 부인도 비슷한 느낌이겠지. 저렇게 새빨개져서 버럭 소리를 지를 정도라면 말이다. 맹타안은 자신을 떼어 내듯 밀치고 일어서는 화영을 싱글거리며 바라보았다.

"미쳤어요?!"

"아까도 묻었지 않소. 아니라고 몇 번을 말해야 할까. 허 참."

"다짜고짜 이게 무슨 짓이에요? 진지한 이야기 중에!"

"아니, 어떤 사내가 부인이 그토록 귀엽게 입맞춤을 조르는데 무시하고 넘어갈 수 있단 말이오? 내 짚고 넘어가겠는데, 엄연히 부인이 나를 유혹한 거요, 이건."

"그럼 그렇지, 당신이랑 무슨 대화를 하겠다고……! 됐어요! 꼴도 보기 싫어!"

맹타안은 얼굴에서 웃음기를 지우지 않았다. 화영이 씩씩대며 황소처럼 걸어 나가는 것을 보면서도 말이다. 귀하신 부인이 이미 직접 행차하셔서 어떻게든 풀어 보려고 했을 마음의 앙금은 눈 녹듯 사라진 지 오래였다.

참 이상한 일이었다. 정작 확실히 결정 난 사안은 아무것도 없거늘, 그저 그녀가 그에게 신경을 쓰고 있음을 확인받자마자 아무래도 좋은 기분이었다.

맹타안이 낄낄대며 그녀의 뒤에다 소리쳤다.

"신시에 대청에 가 기다리겠소! 오늘도 은가 놈이랑만 돌아다니면 아주 사달 날 줄 아시오! 황후가 아니라 옥황상제의 선물 때문이라도 봐주지 않을 테니까."

"꺼져요!"

화영이 부서져라 문을 닫으며 응수했지만 맹타안은 조금도 기죽지 않았다. 오히려 목청을 더 높여 복도로 나간 그녀가 잘 듣도록 외칠 뿐이었다.

"세상 구경도 못 해 본 도련님과 대초원을 달리며 갖가지 문물을 다 겪은 강로 세자, 어느 쪽이 더 그럴싸한 귀물을 추천해 주겠소? 여하튼 나중에 봅시다, 부인!"

그의 유쾌한 목소리는 아직도 심장이 쿵쿵 뛰어 정신을 못 차리는 화영에게도 똑바로 들려왔다.

미쳤어, 정말로! 괜히 눈에 보이는 애꿎은 기둥이나 한번 걷어차는데, 피백이며 치맛자락을 한껏 걷어들어야 하니 그것도 참으로 고난이었다.

붉으락푸르락하여 본채로 돌아온 화영을 보고 침혜는 깜짝 놀랐다. 단과자며 마시기 좋게 따끈한 차를 내오며 어르고 달래 보았지만 무슨 일이 있는지 당최 입을 열지 않으니. 한참 화영과 침혜가 실랑이를 할 때였다.

"마마, 맹 부마께서 꼭 마마께 보여 드리랍니다."

주아가 연보라색 비단 천에 싸인 금목서 꽃 무리를 가지고 들어왔다. 제법 많은 양인지라, 천을 열기도 전부터 향기가 방 안을 가득 채웠다. 어떻게 딴 걸까? 팔 척이나 되는 오랑캐가 처녀처럼 다소곳이 하나하나 꺾지는 않았을 것이다. 그러면 무슨 수로? 아니, 이걸 어쩌라고?

주아가 기억났다는 듯 황급히 덧붙였다.

"주방에 갖다 주어 계화떡을 만들라 명하셨으나, 그전에 반드시 마마께 확인받으라고 명하셔서."

화영의 얼굴이 다시 발갛게 물들었다.

참나!

* * *

그리하여 맹타안이 선물 고르는 일에 불쑥 참가하였다. 은룡이 짙은 눈썹을 치켜올리며 의아함을 표시했지만, 화영이 어찌하겠는가. 얼결에 입술 도장까지 찍어 가며 일구어 낸 화해였다. 쫓아낸다 한들 화영의 수고가 헛되어질뿐더러, 이전보다 더욱 크게 마음이 상할 맹타안이 어찌 성깔을 부릴지 알 수가 없었다. 하여간 그리되었다.

게다가 셋이 끝도 없이 투덜거리고 말꼬리를 잡고 앙앙불락하던 차에, 예상치 못한 인물이 하나 더 등장했다.

"차라도 들며 상의합시다."

관호였다.

관호의 등 뒤에서 찻상을 든 하녀들이 기다렸다는 듯 나타나더니, 어정쩡하게 놀라 굳은 화영과 맹타안, 은룡의 앞에 각기 상을 내려놓았다. 비어 있는 한 자리에도 말이다.

관호는 물 흐르듯이 자연스럽게, 그러면서도 누구도 반박 못 할 위엄이 깃든 태세로 가로질러가 게에 앉았다. 그게 다였다.

"뭐야! 관가는 또 언제 부른 거요?"

맹타안이 한 박자 늦게 발끈했다.

"부인이 혼자 해결하려 노력하기에 여태껏 물러나 기다렸소. 허나 이제 남은 시일도 시일이니, 마땅히 협력하여 도와야 한다 판단했을 뿐이오."

관호는 일말의 흔들림도 없이 대꾸했다. 어찌나 정당하고 조리에 맞는 대답이던지, 짜증스러운 기색의 맹타안은 물론이고 화영 본인조차도 '내가 아까 관호더러 와 달라고 했던가?' 하고 혼란스러울 정도였다.

정작 그날 미시에 관호와 가졌던 다과 시간은 참으로 조용했었다. 두 사람 다 별말 없이 차만 마셨는데, 흔해 빠진 날씨나 정원에 소담하게 핀 가을꽃 이야기도 입에 올리지 않았다. 그럼에도 마음이 편했다. 굳이 어렵게 대화를 엮어 나가려 하지 않아도 괜찮았다. 그저 마주 앉아 각기 할 일에 몰두하는 것만으로도 충족되는 기분이었다. 우리가 그럴 만한 사이는 된다고, 서먹한 체면치레나 의미 없는 허례는 필요치 않다고 그렇게 서로에게 새삼 확인받는 듯하였다.

막연히 생각했던 두려움이 씻기고, 침묵을 지켜 주는 관호라는 사내에 대한 신뢰가 쌓였다. 이럴 줄 알았다면 괜히 어렵게 피해 다니지 않았을 텐데. 쑥스럽기도 했고 안심도 되었다. 길지는 않은 시간이었지만 깊게 느껴졌다. 차를 다 마시고 일어나는 화영을 배웅하면서도 관호는 인사 이외의 말은 꺼내지 않았다. 그런데 이리 태연하게 동석할 줄이야!

화영이 눈을 부릅뜨며 이런저런 손짓으로 무언의 항의-말도 없이 뭐예요? 진심이에요? 왜 진작 얘기하지 않고! 등-를 보냈지만 관호는 길고 시원시원하게 찢어진 눈을 내리깔고 못 본 체할 뿐이었다. 그러니 더는 어찌할 방도가 없었다.

여기서 대놓고 관호에게 면박을 준다면 첫 번째이자 공식적인 부마인 그의 체면을 깎는 일인데, 이는 관호뿐 아니라 화영 그녀에게도 손해였다. 맹타안과 은룡이 으르렁거림이 날이 가도 사그라들지 않으니 그 사이를 중재해 줄 존재가 꼭 필요했던 것이다. 화영이 관호를 더 이상 존중하지 않는 듯 보인다면 맹타안과 은룡도 그의 권위를 인정하지 않을 테니, 다툼이 얼마나 커질지 몰랐다.

결국 화영은 속으로 두 손을 들었다.

'그래, 머리가 넷으로 늘었으니 그럴싸한 발상도 나오겠지.'

그러고 보니 관호와 맹타안 둘 다 지적했을 만큼, 은룡과 단둘이 보내는 시간이 지나치게 많긴 했다. 은룡과 쏘다니는 일이야 어렸을 적부터 흔했던 터라 미처 알아채지 못했을 뿐이다. 허나 아홉 살짜리 왈가닥과 여덟 살짜리 꼬마 도련님이 산속을 헤집는 것과 스물한 살 여인과 스무 살 청년이 은밀히 속삭이며 시간을 보내는 것은 같지 않았다. 더욱이 그들이 장공주와 부마 관계임에야.

화영이 원하는 것이 훌륭한 생일 선물임을 알기에 은룡은 최대한 맞추어 주었다. 그녀를 향한 애정은 호흡처럼 체화된 것이니 숨길 수 없었으나, 순간순간 끓어오르는 강렬한 욕망만큼은 이를 악물어가며 자제하였다. 그럼에도 흠칫 놀랄 때가 있었다. 별생각 없이 맞닿은 손에서 느껴지던 떨림과 열기, 문득 쳐다본 눈동자에서 흘러내릴 듯 불타던 열망…… 은룡이 재빠르게 수습하였기에 상황이 어색해지지는 않았으나, 이제는 그들이 돌아갈 수 없는 지점을 지났음은 명백하였다.

달리 보면, 맹타안과 관호가 적절한 시점에 끼어들어 준 게 아닌가 싶기도 했다.

'내색은 말아야지. 조금이라도 내가 반기는 기색을 드러내면 맹타안은 기세등등할거고, 은룡은 기가 죽을 테니까.'

하여간 사내 셋을 거느리고 균형을 맞추는 일은 쉽지가 않았다.

'내가 오빠가 아니라서 다행이야. 만약 천지신명께서 조화를 부려서 내가 아들이고 오빠가 딸이었다면, 지금쯤 나는 황궁에서 수많은 후궁들이 바가지 긁는 소리에 의식을 반쯤 잃고 있었겠지.'

오빠가 와병하였을 때 장양전 앞에서 대기하며 울던 비빈들을 떠올리자으, 하고 소름이 돋았다. 자신이라면 후궁들의 이름과 사는 전각을 외우는 일만도 열흘은 걸릴 것 같았다.

'거기에 비하면 셋 정도면 무난한 것 같기도…….'

무슨 허튼 생각이람! 화영은 거세게 고개를 저었다. 찬물에 뛰어든 참새처럼 부르르 떨렸다. 미쳤어? 그래서 뭐, 셋 다 데리고 살자고?

안 될 일이다! 불가능한 일이다! 손가락질받고 지탄당할 문란한 일일뿐더러, 부마들 본인조차 동의하지 않을 것이 분명하다. 지금은 셋 다 현희부에 머무른다지만, 결국은 각기 자신이 유일한 부마가 되기를 소망하기 때문 아닌가. 관호는 그런 둘을 눌러두기 위해서지만, 어쨌든 말이다.

그런 사내들이 공주의 세 남편 중 하나로 영영 살라 한다면 받아들일까? 모욕이라고 느끼겠지. 있던 정마저 떨어졌다고 화를 내고, 고개를 돌릴 것이다. 그 모습을 상상만 했는데도 심장이 뜨끔하고 바늘에 찔리는 기분이었다.

'정신이 나갔나 봐. 자꾸 주위에서 부인, 부인 하니까 정말 내 거라는 양 착각했던가……. 됐어, 쓸데없는 망상에 정신 팔지 말고 중요한 일에 집중

하자. 그러면 잡생각을 할 여유도 없겠지.'

마음을 가다듬고 주위를 둘러보니, 이미 찻잔을 비운 부마들이 화영을 응시하고 있었다. 순간 당황하여 머릿속이 새하얘질 만큼 기이한 광경이었다. 닮은 부분은 눈 씻고 찾아봐도 없는 사내들이 그녀를 바라보는 눈빛만큼은 비슷하였다. 다정하면서도 흉포하고, 부드러우면서도 데일 듯 뜨거운, 안타까워하는 동시에 갈구하는.

"자, 그러면 논의해 봐요."

잘못 본 거겠지. 화영은 애써 헛기침을 연발하며 제 몫의 찻잔을 들어 올렸다. 그렇게 황후의 선물에 대한 갑론을박이 시작되었다.

과연 은룡과 단둘이 고민했을 적보다는 많은 의견들이 나왔다. 문제는 그 의견들을 누군가가 매번 반박하여 내려놓게 만든다는 점이었다.

옷은? 하고 많은 것이 옷일 텐데 무슨 의미가 있느냐? 진귀한 머리 장식이나 팔찌는? 황후가 부족할 리 없을뿐더러, 황후가 지닌 물건보다 좋은 것을 선물하면 그 또한 자칫하면 무례가 되오. 남보석으로 깎아 만든 불상은 어떨까? 무난하긴 하지만…… 심심하지. 아닙니다, 괜찮은 듯합니다. 됐어!

그러면 옥여의는? 분명 후궁들 중에서 같은 선물이 나올 거요. 모피는? 실은, 그것은 황제 폐하께서…… 재밌는 이야기책이라도 구할까? 여인의 모범을 보여야 하는 황후께 공공연히 선물하기엔 좋지 않소. 서역의 물건은 괜찮을 것 같은데. 국경에 맞닿은 지역의 관리들이 보낼 겁니다. 그들보다질 좋은 물품을 구하기에는 시간이 부족하고요.

결국 저녁까지 이야기가 늦어지니, 네 사람 모두 본채에서 저녁상을 받았다. 처음 있는 일인지라 아랫것들 모두 놀라고 흥미진진한 눈빛으로 시중을 들었다.

건명궁에서 황제와 황후, 금정 법사와 함께 만찬을 들었던 이후로 장공주와 부마 셋이 함께 모여 식사한 일은 처음이었다. 서먹하거나 불편할 법도 하거늘, 놀랍게도 실상은 정반대였다. 하나의 목표가 있어서인지 오가는 말도 많았고 어려움 없이 대화가 흘러갔다.

맹타안과 은룡이 다소 날을 세우며 티격태격했으나 관호가 나설 것도 없이 화영 선에서 정리가 가능한, 가벼운 논쟁이었다. 오히려 그들이 분위기를 누그러뜨리는 역할을 하여 간간이 화영이 웃음도 보이며 식사를 할 수 있었다. 화영이 즐거워 보이자 부마들 역시 한결 마음을 놓은 듯하였다.

식사가 끝나갈 무렵 침혜가 머리를 썼다. 간단한 안줏거리와 술을 대령한 것이다. 공주가 부마들을 대면하는 시간을 늘릴 수 있을뿐더러, 술기운이 피차 경계를 흐리고 친해질 수 있도록 도와주리라는 계산이었다. 무엇보다도 대연각에서 겪었듯이 화영은 술을 좀처럼 마시지 못해 기회만 있으면 절대 놓치지 않으려 할 터였다. 어지간해서는 슬쩍 피곤하다는 핑계로 자리를 파할 테지만, 술병이 상마다 놓인다면 이야기가 달라지리라.

과연 침혜의 판단이 옳았다. 화영의 속눈썹이 어찌나 빨리 깜빡이던지 어화원에 들어간 벌새의 흥분한 날갯짓 같았다. 체면 때문에 크게 반길 수는 없으나, 물리라고 하지 않는 데에서 이미 홀딱 넘어갔음이 분명했다.

맹타안이야 대놓고 호쾌히 받아들였고, 관호도 과연 강호인답게 거절하지 않았다. 다만 은룡만은 탐탁지 않은 눈치였다. 본인이 술을 썩 즐기지 않는 데다가, 일단 화영에게까지 술병과 잔이 차려졌음이 불만인 듯싶었다. 하지만 화영이 홍조까지 띠며 기뻐하는 와중이었다. 다른 부마들도 별말이 없으니, 저 혼자 나섰다가 괜스레 흥 오른 분위기를 깰까 저어하였다. 그래서 도리 없이 한 말씀만 올리었다.

"마마, 무리는 마십시오."

화영은 손으로 부채질을 하듯 내저으며 깔깔거렸다.

"무리? 한 병인데? 곡주 항아리 얘기를 아는 애가 그렇게 말하니?"

그러자 맹타안이 놓치지 않고 끼어들었다.

"곡주 항아리 이야기? 그건 또 뭐요? 나도 좀 들어 봅시다."

그렇게 밤늦게까지 많은 이야기가 술처럼 흘렀다. 옥구슬처럼 짤랑이는 화영의 목소리와 간간이 허, 참, 하면서도 시원시원하게 흥을 돋우는 맹타안의 목소리, 그리고 드물게 낮게 깔리는 짧은 관호의 웃음소리. 못내 맞장구를 치고 기꺼이 대답하는 은룡까지 오랫동안 본채에 불이 꺼지지 않았다.

술이 돌면서 정작 선물에 대한 논의는 뒷전이 되었는데, 자리가 파하기 전에야 가까스로 화영이 방향을 맞추었다.

"이럴 바에야 내일 다 함께 나가 보는 건 어때요? 앉아서 탁상공론만 하느니, 시장에 나가 보면 재미있는 것들이 눈에 뜨이지 않겠어요?"

평소라면 위험하다고 제동을 걸었을 관호가 묵묵하였다. 부마들을 동행하고, 미리 현희부 사람들에게 고지한다고 하니 말릴 이유가 없다고 판단한 모양이었다. 맹타안이야 말할 것도 없이 크게 동의하였다. 은룡만이 짧게 망설였는데, 기도위로서의 의무 때문이었다.

"괜찮아, 오빠한테 솔직히 말해. 그러면 따지지도 않고 바로 허락할 거야. 정 안되면 두 사람이랑만 가도 되니까, 무리는 하지 말고."

화영은 배려로 하는 말이었으나 은룡에겐 그리 받아들여지지 않았다. 어찌 사모하는 귀한 분을 다른 사내들의 손에 맡기고 뒤로 빠져 있겠는가. 결국 다음 날 은룡은 정오가 되자마자 퇴청하였다.

그렇게 화영과 세 부마들은 중경으로 나섰다.

화영은 진작 침모가 만들어 놓은 평복을 걸쳤는데, 물안개 속 연잎처럼 채도가 낮은 연녹색 천에 소매 끝에만 흰색으로 잉어가 수놓인 옷이었다. 평복이라고는 하나 남색 덧치마에 매듭 장식까지 더했고 머리에는 은으로 만든 작은 화환까지 얹어, 제법 부유한 집안의 여식처럼 보였다. 이는 침혜가 지시한 바로, 눈에 띄는 미인이 필요 이상으로 남루한 차림새를 하면 겪을 수 있는 말썽을 제거하려는 셈이었다.

물론 팔 척이 넘는 훤칠한 사내들이 셋이나 동행하는 이번만큼이야 화영이 거지꼴을 했대도 무사 편안한 나들이가 되겠지만 말이다.

관호는 평소에 입는 바와 다르지 않게 수수하나 단정한 차림새였다.

어두운 밤 우물물처럼 검푸른 천에 넓은 가죽 요대로 허리를 둘렀는데, 자세가 반듯하고 중심이 잘 잡혀 있었다.

맹타안은 스스로가 외부에서 이목을 끌어서는 안 된다는 사실을 알고 있었다. 지난번 중경에 나섰을 때처럼 울긋불긋한 야시장도 아닐 터이니, 새매의 깃털 같은 갈색 옷에 적황색 대대를 두르고, 다만 멋을 내기 위하여 옥환수를 하나 늘어뜨렸다.

금빛 머리카락은 한 터럭이라도 빠져나오지 않도록 빗질하여 가닥가닥 땋아 한데 묶고, 그 위를 검은색 수파로 덮었다. 포 가장자리는 일부러 금실로 수를 놓았으니 설령 살짝 머리카락이 드러난대도 사람들은 금실 자수를 보았다고 착각할 터였다. 눈 색을 가리기 위해서는 적당한 사립 앞에다 너울을 붙여 착용하여, 정면에서 보면 코 아래로만 드러나도록 하였다.

은룡은 최대한 단정해 보이도록 겨울 새벽녘 같은 옅은 벽색에 잿빛으로 허리를 둘렀다. 굽슬거리는 머리카락은 등청할 때처럼 속발관으로 꽂지 아니하고, 가볍게 소건을 잡아매 반만 묶었다. 그럼에도 명문 은가 출신인지라, 지닌 옷가지가 모두 급 높은 비단이었기에 척 보아도 지체 높은 공자인 태가 났다. 그래서 평복답지 않은 것은 아닌가 화영 앞에서 괜히 머쓱해하는 것이었다.

복장을 편히 갖추어서일까? 서로를 대하는 일도 평소보다 편히 느껴졌다. 시장 구석구석 살펴보고 싶어 하는 화영의 욕심대로 가마나 말없이 걸어가는 와중이었다. 짧지 않은 길 내내 침묵 대신 자잘하고 의미 없는 대화가 꽃무릇처럼 피어났다.

세 부마 모두 화영이 지금 중요시하는 안건이 무엇인지 잘 알았으므로 자신의 감정은 한구석 뒤로 밀어 두었다. 게다가 단둘이 있는 것도 아니고 부마 셋이 모두 함께이니, 입 밖에 내어 합의하지 아니해도 각자 처신을 잘하였다. 간혹 맹타안만이 제 잘난 양과 더불어 은근한 유혹으로 화영을 코웃음 치게는 했지만, 평상시 하던 그대로인 데다 선을 넘지 않았기에 은룡도 인상만 찌푸릴 뿐 대놓고 저지하지 못했다.

중경은 오늘도 활기가 넘쳤다. 소란스러운 상인들의 호객 행위, 먹을 것을 조르는 아이들을 훈계하는 부모의 목소리, 고운 색으로 차려입은 처녀들은 비단잉어들처럼 서로 무리 지어 다니고, 달콤한 말린 과일과 소금 친 생선 비린내가 한 길에 뒤섞여 난리도 아니었다.

"어디 생각해 두신 곳이 있습니까?"

은룡이 자연스럽게 화영 곁에서 길을 열며 물었다. 맹타안은 인파에 질린 듯도 하나 전보다는 여유로운 표정이었고, 가장 키가 큰 관호는 맨 뒤에 서서 화영을 주의 깊게 지켜보며 걷고 있었다.

화영이 빙그레 웃으며 대답했다.

"그럼, 꼭 가 봐야 할 곳이 하나 있지."

보란 듯 들린 곳이란 바로 풍 씨의 서점이었다. 노랑이인 주인 풍 씨는 제가 금자를 훑어 먹으려던 계집이 배포도 크게 다시 돌아온 데에 놀랐고, 그 계집의 차림새가 전과는 달리 척 보아도 부티가 나는 것에 두 번 놀랐다. 제 상상대로 대갓집 첩 같은 분위기는 전혀 나지 않는다는 점에도 흠칫했음은 물론이다. 무엇보다도, 그는 가게를 천장까지 그득 채울 듯한 세 명의 호걸의 등장에 까무러칠 듯 놀랐다.

"한번 둘러봐요. 뭐, 별거 없겠지만. 아, 그치만 조심해야 해요. 여기 엄청 비싸거든요."

화영은 들으란 듯이 동행한 부마들에게 말했는데, 그와 거의 동시에 부마들이 한마음으로 풍 씨를 노려보았다. 분명 화영이 여기서 적잖은 수모를 겪었음을 알아챈 것이다.

사람이라고는 발에 차이는 돌멩이보다 많은 이 시장판에서 수십 년간 장사를 해 온 풍 씨였지만 금자 계집, 아니 금자 공녀가 데리고 온 사내들만치 용모가 웅위한 자들은 본 적이 없었다. 훌쩍 큰 키도 그렇지만, 범상치 않은 외모와 저 형형한 눈빛이 꼭 범이나 용을 연상케 하는 것이다.

풍 씨는 속으로 망했구나, 하고 오만 욕지거리를 씹어 삼켰다. 금자 공녀가 데려온 자들이 분명 저를 뼈도 못 추리게 두들겨 패서 이전의 복수를 하리라 싶었던 것이다. 본디 소견이 좁고 졸렬한 자였다. 저라면 그랬으리라 싶은 방식으로만 상상을 전개하였고, 그 덕분에 눈앞이 깜깜하니 기절하고픈 마음이 물씬 들었다.

'아, 백의 공자의 말을 들을 것을 그랬구나! 과연 신분이 제법 있어 보이니, 나 같은 장사꾼 한 놈 조지는 건 일도 아니겠지! 관청에다가 하소연해 보았자 내 편을 들어줄 리 만무허고, 나중에 후환이 지랄 같을지도 모르니, 이를 어찌한다?'

화영은 서가 저편에서 창백하다 못해 보라색으로 변해 가는 풍 씨를 고소하다는 듯 흘겨보고 있었다. 자기 혼자 최악을 상상하고 질겁한 모양새를 보니 우습기도 하고 속이 시원하기도 했다. 은룡에게만이라도 금자에 얽힌 사기극을 털어놓는다면 내일 당장 이 가게는 쫓겨나겠지. 감히 장공주를 협박하고 속이려 한 대죄였다. 나라에서 하사한 금자를 막무가내로 차지하려 한 죄까지 얹으면…… 가족에게까지 죄를 묻지 않으면 다행일 터였다.

하지만 화영은 이쯤에서 마무리 할 생각이었다.

'그렇게까지 할 건 없지.'

정말로 험한 꼴을 보았다면 모를까, 부채를 든 미공자가 도와주었으니까. 분명 그는 이 서점에 자주 왕래하는 것 같았다. 주인장과 안면을 익혔으니 그리 자연스레 끼어들어 사태를 해결했겠지. 척 보아도 고귀한 신분인 듯한 공자가 시장통까지 직접 들르는 이유가 있을 터. 그런데 그에게서 이 서점을 빼앗는다면 은혜를 원수로 갚는 격이리라 여겨졌다.

배고픈 여우처럼 어슬렁대며 서가를 빙빙 돌고, 화첩도 들었다 놨다 하며 화영은 백의 공자를 떠올렸다. 콧등부터 부채로 가리고 있었지만 눈 위로만 보아도 상당한 미남자일 듯했다. 미남에게 입은 은혜라. 침혜가 좋아할 만한 이야기인데. 해 주지 못하는 게 안타까웠다.

한참을 가게 안을 휘휘 돌며 풍 씨를 기절 직전까지 몰아가던 화영은 말도 없이 휙 하고 밖으로 나갔다. 맹타안이 제일 먼저 알아채고 뒤로 따라나섰고, 은룡이 그다음이었다. 마지막으로 가게를 나서려던 관호가 잠시 멈추어 풍 씨를 가만히 응시하였다. 아무 말도 없었으나 그 찢어진 눈꺼풀 밑의 호안을 보는 순간 있지도 않은 양심이 찔리는 것이, 평생 살며 지어 온 죗값을 줄줄이 털어놓아야 할 듯 압박감이 들었다. 풍 씨가 목이라도 졸린 표정으로 벽에 바짝 붙어 있는 모습에 그제야 관호는 눈썹을 들어 올리며 떠났다.

한동안 풍 씨의 서점은 친절하고 바가지 없기로 유명해져, 중경 거리에서는 풍 씨가 벼락을 맞아 미쳤다는 소문이 돌았다. 물론 채 삭여를 가지 못했지만 말이다.

금명이 서점에 방문한 것은 그로부터 나흘 뒤였다.

시장을 들쑤셨는데도 딱히 눈에 띄는 물건이 없었다. 하루 종일 은요에게 줄 선물만 생각하다 보니 머리가 다 아파 왔다.

물론 현희부로 완전히 빈손으로 돌아오지는 않았다. 은룡의 손에는 화영이 좋아하는 길거리 간식 몇 봉지와 화영의 수발을 드는 하녀들에게 챙겨 줄 귀여운 머릿수건들이 들려 있었다. 관호는 본인이 읽을 서책을 몇 권 구매했는데, 물론 풍 씨네가 아닌 다른 책방에서 산 것이었다. 맹타안은 다소 뜬금없는 물건을 샀다. 연과 실패였다.

그럼에도 어쨌거나 선물 후보를 정하는 일에는 실패했으니, 화영은 다소 시무룩한 기색이었다.

"너무 심려치 마시오. 아직 시일이 남아 있으니 반드시 묘책을 찾을 수 있을 것이오."

세 부마 모두 화영을 처소까지 데려다주고 싶어 하는 기색이었으므로 자연스럽게 본채 중정 앞까지 함께 도착하였다.

해가 짧아지는 시기였다. 벌써 어둠이 짙게 내려왔고 달이 구름 뒤에서

기지개를 켜고 있었다. 중정의 석등은 미리 하인들이 밝혀 놓았으므로 주홍으로 일렁이며 따뜻한 온기를 발하고 있었다. 대청도 찬바람이 들지 않도록 지창들을 닫고, 발을 끝까지 내려놓아 실내의 불빛이 은근하고 불투명하게 새어 나왔다. 중정의 교교한 분위기를 더해 주는 것이다.

관호의 부드러운 위로에 화영이 고개를 끄덕였다.

"맞아요. 그래야죠."

그러자 은룡도 기다리고 있었다는 듯 한 마디를 더했다.

"황후께서는 마마를 친누이처럼 아끼시니, 어떠한 선택을 하시든 기쁘게 받으실 것입니다."

화영은 피식 미소짓는 것으로 대답을 대신했다. 관호와 맹타안, 자신보다 연상인 데다 첫 번째이고 두 번째인 부마들과 동행하느라 종일 은룡이 애간장깨나 태웠음을 알아서였다. 화영의 눈이 반달처럼 휘자 은룡이 얼굴을 붉혔다. 어둑어둑한 와중에도 그의 반듯한 낯이 달아오르는 모습만은 선명히 보였다.

"오늘 다들 고마웠어요. 같이 돌아다녀 주느라 고생들 많았고요. 이제 돌아가서 쉬도록 해요."

원래 이쯤이면 맹타안이 빠지지 않고 거들어야 하는데 이상한 일이다. 맹타안은 어째 딴청을 피우듯 하며 두 걸음쯤 멀리 서 있었다. 화영은 의아했으나 크게 신경 쓰지 않았다. 피곤하기도 했고, 처소로 돌아가 따끈하게 데운 목욕물에 몸을 담그고 싶은 마음이 간절해서였다.

공주가 작별을 고하니 부마들은 짧게 망설이다 읍하며 물러선다. 멀찍이서 보면 깜빡이는 석등 사이로 작고 큰 그림자들이 영영 이별하는 듯하니, 고전에서 읊듯 가슴 아프고도 아름다운 광경이었다.

관호가 먼저 명을 받들 듯 물러서니, 은룡이 아쉬운 발걸음으로 못내 돌아섰다. 물론 그는 제 일 적인 맹타안의 행방을 확인하는 것을 놓치지 않았다.

'……어디로 갔지?'

헌데 이상도 하지, 맹타안이 자취를 감춘 것이다. 은룡은 눈을 가늘게 뜨고 중정을 둘러보았다. 이렇게 훌쩍 미련 없이 돌아갈 사내가 아닌데. 오히려 의심스러웠다.

"안 가고 뭐 해?"

완전히 밤 무리에 덮인 매화나무 쪽으로 가 보려는데 뒤에서 화영이 불렀다. 은룡은 갈등했다. 맹타안이 수상하여 찾고 있다고 고한다면 분명 화영은 코웃음을 칠 터였다. 떠나기 싫어 미적대는 핑계라고 여기거나, 승부욕 강한 어린애라고 놀릴지도 몰랐다.

"마마, 혹시……."

"응?"

"아닙니다."

결국 은룡은 입을 다물었다. 자신이 지나치게 예민한지도 몰랐다. 맹타안은 종잡을 수 없는 작자이니, 기행을 한다 해도 놀랄 일이 아니다. 그리고 설령 그가 헛수작을 부리려 든대도 화영 곁에는 침혜가 있었다. 침혜는 항시 품속에 작은 금속 피리를 가지고 다녔는데, 장난감처럼 작지만 소리가 소름 끼칠 만큼 날카로워 사람들의 이목을 끌기에 탁월했다.

물론 그 피리는 은룡이 건넨 물건이었다. 화영이 침혜와 함께 몰래 빠져나가 불량배들에게 곤경을 당할 뻔한 바로 다음 날 구입하여 주었다. 침혜는 어찌 마마께 드리지 않으시구요, 하며 의아해했지만 은룡은 고개를 저었다. 화영이 한낱 금속 피리 따위를 꼼꼼하게 챙기고 다닐 성품이 아님을 잘 알아서였다. 그저 네가 항시 곁에서 주의를 기울이고, 네 힘에 부치는 일이 있거든 지체 않고 나를 불러라, 하며 신신당부를 하였을 뿐.

'그래, 승냥이 같은 오랑캐일지언정 감히 현희부에서 현희장공주를 강제로 범하려 하지는 않을 것이다. 그만큼 멍청한 자였다면 진작 주검으로 내보냈지.'

중정의 매화나무는 고목인 데다가 그 뒤를 대나무 무리가 병풍처럼 둘러싸고 있어, 조금이라도 시각이 늦으면 검은 휘장이라도 되듯 완벽한 은신처로 변신했다. 한 번만 확인할 수 있으면 좋겠지만…… 그쪽은 은룡이 거주하는 곁채로 가는 길과 정반대였다. 아무것도 아니라고 대답해 놓고 확인하기에는 아직 화영이 초롱초롱한 눈으로 그를 주시하고 있었다.

"마마."

"그래."

"혹시…… 무슨 일이 있거든, 꼭 저를- 아니, 주위에 있는 누구든 부르셔야 합니다."

뜬금없는 당부에 화영이 고개를 갸웃거렸다.

"갑자기 왜 그래? 이상하게."

"날이 어두워 괜히 노파심이 드나 봅니다. 심려치는 마십시오. 하지만……"

"알았어, 알았어. 그럴 리도 없겠지만, 하여튼 뭐가 터지면 바로 부를게. 날아오기나 해."

"물론입니다."

화영은 다행히 따지지 않고 은룡의 걱정을 받아 주었다.

"마마, 들어가시지요. 들어가시는 모습을 보아야 안심이 되겠습니다."

"뭐? 아냐, 네가 먼저 가. 난 바로 앞이지만 넌 곁채까지 멀잖아."

"귀하신 분을 어찌 이 어스름에 두고 먼저 자리를 뜨겠습니까? 기도위로서 그럴 수는 없습니다."

"말 잘했다. 그러면 현희장공주로 명하지, 은 기도위. 빨리 가. 가서 좀 쉬어."

"하지만, 마마-"

"종일 신경 곤두세우고, 피곤해하는 거 빤히 봤어. 지금도 봐, 눈 밑이 어둡잖아. 네가 마음 놓고 들어가는 뒷모습을 봐야지 나도 안심이 되겠어."

"하지만……"

"같은 말 두 번 하게 하지 마. 알지?"

그들 사이의 의견 차이를 종결 내는 문장 하나로 밀고 당기기는 끝났다. 은룡은 어려서부터 길들여진 사냥개처럼 죽상을 하고도 그녀의 말을 따라야만 했다.

다시 한번 깊게 읍을 하고, 반대편의 매화 그늘을 쏘아본 후 천 근 같은 발을 옮겼다. 떠나고 싶지 않은 마음, 사모하는 분과 한 각이라도 더 함께하고픈 마음, 그리고 감히…… 이 밤을 곁에서 보내고 싶은 마음. 차마 말로 꺼내지 못한 수많은 미련이 발목에 매달려 걸음을 느리게 만들었다. 허나 어찌하리. 보내시니 갈 수밖에.

"어서 가."

화영은 몇 번이고 고개를 돌려 자신을 확인하는 은룡에게 손을 흔들어 주었다. 하여간 저렇게 고집을 피울 때가 있다니까. 이상하게, 은룡은 날이 갈수록 말을 안 들었다. 원래 애들이 말썽부리고 속 썩이기 마련인 십 대 때에도 그리도 착하게 굴었는데 말이다.

점차 은룡의 뒷모습이 멀어져 갔다. 작약 화단을 지나고, 인공 연못 위로 건널 다리를 건너서…… 이내 곁채로 향하는 회랑 안으로 사라졌다.

보통은 은룡이 화영을 배웅하고는 했다. 용중사에 있을 때도 은룡은 콜록거리는 주제에 항상 화영을 요사로 바래다주었고, 지금껏 항상 그래 왔다. 은룡에게는 화영이 최우선이었으니까. 내가 저 애를 먼저 보낸 게 언제더라? 기억도 잘 나지 않았다. 그러나 기분은 꽤나 좋았다. 은근히 뿌듯하기도 하고, 사라지는 뒷모습을 보고 있자니 묘한 감상도 들었다. 큰 키에 딱 벌어진 어깨, 기품과 절도를 갖춘 움직임.

화영은 바로 본채로 들어가는 대신 잠시 저녁 바람을 맞았다. 누가 듣는 것도 아닌데 괜스레 투덜거리기까지 해 보았다.

"참나, 얼마 전까지만 해도 내 말이라면 죽으라면 죽을 듯 순종하더니. 은룡도 전 같지를 않아. 살살 기어오른다니까? 현희부에 들어오고 나서는 사사건건 잔소리에…… 버릇을 한번 잡아야……."

"아하, 내 도움이 필요하오?"

그때 불쑥 어둠 속에서 훤칠한 인영이 튀어나왔다.

화영은 순간 비명을 지를 뻔했다.

"나요, 부인! 나라니까! 당신 서방이오, 나 참! 기절할 것 같소? 응? 내가 받아 줄까?"

맹타안이었다!

화영의 눈이 세 배로 커지고 입이 벌어지려는 바로 그 순간, 그는 지체하지 않고 재빨리 석등이 비추는 자리까지 튀어나왔다. 은은한 주홍색 불빛 곁에 서니 화영도 그를 알아보았다. 답답한 건 현희부 들어서는 순간 곧장 벗어 버린 까닭에 맹타안의 머리카락이 순금처럼 빛나고 있었다. 얄밉도록 또렷한 이목구비와 싱글대는 표정을 인식하는 것은 그다음이었다.

"소리 지를 거요?"

"지금 생각 중인데, 지를 거 같아요. 지를래."

"어허, 신랑이 몽둥이찜질을 당하게 할 생각이오? 물론 내가 그걸 맞고 있을 리도 없지만."

넉살 좋게 웃으며 살살 다가오는 꼴을 보니 화영은 기가 찼다! 갑자기 놀란 까닭에 심장이 뚝 떨어지는 줄만 알았다. 아직까지도 진정이 되지 않아 귓가에 쿵쿵 소리가 울리는데, 이 남자는 뭐가 그리 좋아서 실실대는지!

"어쩐지, 은룡이 안 가고 버티더라! 다 이유가 있었어!"

"내가 말했던가? 그 애송이가 재수 없다고? 쓸데없이 냄새를 잘 맡는단 말이오. 꼭 개새끼처럼 말이야. 그놈 궁둥이를 걷어차 쫓아낼 수만 있다면 천금도 아깝지 않겠소."

"그 전에 당신을 쫓아낼 예정이에요. 장공주 암살 혐의로 말이죠."

"어찌 그런 무시무시한 말을 하시오? 내가 부인을 암살하려 하다니! 하늘이 두 쪽이 나도 그럴 리는 없지."

맹타안이 화영에게 바싹 다가섰다. 마주 선 그들 사이는 한 뼘도 아슬아슬했다. 화영이 한 걸음 물러서자 맹타안이 반걸음 다가섰다. 두 걸음 물러서면 한 걸음 다가섰다. 그게 딱 맞는 보폭 차이였으니까 말이다.

"왜 이래요?"

"당신이야말로 왜 그러오? 내가 잡아먹기라도 할 것 같소?"

"그-"

그래요, 하고 톡 쏘려던 화영이 입을 꾹 다물었다. 왠지 그렇게 대답하면 안 될 것 같은 기분이 들어서였다. 맹타안이 아쉽다는 듯 목을 울리며 웃었다.

"부인과 독대할 기회가 필요했소. 그래서 미리 빠져서 저 나무 뒤에 숨어 있었지. 남편으로서 말하는데, 저건 당장 도끼질해서 땔감으로나 쓰시오. 그게 싫다면 뒤편에 따라붙은 대나무라도 정리하고. 몸을 숨기기에 너무 용이하오. 저런 위험 요소를 놔둘 순 없지. 이 맹타안의 부인이 사는 곳인데 말이오."

"본론이나 말해요, 본론이나!"

"아, 그렇지."

맹타안이 싱긋 웃어 보였다. 그리고는 등 뒤에 숨기고 있던 물건을 꺼냈다.

"당신이 산 연이잖아요?"

"맞소. 내가 중경에서 산 연과 실패요."

"그런데요?"

"며칠간 보아하니, 하늘이 몹시 높고 바람도 적절하게 불더군. 덥지도 않고 춥지도 않고, 기온도 딱 좋고. 그러니 우리-"

백련호에 가서 연이나 날리지 않겠소?

맹타안의 마지막 말은 숫제 속삭임처럼 들려왔다. 실제로도 그러했다. 바짝 다가와 한껏 몸을 숙이고, 사랑스러운 부인의 귀밑머리 근처에 대고 입 맞추듯 말하였다. 어찌나 은근하고 달콤하던지, 마치 이대로 침상으로 가 눕자고 유혹하는 소리처럼 들릴 정도였다.

화영은 비명도 지르지 못하고 곧바로 네 걸음이나 뒤로 빠졌다. 등줄기부터 소름이 쫙 돋았는데, 이게 도대체 무슨 기분인지 알 수가 없었다.

"왜, 또 '맹타안!' 하고 화내려고 그러시오?"

화영이 물러서자 맹타안이 선수를 쳤다. 제가 속삭인 왼쪽 귓가를 손으로 박박 문지르는 것이, 놀라기도 놀랐지만 분명 야릇한 남녀의 정감을 느낀 모양이었다. 생각보다 과도한 반응인지라 맹타안도 내심 몸이 달았다. 눈앞에 있는 여인이 잠자리에서는 얼마나 예민해질 수 있는지 겪어 보았으니 더더욱. 입 안이 말라 왔다.

성난 눈토끼처럼 씩씩대던 화영이 짜증을 냈다.

"다시는 이런 짓 하지 마요!"

"그건 약조하기 어렵겠는데. 그냥 작게 말한 것뿐이오? 부인이 못 들을까 봐 가까이로 허리를 숙인 것이고, 내가 키가 큰 게 잘못이오?"

"세상에, 어쩜 한 마디도 안 지지?"

"천생연분이 달리 천생연분이겠소?"

"아!"

"그래서, 내일 갈 거요, 말 거요? 갔으면 좋겠는데."

"이런 짓을 해대고 백련호에 가자고요?"

맹타안의 뻔뻔함에 질린다는 표정으로 화영이 되물었다.

"어떻게 틈만 나면 못된 짓을 해대지? 당신을 믿을 수가 없어, 정말!"

"긴장을 풀라고 하는 장난일 뿐이오. 내가 이보다 심한 짓은 절대 않지 않소? 걱정 마시오. 어차피 나는 백련호 가는 길을 모르고, 내 기억이 맞다면 부인 역시도 마찬가지니까, 여하튼 단둘이 갈 계획은 아니었소."

둘이서만 가자는 게 아니라고? 맹타안이라면 당연히…… 그러리라고 생각했는데. 화영은 당황했다.

"그러면 누구와 가려고요? 관호도 하주 사람이라 길잡이로는 어려울 거고, 남는 건 은룡뿐인데……."

"내가 미쳤다고 은씨 애송이를 데려가겠소? 아, 아니지. 데려가서 호수에 떠밀어도 된다고 허락만 해 준다면 기꺼이 동행시키겠소만."

"됐네요! 아니 그럼 누굴 골라놓은 거예요?"

화영이 영 싫다는 기색은 아니자, 맹타안이 웃음기를 다소 걷고 말했다.

"마구간에서 일하는 소년이 하나 있는데, 둔한 감이 있고 말재주도 없지만 대신 경박하지 않고 착실하오. 그동안 마구간에 자주 드나들면서 보아왔으니 믿을 만하지."

"으음⋯⋯."

"내 아까 살짝 들러 물어보았는데, 백련호 가는 길을 안내할 수 있다더군. 그 아이를 데려가면 될 거요. 어차피 백련호에 도착하여 구경도 하고, 연도 날리는 동안 우리 말을 지켜 줄 일손도 필요했으니, 딱 잘 되었지."

농담조가 전혀 들어가지 않은 제안이었다. 화영이 걱정할 만한 요소를 알아서 제거해 놓은 안전한 제안이기도 했다.

백련호⋯⋯ 우연일까? 화영 그녀도 사실 떠올렸던 계획 아닌가. 맹타안과 가 보기로 해 놓고 잊었으니 미안하다고 말이다.

화영이 고민하다 말했다.

"백련호는 꼭 가 보고 싶지만⋯⋯ 여유가 없어요. 아직 황후마마의 선물을 고르지도 못했으니까. 놀러 가도 마음에 내내 걸릴 것 같아요."

그가 진지하게 제안했듯 화영 역시도 담백하고 솔직하게 대답했다.

맹타안은 생각했다. 참으로 내가 주는 만큼 돌려주는 여인이라고, 믿고 애정을 쏟을 가치가 있다고.

"사람이 한 가지 문제에 지나치게 골몰하면 머리가 굳는 법이오. 잠시 숨을 돌리고, 아예 머릿속을 확 비우는 것도 비법이라면 비법이지. 한번 바람을 쐬고 나면 의외로 손쉽게 해답을 찾아낼지도 몰라요. 나 역시도 성가신 일에 골머리 썩힐 때면 다 집어 던지고 나와 한없이 말을 달리고는 했소. 그러고 나면? 우스울 만큼 간단하게 답이 보이더군."

그럴싸한 말로 유혹하는 대신 자신의 경험을 밝히니, 화영이 눈을 깜빡였다.

"부인은 벌써 보름 넘도록 여기에 매달려 있지 않았소. 중한 문제임은 나도 알지만, 이쯤에서 한 번 휴식하지 않으면 병이 날지도 모르오. 내 말을 이해하시오?"

맹타안의 푸른 눈동자는 날 것 그 자체인 진솔함이 은가루처럼 반짝이고 있었다. 주홍색 불빛을 받아 일렁이는 푸른 눈. 화첩에서 튀어나온 듯 아름다운 사내였다. 화영은 자신이 잠시 홀린 듯 그를 바라보고 있었음을 깨달았다.

어떻게 해야 할까?

* * *

어찌나 햇살이 맑고 바람이 상큼하던지, 차가운 과실주를 들이키는 듯한 가을날이었다. 하늘은 영영 닿지 않을 만큼 높은 곳에서 푸르게 파도치고 있었고 구름조차 자리를 비웠다. 그 아래 펼쳐진 호수와 한 색으로 이어지는 듯하니, 머리가 어지러울 만치 아름다운 광경이었다.

"아직도 백련이 피어 있을 줄은 몰랐는데!"

화영은 탄성을 내뱉었다.

늦여름이면 지고 사라지는 것이 연꽃이다. 잠자리에 들어 뒤늦게야 떠오른 일이니, 그제 와서 맹타안에게 구구절절 설명하며 취소하기도 어려웠다.

넘실대는 호수 위에 가득 핀 흰 연꽃들을 보여 주고 싶었는데. 내년 여름에도 이 땅에 있을지 장담할 수 없는 사람이니, 꼭 보여 주고 싶었다. 같이 보고 싶었다. 화영 그녀로서도 난생처음 보는 절경을, 마찬가지로 초행인 누군가와 솔직한 감상을 나누며 즐기고 싶었다. 하지만 아무리 위세 높은 현희장공주라도 계절을 바꾸어 놓을 수는 없는 일. 꽃은 져도 연잎들은 아직 푸를 테니, 그 모습도 나쁘지는 않겠지 내심 위안하였다.

그런데 이게 무슨 일일까? 조화옹의 인심인지, 백련호의 백련들은 초가을까지도 그 싱싱함을 잃지 않고 호수 위를 가득 채우며 짙은 향기를 풍기고 있었다.

"걱정했나 보군? 연꽃이 다 졌을까 봐 말이오."

맹타안이 싱긋 웃으며 물었다.

"응. 자기 전에 생각났지 뭐예요, 지금은 연꽃이 남을 시기가 아니라는 거. 그래서 솔직히…… 걱정했죠."

담백하게 인정하는 화영의 모습에 맹타안의 미소가 한층 커졌다.

"종효가 말하기를 백련호의 연꽃들은 남려에서 가장 일찍 피어 가장 늦게 진다고 했소. 그래서 나는 굳이 걱정하지 않았지. 헌데 정작 남려인인 부인이 이를 몰랐다니 의외로군. 미안하오. 부인이 괜히 염려할 필요 없게, 진작 말해 줄 것을."

화영의 말고삐를 끌고 앞서고 있던 종자 아이가 어깨를 움츠렸다. 제 이름이 나오자 부끄러움을 타는 모양새였다.

과연 맹타안이 본 대로 말수는 적지만 착실하고 정직한 소년이었다. 아침 일찍 화영이 탈 온순한 암말과 맹타안을 위한 덩치 큰 종마를 준비해 두었고, 백련호로 가는 와중에도 말 한마디 없이 갈 길만 향했다. 자세한 내력은 모르지만 과연 금정이 고른 일손다웠다.

"자아, 그럼 우리는 여기서 내릴까. 너는 어디 그늘에다 말을 묶어 두고 놀고 있도록 해라. 말에서 멀어지지 말고, 알겠느냐?"

맹타안이 흰 종마 위에서 가볍게 내렸다. 맹영대가 제 강로마를 쓰라고 하였다만 거절했다. 남려 도읍에서 강로마를 타고 다니는 일은 엽혁 세자가 여기 있다 대자보를 붙이는 것과 마찬가지였다. 대신 현희부 마구간에 있는 말 중 제일 잘생긴 놈을 택하니, 성깔 있는 종마이되 기마술의 달인인 맹타안에게는 강아지처럼 쉬이 다루어졌다.

제 말에서 내린 맹타안이 화영에게 다가왔다. 자신의 눈동자 색만큼이나 옅은 하늘색 비단옷을 입고 흰색으로 나대를 두르니, 남려의 귀공자라 해도 손색이 없을 만큼 잘 어울렸다. 비록 금빛 머리 타래는 감추었으나 혹시 모를 경우를 위해 챙 넓은 멱리²⁾도 준비해 챙겼다. 백련호의 경치가 뛰어난 만큼 혹여 다른 사람들과 마주칠 때를 대비해서였다.

"어떻소? 멋있소? 잘 어울리오? 다시 봐도 반할 것 같은가?"

"참나!"

화영 역시도 공주보다는 귀한 집 여인처럼 차려입었다. 관호와 왔다면야 장공주답게 화려한 차림새라도 무탈했겠지만, 지금 그녀는 맹타안과 함께였으니까. 풍류를 즐기려 백련호를 찾는 젊은 귀사족들이 많았다. 이미 부마도위는 구척장신에 흑단처럼 짙은 피부, 청동 윤기가 나는 머리카락을 지녔다고 소문이 적잖이 퍼진 터였다. 그 부마가 아닌 다른 사내와 둘이 나들이를 나왔다고 이야기가 돌아서는 안 될 일이었다. 그래서 화려한 금비녀와 보석 달린 머리 장식은 얹지 못하였지만, 대신 모란처럼 붉은 옷을 입었다.

하늘과 땅은 온통 푸르르고, 흰 연꽃들이 만개한 가운데 미인의 붉은 치맛자락이 휘날린다. 참으로 그림 같은 광경이었다. 맹타안은 기꺼이 자신의 어깨에 손을 얹고 의지하여 말에서 내리는 화영을 바라보며 흐뭇한 미소를 숨기지 않았다.

종자가 두 마리 말의 고삐를 쥐고 터덜터덜 근처의 느티나무로 향하였다. 땅 위에 내려온 화영은 호숫가로 바로 달려가는 대신 일단 옷매무새를 확인하고 있었다. 그때 맹타안이 손을 내밀었다.

"왜요?"

"어허, 멋없이 그리 묻는 게 아니오. 남편이 아내에게 손을 내미는 게 무슨 뜻이겠소? 은자라도 달라는 소리일까?"

맹타안의 금빛 눈썹이 치켜 올라갔다. 그러면서 내민 손을 가볍게 흔들었다.

2) 멱리- 너울로 얼굴을 가리는 모자의 일종

장난감을 가지고 와서 놀아 달라고 조르는 강아지와 같은 움직임이었다.

그렇구나, 손을 잡고 거닐자는 뜻이구나.

깨닫는 순간 귓가가 뜨거워졌다. 하지만 화영은 순간의 동요를 숨겼다.

"꿈도 크지, 무엄하기 그지없네요."

재빨리 답하고는 휙 하니 등을 돌렸다. 급하게 걸음을 재촉하니, 등 뒤에서 맹타안이 짧게 웃는 소리가 들렸다.

"조심히 걸어야지! 예서 발이라도 미끄러지면 나 말고 누가 또 구해 주겠소? 자, 그리 빨리 도망치지 마시오! 옆에서 시중드는 하녀도 없는데 무리하지 말고."

"그러니까 괜한 소리 하지 말라고요!"

"그래, 항상 내 잘못이지. 알겠으니 같이 갑시다!"

긴 다리로 훌쩍 옆에 다가오니, 그에게서 떨어지려 했던 일이 참으로 부질없었다. 맹타안도 같은 생각 중인지 킬킬거렸다. 괜히 분한 기분이었지만 계속 성을 내기에는 눈 앞에 펼쳐진 풍경이 너무도 아름다웠다. 결국 화영은 부끄러움도 이내 잊어버리고 백련호의 정경을 살피며 감탄을 연발했다.

끝이 보이지 않을 만치 넓은 물이었다. 검푸른 물결 위로 싱그러운 연녹색 연잎들이 기지개를 켜고, 흰옷을 입은 긴 목의 미인처럼 백련들이 만개해 있었다. 황궁에서 보았던 인공 연못들, 그리고 복잡하고 세련된 수로들에게서는 느끼지 못한 야성과 광활함이 가득 넘쳐 연향과 함께 흐른다. 초원에서 온 맹타안은 물론이고 깊은 산 속에서 자란 화영 역시도 큰 호수에 감동하고야 말았다.

"꽃이 지기 전에 와서 다행이오."

맹타안이 부드럽게 말했다.

"하지만 설령 한겨울에 왔다 하여도 나는 감탄했을 거요. 나는 이처럼 큰 물을 본 적이 없으니. 그래서 일전에 부인이 먼저 백련호 이야기를 꺼냈을 때, 내심 기대가 컸소. 초원을 숭상하고 남려엔 별 흥미 없는 나였지만,

큰 물만은 어쩔 수 없이 끌리거든."

꾸며내는 느낌 없는 담담한 음성이었다. 화영이 살짝 그를 올려다보았다.

"큰 물에 끌려요?"

"사람도 말도 물이 없으면 달릴 수 없으니까. 어찌 보면 초원에서는 금보다 귀한 것이 물이지."

말을 마친 맹타안은 깊게 호흡했다. 큰 물 특유의 은은한 물비린내와 그를 기반으로 생동하는 초목들이 뿜어내는 푸른 향기를 가득 들이켰다. 초원 가득한 마른 풀의 냄새만큼 익숙하지는 않지만, 분명 가슴을 뛰게 하는 냄새였다.

'이 땅에서는 결코 말 먹일 물을 염려한 일이 없겠군.'

그가 내릴 수 있는 최상의 평가였다. 말이 살 수 있는 땅. 말과 잘 살 수 있는 곳. 인파로 미어터지는 복잡한 도성은 딱 질색이지만, 남려는 이처럼 물과 초목이 풍부한 나라였다. 어쩌면 이 도읍 밖, 황제의 허락이 있어야만 나갈 수 있는 미지의 어딘가에는 그가 인상 찌푸릴 일 없이 만족할 만한 장소가 있을지도. 사람은 적고, 달릴 평지는 넓고, 말을 먹일 물도 넘치는 그런 땅 말이다.

"그렇다면 지금 당신은 금으로 가득한 호수를 보고 있는 셈이네요. 그것도 참 절경이겠어요."

화영의 발랄한 대답에 맹타안의 시선이 저 먼 곳에서 돌아왔다.

"물을 금에 비할 바는 안 되겠지만, 나도 산간에서 살았거든요. 계곡이나 좁은 냇물, 우물은 봤어도 이렇게 커다란 호수는 처음 봐요. 그야 크겠지, 생각하긴 했지만…… 이건 꼭 바다 같아."

"바다를 본 적 있소?"

"없죠, 당연히! 하지만 언젠가는 꼭 보고 싶어요. 바다는 이 백련호보다 훨씬 클 텐데. 얼마나 신기할까!"

눈을 반짝이며 화영이 말했다.

"땅보다 더 넓은 면적을 차지하는 물인데, 짠맛이 나는 데다가, 바람 없이도 왔다 갔다 파도친다는 것이 너무 재미있지 않아요? 무슨 이치일까? 분명 바다에서 타는 배는 민물에 띄운 배와는 전혀 다른 기분이겠죠? 세상천지 어떤 사람이 처음으로 바다에 배를 타고 나갈 생각을 했을지도 궁금해요. 무섭지는 않았을까? 마실 물도 없잖아요? 주위에 나무나 풀이 있어서 그걸 베어 먹을 수 있는 것도 아니고. 여기 백련호처럼 연꽃이라도 가득하면 모를까, 바다에는 꽃도 안 피는데."

세상에는 이처럼 절묘하고 환상적인 풍경이 가득하겠지. 바다는 물론이고, 온통 금모래로 가득 반짝인다는 사막과 아침저녁으로 물색이 바뀐다는 달 모양의 연못, 그리고 기이한 색의 새들이 산다는 남방의 밀림도. 천하란 얼마나 넓고 또 놀라운가!

고작 도성의 백련호를 보고도 이렇게 가슴이 뛰는데, 참말 천하를 유람하며 갖가지 절경을 보고 즐길 수 있다면 대단한 기쁨이리라. 화영은 자신도 모르게 설렘으로 한숨을 지었다.

맹타안이 말을 받았다.

"강로의 뒤는 철혁 산맥이고, 오른쪽은 남려에 왼쪽은 북려와 국경을 대고 있지. 나도 바다는 풍문으로만 들었지 직접 본 적은 없소. 하지만 나도 부인처럼 궁금하구려."

"그치만 당신은 바다보다는 호수를 좋아할 거 같아요."

"왜?"

"바닷물은 말이 마시지 못하니까?"

맹타안과 화영의 눈이 마주쳤다. 그들은 서로의 눈동자에 비친 자신을 보았다.

맹타안은 웃지 않았다. 오히려 굳은 채였다. 가보가 만금의 가치를 지녔음을 깨달은 상속자와 같이 고요한 놀라움에 휩싸인 것 같았다.

그는 그녀에게 완벽하게 허를 찔렸다는 사실에 감탄하고 있었다. 그녀가 강로 세자의 핵심을 꿰뚫을 만큼 명확하게 그를 보고 있었으며, 강로인에 대한 어떠한 조롱이나 멸시 없이 열려 있음을 다시금 체감한 것이다.

화영은 맹타안이 대꾸하지 않자 눈치를 보며 물었다.

"왜……. 왜요? 내가 말실수라도 했나요?"

화가라면 붓을 들 수밖에 없을 날씨였다. 투명한 바람결에 실려 맑은 연향이 퍼졌다. 어디선가 금을 타는 소리가, 품류를 즐기며 왁자지껄 기대하는 소음이 들려왔다. 젊은 귀공자들이 호숫가에 비단 천막을 치고, 물 위에 작은 배를 띄우려 모인 모양이었다. 제법 먼 거리였기에 맹타안과 화영이 선 자리에서 그들은 장난감처럼 작게 보였다. 그들이 일으키는 소음과 음악이 뒤섞여, 움직이는 풍속화를 보듯 재미를 더해 주었다.

기분 좋게 바람 쐬러 나온 자리였다. 별거 아닌 일로 망치고 싶지 않았다. 은룡은 당연하고, 심지어는 관호에게도 밝히지 않고 빠져나온 나들이였다. 은룡은 당연히 펄쩍 뛰며 말릴 테니 말할 생각을 애초에 하지도 않았다. 하지만 관호에게는…… 글쎄, 왜 그랬을까? 가지 말라고 할 사람도 아닌데. 오히려 그녀가 머리를 식히겠다면 적절한 일이라며 동의할 관호였다. 그런데도 숨긴 일이다. 왜 그랬지?

순간 관호에까지 생각이 미치니 화영의 얼굴에 그림자가 드리웠다.

그러자 어두워지는 화영을 눈치챈 맹타안이 급히 답했다.

"아, 아니오. 잠시 딴생각에 빠졌을 뿐이오. 나야 말짱하니 염려 마시오, 부인."

"그래요?"

"부인이 내가 생각했던 것보다도 더 나를 잘 안다고 감탄했소. 그러니 정신이 팔렸지. 하여간에 미인에 빠지면 답도 없다더니, 이 몸이 바로 지금 그 꼴이라니까."

"또 헛소리!"

다행히 너무 늦지 않게 수습한 까닭에 화영도 이내 다시 기분이 나아진 모양이었다. 맹타안은 한숨 돌렸다.

"자, 그러면 연을 날려 볼까. 부인이 먼저 해 보겠소?"

"음, 잘은 못하지만…… 아니, 아니에요. 내가 끊어 먹은 연만 해도 열 개는 될 거야. 나중엔 은룡도 포기하고 연을 안 가지고 왔으니까. 당신 먼저 놀아요. 나중에 잃어버려도 된다 싶으면 내가 할게요."

"어허, 연을 잘 못 날리나 보오?"

"용중산이니까! 나무가 많다구요, 참나. 아무리 높이 날려 보려 해도 꼭 걸리는데 어떡한담?"

"하긴 그 말도 옳소. 애초에 은가가 잘못한 일이군. 탁 트인 곳에서 날리는 장난감을 왜 빽빽한 산중에 갖고 갔을꼬? 우리 부인 심기만 거스르게 말이오. 자, 그럼 내가 다시 가르쳐 주겠소. 은가 놈이랑은 비교도 안 되는 스승이지."

맹타안이 킬킬거렸다. 화영은 살살 고개를 저었다. 하지만 이내 맹타안의 성화를 이기지 못하고 그에게 연 날리는 법을 배우기 시작했다.

배운다기보다는 함께 날린다고 해야 적당하겠다. 맹타안은 화영을 거의 품에 안고, 그녀의 손 위에 자신의 손을 얹어 감싸며 차근차근 가르쳤다. 실패를 어떻게 풀어야 하는지, 처음에 연을 허공에 띄우려면 어찌해야 하는지, 바람의 방향을 읽는 방법과 연줄이 끊어지지 않도록 적당한 여유를 주는 법을 알려 주었다.

여전히 하늘은 구름 한 점 없이 푸르렀고, 금 소리에 곁들여 피리 한 곡조가 학처럼 날아들며 귓가를 간지럽히고 있었다. 노란 매가 그려진 연이 높게, 더 높게 날며 길게 꼬리 깃을 펄럭였다.

"저기 봐요! 엄청 높게 날고 있어!"

"역시 내 부인이오. 못 하는 게 없군."

이제는 혼자 날려도 될 것 같은데. 그럼에도 맹타안은 여전히 그녀를 감싸듯 안아 함께 실패를 풀었다 당기고 있었다. 선선한 바람 때문에 이리

겹쳐 있어도 덥지는 않았다. 인정하고는 싶지 않으나 조금은 즐거운 기분도 들었다.

화영이 살짝 실패를 기울이자 매가 기우뚱하며 흔들렸다. 밥을 너무 많이 먹어 절뚝거리는 것 같소, 하며 맹타안이 농을 던졌다. 화영은 키득대며 웃었다. 그의 품에서는 값비싼 향내가 풍겼다. 멋쟁이답게 지난밤부터 옷에 입혀 둔 향기이겠지. 그러면서도 마른 풀에서 나는 햇빛 냄새도 났다. 아주 희미한 말 냄새까지. 어쩌면 그야말로 강로의 체취일지도 모르겠다. 여러 이질적인 향들이 기묘하게 어우러져 관능적이기까지 했다.

이상하다. 싫지 않았다.

화영은 하늘을 쳐다보다 슬쩍 주위를 흘겨보았다. 호수 위는 온통 푸르고 희고, 호수 주의의 낙엽수들은 계절을 따라 옷을 갈아입으려 분주했다. 한참 멀리 있던 배 한 척이 가까워지며 노랫소리가 한층 크게 들려왔다. 그 위에서 풍류를 즐기는 이들도 오로지 저들에만 관심을 기울일 뿐, 지금 이곳에는 화영과 맹타안을 주시하는 사람은 아무도 없었다.

'그간 이 사람이 불편했던 건, 결국은 이목 때문이었을까?'

대놓고 남려 장공주를 차지하려는 오랑캐. 그와 화목하게 지낸다는 것은 말도 안 되는 일이었다. 엉큼한 속이 뻔하거늘 어찌 웃고 떠들며 놀 수 있을까? 그리고, 주위에서 어떻게 보겠는가?

사실 이렇게 잘 맞고 재미있기도 한데. 그렇게 흑심만 가득한 짐승은 아닌데. 남의 눈이 두려워 지레 까칠하게 굴며 밀쳐내고는 했다. 입 안이 씁쓸했다.

'설령 내가 생각보다 맹타안을 싫어하는 게 아니라고 인정한대도…… 현희부로 돌아가면 또 새침하게 굴어야겠지. 결국은 똑같구나.'

마음이 복잡하였다. 연이 잘 날고 있는지 확인하려 잠시 고개를 젖히니, 맹타안의 넓은 가슴이 맘껏 기대라는 듯 단단하게 버티어 주었다. 눈이 아플 정도로 푸른 하늘이었다.

그 가운데 자유로이 날고 있는 연이 이보다 부러울 수는 없었다.

연을 보다 높게 날리려던 즈음이었다. 피리와 금 소리가 그치더니, 대신 왁자지껄한 대화 소리가 물결처럼 물씬 가까워졌다. 애써 연에만 집중하려던 화영과 화영이 연을 잘 다루는 데에 집중하던 맹타안이 거의 동시에 고개를 돌렸다. 그들이 있는 방둑가로 배가 다가오고 있었다.

비단으로 볕 가림막까지 드리운, 뱃놀이용 나룻배였다. 한 상 건하게 차려져 있었고 대여섯 명의 청년과 연륜 있는 노잡이들이 타고 있었다.

맹타안이 눈을 가늘게 떴다. 그리고는 화영에게 속삭였다.

"자, 잠시 매를 불러들입시다."

화영은 바로 고개를 끄덕였다.

맹타안이 놀라울 만큼 빠르고 정교한 솜씨로 한창 날고 있던 연을 거둬들였다. 실이 엉키거나 연이 찢어지지도 않은 성한 모습이었다. 연이 낮게 날아들자, 배 위에 섰던 공자 두어 명이 환호성을 질렀다. 분명 연을 보고 이쪽으로 노를 저어 온 것이 분명하였다.

"무슨 일이오?"

맹타안이 품에 두었던 화영을 자연스럽게 제 등 뒤로 보내며 물었다. 화영은 연과 실패를 받아들면서 재빨리 근처 바위 위에 두었던 멱리를 건넸다. 맹타안은 곧바로 그것을 받아들여 머리에 썼다. 연회색 너울이 드리워지니, 선명한 이목구비는 보이되 눈 색깔은 가려졌다. 대화 없이도 통한 것이었다.

"실례합니다, 대인. 연 놀이를 방해한 모양이군요."

제법 사나운 목소리였음에도 배에 탄 청년들은 기분이 상하지 않은 듯했다. 대나무색 비단옷을 입고 옥으로 된 속발관으로 머리를 틀어 올린 청년이 대표인 양 앞서 읍을 하였다.

"실은 멀리서도 대인께서 날리는 연이 몹시 아름다워, 가까이 보고 싶어 왔습니다."

"그게 전부가 아닐 텐데."

"하하, 맞습니다. 과연 예사 분이 아니시군요."

나룻배가 연잎을 갈라가며 다가오더니 멈추었다. 사공들이 노를 세워 물 깊이를 가늠하니, 진흙에 완전히 파묻히기 직전에 배를 멈춘 것이다. 대나무 색 옷의 청년이 잠시 뭍과의 거리를 확인하고는 훌쩍 배에서 뛰어넘었다. 그리고는 무사히 땅 위에 착지하여 다시 한번 맹타안과 화영을 향해 인사를 올렸다.

"저는 학오라고 합니다. 부친은 간의대부로 계십니다. 이들은 저의 벗으로, 각기 신분과 품성이 반듯한 동량들이지요. 대인, 초면에 다소 과한 부탁이겠지만, 혹시 저희에게 연을 잠시 빌려주실 수 있겠습니까?"

"연을? 어째서?"

"대단찮은 연유입니다마는, 솔직히 말씀드리겠습니다. 실은 이 친구들과 매번 만날 때마다 내기를 하나씩 하고는 합니다. 시문으로 재주를 겨룰 때도 있고, 활도 가끔 쏘지요. 다들 타고난 재주가 다르기에 최대한 공평하도록 매번 종목을 바꾸도록 주의하고 있습니다. 헌데 이번에는 도통 새로운 겨룰 거리가 없어 고민하던 중이었습니다. 그러던 와중에 대인께서 띄우신 연을 보니, 문득 묘안이 떠오르더군요. 이번에는―"

"연날리기로 승부하자, 하는 것인가?"

"예. 그렇습니다."

학오가 맹타안과 대화하는 사이하나 둘 그 벗들도 뭍으로 올라왔다.

"물론 저희도 마땅히 빌려주시는 값을 치러야지요. 보잘것없는 상이나마 함께하시지 않겠습니까? 단촐하지만 술은 부족하지 않을 것입니다."

"내가 누구인지도 모르는데 상을 나누자니, 넉살도 좋군."

"하하, 인연이 달리 있겠습니까. 연을 빌리는 은혜도 있는 데다, 실은 평가도 부탁드릴까 싶어서 말입니다. 대인의 말씀대로 피차 처음 마주 대하는 상황인지라, 외려 편견 없이 정확하게 승자를 정해 주실 수 있을 터이니 말이지요."

"흠······."

맹타안은 확답하지 않았다. 거절하려면 쉽사리 거절할 수 있는 일이겠으나, 등 뒤의 화영을 염두에 둔 것이다.

'그러고 보니 내 제대로 된 먹거리를 챙기지 못했구나. 그저 습관처럼 마른 음식이나 품에 두었을 뿐, 저들이 가져온 것처럼 먹음직한 요깃거리는 미처 생각하지 못했어. 부인 역시 나들이에 신난 까닭에 음식은 잊은 듯하고. 하긴, 침 아무개인가 하는 시녀에게라도 언질을 주었으면 모를까, 귀한 공주인 부인이 어찌 직접 부엌에 들러 요리를 싸 오겠는가. 내 잘못이다.'

말을 타고 나갈 적에는 항시 육포를 챙기는 강로인의 습관 탓에 완전 빈손은 아니지만, 끓는 탕에 지짐과 닭이며 소로 만든 갖가지 고기 요리까지 엿보이는 청년들의 상에는 비할 바가 아니었다. 화영에게 먹일 그럴싸한 음식이 조금이라도 있었다면 단칼에 거절했을 텐데. 가진 것이 말린 고기뿐이니 맹타안은 망설이는 것이었다.

'게다가 마실 물도 잊었구나! 멍청한 놈 같으니, 이대로 강로 초원에 돌아간다 해도 사흘 만에 목말라 죽을 꼴이로군. 남려에 머문 지 얼마나 되었다고 벌써 정신이 빠졌나, 엽혁타안.'

가죽 부대에 물을 담아 말안장 곁에 매어 두었어야 했는데 그마저 잊었다. 그가 쓰던 부대는 남려 도성으로 들어오기 전날 그만 터졌는데, 그 이후로 새 물건을 구하기를 망각한 것이다. 남려는 어디나 물이 풍부하였고, 젊은 황제가 기꺼이 엽혁 세자인 그를 받아들여 후대했으므로 밖에서 말을 달릴 일이 없었다. 그의 남려 망명은 극비였으므로 주어진 처소 안에서만 머물렀다. 그러다가 바로 현희부로 장가까지 들었으니, 생명줄이나 다름없는 물 부대를 새로 구하는 일을 미처 신경 쓰지 못했다.

'이 나라에는 결코 익숙해지지 않으리라 여겼는데, 지금 보아하니 꼭 그렇지도 않은가······.'

맹타안은 비단 너울 밑으로 쓴웃음을 지었다.

"대인, 어찌 생각하십니까?"

잠시간 맹타안의 침묵을 기다려 주던 학오가 슬쩍 물었다. 그들이 데려온 하인들이 호숫가 바로 곁의 평탄한 풀밭 위에 자리를 깔고 상을 준비하고 있었다. 과연 학오의 말대로 음식이 부족하지는 않을 성싶었다. 아예 단지째로 술을 준비하는데, 향긋한 연향이 일렁이는 가운데에서도 달콤한 술 내음이 퍼지니 풍류남아들이 챙겨 올 만하였다.

맹타안이 고개를 돌려 등 뒤의 화영에게 물었다.

"어쩌면 좋겠소?"

화영은 바로 답하지 못했다. 당연히 맹타안이 사납게 거절하리라 예상했던 모양이었다. 그러나 망설임도 잠시뿐, 시원시원하게 결정을 낸다.

"잠깐이라면 좋아요. 나도 슬슬 목이 마르던 참이었으니까. 하지만 연을 망가뜨려서는 안 돼요. 명심하도록 하세요."

맹타안의 뒤에서 나오는 맑은 음성에 학오가 과장되게 허리를 굽히며 읍을 하였다.

"물론이지요, 낭자. 흠 하나 없이 돌려드리도록 명심 또 명심하겠습니다."

그리고는 혹시라도 맹타안과 화영이 마음을 바꿀까, 재빨리 아랫것들에게 손짓을 하여 연을 빌려주는 몫의 상을 따로 차리도록 하였다.

맹타안과 화영은 청년들과 같이 앉지 않고, 대신 그들과 얼마간 떨어진 곳의 넓적한 바위에 자리 잡기로 했다. 그렇게 해야 연도 더 잘 보일뿐더러 낯선 이들과 동석해야 하는 불편함이 없을 터이니 말이다.

음식만 턱 내주는 것이 아니라 두툼한 자리 천까지 깔아 상을 보아 주니 제법 정성을 다하는 태도였다. 이런 공자들이라면 연을 함부로 다루거나 그들에게 무례하지 않을 듯하였다. 상이 다 차려지는 것을 본 화영이 맹타안의 옆으로 한 걸음 나섰다. 연과 실패를 학오에게 넘겨주기 위해서였다.

"건승을 빌지요, 공자."

그러자 순간 학오는 물론이고 그 곁에서 연을 기다리고 있던 청년들의 눈이 커졌다. 멀리 뱃전에서 어렴풋한 붉은 옷만 보았을 뿐, 가까이에서는 내내 맹타안의 등 뒤에 있었으니 화영의 얼굴을 제대로 처음 본 것이다.

백련으로 가득한 호숫가에서도 빛나는 살결에 감탄하고, 깊이를 알 수 없이 까마득히 깊은 검은 눈에 시선을 빼앗긴다. 이슬을 머금은 작약처럼 도톰한 입술은 붉은 비단옷과 더불어 한숨이 나올 정도로 아름다운 정취를 풍겼다. 게다가 부끄럼 없는 음성이 자신은 만인에게 숭배받는 귀인이라는 듯 하니, 어가에 달린 옥환수가 짤그랑대는 소리 같았다.

타고난 아름다움보다도 젊은이들을 놀라게 한 것은 오만하기까지 한 행동 때문이었다. 남녀가 내외하는 예법이 지엄하였다. 여염 규수가 앞에 나서 외간 사내와 눈을 마주치며 물건을 주고받아서는 아니 되었다. 혼약자가 곁에 있다면 그가 대신 연을 받아 그들에게 건네주어야 마땅한 관례인데도 그녀는 직접 나섰다. 그런데도 그녀는 당당했고, 그 기세 때문에라도 존중하지 않을 수 없었다.

그나마 제일 먼저 움직인 것은 학오 뒤에 서 있던 갈색 피부의 공자였다. 얼굴은 붉어졌으나 학오의 옆구리를 찔러 연을 받게 할 만큼은 할 수 있었다. 그제야 정신을 차린 학오가 화영이 내민 연과 실패를 급히 받았다.

"감사합니다, 낭자. 건승까지 빌어 주시다니 더 바랄 게 없겠습니다."

"그렇다면 좋아요. 우리도 차림 상은 잘 받을게요."

"혹시 부족한 것이 있다면 언제든 말씀을 해 주시지요. 낭자께서 원하신다면 사람을 시켜서라도 구해 오겠습니다."

줄줄이 얼굴을 붉히는 공자들을 이거 봐라, 하듯 구경하고 있던 맹타안이 그때 한마디 던졌다.

"아까부터 낭자, 낭자 하는데 이 사람은 내 부인이오."

"아, 이런 실례를……! 죄송합니다, 대인, 그리고 부인."

다행히 맹타안의 목소리가 기분이 상했다기보다는 재미있는 꼴을 구경한다는 듯 가벼웠다. 바로 칼을 들이대기보다는 느긋하게 상대를 관찰하는 맹수의 여유가 느껴졌다. 그래서인지 학오 역시 곧바로 사과하여 실수를 무마하려 하였다.

"어쩐지, 이처럼 선남선녀이신 두 분이 아무 인연 없는 사이라고는 생각되지 않았습니다. 소생의 좁은 식견으로는 혼약하신 사이인가 추측하였는데, 이미 부부의 연을 맺으셨군요. 대인께서는 범접할 수 없는 영웅과 같은 풍모를 지니신 분인데, 부인께서도 하늘에서 내려오신 듯 대단한 미인이시니 참으로 천생연분이십니다."

라며 사과뿐만 아니라 듣기 좋은 치켜세움까지 덧붙이자 맹타안이 웃음을 터뜨렸다.

"듣기 좋은 소리도 곧잘 하는군. 내 평가가 댁 쪽으로 기울어질지도 모르겠소."

선남선녀라느니, 천생연분이라니 하는 소리에 귓가까지 빨개진 화영이었지만 달리 지적할 수도 없었다. 어쨌든 맹타안이 그녀의 남편이기는 하지 않은가? 비록 두 번째라지만 말이다.

연을 넘겨주고 편히 준비된 자리에 앉아 먹고 마시니 그 또한 즐거웠다. 멀찍이 떨어진 곳에서 젊은이들이 연을 차례로 날리며 재주를 뽐내고, 누가 더 높이 활공했는지 겨루는 모습을 구경하는 것도 생각보다 재미있었다.

정오가 지나 태양이 점차 정점에서 내려가고, 그 길을 따라 황금빛 햇살이 따사롭게 흩어졌다. 연꽃들은 따끈한 햇빛을 받으며 더욱 크게 꽃잎을 열어 향기를 풍겼고, 선선한 가을바람이 기꺼이 그 향을 품에 안고 사방으로 뻗어 나갔다. 버드나무 가지 위에 가을 새들이 줄지어 앉아 노래를 불렀다. 오르내리는 연을 보며 저들끼리 점수를 매기는 듯 말이다. 새소리와 더불어 공자들이 승부를 내는 동안 뒤에서 악사들이 금을 뜯었는데, 참으로 이런 맛으로 풍류를 논하는가 감탄할 정도였다.

술잔을 내려놓으며 화영이 길게 한숨을 내쉬었다.

"어째서 그리 한숨을 쉬시오, 부인?"

맹타안이 물었다.

"그냥요. 너무 좋아서요."

"아하, 내가?"

"연꽃이! 그리고 지금 이 상황이!"

화영이 발끈하며 말을 정정했다. 맹타안은 킬킬거리며 웃었다.

"그리 좋은데 한숨은 왜 쉬시오?"

"영원할 수 없으니까요."

맹타안이 눈썹을 찌푸렸다. 그리고는 짐짓 엄숙한 양 말했다.

"왜, 내일이면 백련호를 메우라고 명이라도 내릴 생각이오? 아니면 저 한량들이 연을 날리는 모양새가 그리울 것 같은가? 철딱서니 없는 명문가 어린놈이라면 우리 집에도 하나 있으니, 그놈 손에 들려 종일 중정에 서 있게 합시다."

"그런 말이 아니에요."

맹타안이 일부러 그녀의 기분을 돋우려고 농하는 것임을 알았다. 그래서 화영은 발끈하지 않고 대답하였다.

"연꽃을 처음 본 것도 아닌데 왜 이렇게 가슴 벅차게 좋은 걸까 생각해 봤어요."

"생각해 봤는데?"

화영이 진지하게 말하자 맹타안도 바로 태도를 바꾸었다. 반듯하게 고쳐 앉으며 부드럽게 그녀의 말을 기다렸다.

"황궁에서도 연꽃은 많이 봤어요. 어화원에도 연못이 있고, 아예 커다란 수반에다 옮겨 내궁 마당에서 키우기도 하거든요. 특히 태후께서 좋아하셔서 여름철이면 자녕궁 앞이 온통 연꽃으로 넘쳐났어요. 태후께 공주다운 몸가짐을 배우러 끌려다니던 와중에도 그 연꽃들이 예쁘다고는 생각했죠. 하지만 이만큼 가슴이 벅차도록 아름답다고 느끼지는 못했어요."

화영의 시선은 희게 넘실거리는 백련들을 향해 있었다. 맹타안은 그녀가 말하려는 것이 무엇인지 머리가 아닌 가슴으로 이해할 수 있었다.

"좁은 곳에 묶여서 자라는 꽃과 속박 없이 자유로이 피어나는 꽃은 결코 같을 수 없지. 부인의 말이 무슨 뜻인지 나도 이해하오."

"사실 여기 백련들이 너무 예뻐서, 조금 잘라가고 싶었는데……."

불쑥 화영이 손가락으로 가위질하는 시늉을 했다. 그러면서도 더할 나위 없이 엄숙한 표정이라, 맹타안은 입꼬리를 비죽 올릴 수밖에 없었다.

"역시 아닌 것 같아요. 연꽃들은 백련호에 있을 때 가장 행복할 테니까."

휴, 하고 숨을 내쉬면서 가위질하던 손을 내려놓는다. 그리고 그 대신, 하듯이 다시 채운 술잔을 들고 한입에 들이킨다. 흰 얼굴이 얕은 취기로 인해 복숭앗빛 홍조를 띠었다. 맹타안도 그녀를 따라 한 잔을 쭉 마셨다.

"사람이나 꽃이나 말이나, 결국은 매한가지요. 제 자리에서 제일 행복한 것이지. 말이라면 초원일 것이고, 연꽃이라면 백련호이겠지. 어떤 사람은 금과 옥으로 기와를 올린 대저택이라면 족쇄를 차고 살아도 만족하겠지만, 어떤 사람은 그 안에서 질식할 것 같을 거요. 말을 달리다가 원하는 요릿집에서 식사할 수 있는 하루 저녁을 천금에도 팔지 않으려는 이도 있겠지."

"응. 알 거 같아요."

저쪽에서 순간 어, 하는 소란이 일어났다. 아까 학오 뒤에 서 있던 갈색 살갗의 공자가 뒷걸음질을 잘못해 백련호에 빠진 모양이었다. 하지만 호수 가장자리였기에 다치진 않았고, 그저 비단옷을 온통 진흙에 버린 모양이 되어 저들끼리도 우스꽝스러운지 웃음을 터뜨리고 있었다.

혹여 큰 사고인가 놀라 쳐다보던 화영도 그들이 웃는 소리에 마음을 놓았다. 참으로 유쾌한 광경이었다. 마치 옛 산골에서 오빠와 은룡, 가끔 기분이 내키면 금정까지 함께 벌이던 여러 놀이들을 연상시켰다. 그때에도 정말 많이 웃었는데. 많이 즐거웠는데…….

문득 오빠에 대한 생각이 미치니, 마음이 순식간에 가라앉았다. 화영도 이제야 백련호를 처음 보거늘, 구중궁궐에서 만인지상 지엄한 천자로서 의무를 다하고 있을 오빠는 어렵하겠는가. 세상의 갖가지 진귀한 볼거리들을 가져다 놓은 황궁이지만 백련호가 풍기는 자유로운 야성은 결코 비교할 수 없는 아름다움이었다.

'오빠도 백련호를 보았으면 좋았을 텐데. 은요 언니도. 물론 언니는 은가 사람이고 도성에서 줄곧 자랐으니 백련호는 진작에 보았겠지만, 또 봐도 기뻐했을 거야. 태후만큼이나 언니도 연꽃을 좋아하니까.'

그때였다. 화영은 눈을 크게 떴다.

반짝, 하고 어떤 발상이 뇌리를 스쳤다.

* * *

관호는 아무 말도 하지 않았다. 자신이 지금 어떠한 말을 하든 의미가 없음을 알아서였다.

맹타안에게도 다소 신경을 쓰라고 조언한 것은 관호 자신이었고, 화영은 관대하게도 그에 따랐을 뿐이다. 그러니 맹타안과 백련호를 보러 나갔다 해서 관호 그가 무어라 말할 수 있겠는가? 하물며 맹타안과 단둘이 은밀하게 있던 것도 아니다. 마구간지기 소년을 길잡이로 삼아 백련호에 가서 꽃구경을 하다 왔다고 한다. 관호 그도 백련호를 본 적은 없지만 그 위용은 널리 퍼진 일이었다. 천지가 온통 백련으로 흐드러져 장관이라 했던가. 그 아름다운 경치를 감상하러 많은 이들이 방문한다 하였다.

'……결코 안전한 일은 아니었다. 아무리 맹 부마에게 멱리를 씌워 놓다 하여도…… 부인의 외모 역시 한 번 보면 잊지 못할 터이니, 귀사족 앞에서 쉬이 보여서는 아니 될 일인데.'

관호는 본채의 대청에 서서 화영이 현희부를 뒤집어 놓는 모습을 묵묵히 보고 있었다. 나들이 옷차림 그대로인지라 한 송이 붉은 장미화가 살아 움직이는 것만 같았다.

'어째서 내게 미리 언질을 주지 않았던 것일까. 이 몸을 아직도 신용하지 못한다는 뜻인가.'

주먹 쥐고 있던 손등 위에 힘줄이 돋아났다.

맹타안과 백련호를 구경 가기로 했다고, 일전에 약속하기도 했고 머리도 식힐 생각이라고, 그렇게 말해 주기만 했다면. 인정하고 싶지 않지만 불쾌하였다. 배 속 깊은 곳에서부터 느글거리는 화염이 내장을 태우는 것 같았다.

만일 관호 그가 나들이를 반대할 것 같아 비밀로 했다면 그것은 그를 속 좁은 소인으로 보았다는 뜻이니 뼈아팠다. 하지만 그보다 관호를 예민하게 만드는 의문은 따로 있었다. 만일 그가 함께 가자고 청할 것 같아 비밀로 했다면, 그렇다면.

관호의 날카롭게 찢어진 눈이 이번에는 맹타안을 향했다. 부인과 단둘이 꽃구경까지 하고 돌아왔으니 이보다 행복할 수 없다는 낯이었다. 옅은 하늘색 비단옷 위로 멋지게 땋아 내린 금빛 머리 타래가 흐드러졌다. 과연 오랑캐이기는 하나 잘생긴 외모만은 흠잡을 데 없는 사내였다. 하물며 부인에게 홀딱 반했음을 숨기지 아니하고 온 낯으로 빛을 발하고 있는 지금 같은 상태라면, 더더욱.

부인도 맹타안을 마음에 둔 것일까?

그래서 내가 나들이에 따라붙을까 저어하여 숨긴 것인가?

관호는 주먹을 고쳐 쥐었다.

'아니, 아닐 것이다. 친밀하기로는 은 부마가 있으니. 설령 다사다난한 와중에 다소간 정이 붙었다 하여도, 은 부마를 뛰어넘는 마음은 아니리라.'

온 현희부가 소란으로 바빴다. 갑자기 재작년 위주 총독이 화영의 입궁을 축하하는 의미로 진상한 선물을 찾아내라 난리였던 까닭이다. 쓰지도 않던 물건을 과연 승라궁에서 현희부로 옮겨 놓았을지도 아리송했으나 어쩌겠는가? 현희장공주께서 당장 필요하시다니 모든 일손이 하던 일을 내려

놓고 전각과 창고를 뒤엎으며 찾을 수밖에.

-무엇을 찾으시는 것이오?

-옥 접시요! 옥으로 만든 그릇인데, 활짝 핀 연꽃 모양으로 상감한 물건이 있거든요!

현희부에 돌아오자마자 지시하고 본인도 직접 뒤지느라 난리 통이었다. 관호와 마주치자 화영은 제 발이 저리기라도 한 듯 묻지도 않은 이야기를 구구절절 털어놓았다.

-그, 잠깐 백련호에 다녀왔거든요. 맹타안이랑요. 아, 절대 단둘이는 아니었어요! 종효라고, 마구간에서 일하는 아이가 같이 갔거든요. 가서도 항상 우리를 보고 있었고, 거기서도 어떤 공자들을 만나 연도 빌려주고…… 여하튼 아무 일도 없이 정말로 백련만 구경하다 왔어요. 그러다가 문득 황후마마의 선물로 이게 좋겠다고 느낌이 와서…….

어쩌면 그 자리에서 그녀를 붙잡고 물었어야 했을지도 모르겠다.

어째서 내게는 이야기하지 않았소? 아침부터 부인이 보이지 않는다는 소리에 얼마나 놀랐는지는 아시오? 헌데 청지기에게는 언질을 줬다 하더군. 현희부가 발칵 뒤집혀 부인을 찾으러 나갈까 염려해서라며. 그렇다면 내가 청지기보다 먼 사람이오? 나는 당신의 남편이고 부마도위이거늘.

하지만 관호는 화영을 보내 주고야 말았다. 마치 손 우물에 갇힌 송사리를 냇물에 다시 풀어주듯이, 손가락 틈 사이로 미끄러져 사라지는 사랑스러운 슬픔을 감내하고야 말았다.

항시 근엄하던 관호의 입가가 씁쓸하게 비틀렸다.

'그렇군. 친밀하기로는 은 부마가 있고, 정이 들었기로는 맹 부마가 있지. 허나 이 몸은 부인에게…….'

차마 문장을 맺을 수가 없었다. 차라리 칼에 베이고 창에 꿰뚫리더라도 이보다는 나으리라. 관호는 더 이상 생각하기를 그만두었다.

여전히 화영은 붉은 치맛자락을 휘날리며 중정에서 곁채로 곁채에서 후조방으로 바쁘게 오가고 있었다. 흰 피백이 바람에 휘날려 허공에 떠오를 때마다 들큰한 연꽃 향기와 아련한 금목서 향이 뒤섞여 대청까지 퍼졌다.

드디어 선물을 골랐다는 생각에 그녀의 얼굴은 겨울 첫눈처럼 밝게 반짝였다. 분꽃 씨앗같이 까만 눈 속에서는 환희가 가득하니, 보는 이들마저 기쁘게 만드는 것이다. 그러므로 관호는 그저 화영을 보고 있기로 하였다. 그의 부인을.

다행히 연옥으로 만든 연꽃 접시는 찾을 수 있었다. 하도 귀하고 예쁜 물건인지라 화영이 상자에서 꺼내지도 않고 애지중지하였으니, 속의 내용물이 무언지는 몰라도 장공주가 좋아하셨다고 승라궁에서 현희부로 옮겨진 모양이었다. 뚜껑을 열고 비단 천을 젖혀 보니 새삼 진귀한 보물이었다. 곁에 선 맹타안과 침혜마저 탄성을 낼 정도였다. 크기가 각각 다른 접시들이 만발한 연꽃무늬로 깎여 희고 푸른색으로 은은하였다. 과연 즉위한 젊은 황제의 하나뿐인 친누이에게 바칠 만한 귀물이었다.

하지만 화영은 여기서 만족하지 않았다.

"금으로도 연꽃 접시를 만들고 싶어요. 이것과 똑같은 모양으로. 그러면 섞어 놓았을 때 훨씬 아름답고, 값져 보일 테니까."

"좋은 생각이오. 헌데 잔치가 이제 코앞이거늘, 기간 안에 금련 접시를 쭉쭉 만들어 낼 직공들이 있을까?"

거기에 대한 답은 결국 퇴청하고 귀가한 은룡이 내놓았다.

"도성의 금세공 장인들을 전부 모아 보겠습니다. 황궁에서 일하는 세공사들도 지금은 손이 비었을 것이니, 급히 조력하도록 지시하지요."

"황궁의 장인들은 바쁘지 않을까?"

"얼마 전까지는 누울 시간도 없었겠지요. 후궁마마들이 혹여라도 기간에 맞추지 못할까 두려워 몇 달 전부터 주문을 넣어 두었을 테니까요. 그분들이 주문한 품목은 황후마마를 위한 선물이던 혹은 자신의 장신구이던, 이제 열흘밖에 남지 아니했으니 진작 완성되었을 겁니다. 민간의 장인들과 각기 분업하도록 한다면 시일은 맞출 수 있겠지요."

"좋아. 금이라면 얼마든지 있으니까 가져다 녹여 쓰도록 하라고 해. 현희부에 넘치는 것이 금자인걸."

은룡은 밝아진 화영의 얼굴을 보며 복잡다단한 심정을 채 숨기지 못하였다. 앞뒤 사정을 모르던 때야 드디어 좋은 생각을 해내셨나 보다, 하며 함께 반가워하였다. 하지만 백련호 이야기를 알게 되니 마냥 기뻐할 수가 없었다. 맹타안 같은 승냥이와 나들이를 가셨다니!

그 소리를 듣자마자 은룡은 거의 반사적으로 멀찍이 선 관호를 쳐다보았다. 마치 아이들이 집 안을 엉망으로 만들어 놓은 모습에 보모를 찾아 책임을 물려 하듯이 말이다. 그러나 관호와 눈이 마주치는 순간 은룡은 깨달았다.

'관 부마에게도 말없이 가셨구나.'

관호의 눈빛이 그렇게 말해 주고 있었다. 은룡 자신뿐 아니라 관호에게도 비밀로 떠난 꽃구경이었다고, 그렇기에 은룡의 가슴만큼이나 관호의 가슴 역시도 생채기투성이라고.

그랬다. 은룡 그도 속수무책으로 사후에나 알게 되었거늘, 관호라고 화영을 말릴 수 있었을까. 게다가 부마 중에서 화영이 가장 어렵게 여기는 것이 관호였다. 은룡이 생각하기에도 화영이 오랑캐와 놀러 나갈 계획을 관호에게 털어놓지는 않을 성싶었다.

그저 누구라도 탓하고 싶었던 것뿐. 은룡은 이를 지그시 악물었다. 동시에 자신의 성숙하지 못한 태도를 반성하였다.

"흠, 그릇들만 내놓는 것보다 더 재미있게…… 꾸미고 싶은데."

화영은 드디어 골머리 썩던 문제를 해결했다는 기쁨에 젖어 있었다. 그 덕분에 부마들 간의 묘한 기류를 채 눈치채지 못했다. 평소 부마들 간의 불협화음을 만들어 내던 일등공신인 맹타안이 싱글거리며 바짝 비위를 맞춰 주고 있어서이기도 하였다. 맹타안도 투덜거리지 않는데 점잖은 관호와 은룡이 불평할 리 없다고 무의식적으로 여긴 탓일지도 모르겠다.

"어차피 잔치인데 음식이라도 얹어서 내가면 어떨까? 물론 그러려면 특별한 음식이어야겠지만."

옥련 접시들을 앞에 두고 흥분한 화영이 의견을 제시했다. 그러자 은룡이 머뭇거리다 답했다.

"좋은 생각이기는 합니다만, 황후 탄신연에 나올 요리와 비교당할 가능성도 있습니다. 차라리 꽃이나 고운 과일로 복을 비는 것은 어떨지요."

은룡의 만류에 이때다 싶었는지 맹타안이 끼어들었다.

"거창한 요리들이겠지만 죄다 남려 것이겠지. 아예 이국적인 음식이라면 비교도 당하지 않을 거요. 내 사촌 녀석을 시켜 강로식으로 몇 가지 만들라고 하리다. 부인이 직접 먹어 보고 판단하면은 어떻겠소?"

강로 요리라니 말도 되지 않는다고 은룡이 받아치려던 순간이었다. 화영이 은방울처럼 웃었다.

"세상에, 요리도 할 줄 알아요? 당신 사촌이?"

"그럼, 물론이지. 우리 강로 사내들은 실용적이고 손재주가 좋거든. 그저 앉아서 차린 상을 받을 생각만 하는 남려 서생들과는 다르오. 사냥하여 얻은 고기를 바로 손질해 식사하기도 하고, 훈연하여 포로 만들어 오랫동안 보존하기도 하지. 화려하진 않겠지만 맛만은 보장하겠소."

"그러면 왜 당신이 직접 하지 않고요?"

"어허, 영대 놈이 있는데 내가 왜 고생을 사서 하겠소? 부인도 옆에 은가가 있으면 차 한 잔 직접 끓이지 않잖소? 비슷한 이치이지."

"참나, 비슷하기는 무슨!"

하지만 호기심 많은 화영은 강로 요리를 먹어 보겠다고 결정했고, 결국 맹영대는 소 같은 덩치를 하고 한숨을 쉬며 부엌에 들어가게 되었다.

결과적으로 화영은 강로식으로 조리된 음식을 무척 마음에 들어 했다. 하지만 은룡이 강로 특유의 향신료에 적응하지 못하는 것을 보아 은요도 마찬가지일 수 있다는 의견 역시 납득하였다. 그래서 적절한 합의점을 찾았다.

그러던 중 관호가 화영에게 조용히 물었다.

"부마 역시 황후께 선물을 올려야 하지는 않소? 맹 부마와 은 부마는 그렇다 쳐도 이 몸은 분명."

"신경 쓰지 않아도 돼요. 현희부 가장은 나니까, 내가 책임져야죠. 이 선물들도 현희장공주가 아니라 현희부에서 진상하는 것이라고 할 거예요. 그러면 현희부 안에 부마도 포함되니 누구도 트집 잡지 못할 거고요."

"그렇게 된다면 좋겠으나 염려가 되는 것도 사실이오. 부마도위로 이름을 올린 지는 오래이나 제대로 그 역할을 이행한 적이 없으니."

"그런 말 하지 말아요! 당신은 내 생명을 구하고, 황제 폐하도 살렸잖아요? 공신이라구요."

당혹스러워하는 화영을 보며 관호는 잠시 침묵했다.

"그것뿐이오?"

"네?"

"아니오, 신경 쓰지 마시오. 그러면 탄신연을 마저 준비합시다."

그렇게 시간은 흘렀다.

6. 인연과 악연은
예측할 수 없으니

마음이 편치 않았다.

금명은 자녕궁 앞에 서서 한숨을 쉬었다.

"공자, 들어가시지요. 태후께서 기다리고 계십니다."

그의 곁에 선 태감이 안달하듯 청했으나 금명은 쉬이 움직이지 않았다. 호랑이 굴에 들어가기 전 그 뒤의 산세와 풍수를 어림잡기라도 하듯 초연한 표정이었다.

"공자……."

"걱정 마시게. 내 사촌은 아직 황궁에 도달하지도 않았을 것이고, 황후마마의 탄신연에도 보란 듯이 늦을 테니까. 어차피 그 아이가 도착해야 연회에 갈 수 있으니, 내가 이 앞에서 다소간 늦장을 부린다 하여 무슨 큰일이 있겠는가."

금명의 말은 부드러웠으나 반박을 허용치 않는 반듯한 논리가 있었다. 태감이 감자 같은 얼굴을 찡그렸다. 당황한 듯하였으나 금명을 파훼할 말도 떠오르지 않아 괜스레 얼굴만 찌그둥한 모양이었다.

'어차피 태후께서 내게 하실 말씀이란 하나뿐. 현희장공주에 대한 미련이겠지. 아니, 단순한 미련이면 차라리 나을 것. 만일 현재의 부마도위를 폐하고자 한다는 화두까지 나온다면 난감하니……'

그는 금가의 백미였다. 금가뿐 아니라 조정에서도 그의 출사만을 기다리며 목을 빼고 있는 자들이 한둘이 아니었다. 태후의 친조카라, 의당 외척으로서 경계해야 마땅함에도 말이다. 그만치 금명의 학식과 현명함은 그가 걸음마를 뗄 때부터 널리 퍼져 있었다.

갓 스물한 살, 금상과 동갑이다. 어린 나이이기는 하나 재능이 앞서니 언제든 벼슬자리를 꿰찰 수 있는 상황이었다. 그럼에도 그는 금가의 후원에서 유유자적하며 시를 읊고 새를 키우느라 소일하였다. 세간의 기대에 짓눌리는 소인은 아니었으나 당장 출사한다면 떠맡아야 할 불합리한 기대가 무엇인지 잘 알아서였다.

그런 만큼 금명은 고모인 태후가 껄끄러웠다.

'현희장공주께서 혼인을 하셨다는 소리에 내심 한숨 돌렸거늘. 어째서 고모님께서는 미련을 버리지 못하시는지.'

금청아가 있었다면 화제는 자연스럽게 그 아이 쪽으로 흐를 것이다. 제가 중심이 되지 않으면 못 견디는 성질이기도 하고, 실제로도 청아가 추진하려는 계획은 가능성이 있는 일이니까. 금명이 부마도위가 되는 일은 가능성을 영영 잃어버린 것과 달리 말이다. 하지만 입궁할 때에 확인한바, 금가의 마차는 금명 그가 타고 온 것을 제외하면 보이지 않았다.

'치장에 열을 올리느라 늦겠지. 그리고 일부러도 아슬아슬한 시간에 맞추어 연회장에 참석할 테고. 결국 고모님과 독대하는 것 외에는 선택지가 없나 보군.'

금청아는 금 귀비의 하나뿐인 동복 자매이지만 썩 우애롭지는 못하였다. 둘 다 태후의 친조카이고, 명문가의 아리따운 적녀들이다. 항상 경쟁

하며 자라났다. 욕심 많은 금청아의 횡포에 금 귀비도 성질이라면 지지 않으니 자매간에 정은 엷었다. 그럼에도 동복은 동복. 금청아는 서출 형제자매들은 핏줄로 치지도 않을뿐더러 학대하기로 유명했다. 아무리 금 귀비와 금청아의 사이가 좋지 않다고 하더라도, 둘의 사이를 쉬이 판단하기는 어려웠다.

휴. 금명은 한숨을 쉬었다.

"이렇게 될 것을 예상했으면서도 제시간에 맞추어 왔으니, 고난을 자처한 셈이구나."

"예?"

"혼잣말일세. 공공께서는 염려할 것 없으니. 자, 그러면 이제 태후께 고하시게."

태감이 금명의 도착을 알리자마자 방장이 걷히고 익숙한 얼굴이 보였다. 방 상궁이었다. 어렸던 소년이 언제 이리 훤칠하게 다 컸는지 감회에 젖은 기쁜 얼굴이었다. 차라리 표정으로는 태후가 아니라 방 상궁 쪽이 친고모 같다고 생각하며 금명은 자녕궁 안으로 들어갔다.

"태후마마."

"앉아라."

예를 갖추기가 무섭게 태후가 지시했다. 금명도 순순히 그에 따랐다.

사실 그는 황후 탄신연에 오고 싶지 않았다. 자신은 태후의 조카이고 금 귀비의 사촌일 뿐이다. 금명과 현 황후에게는 직접적인 연결고리가 없었다. 남보다 못한 관계도 아닌가. 황후로서도 금명을 굳이 보고 싶지 않을 것이고, 금명도 살얼음판 같을 비빈들의 사냥터에 괜히 끼고 싶지 않았다. 그런데도 이렇게 아침 일찍 입궁한 까닭은 다름이 아니었다. 태후가 초대했기 때문이었다.

"또 흰옷이냐? 젊은 애답게 좀 더 요란하게 입지를 않고."

태후는 습관처럼 금명의 옷차림을 훑어보고 혀를 찼다.

"설마 늙은 고모가 멋대로 남의 잔치에 불렀다 하여 앙심을 품은 것은 아니겠지?"

"그럴 리가 있겠습니까. 그저 타고나기를 무미하니, 백색 외에는 무엇을 걸쳐도 우스꽝스러운지라. 태후께서도 제가 어려서부터 흰옷만 좋아했던 것을 아시지 않습니까."

금명이 매끄럽게 말을 받았다. 조카 중에서도 금명 그라면 애지중지하던 태후였다. 그런 그녀가 이리도 까칠하게 독설을 내뱉는 이유는 금명과 장공주와의 혼사가 틀어졌기 때문이었다. 그러니 최대한 비위를 맞추어 태후의 상처받은 자존심을 위로하는 편이 현명하리라.

방 상궁이 직접 차를 내왔다. 금명은 먼저 찻잔을 들어 그 향을 음미하였다. 흰 얼굴에 흰옷, 검은 머리카락은 숱이 많아 길게 늘어지면서도 차분하다. 금가 특유의 예민하면서도 고고한 아름다움을 한 몸에 타고난 미청년이었다. 저 스스로도 잘 알고 있으면서 타고나기를 무미하다느니 하는 모양새가 차라리 우습다.

결국 태후는 아끼는 조카 앞에서 누그러질 수밖에 없었다.

"너는 참 속도 편하구나. 차향이나 감상하고 있을 여유가 있다니."

"고모님께서 내어 주신 차인데 어찌 허투루 대하겠습니까."

금명이 싱긋 웃었다.

"어렸을 적처럼 어리광을 피워서라도 얻어 가고 싶은 백차로군요. 하주 것인가요?"

"하주는 무슨! 하주라면 이름만 들어도 머리가 아프다. 나주 기남성에서 진상한 백호은침이다. 방 상궁에게 말해 둘 터이니 갈 때 챙기려무나."

"아, 그렇군요. 하긴 나주에서도 난 차도 유명하지요."

하주라는 말에 날카롭게 반응하는 모습을 보니, 부마도위가 하주 시골 출신이라는 소문이 참인 모양이다. 금명은 눈을 내리깔고 차를 한 모금 마셨다. 괜히 더 캐물어 화제를 현희장공주나 그 부마로 끌고 가고 싶지 않았다.

그러나 금명이 아무리 모른 척하여도 태후는 끝내 원하는 이야기를 꺼내고 말았다.

"네가 조금만 요령 있게 굴었으면 지금 여기서 차나 마시고 있었겠느냐? 현희부 마차를 타고 당당하게 입궁하여 곧바로 황후를 만나러 갔을 것을. 네가 뭐가 모자라서……!"

태후가 드물게 목소리를 높였다. 방 상궁이 재빨리 곁으로 다가가 어깨를 주무르며 태후를 진정시켰다.

"태후마마, 옥체를 생각하시지요. 금명 공자도 오랜만에 보시는데, 화를 내셔서 무엇 합니까."

"하, 그래. 자네가 옳아. 내가 말을 말아야지."

태후가 머리가 아픈 듯 관자놀이에 손가락을 가져다 대며 미간을 찌푸렸다. 금명은 본의 아닌 죄인이 된 기분이었다. 이래서 고모님을 피했던 것인데. 황후 탄신연이라는 명분으로 부르시더니 결국은 현희장공주로 귀결되었다.

태후가 양자로 입적하였기에 황제는 한낱 사생아에서 만인지상이 되었다. 황제는 그 은혜를 결코 잊지 않았다. 항시 깍듯하게 태후를 대했고, 남려의 황제로서 지는 모든 책무에 불평 한마디 없었다. 다만 단 한 가지 문제에서 고집을 내세웠으니, 바로 혼인이었다. 황제는 정인인 은가의 여식을 정처로 맞겠다는 뜻만은 꺾지 않았다.

'금옥아도 금옥아지만 고모님이야말로 적잖이 속이 쓰렸겠지.'

금명은 아예 눈까지 감고 관자놀이를 문지르는 태후를 보며 생각했다. 피로 이어지지 않은 모자 관계란 얼마나 위태로운가? 그 연약한 기반을 다지기 위해서라면 태후는 무엇이든 망설이지 않을 위인이었다. 어떻게든 황실의 후사들에게 자신의, 금가의 피가 섞이기를 바랐다.

그 욕망이 단순한 권력욕은 아니었다. 태후는 태어날 아이들에게 진정한 의미의 황조모가 되기를, 그럼으로써 자식 하나 갖지 못한 실패한 십칠황자비의 인생을 지워 버리기를 원했다. 그녀는 철혈의 태후였으나 그림자 속의 흉터들은 지워지지 않았다.

금명은 문득 생각했다. 어쩌면 젊은 황제도 태후의 인생에 대해 책임감을 느꼈을지도 모르겠다고.

황제의 존재야말로 태후가 남편에게 당한 배신을 되새기게 하는 증거였다. 그녀의 남편은 행궁에서 만난 천한 하녀와 사랑에 빠져 둘이나 되는 자식을 보았다. 실로 현 황제와 장공주 외에는 선황의 자손이 없었다.

태후는 자신과 피 한 방울 섞이지 않은 그들을 입적하여 천하에서 가장 높은 자리에 올려 주었다. 그렇기에 황제는 태후를 만사에 어머니로서 지극히 대우하고, 원치도 않는 귀비를 후궁에 들일 수밖에 없었을 것이다.

'하지만 그렇다 해서 장공주마저 나와 혼인할 필요는 없어. 이미 황상께서 금 귀비 때문에 난감해하시지. 그런 와중에 하나뿐인 누이를 금가에 시집보내라면 결코 반기지 않으셨을 터.'

금 귀비를 맞는 일이야 황제 본인이 감당해야 할 대가이니 참았으리라. 하지만 태어날 때부터 함께였던 사랑하는 누이의 혼사다. 거기에마저 금가를 들이댄다면 황제는 용납하지 않을 것이었다. 아무리 금명 그가 이름 높은 동량이고 품행이 반듯한 미공자라 하여도 말이다.

'뭐든지 처음이 어렵지, 한 번 반대하고 나면 앞으로도 고모님의 제안을 기꺼이 거절할 재량이 생기겠지. 처음부터 아예 폐하와 극단적으로 갈릴 만한 선택지는 내밀지 않는 것이 제일. 이를 모르실 분도 아닌데, 폐하와 장공주의 혼사에 있어서만은 고모님이 객관성을 잃는구나.'

그래서 자주 황궁에 들러 얼굴을 보이라는 태후의 성화를 둘러 거절하던 금명이었다.

장공주는 급히 혼인하여 현희부로 나가기 전까지는 승라궁에 거주했는데, 틈만 나면 태후에게 불려가 공주다운 몸가짐을 확인당하고는 했다. 유명한 이야기였다. 고모가 부르신다고 별생각 없이 자녕궁에 들렀다가는 장공주와 마주칠 때까지 기어코 발목을 잡힐 게 분명할 터. 금명과 장공주 양측 모두 당황스러운 상황이겠지.

그렇게 몇 번 마주치고, 태후 앞에서 차라도 마시고 난다면? 두 젊은이 가 참으로 잘 어울린다며 당장에 혼사를 추진하셨겠지. 눈앞에 그려지듯 훤 한 계획이었다.

그래서 최대한 장공주와 마주칠 일 없도록 피해 살고 있었다. 장공주가 급히 혼인하여 현희부를 하사받고 나갔다니 이제야 한숨 돌리던 와중이었 는데. 보아하니 태후는 아직도 미련을 버리지 못한 모양이었다.

"부부지간에 정도 없어. 마치 손님 대하듯 내외하더구나."

툭 하고 내뱉는다는 소리 역시 현희장공주와 부마도위 이야기다. 금명은 대답 대신 차를 한 모금 더 마셨다. 어찌 답하든 태후가 원하는 대로 얽힐 까 봐 저어해서였다.

"실로 내 눈으로도 직접 보았지. 현희장공주는 자유분방하게 자란 터라 망아지가 따로 없어. 좋고 싫음이 아주 확실해. 아무리 가르쳐도 못 하는 것은 못 한다고 두 손을 들기 일쑤였지."

현희장공주를 떠올리는지 태후가 한숨을 쉬었다. 하지만 태후 뒤의 방 상궁은 어째 설핏 미소를 띠는 모양새가, 장공주가 썩 미운 말썽꾼은 아니 었던 듯했다. 금명은 잘 듣고 있다는 듯 고개를 끄덕였다.

"현희장공주의 호방한 성품은 저도 익히 들었습니다."

"듣기만 하면 무엇 하겠니? 네가 그 고삐를 잘 잡았어야지."

"그야 제 팔자가 아닌 모양이지요. 이미 성례를 마치고 부마도위와 함께 하시니, 더 말해 무엇하겠습니까."

"흐흠, 그건 또 모르는 일이다."

금명은 미세하게 눈썹을 찌푸렸다. 어쩐지 태후가 풍기는 어감이 미련이 아니라 그보다 더 강렬한…… 무언가처럼 느껴져서였다.

"금상의 하나뿐인 누이이고, 내게도 하나뿐인 따님이지. 시원찮은 부마도위를 현희장공주가 어려워해서야 되겠느냐. 세상천지에 장공주만큼 떠받 듦을 받고 살 수 있는 여인이 어디 있을꼬? 하다못해 황후도 장공주만큼 마 음 편하지는 못할 것을."

태후가 잠시 말을 끊었다. 그녀의 결 좋은 피부 위로 문득 쓴웃음이 스 쳐 지나갔다.

"그런데 그 귀한 장공주가 부마와 불화하다면? 당연 조치를 취해야지. 하물며 부마가 애초부터 격에 맞지 않은 자였다면 말이다."

"황제 폐하께서 간택하신 인물인데 격이 맞지 않는다니요. 어리석은 저 는 모르겠습니다."

"내빼기는! 네가 어리석다면 남려에 누가 녹을 받아먹고 살겠느냐?"

부마도위에 대해 트집을 잡자마자 발을 빼려는 금명을 보며 태후가 코웃 음을 쳤다.

"선황과 부마의 선친이 의형제를 맺었다더구나. 그래서 오황자의 난이 일어났을 때 선황을 도성에서 구출해 냈다고. 하지만 강호 출신이라 자존심 이 강하더구나. 공신으로 적을 올리지도 않았어. 그렇다면 그뿐."

"선황을 구한 공덕이 있다면 그 자체로도 충분히 명문이지요. 대대로 벼 슬을 이었다는 가문들도 그보다 큰 공적을 세우지는 못하였으니까요."

"선황을 구출한 일을 깎아내리려는 것은 아니다."

태후가 딱 잘라 말했다.

"내 보기에는 확실하지가 않다, 이 말이다. 똑똑한 아이이니 너도 잘 알 게다. 부마도위가 참으로 그 아들인지 누가 확신하겠느냐는 말이다. 이미 선황도 훙하시고 그 은인도 죽은 지 오래이거늘."

"……."

금명은 입을 다물었다. 태후의 의견에도 나름 논리가 있어서였다. 물론 설령 부마도위가 참으로 선황의 은인임이 밝혀진다 해도 다른 이유로 반대 하셨겠지만 말이다.

"황외숙이 보증한다지만 그도 믿음직하지 못해. 출가한 지 오래인 이가 속세에서 벌어진 사건 사고들을 어찌 다 알까? 하여간 생긴 것부터 범상치 않단 말이다. 숱한 무관들을 봐 왔다만 부마만큼 크고 위협적인 사내는 없었어. 현희장공주는 그 옆에 있으니 꼭 황소 옆의 병아리 같더구나."

"아…… 그만큼 대단한 호걸이십니까, 부마도위가?"

금명이 부드럽게 감탄하자 태후가 얼굴을 찌푸렸다.

"호걸은 무슨. 살갗도 거무스름한 것이 꼭 오동나무 기름을 칠한 듯하고, 쭉 찢어진 눈매가 어찌나 사납고 냉랭하던지 도저히 마음이 놓이지 않아. 강호인이라고 죄다 그런 모습은 아닐 터인데, 하필 부마랍시고 간택한 자가 그리 형형하니……."

태후가 혀를 찼다.

"아마 구 척은 될 게야, 그렇지 않나, 방 상궁?"

"확실히 팔 척은 훨씬 넘는 듯하더이다."

순간 금명이 쥐고 있던 찻잔이 달그락거렸다.

구 척에 달할 듯한 장신에, 까무잡잡한 피부. 그리고 날카로운 눈매.

얼마 전 중경의 서점에서 들은 이야기와 순식간에 겹쳐 들어간다.

-글쎄, 구 척은 되더라니깐!

주인장이 깐깐하고 돈으로는 손해 한 푼 보지 않기로 유명하기에, 풍 씨 책방은 언제나 한산하였다. 어지간히 흔한 서책이라면 인심 좋은 주인들이 운영하는 평범한 서점에 가면 될 일. 굳이 풍 씨와 입씨름을 하며 값을 깎을 까닭이 없어서였다.

물론 금명은 원하는 물건만 있다면 굳이 가격을 다투지 않는 성미였기에 풍 씨가 희귀본들에 끼얹는 바가지를 그럭저럭 용납하고 있었다.

하여간 그렇게 악명이 높은 서점이었는데 이게 무슨 일인가. 본 적 없는 뜨내기손님들 여럿이 서화를 구경하고, 아이들을 데려온 아비가 가르칠 교본들을 사고 있었다. 풍 씨는 구렁이 같던 평소와 달리 손님들의 비위를 맞추며 저렴한 가격으로 물건을 넘기던 중이었다.

그러던 풍 씨가 평소와 마찬가지로 흰옷에 흰 부채를 부치며 들어오는 금명을 보더니, 갑자기 기다렸다는 마냥 울음을 터뜨리는 게 아닌가.

-공자, 아이고, 내 고년 때문에 아주 욕을 봤소이다!

고년이라니? 욕을 보았다니? 당황은 순간이었으나 금명의 머리는 금세 답을 내어놓았다. 풍 씨가 자신에게 하소연을 할 만한 일, 그리고 여인에 관련된 일이라면 하나뿐이었으니까.

-그게 무슨 말씀이십니까, 주인장.

-일전에 그 금…….

갑자기 어물거리며 말을 멈춘 풍 씨가 빠르게 양옆을 둘러보고는 이내 속삭였다.

-있지 않소. 성질머리가 봄철 배암 같던 계집. 그 계집이 다시 내 점포에 왔지 뭡니까!

금명은 순간 살짝 동요하였다. 이유는 몰랐으나 그녀를 떠올리는 것만으로도 어쩐지 맥이 빨라지는 기분이었다.

-그래서요?

-그것도 홀몸이 아니구, 셋이나 되는 장정을 데려와서는 나를 협박하더라니까! 비싼 옷까지 차려입구 온 걸 보니 공자 말마따나 돈깨나 있는 집 딸년인가는 싶습디다. 딸려 온 장정들도 셋 다 어찌나 키가 크고 강골인지 원, 보기만 해도 오줌을 지릴 뻔했다니까.

-오호…….

그녀가 고귀한 신분임은 미리 짐작하고 있었던 금명이었다. 그러니 호위를 데리고 서점에 재방문했다 하여 놀랄 일은 아니었다. 사실 풍 씨가 유난을 떨어 대는 것이지, 진심으로 그녀가 복수를 하고자 했다면 이 가게가 멀쩡할 리 없음도 알았다. 그래서 대강 맞장구만 쳐 주고 있던 차에, 희한한 이야기를 들었다.

-글쎄, 한 놈은 키가 구 척은 되더라니깐!

-구 척…… 이라고요?

금명은 눈썹을 찌푸렸다. 말이 구척장신이지, 숫제 옛이야기에서나 나올 만한 수치가 아닌가. 칠 척 반만 되어도 신장으로 흠을 잡힐 일은 없었고, 팔 척이면 헌헌장부로 손꼽힐 정도였다.

금명 역시도 팔 척에 닿는 키이지만 자신과 비슷한 눈높이의 사내는 몹시 드물다는 것을 잘 알고 있었다. 그런데 구 척이라고?

처음에는 당연 풍 씨가 과장하는 말이리라 여겼다.

-어지간히 험상궂은 사내였나 보군요. 주인장이 구 척이라고 느꼈을 정도라면 말입니다.

-아니, 정말루 구 척 가까이 되더라구! 내 착각이 아니라 이겁니다!

풍 씨는 금명의 어투에서 불신을 느꼈는지 펄쩍 뛰었다.

-저, 저 서가를 보십쇼, 공자. 저것이 딱 구 척으로 짜인 물건이요. 헌데 그자가 저 옆에 서니까 반 뼘 차이도 안 났다니까!

그제야 설마, 싶었다. 단순히 머릿속으로 꾸며 낸 인상이 아니고, 멀쩡하게 가게를 채운 서가와 비교하여 내린 판단이라면 완전한 거짓은 아니리라. 하지만 어딘지 여전히 석연치 않았다.

-거기다 살색은 어찌나 짙은지, 꼭 야차 같더라구. 눈깔도 색이 샛노란 것이, 한번 쫙 노려보니 아주 호랭이 앞인 양 식은땀이 나더랍니다. 잘은 몰라도 강호인이나, 뭐 그런 무공깨나 익힌 자일 게야. 암, 멀쩡한 사내가 그리 살기를 풍길 수는 없지.

-그 아가씨가 그리 험악한 호위를 데려왔다는 말씀이십니까?

-한 놈도 아니고, 셋이나!

금명이 늦게나마 관심을 보이자 풍 씨는 신이 나서 침을 튀겨 가며 말했다.

-하나는 차림새도 웃기지, 머리칼 한 올 보이지 않게 머리를 싸매구선 그 위에 전립까지 썼더이다. 기생오래비 같은 새하얀 낯짝이라고 앞창에는

너울까지 드리웠지 뭐요. 그런데 이자도 팔 척은 되더라구, 원. 내 평생 살면서 팔척장신이라곤 여태 공자밖에 본 적이 없는데, 무슨 일루 한 번에 세 놈이나 더 상대해야 했는지!

-얼굴을 가렸다…… 는 것이군요.

-뭐, 하관은 보이긴 했지만요. 인물은 인물이더라만…… 하여간 고 계집이 보통 사람은 아닙니다. 대갓집 규수면 규수답게 처신하고 다녀야지, 원, 하녀 분장을 하고 돌아다니며 사고를 치질 않나, 뒤늦겐 저런 수상쩍은 놈들을 끼구 와서 사람 겁주질 않나…….

호위가 얼굴을 가린다, 라?

쉽사리 납득되지 않는 이야기였다. 차라리 호위를 받는 귀한 몸인 아가씨가 옥안을 가린다면 모를까 말이다. 게다가 보통 사람을 특정하기로는 턱과 코, 입매가 꽤나 중요하다. 그러므로 남들에게 알리고 싶지 않은 얼굴이라면 눈 밑으로 너울을 싸매든지, 아니면 금명 자신처럼 부채 따위로 하관을 가리는 게 보통이다.

범상찮은 아가씨라고 생각은 했지만, 점점 수수께끼로군. 금명은 습관처럼 부채를 흔들며 눈을 가름하게 떴다.

-다른 한 장정은요? 그 사람도 특이하던가요?

-아, 그거. 그거는 글쎄…….

열을 올리던 풍 씨가 갑자기 어물거렸다.

-왜 그러십니까? 그자가 협박이라도 했습니까?

-아뇨, 그런 건. 그런데 지금 공자랑 이야기를 하다 보니…….

-하다 보니?

-그놈은 호위가 아닐지도 모르겠다. 갑자기 그런 생각이 들어서 말입니다.

-흐음.

금명은 인내심 있게 풍 씨의 말을 기다렸다. 돈이라면 사족을 못 쓰는 자이기는 하나 어쨌건 장사꾼. 사람이라면 숱하게 봐 온 자였다. 그런 그가 세 번째 사내에게 뭔가 다른 점을 느꼈다면 주목할 만했다.

-예, 그러네요. 그자는 말입니다, 옷차림이 아주…… 고급이었거든요.

-고급이라면?

-온통 비단인데, 바탕색과 같은 실로 무늬까지 수놓인 상품이었죠. 허리를 맨 띠도 그렇고. 고 계집도 아주 본새 있게 입고 나왔는데, 거의 질은 비슷해 보이더라구요. 호위 일로는 그만큼 돈 벌기 쉽지 않지요. 나라님이나 지키는 정도의 호위가 아니라면 모를까. 하여간 예, 그자는 다른 놈들과 좀 달랐습디다.

-그자도 체격이 컸겠군요.

-암요, 팔 척은 충분했지요. 지 눈썹만큼이나 몸이 두꺼웠다니까. 딱 봐두 검깨나 쓰는 무골이구.

세 명의 호위 중에 하나는 구 척에 호안이고, 하나는 얼굴을 가리고, 하나는 호위답지 않은 비단옷을 걸쳤다. 이보다 흥미로운 난제는 드물었다.

-주인장께 직접 말을 건네던가요?

-그게…….

풍 씨가 눈을 이리저리 굴렸다.

-뭐, 멱살 잡구 욕해야만 협박인가요. 멀쩡한 가게에 들어와서 눈치 주고 나가면 그것두 협박이지…….

-옳은 말씀입니다.

금명은 최대한 많은 정보를 끌어내기 위해 서두르지 않았다.

-그 아가씨가 호위들을 무어라 부르던가요? 혹시 들으셨습니까?

-아!

풍 씨가 문득 뭔가 떠올랐다는 양 주먹을 손바닥에 내리쳤다.

-존대를 하더구만!

-존대요?

-그렇다니까!

-아가씨가 호위들에게 말입니까?

-내 말이! 웃기는 일이라 이겁니다. 나 같은 소상인에게 횡포를 부리러 와서는, 저가 부리는 놈들에겐 그리 예의 바르게…….

설마.

금명은 살짝 고개를 저었다.

'설마 그이가 현희장공주일 리가…….'

울새처럼 사랑스럽고 품위 있는 아가씨였다. 금자를 내놓기 전부터, 그녀가 옷차림과 달리 고귀한 신분이리라 확신했을 정도로. 하지만 그녀가 정말 현희장공주라면.

'부마도위의 인상착의가 지나치게 비슷하기는 해. 그렇지만…… 그렇다면 나머지 두 사내는 누구란 말인가? 현희장공주께서 부마와 다른 사내들을 함께 데리고 다닌다고?'

그야 지극히 존귀하신 분이니 호위를 거느리는 것은 당연하다. 부마도위가 강호 출신이라고는 해도 말이다. 거기까지는 문제가 없다. 하지만 장공주와 부마를 지키면서 감히 얼굴을 숨기는 호위와, 부마보다 값나가는 복장을 한 호위라고? 이상해도 한참 이상한 일이었다.

'다른 두 사내는 누구란 말인가?'

곰곰이 생각해 보았지만 바로 떠오르는 답이 없었다. 이리 곤란한 상황은 애초에 벌어져서는 안 되었다. 현숙한 공주라고 높임받는 현희부의 주인이, 신원이 불분명한 사내들을 이끌고…….

"왜, 뭐가 짚이는 것이라도 있느냐?"

"아, 아닙니다."

조용해진 금명을 보고 태후가 캐물었다.

"내 말이 못 미덥거든 네 눈으로 직접 보거라. 그러면 너도 현희장공주가 안쓰러울 테니까. 한창 행복한 새신부의 모습이 맞는가 말이다. 너도 사내이고 측은지심이 있다면 아마 무슨 수를 써서라도 구해 주고 싶다,

싶겠지."

부마도위가 무찔러야 할 괴수라도 된다는 식의 말씀이었다. 금명은 애매하게 눈가를 접으며 찻잔만 어루만졌다.

그때 내전 밖에서 시녀가 여쭈었다.

"태후마마, 질녀이신 금청아 아가씨께서 인사를 올리고자 하옵니다."

금청아가 드디어 도착한 것이다.

"오, 어서 들라 하거라."

태후는 반기는 기색이 만연했지만 금명은 아니었다. 그는 사촌인 금옥아, 금청아 자매와 평생 단 한 번도 우애를 느껴 본 일이 없었다. 하물며 고모인 태후 앞에서 얼굴을 마주 대고, 황후의 탄신연까지 동석해야 한다니 차고도 넘치는 고역이었다. 게다가 어떤 화제가 떠오를지 생각만 해도 한숨이 나왔다.

방장이 열리고, 시녀의 인도를 따라 금청아가 들어오는 소리가 들렸다. 내전의 옥 주렴이 젖혀지며 위태롭게 짤랑거렸다.

"태후마마를 뵈옵니다. 만수무강하소서."

카랑카랑한 목소리였다. 교태와 어리광이 묻어 있음에도 그보다 자의식이 한층 높이 자리했음이 노골적으로 드러났다.

"명 오라버니도 오랜만이네요. 반갑기도 해라."

일부러 금명에게까지 인사를 건넨다. 같은 공간 안에 자신에게 집중하지 않는 사람이 있다는 사실 자체를 견디지 못하는 것이다. 태후의 앞이었다. 두 조카가 화목하기를, 금가의 앞날을 빛내 주기를 바라는 분이었다. 금명은 자신의 거부감을 능숙하게 감추며 고개를 돌려 빙긋 웃었다.

"청아. 잘 지냈나 보구나."

"저야 못 지낼 이유가 있나요. 항상 고모님께서 신경을 써 주시는데."

금청아가 입꼬리를 높게 올리며 미소지었다. 제 언니와 마찬가지로 올빼미를 연상시키는 인상이었다. 희고 미끄러운 살결에 오밀조밀한 이목구비.

다만 금 귀비보다 눈이 크고, 입도 가로로 더 길었다. 음전한 느낌은 금 귀비에 비해 덜하지만 대신 화려함이 있었다.

분명 미인이라 할 만한 자태였으나 금명은 한 번도 금씨 자매를 아름답다고 느껴본 적이 없었다. 차라리 고모이신 태후의 기품은 인정하였다. 그런데 금 자매에게는 본능적인 거부감이 들었다. 단순히 친척이기에 매력을 느끼지 못하는 것이라 치부하기에는 심할 정도였다. 대가리를 치켜든 뱀을 보면 느낄 법한 불쾌함과 거북함.

백의를 입은 금명의 곁에 오니 금청아가 걸친 화려한 색이 더욱 눈에 띄었다. 보랏빛이 도는 붉은색이었다. 거기다 허리는 은빛으로 매고, 옥 노리개를 몇 개씩이나 늘어뜨렸다. 기름을 발라 빗질하여 윤을 낸 머리에는 진주와 홍보석으로 된 장신구를 꽂았으니 위세가 등등하다.

황실의 인척이라지만 혼인도 아니한 처녀다. 외명부로서 봉호를 받은 것도 아닐진대 과한 치장이었다.

"아주 예쁘게 차려입었구나, 청아야."

"태후마마께서 보내 주신 천으로 만들었어요. 마음에 드시나요?"

"적자색은 귀인의 색이니, 훌륭하지. 분명 우리 가문과 너에게 좋은 일이 생길 거다."

태후는 금청아의 복장에 흡족한 듯했다. 그러나 금명이 보기에는 금청아에게 어울리지 않는 색이었다. 적자색이라. 백사처럼 냉기가 도는 금가의 살결에 과분했다.

'꼭 황후마마가 아니라 네가 주인공인 잔치 같구나.'

금명은 속으로만 생각했다.

'분명 금 귀도 작정하고 단장하였을 테니, 기 싸움이 대단하겠어. 이래서 황궁 일에 끼어들고 싶지 않았는데…….'

금 귀비가 이기려는 상대야 황후일 터. 하지만 금청아는 무엇 때문에 저리 전의로 가득 찼을까?

금명은 잠시 눈을 내리깔았다. 머릿속에서 맞춰지려는 실마리들이 경고하듯 웅성거렸다.

"자, 그러면 이제 너희는 가 보거라. 잔치에 늦는 것도 예의가 아니니."

금청아의 자태를 확인한 태후가 만족한 목소리로 말했다. 금명과 금청아는 자리에서 일어나 절을 하고 물러섰다. 그리고 연회가 열리는 청락전으로 향했다.

"오라버니는 어떻게 지내셨나요?"

길을 안내하는 태감 하나가 멀찍이 앞서고, 시종들 역시 거리를 둔 채고개를 숙이고 뒤를 따랐다. 어화원을 지나가는 길목인지라 단풍과 가을꽃이 흐드러져 그림처럼 아름다운 풍경이었다. 그 가운데서 갑작스레 금청아가 말문을 틔웠다.

"평소처럼 지냈지. 별다른 일은 없었단다."

금명은 부채를 느리게 부치며 답했다.

"시를 읊고, 새를 치며 말인가요?"

"비슷하지."

새는 치는 게 아니라고 고쳐 줄까 했으나 말았다. 금씨 자매와 말을 길게 나누어서 유쾌했던 적이 없기 때문이었다.

"오라버니가 이제 스물한 살인가요?"

"너보다 세 살 많으니 그렇겠지."

"우리 언니보다는 두 살 적고 말이에요."

금청아가 놓치지 않고 싱긋 웃었다. 저보다 다섯 살 많은 언니가 황후와 황제보다도 연상이라는 점이 못내 만족스러운 낯이었다. 그것이 황후를 얕잡아 볼 수 있어서인지, 아니면 황제보다 빨리 늙을 언니를 생각하면 기분이 좋아서인지는 모르겠지만 말이다.

"그렇다면 이제 슬슬 혼인을 하셔야 할 때네요."

이어지는 공격은 예상한 범위 내였다.

"인연이 있겠지. 서두르고 싶지는 않단다."

"놓친 기회가 아쉬워서는 아니고요?"

금명은 별다른 반응을 보이지 않았다.

"애초부터 내 것이 아니었거늘 아쉬울 이유가 있겠니."

"그렇지만 부마도위인걸요. 현희장공주라니, 남려에서 그보다 품격 높은 혼인 상대는 없지요."

"지금도 집에서 소일하는 한량이 어찌 부마도위 같은 중책을 맡을까. 오히려 마음이 편하구나."

"오라버니도 은근 거짓말을 잘하네요, 정말."

금청아가 눈을 가늘게 뜨고 웃었다. 눈매가 치켜 올라가며 올빼미처럼 섬뜩해졌다.

"솔직하게 말하면 어디가 덧나나요? 부마도위가 되지 못해서 아쉽다고 한마디만 하면 될 것을. 꼭 나만 나쁜 사람으로 만들고 말이에요. 체면치레를 너무 한다니까."

"나는 솔직하게 말하고 있단다. 진심으로 말이다."

금명이 부채로 입가를 가리며 말했다.

"인연은 하늘에서 내리는 것이니 안타까울 필요가 무엇일까. 헛된 욕심만큼 인세를 어지럽히는 것도 없으니."

"하, 하. 또 혼자 잘난 척."

금청아가 금명을 쳐다보며 킬킬거렸다.

"하지만 내 언니는 귀비이고, 나는 은가로 시집을 갈 텐데, 오라버니만 별 볼 일 없는 여자와 혼인한다면 그 꼴이 어떨까? 그때는 차릴 체면도 없을 텐데 말이에요."

금명은 더는 대꾸하지 않았다.

풍악 소리가 들려왔다. 청락전으로 향하는 길목에는 소담한 국화꽃이 가득하고, 담마다 벽마다 주렁주렁 비단꽃이 붉게 장식되어 있었다. 여인들이 숨죽인 목소리와 은밀한 키득거림이 땅을 타고 기어 다녔다. 몰리는 인파를 보아도 개중에 사내는 몇 되지 않아 보였다.

역시, 내가 와서 좋을 것이 없는데.

입맛이 쏩쓸하였다. 태후께서는 지금까지도 금명 그와 현희장공주를 이어 주는 꿈을 포기하지 않은 것이다. 이런 자리를 빌어서라도 꼭 얼굴을 보여 주고 싶으신 모양이다.

그리고 상석에 자리한 현희장공주와 부마도위를 보는 순간이었다. 금명은 깨달았다.

어쩌면 태후가 옳았을지도 모른다고.

-너도 사내이고 측은지심이 있다면…… 무슨 수를 써서라도.

금명은 저도 모르게 주먹을 꽉 움켜쥐었다. 이런 식으로 자신 안의 남성을 인지하게 될 줄이야.

그날, 서점의 그 아가씨였다.

* * *

도성의 내로라하는 장인들과 황궁에서 한숨 돌리고 있던 직인들이 불철주야로 일해 주었다. 그 덕분에 금련 접시들은 무사히 기한을 맞추어 태어날 수 있었다.

옥련과 금련 접시들은 도톰한 천에 둘둘 싸 말아 깨질 일 없도록 큰 궤에 넣었고, 마차에 실을 때에도 단단하게 고정하였다. 맹영대가 새벽부터 일어나 잔솔가지에 불을 붙이며 눈물을 뽑아 준 덕에 함께 올릴 강로식 음식 몇 가지도 완성되었다.

가을꽃들은 주아가 진작에 점찍어 관리하던 가지에서 잘라 내 은으로 만든 화병에 꽂아 가져간다. 제철 과일은 부엌에서 온 하인들이 모여 갑론을박을 해 가며 골라낸 최상품이다. 사과는 홍보석처럼 윤기가 흘렀고 감은 황옥 같은 자태로 단내를 풍겼다.

그러니까, 걱정할 일이라고는 하나도 없어야 마땅한데.

화영은 작게 한숨을 쉬었다.

눈 앞에 펼쳐진 연회장은 규모가 까마득하게 컸다. 꾸밈에도 비용을 아끼지 않은 태가 났다. 평소 검소하던 오빠답지 않은 일이었으나, 반대로 생각하면 그만큼 새언니의 체면을 세워 주고 싶다는 뜻이리라. 하긴 그간 사치한 적이 없으니 이 날 하루쯤은 괜찮을지도 모르지. 그런데도 어쩐지 불안했다. 속이 편하지 않았다.

현희장공주에게 배치된 자리는 황후의 좌석 바로 밑, 우측의 첫 번째 상석이었다. 일단은 현희부를 받아 궁을 나갔고, 혼인까지 하였으니 외명부 측으로 배정된 것이다. 여기에 대해서는 별 불만이 없었다. 황후의 좌측은 그렇다면 분명 내명부인 후궁들이 첩지에 따라 줄줄이 앉을 터인데, 그 가운데 낀다면 오히려 법도에 어긋났으리라. 게다가 화영은 혼자가 아니었다.

'……다들 잘 도착했으려나.'

옆에 앉은 관호는 드물게 비단으로 만든 예복을 입었다. 짙고도 채도가 낮은 하엽색이었는데, 한겨울에도 뚜렷한 솔잎을 떠올리게 했다. 소맷자락에는 말린 풀처럼 침착한 색깔의 비단실로 석산을 수놓아 단정하면서도 품위가 있었다. 단단한 허리는 갈색 가죽 요대로 둘러매어 무인다운 인상을 풍겼고, 간결하게 묶던 긴 머리카락도 이번만은 황옥으로 만든 속발관으로 틀어 부마도위답게 처신하였다.

은룡과 맹타안은 보이지 않았다.

화영은 다시금 쏟아지려는 한숨을 가까스로 참아 삼켰다. 황후마마께서는 아직 등장하지 않으셨지만, 미리 자리를 채우고 있는 이들이 대다수였다. 그리고 그 호기심 많은 눈들은 지금 죄다 현희장공주인 그녀와 부마도위인 관호에게 꽂혀 있었다. 빈틈을 보여서는 안 되었다.

"······염려 마시오."

관호가 조용히 말했다. 무척 낮은 음성이었던 데다가 거의 입술을 움직이지도 않았기에 화영을 제외하곤 그가 말을 건넸다고 알아채지 못할 터였다.

"은······ 기도위와 그 벗은 잔치가 물이 오르면 조용히 뒤편에서 참석할 것이오. 지금 바로 등장하는 것은 위험이 너무 크니까."

맞는 말이었다. 화영은 저도 모르게 대답하려다가 대신 얕게 고개를 끄덕였다.

마주 보는 줄에 차려 앉은 후궁들은 날카로운 눈으로 서로의 치장을 뜯어보았고, 달콤한 입으로 궁 바깥에서 온 손님들에 대해 수군거리고 있었다. 악사들이 뜯는 가락으로도 이 팽팽한 긴장감을 덮을 수는 없었다. 이런 와중에 은룡과 맹타안이 청락전에 들어와 앉는다면? 먹이 냄새를 맡은 메기처럼 온 이목이 그들을 향할 것이다.

황후의 하나뿐인 남동생. 장래가 보장된 청년. 심지어 미혼. 내명부도 외명부도 관심을 쏟을 만한 차고 넘치는 이유였다. 다들 제 집안의 누이나 여식과 이어 주려 몸이 달았을 테니 말이다. 그런 상황에서 은룡이 파사식으로 온몸을 감싼 수수께끼의 손님과 함께 들어온다면······.

어쩐지 입맛이 썼다.

오늘 아침 현희부를 나서기 전 화영과 세 부마는 한자리에 모였다. 그러자고 약조한 일도 아니었는데 그렇게 되어 버렸다. 그때 자신을 바라보던 부마들의 표정. 부마들을 마주한 자신의 표정.

은룡은 익숙한 남색의 기도위 정복을 입었다. 황후의 아우라는 명패보다는 기도위로서 자리에 참석할 성싶었다. 하긴, 그게 은요에게도 보다 힘이 되겠지. 화영 그녀도 은룡이 다른 어떠한 옷보다 기도위 정복을 입고 있는 모습이 좋았다.

이유는 몰랐지만, 그 단정함과 각 잡힌 반듯함을 보면 마음 한구석이 간질간질하면서 놀리고 싶어졌다. 그러면서도 안심이 되기도 했다. 물론 은룡에게는 한 번도 고백한 적 없는 이야기이지만.

그리고 맹타안은…… 맹타안인지 알아볼 수가 없을 정도였다. 팔 척이라는 큰 키와 두껍게 걸친 겉옷으로도 숨길 수 없는 너른 어깨와 날렵한 긴 다리는 그대로였지만, 그가 항상 자랑하던 조각 같은 얼굴과 금빛 머리카락은 회칠이라도 한 듯 두건과 너울 사이로 사라졌다.

금과 보석이 주렁주렁 꿰인 파사식 두건이었고, 너울에도 금사로 수가 놓여 화려함은 대단했다. 하지만 결코 맹타안답지 않은 복장이었다. 숨기고 가리기 위한 옷이니 값어치와 무관하게 답답함 일색이었다. 천리마에게 황금 족쇄를 채우고 꽃을 수놓은 비단 유군을 입힌 셈이었다. 맹타안이라는 존재에 대한 일견의 모욕이었다.

화영이 차마 말을 떼지 못하고 얼굴이 창백해지자, 맹타안이 먼저 그녀를 달랬다.

-너울을 드리우길 잘했군. 맨눈으로 부인을 보았다면 그 아름다움에 눈이 멀고야 말았을 테니까.

"오늘 일찍 귀가하도록 해요."

화영의 소곤거리는 목소리에 관호가 흘긋 그녀를 쳐다보았다. 최대한 작게 말하느라 숫제 그에게 상체를 한참 기울인 모습이었다.

"그렇지만 황후마마의 생일 아니오. 황후에 대한 부인의 정이 유별나거늘, 그래도 되겠소?"

"나 혼자 편하자고 당신…… 들을 이 가시방석에 둘 수는 없으니까요."

관호는 잠시 침묵하였다. 가까이 몸을 기울인 화영에게서 연꽃을 닮은 청아한 체취와 동백유로 빗은 머리카락의 향기가 느껴졌다.

"좋소. 당신만 괜찮다면."

그는 이 순간을 잃어버리고 싶지 않다는 것처럼 느리게 말했다.

"우리가 일어난다면 다들 알아서 처신할 것이오. 현희부에서 만나게 되겠지."

그때 악사들이 연주하던 음색이 한층 깊어지다가 뚝 멈추었다. 청락전 안의 사람들은 예상했다는 듯 긴장하여 일어섰다. 문밖에서 태감이 큰소리로 외쳤다.

"황후마마 납시오-"

이제부터가 연회의 시작이었다. 아까와는 비교도 하지 못할 만큼 강렬한 열기가 청락전 안을 가득 채웠다. 후궁들은 공공의 적인 황후 앞에서 절을 올렸지만 황후가 지나간 자리마저 노려보았고, 초대되어 온 외명부 인사들은 황제가 사랑해 마지않는 정궁을 보는 기회에 흥분을 감추지 못했다. 분명 즐거움과 축하, 기쁨이 가득한 생일잔치는 아니었다. 화영은 가슴이 아팠다.

은요는 금사와 은사로 수놓인 예복을 입고 열두 개의 가지를 뻗은 황금나무로 머리를 장식하였다. 늘어뜨린 노리개며 옥환마저 하나같이 돈으로도 구하지 못하는 최상품이었고, 손목에 찬 팔찌들 역시 대대로 물려지는 황후의 보물이었다.

'하지만……'

화영은 문득 입술을 깨물었다.

'은요 언니는…… 용중사에서 보았을 때가 더 예뻤는데.'

황후로서 정복을 차려입은 지금이 아름답지 않다는 것은 아니다. 이처럼 금과 진주를 휘감고 어찌 아름답지 않을 수 있겠는가. 하지만 화영의 눈에는 은요가 느끼는 압박감과 긴장이 또렷하게 보였다. 절을 받으며 기품있는 걸음걸이로 지나가는 새언니가 사실은 당장이라도 기절할 듯 질려 있음을 알아챈 것은 청락전에서 저 하나뿐인 것 같았다.

'언니는 워낙 가녀리고 우아하니, 금사 은사로 휘감는 것보다 맑고 깨끗한 색으로 단정하게 입는 게 더 어울려. 머리도 마찬가지야. 아무리 황후의 위엄을 내보여야 한다지만, 저렇게 금비녀니 보요니 가득 꽂아 두니 당장이라도 목이 기우뚱 꺾일 것 같잖아. 안 그래도 저렇게 가냘픈 사람

인데……!'

하지만 어쩔 수 있겠는가?

은요만큼이나 화영 그녀 자신도 옴짝달싹할 수 없는 처지였다. 화려한 새장은 승라궁에서 현희부로 이름만 바뀌었을 뿐, 황실의 존귀한 여인들은 결코 신분이나 지위를 제한 진정한 자신으로 행동하고 선택할 수 없었다.

한때 용중사에서 벌였던 잔치가 생각났다. 그때는 주영과 화영의 생일이었지만. 슴슴한 무떡과 호박잎으로 만든 국뿐이었지만 얼마나 즐거웠던가.

외숙은 은룡이 은가에서 몰래 가져온 소고기 산적을 모른 체해 주었고, 은요는 주영을 위해서는 돌로 만든 단지에 봉한 우롱차를, 그리고 화영을 위해서는 달콤한 당밀 과자를 선물해 주었다. 옷차림도 격식도 없는 한 칸 방에서의 생일상이었다. 하지만 매일이 생일 같기를 바랄 만한 가치가 있었다.

'그렇지만 지금은…… 매일이 이래서는 죽어 버리고 말 거야. 은요 언니도, 나도.'

숨이 막힐 것 같았다.

화영은 애써 눈을 깜빡이며 평정심을 찾으려 노력했다.

"부인."

짧은 속삭임과 함께 커다랗고 뜨거운 손이 잠시 그녀의 등을 감쌌다.

"절을 올려야 하오."

여전히 관호는 입술을 거의 움직이지 않으면서 화영에게만 들리도록 말했다. 화영은 순간 흠칫 놀라 주위를 훑어보았다. 다들 황후를 향해 절을 하며 복을 빌고 있었다.

'그래, 은요 언니는 이제 황후…… 만나면 예를 갖추어 문안해야 할 분이지.'

옛 생각에 취해 감상에 젖어 있을 여유가 없었다. 화영은 재빨리 다른 사람들과 맞추어 인사를 올렸고, 관호 역시 화영과 행동을 맞추었다. 낮게 엎드려 절하는 후궁들이나 외명부 손님과는 달리 화영과 관호는 무릎만

꿇은 채 가볍게 고개를 숙이고, 읍을 하는 것으로 끝났다.

'금 귀비가 안 보이네?'

헌데 이상한 일이었다. 내명부 중 가장 높은 자리, 즉 화영과 마주 보는 자리가 비어 있었다. 첩지로 따진다면 황후 밑은 귀비. 아무리 황후를 못마땅히 여기는 금 귀비라도 탄신연을 무시할 수는 없는 일이다. 설령 지각이라 해도 크게 꾸짖음 당해 마땅한 터. 일부러 수모를 당하려고 늦지는 않을 텐데.

'그러면 도대체 무슨 꿍꿍이로……'

찜찜한 불안감이 점차 커졌다. 그러나 화영은 내색하지 않으려 노력했다.

모두가 한목소리로 황후께 인사를 올린다.

황후는 가장 높은 자리에 앉아 청락전에 모인 수많은 사람들을 바라보며 부드러운 목소리로 앉으라고 허락하였다. 다시금 악사들이 음악을 연주하기 시작하고, 시녀들은 본격적으로 음식과 술을 나른다.

황후 눈에도 귀비의 빈자리가 보이는 바였다.

"금 귀비는 어찌 되었는가?"

황후의 목소리는 깨끗했지만 어딘지 위태로웠다.

"귀비마마께옵서는 준비할 것이 많아 잠시 늦으십니다. 부디 황후마마께서 너그러이 양해하여 주시기를 바라옵니다."

금 귀비 자리의 뒤에 서 있던 시녀가 냉큼 대답했다. 참으로 건방지기 짝이 없는 말이었다. 황후의 탄신연에 귀비가 늦다니! 핑계랍시고 대는 이유가 준비할 것이 많아서라니!

금 귀비의 위세가 대단하다는 소리는 있었으나 이렇게 대놓고 잔치를 망칠 줄은 몰랐다. 후궁들도 얼굴이 굳었고 초대한 외명부에서도 고요한 소란이 일었다. 듣는 화영도 얼굴에서 열이 오르거늘 정작 은요 본인은 어떻겠는가.

하지만 황후는 침착하고 부드럽게 처신했다.

"그렇군. 귀비는 일이 많으니 그럴 수도 있겠지. 그러면 먼저 시작하도록 하세."

온후한 대답이었다. 분명 상한 마음을 필사적으로 감춘 것이겠지. 은요는 금 귀비를 대할 때마다 어려워하고는 했다. 태후가 애초에 자신이 아니라 금 귀비를 황후로 세우겠다 주장하였음을 알아서였을까. 비록 황제의 드문 반발로 인해 금 귀비는 춘양궁이 아닌 온헌궁에 자리 잡게 되었지만, 어쨌거나 그녀 역시 황제의 여인이 된 셈이다.

그런 은요의 심정을, 화영은 이제는 이해할 수 있을 것 같았다.

예전에는 몰랐다. 어차피 오빠가 사랑하는 것은 은요 언니뿐인데 태후가 억지로 밀어 넣은 귀비 따위를 왜 신경 쓰냐고 속을 태웠지.

하지만 이제는 알 것 같았다. 사모하는 이를 온전히 소유할 수 없음이 얼마나 큰 고통인지. 명분만이나마 첩들이 설 자리가 있다는 것이, 그리고 그것을 감안하고 보살펴 주어야 한다는 의무가 어찌나 속을 갉아먹을지.

주영과 은요는 말 그대로 하늘이 짝지어 준 한 쌍이었다. 꼬마 은룡이 화영에게 맹목적으로 반했던 것처럼 주영과 은요는 서로에게 한눈에 사랑을 느꼈다. 그렇게 십여 년을 서로만 바라보고 지켜온 정절이었다. 은요가 정결하듯이 주영 역시 다른 여인은 마음에도 품에도 두지 않았다. 흰 비단처럼 깨끗하고 지고지순한 사랑이요, 월하정인이 자랑스러워할 만한 한 쌍이었다.

그런데 지금은.

'물론 지금도 오빠는 은요 언니만을 사랑하지만……'

줄줄이 앉아 미모를 뽐내고 있는 후궁들을 보자니 화영의 마음 한구석이 아프도록 차가워졌다. 남편의 마음을 빼앗고자 미모와 재주를 갈고닦으며 기회만 노리는 늑대 무리가 아닌가. 그런데도 황후는 후궁의 우두머리로 그들을 보호하고 자비를 보여 주어야만 했다.

'나라면 참지 못했을 텐데. 언니는 어떻게 이런 걸 견딜 수 있지?'

문득 관호에게 시선이 갔다.

관호의 표정은 언제나처럼 무심하게 보였다. 쉽사리 말을 붙일 수 없는 근엄함과 차가운 담담함이 얼굴에 조각되었다는 듯이 말이다. 하지만 화영은 알고 있었다. 냉정하게만 보이는 그의 안에 사실은 누구에게도 지지 않을 정염이 불꽃처럼 타오르고 있다는 것을.

이상한 일이었다. 은요 언니와 그가 왜 겹치게 느껴지는 것일까. 첩들에게 자애로운 미소를 보여야만 하는 황후와 관호 그가, 왜.

－맹 부마와 개인적인 친분은 없다만 첫 번째 남편이자 부마도위로서 이 정도 대변하는 것 역시 책임이겠지.

어쩌면 금 귀비를 배려하는 은요의 심정이, 그때 관호와 비슷하지는 않을까?

만일 관호가 언급하지 않았다면 화영이 먼저 맹타안을 찾아가는 일은 없었으리라. 아직 거북스러운 상황이었고, 맹타안의 상심을 제대로 알지 못했으니까. 결국 맹타안과 단둘이 백련호에 놀러 가서 연을 날리게 된 것은 관호가 그를 찾아가 위로하라 권하였기 때문이었다.

'난…… 맹타안이랑 나들이 간다고 미리 말도 안 해 줬는데.'

화영은 죄라도 진 사람처럼 관호를 곁눈질하였다. 차마 고개를 돌려 그를 똑바로 바라볼 용기가 없었다. 관호의 옆모습은 돌을 깎아 낸 것처럼 사납고도 위엄이 있었다. 주위에서 어떤 소란이 일어도, 어떤 수군거림이 맴돌아도 그는 조금도 동요하지 않는 듯하였다.

'그, 그래. 괜한 착각이야. 의리! 그래, 강호인의 의리인 거지. 같은 처지에 있는 맹타안이니까, 의리 때문에 한마디 해 준 거라고. 의협을 중요시하는 사람이잖아. 그 한마디 보태 주면서 설마 속이 상했겠어?'

자신뿐 아니라 맹타안도 보아 달라고 부탁하면서 관호가 마음을 다쳤다면? 그 이유는 하나뿐이리라. 마치 은요가 오빠를 사랑하듯이 그가 화영 그녀를 사랑한다는, 불가능한 이유.

그러니 그럴 리 없었다.

'애초에 은요 언니와 관호는 아예 경우가 다른걸. 왜 이상하게 겹쳐 봐서는⋯⋯.'

그렇게 애써 머리를 정리했지만 마음은 좀처럼 개운해지지 않았다. 화영은 괜히 상 위에 올라온 녹두떡을 집어 먹었다.

탄신연답게 선물 공세가 시작되었다. 우선은 순서대로 매끄럽게 진행되었다. 먼저는 외부의 관리들과 명문대가들의 선물이 줄줄이 들어왔다. 도태감이 큰 목소리로 바치는 이의 이름과 관직, 가문을 밝혔고 황후의 측근 시녀가 직접 선물에 씌운 천을 벗겨 내리며 공개했다.

하주목은 희귀한 흰 여우로만 만든 피풍의를 진상하였고, 위주목은 각기 백옥과 황옥, 청옥으로 만든 피리를 보내 왔다. 강주에서는 오십 명의 소녀가 수를 놓았다는 불화(佛畵)를, 나주에서는 상아로 만든 수저를 바쳤다.

"아."

남려 각지에서 보낸 기이한 볼거리들에 이목이 집중되어 있을 때였다. 은근히 계속 주위를 살피던 화영의 눈에 은룡이 들어왔다.

은룡과 은요의 모친인 국태부인3) 뒤편에 은룡이 앉아 있었다. 시녀가 안절부절못하며 상을 배치하려 했으나 칼같이 거절하는 모습이 몇 번 보였다. 기도위로 참여한 연회이니 먹고 마실 생각이 없다고 잘라 내는 것이겠지. 은룡다운 처신이었다.

"⋯⋯."

화영이 갑자기 희색을 띠자 관호 역시도 흘긋 그녀의 시선을 따라갔다. 반듯하게 자리에 앉은 은룡이 보이자 관호는 그저 눈을 깜빡였을 뿐, 더는 언급하지 않았다.

"하지만 맹, 아니 그 사람은."

"앞줄에 앉지는 않았을 거요. 기도위와 함께 입궁했겠으나 자리는 달리 정해졌을 터이니."

---

3) 국태부인(國太夫人)- 황후의 어머니에게 주어지는 관작

보이지 않는 맹타안을 입에 올리자 그제야 관호가 못 이겨 답하였다.

"괜히 눈에 띄어 보았자 좋은 점이 없음을 그도 알 것이오. 폐하도 아시니 적절히 배치하셨겠지. 염려치 마시오."

"하지만 혹시라도."

"부인."

관호가 아예 화영에게 고개를 돌리고 정면으로 그녀를 응시하였다.

"아주 잠시만이라도 그자 생각을 하지 않으면 아니 되겠소?"

담담하기 그지없는 음성이었다. 하지만 결코 담담하지 않은 내용이었다. 화영은 순간 할 말을 잊고 말았다.

아니, 그런…… 당신이 생각하는 그런 게 아닌데. 당황스러웠으나 가슴 언저리가 뜨끔하기도 했다.

하지만 그녀가 무어라 변호하기도 전에 관호는 곧장 고개를 돌렸다. 그리고는 상주에서 바친 금빛 난초에게로 시선을 고정시켜 버렸다.

이제는 후궁들이 황후에게 축하를 올릴 차례였다.

"귀비는 아직인듯하니, 양비가 대신하도록 하게."

비빈 중 가장 지위가 높은 귀비가 대표하여 축사를 읊고 술을 바쳐야 하는데 정작 금 귀비가 부재하니 어쩔 것인가. 영영 기다리고 있을 수도 없는 노릇. 결국 은요가 여전히 부드러운 미소를 띤 채 대안을 내놓았다. 저들끼리도 눈치만 보고 있던 후궁들도 그제야 안심한 듯했다.

양비가 조심스럽게 술잔을 들고 목을 가다듬으려 하던 때였다.

"귀비마마께서 오셨습니다."

금 귀비가 기다렸다는 듯이 태감과 시녀들을 거느리고 청락전으로 들어서고 있었다.

"황후마마를 뵈옵니다. 복을 누리소서."

금 귀비가 다소곳이 무릎을 꿇었다. 꼭 보라는 듯한 태도였다.

"후궁의 윗전으로서 이렇게 늦게 되어 송구하옵니다. 하지만 이유가 있사옵니다. 부디 노하지 마시옵소서, 마마."

어찌나 가련한 양어깨를 움츠리는지, 포악한 황후에게 입을 화가 두려운 애첩 같았다. 입은 옷도 일부러 푸른 기가 감도는 은색에 은제 장신구로 꾸민 터라, 더할 나위 없이 정숙하고도 검소해 보이는 차림이었다. 화영은 자신도 모르게 입술을 깨물었다.

'꼭…… 사가에서 은요 언니가 하고 다니던 것 같잖아?! 금은보화로 칭칭 둘러싸고 다니던 사람이, 하필 오늘 왜……?'

게다가 처량한 연기를 하면서도 이마가 닿도록 하는 절은 자연스럽게 빼놓았다. 하지만 많은 이들은 듣던 바와 다른 금 귀비의 행동거지에 혼란스러운 터라 알아채지 못한 듯했다.

은요는 애써 태연함을 유지하며 미소를 지었다.

"늦었지만 와 주어서 고맙네. 어서 자리에 앉게나."

"황후마마, 소첩은 다름 아니라 태후마마의 부름을 받잡느라 이리 늦고야 말았사옵니다. 태후마마의 체면을 생각하셔서라도 소첩을 용서하여 주시옵소서."

은요가 질책을 하지도 않았는데 마치 한 차례 따끔하게 꾸짖음을 당한 듯한 대답이었다. 평정을 유지하려던 은요의 낯빛이 창백해졌다.

"그래, 태후께서는 조카인 귀비를 각별히 여기시지. 본궁도 알고 있네."

은요는 가까스로 용서해 주겠다는 말만은 하지 않고 넘어갔다. 애초에 혼낸 적도 없거늘 용서부터 하겠다니, 나중에 말이 어찌 돌까 우려한 탓이리라. 말 한마디도 극히 조심해야 하는 상황이었다. 화영은 긴장한 나머지 소맷자락을 꽉 움켜쥐었다.

금 귀비의 눈이 가늘어졌다. 은요가 쉽게 넘어오지 않자 아쉬운 모양이었다. 하지만 그녀는 이미 충분한 무기를 갖추고 있었다.

"황후마마, 태후께서도 마마의 생신을 축하하고자 귀한 선물을 준비하셨답니다. 하지만 윗전이신 태후께서 직접 행차하신다면 황후마마의 즐거움을 빼앗는 격이니, 자녕궁에서 홀로 복을 비시겠다 하셨사옵니다. 그리하여 소첩이 자녕궁에 들러 태후마마의 선물을 함께 가지고 오느라 연회에 늦게 참석하고 말았지요. 허나 핑계는 핑계일 뿐. 귀비로서 몸가짐을 바로 하지 못했으니 마땅히 벌을 주시지요.”

“내 괜찮다고 하지 않았나. 오히려 귀비가 태후마마를 효로써 잘 섬기니 고마울 뿐이네.”

은요의 낯빛이 점점 더 파리해졌다.

그 광경을 지켜보는 국태부인과 은룡의 얼굴도 굳었다.

내외명부 앞에서 태후는 황후가 아닌 제 편이며, 황후 쪽에서도 태후를 꺼려한다는 인상을 주는 발언이었다. 사정을 모르는 이들이 본다면 귀비가 참으로 정성으로 황실 어른을 섬기고, 황후에게도 몸을 낮추어 겸손하다고 여기겠지.

잔을 들고 있던 양비가 당황하여 우왕좌왕하다 급히 손을 내려놓았다. 그리고 머리를 조아리며 말했다.

“황후마마, 귀비가 오셨으니 소첩은 물러서겠나이다. 귀비께서 잔을 올리는 것이 법도에 맞으니 어찌 소첩이 그 자리를 넘보겠사옵니까.”

이것도 좋지 않았다.

마치 황후가 일부러 귀비를 무시하고 비에게 그 권리를 이양시키려 했다고 오해할 수 있지 않은가.

‘역시…… 귀비의 위세가 무섭구나. 게다가 은요 언니는 비빈들에게 원망을 사고 있으니…….’

정궁의 미덕이 무엇이냐? 지아비의 등을 떠밀어서라도 후궁전에 보내야 하는 것이 아니냐, 라는 소리가 나오고 있다더니. 과연 그 발원지가 어딘지 한눈에 보였다. 화영은 주먹을 꼭 쥐었다. 온 후궁이 황후의 적이었다.

결국 금 귀비는 의기양양하게 자태를 뽐내며 제 자리를 찾아 앉았고, 금으로 만든 잔을 들어 황후를 향해 복을 빌며 술을 한 모금 마셨다. 그 잔을 거절할 수 없으니 황후 역시도 자기 몫의 금잔을 들어야만 했다.

"자, 그러면 우선 태후께서 보내신 선물을 소개해야겠지요. 소월, 걷거라."

금 귀비가 곧바로 여세를 몰아 말했다. 장내 분위기는 이제 완전히 금 귀비에게 쏠려 버렸다.

태후의 선물은 붉게 주칠한 나무 쟁반 위에 놓여 있었는데, 보라색 비단 천으로 덮여 있었다. 금 귀비의 시녀가 젠체하며 천을 걷자 모두가 그 내용물을 볼 수 있었다.

"태후께서 황자비이셨던 시절, 당시의 태후이셨던 자명 태후께 하사받은 보물이옵니다. 그 예를 따라 태후께서도 황실의 며느리에게 물려주고자 하시니, 길일인 오늘이 좋겠다 하여 소첩이 전해 드리옵니다."

순금으로 만든 커다란 용봉채와 홍보석만큼 붉고 선명한 색깔의 산호 팔찌가 반짝였다. 척 보아도 연식이 상당하였고 그 사연만큼이나 귀한 물건이라, 다소 긴장하고 있던 황후의 얼굴이 풀어지는 것이 보였다.

"전해주어 고맙네, 금 귀비. 태후께는 직접 찾아가 감사 인사를 올리겠네. 정말 뜻깊은 선물을 주셨어."

황후로서 은요의 몸가짐은 빈틈이 없었다. 정성을 다해 황제를 보필하였으며 시모인 태후의 뜻에도 절대 거스르는 법이 없었다. 항시 온유하고 정숙하며 순종적으로 행동하였다. 그럼에도 태후와의 관계는 항상 부표처럼 불안하였으니, 그 이유는 금 귀비 때문이었다.

애초에 그녀가 정처가 되는 것을 반대했던 시모였다. 뜻을 꺾지 못하자 결국 정처 후보로 밀던 질녀를 측실로 밀어 넣었다. 그러니 태후가 영영 자신을 탐탁지 않아 하리라는 두려움이 있을 수밖에.

화영도 태후의 선물을 보고 한시름을 놓았다.

'나야 태후께서 마음에 안 들어 할 일만 다섯 수레 정도 했고, 태후와 서먹한 사이라도 사는 데 별지장이 없지만, 은요 언니는 아니니까. 그래도 태후께서 언니의 체면은 살려 주셨네.'

윗전이 직접 사용하던 장신구를 물려주는 일은 큰 호의로 여겨졌다. 심지어 이전 태후께 하사받았던 비녀와 팔찌라면 말할 것도 없으리라. 지금 청락전에 모인 이들도 눈이 있고 귀가 있으니 황후의 입지가 탄탄하다고 인식하겠지.

하지만 마음 한구석은 여전히 찜찜했다.

'은요 언니에게 좋을 일을 금 귀비가 자처할 리가 없는데? 무슨 속셈이지?'

꼭 못된 짓을 하기 전 그럴싸한 방패를 구비해 두는 것 같다. 빠져나갈 길을 만드는 도적단과도 같다. 화영은 마른 침을 삼켰다. 그리고 주의를 기울여 찬찬히 앞뒤를 관찰하였다.

황후의 측근 상궁이 단상에서 내려와 직접 쟁반을 받들었다. 태후를 대하듯 지극히 공손한 태도였다. 태후의 선물을 넘겨준 금 귀비의 시녀는 으스대며 뒷걸음질 쳐서는 주인의 상 뒤편으로 자리를 옮겼다.

시녀가 서 있던 자리에서 대여섯 발자국 떨어진 곳에 두 명의 환관이 고개를 숙이고 서 있었다. 그들은 길쭉한 비단 상자 하나를 나누어 든 채 대기하고 있었다.

'저렇게 긴 상자라면…… 비슷한 것을 어디서 봤는데?'

기시감이 들었다. 화영의 눈이 찌푸려졌다.

하지만 화영이 떠올리기 바로 직전, 금 귀비가 선수를 쳤다.

"이번에는 소첩이 준비한 선물이옵니다. 황후마마께는 분명 하찮은 물건이겠으나, 부디 마음을 어여삐 여겨 받아 주시지요."

금 귀비가 자리에서 일어났다. 도대체 얼마나 대단한 물건이기에 저렇게 의기양양하게 구는지 궁금할 정도였다. 미리 언질을 준 일인지, 금 귀비가 일어나자마자 환관들이 기다렸다는 듯 앞으로 나아갔다. 그리고 상자의 뚜껑을 열었다.

"녹리정의 산수풍물화이옵니다."

녹리정이라는 이름에 여기저기서 벌떼처럼 파문이 일어났다. 남려 초기의 화가였으나 현재는 그 작품 대부분이 소실되어 찾을 길이 없기로 유명한 이름이었다.

"녹리정? 하지만 분명……."

"소첩도 살아생전 볼 수 있으리라고는 꿈에도 생각지 못했답니다."

놀란 듯한 황후의 말을 금 귀비가 킬킬대며 잘랐다.

"헌데 소첩의 숙부께서 가지고 계시지 무업니까. 증조부께서 서화에 능하셨다던데, 어찌 이리 귀한 작품과 연이 닿으셨던 모양입니다. 숙부께서도 그 유지를 물려받아 소중히 보관하고 계셨지요. 하지만 황후마마의 생신을 축하하는 일에 아까울 게 무어가 있겠사옵니까? 소첩이 설득하니 기꺼이 내어주셨답니다."

금 귀비가 우아하게 손을 튕겼다. 그러자 환관들이 기다렸다는 듯이 족자를 꺼내 열었다.

순간 웅성거림이 쥐 죽은 듯 멈추었다. 황후의 투명한 얼굴도 핏기가 빠져 얼어붙었다.

대가의 필치인지라 울창한 삼림과 절벽이 눈 앞에 펼쳐지듯 선명하였다. 솔송의 뾰족한 잎들이 내뿜는 푸른색과, 넓은 잎을 펼치며 자줏빛 작은 꽃을 피워 내는 칡덩굴에서는 진한 풀 냄새가 느껴질 정도였다. 그 깊은 산속에 작은 초가집이 그려져 있었다. 부엌에서 무엇을 한창 끓이는지, 흰 연기가 하늘로 날아가고 있었기에 그림 귀퉁이이지만 시선을 끌었다.

그 초가집 마당에는 병아리를 품는 암탉과 강아지들을 핥는 개, 그리고 어린아이를 사랑 가득한 얼굴로 품고 있는 젊은 어머니가 서 있었다.

"〈심산현모애자도〉라고 불리는 유명한 작품이지요."

금 귀비가 더할 나위 없이 공손한 표정으로 고개를 숙였다.

"황후께서는 만백성의 어머니이시니, 이처럼 앞으로도 커다란 자애로서 후궁들과 백성들을 다스려 주시기를 비옵니다."

미쳤어!

화영은 자신도 모르게 상 귀퉁이를 거세게 움켜쥐었다.

자식이 없는 황후에게 모자가 그려진 그림을 선물한다고? 이게 조롱이 아니면 뭐란 말인가? 황궁 암투에는 별 재주가 없고, 그런 싸움에 무관한 입장인 화영에게도 한눈에 보이는 모욕이었다.

과연 장본인인 은요 역시 금 귀비의 도발에 굳어 버린 기색이었다. 그야 당연하겠지. 황제가 태후와 척을 지면서까지 강행한 혼사였다. 유일하게 사랑하는 여인이었다. 그런데도 아직 태기가 없으니 황후 본인이 느끼는 압박감이 얼마나 크겠는가.

금 귀비는 다친 다리를 물어뜯는 승냥이처럼 황후를 공격한 것이다. 그림 한 장으로.

'어떻게! 황후 탄신연에서 대놓고 이런 짓을!'

화영의 손마저 떨렸다. 성격만 같아서는 당장 뛰어나가 금 귀비의 멱살이라도 잡고 싶었다. 하지만 그랬다가는 정말로 황후 탄신연을 망쳐 버리겠지. 금 귀비도 오히려 환영할 것이다. 황후를 섬기려던 자신의 마음을 오해하여 현희장공주가 폭력을 휘두르셨다, 하며 운다면 제아무리 그녀를 밀어내려는 황제라도 한 수 접고 위로해 줘야 할 테니까.

어쨌거나 표면적인 이유로는 흠을 잡을 수가 없었다. 국모이신 황후께 관대한 어머니가 되어 주십시오, 하고 복을 비는 것이 뭐가 문제란 말인가. 하지만 지금 여기에 모인 인파 중 금 귀비의 핑계를 그대로 받아들이는 사람은 한 명도 없을 터였다. 살얼음 낀 호수처럼 썰렁해진 분위기만 봐도 확실했다.

"황궁 서고에도 갖가지 귀한 그림들이 있지만 녹리정의 작품은 없는데. 큰 보물을 선물해 주어 고맙네, 금 귀비."

그때 은요가 떨리는 목소리를 가다듬고 답을 내놓았다.

"후대에서도 이 서화를 감상하며 그대의 충심을 기억하겠지. 내 소중하게 보관하겠네.”

은요는 결국 웃는 낯으로 받아들이기로 결정한 모양이었다. 큰 소리로 화를 낼 수 없으니, 모르는 척 넘어가는 것이 상책이라는 거겠지.

‘하지만…….’

화영은 저도 모르게 고개를 돌렸다.

‘다른 방법이 없는 건 알아. 언니의 처세술이 현명하다는 것도. 그런데 왜 이렇게 슬플까!’

시야에 국태부인과 은룡의 표정이 딱딱하게 굳어 있는 것이 보였다. 특히 은룡은 야차처럼 보일 만큼 사나운 얼굴이었다. 눈앞에서 누이가 모욕당하는데 나설 수 없다니, 얼마나 분통할까. 더욱 가슴이 아려 왔다.

그때였다.

“웃으시오.”

낮고도 확실한 목소리였다.

관호가 상 귀퉁이를 움켜쥐고 있는 화영의 손 위를 감싸 쥐며 속삭였다.

“모욕을 당한 낯빛은 거두시오. 그게 저 여인이 원하는 바일 테니. 귀한 서화를 보아 즐겁다고, 맑게 기뻐하시오.”

관호의 커다란 손이 덮으니 화영의 손은 보이지도 않았다. 그의 체온이 분노로 식은 손을, 그리고 마음을 녹이고 침착하게 해 주었다.

그의 말이 옳았다. 화난 얼굴을 해 보았자 황후를 조롱하려는 금 귀비의 목적이 성공했다는 표시밖에는 되지 않는다. 황후처럼 부드럽게 넘기거나, 아니면 관호의 말대로 이 분위기를 흩뜨려야만 했다.

화영이 입술을 살짝 깨물고 고개를 끄덕였다. 그러자 관호가 가만히 그녀를 바라보더니, 느리게 손을 떼어 냈다.

“세상에! 녹리정이라니!”

옥구슬이 굴러가듯 청명한 목소리가 기쁜 듯한 박수 소리와 함께 흘러나왔다. 순식간에 장내의 이목이 현희장공주의 웃는 얼굴에 꽂혔다.

"서화에 대해서라면 까막눈이나 다름없지만 녹리정은 잘 알아요! 남려를 대표하는 천재 화가라기에 언제나 궁금했죠!"

황후와 금 귀비마저 자신을 쳐다보자, 화영은 한층 더 해맑게 웃으며 어리광을 부렸다.

"황후마마, 나중에 제가 그림을 보러 찾아가도 될까요? 부탁이에요. 녹리정의 작품을 제가 얼마나 보고 싶어 하는지 잘 아시잖아요? 서고에 보관하시기 전에, 꼭 한 번만 보여 주세요. 마마께서 후손들을 위해 서고에 넣으시려는 뜻은 잘 알지만, 아마 거기 들어가면 저는 영영 감상하지 못할 거예요. 일전에 황실 서고를 몽땅 뒤엎다가 서고 관리인들의 원성을 사 버렸거든요."

예상치 못한 우스꽝스러운 이야기에 여기저기서 풋, 하고 웃음소리가 새어 나왔다. 순식간에 긴장으로 가득하던 분위기가 나아졌다. 화영이 던진 동아줄을 잡고 재빨리 연회다운 소란과 웃음으로 옮겨탄 것이다.

그와 반면에 금 귀비는 성가시다는 듯 얼굴을 굳혔다. 순식간에 화영이 주목을 받고, 화제가 자식 없는 황후가 아닌 녹리정과 장공주의 말썽으로 옮겨갔다. 다 만든 술에 물 한 동이를 퍼부어 맹숭맹숭하게 만들어 버린 셈이니 분하지 않을 수 없다.

화영은 내친김에 조금 더 과장되게 손사래를 쳤다.

"솔직히 그래도 싸긴 해요. 저라도 저를 서고로 들이지 않을걸요. 그때 이리저리 뒤지다가 발을 헛디뎌 넘어졌는데, 코앞에 촛대가 있었지 뭐예요? 제가 반 뼘만 더 키가 컸더라면 지금쯤 누대의 서화들이 죄다 잿더미로 변했을 거예요. 이러니 서고에 들어간 작품을 제가 보여 달라면 다른 누가 감상하러 가져가셨다, 하며 빙빙 돌려서 거절할 게 뻔해요."

"현희장공주께서 원하시는데 누가 감히 거절하겠어요?"

황후가 진실된 웃음이 가득한 낯으로 대답했다. 파리하던 얼굴에 생기가 돌아왔고, 진심을 담은 미소에 자애로움이 돋보였다. 황후의 인자함과 다정함이 장공주의 발랄하고 엉뚱한 매력과 대비되어, 순간 사람들은 금 귀비를 잊고야 말았다.

"언제든 춘양궁으로 오세요. 현희장공주께서 감상하기 전에는 이 작품을 직접 보관하고 있을 테니까."

"황후마마, 감사합니다!"

화영이 짤각거리며 박수를 치자 손목에 두른 옥팔찌들이 서로 부딪혀 영롱한 음색을 냈다.

눈치 빠른 태감들은 이 기회를 놓치지 않았다. 연이어 다른 선물들을 호명하여, 나아진 분위기를 유지하며 화제를 바꾸게 만들었다.

금 귀비는 결국 새초롬한 표정으로 제자리로 돌아가 앉았다. 올빼미 같은 그녀의 시선이 순간순간 노려보는 것이 느껴졌지만, 화영은 마른 입에 감주를 털어 넣으며 애써 무시해 버렸다.

연회가 슬슬 무르익었다. 새 음식을 내오는 시녀들은 바삐 종종걸음을 쳤고, 악사들도 흥에 젖어 곡조를 자유자재로 연주했다.

그런데 문득 화영의 눈에 걸리는 광경이 있었다.

'……저게 누구지?'

은룡의 곁에 누군가가 앉아 있었다.

적자색으로 온몸을 치장한 젊은 여자였다.

* * *

금명은 준비된 자리에 앉는 대신 몸을 숨겼다.

중경 서점에서 만났던 아가씨가 현희장공주임을 깨닫는 순간, 그는 여우처럼 재빠르게 청락전의 기둥 뒤로 피해 버렸다.

'언젠가 다시 만나지 않을까 예감은 했다만…… 이런 장소에서, 이런 식으로 재회할 줄이야.'

침착하려 했지만 부채를 흔드는 손끝이 미세하게 떨렸다. 믿기지 않는 현실이었다.

'아니, 진작 예상했어야 마땅해. 그 아가씨가 남다른 사람임은 알아보았지. 귀한 신분이리라고 추측도 했어. 변복을 하고 나온 세상 물정 모르는 미인이라니. 그 손에 금자가 들려 있을 가능성은 또 얼마나 되겠나. 고모님과 누이를 뒷배 삼은 금청아조차 어려운 일인데. 그래, 나라면 그날 바로 알아채고도 남았을 일이다. 그런데……'

쓴웃음이 입가에 번졌다. 금명은 심호흡을 하며 눈을 감았다.

'적어도 주인장의 이야기를 들었을 때는 받아들였어야지, 금명. 구척장신에 거무스름한 살결을 한 장정이라니. 부마도위 외에 그런 외모를 지닌 사내가 또 있을까.'

현희장공주 옆에 앉아 있던 사내. 부마도위를 보는 순간, 태후와 풍 씨의 목소리가 이리저리 뒤섞이는 것만 같았다. 그들의 험담과 증언이 곤죽처럼 얽히고 뒤엉켜, 이내 하나가 되어 버린다.

앉은 채임에도 한눈에 띄는 대단한 풍채에, 오동나무 기름을 칠한 듯 짙은 피부. 날카롭게 찢어진 눈매에 위엄 가득한 호안. 그래, 그만한 호걸이 또 있을 수는 없음이었다.

그 곁에서 현희장공주, 금붕어 족자를 사려던 아가씨는 또 어찌나 샛별처럼 반짝이던가!

선명한 녹색 비단옷을 입은 현희장공주를 보자면 어째서 잎사귀들이 녹색인지 납득할 수 있었다. 싱그럽고 생명력 넘치는 녹색만큼 꽃을 돋보이는 색깔이 또 있겠는가.

갓 핀 매화 같은 그녀의 살결은 윤기가 흐르고, 장난기가 넘치는 검은 눈동자는 그 어떤 장신구보다도 값지고 아름다웠다. 금요대로 바짝 졸라맨 허리는 어찌나 날렵하고 우아한지. 큼지막하게 박혀 있는 녹보석만큼이나 시선을 끄는 매혹이었다.

순간 금명은 자신의 패배를 인정하고야 말았다. 어째서 그토록 명확한 답에서 눈을 감고, 고개를 돌리고, 알아채지 못한 양 아둔하게 굴었는지! 더는 회피할 수가 없었다.

자신은 그녀가 현희장공주가 아니기를 바랐던 것이다.

그녀가 현희장공주라면 다음 만남을 기약하는데 무슨 의미가 있겠는가. 이미 혼인하여 부마도위를 들인지 오래이건만. 떠나버린 배, 놓친 별이건만.

'얄팍한 머리를 자랑거리 삼아 나름대로 계략을 세웠건만, 실로 헛되도다. 한 치 앞도 보지 못하였구나.'

여태껏 고모인 태후의 야망이 불편해 현희장공주까지 함께 피해 왔건만, 이런 식으로 엮일 줄이야. 타고난 명민함 하나로 세상 이치를 죄다 꿰뚫어 본다 칭송받던 자신을 하늘이 비웃는 것만 같았다. 씁쓸한 한숨이 새어 나왔다. 금명은 잠시 입술을 깨물었다.

어찌 되었건 연회에 참석할 수는 없었다. 현희장공주와 부마는 상석에 앉았으니, 조금만 고개를 돌려 주위를 둘러보아도 청락전 안 객들을 충분히 관찰할 수 있었다. 게다가 태후가 지정해 둔 금명의 자리는 금청아의 자리만큼이나 상석에 가까운 위치였다. 분명히 현희장공주가 자신을 보고 말 것이었다. 그래서 금명은 최대한 뒤에 빠져 있기로 결심했다.

뒤에 고모님께 무어라 꾸지람을 들을지 몰라도, 일단은 현희장공주에게서 멀어지는 것이 우선이었다.

청락전은 본디 연회를 위해 지어져 어화원과 가까웠다. 무엇보다도 호수에 반쯤 걸쳐 지어졌기 때문에, 양측 곁문을 통해 나가면 곧장 물결 위를 노니는 수련과 그 밑의 비단잉어들을 구경할 수 있었다.

더운 여름이었다면 곁문들을 모두 개방하여 풍류를 즐겼겠지만 가을바람이 한창이라 닫아 두었다. 금명에게는 잘된 일이었다. 적당히 빠져나가 시간을 보내다 귀가하면 될 일이니까.

금명은 기둥 뒤로 움직이며 최대한 주의를 끌지 않으려 노력했다.

다행히 연이어 개봉되는 갖가지 선물에 사람들이 집중하고 있었으므로 그의 잠행은 크게 어렵지 않았다.

곁문들은 줄줄이 닫혀 있었으나 맨 마지막 하나, 입구와 가까운 문 하나만은 닫히는 대신 두꺼운 방장(房帳)으로 가려져 있었다. 살짝 젖히고 나가면 되겠지. 소리도 나지 않을 테니 다행이었다.

헌데, 그 앞에 누군가가 서 있었다.

금명만큼이나 키가 큰 사내였다. 심지어 머리에 독특한 두건을 둘러싸고 있었기 때문에 자신보다 더 크게 느껴졌다.

'저 복장은 분명 철혁 산맥 너머의 이국 것이겠군. 강로나 북려 것과도 완전히 다르니. 이전에 읽은 바로는 파사의 옷과 가장 흡사하다만, 직접 본 적이 없으니 확신할 수는 없겠어.'

금명은 부채로 눈 밑을 가리고 그에게 다가섰다. 낯선 사내 역시 금명의 기척을 알아챘는지 금명 쪽으로 몸을 돌렸다. 참으로 특이한 옷차림이었다.

기하학적인 무늬가 수놓인 겉옷에다가, 머리를 빙빙 둘러싸 감은 비단 두건은 갖가지 보석과 금사슬로 장식되어 있었다. 게다가 너울마저 달려 있어 얼굴을 제대로 식별하기가 불가능했다. 백색 옷에 검은 머리카락을 느슨하게 한 번 묶기만 한 금명과는 극과 극이라 할 법하였다.

물론 그 낯선 사내는 맹타안이었다.

맹타안의 자리는 회장의 가운데로, 결코 격에 떨어지는 배치는 아니었다. 맹타안도 알았다. 그러나 갑갑한 차림새로 처남댁 생일잔치에 앉아 있느니 아무도 없는 으슥한 기둥 뒤에서 두 발로 서 있는 게 나았다. 그리고 무엇보다도, 자리에 앉아 있자니 화영에게서 도저히 시선을 뗄 수가 없어 괴로웠다.

맹타안 그가 선물한 녹보석은, 화영의 금요대에 착 붙어 눈이 부시도록 아름다웠다. 마음만 같아서는 세상 모든 녹보석을 죄다 긁어모아 머리부터 발끝까지 치장해 주고 싶을 정도였다. 비록 옷을 지은 천은 은가 놈이 선물한 비단이라지만, 알 게 뭔가. 하여간 오늘 부인이 이처럼 매력적인 것은 맹타안 자신의 녹보석 덕분이었다.

날카로운 눈으로 보니, 맞은편 내명부들은 물론이고 같은 줄의 외명부들 역시 화영의 허리띠에서 시선을 떼지를 못하고 있었다. 저만치 크고 선명한 녹보석은 난생처음 보았을 테니 당연도 하지. 그러므로 그는 와중에 무척이나 자랑스러웠다. 제 여자가 다른 여인들의 부러움을 사는 것만큼 사내를 흐뭇하게 하는 일은 없었다.

그리고 딱 그만큼 가슴이 아팠다.

이리 아름다운 부인 곁에 앉은 자가 자신이 아니라 무뚝뚝한 관가라는 사실이 참을 수가 없었다. 속이 쓰리고 쓰려서 견딜 수가 없었다. 당장 사내답게 뛰어나가 이 여자가 내 것이라고 외치지 못한다는 것이, 관가 놈과 부인을 두고 사생결단을 내지 못한다는 것이 고통스러웠다.

그래서 차라리 뒤로 빠져 있자 싶었던 것인데, 어디로 이어지는지 알 수 없는 문이 있기에 보고 있던 와중이었다.

"안녕하십니까."

금명이 먼저 입을 열었다. 맹타안이 너울 아래에서 눈을 가늘게 떴다. 성격 같아서는 무시하고 싶었지만 여기는 남려의 황궁이었다. 신분을 숨기고 들어온 와중에 소란을 만들면 안 되었다.

"……안녕하시오."

짧은 인사였다.

"처음 뵙는 분 같군요. 저는 금가의 명이라고 합니다."

자연스럽게 신분을 밝히는 금명 앞에서 맹타안은 뜸을 들였다. 알 게 뭐냐, 하며 무시하고 싶었으나 황궁은 황궁. 괜한 오해를 사 소란을 만들어서는 안 되었다. 결국 그는 퉁명스럽게 대꾸했다.

"은가의 먼 친척이오. 맡은 임무가 있어 더는 말 못 하오."

제 대답에 고개를 갸웃거리는 눈앞의 청년은, 딱 봐도 남려에서 곱게 자란 귀족 도련님이었다. 도련님이라면 질색이다. 더는 말을 나누고 싶지 않아, 맹타안은 따지지도 않고 방장을 열고 밖으로 나가 버렸다.

한편 금명은 닫힌 방장 앞에서 생각에 잠겼다.

'이상하군. 복장은 파사식이거늘 억양에서는 강로족 특유의 강세가 느껴지다니. 게다가 은가의 혈족이라고? 내가 알기로 은가는 방계가 드물뿐더러, 몇 안 되는 먼 친족들은 파사와 먼 아랫지방에 거주하고 있건만.'

납득가지 않는 대답이었다. 허나 여기서 뒤따라가 괜한 질문을 한다면 명을 앞세우는 길이겠지. 낯선 사내의 넓은 어깨와 근육질의 긴 다리는 무예와 전투에 익숙하다는 증거였다. 어리석거나 부모도 못 알아볼 만치 취한 주정뱅이만이 그런 사내에게 덤빌 것이다. 금명은 명민한 청년답게 결문으로 나가는 일을 포기했다.

어떻게든 청락전 밖으로 나가고는 싶은데…… 의문의 사내가 다시 돌아오거나, 아니면 적당히 거리가 벌어졌을 즈음의 시간을 가늠하여 빠져나갈 생각이었다.

"현희부에서 올리는 선물이옵니다―"

금명의 고개가 저도 모르게 돌아갔다.

현희장공주가 황후에게 선물을 올리는 차례였다.

'잠시만 볼까. 어차피 당장 나가지 못하는 상황이니, 기둥 뒤에서라도 잠깐만…….'

망설임은 짧았다. 학구적인 이들이 으레 그러하듯 금명 역시 얌전한 외모와 별개로 호기심이 컸다. 게다가 현희장공주를 한 번이나마 더 볼 수 있는 핑계까지 되지 않는가. 금명은 소리 없이 걸어 연회장 중앙이 잘 보이는 자리로 다가섰다.

네 명의 환관이 수놓인 비단보로 덮인 큼직한 상을 가지고 들어왔다. 그들이 보를 걷기에 앞서, 현희장공주와 부마도위가 자리에서 일어나 황후를 향해 술잔을 들었다.

"부디 황후마마께서 강녕하시고 앞으로도 만사에 형통하시기를, 그리고 국모로서 남려 만백성을 지금처럼 아끼고 보살펴 주시기를 현희부에서는 항상 기원하겠습니다."

현희장공주가 또랑또랑하게 말하고 목례를 한 뒤 술을 마셨다. 그녀의 목소리는 한밤중 하늘을 가르는 별처럼 마음을 끌어당겼다. 그녀가 일어서니 허리에 맨 요대의 녹보석이 더욱 영롱하게 빛을 내, 이 땅의 사람이 아닌 신선처럼 신비하고 아름다운 분위기를 주었다.

곁에 선 부마도위는 과연 소문처럼 장대한 풍채였다. 현희장공주만 따로 보자면 여인 치고 썩 작은 키가 아니거늘, 구 척에 가까운 부마 옆에 서니 한 줌도 되지 않을 듯 보였다. 문득 금명은 태후의 목소리가 귓가에 들리는 것 같았다. 너도 사내라면 현희장공주가 안쓰러워 구해 주고 싶겠지.

'······무슨 말씀인지는 알겠지만.'

부마도위는 성품이 과묵한지 나서서 발언하지는 않았다. 그저 현희장공주가 술잔을 입에 대자 조용히 따라 마시고, 황후에게 읍을 하는 것으로 마무리할 뿐이었다. 그는 신중한 태도 때문에 더욱 품위가 있어 보였고, 강호 출신이라는 소문과도 잘 맞아떨어졌다.

황후는 시누이의 덕담에 웃으며 술잔을 들어 보이고는, 기꺼이 그 잔을 마셨다. 그러자 환관들이 상 위의 보를 벗겨 냈다.

"어머나······!"

술렁임이 여기저기서 터져 나왔다. 놀라움과 탄성, 그리고 채 숨기지 못한 의아함이었다.

일부러 푸른색으로 칠한 상 위에, 옥으로 만든 연꽃과 금으로 만든 연꽃이 가득 피어 있었다. 한두 점도 아니고 합치면 스무 점도 넘었기에 그 위용과 값어치에 혀를 내두르게 되는 것이다.

희고 푸른 옥련은 크기도 제각각이었다. 작은 접시는 피기 직전의 봉오리 모양으로 조각되었고, 가장 큰 접시는 활짝 만개한 모양새였다. 금련들 역시 마찬가지였으나 중간중간 연꽃이 아니라 연잎 모양 그릇을 섞어 변화도 줄 뿐 아니라 아름다움을 배가시켰다. 과연 현희부가 얼마나 풍족한지, 얼마나 황제가 귀히 여기는지 한눈에 보여 주는 선물이었다. 그리고 그런 현희부가 황후 편에 섰다는 것도.

무엇보다도 금명의 시선을 잡아 끈 것은 옥련과 금련이 아니라 그 위에 담긴 음식이었다. 예술이나 다름없는 접시들을 돋보이기 위해서인지 커다란 그릇 위에만 보석처럼 잘 닦은 사과와 감을 쌓아 두었고, 풍접초와 추명국 등 가을 들꽃들로 장식하여 풍취를 돋구었다.

그 가운데 가장 큰 쟁반 세 개에는 각기 독특한 향신료를 뿌려서 통째로 구워 낸 고기 요리와 밀떡처럼 생겨 층층이 쌓인 요리, 그리고 조리하지 않은 벼 낱알들이 담겨 있었다.

"이 음식들은 무엇이지요, 장공주?"

황후 역시도 궁금한 모양이었다. 질문을 받은 현희장공주가 살짝 목례하더니, 준비해 놓은 답변을 또렷하게 읊었다.

"제가 옥련과 금련에 더불어 준비한 음식은 유목민들이 즐겨 먹는 요리입니다. 미질향을 곁들인 양고기 구이에 나륵을 섞어 구운 밀전병이지요. 향신료가 들어갔으나 남려인도 충분히 즐길 수 있는 맛입니다."

후궁 쪽에서 수군거림이 울렸다. 남려 황후의 탄신일에 오랑캐의 먹거리를 선보였다고 놀라는 모양새였다. 다만 황후와는 달리 적으로 돌릴 수 없는, 돌려서는 안 되는 장공주이다 보니 대놓고 지적하지 못할 뿐이다.

그 정도야 예측했는지 현희장공주는 한층 더 큰 목소리로 말했다.

"여기 이 낱알들은 올해의 풍년을 축하하는 의미입니다. 풍년은 중궁이 덕이 있다는 증거이니 칭송해야 마땅하지요. 그뿐 아니라 제가 이방의 먹거리를 굳이 상에 올린 까닭은, 저의 오라버니이신 황제 폐하의 치세 동안 남려의 명망이 국경을 넘어 더욱 뻗어 나가기를 기원하여서입니다. 황후마마께서 폐하의 곁에서 이대로만 보필하여 주신다면, 그 덕성과 아름다움이 이역만리로 퍼져 나가실 것입니다."

참으로 달변이었다! 금명은 감탄을 마지않았다.

이렇게 된다면 유목민의 음식은 눈살 찌푸릴 기행이 아니라 뜻깊은 기원이 된다. 독특함 뿐 아니라 그 발상의 참신함만으로도 한동안 입에 오르내리겠지. 금 귀비의 〈심산현모애자도〉는 화제의 중심에서 밀려 버릴 터다.

"그런 좋은 뜻이 담긴 요리를 본궁 혼자 독식할 수는 없지요. 나를 위한 잔치에 참여한 손님들과 나누고 싶은데 괜찮겠습니까, 장공주?"

"물론이지요. 양을 통째로 구웠으니, 많이는 아니라도 한 조각씩이나마 어떻게든 돌아갈 거예요. 부디 내외명부 모두 이 현희부의 음식을 맛보고, 한마음 한뜻으로 황제 폐하와 황후마마께 충성을 다하기를 바랍니다."

환관과 시녀들이 은으로 만든 집게와 칼을 들고 양고기 구이에 달려들었다. 버리는 부위 없이 최대한 섬세하게 썰어 내어 작은 그릇에 받쳐 돌리니, 과연 한 입씩 맛볼 양이나마 받지 못하는 이가 없도록 분배가 되었다.

시녀들이 종종거리며 양고기를 나누어 주러 돌아다니던 와중에 기둥 뒤에 있던 금명도 우연히 받을 수 있었다.

늘씬한 키에 온통 흰옷, 흰 부채를 보자 시녀는 바로 그가 누구인지를 알아보았던 것이다.

-공자, 어찌 자리에 앉지 않으시고……!

-쉬잇. 이유가 있으니 부디 못 본 걸로 해 주시지요.

시녀는 납득하지 못한 듯했으나 금명의 지혜는 그 수려함만큼이나 유명하였다. 그래서 깊은 뜻이 있겠거니, 하고 내빈들에게 돌리는 양고기 접시를 전하고 물러났다.

금명은 찬찬히 받은 음식을 관찰하였다. 과연 미질향(迷迭香)[4]을 곁들인 양고기에서는 향긋한 냄새가 풍겼다. 양 특유의 누린내를 효과적으로

---

4) 미질향(迷迭香) - 로즈마리

잡아주고 풍미를 돋우는 역할을 했다.

하지만 그보다 금명의 관심을 끈 것은, 양고기가 아니라 밀전병이었다.

'나륵(羅勒)5)······.'

학구적인 호기심 덕분에 이방의 풍습에도 관심이 많던 금명이었다. 관련된 책자도 적잖게 구해 읽었고, 차림새나 무기, 음식도 체험할 기회가 있다면야 가장 소란스러운 시장 바닥이라도 거리끼지 않고 달려갔다. 상대의 출신이나 지위 고하를 막론하고 만나 질문하고 보고 배웠다.

그 덕분에 집에서 시를 읊고 새들을 벗 삼는다는 고고한 인상과는 별개로 집 밖, 더 나아가 국경 밖의 일까지 통달하였다.

'남려에서도 강로 음식을 할 줄 아는 자가 있기야 하지. 하지만 밀전병에 나륵을 섞어 굽다니? 강로 현지인이 아니고서는 드문 방식이야. 현희부에 강로족 요리사라도 있다는 말일까?'

금명은 조심스럽게 밀전병 조각을 입에 넣었다.

'솔가지 불로 구웠군. 하지만 마른풀도 섞어 불을 붙인 것이 분명해. 최대한 강로식 그대로 구현하려고 노력했어.'

정말로 현희부에 강로 출신 요리사가 있을까?

'아니, 그럴 수는 없어. 하나뿐인 귀한 장공주이시다. 그 곁에 오랑캐를 두도록 허가할 폐하가 아니시지. 그렇다면? 어디서 강로인을 만나 요리를 청했단 말인가?'

강로와 남려의 관계는 한 번도 좋은 적이 없었다. 하물며 동가 씨족이 엽혁 씨족을 몰살하고 사위로 하여금 강로 왕위를 얻도록 한 이후는 더욱 그러했다. 이런 상황에서 남려로, 그것도 도성까지 내려올 강로인이 어디에 있겠는가?

'······잠깐.'

아니, 방금. 분명히.

---

5) 나륵(羅勒) - 바질

금명은 홀린 듯이 고개를 돌렸다. 그리고 여전히 닫힌 채 묵묵부답인 곁 문의 방장을 쳐다보았다.

'저자, 분명 강로 억양이 있었지. 비록 복식은 파사 것이었으나 분명 어 투는 강로인이었다. 게다가 방장을 걷는 손이 희었어. 파사인이었다면 살결 이 매우 짙었을 터인데……!'

파사 복장을 한 강로인이라? 게다가 황후의 친가인 은가와 연이 닿아 있다고?

질주하는 말 등 위에서 고삐를 놓친 것 같은 기분이었다. 머릿속에서 현 란하게 휘돌며 제멋대로 맞추어지는 의심이, 그리고 그럴듯한 가설이 금명 의 의지와 무관하게 완성되고 있었다.

풍 씨가 귓가에서 끊임없이 떠들어 댄다.

─글쎄, 한 놈은 키가 구 척은 되더라니깐!

─거기다 살색은 어찌나 짙은지, 꼭 야차 같더라구. 눈깔도 색이 샛노란 것이, 한번 쫙 노려보니 아주 호랭이 앞인 양 식은땀이 나더랍니다.

부마도위.

─하나는 차림새도 웃기지, 머리칼 한 올 보이지 않게 머리를 싸매구선 그 위에 전립까지 썼더이다. 기생오래비 같은 새하얀 낯짝이라고 앞창에는 너울까지 드리웠죠 뭐요. 그런데 이자도 팔 척은 되더라구, 원.

흰 피부에, 얼굴을 가리는 미남자.

─온통 비단인데, 바탕색과 같은 실로 무늬까지 수놓인 상품이었습죠. 허 리를 맨 띠도 그렇고. 호위 일로는 그만큼 돈 벌기 쉽지 않지요. 나라님이 나 지키는 정도의 호위가 아니라면 모를까.

─암요, 팔 척은 충분했지요. 지 눈썹만큼이나 몸이 두꺼웠다니까. 딱 봐 두 검깨나 쓰는 무골이구.

팔척장신에 비단옷, 무골에 짙은 눈썹.

금명의 시선이 그물에 갇힌 물고기처럼 한쪽으로 끌려갔다.

남색 정복을 입은 기도위, 황후의 동생을 향해서.

* * *

은룡은 기분이 저조하였다.

하나뿐인 누이의 생일이고 오래간만에 만나는 어머니와 함께이거늘 이렇게 불편할 수 있다니. 이 힘든 일을 금가의 둘째 여식이 해낸 것이다.

"어머니께서 몸이 불편하여 불참한 것이 참으로 아쉽사옵니다. 오셨다면 분명 국태부인과 함께 담소를 즐기셨을 터인데."

언제부터 금 귀비의 모친이 황후의 모친과 담소를 나누는 사이였다고 저리 아양을 떠는지. 은룡은 최대한 표정을 담담하게 관리하려 하였지만 저도 모르게 눈썹이 찌푸려지는 것은 어쩔 수 없었다.

"소저. 돌아가 앉으시지요. 동행인이 걱정할 것입니다."

참다못해 점잖게 한마디 하였지만 웬걸, 오히려 은룡이 말을 걸어 주어 불탄 모양새였다.

"걱정해 주셔서 감사하옵니다. 하지만 제 사촌 오라버니는 워낙 혼자 있기를 좋아하는 터라, 제가 어디에 있는지 신경도 쓰지 않는걸요. 사이도 불편한지라, 소녀는 여기서 국태부인과 함께 있는 것이 좋사옵니다."

"……."

이러니 은룡이 어쩔 수 있겠는가. 억지로 끌어낼 수도 없고, 누이의 생일 잔치에서 일어날 수도 없으니 참는 수밖에.

적자색으로 온통 몸을 둘러 꾸미고, 머리에 꽂은 장신구도 하나같이 호사스럽다. 나긋나긋하고 살갑게 말하고, 생글생글 웃어 대며 장단을 맞추지만 은룡은 그 모습을 보는 것만으로도 고역이었다. 과연 금 귀비의 동생이자 금가의 적녀인가.

'본디 금가는 청렴한 문관 가문이었는데. 금 귀비가 입궁하면서부터 불순

물들이 득세한 모양이군.'

은룡은 꼿꼿하게 허리를 펴고, 정면만 응시하기로 했다. 금청아와 관련되고 싶지 않다는 뜻을 온몸으로 드러내려는 것처럼 말이다. 그러나 별반 소용이 없는 것이, 아예 금청아가 은룡의 곁에 앉아서는 국태부인에게 말을 건네기 시작해서였다.

"정말 훌륭한 연회가 아니옵니까? 감탄을 하지 않을 수가 없사와요."

남녀가 유별하거늘, 하물며 법도가 지엄한 황궁에서 있을 수 없는 일이다. 신분 낮은 하녀와 시위라도 짧은 시시덕거림 하나로 곤장을 맞고 쫓겨나건만, 태후의 질녀이자 귀비의 친누이가 이리 방만하게 굴 줄이야. 은룡의 미간이 점점 일그러졌다.

'뻔뻔도 하군. 귀비가 황후마마께 크나큰 무례를 범했거늘, 안면 몰수하고 어머니께 접근해?'

금청아가 들이닥쳐 인사를 올리고 합석한 시간대도 기가 막혔다. 마차를 끄는 말이 갑자기 다리가 부러져 늦었다던가. 그리하여 현희장공주가 분위기를 가까스로 무마한 순간에 슬쩍 들어와서는, 주어진 제 좌석이 아니라 국태부인의 자리에 와서 인사를 올리고 들러붙어 앉았다.

'말의 다리가 부러졌다고? 금 가에서 황궁으로 오는 대로길에 무슨 장애물이 있어서 말의 다리가 부러질 만한 큰 사고가 날까.'

그럴싸한 핑계를 댔지만 그 시비를 누가 알겠는가.

"소녀가 지각을 해 버린 나머지 정작 언니가 무얼 선물하였는지 못 보았네요. 국태부인께 여쭈어 보아도 될까요?"

은룡의 눈썹이 올라갔다. 경비견처럼 앞만 쏘아보고 있던 시선이 절로 어머니와 금청아에게 향했다. 기가 찼다.

국태부인은 은요보다는 은룡과 인상이 닮았다. 특히 잘생기고 짙은 눈썹이 그러했다. 검소하고 단정하지만 필요할 때는 단호한 성품으로, 무인 집안인 은가를 이끌어가고 살림을 꾸려 오면서 한 번도 연약한 모습을 보인 적 없었다. 그녀가 긴장을 놓을 때는 용중사에서 불공을 드릴 때뿐이었다. 깊은 불심만큼이나 자식들에 대한 책임감과 애정이 컸다.

국태부인이 잠잠한 목소리로 금청아에게 답하였다.

"녹리정의 〈심산현모애자도〉를 선물하셨단다."

"어머!"

금청아가 눈을 크게 뜨고, 입마저 벙긋거렸다. 전혀 몰랐다는 듯한 표정이었다.

"국태부인, 소녀가 대신 사과드리지요. 언니는 하여간 성격이 모가 나서……! 머리는 좋지만 이기적이기 짝이 없어서, 주위 사람을 좀처럼 생각하지를 못해요. 저도 한 지붕 아래서 어찌나 괴롭힘을 당했던지……!"

금청아는 비단 소매로 눈물을 찍어 내는 흉내를 내었다.

"분명 황후마마를 질투하여 그런 소갈머리 없는 짓을 한 게지요. 부디 마음에 담아 두지 마셔요, 네? 그래 보았자 폐하의 성심은 오로지 황후께 있거늘, 그리 못되게 놀다니 철딱서니가 없다니까요."

잘 꾸며진 연극이라도 보는 기분이었다. 금청아가 제 친언니를 모략하는 모습을 보고 있자니 순간 은룡마저 혼란스러울 정도였다. 그때 마침 반대편, 후궁들을 위한 자리 중 으뜸에 앉은 금 귀비가 보였다.

'금 귀비는 제 누이가 황후의 어머니 앞에서 제 욕을 하고 있는 것을 알까?'

기묘하게도 그 순간 금 귀비 역시 은룡 쪽을 바라보았다. 두 사람의 시선은 독사와 매처럼 사납게 이지러지다 곧바로 다른 방향으로 틀어졌다.

'……여동생을 확인했군.'

느낌이 좋지 않았다.

금청아는 금 귀비가 〈심산현모애자도〉로 황후를 조롱한 것에 진심으로 분개했다는 듯 연신 국태부인에게 고개를 숙이며 대죄하였다. 설령 연기라 하여도 심혈을 기울인 명연기라 인정할 만하였다.

"됐다. 네가 한 일도 아니거늘 고개를 숙여 사과할 필요가 있겠니."

"하지만 국태부인, 소녀는 속이 상해서……."

이제는 눈물이라도 찍어 내듯 소맷자락으로 눈가를 가린다. 그 모습에 국태부인이 한결 누그러진 듯 달래었다.

"어쩌면 귀비께서 별생각 없이 귀한 그림이라 선택하셨을 수도 있지. 녹리정의 정본은 천금을 주고도 살 수 없으니…… 여하튼 황후께서도 기쁘게 받으셨고, 현희장공주 역시도 작품을 감상하고 싶다고 칭찬하였으니 다 지난 일이다. 속 상해하지 말려무나."

"예…… 다정한 말씀에 마음이 놓이옵니다."

묘하게 친근한 대화였다.

입으로 발린 말을 늘어놓는다 하여도 금 귀비의 동생인데. 어째서 어머니는 이 여자에게 이리 점잖으시지? 그야 어머니의 반듯한 품성은 은룡 그가 제일 잘 아는 일이다. 하지만 금청아를 대하는 어머니의 태도에서는 묘한 상냥함이, 은근한 기대가 느껴졌다. 좋지 않은 예감에 은룡은 다시 고개를 돌렸다. 무뚝뚝하게 정면만 응시하였다.

은룡은 근래 어머니에게 죄책감을 느끼고 있었다.

세 번째 액막이 부마가 되면서 은룡은 은가를 떠났다. 현희부에 머물기 위해서였다. 집안에는 특별한 임무를 맡아 당분간 따로 지내야겠다고 말해 둔 터였다. 평소였으면 반대하였을 부모님이었으나 이때만은 말리지 않았다. 은룡이 어려서부터 화영만을 연모해 왔음을 알기에, 장공주의 혼례 소식에 마음이 상했을까 염려한 것이겠지. 차라리 바쁘게 일에 매달려 실연의 슬픔을 잊기를 바랐으리라.

가끔 은가에 들를 때에도 은룡은 긴장을 늦출 수 없었다. 부마도위가 되는 일이 무산된 와중이니-적어도 세상 사람들은 그렇게 볼 터였다-, 이제 은룡 나름대로 인생을 살아야 하지 않느냐는 조언이 여기저기서 벌떼처럼 웅웅거렸다.

어머니도 대놓고 말하지는 않았으나 이전에 들어온 혼담들을 다시 생각해 보았으면 하는 눈치였다. 그때마다 은룡은 매번 모른 체 고개를 돌리고, 급히 떠나 현희부로 돌아오고는 하였다.

일전에 화영과 함께 은요의 선물을 고심하느라 잠시 들렀을 때에도……. 순간 믿고 싶지 않은, 그러나 그만큼 날카로운 예감이 뇌리를 관통하였다.

'설마, 전부터 꾸준히 들어오고 있다는 혼담이 이쪽이었나?'

어려서부터 화영에게만 일편단심이었던 은룡이다. 그래서 여태껏 어디서 들어온 혼담인지, 누구와의 혼담인지 조금도 관심이 없었다. 거절만 해 왔을 뿐이다.

하지만 어릴 적에 몸이 약했던 탓인지 집안에서는 은룡이 어서 혼인하여 대를 이어 주기를 바랐다. 유서 깊은 명문인 데다 은룡의 반듯함에 반하여 적잖은 가문에서 매파를 보내 왔다. 은룡의 칼 같은 거부에 이내 많이들 포기하기는 했지만, 와중에도 꺾이지 않고 집요할 만큼 청을 넣는 곳이 있었다. 은룡 본인도 들었을 정도로.

불길한 느낌이었다. 함정이 코앞에 도사리고 있다는 본능적인 경고음이 들려왔다.

한 번 깨닫고 나니 견딜 수 없을 만큼 자리가 불편했다. 애교 섞인 콧소리를 내며 끊임없이 말을 붙여대는 금청아와 그런 금청아에게 기꺼이 이런저런 답을 내주는 어머니 모두 낯설게만 느껴졌다. 게다가 어머니와 대화 중이면서도 금청아는 대놓고 은룡을 쳐다보고는 했다. 아주 농밀하고도 만족감이 뚝뚝 떨어지는 눈빛이었다. 그녀의 시선이 닿는 곳마다 달팽이가 지나간 듯 끈적한 점액이 들러붙는 기분이었다.

참다못한 은룡이 국태부인에게 한마디 하였다.

"두 분이 전에 만나신 적이 있는 줄은 몰랐습니다."

퉁명스러움을 최대한 자제한 목소리였다. 금청아는 금 귀비의 동생일 뿐아니라 태후의 질녀이기도 했다. 대놓고 냉대할 수는 없었다.

"아니, 왜 그렇게 생각하니?"

국태부인이 의외라는 듯 되물었다.

"나도 금 소저를 만나 본 것은 오늘이 처음이다."

"그런 것 치고는 친근해 보이십니다만."

"아……."

순간 어머니가 보이는 망설임을 은룡은 놓치지 않았다. 말을 똑바로 끝내지 않는 어머니라니! 애매하게 말을 흐리는 어머니라니! 이보다 확실한 증거는 없었다.

만나본 것'은' 처음이라고?

'그렇다면 서면으로는 접해 본 적이 있다는 소리로군.'

은룡은 무릎 위에 올려 둔 두 주먹을 꽉 움켜쥐었다.

'금가의 여식이 아닌가! 누이가 금 귀비에게 저리 수모를 당하고 있는데, 어찌 그 동생을 나와 짝지어 줄 생각을 하시지?'

딱딱해진 은룡의 표정을 보고 금청아가 배시시 미소지었다.

"처음 뵙는데도 이리 마음이 편하다니 전생에 무슨 인연이 있었나 봅니다. 사실…… 소녀의 모친께서는 몸이 연약하신 까닭에 여러모로 예민하시지요. 그래서인지 국태부인과 이야기를 나누다 보면 아, 이런 어머니를 두신 황후마마와 장군께서는 얼마나 행복하실까, 싶어지옵니다."

등줄기에 소름이 돋았다. 은룡은 결국 인내심의 한계를 보고야 말았다.

"국태부인, 잠시 나가 보겠습니다."

"아니, 아직 연회가 한창인데 어딜 간다는 것이냐?"

"장군께서 자리를 비우시면 황후마마께서 슬퍼하실 것이에요!"

은룡의 말이 끝나자마자 국태부인과 금청아가 거의 동시에 그를 붙잡았다. 그 덕분에 더욱 빠져나가야겠다는 확신만 커졌다.

"친아우이기는 하나 엄연한 외간 사내입니다. 하물며 국태부인께서 금 소저와 담화 중이시니, 이 자리에 오래 있어도 모양이 좋지 않을 것입니다.

황후께서도 충분히 이해해 주실 터이니 저는 나가 청락전 주위에서 경계를 서겠습니다."

"룡아!"

국태부인이 잘생긴 얼굴을 찌푸리며 만류하였다.

"하루뿐인 생일에 하나뿐인 동생이 고생을 자처하겠다는 것을 황후께서 어찌 이해하신단 말이냐. 네 어미도 납득하지 못하는데. 게다가 어화원에서부터 시위들이 가득 배치되어 있거늘 네가 굳이 손을 거들 필요가 뭐가 있느냐?"

"……저는."

"물론 네가…… 이 자리가 편치 않다는 것은 어미도 안다."

국태부인의 시선이 상석을 잠시 곁눈질했다. 새벽이슬을 머금은 작약처럼 빛나는 현희장공주를 향해서였다.

'아, 어머니는 내가…… 실연을 당했다고 여기시지.'

은룡은 쓴웃음을 지었다. 그 모습에 국태부인이 못 이겨 한숨을 쉬었다.

"그래, 종일 앉아 있자면 몸이 굳기도 하겠지. 잠깐 바람만 쐬고 오너라. 오래는 말고."

"……예."

금청아가 바짝 끼어들었다.

"산책을 가신다면 소녀도 동행하여도 될까요? 어화원의 국화들이 한창 어여쁘게 피었다고 들었사옵니다만."

은룡은 곧바로 거절했다.

"저는 혼자 가 볼 곳이 있습니다. 소저에게는 어울리지 않는 장소이니 동행은 어렵겠습니다."

"아이, 하지만……."

"그럼 이만."

금청아는 바로 은룡을 따라 일어나려 했지만, 무슨 생각에선지 어정쩡히 무릎을 펴다가 다시 앉았다. 그리고는 아예 국태부인의 곁으로 바짝 몸을 옮기더니 적자색 비단 소매로 입을 가리고 무어라 속삭이는 것이다.

은룡은 뒤에서 커다란 거미가 따라오기라도 하는 것처럼 빠르게 자리를 떴다. 그리고 방장으로 가리어진 곁문을 들추고 나가 버렸다.

차가운 공기가 뺨을 때렸다.

울고 싶었다.

하지만 걸음을 멈출 수 없었다. 금청아가 혹여라도 뒤따라올까 두려웠다. 호랑이와 마주쳐도 눈 하나 깜짝하지 않을 그였지만 이 순간 금청아만큼 두려운 존재는 없었다. 차라리 독사로 가득한 구덩이에 뛰어들지언정 그녀와 함께 산책하지는 않으리라.

은룡은 어화원으로 나가는 대신, 청락전을 빙 두른 누마루를 택했다. 어화원 국화 핑계를 대고 금청아가 찾아 나올까 봐 초조했다. 아예 건물의 뒤편에서 한숨을 돌리기로 했다. 중간중간 서 있는 시위들이 놀란 눈으로 쳐다보며 고개를 숙였다. 그는 빠르게 걸었다. 이내 곁문과 이어진 벽이 꺾이고, 청락전의 후면이었다.

반은 연못에 걸쳐 지어진 건물이었기에 후면에 서면 오로지 물만이 보였다. 수면으로부터 높이도 꽤 있었기에 이쪽에는 시위들도 서 있지 않았다. 잘 되었구나. 은룡은 그제야 숨을 가다듬었다. 그리고 터질 듯 북받치는 가슴에 울음을 삼켰다.

'완전히 궁지에 몰려 버렸구나. 나도, 누이도.'

황후이기 이전에 피를 나눈 누나였다. 눈앞에서 누이가 그리 수모를 당하는데도 나서 싸울 수가 없었다. 그 무력감에 뼈가 시렸다.

하다못해 은요가 필부에게 시집을 갔다면, 그래서 그 첩과 다투었다면. 은룡은 결코 참지 않았을 것이다. 무례하니 물러나라 한마디라도 따끔하게 하였겠지. 이도 법도에 맞는 일은 아니나, 적어도 오누이 간의 정으로 눈감을 만한 소란일 것이다.

그러나 은요는 황제와 혼인하였다. 황제의 후궁에서 벌어지는 암투였다. 한 마디 쏘아붙이기는커녕 참견하려는 기색도 보여서는 아니 되었다.

면전에서 누이가 모욕을 당하는 꼴을 보고도 그 자리에 앉아 이만 악물어야 했다. 오로지 황제만이 후궁을 다스리고 상벌을 내릴 수 있으되, 그조차 자유롭지 못한 상황이다. 그 가운데서 은룡은 은요에게 힘이 되어 줄 수가 없었다.

'장공주께서 재치있게 나서 주시지 않았다면…… 황후마마의 체면은 땅바닥에 떨어졌겠지.'

화영이 때맞추어 분위기를 전환하지 않았다면 어찌 되었을지. 다시금 떠올려 보아도 심장이 덜컹 떨어지는 것 같다. 은룡은 깊게 숨을 내쉬었다. 그리고 한 걸음 앞으로 나아가, 붉게 칠해진 나무 난간을 양손으로 꾹 움켜쥐었다.

난간 사이로 펼쳐진 수면이 가을바람을 타고 일렁이고 있었다. 그 위로 연잎과 수련잎들이 느리게 유영하는 것이 보였다. 여름은 끝나 꽃은 졌으되 잎은 아직 색이 바래지 아니하였다. 그 녹색을 보자 또다시 화영을 떠올리지 않을 수 없었다.

그가 선물한 녹색 비단으로 지은 옷을 입은 그녀는 믿기지 않을 만큼 아름다웠다. 참을 수 없을 만큼 사랑스러웠다.

어린 시절 꿈결마다 보았던 모습 그대로인 것 같아서, 당장에라도 끌어안고 사랑을 쏟아내고 싶어서. 하지만 그는 그녀의 곁에 설 수가 없었다. 그래서는 아니 될 일이었다. 현희장공주의 곁은 오로지 부마도위의 자리. 어릴 적 놀이 동무도, 시누이의 동생도, 황제의 기도위도 차지할 수 없는 곳이었다.

그분의 남편이 되기를, 얼마나 오랫동안 바라 왔던가!

눈가가 타는 듯이 뜨거웠다. 울고 싶지 않았지만 이미 그는 몰릴 대로 몰려 있었다.

그래, 진실로 궁지에 몰린 것은 은요보다도 은룡 자신일지도 몰랐다.

결국 공적으로 얼굴을 알린 것은 관호였다. 태후를 만나 뵈었을 뿐 아니라, 탄신연까지 참석하였다. 안 그래도 소문이 무성하던 부마도위, 다 죽어 가는 장공주를 살리기 위해 혼례를 올렸다는 의리의 강호인이다. 직접 눈으로 보았으니 더더욱 찧고 까불겠지. 쉽게 잊힐 만한 외모도 아니니 말이다.

'이혼은…… 어려울지도 모른다.'

인정하고 싶지 않던 일이었다. 가능성조차 떠올리길 거부했던 일이었다. 그런데 어머니가 곁에 금청아가 앉도록 방관했던 그 순간, 역설적으로 은룡은 깨닫고 만 것이었다. 자신이 정정당당하게 부마가 될 가능성은 결코 없음을.

'현희장공주시다. 현숙하여 뭇 여인들의 모범을 보여야 마땅한 분이시다. 마땅한 연유도 없이 선황의 은인인 부마와 이연할 수 있을까. 설령 관 부마가 스스로 떠난다 하여도, 그 자리를 내가 차지할 수 있을까.'

맹타안이 순순히 포기할지까지 가지 않아도 뻔한 문제였다. 재혼한 장공주가 남려 역사에 있기는 했던가. 그나마도 피치 못할 사정으로 인한 사별이라면 모를까, 뾰족한 이유도 없이 부마를 갈아치운 경우는 없었다.

황제와 황후가 어마어마하게 힘을 쓴다면 어찌어찌 은룡과 재혼이 가능할지도 모르겠다. 하지만 그 과정에서 화영이 상처 입을 것이 분명하였다. 오늘 눈앞에서 보지 않았던가.

존귀한 황후, 흠 하나 없이 만사에 조심하고 또 조심하여 처신해 온 황후조차 물어뜯기는 전쟁터였다. 화영은 그보다도 몇 배, 몇십 배 더 노골적이고 강력한, 심지어 일부는 타당하기까지 한 비난을 당할 터였다.

'그때 내가 그분을 지켜 드릴 수 있을까.'

은가에서 황후와 부마가 탄생하는 광영을 다른 세도가에서 보고만 있을리 없다. 어떻게든 흠을 찾고, 문제점을 찾고, 화영이 은룡과 재혼할 수 없는 그럴싸한 이유를 줄줄이 읊어 대겠지. 은룡은 권력에 눈이 먼 탐욕스러운 자가 될 것이고, 무고한 전 부마를 압박하여 쫓아낸 파렴치한 악한이 될 것이며, 어쩌면 현희장공주가 혼인 중에 이미 그와 정을 통한 것은 아니냐는 추측까지 돌지 모른다.

자신의 명예야 어찌 되든 좋으나 화영이 다칠 생각을 하니 미칠 것만 같았다. 그리고 그런 상황이 온다면 여전히 그에게는 해결할 방도가 없으리라는 점까지도 숨 막히게 고통스러웠다.

차라리 화영이 은룡이 아니라 맹타안과 재혼한다면 이보다는 상황이 나을 것이다. 맹타안은 내내 노래해 온 대로 화영을 데리고 강로로 떠날 것이고, 현희장공주가 강로와의 화친을 위해 희생한다면 다들 겉으로는 감히 비난하지 못할 테니까.

'그러면 나는 어떻게 해야 한다는 말인가. 포기하고 떠나야 하나? 어머니가 고른 혼담을 순순히 받아서, 모두 잊고 그분 앞에서 비켜 드려야 한단 말인가?'

이러려고 여태 그분을 사모해 온 것이 아니었다.

눈물이 뜨거웠다. 흔들리는 연잎을 바라보며, 은룡은 한참 동안 울었다.

* * *

선물 진상이 끝나고, 다들 편하게 주연을 즐기며 악사들의 가락에 마음을 빼앗겼다. 화영이 자리에서 일어난 것은 이즈음이었다.

-승라궁에서 묵고 가지 않고…….

-혼인한 처지인지라, 현희부를 비워 놓기 어려워서요.

은요 역시 더는 묻지 않았다. 마치 잠시 동안 시누이가 세 명의 남편을 거느리고 있으며, 그 셋 모두가 자신의 탄신연에 참석하였음을 잊고 있었다는 표정이었다. 화영을 향해 고맙다는 듯 반짝이던 얼굴빛이 잠시 어두워졌다. 그리고는 별말 없이 고개를 끄덕여, 자리에서 물러나도록 허하였다.

청락전 밖으로 나오니 해가 서쪽으로 느릿느릿 발을 옮기고 있었다. 한 시진이면 천지가 붉게 물들어 단풍에 파묻힌 듯하겠지.

'황궁에서도 시간이 흐르기는 하는구나.'

화영은 저도 모르게 떠올린 생각에 놀랐다.

'아무리 연회 내내 좌불안석이었다고 해도 그렇지, 이 년은 여기서 살았는데! 꼭 남 일 이야기를 하듯 해 버렸네. 확실히 나는 황궁 살이가 맞는 체질은 아닌가 봐. 빨리 집에 가고 싶다.'

그러다 문득 발을 멈추고야 만 것이다.

'집? 내가 집이라고 했나? 현희부를?'

옆에 선 관호가 의아한 시선을 던지는 것을 알았지만, 지금 이 깨달음에 동반한 충격을 소화하려면 어쩔 수가 없었다.

그랬다. 용중사의 요사를 제외한다면, 그녀의 삶에 있어서 가장 집이라고 부를 만한 것은…… 현희부였다. 이 순간만은 부정할 수 없이 그러했다. 얼떨결에 받아 버린 현희부였으나 채 몇 달 지나지도 않아 완전히 익숙해져 버렸다. 이 년 내내 한시도 마음 놓지 못했던 승라궁과는 달랐다.

그녀가 주인인 집. 그녀가 원하는 대로 뭐든 할 수 있고, 무엇을 해도 허락받고 평가받을 필요가 없는 집. 아름답고 규모가 크지만 불필요한 일손은 없어 식솔들의 얼굴이 모두 익숙하고 친밀한 집. 그녀가 모르는 으슥한 곳에서 암투가 일어나지 않는 집. 그리고 거기에는…….

자연스럽게 엮여 떠오르려는 얼굴들을 애써 고개를 저어 흩뜨렸다. 화영은 괜히 호흡을 골랐다.

"미안해요. 잠깐 쓸데없는 생각이 나서…… 어?"

그리고 곁에 선 관호에게 이제 가자고 하려던 차였다. 청락전의 외부에 붙은 누마루로 익숙한 청년이 걸어 나오는 것이 보였다.

화영이 말을 끝맺지 못하고 눈을 크게 뜨자, 관호 역시 자연스럽게 그쪽으로 고개를 돌렸다. 그리고 그녀의 시선을 빼앗아간 사내를 알아보았다.

"은…… 기도위로군."

화영과 관호는 청락전의 정면에 서 있었으므로 은룡 역시도 곧 그들을 알아보았다. 그는 잠시 머뭇거리더니, 이내 마음을 굳힌 듯 다가왔다.

"현희장공주와 부마도위를 뵙습니다."

그러나 다가온 은룡이 올리는 인사는 기도위로서의 예였다. 화영은 저도 모르게 짓고 있던 미소가 살짝 깨어지는 것을 느꼈다.

"……주위에 눈이 많군."

관호가 화영 대신 대답하였다.

"그렇습니다. 황후마마의 탄신연인 데다 내외명부 귀빈들이 참석하셨으니까요. 보안에 철저하도록 황제 폐하께서 엄히 분부하셨습니다."

은룡이 담담하게 고개를 끄덕였다.

"장공주께서 기도위와 잠시 이야기를 나누고 싶으신 듯한데, 인적이 드문 곳이 있소?"

"어화원 쪽으로 가시지요. 빈 정자가 많을 것입니다."

청락전 주위에 둘러선 시위들이 보기에도 별문제가 없는 모양새였다. 본디 궁에서 항시 고개를 숙이고 눈을 내리깐 채 본분을 지키는 자들이었다.

윗전들 하시는 양을 보지도 듣지도 말라는 가르침은 시녀들뿐 아니라 시위들에게도 통용되는 철칙이었다. 하지만 과연 소문으로만 듣던 부마도위의 풍모가 대단한 데다 현희장공주의 아름다움 때문에 흘긋거리며 시선을 계속 던지는 와중이었다.

숨기려는 듯 목소리를 낮추는 기색도 없고, 오히려 떳떳하다는 듯 뚜렷한 대화였다. 기도위는 황후의 아우이니, 장공주와 부마도위의 인척이 기도 한 것이다. 일찍 퇴궐하는 것이 아쉬워 기도위에게 대신 몇 마디 부탁하려는가.

그러므로 장공주와 두 부마는 의심을 사지 않고 자리를 옮길 수 있었다. 단 한 사람을 제외하고는 말이다.

은룡이 인도한 곳은 색이 바래 가는 능소화 덩굴로 너울을 드리운 작은 전각이었다. 평소라면 군데군데 지키고 있을 일손들이 죄다 청락전에 집중된 까닭에 그들의 대화는 안전하게 보였다.

"그 사람은?"

순간 은룡과 관호의 표정이 비슷하게 일그러졌다.

"맹타안은…… 나간 듯합니다."

은룡이 채 낯빛을 수습하지 못한 채 대답하였다.

"뭐? 왜? 어디 갔는데? 길이라도 잃으면 어쩌려고?"

화영은 관호와 은룡의 얼굴에 떠오른 감정을 채 눈치채지 못하였다.

그야 어쩔 수 없는 일이었다. 황궁 안에서 그녀의 아픈 손가락은 맹타안이었다. 관호는 부마도위이고 은룡은 기도위이니 혼자 어딘가에 뚝 떨어졌다 해도 무사 안전하리라. 하지만 신분도 불명확하고 외모마저 숨겨야 하는 맹타안은 다르지 않은가.

이렇듯 맹타안을 찾는 화영의 마음은 물가에 나선 어린애 걱정하는 측은지심이었다. 그녀 본인은 그렇게 확신하였기에 드러내기를 망설이지 않았고, 다른 부마들이 오해하리라고는 꿈에도 생각하지 못하였다.

더불어 화영에게도 내내 속에 걸리던 의문이 있었던 것이다.

"안 그래도 불안했어. 난 당연히 너랑 같이 있을 줄 알았는데, 네 옆에…… 맹타안이 아니라, 어떤 여자가 있던데……."

화영은 잠시 머뭇거리다가 물었다. 후궁들과 친하지 않은 화영이었기에 그 낯선 여인이 누구의 인척인지 짐작할 수도 없었다. 하지만 은가의 일원이 아닌 것만은 확실히 알았기에, 내내 신경이 쓰이던 터다.

"설마 그 여자 때문에 맹타안을 혼자 놔둔 거야? 혼자 멋대로 돌아다니도록?"

"절대 아닙니다!"

은룡이 어찌나 크게 부인하였는지, 능소화 덤불을 드나들던 울새들이 놀라 일제히 하늘로 뛰어나갈 정도였다.

"그 여자와 저는 아무런 관계가 없습니다. 제 어머니께 인사를 올리겠다고 와서 버티기에, 한자리에 있는 것만으로도 죄이다 싶어 제 발로 직접 나왔습니다. 제가 아무리 맹타안과 불화하다 한들, 그 역시 마마와 폐하의 은인임을 알고 있습니다. 하물며 제가 어찌 금가의 여식 때문에 그런 짓을 하겠습니까?!"

"금가? 그러면 그 여자가 설마……."

"……금 귀비의 동생이라더군요."

은룡이 입술을 깨물며 답했다. 그의 얼굴에 떠오른 옅은 패배감에 관호가 눈썹을 치켜올렸다.

"금 귀비의 누이가 어째서 기도위의 모친에게 인사를 올린 것이오?"

"……저도 그것이 알고 싶습니다. 아니, 알고 싶지도 않습니다. 얼결에 재라도 뒤집어쓴 것처럼 곤혹스러울 뿐입니다. 하물며 마마께서 그런 오해를……."

"아니, 난 그냥…… 너랑 딱 붙어 있기에!"

화영이 급하게 양손을 흔들었다.

"아무튼 미안. 오해라도 미안해. 화내지 마. 난 그냥 걱정이 돼서……."

"맹타안의 행방이 그리 걱정이 되셨습니까? 저를 오해하실 만큼?"

"아니, 맹타안도 맹타안이지만, 어쨌든 네 옆에 여자가 앉아 있길래……."

어물거리던 화영은 말을 채 잇지 못했다. 어쩐지 못 할 말을 한 기분이었다. 뭔가 잘못 말했나? 왜 목까지 뜨거워지는 거지?

순간 분위기가 미묘해졌다. 모욕이라도 당한 듯 열을 올리던 은룡 역시 갑자기 조용해졌다. 딱딱하게 굳었던 턱이 저도 모르게 풀리고, 광대가 떨린다. 얼굴 가득하던 억울함이 눈 녹듯 사라졌다.

한 박자 늦게 따져 보니, 화영의 발언이 마치…… 투기하는 연인의 말처럼 들렸던 것이다.

어색한 공기 가운데서 관호가 결국 한마디를 꺼냈다. 늘 그렇듯 굳은 표정이었다.

"우리는 이대로 귀가할 것이오. 여기서 같이 퇴궐하는 것도 모양새가 좋지 않을 터이니, 기도위는 일행을 찾아 잠시간 뒤에 따로 나오시오. 누이의 잔치이니 원하는 만큼 더 즐겨도 될 것이고 말이오."

"아, 아닙니다. 저도 더 있기 난감하여 나와 있던 차입니다."

어쩐지 관호의 음성이 평소보다 냉랭하게 느껴졌다. 은룡은 달아오른 뺨을 애써 진정시키며 읍을 하였다.

"곧바로 시위들에게 돌아가 맹타안의 행방을 찾겠습니다. 답답한 것을 싫어하는 자이니 바깥에서 구경이나 하고 있겠지요. 어차피 보증인 없이는 근방을 벗어나지 못함을 본인이 제일 잘 알고 있을 터. 문제는 없을 것입니다."

"그렇다면 기도위만 믿겠소."

화영이 뭐라 대답하기도 전에 관호가 딱 잘라 말했다.

"먼저 가 보시오. 우리 세 사람이 오랫동안 한자리에 머무는 것도 딱히 바람직하지 않으니. 아무리 보는 눈이 없다 한들 말이오."

항시 과묵하고 긴말을 싫어하던 관호답지 않은 능란한 언변이었다. 화영은 물론이고 은룡도 당황하여 버벅거릴 수밖에 없었다.

"그, 그 말씀은, 그렇다면 마마께서는."

"부인과 나는 이곳에 잠시 더 머물다 현희부로 돌아가리다."

이번에도 관호가 대신 대구하였다.

"기도위가 떠나자마자 우리도 바로 움직인다면 작당이라도 한 모양새이지 않겠소. 한 다경이라도 쉬다 갈 것이오."

말을 끝마치기 전, 관호가 날카로운 눈을 가늘게 뜨며 턱짓하였다. 화영과 은룡이 돌아보니 과연 저쪽에서 금위군 한 조가 움직이고 있었다.

순찰을 돌고 교대를 하러 가는 모양새였다. 정자로 오는 길은 아니나 멀지 않은 거리였다. 그들 쪽에서도 분명 장공주와 부마도위, 기도위를 보았을 터였다.

"……방향을 보아하니 청락전을 확인하고 돌아가는 길일 듯합니다. 제가 가서 맹타안의 행방을 확인하지요."

은룡이 살짝 억눌린 목소리로 말했다.

"고생하시오."

관호가 대답했다.

은룡은 화영에게 다시 한번 깊게 허리를 숙여 읍을 하고, 돌계단을 밟고 내려갔다. 그의 뒷모습은 금위군을 향해 멀어졌다.

정자 안에는 묘한 정적이 흘렀다.

화영은 그제야 자신이 관호와 너무 가깝게 서 있었음을 깨달았다. 자연스럽게 그들 두 사람이 은룡과 마주 보는 구도가 되어서였을까.

뒤늦게 흠칫 놀라 몇 걸음 뒤로 물러섰다. 관호는 말없이 그 모습을 내려볼 뿐이었다.

"꼭…… 여기서 시간을 죽이다 가야 해요?"

결국 화영이 먼저 입을 열었다.

"능소화도 시들시들하고, 별로 볼 것도 없는데. 은룡이 먼저 자리를 떠났으니 걱정할 일도 없고."

"다경까지는 아니라도 괜찮소. 조금만 둘이서 있다 갑시다."

관호가 한숨처럼 말했다. 그의 얼굴은 여전히 근엄하였으나 목소리에서 미세한 균열이 느껴졌다. 육체적인 피로함은 아니었다. 뭔가 보다 감정적인, 마음에 박힌 가시를 훑는 듯한 고단함이었다.

화영은 입술을 열었다가 이내 꾹 다물었다. 잠깐만 정자에서 쉬었다 가는 것이 어려운 일은 아니었으니까.

'어쩐지 기분이 안 좋아 보이는데. 왜 그런지 물어볼까?'

발치를 쳐다보다가, 정자의 기둥을 괜히 쓸어 보다가, 생기를 잃은 능소화 넝쿨을 손끝으로 건드려 보다가, 결국 화영은 관호에게로 돌아섰다.

"저기, 관······."

"누구시오?"

"네?"

화영이 크게 마음을 먹고 입을 열려던 순간이었다. 관호가 정자 바깥을 향해 짧게 말했다.

"나와서 모습을 드러내시오."

고요한 바람이 불었다. 화영은 관호의 사나운 시선을 좇았다. 울타리처럼 키 크게 다듬어진 사철나무 관목만 보일 뿐이었다.

"드러내지 못할 이유가 있나 보군. 그렇다면 이 관모도 가만히 있지 않겠소."

관호가 한 걸음 움직인 순간이었다. 사철나무 잎사귀가 흔들렸다. 그리고 그 뒤에서 누군가 모습을 드러냈다. 온통 적자색으로 휘황찬란하게 감싼 젊은 여자였다. 화영은 그녀를 알아보았다.

은룡의 옆에 딱 붙어 있던, 금귀비의 동생이었다.

"놀라게 해 드렸다면 죄송하옵니다. 그럴 의도는 없었는데."

금청아는 능청을 떨며 정자로 다가왔다. 그리고는 허락지도 않았거늘 자연스럽게 돌계단을 밟고 올라와 화영과 관호 앞에 섰다.

"제대로 인사드리지요. 소녀, 금가의 적녀 청아라고 하옵니다. 귀비마마의 동복 누이이지요."

몸피가 작은 금 귀비와 달리 금청아는 화영보다 반 뼘 정도 컸다. 그런 금청아가 무릎을 굽히는 척만 하니, 인사라기보다는 도발에 가까웠다. 그녀의 태도에는 기세등등한 자신감이 깃들어 있었다. 그래서 화영은 순간 화를 낼 때를 놓치고 말았다.

금청아가 언제부터 산울타리 뒤에 있었던 걸까?

소름이 돋았다. 그녀가 숨어 있던 사철 울타리가 바로 옆에 자리한 것은 아니지만, 주위에 인적이 없고 바람도 잠잠하였다. 대략적인 내용은 충분히 듣고도 남았을 것만 같았다.

얼마나 들었을까? 얼마나, 이해했을까?

온몸의 피가 식는 듯했다.

"귀비의 동생이라면 지체 높은 집안의 여식일 터. 어찌 쥐새끼처럼 숨어 남의 대화를 엿듣는 것이오?"

화영의 두려움을 알아채기라도 한 것일까. 아니면 그 역시 비밀의 일부이기 때문일까. 관호가 답지 않게 호전적인 어조로 금청아를 쏘아붙였다.

"쥐새끼라니? 부마도위, 말씀이 지나치십니다!"

금청아는 관호의 거친 대응에 잠시 당황한 듯하였다. 배짱 좋게 정자로 올라왔을 때와는 달리 말을 더듬으며 얼굴을 찡그렸다. 하긴 구 척에 가까운 장신인 관호가 노골적으로 불쾌함을 드러내니 겁먹지 않으면 이상한 일일 터였다.

"그저 잠시 바람을 쐬러 나왔던 것뿐입니다. 장공주마마가 보이기에 인사라도 드릴까 왔다가, 먼저 일이 있으신 듯하여 기다린 것인데……! 그리 모함하시면 참으로 억울하옵니다!"

"그렇다면 왜 바로 나와 인사를 올리지 않았소?"

"그건……."

"소저는 은 기도위가 우리와 있을 때부터 울타리 뒤에 숨어 있었소. 만일 부인에게 인사를 올리려 하였다면 기도위가 떠난 뒤에 바로 나왔어야 맞겠지. 기도위가 자리를 떴음에도 움직이지 않기에, 부인에게 용무가 있나 싶었소. 그래서 한동안 기다렸음에도 기척을 내지 않더군. 내가 모습을 드러내라 지적하지 않았다면 영영 게에 숨어 있었겠지. 아니 그러오?"

금청아가 눈을 가늘게 떴다. 고모인 태후에게 듣기로는 말주변도 없고 무심한 강호 촌놈이라 하였다. 이렇게 자신을 몰아붙일 줄은 예상하지 못했다.

하지만 여기서 물러서서는 이도 저도 아니게 될 터다. 금청아는 뻔뻔한 낯빛을 복구하며 머리를 굴렸다.

'이럴 줄 알았으면 기도위를 따라갈 걸 그랬나? 아니, 아니야. 금위군을 향해 가시던데, 내가 따라붙으면 내게 어울리는 곳이 아니라며 또 거절했겠지. 흥.'

당연하게도, 금청아는 은룡의 발자취를 따라온 것이었다. 잠시 머리를 식히고 오겠다던 말과 달리 한참 동안 은룡은 연회장으로 돌아오지 않았다.

그래서 그녀는 참다못해 직접 나섰다. 청락전 앞을 지키는 시위에게 물어보니 대답은 쉽게 나왔다. 장공주 내외와 더불어 어화원 쪽으로 가시었다고 말이다.

뒤쫓아 가 보니 주위가 탁 트인 정자 가운데서 세 사람이 무어라 대화 중이었다. 키 큰 산울타리가 있기에 우선 그 뒤에 몸을 숨겼다. 앞뒤 상황을 파악하고 행동할 생각이었다. 신혼 재미 때문인지 일찍 자리를 떠난 장공주가 어찌 기도위와 떠들고 있는지 알아야만 했다.

그러나 화영의 걱정만큼 많은 정보를 주워듣지는 못한 것이 사실이었다. 거리도 거리였고, 관호가 은룡을 내쫓다시피 대화를 종결한 까닭에 앞뒤를 유추할 만한 단어도 제대로 줍지 못한 까닭이었다. 일부러 관호가 부마라는 호칭 대신 기도위라고 지칭한 것이 다행이었다. 하지만 그럼에도 하나는 확실했다.

'현희장공주. 시집까지 간 주제에 아직도 기도위를 가지고 맘대로 논단 말이지.'

금청아는 부마 곁에 선 장공주에게 시선을 던졌다.

하필 녹색으로 차려입은 까닭에 적자색인 자신과 더욱 대비되는 인상이었다.

흥. 금청아의 눈이 갸름해졌다.

여태껏 몇 번이고 은가에 넣은 혼담이 칼같이 잘린 원흉이 지금 금청아의 눈앞에 있었다.

현희장공주!

원수가 따로 없지. 인정하기는 싫지만 미인이었다. 하지만 그래서 어떻단 말인가. 금청아 자신도 미인 아닌가? 게다가 장공주는 이미 부마까지 들였다. 혼인한 미인이란 자고로 손잡이 없는 가위만치 무용한 것이다.

갖고픈 것은 가져야만 직성이 풀리는 금청아였다. 그녀가 얻지 못한 유일한 대상이 바로 기도위 은룡이었다.

귀비가 된 언니 핑계로 처음 황궁에 방문했던 날이었다. 그녀는 무심하게 자신을 스쳐 지나간 은룡에게 한눈에 반했다. 큰 키에 넓은 어깨, 뚜렷한 눈썹과 강한 턱. 한없이 사내다우면서도 소년 같은 청순함을 풍기는 남자.

뒤를 캐 보니 집안도 좋을뿐더러 좀처럼 축첩하지 않는 가풍이라니 이보다 좋을 수가 없었다. 지겹도록 중매를 보냈다. 거절당하고 또 거절당해도 멈추지 않았다. 현희장공주가 다른 사내와 혼인한 이후에도 마찬가지였다. 차츰차츰 쌓여 온 분노가 한계치에 다다랐다. 금청아는 한껏 독이 오른 상태였다.

'성례한 지가 언제인데 기도위는 아직도 미련을 못 버리고 있단 말이지. 이 기회에 장공주의 흠결을 잡아두어야 해. 약점이 될 수 있다면 아주 작은 거라도 손에 넣어야 마음이 편하겠어.'

금청아는 화영을 향해 빙긋 미소를 지었다.

"실은…… 말하기 부끄러워서 망설이고 있었사옵니다."

"무엇이 말이오?"

화영이 답하기 전에 관호가 되물었다. 금청아는 끈질기게 미소를 잃지 않으며 화영을 쳐다보았다.

"현희장공주마마의 요대 말이옵니다."

이처럼 저격하는데 언제까지나 화영이 입을 다물고 있을 수는 없었다.

결국 화영이 한 걸음 앞으로 나섰다.

"본궁의 요대가 어찌 말하기 부끄러운 소재라는 것이지?"

최대한 차갑고 고고하게. 그야말로 공주답게. 이 년간 배워온 대로 말하려 했으나 쉽지 않았다. 화영은 꼿꼿하게 서서 턱을 치켜들었다. 등 뒤에서 식은땀이 흘렀다.

"정말이지 아름다운 녹보석이 아니옵니까. 청락전에서부터 반하고 말았답니다."

금청아가 교묘하게 이야기를 이어나갔다.

"그처럼 크고 선명한 녹보석은 난생처음 보는지라, 어디서 구하셨는지 꼭 알고 싶다는 마음에. 저도 모르게 무례를 무릅쓰고 이리 다가왔지 무엇이니까. 헌데 정신을 차리고 보니 철없는 처녀의 호기심이라 경을 치실까 저어하여…… 쉽사리 나오지 못하였습니다."

화영은 슬쩍 자신의 요대를 내려다보았다.

맹타안이 선물한 녹보석이 그 위용을 드러내고 있었다. 금으로 세공한 허리띠의 정면에 딱 맞게 붙이고 주위를 화려하게 상감하니, 진귀한 녹보석이 더욱 빛을 발하였다. 오늘 화영이 입은 진녹색 유군과 처음부터 한 쌍이었다는 듯 어울렸음은 말할 것도 없었다.

확실히 금청아가 핑계로 삼을 만한 귀물이기는 했다. 입궁해서 마주친 궁인들은 물론이고, 갖가지 값비싼 보화에 익숙할 후궁들마저 화영의 녹보석 요대에서 시선을 떼지 못하였으니까.

하지만 이 자리의 누구도 금청아가 족제비처럼 킁킁거리며 좇아온 이유가 녹보석 때문이라고 믿지 않았다. 금청아 본인도 화영과 관호가 의심하고 있음을 아는 기색이었다. 그럼에도 자신을 추궁하기엔 어려운 상황이기에, 이대로 덮고 넘어갈 수밖에 없음도 파악한 것이 분명했다.

화영이 잠시 생각하다 답하였다.

"이 녹보석은 본궁이 선물로 받은 물건인지라, 소저에게 달리 알려 줄 수 있는 것이 없군."

어쨌든 사실이었다. 맹타안이 초야에 건네준 이 보석이 어디서 왔는지, 어떻게 구하였는지 화영은 알지 못했다. 맹타안에게 묻지 않았기 때문이었다. 분명 그가 크나큰 대가를 치렀을 것이며, 그 대가를 감수해서라도 그녀를 기쁘게 해 주고 싶었다는 것만은 알았다. 맹타안이 나서서 자랑하고 싶어 하지 아니하기에 화영 역시 덮어 두었다. 중요한 것은 그의 성의였으니까.

"……이렇게 값비싼 녹보석을, 선물받으셨다는 말씀이신가요?"

금청아가 고개를 기울이며 되물었다.

"이런 귀물을 평범한 친우가 건네지는 않았을 터이니, 분명 부마도위께서 선물하신 것이겠지요? 정표로 말이에요. 부디 소녀에게 어느 보석상에서 구하셨는지 귀띔해 주실 수 없겠사옵니까? 장공주마마께서 지니신 것에 비할 수야 없겠지만, 작은 것이라도 꼭 가지고 싶어서."

관호가 미미하게 눈썹을 찌푸렸다. 그가 입을 열기에 앞서 화영이 나서 말을 잘랐다.

"부마가 준 선물이 아니야."

안 그래도 출신 성분으로 말이 많은 관호였다. 검소한 데다 강호 출신이라 공신에 드는 것도 거절한 사람이, 이런 고가의 선물을 했다는 소문까지 섞이면 그야말로 엉망진창이 될까 저어한 것이다.

화영의 대답에 금청아의 눈매가 날카로워졌다.

"본궁과 부마는 이제 현희부로 돌아갈 것이네. 그러니 소저도 이만 돌아가도록 하지. 친지들이 기다리고 있을 텐데."

아주 오랜, 그러나 실상은 순간에 불과한 정적이 흘렀다.

서늘한 바람이 불었다. 색조를 잃은 능소화 한 송이가 끊어져 바닥으로 굴렀다.

금청아가 한 걸음 물러섰다.

겸손하게 무릎을 굽히며 머리를 숙이니, 틀어 올린 머리에 꽂은 갖가지 보요와 장신구가 부딪혀 짤랑거린다.

"그러면 소녀는 돌아가 보겠사옵니다. 부디 무탈히 돌아가시기를 빌지요."

금청아의 얼굴에 깃든 묘한 기쁨은 기름칠을 한 쇠 덫 같았다.

알면서도 피할 수 없는.

⟨2권에 계속⟩